Jagd auf Matutin

Jagd auf Matutin

Arturo Pérez-Reverte

Aus dem Spanischen
von
Claudia Schmitt

Weitbrecht

Amaya für ihre Freundschaft.
Juan für sein Drängen.
Rodolfo für seine Verdienste.

Kleriker, Bankiers, Computerpiraten, Herzoginnen und Ganoven, sämtliche Gestalten und Ereignisse dieses Romans sind fiktiv, jede Ähnlichkeit mit lebenden Personen und tatsächlichen Vorkommnissen ist rein zufällig. Alles in diesem Buch ist frei erdacht, alles außer dem Schauplatz, denn eine Stadt wie Sevilla könnte keiner erfinden.

Inhalt

Prolog

Es war elf Minuten vor Mitternacht, als der Hacker ins Computernetz des Vatikans eindrang. Fünfunddreißig Sekunden später löste einer der ans Netz angeschlossenen Terminals den Alarm aus, erkennbar zunächst nur an einem leichten Flimmern des Bildschirms, es zeigte an, dass das automatische Kontrollprogramm in Funktion war. Dann erschienen die Buchstaben *HK* in einer Ecke des Monitors und der Nachtschichtbeamte, ein irischer Jesuit, der gerade mit der Eingabe von Daten aus der letzten Vermögensschätzung des Kirchenstaats beschäftigt war, nahm den Telefonhörer ab, um seinen diensthabenden Vorgesetzten zu benachrichtigen.

»Da ist ein Hacker im Anzug«, sagte er.

Padre Ignacio Arregui, ein großer, hagerer Mann, ebenfalls Jesuit, knöpfte seine Soutane zu und trat in den dämmrigen Korridor hinaus, um die fünfzig Meter bis zum Computerraum zurückzulegen. Seine Schritte hallten von der mit Fresken bemalten Decke wider. Im Gehen warf er immer wieder einen Blick aus den Fenstern, auf die menschenleere Via della Tipografia und auf die düstere Fassade des Palazzo Belvedere, dabei brummte er missmutig vor sich hin. Mehr noch als die Nachricht von dem Eindringling ärgerte es ihn, aus dem Schlaf gerissen worden zu sein. Anschläge von Hackern gehörten zur Tagesordnung und waren in den meisten Fällen unschädlich. Gewöhnlich kamen diese Piraten nur bis zum äußeren Sicherheitsbereich, wo sie dann ihre Spuren hinterließen: irgendwelche Botschaften oder harmlose Viren. Man sollte wissen, dass sie da gewesen waren, darauf legten die Hacker großen Wert. Meistens handelte es sich um junge Feierabendprogrammierer, die sich einen Sport daraus machten, per Telefonleitung fremde Computersysteme zu knacken, je schwieriger, desto aufregender. Ihr Glück mit der Chase Manhattan Bank zu versuchen, mit dem Pentagon oder dem Vatikan, war für diese Computerfreaks ein spannendes Abenteuer.

Padre Cooey, der wachhabende Beamte – klein, rundlich und bebrillt –, saß mit sorgenvoll gerunzelter Stirn über die Tastatur seines Rechners gebeugt und versuchte angestrengt dem Hacker auf die Spur zu kommen. Als Padre Arregui neben ihn trat, sah er erleichtert zu ihm auf. Der Lichtkegel der Schreibtischlampe beschien seine untere Gesichtshälfte.

»Ich bin froh, dass Sie da sind, Padre.«

Der Vorgesetzte stützte neben ihm die Hände auf den Arbeitstisch und betrachtete aufmerksam den Bildschirm, auf dem blaue und rote Symbole blinkten. Das Kontrollprogramm hielt kontinuierlichen Kontakt mit dem Eindringling.

»Schlimm?«

»Möglicherweise.«

Während der letzten zwei Jahre hatte es nur einmal einen ernsten Vorfall gegeben; da war es einem Hacker gelungen, einen ausgesprochen bösartigen Virus ins Netz des Vatikans einzuschleusen. Viren waren winzige Programme, die sich innerhalb des Datennetzes vermehrten und den gesamten Speicherinhalt vernichten konnten. In diesem Fall hatte es rund eine halbe Million Dollar gekostet, das Netz zu reinigen und den Schaden zu beheben. Der Hacker, durch langwierige Nachforschungen schließlich entlarvt, war ein sechzehnjähriger Schüler aus irgendeinem holländischen Kuhdorf gewesen. Andere Versuche gefährliche Viren oder Killerprogramme einzuschleusen waren bereits im Ansatz vereitelt worden: Ein junger Mormone aus Salt Lake City, eine Gesellschaft islamischer Integralisten mit Sitz in Istanbul, ein übergeschnappter Pfarrer und Zölibatsgegner, der bei Nacht den Computer der Nervenheilanstalt benutzt hatte. Von dem Pfarrer, einem Franzosen, waren sie anderthalb Monate lang in Schach gehalten worden und als man ihn endlich neutralisiert hatte, waren bereits zweiundvierzig Dateien mit einem Virus infiziert, der die Bildschirme mit lateinischen Flüchen anfüllte.

Padre Arregui deutete mit dem Finger auf den rot blinkenden Cursor:

»Ist das unser Hacker?«

»Ja.«

»Wie haben Sie ihn genannt?«

Sie gaben ihnen immer Namen, zum Zwecke der Identifizierung und Verfolgung; viele waren alte Bekannte. Padre Cooey wies auf eine Linie in der unteren rechten Ecke des Bildschirms:

»Matutin – der Uhrzeit wegen. Es war das Erste, was mir einfiel.« Matutin – so hieß das mitternächtliche Stundengebet vieler Orden.

Auf dem Monitor erschienen laufend neue Symbole. Cooey studierte sie aufmerksam, lenkte dann den Zeiger mit Hilfe der Maus auf eins von ihnen und klickte zweimal. Jetzt, wo er einen Vorgesetzten neben sich hatte, auf den er die Verantwortung abschieben konnte, war er lockerer, ja er fand die Sache nun richtig spannend. Für einen Veteranen der Informatik, und das war der junge Geistliche, stellte das Agieren eines Hackers immer auch eine berufliche Herausforderung dar.

»Er treibt sich seit zehn Minuten bei uns herum«, sagte er und Padre Arregui glaubte einen Anflug von Bewunderung aus seiner Stimme herauszuhören. »Am Anfang hat er nur die verschiedenen Zugänge überprüft, dann ist er eingebrochen. Er kannte den Weg; er muss uns schon öfter besucht haben.«

»Was hat er vor?«

Cooey zuckte mit den Schultern.

»Keine Ahnung. Aber er arbeitet schnell und gut, hat ein dreifaches System, um unsere Abwehr auszutricksen: Zuerst versuchte er es mit einfachen Abwandlungen von geläufigen Benutzernamen, dann mit Namen aus unserem eigenen Verzeichnis und zum Schluss mit einer Liste von 432 Passwörtern.« An diesem Punkt verzog der junge Jesuit leicht den Mund, wie um ein Grinsen zu unterdrücken. »Da, jetzt will er sich Zugang zu INMAVAT verschaffen.«

Padre Arreguis Finger trommelten nervös auf den technischen Handbüchern herum, die sich auf dem Tisch stapelten. Das Programm INMAVAT war topsecret, es enthielt eine kodifizierte Namensliste der höchsten Chargen der vatikanischen Kurie und ließ sich nur mit einem geheimen Kennwort öffnen.

»Versuchen wir doch ihn mit dem Scanner zu kriegen«, schlug er vor.

Cooey deutete mit dem Kinn auf den Bildschirm eines Computers auf dem Nebentisch. Daran habe ich schon gedacht, sagte diese Geste. Mit den Telefonleitungen der Polizei und des Vatikans verbunden, verzeichnete dieses Kontrollsystem sämtliche Daten, die über den Eindringling zu bekommen waren; es verfügte sogar über Fallen für Hacker, eine Art Irrgarten, in dem

9

sich die Cyber-Schurken verliefen und in dem sie Spuren hinterließen, die es ermöglichten, sie zu identifizieren und ausfindig
zu machen.

»Das bringt uns nicht weiter«, meinte Cooey nach einer Weile.
»Matutin hat sich über mehrere Telefonleitungen Zugang ver-
schafft, er springt von einer zu andern und verwischt so alle
Spuren hinter sich. Wir müssten jede Einzelne von ihnen bis zum
Eingangskommutator zurückverfolgen, solange er sich darin
aufhält – aber dazu lässt er uns keine Zeit. Abgesehen davon:
Wenn er Schaden anrichten will, dann tut er das trotzdem.«

»Was kann er sonst wollen?«

»Weiß nicht.« Der Mund des jungen Mannes verzog sich
erneut zu einer halb belustigten, halb neugierigen Grimasse, die
jedoch verschwand, als er den Kopf hob. »Manchmal reicht es
ihnen ja, ein bisschen rumzuschnüffeln oder eine Botschaft zu
hinterlassen. Sie wissen schon: *Captain Zap war hier*, und ähnlichen Unsinn.« Er machte eine Pause und starrte auf den Monitor. »Obwohl der sich für einen kleinen Spaziergang verflixt viel
Arbeit macht.«

Padre Arregui nickte mehrmals, während er gedankenversunken die Entwicklungen auf dem Bildschirm verfolgte. Dann
schien er plötzlich zu sich zu kommen, betrachtete das Telefon
im Lichtkegel der Schreibtischlampe und streckte die Hand nach
dem Hörer aus, hielt jedoch auf halbem Wege inne.

»Glauben Sie, er schafft es, INMAVAT zu öffnen?«

Cooey deutete auf den Monitor.

»Schon passiert.«

»Gütiger Himmel!«

Der rote Cursor raste an einer langen Liste von Dateinamen
entlang, die über den Bildschirm rollte.

»Der ist gut«, sagte Cooey mit unverhohlener Bewunderung.
»Gott verzeih mir, aber dieser Hacker ist wirklich gut ... verteu-
felt gut«, setzte er grinsend hinzu.

Die Ellbogen auf den Tisch gestützt, starrte er auf die Mattscheibe seines Computers. Da waren sie, säuberlich untereinander angeordnet, die Codes von vierundachtzig Kardinälen und
weiteren hohen Würdenträgern. Der Cursor ging die Liste zweimal von oben nach unten durch, dann blieb er blinkend in der
Linie mit dem Code V01A stehen.

»Ah, dieser Halunke!«, knurrte Padre Arregui.

Die Statuszeile zeigte an, dass die Festplatte Daten speicherte, und damit stand fest, dass es dem Eindringling gelungen war, sich Zugang in das geheime Programm zu verschaffen und unerlaubt eine Datei einzuschleusen.

»Wer ist V01A?«, wollte Cooey wissen.

Er bekam nicht gleich eine Antwort. Padre Arregui fuhr sich mit einem Finger in den Stehkragen seiner Soutane und stierte sprachlos auf den Bildschirm. Dann griff er langsam nach dem Telefonhörer, zögerte noch einmal und wählte schließlich die Notrufnummer des päpstlichen Sekretariats. Das Telefon läutete siebenmal, bevor sich eine Stimme auf Italienisch meldete. Padre Arregui räusperte sich, erst dann teilte er mit, dass ein Hacker sich Zugang zum Privatcomputer des Heiligen Vaters verschafft hatte.

I.
Der Mann aus Rom

Als Streiter Gottes trägt er sein Schwert nicht grundlos.
(BERNHARD VON CLAIRVAUX *Lob der Templermiliz*)

Es war Anfang Mai, als Lorenzo Quart den Auftrag erhielt sich nach Sevilla zu begeben. Ein Regentief zog in Richtung des östlichen Mittelmeers und entlud sich an diesem Morgen über dem Petersplatz in Rom, sodass Quart unter den Bernini-Kolonnaden Schutz suchen musste, die im Halbkreis um den Platz herumführen. Während er auf das Bronzetor zuschritt, konnte er feststellen, dass der Wächter, der sich mit seiner Hellebarde im Halbdunkel der Passage aus Marmor und Granit abzeichnete, bemüht war ihn zu identifizieren. Der große, stämmige Mann trug die rot-gelb-blau gestreifte Uniform der Schweizer Garde, sein Schädel unter der schwarzen Mütze war kahl geschoren. Quart merkte, dass der junge Mann neugierig seinen perfekt geschnittenen dunklen Anzug betrachtete, das schwarze Seidenhemd mit dem Stehkragen und die handgenähten Schuhe aus feinem, ebenfalls schwarzem Leder. Gar kein Vergleich, sagte dieser Blick, mit den grauen *bagarozzi*, den Bürokraten des vatikanischen Verwaltungsapparats, die hier ein und aus gingen. Doch konnte es sich, wie die ratlosen blauen Augen des Schweizers verrieten, ebenso wenig um einen Aristokraten der Kurie handeln, einen jener Prälaten und Monsignori, die sich – im diskretesten der Fälle – mit Kreuzen, Ringen oder Purpurverbrämungen schmückten. Diese kamen nicht zu Fuß im Regen an, sondern in dicken Wagen mit Chauffeur und benützten außerdem einen anderen Zugang zum Palast des Papstes, das Sankt-Anna-Tor nämlich. Abgesehen davon war der Mann, der höflich vor dem Wächter stehen blieb, seine Brieftasche herauszog und unter mehreren Kreditkarten nach seinem Personalausweis suchte, zu jung für die Mitra, das war ganz offensichtlich, obwohl sein soldatenhaft kurzes Haar viele weiße Strähnen hatte. Groß, schlank, ruhig und selbstsicher musterte er den Schweizer mit professionellem Blick. Hände mit gepflegten Nägeln, Uhr mit weißem Zifferblatt, schlichte Silbermanschetten. Der Wächter schätzte ihn auf höchstens vierzig.

»Guten Morgen. Wie ist der Dienst gewesen?«

Der Gardist straffte sich und zog seine Hellebarde an sich. Ihn beeindruckte weniger der in perfektem Deutsch geäußerte Gruß, als das Sigel »IOE« neben einer Tiara und den Schlüsseln des Heiligen Petrus in der rechten oberen Ecke des Ausweises, den der Neuankömmling vorzeigte. Das »Istituto per le Opere Esteriori«, das Amt für Auswärtige Angelegenheiten, wurde im roten Wälzer des Vatikanischen Jahresberichts als Zweigstelle des Staatssekretariats geführt, doch selbst der unerfahrenste Rekrut der Schweizer Garde wusste, dass das Institut zwei Jahrhunderte lang der vollstreckende Arm der Inquisition gewesen war und jetzt die Aktivitäten des päpstlichen Geheimdienstes koordinierte. Die Kurienmitglieder, Meister in beschönigenden Umschreibungen, nannten es »die linke Hand Gottes«. Andere bezeichneten es, wenn auch nur flüsternd, als das »Amt für schmutzige Angelegenheiten«.

»Kommen Sie herein.«

»Danke.«

Quart durchschritt das Bronzetor, wandte sich nach rechts, ging an einer breiten Freitreppe, der Scala Regia, vorbei, verweilte kurz am Empfangstisch und eilte dann, zwei Stufen auf einmal nehmend, die hallende Marmortreppe zu einer ebenfalls bewachten Glastür hinauf, die in den Innenhof des Heiligen Damasus führte. Er überquerte den Hof im Regen, gefolgt von den Augen weiterer Wächter, die, mit blauen Regencapes bekleidet, alle Zugänge zum Vatikan kontrollierten. Auf der andern Seite angelangt, stieg Quart noch einmal eine kurze Treppe hinauf und blieb auf der vorletzten Stufe vor einer Tür mit einem unauffälligen Metallschild stehen: *Istituto per le Opere Esteriori* stand darauf. Hier zog er ein Papiertaschentuch heraus, trocknete sich damit zuerst das Gesicht und dann die Schuhe, worauf er es zusammenknüllte und in einen metallenen Abfalleimer neben der Tür warf. Danach überprüfte er den Sitz seiner Manschetten, strich sich ein letztes Mal über die schwarze Jacke und läutete an der Tür.

Im Gegensatz zu vielen anderen Priestern war sich Lorenzo Quart völlig bewusst über seinen Mangel an mehr oder weniger

christlichen Tugenden: Nächstenliebe oder Mitleid, beispielsweise, waren nicht gerade seine Stärke; ebenso wenig die
Demut, obwohl er einen sehr disziplinierten Charakter besaß. Ja,
es mangelte ihm sicher an vielem, doch bestimmt nicht an
Gewissenhaftigkeit und Disziplin, und genau das machte ihn
seinen Vorgesetzten so unentbehrlich. Die Männer, die hinter
jener Tür auf ihn warteten, wussten sehr gut, dass Padre Quart
präzise und verlässlich war wie eine Schweizer Uhr.

Aufgrund eines Stromausfalls im ganzen Gebäude wurde das
Arbeitszimmer nur vom grauen Tageslicht erhellt, das durch ein
auf die Belvedere-Gärten hinausgehendes Fenster einfiel. Während der Sekretär die Tür hinter ihm schloss, machte Quart fünf
Schritte und blieb exakt in der Zimmermitte stehen. Der Raum
war ihm vertraut. An den Wänden reihten sich Bücherregale
und hölzerne Karteikästen; sie verdeckten zum Teil die von Gre-
gor XIII. in Auftrag gegebenen Fresken des Malers Antonio
Danti: Landkarten, die das Adriatische, das Ionische und das
Tyrrhenische Meer zeigten. Im Gegenlicht des Fensters zeichnete sich eine menschliche Silhouette ab, Quart ignorierte sie
und verneigte sich stattdessen leicht vor dem Mann, der hinter
dem ausladenden, mit Dokumentenmappen übersäten Schreibtisch saß.

»Monsignore«, sagte er.

Erzbischof Paolo Spada, Direktor des Instituts für auswärtige
Angelegenheiten, erwiderte seinen Gruß mit einem freundlichen Lächeln. Er war Lombarde, ein stämmiger, beinahe vier-
schrötig wirkender Mann mit mächtigen Schultern unter dem
dreiteiligen schwarzen Anzug, der mit keinerlei Abzeichen seines kirchlichen Rangs versehen war. Mit seinem riesigen Kopf
und dem gedrungenen Hals erinnerte Spada an einen Lastwa-
genfahrer, Ringer oder – besser noch – römischen Gladiatoren,
der Schwert und Helm gegen den dunklen Priestertalar einge-
tauscht hatte. Was diesen Eindruck noch verstärkte, waren seine
borstigen, schwarzen Haare und die fast schon unproportional
großen Hände ohne Bischofsring, die in diesem Augenblick mit
einem dolchförmigen Brieföffner aus Bronze spielten. Mit ihm
deutete er auf die Silhouette vor dem Fenster.

»Ich nehme an, Sie kennen Kardinal Iwaszkiewics.«

15

Erst jetzt wandte Quart sich nach rechts und grüßte die reglose Gestalt. Natürlich kannte er Seine Eminenz Jerzy Iwaszkiewics, den Bischof von Krakau. Von seinem Landsmann, Papst Woityla, zum Kardinal ernannt, war er Präfekt der Glaubenskongregation, bis 1965 bekannt unter dem Namen »Heiliges Offizium« oder »Inquisition«. Selbst so, als schmaler dunkler Schatten, war Iwaszkiewicz unverwechselbar.

»Laudeatur Jesus Christus, Eminenz.«

Der Direktor der Inquisition erwiderte seinen Gruß nicht; in völliges Schweigen gehüllt blieb er stehen und zwang Monsignore Spada vermittelnd einzugreifen.

»Setzen Sie sich, wenn Sie möchten, Padre Quart«, sagte er mit seiner rauen Stimme. »Das ist eine offiziöse Besprechung und Seine Eminenz zieht es vor, stehen zu bleiben.«

Spada hatte das italienische Wort »ufficiosa« benützt, eine feine Nuance, die Quart nicht entging. Im vatikanischen Jargon war der Unterschied zwischen »ufficiale« und »ufficioso« von größter Bedeutung. »Ufficiosa« war eine Besprechung, in der man nicht alles, was man dachte, auch aussprach. Und selbst wenn es ausgesprochen wurde, so gab das hinterher keiner zu. Quart lehnte den Stuhl, auf den der Erzbischof mit seinem Brieföffner deutete, trotzdem ab; er schüttelte leicht den Kopf, verschränkte die Hände im Rücken und blieb in der Zimmermitte stehen, ruhig und aufmerksam wie ein Soldat, der auf Order wartet.

Monsignore Spada warf ihm einen anerkennenden Blick zu. Das Weiß seiner schlauen Augen war wie bei einem alten Hund von braunen Äderchen durchzogen; diese Augen, seine massige Gestalt und das borstige Haar hatten ihm den Spitznamen die Bulldogge eingebracht, aber nur die höchsten Kurienmitglieder wagten es, ihn zu gebrauchen, und auch sie nur hinter vorgehaltener Hand.

»Freut mich, Sie wieder zu sehen, Padre Quart. Unsere letzte Begegnung liegt einige Zeit zurück.«

Genau zwei Monate, dachte Quart. Damals waren sie auch zu dritt in diesem Büro gewesen: sie beide und ein namhafter Bankier, Renzo Lupara, Präsident der Banco Continentale d'Italia, einer eng mit der vatikanischen Finanzverwaltung zusammenarbeitenden Bank. Lupara, stattlich, elegant und mit tadellosem

Leumund, vom Himmel mit einer bildhübschen Gattin und vier Sprösslingen gesegnet, war zu einem immensen Vermögen gelangt, indem er – die bankmäßige Deckung des Vatikans ausnützend – riesige Geldsummen von Unternehmern und Politikern veruntreut hatte – alles Brüder der Loge »Aurora 7«, der er selbst mit dem Grad 33 angehörte. Das war genau die Art von weltlichen Angelegenheiten, die in Lorenzo Quarts Ressort gehörte. Sechs Monate lang war er den Fußabdrücken gefolgt, die Lupara in den Teppichböden gewisser Büros in Zürich, Gibraltar und in San Bartolomé auf den Antillen hinterlassen hatte. Ergebnis seiner Reisen war ein umfassendes Dossier gewesen, das an jenem Tag vor zwei Monaten offen auf Monsignore Spadas Tisch gelegen und den Bankier vor die bittere ·Wahl gestellt hatte den Rest seines Lebens hinter schwedischen Gardinen zu verbringen oder sich für einen diskreten Exitus zu entscheiden, mit dem sich der gute Ruf der Banco Continentale, des Vatikans, sowie der Signora und ihrer vier Kinder vielleicht noch einmal retten ließ. Den Blick auf die Wandfresken geheftet, verloren im Thyrrhenischen Meer, hatte der Bankier den Kern der erzbischöflichen Botschaft rasch erfasst – unter Heranziehung des Gleichnisses vom schlechten Knecht entsprechend taktvoll formuliert. Danach hatte Lupara sich, ungeachtet des wohl gemeinten technischen Hinweises, dass ein nicht bekehrter Freimaurer grundsätzlich mit der Todsünde behaftet bleibe, spornstreichs in seine Traumvilla auf Capri begeben, um sich dort von einer Aussichtsterrasse hoch überm Meer in die Tiefe zu stürzen – angeblich ungebeichtet. Einer Gedenktafel zufolge soll übrigens Curzio Malaparte auf derselben Terrasse einmal Wermut getrunken haben.

»Ich habe einen interessanten Auftrag für Sie.«

Quart fühlte den unsichtbaren Blick Iwaszkiewicz' auf sich ruhen, während er unbewegt dastand und aufmerksam den Worten seines Vorgesetzten lauschte. Während der letzten zehn Jahre hatte der Erzbischof immer irgendeinen interessanten Auftrag für ihn gehabt – in Mitteleuropa, in Südamerika, im ehemaligen Jugoslawien – und alle diese Aufträge waren mit Namen und Datum in Quarts ledergebundenem, schwarzen Terminkalender verzeichnet: eine Art Logbuch, das Tag für Tag die Etappen des langen Weges dokumentierte, den er zurückgelegt hatte, seit er Staatsbürger des Vatikans und »Agent« des IOE geworden war.

»Sehen Sie sich das an.«

Der Direktor des Instituts für Auswärtige Angelegenheiten hielt mit Daumen und Zeigefinger ein computergedrucktes Blatt in die Höhe. Quart wollte es entgegennehmen, aber in diesem Moment machte die Silhouette des Kardinals am Fenster eine ruckartige Bewegung. Monsignore Spada lächelte.

»Seine Eminenz ist der Ansicht, dass wir es hier mit einem sehr heiklen Thema zu tun haben«, sagte er und ließ Quart nicht aus den Augen, obwohl klar war, dass seine Worte eigentlich Iwaszkiewicz galten. »Er hält es nicht unbedingt für ratsam, den Kreis der Eingeweihten zu vergrößern.«

Quart zog seine Hand zurück, ohne nach dem Blatt zu greifen, und sah seinen Vorgesetzten ruhig und abwartend an.

»Natürlich kennt Seine Eminenz Sie bei weitem nicht so gut wie ich«, fuhr dieser fort; jetzt lächelten nur noch seine Augen.

Lorenzo Quart nickte geduldig und stellte keine Fragen, worauf Monsignore Spada sich an Kardinal Iwaszkiewicz wandte.

»Habe ich Ihnen nicht gesagt, dass er ein guter Soldat ist?«

Stille trat ein; eine ganze Weile hob sich die Silhouette des Kardinals völlig reglos vom wolkenverhangenen Himmel ab, aus dem es auf die päpstlichen Gärten regnete, dann jedoch löste sich Iwaszkiewicz vom Fenster: Im schräg einfallenden, grauen Tageslicht war seine eckige Kinnlade zu erkennen, der purpurrote Kragen seiner Soutane, das Schimmern eines goldenen Brustkreuzes und der Bischofsring an der Hand, die Monsignore Spada nun das Blatt abnahm, um es Lorenzo Quart persönlich zu überreichen.

»Lesen Sie.«

Quart gehorchte dem Befehl, der in kehligem Italienisch mit polnischem Akzent geäußert war. Das computergedruckte Blatt enthielt ein Memorandum von wenigen Zeilen:

Heiliger Vater,
aus schwerwiegenden Gründen wage ich es, mich an Euch zu wenden. Manchmal ist der Stuhl des Heiligen Petrus einfach zu weit entfernt, als dass die Stimmen armer Gläubiger bis zu ihm durch-

dringen könnten. In Spanien, genauer in Sevilla, gibt es einen Ort, wo Händler das Haus Gottes bedrohen und wo eine kleine, von den Obrigkeiten missachtete Kirche aus dem XVII. Jahrhundert tötet, um sich zu verteidigen. Ich bitte Eure Heiligkeit, als Hirten und als Vater, auch den ärmsten Schafen seiner Herde Gehör zu schenken und diejenigen zur Rechenschaft zu ziehen, die sie schutzlos ihrem Schicksal überlassen.

Euren Segen erflehend, verbleibe ich im Namen Jesu Christi, unseres Herrn.

»Diese Botschaft ist in den Privatcomputer des Papstes eingeschleust worden«, erklärte Monsignore Spada. »Ohne Unterschrift.«

»Ohne Unterschrift«, wiederholte Quart mechanisch. Er hatte es sich zur Angewohnheit gemacht, immer ein paar Worte zu wiederholen, wie Steuermänner oder Unteroffiziere die Befehle ihrer Vorgesetzten. Es war, als wolle er sich selbst oder den anderen Gelegenheit geben das Gesagte noch einmal zu überdenken. In den Kreisen, in denen er sich bewegte, kamen gewisse Worte Befehlen gleich und manche dieser Befehle, oft auch nur ein bestimmter Tonfall, ein Lächeln hatten immens weit reichende Folgen.

»Der Eindringling«, fuhr Spada fort, »hat verschiedene Tricks angewandt, um seine Spuren zu verwischen. Unsere Nachforschungen haben aber ergeben, dass der Brief tatsächlich von Sevilla aus geschickt wurde, von einem ans Telefonnetz angeschlossenen Computer.«

Quart las das Blatt ein zweites Mal durch, um Zeit zu gewinnen.

»Hier ist von einer Kirche die Rede …«, unterbrach er sich, in der Hoffnung, ein anderer würde seinen Satz zu Ende führen. Laut ausgesprochen, kam er ihm einfach zu lächerlich vor.

»Ja«, nickte der Erzbischof. »Eine Kirche, die tötet, um sich zu verteidigen.«

»Ein Unding«, fuhr Iwaszkiewicz dazwischen, ohne dass klar gewesen wäre, ob er die Kirche oder die Sache an sich meinte.

»Wie dem auch sei«, sagte Monsignore Spada, »wir haben uns vergewissert, dass sie tatsächlich existiert. Die Kirche, meine ich.« Er warf dem Kardinal einen flüchtigen Blick zu, während seine Finger über die Klinge des Brieföffners glitten. »Und es hat dort wirklich ein paar seltsame, äußerst unangenehme Vorfälle gegeben.«

Quart legte das Blatt auf den Schreibtisch zurück, aber der Erzbischof rührte es nicht an, als sei es irgendwie gefährlich. Dafür trat Kardinal Iwaszkiewicz vor, nahm den Brief an sich, faltete ihn zweimal und ließ ihn in seiner Tasche verschwinden. Dann baute er sich vor Quart auf:

»Wir möchten, dass Sie nach Sevilla reisen und den Verfasser dieses Schreibens aufspüren.«

Sie waren einander jetzt sehr nahe, so nahe, dass Quart beinahe seinen Atem riechen konnte, was ihm äußerst unangenehm war. Er musste sich zusammenreißen, um nicht einen Schritt zurückzutreten, schaffte es jedoch, dem Blick des Kardinals einige Sekunden standzuhalten, bevor er, über dessen Schulter hinweg, zu Monsignore Spada hinübersah: Der Erzbischof quittierte seinen Loyalitätsbeweis mit einem anerkennenden Lächeln.

»Wenn Seine Eminenz im Plural spricht«, sagte Spada, »so bezieht er sich natürlich auf sich und mich, und darüber hinaus auf den Willen des Heiligen Vaters.«

»Der auch der Wille Gottes ist«, unterstrich Iwaszkiewicz beinahe provokativ, die stechenden, schwarzen Pupillen unverwandt auf Quart geheftet.

»Der, in der Tat, auch der Wille Gottes ist«, bestätigte Monsignore Spada, ohne dass seine Stimme den geringsten Anflug von Ironie verraten hätte. Der Direktor des IOE wusste sehr gut, dass ihm bei aller Macht gewisse Grenzen gesetzt waren; sein Blick drückte eine Warnung aus: Vorsicht, Quart, wir beide treiben in gefährlichen Wassern.

»Verstehe«, sagte dieser mit einer knappen, disziplinierten Verneigung vor dem Kardinal. Iwaszkiewicz wirkte jetzt ein wenig entspannter, während Monsignore Spada hinter seinem Rücken beifällig mit dem Kopf nickte:

»Ich sagte Ihnen doch, dass Padre Quart …«

Der Pole unterbrach ihn mit einer herrischen Geste.

»Ich weiß, ich weiß.« Er sah zum letztenmal den jungen Priester an, dann nahm er wieder seinen Platz vor dem Fenster ein.

»Quart ist ein guter Soldat, sagten Sie. Und Sie haben es mindestens einmal wiederholt.« Seine Stimme hatte ironisch und gereizt geklungen. Jetzt starrte er in den Regen hinaus, als wolle er mit der ganzen Sache nichts mehr zu tun haben.

Monsignore Spada legte seinen Brieföffner aus der Hand und zog die Schreibtischschublade auf, der er eine prall gefüllte blaue Aktenmappe entnahm.

»Die Identifizierung des Briefverfassers ist nur ein Teil Ihres Auftrags«, sagte er, die Mappe vor sich auf den Tisch legend. »Was haben Sie übrigens aus dem Schreiben geschlossen?«

»Dass es von einem Geistlichen stammen könnte«, erwiderte Quart, ohne zu zögern. »Von einem Geistlichen, der völlig über-geschnappt ist«, fuhr er nach kurzem Schweigen fort.

»Möglich.« Monsignore Spada öffnete die Mappe und begann ein Dossier mit Zeitungsausschnitten durchzublättern. »Aber er ist Computerexperte und die Dinge, von denen er schreibt, sind nicht erfunden. Diese Kirche hat tatsächlich Probleme. Und sie verursacht Probleme. In den letzten drei Monaten haben sich dort zwei Todesfälle ereignet. Die ganze Sache riecht sehr nach einem Skandal.«

»Sie riecht nach etwas viel Schlimmerem«, warf der Kardinal vom Fenster her ein, ohne sich umzudrehen.

»Seine Eminenz ist der Meinung, die Inquisition solle sich mit der Angelegenheit befassen«, erklärte der Direktor des IOE. »Und zwar im alten Stil«, fügte er nach einer bedeutungsvollen Pause hinzu.

»Im alten Stil«, wiederholte Quart. Was die Glaubenskongre-gation betraf, so gefiel ihm weder der alte noch der neue Stil, und das hatte viel mit seinen eigenen Erfahrungen zu tun. Einen Moment lang tauchte aus seinem Gedächtnis das Gesicht des brasilianischen Priesters Nelson Corona auf: Ein Pfarrer der »Favelas«, der Elendsviertel, der sich für die Theologie der Befreiung eingesetzt hatte, und für dessen Sarg er selbst die Nägel geliefert hatte.

»Unser Problem ist, dass der Heilige Vater eine gründliche Untersuchung der Sache möchte, es andererseits aber übertrie-ben findet, die Inquisition damit zu beauftragen«, fuhr Mon-signore Spada fort. »Das wäre, wie mit Kanonen auf Spatzen zu schießen« – er warf Kardinal Iwaszkiewicz einen viel sagenden Blick zu – »oder mit Flammenwerfern.«

»Wir verbrennen schon lange keinen mehr«, hörten sie den Kardinal sagen, als spreche er zum Regen. Er schien diesen Umstand zu bedauern.

»Wie auch immer ...«, sagte der Erzbischof, »es wurde beschlossen, dass sich für den Moment, und ich betone *für den Moment*, das Institut für auswärtige Angelegenheiten mit der Untersuchung befasst. Das heißt: Sie. Nur wenn sich im Laufe der Untersuchung schwerwiegende Indizien ergeben sollten, wird die Inquisition den Fall übernehmen.«

»Werter Mitbruder, darf ich Sie daran erinnern, dass es die Inquisition seit dreißig Jahren nicht mehr gibt.« Der Kardinal kehrte ihnen noch immer den Rücken zu.

»Sie haben Recht; verzeihen Sie, ich meinte natürlich: die Glaubenskongregation.«

»Wir verbrennen schon lange keinen mehr«, wiederholte Iwaszkiewicz grimmig.

Monsignore Spada schwieg ein paar Sekunden, ohne die Augen von Quart zu wenden. Sie verbrennen keinen mehr, aber sie hetzen ihre Bluthunde auf ihn, sagte sein Blick. Sie treiben ihn in die Enge, verleumden ihn in der Öffentlichkeit und begraben ihn lebend. Sie verbrennen keinen mehr, aber nimm dich in Acht. Dieser Pole ist sehr gefährlich – für dich und für mich; und von uns beiden bist du der Gefährdetere.

Als der Direktor des IOE schließlich weitersprach, schlug er einen formellen, beinahe vorsichtigen Ton an: »Sie werden sich also eine Zeit lang in Sevilla aufhalten, Padre Quart. Dort tun Sie Ihr Möglichstes, um dem Verfasser dieses Briefes auf die Spur zu kommen. Halten Sie höflichen Kontakt mit dem örtlichen Bischof und gehen Sie mit äußerster Diskretion vor.« Er zog ein weiteres Dossier aus der Schublade und legte es auf das erste. »Hier drin sind alle Informationen, über die wir verfügen. Noch irgendwelche Fragen?«

»Ja, Monsignore, eine Frage hätte ich noch.«

»Bitte.«

»Die Welt ist voll von Kirchen mit Problemen und möglichen Skandalen. Was ist an der Kirche in Sevilla so Besonderes?«

Der Erzbischof schielte zu Kardinal Iwaszkiewicz hinüber, aber der Inquisitor gab keinen Mucks von sich. Darauf beugte

Spada sich über die Aktenmappen auf seinem Tisch, als erwarte er sich von ihnen eine Eingebung.

»Nun«, sagte er schließlich, »dieser Computerpirat hat sich doch ziemlich viel Arbeit gemacht und irgendwie scheint der Heilige Vater das zu schätzen.«

»Zu schätzen? Übertreiben Sie nicht!«, knurrte Iwaszkiewicz.

Monsignore Spada zuckte mit den Schultern.

»Dann drücken wir es anders aus: Seine Heiligkeit hat beschlossen diesem Menschen besondere Aufmerksamkeit zu widmen.«

»Trotz seiner frechen Anmaßung«, warf der Pole ein.

»So ist es«, bestätigte der Erzbischof. »Aus irgendeinem Grund hat diese Botschaft in seinem persönlichen Computer den Papst neugierig gemacht. Jetzt möchte er über die ganze Geschichte informiert werden.«

»Über die ganze Geschichte«, wiederholte Quart.

»Bis ins kleinste Detail.«

»Muss ich die örtliche Diözese auf dem Laufenden halten?«

Kardinal Iwaszkiewicz drehte sich nach ihm um.

»Ihr einziger Ansprechpartner in dieser Sache ist Monsignore Spada.«

In diesem Moment kehrte der elektrische Strom zurück. Der riesige Kronleuchter an der Decke brachte den Schmuck des Kardinals zum Funkeln, sein Diamantenkreuz und den Ring an der Hand, mit der er auf den Direktor des IOE deutete.

»Ihn und keinen anderen werden Sie informieren.«

Das künstliche Licht ließ seine Gesichtszüge etwas weicher erscheinen und entschärfte die harte Linie seiner verkniffenen, dünnen Lippen – Lippen, die im Leben noch nichts anderes geküsst hatten als Ornate, Stein und Metall.

Quart nickte.

»Jawohl, Eminenz. Aber die Diözese von Sevilla untersteht einem Erzbischof. Wie soll ich mich ihm gegenüber verhalten?«

Iwaszkiewicz verschränkte die Hände unter dem Brustkreuz und betrachtete die Nägel seiner Daumen.

»Wir sind alle Brüder in Jesu Christo, unserem Herrn. In diesem Sinne halte ich Sie zu einem reibungslosen Verhältnis und zur Zusammenarbeit mit dem Erzbischof von Sevilla an. Aber ich entbinde Sie ausnahmsweise von der Gehorsamspflicht ihm gegenüber. Die Madrider Nuntiatur und das örtliche Erzbistum sind entsprechend instruiert.«

Quart warf Monsignore Spada einen fragenden Blick zu, bevor er dem Kardinal antwortete:

»Vielleicht weiß Eure Eminenz nicht, dass der Erzbischof von Sevilla mir gegenüber etwas negativ eingestellt ist ...«

Quart hatte Recht. Vor zwei Jahren war es zwischen ihm und Seiner Exzellenz, Don Aquilino Corvo, anlässlich eines Papstbesuches in der andalusischen Hauptstadt wegen Sicherheitsfragen zu einem schweren Kompetenzstreit gekommen. Die Nachwirkungen dieses Bebens waren bis heute spürbar.

»Ihre Probleme mit Monsignore Corvo sind uns bekannt«, sagte Iwaszkiewicz. »Aber der Erzbischof ist ein vernünftiger Mann und wird zum Wohle der Kirche über seine persönlichen Abneigungen hinwegsehen.«

»Wir sitzen alle im selben Boot, das heißt: im Petrusschiff«, erlaubte Monsignore Spada sich zu bemerken und Quart begriff: So gefährlich es war, mit Iwaszkiewicz am selben Tisch zu spielen, das IOE hatte gute Karten in dieser Geschichte. Hilf mir, sie auszuspielen, signalisierten ihm die Augen seines Vorgesetzten.

»Der Erzbischof von Sevilla ist formhalber in Kenntnis gesetzt worden«, sagte der Pole. »Aber Sie genießen völlige Unabhängigkeit, um alle nötigen Informationen zusammenzutragen – egal, mit welchen Mitteln.«

»Vorausgesetzt, sie sind legal«, warf Monsignore Spada ein.

Quart hatte Mühe ein Lächeln zu unterdrücken. Der Kardinal sah abwechselnd von einem zum anderen.

»Natürlich«, sagte er. »Vorausgesetzt, sie sind legal.«

Er war sich beim Sprechen mit der beringten Hand über eine Augenbraue gefahren – eine scheinbar unbedachte Geste, die in Wahrheit eine Warnung enthielt: Seid bloß vorsichtig mit euren Lausbuben-Spielchen. Wer zuletzt lacht, lacht am besten und ich habe es nicht eilig. Ein einziger Ausrutscher und ihr seid dran.

»Vergessen Sie nicht, Padre Quart«, fuhr Kardinal Iwaszkiewicz fort, »dass Ihre Mission rein informativer Art ist. Sie werden also absolute Neutralität bewahren. Je nachdem, was Sie an Material zusammentragen, leiten wir dann später die entsprechenden Schritte ein. Für Sie gilt im Augenblick nur eins: Keinen Aufruhr in der Öffentlichkeit, keinen Skandal – egal, was Sie fin-

den.« Er legte eine Pause ein, betrachtete das Fresko des Thyrrhenischen Meers und wiegte den Kopf, als entnehme er ihm
eine geheime Botschaft. »Denken Sie daran: In der heutigen Zeit
macht uns die Wahrheit nicht immer frei. Ich meine natürlich die
von der Presse verbreitete Wahrheit.«

Mit einer brüsken Bewegung – die Lippen zusammengepresst
und die schwarzen Augen drohend auf Quart gerichtet –
streckte er seine beringte Hand aus. Quart jedoch war ein guter
Söldner, der sich seinen Arbeitgeber aussuchte, und so wartete
er genau eine Sekunde länger als nötig, bevor er ein Knie beugte
und den roten Rubin des Kardinalsrings küsste. Iwaszkiewicz
machte mit zwei Fingern derselben Hand langsam das Kreuzzeichen über seinem Haupt, was ebenso gut als Segnung wie als
Fluch verstanden werden konnte. Darauf verließ er das Zimmer.

Quart stieß geräuschvoll die angehaltene Luft aus, richtete
sich auf und klopfte sich den Staub vom Hosenknie. Seine
Augen sahen Monsignore Spada fragend an.

»Was halten Sie von ihm?«, wollte der Direktor des IOE wissen. Er lächelte besorgt, während er mit seinem Brieföffner auf
die Tür deutete, zu der Iwaszkiewicz hinausgegangen war.

»Offiziell oder offiziös, Monsignore?«

»Offiziös.«

»Also vor zwei- oder dreihundert Jahren hätte ich dem Kardinal nicht in die Hände fallen wollen.«

Sein Vorgesetzter lächelte noch breiter:

»Warum?«

»Na ja, ich stelle ihn mir ziemlich rücksichtslos vor.«

»Rücksichtslos?« Der Erzbischof sah erneut zur Tür und Quart
beobachtete, wie nach und nach das Lächeln von seinen Lippen
verschwand. »Wenn es nicht um einen Mitbruder ginge, würde
ich sagen, dass Seine Eminenz ein ausgemachter Schweinehund
ist.«

Sie stiegen gemeinsam die breite Steintreppe zur Via del Belve-
dere hinunter, wo Monsignore Spadas Dienstwagen wartete.
Der Erzbischof hatte in der Nähe von Quarts Wohnung einen
Termin bei *Cavalleggeri & Söhnen*. Cavalleggeri war seit zwei
Jahrhunderten der »Hofschneider« der vatikanischen Kurie ein-
schließlich des Papstes. Sein Salon befand sich in der Via Sistina,

gleich bei der Piazza di Spagna, und der Erzbischof bot Quart an ihn ein Stück mit dem Wagen mitzunehmen. Sie verließen den Vatikan durch das Sankt-Anna-Tor. Im Vorbeifahren konnten sie durch die beschlagenen Autofenster sehen, wie die Wächter der Schweizer Garde strammstanden. Quart grinste belustigt, denn er wusste, dass Monsignore Spada bei den Schweizern alles andere als beliebt war. Vor kurzem hatte eine Untersuchung des IOE zu einem halben Dutzend Kündigungen geführt; Grund waren angebliche Fälle von Homosexualität in der Garde. Außerdem dachte sich der Erzbischof von Zeit zu Zeit und quasi zum Vergnügen kleine »Manöver« aus, um die innere Sicherheit des Vatikans auf die Probe zu stellen. Unlängst hatte er beispielsweise einen seiner Agenten in den päpstlichen Palast eingeschmuggelt; der Mann in Zivil war mit einem Kanister »Schwefelsäure« ausgestattet gewesen – Schwefelsäure für das berühmte Fresko der Kreuzigung des Heiligen Petrus in der Paulinischen Kapelle. Vor Ort hatte der Eindringling ein Polaroidfoto von sich geschossen, auf dem er auf einer Bank vor der Malerei stand und von einem Ohr zum andern grinste. Am nächsten Tag hatte Monsignore Spada das Foto mit einem sarkastischen Begleitschreiben an den Oberst der Schweizer Garde geschickt. Sechs Wochen waren seit diesem Zwischenfall vergangen, aber noch immer rollten Köpfe.

»Er heißt Matutin«, sagte Monsignore Spada.

Der Wagen fuhr nach rechts, unter den Bögen des Angelika-Tors durch, und bog dann links ab. Quart blickte auf den Rücken des Chauffeurs, von dem sie durch eine schalldichte Panzerglasscheibe getrennt waren.

»Ist das alles, was Sie über ihn wissen?«

»Wir wissen auch, dass er Zugang zu einem Computermodem hat und dass es sich möglicherweise um einen Geistlichen handelt.«

»Alter?«

»Ungewiss.«

»Nicht gerade viel, was Sie mir da erzählen, Hochwürden.«

»Meckern Sie nicht; ich erzähle Ihnen, was bekannt ist.«

Mühsam schlängelte sich der Fiat durch den dichten Verkehr auf der Via della Conciliazione. Es hatte aufgehört zu regnen, über dem Pincio-Hügel im Osten begann sich der Himmel aufzuklären. Quart zupfte an der Bügelfalte seiner Hose herum und warf zerstreut einen Blick auf die Uhr.

»Was ist in Sevilla los?«

Monsignore Spada sah auf die Straße hinaus.

»Es gibt dort eine kleine Barockkirche namens Nuestra Señora de las Lagrimas, alt, halb verfallen. Sie sollte restauriert werden, aber mitten in den Arbeiten ist das Geld ausgegangen … Anscheinend befindet sich das Grundstück, auf dem sie steht, in einem historisch bedeutenden Viertel: Santa Cruz.«

»Ich kenne Santa Cruz. Es ist das alte jüdische Viertel von Sevilla, Anfang des Jahrhunderts neu aufgebaut; ganz in der Nähe der Kathedrale und des Erzbischöflichen Ordinariats.« Quart schnitt eine Grimasse in Erinnerung an Monsignore Corvo. »Ein wunderschöner Stadtteil.«

»Ja, das muss er wohl sein … der drohende Verfall der Kirche und die Unterbrechung der Restaurierungsarbeiten erhitzen nämlich sehr die Gemüter; die Stadtverwaltung will enteignen, und eine andalusische Adelsfamilie, die irgendwas mit einer Bank zu tun hat, gräbt neuerdings irgendwelche uralten Anrechte aus.«

Sie hatten gerade zu ihrer Linken die Engelsburg hinter sich gelassen und fuhren nun den Lungotevere hinunter. Quart betrachtete die ockerfarbene, runde Mauer, die für ihn wie kein anderes Bauwerk die Geschichte der Kirche verkörperte, der er diente. Er sah ihn förmlich vor sich, Clemens VII., wie er mit gerafftem Talar vor den Landsknechten Karls V. floh, die Rom plünderten. *Memento mori.*

»Und der Erzbischof von Sevilla? Warum ist er nicht mit der Sache betraut worden?«

Der Direktor des IOE starrte durch die regennassen Wagenfenster auf den grauen Tiber hinaus.

»Man traut ihm hier in Rom nicht über den Weg. Er ist persönlich in die Geschichte verwickelt. Ob Sie es glauben oder nicht: Unser guter Monsignore Corvo möchte auch spekulieren … natürlich nur zugunsten der Heiligen Mutter Kirche. Und Nuestra Señora de las Lagrimas verfällt unterdessen, ohne dass es irgendjemanden kümmert – als Ruine scheint sie mehr wert zu sein.«

»Gibt es einen Gemeindepfarrer?«

Quarts Frage entlockte dem Erzbischof einen langen Seufzer.

»Erstaunlicherweise ja; einen älteren Pfarrer, der anscheinend ziemlich streitsüchtig ist. Wir hegen den Verdacht, dass er Matutin ist … er oder sein Vikar: ein junger Geistlicher, der auf seine Versetzung in eine andere Diözese wartet. Unseren Informationen zufolge hat dieser Pfarrer mehrmals an Corvo appelliert, ist aber immer auf taube Ohren gestoßen«, berichtete Monsignore Spada mit einem müden Lächeln. »Die Vermutung liegt also nahe, dass einer der beiden, wenn nicht beide zusammen, auf die Idee verfallen sind sich per Computer direkt an den Heiligen Vater zu wenden.«

»So muss es wohl sein.«

Der Direktor des IOE hob beschwichtigend die Hand.

»So *könnte* es sein … wir brauchen Beweise.«

»Und wenn ich diese Beweise beschaffe?«

Die Miene des Erzbischofs verdüsterte sich, seine Stimme nahm einen sehr ernsten Ton an.

»Dann, lieber Quart, werden die beiden ihren albernen Streich bitter bereuen.«

»Was ist mit diesen Todesfällen?«

»Genau da liegt ja der Hase im Pfeffer. Ohne sie wäre das Problem eins von hunderten: ein Grundstück, Spekulanten und ein Haufen Geld zu gewinnen. In Krisenzeiten reißt man solche Kirchen normalerweise ab, man verkauft das Grundstück und verwendet den Erlös zum Ruhme Gottes; ein guter Vorwand lässt sich immer finden. Aber die beiden Toten komplizieren die Sache.« Die braun geäderten Augen Monsignore Spadas verloren sich im immer dichter werdenden Verkehr des Corso Vittorio Emanuele. »Innerhalb kürzester Zeit sind zwei Menschen umgekommen, die etwas mit Nuestra Señora de las Lagrimas zu tun hatten: zuerst ein Gemeindearchitekt – er hat das Gebäude untersucht, um es für baufällig zu erklären und seine Räumung anzuordnen – und dann ein Geistlicher, Corvos Sekretär; er soll sich angeblich dort herumgetrieben haben, um im Namen Seiner Bischöflichen Gnaden Druck auf den Gemeindepfarrer zu machen.«

»Das kann ich nicht glauben.«

Die Bulldoggen-Augen hefteten sich auf Quart:

»So? Dann strengen Sie sich mal an! Ab heute befassen Sie sich mit dieser Geschichte.«

Der Fiat war in einen riesigen Stau geraten. Alles hupte, keiner stellte den Motor ab, der Lärm war unerträglich. Monsignore Spada legte den Kopf schief und schielte zum Himmel hinauf.

»Wir gehen besser zu Fuß weiter. Zeit haben wir genug. Kommen Sie, ich lade Sie zu einem Aperitif in Ihr Lieblingscafé ein.«

»Ins Greco? Mit größtem Vergnügen, Monsignore, aber Ihr Schneider wartet – und Ihr Schneider ist Cavalleggeri, nicht irgendeiner. Ihn lässt nicht einmal der Heilige Vater warten.«

Der Erzbischof lachte laut auf, während er bereits aus dem Wagen stieg.

»Das ist eins meiner wenigen Privilegien, Padre Quart. So viel, wie ich über Cavalleggeri weiß, weiß nicht einmal der Papst.«

Lorenzo Quart hatte eine große Vorliebe für alte Cafés. Als er vor beinahe zwölf Jahren als Student der Gregorianischen Universität nach Rom gekommen war, hatte ihn das zweihundertfünfzig Jahre alte Café Greco, in dem die berühmtesten Globetrotter des 18. und 19. Jahrhundert verkehrt hatten, angefangen von Lord Byron bis hin zu Stendhal, sofort für sich eingenommen. Jetzt lebte er wenige Schritte von ihm entfernt in der Via del Babuino 119; dort hatte das IOE eine Attikawohnung mit Terrasse für ihn gemietet, von der er einen herrlichen Ausblick auf Trinità dei Monti und die spanische Treppe mit ihren blühenden Azaleen hatte. Das Greco war sein bevorzugter Aufenthaltsort zum Lesen; zu Uhrzeiten, in denen dort wenig Publikumsverkehr herrschte, richtete er sich mit einem Buch unter der Büste Viktor Emanuels II. ein, am angeblichen Stammtisch Giacomo Casanovas und Ludwigs von Bayern.

»Wie hat Monsignore Corvo auf den Tod seines Sekretärs reagiert?«

Spada studierte das Rot der Cinzanos, die vor ihnen standen. Es waren wenig Leute im Lokal: ein paar zeitunglesende Stammgäste an Tischen im hinteren Teil, eine elegante Dame mit Einkaufstaschen von Armani und Valentino, die mit einem Handy telefonierte, zwei englische Touristen, die im Eingangsraum an der Theke lehnten und sich gegenseitig fotografierten. Die Frau mit dem Handy schien den Erzbischof zu stören, denn er warf ihr einen kritischen Blick zu, bevor er sich endlich an Quart wandte:

»Schlecht. Sehr schlecht sogar. Er hat geschworen sich an der Kirche zu rächen, keinen Stein auf dem andern zu lassen.«

Quart schüttelte den Kopf:

»Das finde ich übertrieben. Ein Gebäude besitzt doch keinen eigenen Willen, schon gar nicht, um Schaden anzurichten.«

»Das hoffe ich.« Die Bulldoggen-Augen wirkten ernst. »Das hoffe ich wirklich. In unser aller Interesse.«

»Sucht Monsignore Corvo nicht eher einen Vorwand, um die Kirche abreißen zu lassen?«

»Doch, das tut er sicher, aber da steckt noch mehr dahinter. Der Erzbischof hat persönlich etwas gegen diese Kirche oder gegen ihren Pfarrer. Möglicherweise gegen beide.«

Spada schwieg erneut und betrachtete ein Gemälde an der Wand: eine romantische Landschaft aus der Zeit, in der Rom noch unter der Oberherrschaft des Papstes gestanden hatte; im Vordergrund der Vespasianbogen, im Hintergrund die Kuppel der Peterskirche und dazwischen Dächer und Reste der antiken Stadtmauer.

»Hat es sich um natürliche Tode gehandelt?«, fragte Quart.

Sein Gegenüber zuckte mit den Schultern.

»Hängt davon ab, was man unter natürlich versteht. Der Architekt ist vom Dach der Kirche gestürzt, dem Geistlichen ist ein Brocken der Gewölbedecke auf den Kopf gefallen.«

»Spektakulär«, gab Quart zu, während er sein Glas an die Lippen führte.

»Und ziemlich blutig, glaube ich. Der Sekretär soll scheußlich ausgesehen haben.« Monsignore Spada hob den Zeigefinger zur Decke: »Stellen Sie sich eine Wassermelone vor, auf die zehn Kilo Gesims fallen. Plaff.«

Die Lautmalerei des Erzbischofs machte Quart die Situation so anschaulich, dass er schaudernd eine Grimasse schnitt.

»Was meint die spanische Polizei dazu?«

»Unfälle. Gerade deshalb ist der Satz ja so beunruhigend: *eine Kirche, die tötet, um sich zu verteidigen.*« Monsignore Spada runzelte die Stirn. »Und diese Unruhe teilt nun der Papst dank der

Impertinenz eines Computerpiraten, den das IOE aufstöbern soll.«

»Warum gerade wir? Das habe ich noch immer nicht richtig verstanden.«

Der Erzbischof stieß ein trockenes Lachen aus, ohne gleich zu antworten. Er war wie ein Priester gekleidet, aber er sah überhaupt nicht so aus. Quart betrachtete sein Gladiatorenprofil, es erinnerte ihn an den Christus kreuzigenden römischen Hauptmann auf einem alten Stich. Doch hinter dem grobschlächtigen Äußeren verbarg sich ein mächtiger Mann. Die Bulldogge kannte sämtliche Geheimnisse eines Staates, der dreitausend Vatikanbeamte und dreitausend Bischöfe im Außendienst umfasste, ganz zu schweigen von einer Milliarde Gläubigen, die seiner geistigen Führerschaft unterstanden. Es wurde gemunkelt, Spada habe vor dem letzten Konklave ausführliche Arztberichte über alle Anwärter auf den Heiligen Stuhl eingeholt, um ihre Cholesterinwerte zu studieren und mit einiger Wahrscheinlichkeit vorhersagen zu können, ob die Amtszeit des neuen Papstes allzu kurz oder allzu lange ausfallen würde. Was Karol Woityla betraf, so hatte der Direktor des IOE schon lange vor dessen endgültiger Ernennung den bevorstehenden Rechtsdrall der Vatikanpolitik prophezeit.

»Warum wir?«, sagte er endlich, Quarts Frage wiederholend. »Weil wir theoretisch die Vertrauensmänner des Papstes sind. Jedes Papstes. Aber die Macht ist ein Knochen, um den sich viele Hunde reißen, leider auch im Vatikan. In letzter Zeit vergrößert das Heilige Offizium seinen Einfluss auf unsere Kosten. Früher haben wir in brüderlicher Eintracht zusammengearbeitet. Die Polizei Gottes, Brüder in Christus ...« Er machte eine wegwerfende Handbewegung. »Sie kennen diese Allgemeinplätze besser als ich.«

Und ob Quart sie kannte. Bis zur politischen Kursänderung des polnischen Teams und zum Skandal, der die gesamte vatikanische Finanzverwaltung erschüttert hatte, waren die Beziehungen zwischen IOE und Glaubenskongregation freundschaftlich gewesen. Dann jedoch hatte die Verfolgung und Ausschaltung des liberalen Sektors innerhalb der römischen Kurie sehr viel böses Blut geschaffen.

»Schlechte Zeiten«, seufzte der Erzbischof.

Eine Weile war er völlig in das Bild an der Wand versunken, dann nahm er einen Schluck von seinem Wermut, schnalzte mit der Zunge, lehnte sich zurück.

»Stellen Sie sich vor«, sagte er und deutete mit dem Kinn auf die von Michelangelo entworfene Kuppel im Hintergrund des Gemäldes, »dort dürfen nur die Päpste sterben. Vierzig Hektar Land für den mächtigsten Staat der Erde – der treu nach dem Vorbild einer absoluten Monarchie strukturiert ist; als lebten wir im Mittelalter! Woran liegt es, dass dieser Thron nicht schon längst wackelt? Ich will es Ihnen sagen: Daran, dass die Religion zu einem billigen Fernsehspektakel heruntergekommen ist … Denken Sie an die dauernden Übertragungen der Papstreisen, das alberne Getue mit dem *Totus tuus*. Und was verbirgt sich dahinter? Der reaktionärste Integralismus: Iwaszkiewicz und Kompanie; seine grauen Wölfe.«

Er seufzte erneut und wandte beinahe verächtlich die Augen von dem Bild.

»Jetzt geht es um Kopf und Kragen«, fuhr er düster fort. »Ohne Autorität funktioniert die Kirche nicht: Sie muss geschlossen und unangefochten bleiben, darin liegt der Trick. Und um das zu erreichen, greift man auf die Glaubenskongregation zurück; sie ist eine sehr wirksame Waffe. Ihr Einfluss ist immer größer geworden, seit Woityla in den Achtzigerjahren damit begonnen hat, jeden Tag auf den Sinai zu klettern, um ein wenig mit Gott zu plaudern.« Monsignore Spadas Augen sahen Quart ironisch an. »Der Heilige Vater ist unfehlbar, selbst wenn er sich irrt. Die Inquisition wieder ins Leben zu rufen, war die beste Methode, um den Dissidenten das Maul zu stopfen. Wer spricht heute noch von Küng, von Castillo, Schillebeeck oder Boff? Auseinandersetzungen werden im Schiff Petri seit jeher damit gelöst, dass man Andersdenkende zum Schweigen bringt oder über Bord wirft. Unsere Waffen sind dieselben geblieben: intellektuelle Diffamierung, Exkommunikation, Scheiterhaufen … Woran denken Sie, Padre Quart? Sie sind so still.«

»Das bin ich immer.«

»Stimmt. Loyalität und Vorsicht, habe ich Recht? Oder soll ich es besser Professionalität nennen?«, fragte der Erzbischof in ärgerlichem Ton. »Immer diese verflixte Disziplin … wie mit einem Panzer umgeben Sie sich damit. Bernhard von Clairvaux und seine mafiösen Tempelritter wären blendend mit Ihnen ausgekommen. Wenn Sie mich fragen, Sie hätten sich von Saladin eher die Kehle durchschneiden lassen, als Ihrem Glauben abzuschwören. Natürlich nicht aus Frömmigkeit, sondern aus Stolz.«

Quart musste lachen.

»Ich habe an Seine Eminenz, Kardinal Iwaszkiewicz, gedacht«, gab er zu. »Es gibt keine Scheiterhaufen mehr.« Er leerte sein Glas. »Und keine Exkommunikationen.«

Monsignore Spada stieß ein grimmiges Brummen aus.

»Es gibt andere Mittel, um die Leute zum Schweigen zu bringen. Auch wir haben sie angewandt. Auch Sie selbst.«

Der Erzbischof schwieg abrupt, als fürchte er zu weit gegangen zu sein. Aber was er gesagt hatte, war wahr. Anfänglich, als sie noch im selben Lager gekämpft hatten, hatte Quart den Bluthunden Iwaszkiewicz' höchstpersönlich die Nägel für mehrere Kreuzigungen geliefert. Er sah wieder die beschlagenen Brillengläser Nelson Coronas vor sich, seine erschrockenen, kurzsichtigen Augen, die Schweißtropfen, die ihm übers Gesicht rannen – eine Woche später war er kein Priester mehr gewesen und zwei Wochen später ein toter Mann. Vier Jahre waren seit damals vergangen, aber die Geschichte verfolgte Quart bis auf den heutigen Tag.

»Ja«, sagte er, »auch ich selbst.«

Monsignore Spada musste seiner Stimme etwas angemerkt haben, denn er sah ihn prüfend an.

»Noch immer Corona?«, fragte er sanft.

Quart lächelte traurig.

»Wollen Sie die Wahrheit?«

»Ja.«

»Nicht nur er. Auch Ortega, der Spanier. Und der andere, Souza.«

Die drei waren Anhänger der so genannten Theologie der Befreiung gewesen, Rebellen, die sich der von Rom ausgehenden reaktionären Strömung widersetzten. Gegen alle drei war das IOE im Auftrag des Kardinals und seiner Kongregation vorgegangen. Corona, Ortega und Souza hatten als Pfarrer in den Elendsvierteln von Rio de Janeiro und São Paulo gearbeitet und waren für ihre fortschrittliche Gesinnung bekannt gewesen. Sie hatten zu denjenigen gehört, die es besser fanden, dem Menschen auf Erden zu seinem Recht zu verhelfen, anstatt ihn aufs Jenseits zu vertrösten. Entsprechend von Iwaszkiewicz instruiert, hatte sich das IOE an die Arbeit gemacht – zuerst war nach schwachen Punkten gesucht und dann Druck ausgeübt worden. Ortega und Souza waren bald umgefallen. Corona aber, berühmt für seine scharfe Kritik an Politikern und örtlicher Polizei, eine Art Volksheld der Favelas von Rio, war lange standhaft geblieben. Lorenzo Quart hatte wochenlang »recherchieren«, jedem Gerücht, jeder Klatschgeschichte nachgehen müssen, um ihn schließlich kleiner Vergehen im Umgang mit drogensüchtigen jungen Männern beschuldigen zu können. Doch der brasilianische Pfarrer war selbst so nicht zu einem Gesinnungswandel zu bewegen gewesen. Sieben Tage nachdem man ihn unter großem Presseaufruhr seines Priesteramts enthoben und aus der Diözese verbannt hatte, war Nelson Corona von rechtsradikalen Todesschwadronen umgebracht worden. Die Hände auf dem Rücken gefesselt, einen Schuss im Genick, war die Leiche auf einer Müllhalde in der Nähe seiner alten Gemeinde gefunden worden. »Comunista e veado«, Kommunist und Schwuler, stand auf dem Schild, das sie ihm um den Hals gehängt hatten.

»Hören Sie, Padre Quart. Dieser Mann hat gegen das Gehorsamsgelübde verstoßen und sein Amt missbraucht. Wir haben ihn gebeten seine Irrtümer einzusehen, weiter nichts. Danach ist die Geschichte außer Kontrolle geraten – nicht uns, sondern Iwaszkiewicz und seiner Kongregation. Sie haben lediglich Befehle ausgeführt, Vorarbeit geleistet. Sie sind für nichts verantwortlich.«

»Doch, Monsignore, bei allem Respekt: Ich bin verantwortlich. Nelson Corona ist tot.«

»Sie und ich kennen andere Männer, die gestorben sind. Den Bankier Lupara, beispielsweise.«

»Corona war aber einer der unseren, Monsignore.«

»Der unseren, der unseren … Wir sind keine Gemeinschaft, Padre Quart. Wir stehen alleine da. Wir haben uns ausschließlich vor Gott und dem Papst zu verantworten.« Der Erzbischof machte eine viel sagende Pause: »Die Päpste sterben, Gott nicht. Und zwar genau in dieser Reihenfolge.«

Quart sah zur Tür, das Thema war ihm unangenehm. Dann senkte er den Kopf.

»Sie haben Recht, Exzellenz«, sagte er mit tonloser Stimme.

Der Erzbischof ballte seine riesige Pranke zur Faust, als wolle er auf den Tisch schlagen, doch er tat es nicht.

»Manchmal geht mir Ihre verfluchte Disziplin richtig auf die Nerven.«

»Was soll ich darauf sagen, Monsignore?«

»Sagen Sie mir, was Sie denken.«

»In solchen Augenblicken versuche ich gar nichts zu denken.«

»Seien Sie kein Idiot. Das ist ein Befehl.«

Quart schwieg ein paar Sekunden, dann hob er die Schultern:

»Ich bin immer noch überzeugt, dass Corona einer der unseren war. Und außerdem ein gerechter Mann.«

Der Erzbischof öffnete seine Faust und hob ein wenig die Hand.

»Mit Schwächen.«

»Sicher. Und genau das war seine Schuld: eine Schwäche, ein Irrtum. Aber wem unterlaufen keine Irrtümer?«

Paolo Spada grinste ironisch.

»Ihnen, Padre Quart. Ich lauere seit zehn Jahren auf den Tag, an dem Sie Ihren ersten Irrtum begehen. An diesem Tag werde ich mir das Vergnügen leisten Ihnen eine gesalzene Buße zu verordnen: fünfzig Geißelschläge und hundert Ave-Marias –, um Ihre Disziplin unter Beweis zu stellen.« Seine Stimme war plötzlich bissig geworden. »Wie schaffen Sie es bloß, immer so tugendhaft und diszipliniert zu sein?« Er schüttelte den Kopf und fuhr sich durch das borstige Haar. »Um aber auf diese unselige Geschichte in Rio zurückzukommen … Sie wissen doch, dass die Handschrift des Allmächtigen manchmal schwer zu entziffern ist. Ich meine, das war einfach Pech.«

»Pech oder nicht, Monsignore, Tatsache ist, dass ich der Urheber des Ganzen bin. Und dafür werde ich eines Tages Rechenschaft ablegen müssen.«

»An diesem Tag wird Gott über Sie urteilen wie über uns alle. Aber bis dahin haben Sie meine Generalabsolution, sub conditione … Natürlich nur, was Ihre Arbeit anbetrifft, das ist klar.«

Er hob eine seiner großen Hände zu einer kurzen Segnung.

»Das reicht mir leider nicht«, erwiderte Quart mit einem offenen Lächeln. »Sind Sie sich übrigens sicher, dass wir heute genauso gehandelt hätten wie damals?«

»Meinen Sie die Kirche?«

»Nein, ich meine das Institut für Auswärtige Angelegenheiten. Würden wir Kardinal Iwaszkiewicz heute so ohne weiteres diese drei Köpfe auf dem Silbertablett anbieten?«

»Das weiß ich nicht. Das weiß ich wirklich nicht. Eine Strategie setzt sich aus taktischen Zügen zusammen ...« Der Prälat unterbrach sich jäh, um seinen Untergebenen misstrauisch zu mustern. »Ich hoffe, dies alles hat nichts mit Ihrem Auftrag in Sevilla zu tun!«, sagte er.

»Nein, hat es nicht; wenigstens glaube ich das. Aber Sie wollten, dass ich offen zu Ihnen bin.«

»Hören Sie, Quart. Wir beide sind Profis, keine Grünschnäbel. Die meisten Leute im Vatikan sind von Iwaszkiewicz bestochen oder eingeschüchtert.« Er sah sich um, als könne der Pole jeden Moment aus dem Boden wachsen. »Er braucht nur noch das IOE unter seine Fuchtel zu bringen, dann hat er uns alle im Sack. Und wenn er das bisher noch nicht geschafft hat, so bloß deshalb, weil uns bislang der Staatssekretär vor dem Heiligen Vater verteidigt – Sie wissen ja, dass Azopardi ein Studienkollege von mir war.«

»Aber Sie haben doch viele Freunde, Monsignore ... Leute, denen Sie einen Gefallen getan haben.«

Paolo Spada lachte höhnisch auf.

»In der Kurie vergisst man Gefallen sehr schnell. Wir leben an einem Hof klatschsüchtiger Eunuchen, an dem keiner ohne die Hilfe eines anderen Karriere macht. Ist einer mal gestürzt, dann gehen sie alle auf ihn los, aber solange die Dinge nicht klar liegen, wagt niemand einen Schritt zu tun – aus Angst vor den Folgen. Denken Sie an den Tod von Papst Luciani, Johannes Paul I. Um genau bestimmen zu können, wann er gestorben ist, musste ihm die Temperatur gemessen werden, rektal, aber keiner hat es gewagt, ihm ein Fieberthermometer in den Hintern zu stecken!«

»Aber der Kardinal Staatssekretär ...«

Die Bulldogge schüttelte den Kopf.

»Azopardi ist mein Freund in dem Sinne, wie dieses Wort hier verstanden wird. Er muss auch für sich selbst sorgen ... Iwaszkiewicz ist sehr mächtig.«

Er schwieg, als habe er die Macht Jerzy Iwaskiewicz' auf eine Waagschale gelegt und seine eigene auf die andere, und warte jetzt auf das Ergebnis. Große Illusionen schien er diesbezüglich nicht zu hegen.

»Selbst die Sache mit diesem Hacker ist im Grund eine Bagatelle«, fuhr er nach einer Weile fort. »Unter anderen Umständen wäre es ihnen im Traum nicht eingefallen, uns damit zu betrauen – das ist streng genommen Kompetenz des Erzbischofs von Sevilla. Aber so, wie es augenblicklich läuft, wird aus jeder Mücke ein Elefant gemacht. Es genügt, dass der Papst sich für irgendetwas interessiert, und schon ist ein neues Szenarium für Machtkämpfe geschaffen. Verstehen Sie jetzt, weshalb ich Sie für diese Mission ausgewählt habe? Sie sind mein bester Mann, Quart. Was ich zuerst brauche, ist Information. Um eine gute Figur abzugeben, muss ich einen Bericht von dieser Dicke abliefern« – er spreizte Daumen und Zeigefinger. »Sie sollen sehen, dass wir uns rühren. Das wird Seine Heiligkeit zufrieden stellen und nebenbei den Polen im Zaum halten.«

Eine Gruppe japanischer Touristen trat ins Café und bewunderte die schön ausgestatteten Innenräume. Einige von ihnen verneigten sich höflich lächelnd, als sie die beiden Priester sahen. Monsignore Spada erwiderte zerstreut ihr Lächeln.

»Ich schätze Sie, Padre Quart«, sagte er nach einer Weile. »Deshalb wollte ich Sie wissen lassen, was für uns auf dem Spiel steht, bevor Sie nach Sevilla gehen … Ich weiß nicht, ob Sie tatsächlich immer ein so braver Soldat sind, wie Sie vorgeben, aber Sie haben mir nie Anlass gegeben das Gegenteil zu denken. Sie sind mir schon damals als junger Student der Gregorianischen Universität aufgefallen; später habe ich Sie dann richtig ins Herz geschlossen. Das könnte Sie natürlich einmal teuer zu stehen kommen: Wenn ich eines Tages stürze, dann stürzen Sie mit mir – vielleicht sogar noch etwas früher. Wie im Schach: Dort werden auch zuerst die Bauern geopfert.«

Quart nickte gelassen.

»Und wenn wir gewinnen?«

»Wir werden nie ganz gewinnen. Wir haben gewählt, was Gott über Bord geworfen hat und die anderen nicht wollten: Aufruhr und Kampf, wie Ihr Landsmann Ignatius von Loyola gesagt hätte. Unsere Siege dauern nicht länger als bis zum nächsten Angriff … Iwaszkiewicz bleibt Kardinal, solange er lebt, Bischof für den Rest seiner Tage, Bürger des kleinsten und –

dank uns – wehrhaftesten Staates der Welt; und vielleicht wird er dank der Sünden, die wir begehen, eines Tages sogar Papst. Sie und ich werden nie *papabiles* sein, wahrscheinlich nicht einmal Kardinäle. Wir haben zu kurze Stammbäume und zu lange Lebensläufe, wie man in der Kurie zu sagen pflegt. Aber wir besitzen Macht und können kämpfen, deshalb sind wir gefürchtet; und das weiß dieser arrogante, fanatische Pole ganz genau. Uns wischen sie nicht einfach weg, wie sie es mit den Jesuiten und mit den Liberalen in der Kurie getan haben – dem Opus Dei, der integralistischen Mafia oder dem Gott von Sinai zuliebe. *Totus tuus*, aber reizt mich nicht. Es gibt Bulldoggen, die im Angriff sterben.«

Der Erzbischof warf einen Blick auf die Uhr und winkte den Kellner heran. Während er Quart eine Hand auf den Arm legte, um zu verhindern, dass dieser bezahlte, zog er mit der anderen ein paar Geldscheine aus der Tasche und reichte sie dem Kellner. Achtzehntausend Lire, genau abgezählt, wie Quart feststellte. Das Leben Monsignore Spadas war zu hart gewesen, als dass er Trinkgelder gegeben hätte.

»Wir haben die Pflicht zu kämpfen, Padre Quart«, sagte er im Aufstehen. »Weil wir im Recht sind, und Iwaszkiewicz im Unrecht. Man kann energisch sein und seine Autorität geltend machen, ohne Folter und Inquisition wieder auferstehen zu lassen, wie dieser Pole und seine Hofkamarilla es möchten. Erinnern Sie sich an Papst Johannes Paul I.? Sein Pontifikat hat gerade dreiunddreißig Tage gedauert. Sie waren damals noch nicht mal zwanzig, aber ich habe schon fürs IOE gearbeitet.« Der Erzbischof setzte ein schiefes Gesicht auf. »Kurz nach seiner Wahl sagte er diesen berühmten Satz: ›Gott der Allmächtige hat mehr von einer Mutter als von einem Vater‹. Iwaszkiewicz und seine Kollegen vom rechten Flügel sind die Wände hochgegangen! Und ich dachte bei mir: Diese Mannschaft kann nicht funktionieren. Luciani war einfach zu weich für die heutige Zeit. Ich glaube, der Heilige Geist hat gut daran getan, ihn heimzurufen, bevor er allzu viel Schaden anrichten konnte. Die Presse nannte ihn ›den lächelnden Papst‹«, Spada schnitt eine boshafte Grimasse, »aber der ganze Vatikan wusste, dass er nur aus Nervosität gelächelt hat.«

Die Sonne war zum Vorschein gekommen und trocknete das Kopfsteinpflaster der Piazza di Spagna. Die Blumenverkäufer rollten die Markisen ihrer Stände auf, Touristen ließen sich auf den noch feuchten Stufen der Spanischen Treppe nieder. Quart begleitete den Erzbischof die Treppe zur Kirche Trinità dei Monti hinauf, geblendet vom gleißenden, römischen Sonnenlicht, das ihn optimistisch stimmte. Auf halber Höhe saß eine junge Ausländerin in Jeans und blauweiß gestreiftem T-Shirt; als sie die beiden Priester sah, zog sie ihren Fotoapparat aus dem Rucksack: Ein Blitz, ein Lächeln, und schon war es geschehen. Monsignore Spada wandte sich halb irritiert, halb spöttisch seinem Untergebenen zu:

»Wissen Sie was, Padre Quart? Für einen Priester sehen Sie zu gut aus. Man müsste verrückt sein, um Sie zum Hausgeistlichen eines Nonnenklosters zu ernennen.«

»Tut mir Leid, Monsignore.«

»Das braucht Ihnen nicht Leid zu tun, schließlich können Sie nichts dafür. Aber ich gebe zu, dass es mich ein bisschen ärgert. Wie kriegen Sie es bloß hin … na ja, ich meine, der Versuchung zu widerstehen? Sie wissen schon, die Frau, ein Geschöpf des Teufels, und so.«

Quart lachte.

»Gebete und kalte Duschen, Exzellenz.«

»Das hätte ich mir denken können; immer streng nach der Regel … Finden Sie es nicht langweilig, dauernd den artigen Jungen zu spielen?«

»Ihre Frage ist verfänglich, Monsignore. Wer sagt Ihnen denn, dass ich spiele?«

Paolo Spada beobachtete ihn kurz von der Seite, dann nickte er zustimmend. »Okay, Sie haben gewonnen. Ihre Tugend hat eine weitere Prüfung bestanden, aber ich gebe die Hoffnung nicht auf. Früher oder später ertappe ich Sie.«

»Natürlich, Monsignore. Bei einer meiner unzähligen Sünden.«

»Halten Sie die Klappe. Das ist ein Befehl.«

»Jawohl, Exzellenz.«

Als sie beim Obelisken Pius' VI. angelangt waren, drehte sich der Erzbischof um und warf einen Blick zurück, die Treppe hinunter zu dem Mädchen im gestreiften T-Shirt.

»Und was das ewige Heil betrifft«, sagte er, »so denken Sie immer an das alte Sprichwort: Wenn ein Geistlicher es bis zu seinem fünfzigsten Lebensjahr schafft, die Hände vom Geld zu lassen und die Füße aus dem Bett einer Frau, dann hat er gute Chancen seine Seele zu retten.«

»Das ist mein Ziel, aber bis dahin fehlen mir noch volle zwölf Jahre.«

»Keine Sorge. Ihre Versuchungen sind vermutlich ganz anderer Art.« Spada sah ihn eindringlich an, bevor er den Kopf schüttelte und die letzten Stufen, zwei auf einmal nehmend, hinaufeilte. »Aber bleiben Sie bei den kalten Duschen, mein Sohn.«

Sie gingen am Hotel Hassler Villa Medici mit seiner eindrucksvollen Fassade vorbei und dann die Via Sistina hinunter. Der Schneidersalon war nur durch ein unscheinbares Schild an der Tür gekennzeichnet. Hier verkehrte die Elite der römischen Kurie – mit Ausnahme der Päpste: Sie genossen als Einzige das Privileg, von Cavalleggeri und Söhnen – die Leo XIII. in den Adelsstand erhoben hatte – zu Hause Maß genommen zu bekommen.

Der Erzbischof starrte gedankenversunken auf das Türschild. Dann hob er das Gesicht zum Himmel und schließlich richteten sich seine braun geäderten Augen auf den jungen Priester; er musterte dessen perfekt geschnittenen Anzug, das schwarze Seidenhemd, die schlichten Silbermanschetten.

»Hören Sie, Quart«, sagte er in strengem Ton. »Hier geht es nicht nur um Stolz und Macht, Sünden, zu denen jeder von uns sich bisweilen bekennen muss. Sie und ich, selbst Iwaszkiewicz und Kompanie … ja sogar der Heilige Vater mit seinem unseligen Integralismus, wir alle tragen eine riesige Verantwortung, und zwar abgesehen von unseren persönlichen Schwächen und Methoden: Die Verantwortung für den Glauben von Millionen von Menschen an eine unfehlbare, ewig während e Kirche.« Spada wandte den Blick keine Sekunde ab. »Und nur dieser Glaube, dieser trotz des Zynismus der Kurie echt gebliebene Glaube, rechtfertigt uns. Spricht uns frei. Ohne ihn wären Sie, ich, Iwaszkiewicz, wären wir alle nichts weiter als Heuchler und Schlitzohren … Begreifen Sie, was ich Ihnen damit sagen will?«

Quart hielt den Worten seines Vorgesetzten stand, ohne mit der Wimper zu zucken.

»Vollkommen, Monsignore«, entgegnete er ruhig.

Er hatte beinahe instinktiv die starre Haltung eines Schweizer Gardisten vor seinem Vorgesetzten angenommen: die Arme angelegt, die Daumen parallel zur Seitennaht der Hose. Monsignore Spada beobachtete ihn noch eine Weile mit zusammengekniffenen Augen, dann entspannte sich seine Miene. Er lächelte sogar ein wenig.

»Das hoffe ich für Sie«, sagte er, während sein Gesicht immer freundlicher wurde. »Das hoffe ich wirklich. Ich für meinen Teil weiß, was ich dem mürrischen, alten Fischer sage, wenn er mich eines Tages an der Himmelspforte empfängt: Petrus, sage ich, hab Nachsicht mit diesem greisen Veteranen, diesem Soldaten Christi, der sich sein Leben lang damit abgerackert hat, schmutziges Wasser aus dem Kielraum deines Schiffs zu schöpfen; schließlich musste sogar der alte Moses hintenherum auf das Schwert Josuas zurückgreifen und du selbst hast dem Malchus sein rechtes Ohr abgehauen, um den Herrn zu verteidigen.«

Jetzt war es Quart, der ein Lachen nicht unterdrücken konnte.

»Wenn es so ist, will ich aber vor Ihnen bei Petrus erscheinen. Ich bezweifle nämlich, dass er zweimal dieselbe Ausrede gelten lässt.«

II.
Drei Ganoven

Wenn ich in eine neue Stadt komme, frage ich immer:
Wer sind die zwölf schönsten Frauen? Wer sind
die zwölf reichsten Männer? Wer ist der Mann, der mich an
den Galgen bringen könnte?
(STENDHAL *Lucien Leuwen*)

Celestino Peregil, Leibwächter und Faktotum des Bankiers Pencho Gavira, blätterte verdrießlich in der Illustrierten *Q+S* herum, während er durch Sevillas Stadtviertel Triana schlenderte. Er war zur Bar Casa Cuesta unterwegs und seine schlechte Laune hatte mehrere Gründe: ein hartnäckiges Magengeschwür, die heikle Mission, die ihn ans andere Ufer des Guadalquivir führte, und – last, but not least – das Titelblatt der Illustrierten in seiner Hand.

Peregil war klein, rundlich und meistens hektisch. Seine vorzeitige Halbglatze vertuschte er dadurch, dass er sich das Haar über dem linken Ohr nach oben kämmte und mit Pomade an den Kopf klebte. Er hatte ein Faible für weiße Socken, grellbunte Seidenkrawatten und Zweireiher mit Goldknöpfen sowie für die Animierdamen vornehmer Nachtclubs. Geradezu verfallen war er jedoch den Zahlenrastern auf den grünen Spieltischen der wenigen Kasinos, in die man ihn noch einließ. Und genau dieser Umstand erklärte, dass sein Magengeschwür ihn an diesem Tag besonders plagte, er erklärte auch die bevorstehende, höchst unangenehme Verabredung. Das Titelblatt der Zeitschrift *Q+S* gab ihm den Rest, denn bei aller Abgebrühtheit – und Celestino Peregil *war* abgebrüht – konnte es einen schwerlich kalt lassen, die Frau des eigenen Chefs mit einem anderen abgelichtet zu sehen. Besonders, wenn man selbst es war, der den Reportern die nötige Information zu den Schnappschüssen verkauft hat.

»Dieses Nutte«, schimpfte er laut vor sich hin und ein paar Passanten drehten sich verwundert nach ihm um.

Dann fiel ihm wieder seine Verabredung ein, Schweißperlen traten ihm auf die Stirn, sodass er wider Willen sein malvenfarbiges Brusttuch aus der oberen Jackentasche ziehen musste, um sich damit abzutrocknen. Die 7 und die 16 tanzten vor seinen Augen, ein Alptraum auf grünem Filz. Wenn ich da noch mal heil rauskomme, dachte er, war es das letzte Mal. Das schwöre ich bei der Jungfrau Maria.

Er warf die Illustrierte in einen Papierkorb, bog um die Ecke und war auch schon bei der Bar angekommen. Lustlos blieb er vor ihrer Tür stehen. Wie er sie hasste, diese andalusischen Kneipen mit ihren Marmortischen, den bunten Keramikfliesen und den verstaubten Cognac-Flaschen in den Regalen, dieses volkstümliche Spanien der Aufsteckkämme und Gitarren, muffig und verlottert, wie er ihn hasste, den ständig gegenwärtigen Kichererbsengestank, dem er selbst nur mühsam entronnen war. Jahrelang hatte er sich als mieser Privatdetektiv durchgeschlagen, spezialisiert auf Ehebrüche und Versicherungsbetrug, bis ihn dann eine glückliche Fügung an Pencho Gavira gebracht hatte. Seither besuchte Celestino Peregil nur noch Modelokale mit dezenter Hintergrundmusik, trank Whisky mit Eis, verkehrte in luxuriösen Bankhäusern, in deren Empfangshallen die *Financial Times* auslag, in Büros mit fingerdicken Teppichböden, surrenden Faxgeräten, dreisprachigen Sekretärinnen und coolen Typen, die nach After-Shave-Lotion rochen. Die Räume waren »air conditioned«, man unterhielt sich über New York, Zürich und die Börse von Tokio … ein herrliches Leben, ein Leben wie im Werbespot.

Doch ein einziger Blick genügte ihm, um in die alte Wirklichkeit zurückzukehren: Don Ibrahim, El Potro del Mantelete, und La Niña Puñales erwarteten ihn. Er sah sie, kaum hatte er den Fuß über die Türschwelle gesetzt, rechts von der langen Holztheke an einem Marmortisch sitzen – hinter ihnen ein Plakat vom Anfang des Jahrhunderts: *Dampfschiffverbindung Sevilla– Sanlúcar–Mar: Täglich von Sevilla zur Mündung des Guadalquivir.* Peregil fiel auf, dass bereits reichlich Sherry »La Ina« floß. Um elf Uhr vormittags.

»Wie geht's?«, sagte er und nahm Platz.

Der Satz war nicht als Frage gedacht, ihr Ergehen interessierte ihn einen Dreck, und das merkten die drei, Peregil las es in ihren Augen, während er sich die Manschetten zurechtzupfte – eine vornehm wirkende Geste, die er seinem Chef abgeguckt hatte.

»Ich habe 'ne Arbeit für euch«, verkündete er ohne Umschweife, die Ellbogen vorsichtig auf die Marmorplatte stützend.

El Potro und La Niña sahen Don Ibrahim an, dieser nickte, langsam und gemessen, während er die Spitzen seines buschigen, rötlich grauen Schnurrbarts zwirbelte. Don Ibrahim war groß und sehr korpulent; er machte einen gutmütigen, friedlichen Eindruck, dem nur der verwegene Schnurrbart widersprach. Egal, was Don Ibrahim tat, er tat es feierlich – eine alte Berufsgewohnheit, die er nie abgelegt hatte, nicht einmal, nachdem die Anwaltskammer von Sevilla vor langer Zeit aufgedeckt hatte, dass er sich als Advokat betätigte, ohne je den Fuß in eine Universität gesetzt zu haben. Zu Unrecht getragen, hatte die schwarze Anwaltsrobe ihn doch nachhaltig geprägt: Seine ganze Person strahlte etwas ungemein Würdevolles aus. Das zeigte sich auch in der Art, wie er den breitkrempigen weißen Panamahut auf dem Kopf trug oder den Spazierstock mit dem Silberknauf schwenkte. Ja, sogar seine goldene Uhrkette, die über dem dicken Bauch von einer Westentasche zur andern durchhing, wirkte irgendwie Respekt gebietend. Übrigens stammte die Uhr selbst, wollte man Don Ibrahim glauben, von keinem geringeren als Don Ernesto Hemingway, der sie bei einem Pokerspiel im Bordell Chiquita Cruz in Havanna an ihn verloren hatte. Das war freilich noch vor der Revolution gewesen.

»Wir sind ganz Ohr«, sagte er.

Halb Sevilla und ganz Triana wussten: Don Ibrahim, »der Kubaner«, war ein Schlitzohr und Betrüger, aber auch ein perfekter Caballero. Dass er beispielsweise nach einem höflichen Blick auf El Potro und La Niña Puñales im Plural gesprochen hatte, gab zu verstehen, dass er die Ehre hatte die beiden an diesem Tisch zu vertreten. Wie er so dasaß mit seinem riesigen Bauch, die Hände auf die Tischplatte gelegt, die Arme wie Trossen, erinnerte er an einen vertäuten Ozeandampfer.

»Es geht um eine Kirche und um einen Priester«, teilte Peregil mit.

»Fängt nicht gut an«, erwiderte Don Ibrahim. Ein dicker Stumpen rauchte in seiner linken, mit einem protzigen Goldring geschmückten Hand, mit der er sich jetzt etwas Asche von der Hose klopfte. Aus seiner Ganovenjugend auf den Antillen war ihm die Vorliebe für makellos weiße Anzüge, Panamahüte und Montechristo-Zigarren geblieben. Ja, der ehemalige Advokat war zweifellos ein Klassiker. Er glich einem jener reich aus Amerika heimkehrenden spanischen Auswanderer, wie sie auf alten Genrebildern dargestellt waren, einem jener »Indianos«, die um die Jahrhundertwende mit einem Sack Goldmünzen am Gürtel, dem Dreitagefieber im Blut und einem Mulatten im Gefolge in Sevilla von Bord gingen. Nur dass Don Ibrahim außer dem Fieber nichts mitgebracht hatte.

Peregil sah ihn verwirrt an und fragte sich, ob Don Ibrahim mit der Bemerkung »fängt nicht gut an« wohl die Asche auf seiner Hose gemeint habe oder die Tatsache, dass hier eine Kirche und ein Priester im Spiel waren.

»Ein alter Priester«, setzte er wie beiläufig hinzu, um dieser Frage auf den Grund zu gehen, doch da fiel ihm der andere ein: »Na ja … eigentlich sind es zwei: ein alter und ein junger.«

»Jesus! Gleich zwei Pfaffen«, stöhnte La Niña Puñales in ihrem eigentümlichen Dialekt, dem Dialekt der Zigeuner vom Guadalquivir-Ufer.

Silberne Armreifen klimperten an ihren welken Handgelenken, während sie das Sherryglas zum Mund führte und in einem Zug leerte. El Potro del Mantelete schüttelte neben ihr verständnislos den Kopf, als habe der Ringrichter ihn soeben aufgefordert seinen Gegner nicht länger auf dieselbe Augenbraue zu schlagen. Geistesabwesend starrte er auf den knallroten Lippenstiftabdruck auf Niñas Glas.

»Zwei Pfaffen«, echote Don Ibrahim, nachdenklich vor sich hin schmauchend.

»Genau genommen sind es sogar drei«, gestand Peregil.

Der Kubaner erschauerte und dabei fiel neuerlich Asche auf seine Hose.

»Gerade waren es noch zwei.«

»Es sind aber drei. Der alte, der junge und noch einer … er soll nächstens hier aufkreuzen.«

Argwöhnischer Blickwechsel.

»Drei Pfaffen, also«, fasste Don Ibrahim zusammen und betrachtete den Nagel seines kleinen Fingers, er war lang wie ein Spatel.

»Genau.«

»Ein junger, ein alter und einer von außerhalb.«

»So ist es. Er kommt aus Rom.«

»Aha. Aus Rom.«

Die Armreifen der Niña Puñales klimperten wieder.

»Drei Pfaffen auf einen Schlag, das is' zu viel«, brummte sie düster und klopfte zur Unheilabwehr dreimal auf den Tisch.

»Wir sind also an die Kirche geraten«, stellte Don Ibrahim mit einem Quijote-Zitat fest, als sei dies der Weisheit letzter Schluss. Celestino Peregil musste sich zusammenreißen, um nicht die Flucht zu ergreifen. Das kann nicht gut gehen, sagte er sich und betrachtete die Asche auf der Hose des Winkeladvokaten, das gemalte Muttermal und die Ringellocke auf der faltigen Stirn Niñas, die Boxernase des ehemaligen Bantamgewichts. Nicht mit diesen Leuten. Dann fielen ihm wieder die 7 und die 16 auf dem grünen Tapet ein, die Fotos in der Illustrierten und er fand es plötzlich unerträglich heiß in dieser Bar. Doch vielleicht lag es weder an der Hitze noch an dem Lokal, dass er so schwitzte, vielleicht war es die Angst, die seine Kehle ausdörrte. Bring die Sache mit der Kirche ins Reine, hatte Pencho Gavira zu ihm gesagt. Hier sind sechs Millionen. Such dir einen Profi. Gib sie aus, wie du willst.

»Die Arbeit ist ganz einfach«, hörte er sich sagen und begriff, dass ihm, verdammt noch mal, überhaupt keine andere Wahl blieb. »Sauber, ohne Komplikationen. Ihr kriegt eine Million pro Kopf.«

Peregil hatte das Geld tatsächlich ausgegeben, wie er wollte – im Kasino nämlich. In sechs Stunden waren drei von den sechs Millionen Peseten durchgebracht gewesen. Die Knete, die er für den Tipp mit der Frau, oder Exfrau, seines Chefs bekommen hatte, war auch weg. Und mehr als doppelt so viel schuldete er dem Wucherer Rubén Molina – der Typ war drauf und dran, ihm den Kragen umzudrehen.

»Warum wir?«, fragte Don Ibrahim.

Peregil blickte ihm tief in die Augen und nahm auch dort, getarnt von den traurig geweiteten Pupillen, den Bruchteil einer Sekunde lang Angst wahr. Er schluckte, fuhr sich mit dem Finger in den Hemdkragen, dann richtete sein Blick sich wieder auf die Zigarre des entlarvten Anwalts, auf das gebrochene Nasenbein Potros, auf das Muttermal Niñas. Mit den paar

Kröten, die ihm geblieben waren, konnte er sich mehr nicht leisten – drei kläglich gestrandete Jämmerlinge, die besser ins Altersheim als auf die Straße gepasst hätten. Drei schiffbrüchige Nieten.

»Weil ihr die Besten seid«, erwiderte er und wurde rot.

An seinem ersten Morgen in Sevilla brauchte Lorenzo Quart fast eine Stunde, bis er die Kirche fand. Immer wieder musste er feststellen, dass der vom Fremdenverkehrsbüro herausgegebene Stadtplan völlig nutzlos war, hier, im Gewirr der mit Roterde und Kalk getünchten Gässchen von Santa Cruz. Wie still sie waren, diese Gassen; nur ganz selten kam ihm ein Auto entgegen, dann trat er in einen der kühlen, dunklen Torbogen, wo schmiedeeiserne Gitter Einblick in Majolica verkleidete Innenhöfe voller Rosen und Geranien boten. Nach langem Suchen stand er endlich auf einem engen Platz mit weißen und ockerfarbenen Häusern, kunstgeschmiedeten Fenstergittern, an denen Blumentöpfe hingen, und gekachelten Bänken – sie waren mit Szenen aus dem Don Quijote bemalt. Ein halbes Dutzend blühender Orangenbäume schwängerten die Luft mit ihrem Wohlgeruch. Die Kirche war tatsächlich ziemlich klein, ihre kaum zwanzig Meter breite Backsteinfassade bildete mit dem angrenzenden Haus eine Ecke. Sie befand sich in sehr schlechtem Zustand: Die Öffnung des flachen, giebelförmigen Glockenturms war verstrebt, mächtige Holzbalken stützten die Außenmauer und ein Gerüst aus Metallrohren verdeckte große Teile eines Majolikagemäldes mit Christus, neben dem rechts und links rostige Eisenlaternen baumelten. Eine Betonmischmaschine, Zementsäcke und ein Haufen Sand deuteten auf Bauarbeiten.

Das war sie also. Rund zwei Minuten betrachtete Quart die Kirche von der Mitte des Platzes aus, den zusammengefalteten Stadtplan in einer Hand, die andere in der Hosentasche vergraben. Unter dem strahlend blauen, sevillanischen Himmel, betört vom Duft der Orangenblüten, konnte er beim besten Willen nichts Mysteriöses an ihr entdecken. Gewundene Säulen umrahmten das barocke Portal, in einer Nische darüber stand eine Madonnenfigur. Nuestra Señora de las Lagrimas, Sankt Maria zu den Tränen, murmelte Quart halblaut vor sich hin, bevor er auf die Kirche zuschritt. Im Näherkommen stellte er fest, dass die Madonna geköpft war.

Irgendwo schlug eine Glocke, scheuchte einen Schwarm Tauben von den umliegenden Dächern auf. Quart sah ihnen nach, dann richtete er den Blick wieder auf die Kirche. Seltsamerweise nahm er sie jetzt in einem anderen Licht wahr, irgendwie verändert. Die alten Holzstreben an den Mauern, der ockerfarbene Verputz des Glockenturms, der in großen Fetzen abblätterte, die reglose Bronzeglocke und ihr wurmstichiger, von Unkraut überwucherter Querbalken, all dies machte plötzlich einen düsteren, grauen, ja fast unheimlichen Eindruck auf ihn, gegen den selbst der Blütenduft und die gleißende Sonne nicht ankamen. Eine Kirche, die tötet, um sich zu verteidigen, hieß es in der rätselhaften Botschaft des Hackers. Quart sah noch einmal zu der geköpften Madonna hinauf, während er seine Bedenken mit einer spöttischen Grimasse abtat. Viel gab es da ja nicht mehr zu verteidigen.

Für Lorenzo Quart war der Glauben etwas sehr Relatives und Monsignore Spada lag gar nicht so falsch, wenn er ihn, halb scherzhaft, halb ernst, einen guten Soldaten nannte. Mehr als um eine Frage des Inhalts, ging es Quart um eine Frage der Form; er hielt nicht am Geist der göttlichen Offenbarung fest, sondern an den Regeln, die sich davon ableiteten – sie stellten sein Credo dar. Von diesem Standpunkt aus betrachtet, hatte die katholische Kirche ihm von Jugend auf geboten, was anderen jungen Männern der Wehrdienst bietet: ein strenges Reglement, das einem, blind befolgt, nahezu alle Entscheidungen und Probleme im Leben abnimmt. In seinem Falle ersetzte die Disziplin den Glauben, den er nicht besaß. Paradoxerweise war es jedoch gerade seine Ungläubigkeit und der Stolz, die Strenge, mit der er sie vertrat, was Quart zu einem außergewöhnlich tüchtigen Priester machte. Und das hatte Monsignore Spada als alter Veteran scharfsinnig erkannt.

Natürlich hatte alles seine Gründe und wie so oft lagen diese in der Kindheit begraben. Lorenzo Quarts Vater war Fischer gewesen und früh bei einem Schiffbruch ertrunken. Darauf hatte sich der Dorfpfarrer, ein plumper, ungebildeter Mensch, des Halbwaisen angenommen und seine Aufnahme ins Priesterseminar erwirkt, wo er als brillanter und disziplinierter Schüler weiter gefördert worden war. Schon als Junge hatte Lorenzo Quart jene typisch südländische Luzidität besessen, mit der einen die Sonnenuntergänge am Mittelmeer und die Ostwinde anstecken können. Doch war es kein Wind, sondern ein Unwetter gewesen, das die Weichen für seine Zukunft gestellt hatte. Er erinnerte sich oft an den Tag, an dem er als kleiner Junge viele Stunden lang in Sturm und Regen auf der Mole des Hafens gestanden und aufs aufgewühlte Meer hinausgestarrt hatte. Weit draußen kämpfte sich die Fischerflotte des Dorfes durch haushohe Wellen, wie Nuss-Schalen schaukelten die Boote auf Bergen von Wasser und Gischt. Ihre Motoren mussten auf niedrigsten Touren laufen, aber das Knattern ging im Tosen des Meers unter. Eins der Boote war verschollen und wenn ein Fischerboot verscholl, dann starb nicht ein Mann, dann starb eine ganze Besatzung – Väter, Söhne, Brüder, Ehemänner. Das war der Grund, weshalb sich an jenem Tag die schwarz gekleideten Frauen des Dorfes mit ihren Kindern am Leuchtturm versammelten und leise vor sich hin beteten, während sie den Horizont absuchten und sich bangend fragten, wer diesmal fehlte. Als die kleinen Schiffe endlich eins nach dem anderen die Hafeneinfahrt passierten, schauten die Männer an Bord mit gezogenen Mützen hinauf zur Mole, wo Lorenzo Quart sich an die eiskalte Hand seiner Mutter klammerte. Der Sturm, das Meer, die Wellen tobten noch lange, aber es kam kein Boot mehr. An jenem Tag hatte Lorenzo Quart gelernt, dass es sinnlos war, zum Meer zu beten, und gleichzeitig hatte er einen Entschluss gefasst: Auf ihn sollte nie jemand im Unwetter auf einer Mole warten.

Das Eichenportal mit seinen schweren Eisenbeschlägen stand offen. Beim Betreten der Kirche wehte ihn ein kalter Luftzug an, wie aus einer Gruft. Quart nahm seine Sonnenbrille ab, bevor er Daumen und Zeigefinger ins Weihwasserbecken tauchte und sich bekreuzigte. Dann sah er sich um. Am Ende des Kirchenschiffs befand sich der Altar, sein Aufsatz war reich vergoldet und schimmerte matt. Davor waren ein halbes Dutzend Holzbänke aufgereiht, den Rest hatte man in einer Ecke zusammengeschoben und kreuz und quer gestapelt, um Platz für Baugerüste zu schaffen. Es roch nach Wachs und Moder, nach

Jahrhunderte während Feuchtigkeit. Bis auf eine von Scheinwerfern beleuchtete Ecke im linken oberen Teil, lag die Kirche im Dämmerlicht. Quart schaute zu dem Licht hinauf und sah eine Frau, die in gut fünf Meter Höhe auf einem Gerüst balancierte und bleigefasste Glasfenster fotografierte.

»Guten Tag«, sagte er.

Die Frau beugte sich über das Geländer der obersten Gerüstetage und sah ihn an. Sie war grauhaarig, wie er selbst, aber bei ihr musste das vom Alter kommen, Quart schätzte sie auf Mitte bis Ende vierzig. Nachdem sie seinen Gruß erwidert hatte, kletterte sie zu ihm herunter, und zwar erstaunlich behände. Ihr Haar war im Nacken zu einem kurzen Zopf geflochten, sie trug ein weitärmeliges Polohemd, gipsverspritzte Jeans und Turnschuhe. Von hinten betrachtet hätte man sie ohne weiteres für ein junges Mädchen halten können.

»Quart«, sagte er.

Die Frau wischte sich die rechte Hand am Hinterteil der Hose ab und reichte sie ihm. Ihr Händedruck war kurz und kräftig.

»Mein Name ist Gris Marsala. Ich arbeite hier.«

Sie sprach mit amerikanischem Akzent, hatte raue Hände, freundliche, blaue Augen und viele Fältchen in den Augenwinkeln. Ihr Lächeln, das sie beibehielt, während sie Quart neugierig von oben bis unten musterte, war offen und sympathisch.

»Für einen Priester sehen Sie gar nicht schlecht aus«, stellte sie schließlich unbefangen fest, die Augen auf den weißen Stehkragen seines dunklen Hemds geheftet. »Wir hatten uns etwas anderes erwartet.«

Quart, der seinen Blick gerade über die ramponierten Wände der Kirche schweifen ließ, stutzte und sah sie überrascht an:

»Wir?«

»Ja, hier warten alle auf den Gesandten aus Rom. Aber wir haben uns einen kleinen Typ mit Soutane vorgestellt, mit einem schwarzen Köfferchen voller Messbücher, Kreuze und so 'nem Zeug.«

»Wer sind alle?«

Sie zuckte mit der Schulter und begann mit den stuckverschmierten Fingern aufzuzählen:

»Don Príamo Ferro, der Gemeindepfarrer, und sein Vikar,

Padre Óscar.« Ihr Lächeln ging etwas zurück, wurde ernster, tiefsinniger. »Auch der Bürgermeister, der Erzbischof, na ja, eben ein ganzer Haufen Leute.«

Quart presste die Lippen zusammen. Dann war seine Mission also bereits Stadtgespräch! Damit hatte er nicht gerechnet. Seines Wissens waren nur die Nuntiatur in Madrid und der Erzbischof von Sevilla vom IOE informiert worden. Auf den Nuntius konnte man sich verlassen, der plauderte nichts aus, aber Monsignore Corvo traute er ohne weiteres zu giftige Gerüchte in Umlauf gesetzt zu haben. Der Teufel sollte ihn holen!

»Auf so viel Erwartung« war ich nicht gefasst«, sagte er.

Die Frau gab vor seinen unterkühlten Ton nicht zu bemerken.

»Eigentlich geht es ja gar nicht um Sie, sondern um die Kirche.« Ihre Hand deutete auf die Gerüste entlang der Wände, auf die vom Schimmel zerfressenen Deckengemälde. »Dieser Ort hat in letzter Zeit große Leidenschaften geweckt. Und in Sevilla kann keiner ein Geheimnis für sich behalten.« Sie senkte die Stimme und blinzelte ihn verschmitzt an: »Es wird gemunkelt, der Papst höchstpersönlich interessiere sich für die Geschichte.«

Himmel Herrgott! Quart starrte eine ganze Weile stumm auf die eigenen Schuhspitzen, dann wanderte sein Blick langsam aufwärts, zu den Augen der Frau. Im Grunde ist es doch egal, von welcher Seite ich die Sache angehe, dachte er, während er näher an sie heranrückte, so nahe, dass sich fast ihre Schultern berührten.

»Und wer munkelt das?«, flüsterte er und sah sich misstrauisch um.

Gris Marsalas Lachen war hell wie ihre Augen und ihre Stimme, obwohl die vielen Hohlräume des verlassenen Kirchenschiffs seinen Klang verfälschten.

»Der Erzbischof von Sevilla, glaube ich. Er scheint Sie übrigens nicht besonders zu mögen.«

Diese Artigkeiten muss ich Monsignore bei erster Gelegenheit heimzahlen, nahm Quart sich vor. Die Frau gab ihm mit einer lustigen Grimasse zu verstehen, dass sie auf seiner Seite stand, doch er ging nur zum Teil auf ihre Sympathiebekundung ein. Mit der Unschuld eines erfahrenen Jesuiten zog er die Augenbrauen hoch. Das hatte er im Seminar gelernt, und zwar tatsächlich von einem Jesuiten.

»Ich sehe, Sie sind informiert. Aber nehmen Sie nicht alles für bare Münze, was man Ihnen erzählt.«

Gris Marsala lachte laut hinaus.

»Nein, das tue ich nicht«, erwiderte sie. »Ich finde es nur witzig. Außerdem habe ich Ihnen ja schon gesagt, dass ich hier arbeite. Ich bin als Architektin für die Restaurierungsmaßnahmen verantwortlich.« Sie sah sich noch einmal um und seufzte dann tief. »Der Zustand der Kirche spricht nicht gerade für mich, stimmt's? Aber das ist eine lange Geschichte: abgelehnte Projekte, Gelder, die nie ankommen …«

»Sind Sie Amerikanerin?«

»Ja. Ich arbeite hier seit zwei Jahren, im Auftrag der Eurnekian-Stiftung, sie hat ein Drittel des ursprünglichen Restaurierungsprojekts finanziert. Anfänglich waren wir drei, zwei Spanier und ich, aber die andern beiden sind ausgestiegen. Die Arbeiten liegen so gut wie still.« Sie sah ihn aufmerksam an, gespannt auf die Wirkung ihrer folgenden Worte. »Und dann sind da diese Todesfälle.«

Quarts Gesichtsausdruck blieb unverändert.

»Meinen Sie die beiden Unfälle?«

»Ja, so könnte man es auch nennen. Unfälle.« Sie beobachtete ihr Gegenüber noch immer, und schien enttäuscht, dass er keinerlei Kommentar dazu abgab. »Haben Sie den Gemeindepfarrer schon getroffen?«

»Nein. Ich bin gestern Nacht angekommen und habe noch nicht mal mit dem Erzbischof gesprochen. Ich wollte mich erst ein bisschen in der Kirche umsehen.«

»Tja, das ist sie.« Gris Marsala deutete mit einer ausholenden Armbewegung auf das Langhaus und den Hochaltar, der im Halbdunkel kaum zu erkennen war. »Sevillanischer Barock aus dem siebzehnten Jahrhundert, Altarretabel von Duque Cornejo … Ein Kleinod, das verfällt.«

»Was ist mit der Madonna über dem Portal passiert?«

»Ach, das waren ein paar Banausen, 1931, als die Zweite Republik ausgerufen wurde; zur Feier des Tages haben sie ihr den Kopf abgeschlagen«, erzählte die Amerikanerin nachsichtig, beinahe als bringe sie Verständnis für die Zerstörer auf.

Quart fragte sich, wie lange sie schon in dieser Stadt wohnen mochte. Ihr Spanisch war fehlerfrei und überhaupt schien sie sich hier bestens eingelebt zu haben.

»Wie lange leben Sie schon hier?«

»Fast vier Jahre. Aber ich bin auch davor schon oft nach Sevilla gekommen – das erste Mal mit einem Stipendium. Eigentlich bin ich nie mehr richtig gegangen.«

»Warum?«

Gris Marsala zuckte mit den Schultern, als stelle sie sich dieselbe Frage.

»Weiß nicht. Das geht vielen meiner Landsleute so, vor allem jungen Amerikanern. Eines Tages reisen sie hier an und bleiben einfach. Sie klimpern auf einer Gitarre herum, setzen sich auf die Plätze und malen, denken sich alles Mögliche aus, um überleben zu können.« Gris Marsala betrachtete nachdenklich das sonnenbeschienene Rechteck vor der Tür. »Irgendwas im Licht dieser Stadt, in den Farben ihrer Straßen steckt uns an, nimmt uns den Willen wieder zu gehen. Es ist wie eine Krankheit.«

Quart ging den Mittelgang ein Stück vor, blieb stehen und wartete, bis das Echo seiner Schritte verklungen war. Links von ihm befand sich eine halb von Baugerüsten verdeckte Kanzel mit Wendeltreppe, rechts eine kleine Kapelle mit Beichtstuhl, sie leitete zur Sakristei über. Er strich mit der Hand über eine der Bänke, das Holz war abgenützt und im Lauf der Jahre schwarz geworden.

»Was sagen Sie zu der Kirche?«, wollte die Frau wissen.

Quart legte den Kopf in den Nacken. Ein Tonnengewölbe mit halbrunden Fenstern, so genannten Stichkappen, überspannte den rechteckig angelegten Kirchenraum. Er bestand aus einem einzigen Längsschiff, das im unteren Teil, vor der Apsis, kreuzförmig von einem kurzen Querhaus durchdrungen wurde. Die sphärische Kuppel über der Vierung hatte im Scheitel eine Öffnung, auf die ein Türmchen aufgesetzt war. Die Fresken der Kuppel mussten einmal sehr schön gewesen sein, doch der Rauch von Kerzen und Bränden hatte sie mit einer dicken Schicht Ruß überzogen. Man konnte gerade noch ein paar Engel erahnen und mehrere bärtige Propheten, die an Aussätzige erinnerten, so hatten Ruß und Feuchtigkeit ihnen zugesetzt.

»Was soll ich dazu sagen?«, erwiderte er. »Klein, hübsch. Alt.«
»Drei Jahrhunderte alt«, präzisierte die Restauratorin, während sie auf den Hochaltar zuschritten. »In Amerika würde man ein so altes Gebäude als historisches Juwel betrachten – und behandeln. Hierzulande verfallen sie zu Dutzenden, ohne dass es irgendjemanden schert.«

»Vielleicht gibt es hier einfach zu viele.«

»Zu viele? Klingt ein bisschen komisch aus dem Mund eines Priesters. Aber Sie sehen ja auch gar nicht aus wie ein Priester.« Gris Marsala betrachtete ihn erneut vom Scheitel bis zur Sohle, musterte spöttisch seinen erstklassig geschnittenen dunklen Sommeranzug. »Wenn nicht der weiße Stehkragen und das schwarze Hemd wären …«

»Die trage ich seit zwanzig Jahren«, unterbrach er sie kühl und sah über ihre Schulter hinweg. »Sie sprachen gerade über diese Kirche und über ähnliche Gebäude.«

Die Restauratorin neigte ratlos den Kopf zur Seite, sichtlich bemüht ihn irgendeiner der ihr bekannten Kategorien von Mann zuzuordnen. So unbefangen sie tat, der weiße Priesterkragen schüchterte sie ein, das spürte Quart deutlich. Sie reagieren doch immer gleich, dachte er. Ob jung oder alt, es war stets dasselbe mit den Frauen. Selbst die Forscheste unter ihnen wurde unsicher, wenn er ihr durch eine Geste, ein Wort, zu Bewusstsein brachte, dass er Priester war.

»Die Kirche …«, sagte die Amerikanerin endlich und sah ihn geistesabwesend an. »Ich finde nicht, dass es zu viele Orte wie diesen gibt. Im Grunde stellen sie doch das Vermächtnis unserer Vorfahren dar, meinen Sie nicht?« Sie legte die Stirn in Falten und stampfte mit dem Fuß leicht auf die abgenützten Bodenfliesen, als wären sie ihre Zeugen. »Mit jedem Gebäude, jedem Bild, jedem alten Buch, das zerstört wird oder verloren geht, verwaisen wir ein bisschen mehr, werden wir ärmer, davon bin ich fest überzeugt.«

Sie hatte unerwartet heftig gesprochen und mit einem Anflug von Bitterkeit in der Stimme. Als Quart sich deshalb überrascht nach ihr umdrehte, lächelte sie wieder.

»Glauben Sie nicht, ich rede so, nur weil ich Amerikanerin bin«, meinte sie einlenkend. »Vielleicht spielt das auch eine Rolle, aber sehen Sie, hier geht es doch um das Kulturerbe der

54

gesamten Menschheit. Ein jeder von uns hat die Pflicht es zu erhalten.«

»Sind Sie deshalb schon so lange in Sevilla?«

Sie dachte nach, dabei nahm ihr Gesicht einen rätselhaften Ausdruck an.

»Möglich. Auf alle Fälle bin ich deshalb jetzt hier, an diesem Ort.« Gris Marsalas Blick schweifte hinauf, zu den Glasfenstern, die sie bei Quarts Ankunft fotografiert hatte. »Wissen Sie, dass das die letzte Kirche ist, die unter den Habsburgern in Spanien gebaut worden ist? Die Arbeiten sind offiziell am 1. November 1700 abgeschlossen worden, am folgenden Tag ist Karl II. gestorben. Und mit ihm sein ganzes Geschlecht, er hatte keine Nachkommen. Die Einweihungsmesse der Kirche war gleichzeitig eine Totenmesse für ihn.«

Quart und die Restauratorin standen jetzt vor dem Hochaltar. Das schräg durch die Glasfenster einfallende Sonnenlicht traf auf die Vergoldungen am oberen Abschluss des Retabels und brachte sie zum Leuchten, aber das Retabel selbst lag im Schatten. Irgendwie erinnerte der barocke Aufsatz an ein Bühnenbild; das Mittelfeld oberhalb des Tabernakels, vor dem Quart sich kurz verneigte, wurde von einem breiten Baldachin überspannt, darunter befand sich eine Muttergottes. Die Seitenflügel waren durch wie Spiralen gewundene Säulchen vom Mittelfeld abgetrennt. Dort waren Nischen, in denen Figuren von Cherubinen und Heiligen standen.

»Phantastisch«, sagte Quart staunend.

»Warten Sie mal.«

Gris Marsala ging um den Altar herum und betätigte einen Lichtschalter auf der Rückseite des Retabels, das nun in seinem ganzen Glanz erstrahlte. Mit einem Mal kam Leben in die vergoldeten Schnitzereien; Säulen, Medaillons und Girlanden traten plastisch hervor, das ganze Kunstwerk geriet in Bewegung. Und doch wohnte der Dynamik seiner schwelgerischen Formen eine geistige Ordnung inne, bauliche und ornamentale Elemente waren zu einem harmonischen Ganzen verschmolzen, Figuren, Blattranken, Konsolen und Nischen bildeten eine Einheit.

»Phantastisch«, wiederholte Quart überwältigt, indem er mechanisch die Hand zur Stirn führte, um sich zu bekreuzigen. Er war noch nicht damit fertig, als er merkte, dass Gris Marsala ihn verwundert ansah. »Haben Sie noch nie einen Priester erlebt, der sich bekreuzigt?«, fragte er sie mit einem eisigen Lächeln.

»Das müssen vor diesem Altarbild doch viele gemacht haben.«

»Schon. Aber das war eine andere Art von Priester.«

Die Antwort war ihm peinlich.

»Es gibt nur eine Art von Priester«, sagte er, um irgendetwas zu sagen. »Sind Sie katholisch?«

»Wie man's nimmt. Mein Urgroßvater war Italiener«, erwiderte sie; aus ihren blauen Augen sprach eine geradezu unverschämte Ironie. »Jedenfalls habe ich ziemlich genaue Vorstellungen vom Begriff Sünde, wenn es das ist, worauf Sie hinauswollen. Aber in meinem Alter ...«

Sie fasste sich an den grauen Zopf, ohne ihren Satz zu Ende zu führen. Quart hielt es für angebracht, erneut das Thema zu wechseln.

»Wir sprachen vorher von diesem Altarretabel«, meinte er. »Und ich sagte Ihnen, dass ich es phantastisch finde.« Seine Stimme klang höflich distanziert. »Wollen wir uns noch ein bisschen darüber unterhalten?«

Gris Marsala legte wieder den Kopf zur Seite. Intelligente Frau, dachte Quart. Trotzdem wurde er nicht ganz schlau aus ihr. Die langjährige Erfahrung als Agent des IOE hatte seinen Instinkt geschärft ... Da war ein Missklang, ein Widerspruch in ihrem Wesen. Er wäre diesem Eindruck gerne nachgegangen, tiefer in sie eingedrungen, aber dazu hätte auch er sich etwas mehr öffnen müssen, und das wollte er nicht.

»Bitte«, fügte er hinzu.

Die Amerikanerin betrachtete ihn noch immer skeptisch aus den Augenwinkeln.

»Gut«, sagte sie dann und deutete sogar ein Lächeln an, das sie jedoch sofort wieder zurücknahm. »Dieser Altaraufsatz wurde 1711 von dem Bildschnitzer Pedro Duque Cornejo angefertigt. Er hat zweitausend Escudos dafür bekommen. Eine beträchtliche Summe, aber er hat ja auch wirklich ein Wunderwerk geschaffen. Die ganze Phantasie, der ganze Überschwang des sevillanischen Barocks kommen hier zum Ausdruck.«

Quart betrachtete die Muttergottes, eine herrliche Schnitzfigur, fast einen Meter groß und kunstvoll angemalt. Sie trug einen himmelblauen Umhang, ihre Hände waren geöffnet, die

Handflächen zeigten nach außen. Mit dem rechten Fuß trat sie auf eine Schlange, ein Viertelmond bildete den Sockel der Figur.

»Die Madonna ist wunderschön«, sagte Quart.

»Juan Martínez Montañés hat sie geschnitzt; sie ist fast hundert Jahre älter als das Retabel und gehörte einer Herzogsfamilie, den Duques del Nuevo Extremo; einer der Angehörigen hat zum Bau der Kirche beigetragen und später die Figur gestiftet. Ihre Tränen haben dem Ort seinen Namen gegeben.«

Quart studierte die Figur eingehender. Von unten sah man tatsächlich dicke Tränen auf ihrem Antlitz glänzen, auch im Strahlenkranz und auf dem Umhang.

»Ein bisschen übertrieben, finde ich.«

»Ursprünglich waren das kleine Glaskugeln, jetzt sind es Perlen. Zwanzig makellose Perlen, Ende des letzten Jahrhunderts aus Südamerika eingeführt. Aber das ist eine andere Geschichte, die erzähle ich Ihnen besser in der Krypta.«

»Es gibt eine Krypta?«

»Ja, eine Art Privatkapelle, ihr Eingang ist rechts vom Hochaltar, ein bisschen versteckt; mehrere Generationen der Duques del Nuevo Extremo sind dort bestattet. Einer von ihnen hat 1687 das Grundstück für die Kirche gestiftet; Bedingung war, dass man nach seinem Tod einmal in der Woche eine Seelenmesse für ihn liest.« Die Restauratorin deutete auf eine Nische rechts von der Madonna; sie enthielt die Figur eines knienden Ritters, der die Gottesmutter anbetete. »Das ist er, Gaspar Bruner de Lebrija, die Figur links stellte seine Gemahlin dar, beide von Duque Cornejo in Holz geschnitzt … Das Ehepaar hat Pedro Romero mit dem Bau der Kirche beauftragt; der war übrigens auch Hausarchitekt des Herzogs von Medina-Sidonia. Der Sohn des Stifters, Guzmán Bruner, hat dann das Altarretabel mit den Bildnissen seiner Eltern gespendet und im Jahr 1711 die weinende Muttergottes. Es gab also eine sehr enge Beziehung zwischen der Kirche und dieser Adelsfamilie. Sie besteht noch heute und hat viel mit dem Konflikt zu tun.«

»Mit welchem Konflikt?«

Gris Marsala fuhr fort, den Altar zu betrachten, als habe sie seine Frage nicht gehört. Dann fasste sie sich mit der Hand in den Nacken und seufzte kurz.

»Nennen Sie es, wie Sie wollen«, erwiderte sie mit einem

gezwungenen Lächeln. »Konflikt, Problem, Streit ... Jedenfalls sind wir alle an einem toten Punkt angelangt; einschließlich Macarena Bruner und ihrer Mutter, der alten Herzogin.«

»Ich kenne die Señoras nicht.«

Die blauen Augen der Amerikanerin glommen vergnügt, als sie sich nach Quart umwandte.

»Nein? Na, Sie werden sie schon noch kennen lernen«, sagte sie schelmisch. »Alle beide.«

Quart hörte, wie sie leise vor sich hin lachte, während sie hinter dem Altaraufsatz das Licht löschte. Das Retabel lag nun wieder im Dunkeln.

»Was ist hier los?«, fragte er.

»In Sevilla?«

»Nein, in dieser Kirche.«

Gris Marsala schwieg ein paar Sekunden.

»Das müssen Sie selbst herausfinden«, antwortete sie dann. »Deshalb hat man Sie doch geschickt, oder?«

»Ja, aber Sie arbeiten hier. Haben Sie keine Idee?«

»Ideen habe ich viele, aber die behalte ich für mich. Fest steht nur, dass mehr Leute am Verfall als am Erhalt der Kirche interessiert sind.«

»Warum?«

»Keine Ahnung.« Jetzt war sie es, die sich ihm gegenüber verschloss, sich kühl und abweisend zeigte, als habe sich die Kälte des verlassenen Kirchenschiffs erneut auf ihre Beziehung übertragen. »Vielleicht, weil in diesem Stadtviertel jeder Quadratmeter Boden ein Vermögen wert ist ...« Sie schüttelte den Kopf, wie um unangenehme Gedanken zu verscheuchen. »Na, Sie finden schon jemanden, der Ihnen das erklärt.«

»Warum nicht Sie? Sie sagten doch, Sie hätten da Ideen.«

»Sagte ich das?« Gris Marsala verzog den linken Mundwinkel zu einem schiefen Lächeln. »Schon möglich. Aber die Sache geht mich nichts an. Mich geht nur eins an: Retten, was zu retten ist, solange Gelder dafür zu Verfügung stehen – was augenblicklich leider nicht der Fall ist.«

»Was tun Sie dann hier, alleine?«

»Ich arbeite gratis, sozusagen auf ehrenamtlicher Basis, weil ich nichts anderes gefunden habe. Ich verfüge über sehr viel Freizeit, Padre.«

»Freizeit«, wiederholte Quart.

»So ist es.« Ihre Stimme hatte einen bitteren Klang angenommen. »Und ich weiß nicht, wo ich sonst hinsollte.«

Quart wollte nachhaken, aber in diesem Moment vernahm er hinter seinem Rücken Schritte, er drehte sich um. Im Ausschnitt des Kirchenportals zeichnete sich eine schwarze Silhouette ab, reglos, gedrungen wie ihr Schatten auf dem sonnenbeschienenen Rechteck vor der Tür.

Gris Marsala, die sich ebenfalls umgedreht hatte, sah Quart mit einem merkwürdigen Lächeln an:

»Höchste Zeit, dass Sie den Gemeindepfarrer kennen lernen, finden Sie nicht? Das ist er: Don Príamo Ferro.«

Celestino Peregil war kaum gegangen, da begann Don Ibrahim unter dem Marmortisch der Bar Casa Cuesta die Geldscheine zu zählen, die der Assistent des Bankiers Pencho Gavira ihnen für die ersten Ausgaben dagelassen hatte.

»Hunderttausend«, sagte er, als er damit fertig war.

El Potro und La Niña verfolgten schweigend, wie er die Banknoten in drei Stöße zu je dreiunddreißigtausend Peseten unterteilte; einen davon steckte er in die eigene Jackentasche, die andern beiden schob er ihnen zu. Den übrig gebliebenen Tausendpesetenschein legte er in die Mitte des Tischs.

»Was haltet ihr davon?«, fragte er seine Kumpane.

El Potro strich den Geldschein glatt und hielt ihn mit gerunzelter Stirn gegen das Licht.

»Der ist in Ordnung«, sagte er.

»Nein, ich meine die Arbeit, den Auftrag.«

La Niña zuckte mit den Schultern, während Potro weiterhin trübsinnig auf die Banknote starrte.

»Maloche is' Maloche«, stellte sie fest. »Aber dass da Pfaffen im Spiel sind, passt mir nicht. Das kann heikel werden.«

Don Ibrahim machte eine wegwerfende Handbewegung und da er noch immer seine Havanna in den Fingern hatte, fiel erneut Asche auf seine weiße Hose.

»Ach was, wir schaukeln die Sache schon; mit sehr viel Takt, versteht sich.« Er beugte sich mühsam über den dicken Bauch, um sein Hosenbein abzuklopfen.

»Na gut«, sagte La Niña und El Potro nickte mit dem Kopf,

sein Blick klebte nach wie vor an dem Geldschein. El Potro hatte rund fünfundvierzig Jahre auf dem Buckel und jedes einzelne davon stand ihm deutlich ins Gesicht geschrieben. In seinen Augen und in seiner Kehle war der Staub unzähliger Niederlagen hängen geblieben, der Staub drittklassiger Stierkampfarenen, in denen er sich in seiner Jugend als Torero versucht hatte. Aus dieser Zeit stammte die Narbe unter seinem rechten Ohr, da war er von einem Stier auf die Hörner genommen worden. Ebenso wenig Erfolg hatte er als Fremdenlegionär gehabt und danach als Boxer – dabei war er einmal Anwärter auf den andalusischen Meistertitel im Bantamgewicht gewesen! Leider hatte er aus dem entscheidenden Kampf nicht mehr davongetragen, als ein gebrochenes Nasenbein, total vernarbte Augenbrauen und eine gewisse Reflexverzögerung, die sich beim Sprechen, Handeln und Denken bemerkbar machte. Wenn sie ein Gaunerstückchen inszenierten, um Touristen Geld abzuknöpfen, spielte er immer den Trottel: Die Art, wie er geistesabwesend ins Leere stierte, als warte er auf die dritte Verwarnung des Ringrichters oder auf den Schlussgong, wirkte unglaublich überzeugend.

»Das mit dem Takt ist wichtig«, sagte er langsam.

»Sehr wichtig«, bekräftigte La Niña.

El Potro runzelte noch immer die Stirn, ein Zeichen, dass er intensiv nachdachte. Genau so, mit gerunzelter Stirn, hatte er auch über den Anblick nachgedacht, der sich ihm eines Tages beim Nachhausekommen bot: Sein querschnittgelähmter Bruder, im Rollstuhl, mit runtergelassener Hose, und auf ihm, lustvoll stöhnend, seine Schwägerin, also El Potros Frau; er fing nicht etwa zu brüllen an, sondern nickte nur zu den Erläuterungen des Bruders – ein Missverständnis, er könne alles erklären – während er hinter den Rollstuhl trat und ihn beinahe sanft auf den Treppenabsatz hinausschob; dort gab er ihm einen Tritt, der Stuhl polterte zweiunddreißig Stufen hinunter, und sein Insasse erlag kurz darauf einer Schädelfraktur. Die Frau kam glimpflicher davon, mit zwei blauen Augen und einem K. o. durch Aufwärtshaken nämlich, von dem sie sich binnen einer halben Stunde erholt hatte – gerade rechtzeitig, um die Koffer zu packen und auf Nimmerwiedersehen zu verschwinden. Der Tod des Bruders hatte natürlich ein Nachspiel vor Gericht gehabt, es wäre um ein Haar übel ausgegangen. Allein der Beredsamkeit des Anwalts war es zu verdanken, dass der Richter schließlich fahrlässige Tötung anstatt Mord gelten ließ, wie die Staatsanwaltschaft gefordert hatte; so war El Potro nicht nur um lebenslängliches Zuchthaus herumgekommen, sondern nach dem Grundsatz *in dubio pro reo* sogar freigesprochen worden. Sein Anwalt war Don Ibrahim gewesen, dessen in Havanna ausgestelltes Diplom die sevillanische Anwaltskammer damals noch für echt hielt. Aber mit oder ohne Titel, der ehemalige Boxer und Torero sollte nie mehr das ergreifende Plädoyer vergessen, mit dem Don Ibrahim Schritt für Schritt seine Freiheit erkämpfte. Diese zerrüttete Familie, Hohes Gericht, der Verrat des Bruders, die heftige Gemütsbewegung meines Mandanten und sein niederer IQ, ein Rollstuhl ohne Bremsen, von Vorsatz keine Spur. Seit jenem Tag war El Potro seinem Wohltäter in blinder Treue ergeben. Die schmähliche Verbannung Don Ibrahims aus der Anwaltskammer hatte daran nichts geändert, im Gegenteil. El Potro war ihm ergeben wie ein Hund seinem Herrn, ein Befehl, eine Streicheleinheit genügten und er wäre für ihn durchs Feuer gegangen.

»Drei Pfaffen auf einen Schlag … verflixt noch mal«, brummte La Niña kopfschüttelnd.

Die silbernen Armreifen klimperten, während sie ihr leeres Glas auf dem Tisch drehte. Don Ibrahim und El Potro wechselten einen Blick, dann bestellte der Exanwalt noch drei Jerez La Ina und dazu ein paar Schinkenhäppchen, tapas de lomo, sagte er. Kaum hatte der Kellner den kalten Sherry gebracht, als La Niña ihr Glas auch schon hinunterstürzte; die beiden Männer sahen weg und taten, als merkten sie es nicht.

> Herber Wein, du bringst Freude,
> aber ich kann nicht vergessen,
> und betränke ich mich an dir.

La Niña sang leise und herzzerreißend, fuhr sich dabei mit der Zunge über die rot angemalten Lippen, die feucht waren vom Sherry, und El Potro, der sacht den Takt auf den Marmortisch klopfte, flüsterte *olé*, ohne sie anzusehen. Er kannte sie ja, die verblühte Schönheit ihres Gesichts, die gefärbte Kringellocke auf ihrer Stirn, die dick geschminkten, kajalumrandeten Zigeuneraugen, riesig, schwarz und tragisch. Wenn La Niña zu viel Jerez oder Manzanilla getrunken hatte, erzählte sie die tollsten Geschichten, beispielsweise die vom Mann im Grünmond, der ihretwegen einen anderen erstochen habe – wie in ihren Liedern; dann kramte sie in der Handtasche nach einem Zeitungsausschnitt, fand ihn aber nie. Tatsächlich musste diese Geschichte, sollte sie wirklich passiert sein, in ihre Jugend zurückgehen, als La Niña auf Veranstaltungsplakaten abgebildet war: eine bildhübsche, rassige Vollblutzigeunerin, ein aufgehender Stern am Himmel des spanischen Volkslieds, die Nachfolgerin der berühmten Doña Concha Piquer. Doch ihr Ruhm war schnell verflogen. Jetzt, drei Jahrzehnte danach, trat sie mit ihren Coplas und ihrer traurigen Legende nur noch in schäbigen Spelunken auf, vor Touristen auf Stadtrundfahrt, Sevilla by night, Abendessen und Flamencovorstellung inbegriffen. Dort steppte sie müde über Holzbühnen, die unter den Absätzen ihrer Tanzschuhe krachten und ließ sich angaffen.

»Also, wo fangen wir an?«, fragte sie Don Ibrahim.

Jetzt löste auch El Potro die Augen vom Tisch und richtete sie auf den Mann, den er verehrte wie das Andenken des verblichenen Toreros Juan Belmonte. Seiner Verantwortung bewusst, nahm der falsche Advokat einen tiefen Zug von der Zigarre und las im Geiste zweimal die Schiefertafel durch, die auf der Theke stand: *Kroketten. Innereien. Frittierte Sardellen. Gefüllte Eier. Zunge in Tomatensauce. Pökelzunge.*

»Wie schon Gaius Julius Caesar sagte, und mit Recht«, hob er an, als seines Erachtens genügend Zeit verstrichen war, um seinen Worten den nötigen Ernst zu verleihen: »*Gallia est omnia divisa in partibus infidelibus.* Anders ausgedrückt: Bevor wir in Aktion treten, müssen wir erst mal die örtlichen Gegebenheiten studieren.« Er sah die beiden an wie ein General seinen Regimentsstab. »Das Gelände sondieren, ihr versteht mich schon.« Er kniff skeptisch die Augen zusammen: »Oder?«

»Klar.«

»Ja.«

»Freut mich.« Don Ibrahim strich sich zufrieden über den Schnurrbart; die Moral der Truppe war gut. »Als Erstes inspizieren wir mal die Kirche und ihre Umgebung.« Er sah La Niña an, deren Frömmigkeit er kannte. »Selbstverständlich mit der gebotenen Ehrfurcht.«

»Ich kenne die Kirche«, erwiderte sie mit ihrer rauen Schnapsstimme, »manchmal gehe ich dort zur Messe. Sie ist uralt, dauernd wird an ihr rumgebaut.«

La Niña war erzkatholisch, wie es sich für eine richtige Folkloresängerin gehörte. Don Ibrahim für seinen Teil bekannte sich zum Agnostizismus, respektierte aber die Glaubensfreiheit der anderen. Er beugte sich interessiert über den Tisch. Eine gründliche Voraberkundung war die Mutter aller Siege, hatte er gelesen – Churchill, wenn er sich recht entsann, oder war es Friedrich der Große gewesen?

»Wie ist der Pfarrer?«, wollte er wissen.

»Altmodisch, knurrig …« La Niña überlegte eine Weile, mit geschürzten Lippen, die Stirn in Falten gelegt, dann grinste sie: »Ich habe mal erlebt, wie er ein paar Touristen rauswarf; die waren in kurzen Hosen in die Messe geplatzt; er stieg von der Kanzel runter, wie er war, im Messgewand, und machte sie zur Sau. ›Ihr seid hier weder am Strand noch im Zirkus‹, schrie er, ›also raus‹ – und setzte sie vor die Tür.«

Don Ibrahim nickte beifällig.

»Einer, der es mit seinem Beruf ernst nimmt, wie ich sehe.«

»Ja, das tut er.«

»Ein tugendhafter Vertreter Christi.«

»Bis in die Knochen.«

Don Ibrahim blies einen Rauchkringel in die Luft und sah ihm nach, während sein Gesicht einen besorgten Ausdruck annahm.

»Demnach haben wir es mit einem Kleriker von Charakter zu tun«, stellte er fest; seine Stimme klang jetzt nicht mehr so begeistert.

»Ja«, sagte La Niña. »Von sehr üblem Charakter.«

»Verstehe.« Don Ibrahim versuchte noch einen Rauchkringel zu machen, aber diesmal ging das Kunststück schief. »Du meinst also, dieser würdige Pfarrer könnte unsere Strategie vereiteln, uns ein Bein stellen.«

»Ein Bein stellen? Der tritt uns in den Hintern!«

»Und was ist mit dem anderen, mit dem jungen Vikar?«

»Den kenne ich wenig; aber er macht mir keinen schlechten

Eindruck ... ruhig, artig, wie ein Schulbub ... jedenfalls umgänglicher als der Alte.«

Don Ibrahim sah zum Fenster hinaus, auf der gegenüberliegenden Straßenseite baumelten andalusische Reitstiefel an der Markise eines Schuhgeschäfts. Dann betrachtete er wieder die Gesichter seiner Kumpane, Wehmut überkam ihn. Wäre er dreißig Jahre jünger gewesen, er hätte Peregil und seinen Auftrag zum Teufel gejagt, oder – was wahrscheinlicher war – mehr Knete verlangt. Aber beim augenblicklichen Stand der Dinge, blieb ihm gar keine Wahl. Sein Blick wanderte traurig über Niñas lippenstiftverschmierten Mund, das falsche Muttermal, die ausgefransten Nägel, von denen der Lack abblätterte, über ihre knochigen Finger, die das leere Sherryglas umklammerten. Er wandte den Kopf nach links, begegnete den treuen Augen El Potros, senkte den Kopf wieder und starrte auf seine eigene Hand, die rauchende Havanna, den falschen Goldring – einen von vielen – die er bisweilen einem ahnungslosen Touristen für fünftausend Peseten andrehen konnte. Die beiden gehörten einfach zu seinem Leben, er fühlte sich ihnen verpflichtet. El Potro wegen seiner bedingungslosen Ergebenheit. La Niña, weil er nie jemanden *Capote de grana y oro* hatte singen hören wie sie, damals, frisch in Sevilla eingetroffen. Persönlich kennen gelernt hatten sie sich erst sehr viel später, als La Niña bereits vom Alkohol ruiniert war und in Kneipen untersten Niveaus auftrat, ein lebendes Abbild der herzzerreißenden Coplas, die sie mit heiserem Pathos vortrug: *La loba, Romance de valentía, Falsa moneda, Tatuaje**. Don Ibrahim bekam heute noch eine Gänsehaut, wenn er an jene Nacht zurückdachte, die Nacht ihrer Wiederbegegnung, in der er sich geschworen hatte, La Niña aus der Vergessenheit zu holen und der Kunst zu ihrem Recht zu verhelfen. Denn Don Ibrahim war durchaus nicht der gemeine Schuft, als den man ihn oft hinstellte. Die kleinen Dinger, die er bisweilen drehte, um seinen Lebensunterhalt zu bestreiten, die Verleumdungen der Anwaltskammer, die gehässigen Kommentare der Lokalpresse, die ihn seinerzeit am liebsten ins Gefängnis gebracht hätte, wegen eines lächerlichen Diploms, das keinen interessierte, dies alles konnte

---

* Die Wölfin – Romanze auf die Tapferkeit – Das falsche Geld – Die Tätowierung

nicht darüber hinwegtäuschen, dass er im Grunde ein edler Mensch war – ein edler Mensch mit Pech im Leben. In diesem Bewusstsein straffte er die Schultern und fuhr mechanisch über die goldenen Uhrkette vor seinem Bauch.

»Es ist alles nur eine Frage der Strategie«, dachte er laut, nicht, weil er seinen Kumpanen, die ihn hoffnungsvoll ansahen, etwas hätte mitteilen wollen, sondern um sich selbst davon zu überzeugen. Celestino Peregil hatte ihnen drei Millionen versprochen, aber vielleicht konnten sie ja noch ein bisschen mehr aus ihm herausholen. Soweit er wusste, war Peregil der Handlanger eines betuchten Bankiers. Die Sache roch also nach Geld, und das brauchten sie dringend. Sie brauchten es, um einen alten Traum zu verwirklichen. Don Ibrahim war sehr belesen, ein wandelnder, wenn auch nicht immer korrekter Zitatenschatz – andernfalls hätte er in Sevilla keine Minute als Anwalt auftreten können. Sein bestes Zitat zum Thema »Träume« stammte von Thomas D. H. Lawrence, dem Arabienfritzen, der *Lady Butterfly* geschrieben hatte: Wer mit offenen Augen träumt, schießt zuletzt den Vogel ab, oder so ähnlich. Bezüglich der Augen Potros und Niñas machte er sich keine Illusionen, aber das war das geringste Problem. Er hielt sie schon für beide offen.

El Potro kaute bedächtig auf einem Stück rohen Schinken herum. Don Ibrahim sah ihn freundlich an:

»Was meinst denn du, Champion?«

El Potro mampfte noch etwa eine halbe Minute schweigend vor sich hin.

»Ich glaube, wir kriegen das hin«, sagte er, als die andern beiden schon gar nicht mehr auf eine Antwort warteten. »Mit Gottes Hilfe.«

Don Ibrahim seufzte resigniert:

»Das ist es ja; bei so viel Pfaffen weiß ich wirklich nicht, zu wem Gott hält.«

Zum ersten Mal an diesem Morgen erschien ein Lächeln auf Potros Lippen, ein Lächeln, das Zuversicht ausdrückte und wie immer ziemlich sparsam war, als wolle er die Muskeln seines von Stierhörnern und Boxhandschuhen ramponierten Gesichts nicht unnötig strapazieren.

»Wir kämpfen auch für eine Heilige Sache«, sagte er.

»Olé«, bekräftigte La Niña, leise, gefühlvoll, und dann gab sie noch eine Copla zum besten:

Ein Mann schwor mich zu lieben,
er fürchtete nicht den Tod …

Sie sang mit halblauter Stimme, dabei umschloss sie Potros Hand. Seit seiner traumatischen Scheidung lebte El Potro alleine, von weiteren Familienangehörigen war nichts bekannt; Don Ibrahim vermutete, dass er insgeheim La Niña liebte, obwohl er das aus Respekt nie zum Ausdruck brachte. La Niña für ihren Teil hielt treu am Andenken des grünäugigen Mannes fest, den sie auf dem Boden jeder Flasche wieder zu sehen hoffte. Und Don Ibrahim war, was Herzensangelegenheiten betraf, nie etwas eindeutig nachzuweisen gewesen, obwohl er in langen Nächten bei Gitarrenklang und Manzanilla oft von romantischen Jugendlieben in der Karibik schwärmte, als er mit Beny Moré, dem König des Rhythmus, und mit Pérez Prado, dem »Robbengesicht«, befreundet gewesen war, auch mit dem mexikanischen Schauspieler Jorge Negrete, bis sie sich in die Haare bekommen hatten. Auf diese Zeit ging die denkwürdige Nacht zurück, in der María Félix, die göttliche María, die Doña, ihm den Spazierstock aus Ebenholz mit Silberknauf verehrt hatte, nachdem sie Augustín Lara mit ihm und einer Literflasche Tequila betrogen hatte. Am Boden zerstört, hatte Lara, die »elegante Bohnenstange«, darauf eines seiner schönsten Lieder komponiert. Ja, wenn Don Ibrahim in Erinnerungen an Acapulco schwelgte, an jene Nächte, jene Strände, an María Bonita, dann verjüngte sich sein Lächeln, und La Niña sang zwischen einem Glas Jerez und dem nächsten leise das Lied, zu dem er einst den Anlass gegeben hatte. El Potro saß mit versteinerter Miene daneben, während sein Schatten in einem klapprigen Boxring umherwankte oder in einer primitiven Stierkampfarena. Auf diese Weise verquickten sich ihre drei Schicksale zu einem kollektiven Erlebnis, in dem Zigarrenrauch, Wein, Beifallsovationen, Antillenstrände und Fernweh untrennbar miteinander verschmolzen. Seit sie vom Zufall in Sevilla zusammengeführt worden waren wie drei Korken von der Strömung des Meers, teilten sie ihr Leid über das eigene Scheitern in einer pittoresken Freundschaft, deren edles Ziel ihnen eines frühen Morgens, nach durchtrunkener Nacht, am Ufer des gemächlich dahinfließenden Guadalquivir aufgegangen war: die Heilige Sache. An jenem Morgen hatten sie sich geschworen eines Tages ein Flamencolokal zu eröffnen – nicht eine von diesen billigen Touristenkaschemmen, sondern ein richtig gediegenes Lokal, nur für Eingeweihte. Sie wollten es den »Tempel der Copla« nennen und Niñas Kunst würde dort endlich zu Ehren kommen.

> *Nena,*
> *sagte er, vor Leidenschaft verrückt …*

La Niña sang leise. Eine Losverkäuferin betrat die Bar Casa Cuesta, Don Ibrahim kaufte ihr drei Lose ab. Danach winkte er den Kellner heran, bezahlte die Rechnung und ließ sich wie ein vornehmer Señor seinen Panamahut und den Stock María Bonitas reichen. Während er sich schwerfällig erhob, trat El Potro hinter La Niña und zog galant ihren Stuhl zurück, worauf beide sie zur Tür geleiteten. Den Tausendpesetenschein ließen sie als Trinkgeld auf dem Tisch liegen. Schließlich war das ein besonderer Tag für sie, und außerdem war Don Ibrahim ein Caballero, wie El Potro zur Rechtfertigung der Ausgabe bescheiden feststellte.

Der Neuankömmling setzte den Fuß über die Schwelle und trat in die Kirche, hinter ihm flutete die Sonne ungehindert durch das offene Portal. Quart kniff geblendet die Augen zusammen, und als er sie wieder aufmachte, stand Don Príamo Ferro bereits vor ihm. Sein Verhalten bestätigte vom ersten Moment an Quarts Befürchtungen.

»Ich bin Padre Quart; gestern Abend in Sevilla eingetroffen«, sagte er und streckte die Hand aus, aber der Pfarrer dachte nicht daran, sie zu ergreifen. Seine schwarzen Augen blickten ihn feindselig an.

»Was haben Sie in meiner Kirche verloren?«

Netter Empfang, dachte Quart, während er langsam die Hand zurückzog. Don Príamo war klein und drahtig, sein ungekämmtes weißes Haar stand struppig in alle Richtungen, unter der fleckigen alten Soutane schauten abgetragene Schuhe hervor, die bestimmt seit Jahren nicht mehr geputzt worden waren.

»Ich wollte mich ein bisschen umsehen«, erwiderte Quart ruhig.

Am merkwürdigsten fand er das Gesicht des Pfarrers. Es war mit Schrammen, Falten und kleinen Narben übersät und machte dadurch einen unglaublich harten, beinahe gequälten Eindruck. Irgendwie erinnerte es ihn an eine Steinwüste, wie man sie aus Luftaufnahmen kennt: zerklüftet als Folge der Erosion, rissig die Erdkruste, und zerfurcht von ausgetrockneten Flusstälern, die das Wasser vor Jahrmillionen ins Gestein gegraben hatte. Und dann diese wilden, schwarzen Augen – aus ihren tiefen Höhlen hätten sie nicht unfreundlicher in die Welt hinausschauen können. In diesem Moment musterten sie Quart eingehend und schienen alles andere als begeistert, von dem Anblick, der sich ihnen bot. Quart merkte deutlich, wie kritisch sie seine silbernen Manschetten, den maßgeschneiderten Anzug und zuletzt sein Gesicht begutachteten.

»Sie haben kein Recht sich hier aufzuhalten.«

So komme ich nicht weiter, dachte Quart und wandte sich Hilfe suchend nach Gris Marsala um, die in den letzten fünf Minuten keinen Ton von sich gegeben hatte.

»Padre Quart wollte Sie kennen lernen«, sagte sie ohne allzu großen Enthusiasmus.

Der alte Pfarrer würdigte sie keines Blickes, seine Augen waren nach wie vor auf den Besucher geheftet.

»Weshalb?«

Quart hob versöhnlich die linke Hand, dabei kam seine Armbanduhr, eine wertvolle Hamilton, zum Vorschein, für die er einen weiteren stillen Vorwurf von Don Príamo erntete.

»Ich sammle Informationen über diesen Ort.« Obwohl Quart schon jetzt ahnte, dass die erste Kontaktaufnahme in einem Fiasko enden würde, wollte er einen weiteren Anlauf unternehmen. Das gehörte einfach zu seinem Beruf. »Es gibt da ein paar Dinge, die wir miteinander besprechen sollten.«

»Mit Ihnen habe ich nichts zu besprechen.«

Der Gesandte aus Rom hielt eine paar Sekunden die Luft an und ließ sie dann ganz langsam wieder ausströmen. Mit so viel Sturheit hatte er wahrhaftig nicht gerechnet. Die Situation wurde ihm von Minute zu Minute unangenehmer, auch weil sie hässliche Erinnerungen weckte. Alles, was er im Leben verabscheute, schien in Gestalt dieses mürrischen Menschen Gestalt angenommen zu haben: das einstige Elend, die verdreckte Soutane, der Argwohn des rückständigen Dorfpfarrers, dessen »Seelsorge« sich darauf beschränkte, vom Fegefeuer zu predigen und armen Fischersfrauen die Beichte abzunehmen, von deren Ignoranz ihn lediglich ein paar Jahre Priesterseminar und ein wenig Latein trennten. Das wird eine schwierige Mission, sagte er sich. Eine sehr schwierige Mission. Wenn dieser Pfarrer Matutin war, so hätte er das nicht besser vertuschen können als mit seinem unfreundlichen Empfang.

»Verzeihen Sie«, entgegnete er und zog aus der Innentasche seiner Jacke einen Umschlag heraus; in einer Ecke, deutlich erkennbar, die päpstlichen Insignien. »Aber ich glaube, Sie täuschen sich. Wir haben sogar sehr viel miteinander zu besprechen. Ich bin Sonderbeauftragter des Instituts für Auswärtige Angelegenheiten, hier ist das Empfehlungsschreiben, das mir die Staatssekretarie für Sie mitgegeben hat.«

Don Príamo Ferro nahm den Umschlag, zerriss ihn und ließ die Fetzen auf den Boden flattern.

»Ihr Empfehlungsschreiben interessiert mich einen Dreck«, sagte er und blickte Quart herausfordernd an.

Laut des Berichts, der in seinem Hotelzimmer auf dem Tisch lag, war Don Príamo vierundsechzig Jahre alt; davon hatte er zwanzig als Pfarrer in einem kleinen Kuhnest verbracht, seit zehn Jahren betreute er die Gemeinde Nuestra Señora de las Lagrimas. Rein äußerlich war er das genaue Gegenteil von Monsignore Spada, aber im antiken Rom hätten die beiden ein fabelhaftes Gladiatorenduo abgegeben. Quart konnte sich den sehnigen, kleinen Mann ohne weiteres als gefährlichen Netzkämpfer in der Arena des Kolosseums vorstellen, wie er – einen Dreizack in der Hand, das Netz geschultert – seinen Gegner umkreiste, während die Zuschauer auf den Rängen nach Blut schrien. Quart arbeitete lange genug in seinem Beruf, um auf den ersten Blick zu erkennen, vor wem er sich besser in Acht nahm. Und Padre Ferro war haarscharf der Typ von Zeitgenosse, der inmitten des größten Trubels still am Ende der Theke steht und vor sich hin trinkt, bis er plötzlich eine Flasche zerschlägt und dir ohne viel Federlesens eine Trockenrasur verpasst. Eine schlechte Figur hätte er sicher auch in Tenochtitlán nicht abgegeben, bis zur Hüfte in den Fluten der Lagune, ein Kreuz in die Höhe reckend. Oder als Kreuzritter, der auf Heiden und Ketzer eindrischt.

»Von diesen Auswärtigen Angelegenheiten habe ich noch nie etwas gehört«, setzte Don Príamo hinzu. »Mein Vorgesetzter ist der Erzbischof von Sevilla.«

Der dem ungebetenen Gast aus Rom offensichtlich sorgsamst den Weg bereitet hatte. Aber Quart verlor nicht die Geduld. Er fuhr sich mit der Hand erneut in die Jackeninnentasche und ließ die Ecke eines zweiten Briefs erkennen, er war mit denselben Insignien versehen.

»Genau dem statte ich meinen nächsten Besuch ab.«

Der Pfarrer schnitt eine verächtliche Grimasse; ob diese Quarts Vorhaben oder der Person des Erzbischofs galt, war nicht zu ersehen.

»Besuchen Sie ihn ruhig«, erwiderte er grimmig. »Ich schulde Monsignore Corvo Gehorsam, und keinem anderen. Mit Ihnen spreche ich nur, wenn er es mir befiehlt. Bis dahin können Sie mich vergessen.«

»Hören Sie, Padre: Ich bin aus Rom hierher gesandt worden, weil jemand an uns appelliert hat, jemand aus Sevilla. Das wissen Sie doch, oder?«

»Ich habe an niemanden appelliert. Außerdem ist Rom sehr weit weg und das hier ist meine Kirche.«

»Ihre Kirche.«

»Jawohl.«

Quart spürte, dass sie von Gris Marsala beobachtet wurden. Er schob das Kinn vor und zählte im Geiste bis fünf.

»Das ist nicht *Ihre* Kirche, Padre Ferro, sondern *unsere* Kirche.«

Der Pfarrer starrte eine Weile schweigend auf die Papierfetzen am Boden, dann drehte er den Kopf zur Seite, den Blick ins Leere gerichtet. Sein narbiges Gesicht hatte einen seltsamen Ausdruck angenommen, halb Lächeln, halb Grimasse.

»Da irren sie sich gewaltig«, sagte er und schritt, ohne ein weiteres Wort zu verlieren, den Mittelgang entlang auf die Sakristei zu.

Himmelherrgott. Unter größter Selbstüberwindung gelang es

Quart, einen letzten Versuch der Versöhnung zu unternehmen. Er wollte ein reines Gewissen haben, wenn er, nach Rom zurückgekehrt, einem jeden seine Rechnung ausstellte. Und die Rechnung dieses Pfarrers würde gesalzen sein.

»Ich bin gekommen, um Ihnen zu helfen, Padre«, rief er Don Príamo hinterher. Danach fühlte er sich erleichtert. Jetzt sollten die Dinge ihren Lauf nehmen, er hatte getan, was in seiner Macht stand. Noch mehr Demut und christliche Nächstenliebe konnte er sich beim besten Willen nicht abverlangen. Überhaupt: Wenn hier jemand Hochmut an den Tag legte, so war das dieser sture Bock von einem Pfarrer. Aber er würde Don Príamo schon noch beibringen, dass er nicht als Einziger den Zorn Gottes auf Erden vertrat.

Der alte Pfarrer war vor dem Altar stehen geblieben, um eine Kniebeuge zu machen. Quart hörte, wie er ein kurzes, humorloses Lachen ausstieß:

»Mir helfen? ...Wüsste nicht, wobei mir einer wie Sie helfen könnte.« Seine Stimme hallte im Kirchenschiff nach, während er sich aufrichtete und ein letztes Mal nach Quart umwandte. »Ich kenne die Leute von Ihrem Schlag zur Genüge ... Diese Kirche braucht eine andere Art von Hilfe, Padre Quart. Eine Hilfe, die Sie in Ihren vornehmen Anzugtaschen nicht mitbringen. Und jetzt gehen Sie. Ich habe in zwanzig Minuten eine Taufe.«

Gris Marsala begleitete ihn zur Tür. Quart, der sehr viel Disziplin und Kaltblütigkeit aufbringen musste, um seinen Ärger zu verbergen, hörte nur mit halbem Ohr auf die vielen Gründe, die sie zur Rechtfertigung des Pfarrers aufzählte.

»Don Príamo steht unter enormem Druck«, erklärte die Restauratorin. »Die Politiker, die Banken, das Erzbistum, sie umzingeln ihn wie ein Rudel Wölfe. Diese Kirche wäre schon längst abgerissen worden, wenn Padre Ferro sich nicht so erbittert dagegen gewehrt hätte.«

»Vielleicht wird sie aber eines Tages trotzdem abgerissen«, erwiderte Quart, um ein wenig Dampf abzulassen. »Dank seiner Bemühungen und mit ihm drin.«

»Sagen Sie so etwas nicht.«

Die Amerikanerin hatte Recht und Quart machte sich insgeheim Vorwürfe: So etwas durfte er nicht sagen, unter gar keinen

Umständen durfte er so etwas sagen. Sie waren inzwischen ins Freie hinausgetreten; Quart atmete tief den Duft der Orangenblüten ein. Rechts vom Eingang, dort wo die Fassade der Kirche mit dem angrenzenden Haus eine Ecke bildete, schaufelte ein Bauarbeiter Sand in die Betonmischmaschine. Quart streifte ihn mit einem flüchtigen Blick, während sie den Platz im Schatten der Apfelsinenbäumen überquerten.

»Ich begreife sein Verhalten nicht«, sagte er. »Schließlich stehe ich doch auf seiner Seite. Und die Kirche auch.«

Gris Marsala warf ihm einen ironischen Seitenblick zu.

»Die Kirche? Wen meinen Sie damit? ...Den Vatikan? Den Erzbischof von Sevilla? Sich selbst?« Sie schüttelte ungläubig den Kopf. »Nein. Padre Ferro hat Recht, und das wissen Sie gut: Niemand steht auf seiner Seite.«

»Wäre eigentlich kein Wunder. Er scheint sich die Probleme förmlich zu suchen.«

»Das braucht er nicht; er hat auch so schon genug davon. Mit dem Erzbischof liegt er in offener Fehde und der Bürgermeister will ihn sogar verklagen ... wegen ein paar Bemerkungen, die Don Príamo in der Sonntagspredigt vor zwei Wochen über ihn fallen gelassen hat.«

Quart blieb stehen: Davon war in Monsignore Spadas Bericht nicht die Rede, das interessierte ihn.

»Was hat er genau gesagt?«

Die Restauratorin setzte ein schiefes Grinsen auf:

»Na ja ... Ich glaube, er hat ihn einen elenden Spekulanten genannt, einen Rechtsbeuger und skrupellosen Politiker.« Gris Marsala schielte ihn prüfend von der Seite an. »Wenn ich mich recht entsinne.«

»Hält er immer solche Predigten?«

»Nein, nur wenn er besonders in Rage ist.« Gris Marsala dachte ein wenig nach. »Ehrlich gesagt, ist er das in letzter Zeit ziemlich oft. Er schimpft dann auf die Händler, die den Tempel entweihen, und ähnliches Zeug.«

»Die Händler?«

»Ja, unter anderem.«

Quart setzte ein spöttisches Gesicht auf.

»Nicht schlecht«, sagte er. »So gewinnt man Freunde.«

»Glauben Sie nicht, er hätte keine«, protestierte Gris Marsala, indem sie eine leere Bierdose aus dem Weg kickte. »Er hat auch viele treue Kirchgänger; einfache, rechtschaffene Leute, die zum Beten hierher kommen und ihn brauchen. Sie können Padre Ferro nicht bloß aufgrund seines Auftritts von vorhin aburteilen.«

In ihrer Stimme schwang ein Anflug von Leidenschaft, der sie jünger machte. Quart schüttelte ärgerlich den Kopf.

»Ich urteile überhaupt niemanden ab.« Er hatte sich umgedreht, um noch einmal den baufälligen Glockenturm der Kirche zu betrachten, aber in Wahrheit wollte er den Augen der Frau ausweichen. »Das wird die Aufgabe anderer sein.«

»Klar.« Die Hände in den Jeanstaschen vergraben, blieb Gris Marsala vor ihm stehen und sah ihn an; ihr Blick gefiel ihm überhaupt nicht. »Sie fassen Ihren Bericht ab und waschen ihre Hände in Unschuld, stimmt's? Sie beschränken sich darauf, die Leute vor den Prätor zu bringen, wie es so schön heißt. Das *ibi ad crucem* sprechen dann andere aus.«

Quart tat überrascht:

»Hätte mir nicht vorgestellt, dass Sie so bibelfest sind.«

»Mir scheint, es gibt ziemlich viel, was Sie sich nicht vorstellen können.«

Der Agent des IOE trat ungemütlich von einem Bein aufs andere. Dann fuhr er sich mit der Hand über den grauen Bürstenschnitt. Der Mann an der Betonmischmaschine hatte seine Arbeit unterbrochen und beobachtete sie aus zwanzig Metern Entfernung, auf den Stiel seiner Schaufel gestützt. Er war jung und trug einen Armeeoverall.

»Ich kann Ihnen nur eins sagen«, erwiderte Quart. »Hier soll eine saubere Untersuchung durchgeführt werden, und dafür garantiere ich.«

Gris Marsala, die noch immer vor ihm stand, schüttelte den Kopf.

»Nein.« Der Blick ihrer blauen Augen hatte jetzt die Schärfe eines Skalpells. »Don Príamos Prognose war absolut richtig: Sie garantieren für eine saubere Exekution. Deshalb hat man sie geschickt.«

»Sagte er das?«

»Ja. Als der Erzbischof uns von Ihrem Kommen unterrichtete.«

Quart blickte über die Schulter der Frau hinweg. Er sah ein

geraniengeschmücktes Fenstergitter, an dem ein Käfig mit Kanarienvogel hing.

»Ich möchte nur helfen«, stellte er in neutralem Ton fest, doch
seine eigene Stimme kam ihm plötzlich fremd vor. In diesem
Moment begann die Kirchenglocke hinter ihm zu läuten und der
Kanarienvogel fing zu singen an, froh, dass er endlich Gesellschaft hatte.

Ja, das würde eine verflixt schwierige Arbeit werden.

III.
Elf Kneipen in Triana

Du musst fällen, fällen und nochmals fällen, gnadenlos die
Baumreihen lichten, bis der Wald als geheilt gelten kann.
(JEAN ANOUILH *Jeanne oder die Lerche*)

Wie vom Hund auf den Herrn, lässt sich bekanntlich von einem
Auto auf seinen Besitzer schließen. Pencho Gaviras Mercedes
war riesig, schwarz und glänzend, der Stern auf seinem Kühler
nahm sich aus wie das Visier eines Maschinengewehrs. Die
Räder standen kaum still, als Celestino Peregil bereits zum Geh-
steig spurtete und den Wagenschlag auf der Beifahrerseite auf-
riss, um seinen Chef aussteigen zu lassen. Vor dem Café La Campana herrschte dichter Verkehr; die Abgaspartikel beschmutzten
Peregils lachsfarbenen Hemdkragen unter dem dunkelblauen
Zweireiher, zu dem er heute eine rot-grün-gelb geblümte Sei-
denkrawatte trug, grell wie eine Ampel prangte sie auf seiner
Brust. Die aus den Auspuffen strömende Luft zerzauste sein
schütteres Haar und entblößte die Halbglatze, die er am Morgen
mit sehr viel Geduld und Spray getarnt hatte.

»Du hast noch mehr Haare verloren«, stellte Gavira mit einem
flüchtigen Blick auf das zerstörte Kunstwerk fest. Er wusste,
dass seinen Leibwächter und Helfer nichts mehr kränken
konnte, als solche Bemerkungen, aber er hielt es für förderlich,
seinen Untertanen in regelmäßigen Abständen die Sporen zu
geben, um sie auf Trab zu halten. Außerdem war der Bankier
Gavira ein harter Typ, der sich selbst genügte – derartige Übun-
gen christlicher Nächstenliebe gehörten einfach zu seinem
Naturell.

Der Tag versprach, Verkehr und Abgasen zum Trotz, schön zu
werden. Gavira pflanzte sich mit gestrafften Schultern auf dem
Gehweg auf und warf einen Blick in die Runde; dabei zupfte er
sich die Hemdmanschetten aus den Anzugsärmeln, gerade so
weit, dass die Maisonne auf die vierundzwanzigkarätigen Gold-
knöpfe traf, die er in den Manschetten seines maßgeschneiderten, blassblauen Seidenhemds trug. Als er sich dann auch noch
den Krawattenknoten zurechtrückte und mit derselben Hand

über die Schläfen und das pechschwarze Haar fuhr, es war leicht gewellt und mit Gel nach hinten gekämmt, erinnerte er vollends an einen Dressman in Erwartung des Modefotografen. Pencho Gavira war braun gebrannt, gut aussehend, elegant, ambitioniert, siegreich, vermögend und auf dem besten Wege noch viel reicher zu werden. Dass er sich mindestens vier dieser sieben Eigenschaften selbst erkämpft hatte, war sein ganzer Stolz und davon abgesehen seine Hoffnung. Es war auch der Grund, für den zufriedenen, selbstsicheren Blick, den er umherschweifen ließ, bevor er auf die Ecke der Calle Sierpes zuschritt, gefolgt von Peregil, der mit hängendem Kopf hinter ihm hertrottete.

Don Octavio Machuca saß an seinem Stammtisch im Café La Campana und sah Unterlagen durch, die Cánovas, sein Sekretär, ihm reichte. Es war nun schon mehrere Jahre her, dass der alte Präsident der Kartäuser Bank sein mit Edelhölzern und Gemälden ausgestattetes Büro gegen dieses Straßencafé im Herzen Sevillas ausgetauscht hatte. Hier ließ er das Leben an sich vorüberziehen, las die Tageszeitung *El ABC* und besorgte seine Geschäfte vom Frühstück bis zum Aperitif, danach begab er sich zum Mittagessen in sein Lieblingsrestaurant Casa Roble. In der Bank erschien er fast nie vor vier Uhr nachmittags, und wenn seine Kunden und Angestellten dringende Angelegenheiten mit ihm zu besprechen hatten, so blieb ihnen gar nichts anderes übrig, als ihn im »La Campana« aufzusuchen. Das galt auch für Pencho Gavira: Als Vizepräsident und Generaldirektor der Bank war er beinahe täglich zu diesem Gang gezwungen. Er hasste ihn, er hasste ihn wie noch etwas, und das war zweifellos der Grund, weshalb sein siegesgewisses Lächeln abflaute, je mehr er sich dem Tisch näherte, an dem Don Octavio vor einer Tasse Milchkaffee und einem Buttertoast saß. Als er dann auch noch den unseligen Einfall hatte im Vorbeigehen den Zeitungskiosk zu seiner Linken mit einem Blick zu streifen, war es endgültig um sein Lächeln geschehen: Unübersehbar prangte dort das Titelblatt der Illustrierten *Q+S*. Er stutzte, fühlte den Blick Peregils im Nacken und ging sofort weiter, aber seine Miene verdüsterte sich zusehends und der in Fitnessstudio und Sauna gestählte Magen krampfte sich ihm vor Wut zusammen. Diese verfluchte Illustrierte lag seit zwei Tagen auf seinem Büroschreibtisch, Gavira kannte sämtliche Fotos – die der Titelseite und die der Reportage –, in- und auswendig. Auf einem von ihnen, grobkörnig und etwas verwischt, war seine Frau zu erkennen, Macarena Bruner de Lebrija, Erbin des Herzogtums mit dem klingenden Namen Ducado del Nuevo Extremo – eines der bedeutendsten Adelsgeschlechter Spaniens; leider war Macarena nicht alleine abgelichtet worden, sondern in Gesellschaft des Toreros Curro Maestral, mit dem sie das Nobelhotel Alfonso XIII. verließ – laut Artikel um vier Uhr früh!

»Du kommst zu spät«, stellte der Alte fest.

Pencho Gavira wusste, dass das nicht stimmte, dazu brauchte er nicht einmal auf seine luxuriöse Armbanduhr zu sehen. Den Trick die eigenen Untergebenen zu verunsichern, ständig an ihnen herumzumäkeln, damit sie erst gar nicht auf den Gedanken kamen sich auf ihren Lorbeeren auszuruhen, hatte er ja gerade von Don Octavio Machuca gelernt. Peregil mit seiner lächerlichen Tarnfrisur und den mehr oder weniger heimlichen Lastern war ihm diesbezüglich ein dankbares Versuchskaninchen.

»Ich kann es nicht leiden, wenn die Leute zu spät kommen«, setzte Machuca hinzu, laut und vernehmlich, als spreche er zu dem Kellner mit der gestreiften Weste, der ein Blechtablett in der Hand abwartend neben dem Tisch stand. Als illustrer Stammgast wurde Machuca mit großer Zuvorkommenheit bedient und bekam jeden Vormittag denselben Tisch auf der Terrasse reserviert, gleich neben dem Eingang des Cafés.

Gavira antwortete dem Alten mit einem gelassenen Nicken. Dann bestellte er beim Kellner ein Bier, öffnete den Knopf seines Jacketts und ließ sich in dem Korbsessel nieder, auf den der Präsident der Kartäuser Bank mit der Hand deutete. Peregil zog sich unter kriecherischen Verbeugungen zurück und setzte sich an einen anderen Tisch zu Cánovas, der Unterlagen in eine schwarze Ledermappe einordnete. Machucas Sekretär war Vater von neun Kindern, ein hagerer Mann mit Rattengesicht und einwandfreiem Leumund; er diente dem Bankier schon seit der Zeit, als dieser noch amerikanische Zigaretten und Parfüm aus Gibraltar einschmuggelte. Keiner erinnerte sich, ihn je lächeln gesehen zu haben, und angesichts der Dicke seines Familienbuchs wunderte sich auch keiner darüber. Gavira war der Sekretär jedenfalls unsympathisch und insgeheim hatte er bereits über seine Zukunft entschieden: Er würde ihn noch am selben Tag feuern, an dem der Alte sein Büro in der Bank endgültig räumte.

Ohne ein Wort von sich zu geben, dem Wagen- und Fußgängerstrom zusehend wie sein Chef und Gönner, wartete Gavira auf sein Bier. Als der Kellner es gebracht hatte, nahm er einen großen Schluck, dazu beugte er sich über den Tisch, damit der Schaum nicht auf seine perfekt gebügelte Hose tropfte. Dann trocknete er sich die Lippen mit einem Taschentuch ab und lehnte sich erneut in den Korbsessel zurück.

»Den Bürgermeister haben wir«, sagte er schließlich.

Octavio Machuca verzog keine Miene. Er starrte auf das grünweiße Spruchband, das ein Fanclub des sevillanischen Fußballvereins Betis auf der gegenüberliegenden Straßenseite an den Balkon eines Hauses gehängt hatte. Das neumaurische Gebäude daneben war der Sitz der Banco de Poniente. Gavira betrachtete die ausgemergelten Hände des greisen Bankiers, sie waren mit Altersflecken übersät und ihre langen, knochigen Finger erinnerten an Klauen. Machuca selbst war groß und dürr, er hatte eine riesige Nase und stechende, schwarze Augen, die ständig umschattet waren, als leide er an permanenter Schlaflosigkeit. Mit ihnen spähte er in die Welt hinaus – ein Raubvogel, der alle Reviere kennt und jagt, bis er völlig gesättigt ist. Im Alter war sein Blick nicht etwa milde oder nachsichtig geworden, nur müde. Als junger Mann Taucher und Schmuggler, dann Geldverleiher in Jerez, und noch vor Vollendung des vierzigsten Lebensjahrs Bankier in Sevilla, stand der Gründer der Kartäuser Bank nun kurz vor der Pensionierung; soweit bekannt, hegte er keine anderen Ambitionen mehr als die, seine Vormittage im Straßencafé La Campana zu verbringen, mit Ausblick auf das grünweiße Spruchband des Betis-Fanclubs und auf den Sitz der Konkurrenz, die keine Konkurrenz mehr war, seit die Kartäuser Bank sie vor kurzem annektiert hatte – nach gründlicher Vorarbeit, versteht sich.

»War ja auch höchste Zeit«, brummte Machuca.

Da er noch immer auf die andere Straßenseite hinüberblickte, wusste Gavira nicht, ob die Worte seines Vorgesetzten sich auf die Banco de Poniente bezogen oder auf die Sache mit dem Bürgermeister.

»Gestern haben wir zusammen Abend gegessen«, sagte er, um es herauszubekommen, und beobachtete dabei verstohlen das Profil des Alten. »Und heute Morgen hatten wir ein ausführliches, sehr freundliches Telefongespräch.«

»Du und dein Bürgermeister«, murmelte Machuca und runzelte die Stirn, als suche er in seinem Gedächtnis nach einem Gesicht. Jeder andere hätte das als Zeichen von Senilität gewertet, aber Pencho Gavira kannte seinen Präsidenten zu gut, um banale Rückschlüsse zu ziehen.

»Ja«, erwiderte er, bereitwillig, aber wachsam, um sich nicht die kleinste Veränderung im Tonfall oder Mienenspiel seines Gegenübers entgehen zu lassen. »Ich habe ihn überzeugt: Er lässt das Grundstück neu schätzen und verkauft es anschließend an uns.«

Gavira ließ keinerlei Triumph durchblicken, obwohl er Grund dazu gehabt hätte. In ihren Kreisen zeigte man so etwas nicht, das war ungeschriebenes Gesetz.

»Es wird einen Skandal geben«, wandte der alte Bankier ein.

»Das ist ihm egal. In einem Monat läuft sein Mandat aus, und er weiß, dass er nicht wieder gewählt wird.«

»Was ist mit der Presse?«

»Die Presse kauft man, Don Octavio«, entgegnete Gavira mit einer wegwerfenden Handbewegung. »Oder man verschafft ihr andere interessante Themen, an denen sie sich auslassen kann.«

Er sah, dass Machuca nickte, als gehe ihm ein Licht auf. Bei den Papieren, die sein Sekretär gerade in der Aktenmappe verstaute, handelte es sich um ein hochexplosives Dossier über Unregelmäßigkeiten, die sich die andalusische Regionalregierung bei der Bezahlung von Arbeitslosengeldern hatte zu Schulden kommen lassen. Gavira hatte das Dossier persönlich in Auftrag gegeben und plante offensichtlich es im geeigneten Moment publik zu machen, um die Aufmerksamkeit der Presse von seinen eigenen Machenschaften abzulenken.

»Den Bürgermeister habe ich in der Tasche, das Denkmalschutzamt auch«, fuhr er fort, »bleibt uns also nur noch das Problem mit der Kirche zu lösen.« Er unterbrach sich in Erwartung eines Kommentars, aber der Alte schwieg. »Was den Erzbischof betrifft …«

Gavira ließ seinen Satz bewusst offen: Den nächsten Zug

sollte Machuca machen; er wollte einen Hinweis von ihm, eine Orientierungshilfe, ein Zeichen des Einverständnisses.

»Der Erzbischof möchte seinen Teil«, sagte der Alte schließlich. »Gebt Gott, was Gottes ist, du weißt schon.«

Gavira nickte bedächtig.

»Natürlich.«

Machuca wandte den Kopf und sah ihn an.

»Dann gib es ihm, verdammich, und damit hat sich die Sache!«

So einfach war es nicht, das wusste der alte Fuchs ganz genau.

»Ich bin völlig Ihrer Meinung, Don Octavio«, erwiderte Gavira.

»Dann ist ja alles besprochen.«

Machuca rührte seinen Milchkaffee um und versenkte sich wieder in den Anblick des grünweißen Spruchbands. Am andern Tisch sahen Peregil und der Sekretär sich unterdessen feindselig an. Gavira wählte sorgfältig Worte und Tonfall, als er weitersprach:

»Bei allem Respekt, Don Octavio, ich glaube, es gibt noch mehr zu besprechen. Hier geht es um das größte städtebauliche Geschäft seit der Weltausstellung von 1992: dreitausend Quadratmeter Boden in Santa Cruz, im Zentrum von Sevilla. Wenn wir es schaffen, im selben Zug Puerto Targa an die Saudis zu verkaufen, springen bei der Operation gut einhundertachtzig bis zweihundert Millionen Dollar für uns heraus. Aber deshalb können wir es uns noch lange nicht erlauben, Geld zum Fenster hinauszuwerfen.«

Gavira trank einen Schluck Bier, um seinen letzten Satz nachklingen zu lassen. »Ich habe keine Lust Riesensummen für etwas lockerzumachen, was wir auch für die Hälfte bekommen könnten. Die Forderungen des Erzbischofs sind eindeutig überzogen.«

»Ja, Himmel, irgendwie müssen wir Monsignore Corvo doch dafür entschädigen, dass er ein Auge zudrückt … dass er uns technische Hilfestellung leistet, wie du es nennst.« Machuca verzog den Mund zu einer Grimasse, die nicht einmal entfernt an ein Lächeln erinnerte. »Man kriegt nicht alle Tage einen Erzbischof dazu, ein Grundstück wie dieses zu säkularisieren, die draufstehende Kirche abzureißen und ihren Pfarrer an die Luft zu setzen, meinst du nicht?« Er hatte eine der mageren Hände gehoben, um seine Aufzählung mit den Fingern zu begleiten, ließ sie jedoch müde wieder fallen. »Das ist ein echtes Kunststück.«

»Ich weiß. Und mit Verlaub gesagt, habe ich sehr viel Arbeit in dieses Kunststück gesteckt.«

»Andernfalls wärst du nicht auf deinem Posten. Also zahl dem Erzbischof, was er verlangt, und leg die Sache zu den Akten. Schließlich ist es mein Geld, mit dem du arbeitest.«

»Ihres und das der andern Aktionäre, Don Octavio. Und denen gegenüber muss ich auch geradestehen. Wenn ich etwas von Ihnen gelernt habe, dann ist es ja gerade das: Verantwortungsvoll zu handeln, sprich: sparsam.«

Der Bankier zuckte mit den Schultern.

»Mach, was du willst. Letztendlich ist es *deine* Operation.«

Das war es allerdings, im Guten wie im Schlechten, aber Pencho Gavira ließ sich von der Mahnung des Präsidenten nicht aus der Fassung bringen. Dazu hätte es viel mehr gebraucht.

»Ich habe alles unter Kontrolle«, sagte er.

Die Zunge des alten Machuca konnte schärfer sein als eine Rasierklinge, aber für den Moment schien er sie nicht weiter gebrauchen zu wollen. Gavira sah, dass sich seine Raubvogelaugen erneut auf das Spruchband der Betis-Fans und auf die Fassade der Banco de Poniente richteten. Die Operation Santa Cruz und Puerto Targa war mehr als ein gutes Geschäft: Von ihrem Ausgang hing es ab, ob der scheidende Präsident Gavira zu seinem Nachfolger bestimmte oder aber auf Gedeih und Verderb dem Aufsichtsrat der Bank auslieferte; in ihm war ein Großteil des alten sevillanischen Geldadels vertreten, und der hatte für ambitionierte junge Anwälte nicht viel übrig, geschweige denn für Emporkömmlinge. Gavira spürte seinen Puls unter dem goldenen Armband der Rolex und verzeichnete fünf Schläge zu viel.

»Was ist mit dem Pfarrer?« Der Alte sah ihn jetzt wieder an, sein Blick verriet eine winzige Spur Neugier. »Ich habe gehört, der Erzbischof sei sich seiner Mitarbeit noch immer nicht sicher.«

»Ja, scheint so«, erwiderte Gavira mit einem beruhigenden Lächeln. »Aber ich habe auch diesbezüglich schon entsprechende Maßnahmen eingeleitet …« Er schielte zu Peregils Tisch hinüber und zögerte – zu lange, wie er selbst fand. Das konnte Zweifel erregen, er musste dringend noch etwas hinzufügen, ein Argument, eine Erklärung. »Ein alter Tattergreis, was kann uns der schon anhaben?«

Er merkte noch im Sprechen, dass er voll ins Fettnäpfchen getreten war. Machuca zahlte es ihm mit sichtlichem Vergnügen heim.

»So eine blödsinnige Bemerkung hätte ich mir nicht von dir erwartet.« Er sah ihm in die Augen: Eine Schlange, die es genoss, Terror zu verbreiten. Gavira zählte mindestens zehn Extra-schläge unter seinem Uhrarmband. »Ich bin auch alt, Pencho, aber meine Reißzähne habe ich nicht eingebüßt, das solltest du am allerbesten wissen. Vergiss es nie, das könnte gefährlich für dich werden.« Sein Blick funkelte vor Hohn. »Wo du doch so nah am Ziel bist.«

»Ich vergesse nichts.« So schwierig es ist, unbemerkt zu schlu-cken, Gavira gelang die Nummer gleich zweimal. »Und was die-sen Pfarrer betrifft: Ich hielte es für eine Beleidigung, Sie mit ihm zu vergleichen.«

Der Banker schüttelte tadelnd den Kopf.

»In so schlechter Form habe ich dich schon lange nicht mehr erlebt, Pencho … Du und Schmeicheleien!«

»Sie kennen mich nicht, Don Octavio.«

»Red keinen Quatsch. Ich kenne dich sehr gut, sonst wärst du nicht so weit gekommen, wie du gekommen bist. Und vielleicht bald kommen wirst.«

»Ich bin immer offen zu Ihnen. Das mag Sie stören …«

»Nicht im Geringsten. Ich schätze deine Offenheit, auch wenn sie kalkuliert ist. So kalkuliert wie alles andere an dir, wie deine Ambition, deine Geduld …« Der Bankier starrte in seine Tasse, als suche er dort nach weiteren Chraktereigenschaften Gaviras. »Und was den Vergleich zwischen mir und diesem Pfarrer angeht, so magst du ja Recht haben; vielleicht haben wir wirk-lich nichts gemein außer unserem Alter. Ich kenne ihn nicht, des-halb kann ich das nicht beurteilen. Aber ich will dir einen guten Rat geben, Pencho … Du schätzt meine Ratschläge doch, nicht?«

»Natürlich, Don Octavio, das wissen Sie.«

»Freut mich, das ist nämlich einer von meinen besten: Vorsicht vor Alten, die sich ihre Ideale bewahrt haben. Die wenigen Glücklichen, die das schaffen, sind echte Kämpfernaturen, die steckst du nicht so leicht in die Tasche.« Er hielt inne, als sei ihm gerade noch etwas eingefallen. »Außerdem hat sich die Situation weiter kompliziert, wenn ich nicht irre. Da soll jemand aus Rom gekommen sein …«

Pencho Gaviras Seufzer klang aufrichtig und vielleicht war er das auch.

»Vor Ihnen kann man aber auch gar nichts verheimlichen, Don Octavio.«

Machuca wechselte einen Blick mit seinem Sekretär, er saß Peregil gegenüber stumm am andern Tisch, die schwarze Aktenmappe auf den Knien, und wartete auf neue Order, blind für alles, was um ihn herum vorging; sein ausdrucksloses Pokerface erinnerte mehr denn je an das einer Ratte. Peregil dagegen wirkte nervös; er wand sich in seinem Sessel und schielte immer wieder nervös zu Gavira hinüber; die Nähe Don Octavio Machucas, das ernste Gesicht seines Chefs und die versteinerte Miene Cánovas' schüchterten ihn ein.

»Was wundert es dich? Das ist meine Stadt, Pencho«, entgegnete Machuca.

Gavira zog ein Päckchen Zigaretten aus der Tasche und zündete sich eine davon an. Don Octavio war Nichtraucher und verbat es sich normalerweise, dass man in seiner Gegenwart qualmte, aber für Gavira machte er eine Ausnahme.

»Seien Sie unbesorgt«, sagte dieser, eine erste Rauchwolke ausstoßend. »Ich habe sie alle unter Kontrolle.« Wieder strömte Rauch aus seinem Mund, diesmal langsamer.

»Ich bin nicht besorgt.« Der Bankier schüttelte den Kopf, während er zerstreut die vorbeiströmenden Fußgänger betrachtete. »Wie schon gesagt, das ist deine Operation, Pencho. Ich gehe im Oktober in Rente; ob die Sache nun gut oder schlecht läuft, *mein* Leben kann sie nicht mehr verändern. Deins aber sehr wohl.«

Damit schien das Thema für den Alten abgeschlossen zu sein. Er trank seinen Milchkaffee aus und stellte die Tasse auf den Tisch zurück. Dann wandte er sich jedoch erneut Gavira zu:

»Was weißt du übrigens von Macarena?«

Das war ein Schlag unter die Gürtellinie, eigens bis zum Schluss aufgespart. Wenn Gavira jemanden nicht unter Kontrolle hatte, so war es genau Macarena. Er warf einen Blick zu dem Zeitungskiosk hinüber und spürte, wie sich ihm der Magen zusammenkrampfte. Übler hätte ihm der Zufall aber auch wirklich nicht mitspielen können: Ausgerechnet jetzt, wo er Peregil beauftragt hatte, seine Frau diskret zu überwachen, mussten diese verfluchten Reporter von *Q+S* sie dabei erwischen, wie sie sich nächtens mit einem Torero vergnügte. So was konnte einem bloß in Sevilla passieren. Verdammte Stadt!

Auf der dreihundert Meter langen Wegstrecke zwischen Casa Cuesta und der Brücke von Triana gab es elf Kneipen. Das war im Durchschnitt eine alle 27 Meter, wie Don Ibrahim im Kopf überschlug. Von den drei Kumpanen kannte nur er sich mit Büchern und Zahlen aus, aber das ganze Trio hätte die Namen der Kneipen vorwärts, rückwärts und in alphabetischer Reihenfolge aufsagen können: La Trianera. Casa Manolo. La Marinera. Dulcinea. La Taberna del Altozano. Las Dos Hermanas. La Cinta. La Ibense. Los Parientes. El Bar Ángeles. Und zuletzt, fast schon am Ufer des Guadalquivir, der Getränkekiosk Las Flores, unmittelbar neben der Statue des Toreros Juan Belmonte und dem Kachelbild der Virgen de la Esperanza, der Heiligen Jungfrau zur Hoffnung. Sie hatten sie alle abgeklappert, waren Strategien entwerfend von einer in die nächste gezogen und wandelten jetzt in begnadetem Zustand über die Brücke, die Triana und Santa Cruz miteinander verband. Dabei gaben sie Acht, nicht nach links hinüberzuschauen, zum Expo-Gelände mit seinen scheußlichen modernen Bauten; rechts dagegen bot sich ein Anblick, der ihre Herzen höher schlagen ließ: Dort zog sich das alte Sevilla am Guadalquivir hin, prächtig wie eine maurische Königin mit dem Goldturm und der Giralda im Hintergrund; Palmen schmückten das Ufer, über dem zum Greifen nahe die berühmte Stierkampfarena La Real Maestranza aufragte, die »Kathedrale des Universums«, wo man die mutigen Männer anbetete, die La Niña Puñales in ihren Coplas besang.

Die drei schlenderten Schulter an Schulter am Eisengeländer der Brücke entlang; La Niña ging in der Mitte, El Potro und Don Ibrahim flankierten sie wie zwei galante Gentlemen aus einem alten amerikanischen Spielfilm. Azurblau, weiß und ockerfarben schimmerte der Morgen im Dunst des Sherrys, der sie wohlig umnebelte, eine laue Brise trug andalusische Gitarrenklänge an ihr Ohr. Vom Rhythmus dieser Musik, ob wirklich oder eingebildet, waren ihre Schritte beschwingt, während sie das vertraute Triana immer weiter hinter sich zurückließen.

Tapfer und entschlossen wie Toreros, die zu Beginn eines Stierkampfs – um fünf Uhr nachmittags, wenn Sonne und Schatten sich den Sandplatz teilen – ihren Rundgang durch die Arena machen, nahmen sie Kurs auf das gegenüberliegende Ufer des Guadalquivir. Don Ibrahim, El Potro und La Niña zogen in die Schlacht. Dass sie diesmal in Feindesland ausgetragen werden musste, fernab von den heimischen Gefilden, hatte den ehemaligen Advokaten in der vergangenen Nacht – in der Bar Los Parientes, wenn sie sich recht entsannen – zu einem seiner berühmten Zitate inspiriert ... ein Zitat von Vergil, oder war es Horaz gewesen? Na, jedenfalls ein Klassiker. Don Ibrahim deklamierte es feierlich und schwenkte dazu seinen Panamahut, denselben, den er seinerzeit Jorge Negrete ins Gesicht geschleudert hatte, als Antwort auf die Frage, ob es denn in Spanien keine richtigen Machos gebe.

Wie ein Rudel Wölfe in der Finsternis der Nacht
machten wir uns auf
ins Zentrum
des Flammen sprühenden Hispalis »Sevilla«

So, oder so ähnlich hatte das Zitat gelautet. Die stille Wasseroberfläche des Guadalquivir glitzerte in der Sonne. Unter der Brücke paddelte ein Mädchen mit langem schwarzem Haar; wie ein silberner Faden zog sich die Kielspur ihres Kanus von einem Ufer zum anderen. La Niña bekreuzigte sich im Vorübergehen vor dem Bild der Virgen de la Esperanza, während Don Ibrahim zum Zeichen des Respekts die Zigarre aus dem Mund nahm. El Potro dagegen senkte den Kopf und schlug ebenfalls ein Kreuz, hastig und beinahe verstohlen, wie früher in den elenden Arenen winziger Kuhdörfer, unter Staub, Angst und Mücken, oder als Boxer, wenn ihn die Glocke aus der Ringecke auf die Matte zurückholte, die rot verfärbt war von seinem Blut. Allerdings galt die fromme Geste nicht der Muttergottes, sondern der Bronzestatue des Toreros Juan Belmonte.

»Du solltest besser auf deine Gattin aufpassen.«

Der alte Machuca senkte das Kinn auf die Brust und betrachtete den nicht abreißenden Fußgängerstrom vor dem Straßencafé La Campana. Er hatte ein weißes Batisttaschentuch herausgezogen, in das mit hellblauem Garn sein Monogramm eingestickt war, damit tupfte er sich die Nase ab. Pencho Gavira, der ihn von der Seite beobachtete, fand wieder einmal, dass er aussah wie ein Raubvogel – ein heimtückischer alter Adler, der nach Beute späht.

»Die Frauen sind kompliziert, Don Octavio. Und Ihre Patentochter ganz besonders.«

Der Bankier faltete säuberlich sein Taschentuch zusammen, wobei er langsam und nachdenklich nickte.

»Macarena«, seufzte er dann, als sage dieser Namen alles. Und diesmal war es Gavira, der nickte.

Die Freundschaft, die Octavio Machuca mit der Familie des Duque del Nuevo Extremo verband, war vierzig Jahre alt wie ein guter Jerez. Die Kartäuser Bank hatte, praktisch à fonds perdu, mehrere grandiose Verlustgeschäfte finanziert, mit denen der verblichene Rafael Guardiola y Fernández-Garvey, Macarenas Vater, die letzten Reste des Familienvermögens durchgebracht hatte. Nach dem endgültigen Ruin, der mit dem Ableben des Herzogs zusammenfiel – er war auf dem Höhepunkt einer Zigeunerfete um vier Uhr früh und halb nackt einem Anfall von Angina pectoris erlegen – hatte sich der alte Machuca persönlich darum gekümmert, die Gläubiger zu befriedigen und die wenigen noch nicht verpfändeten Besitztümer zu verkaufen, deren Erlös zum höchstmöglichen Zinssatz auf seiner eigenen Bank angelegt worden war. Dank seiner Bemühungen war Macarena und ihrer Mutter wenigstens der Familienpalacio La Casa del Postigo geblieben, und darüber hinaus bezog die Herzoginwitwe, Cruz Bruner, eine Jahresrente, die ihr einen, wenn auch nicht luxuriösen, so doch standesgemäßen Lebensabend ermöglichte. In den vornehmen Kreisen der Stadt, wo jeder jeden kannte, munkelte man zwar, die erwähnte Jahresrente werde von Octavio Machucas Privatkonto abgebucht. Es hieß, damit ehre er die Freundschaft, die ihn bereits zu Lebzeiten des Herzogs mit dessen Frau verbunden hatte, eine Freundschaft, die nicht ausschließlich platonischer Natur gewesen war, wollte man bösen Zungen glauben. Don Octavio hängt an seinem Patenkind wie an einer Tochter, sagten sie, aber Beweise hatte keiner und den Mut nachzuhaken erst recht nicht. Was Canovás betraf, der den Schriftverkehr und die Privatkonten des Bankiers verwaltete und als Einziger über seine Geheimnisse Bescheid wusste, so war er verschwiegen wie ein Grab.

»Dieser Torero ...«, sagte der Alte nach einer Weile, »Maestral heißt er, nicht?«

Gavira spürte einen bitteren Geschmack im Mund. Er warf seine Zigarette auf den Boden, und nahm einen großen Schluck Bier, aber es half nichts. Jetzt war ihm auch noch Schaum auf die Bügelfalte der Hose getropft, er stellte sein Glas zurück und starrte auf den Fleck, während sich ihm ein satter Fluch auf die Lippen drängte.

Machuca beobachtete noch immer die vorbeiziehenden Passanten, als halte er nach einem bekannten Gesicht Ausschau. Er hatte Macarena Bruner in der Kathedrale von Sevilla aus der Taufe gehoben und Jahre später war sie dort, in weiße Atlasseide gehüllt und bildschön, von ihm zum Altar geleitet worden. Boshaften Kommentaren zufolge war ihre Heirat mit Pencho Gavira von ihm, dem alten Bankier, eingefädelt worden, gewissermaßen, um zwei Fliegen mit einer Klappe zu schlagen – und er bekam, was er wollte: einen betuchten Gatten für seine Patentochter und einen Adelstitel für seinen Schützling, den ambitionierten jungen Anwalt, dessen kometenhafter Aufstieg innerhalb der Kartäuser Bank dringend gesellschaftlich untermauert werden musste.

»Also, dieser Maestral ... Willst du ihn ungeschoren davonkommen lassen?«, fragte Machuca.

Gavira musste trotz Demütigung und Schande lachen:

»Was erwarten Sie von mir? Dass ich ihm eine Kugel in den Kopf jage?«

Der Bankier wandte sich halb nach ihm um, seine schwarzen Adleraugen blickten ihn lauernd an:

»Wärst du imstande dem Liebhaber deiner Frau eine Kugel in den Kopf zu jagen?«

»Eigentlich ist Macarena ja meine Exfrau, Don Octavio.«

»Das sagt *sie*.«

Gavira fuhr mit dem Finger über den Fleck auf seiner Hose.

Klar wäre er dazu imstande gewesen, das wusste der Alte ganz genau. Aber er würde es nicht tun.

»Damit ließe sich das Problem auch nicht aus der Welt schaffen.«

Er hatte Recht. Seit Macarena wieder bei ihrer Mutter in der Casa del Postigo wohnte, hatte sie bereits drei Verhältnisse gehabt; dem Torero waren ein Bankier von der Konkurrenz und der Besitzer einer berühmten Weinkellerei vorausgegangen. Er hätte also ziemlich viele Kugeln benötigt und Sevilla war nicht Palermo. Außerdem tröstete er selbst sich seit mehreren Wochen mit einem bekannten sevillanischen Mannequin, einer Spezialistin für vornehme Dessous. Der alte Machuca zeigte Verständnis, indem er zweimal langsam nickte. Es gab andere, bessere Methoden.

»Ich kenne die Verwalter mehrerer Arenen.« Gavira grinste, ruhig und gefährlich. »Sie sind mit ein paar Stierkampfveranstaltern befreundet … Was meinen Sie? Ich denke, der Junge dürfte es in der nächsten Saison schwer haben, einen Vertrag zu bekommen.«

Die Mundwinkel des alten Bankpräsidenten zuckten, wiewohl er auch jetzt nicht richtig lächelte.

»Eigentlich schade um ihn. Er war kein schlechter Torero.«

»Vielleicht hat er als Schauspieler mehr Glück. Er sieht doch ganz nett aus«, erwiderte Gavira grollend. »Ich könnte ihn mir jedenfalls gut in einer Seifenoper vorstellen.«

Er sah zu dem Zeitungskiosk hinüber und sein Blick verdüsterte sich erneut. Dabei war das Hauptproblem gar nicht Curro Maestral, auch nicht das Titelblatt der Illustrierten *Q+S* mit den grobkörnigen Nachtaufnahmen – das waren im Grunde nur die sichtbaren Zeichen einer lange währenden Krise. Wirklich schlimm war, dass diese Krise neuerdings seine berufliche Laufbahn gefährdete, seine Karriere in der Kartäuser Bank, die Nachfolge des alten Machuca. Und das bereitete ihm mehr Kopfzerbrechen als die Seitensprünge Macarenas. Pencho Gaviras Zukunft hing von dem geplanten Immobiliengeschäft mit der Kirche Nuestra Señora de las Lagrimas ab. Es war so gut wie perfekt, aber um es endgültig unter Dach und Fach zu bringen, brauchte er das Einverständnis seiner Frau: Ihre Familie besaß nämlich ein uraltes Privileg, festgehalten in einer Urkunde aus dem Jahre 1687, derzufolge das an die Kirche überschriebene Grundstück in den Besitz der Bruners zurückkehren sollte, sofern gewisse, von den Spendern gestellte Bedingungen nicht erfüllt wurden. Ein im Zuge der Säkularisation verabschiedetes Gesetz aus dem 19. Jahrhundert schrieb dagegen vor, dass enteignete Kirchenländereien automatisch der Gemeinde von Sevilla zufielen. Jedenfalls lagen die Dinge juristisch gesehen ziemlich kompliziert und wenn die alte Herzogin und ihre Tochter vor Gericht gingen, so würde das den Abschluss des Geschäfts gehörig verzögern. Dazu war das Projekt aber bereits zu weit fortgeschritten, Gavira hatte Investitionen angeregt und Absprachen getroffen, von denen er unmöglich zurücktreten konnte. Ein Scheitern der Operation hätte Octavio Machuca dazu gezwungen, sich vor versammeltem Vorstand von ihm zu distanzieren, und das ausgerechnet jetzt, wo ihm nur noch eine letzte Sprosse zum Gipfel der Macht fehlte. Pencho Gavira riskierte bei dieser Sache also wirklich den Kopf, aber der schien Macarena Bruner in letzter Zeit nicht besonders zu interessieren, wie die Illustrierte *Q+S*, halb Andalusien und ganz Sevilla wussten.

Lorenzo Quart verließ das Hotel Doña María, aber anstatt gleich zum Palacio des Erzbischofs hinüberzugehen, von dem ihn nur etwa dreißig Meter trennten, schlenderte er über die Plaza Virgen de los Reyes. In der Mitte blieb er stehen und sah sich um. Der schöne Platz war Berührungspunkt dreier Religionen: Hinter ihm Santa Cruz, das ehemalige Judenviertel, rechts die weiße Mauer des Klosters La Encarnación, links der Sitz des Erzbischofs, auf der gegenüberliegenden Seite die Mauer der alten arabischen Moschee mit der berühmten Giralda, dem Minarett, das später zum Glockenturm der christlichen Kathedrale umfunktioniert worden war. Auf dem Platz selbst gab es Pferdedroschken, Postkartenverkäufer, bettelnde Zigeunerinnen mit Horden von Kindern und Touristen, die staunend in die Höhe blickten, während sie vor dem Eingang der Giralda Schlange standen. Aus einer Gruppe junger Ausländerinnen trat ein Mädchen auf ihn zu; mit ausgeprägt amerikanischem Akzent fragte es ihn nach dem Weg zu irgendeiner Sehenswürdigkeit, was in Wirklichkeit nur ein Vorwand war, um ihn aus der Nähe betrachten zu können, besonders sein ruhiges, braun gebranntes Gesicht, das so gar nicht zu dem kurzen, grauen Haar und dem schwarzweißen Priesterkragen passte. Quart gab knapp und höflich Auskunft, das Mädchen ging zu seinen Freundinnen zurück; Kichern und aufgeregtes Tuscheln empfing sie, aber er verstand nur *he's gorgeous*, der sieht toll aus. Wenn Monsignore Spada diese Szene mitbekommen hätte … Die Erinnerung an den Direktor des IOE und an die »technischen« Ratschläge, die er ihm bei ihrer letzten Begegnung in Rom, auf der Spanischen Treppe, gegeben hatte, entlockte Lorenzo Quart ein Lächeln. Er hatte es noch immer auf den Lippen, als er den Blick langsam an der Giralda hinaufwandern ließ, vom Fuß des Turms bis zu der riesigen Wetterfahne, bei der es sich eigentlich um eine drehbare Bronzestatue handelte. Wie er so dastand, die graublauen Augen zum Himmel gerichtet, die Hände in den Taschen des maßgeschneiderten, schwarzen Anzugs vergraben, hätte ihn jeder für einen Touristen gehalten, wenn auch für einen ungewöhnlichen Touristen.

Spanien, der Süden, die alte Kultur des europäischen Mittelmeerraums offenbarten sich einem nur an Orten wie diesem. In Sevilla waren ganze Zivilisationen miteinander verschmolzen, ihr Blut, ihre Sprachen hatten sich vermischt, und das alles unter einem ewig blauen Himmel, der sich wie ein Dach über die Jahrhunderte spannte. Wer das nachvollziehen wollte, musste diesen Platz gesehen haben. Hier konnte man die Steine reden hören, man musste bloß eine Weile Videokameras, Autobusse, Postkarten, Touristen und aufdringliche Gören vergessen und ihrem Raunen lauschen.

Da er bis zu seinem Termin mit dem Erzbischof noch eine halbe Stunde Zeit hatte, beschloss Quart die Calle Mateos Gago hinaufzugehen und in der Bar Giralda einen Kaffee zu trinken. Er setzte sich auf einen hohen Hocker an die Theke, von wo aus er den schönen, schwarzweiß gewürfelten Fußboden betrachten konnte und die alten Stiche der Stadt Sevilla an den bunt gefliesten Wänden. Nachdem er alles ausführlich bewundert hatte, zog er ein ledergebundenes Büchlein aus der Tasche, eine echte Antiquität: Bernhard von Clairvaux' *Lob der Templermiliz*. Er hatte es sich zur Angewohnheit gemacht, jeden Tag ein wenig darin zu lesen, pünktlich wie er die Stundengebete im Brevier las, Letztere freilich nicht aus Frömmigkeit, sondern aus Disziplin. In den vielen Stunden, die er unterwegs auf Reisen oder zwischen einer Verabredung und der nächsten wartend in Hotels, Cafeterias oder auf Flughäfen verbrachte, half ihm das mittelalterliche Buch – während zweier Jahrhunderte geistiger Leitfaden der im Heiligen Land kämpfenden Ordensritter – die Einsamkeit seines Berufs besser zu ertragen. Es konnte aber auch vorkommen, dass er beim Lesen in eine desolate Stimmung verfiel, beispielsweise, wenn er sich vorstellte als Einziger die Schlacht von Hattin überlebt zu haben, die Kerker von Chinon oder die Scheiterhaufen in Paris: Ein müder und zutiefst verzweifelter Templer, so fühlte er sich dann.

Quart schlug das Buch an einer beliebigen Stelle auf und las ein paar Zeilen, die er in Wahrheit längst auswendig wusste: »*Sie scheren sich das Haar bis auf einen schmalen Kranz, ihr staubbedeckter Körper ist schwarz gebrannt von der Sonne, und schwarz ist der Kettenpanzer, der ihn schützt ...*« Danach hob er den Kopf und sah auf die Straße hinaus, wo Menschen im grünen Schatten der Orangenbäume vorbeischlenderten. Eine schlanke junge Frau, allem Anschein nach Ausländerin, blieb kurz stehen, um sich vor der geöffneten Fensterscheibe das Haar im Nacken aufzustecken; dazu hob sie die nackten Arme in einer ungemein anmutigen Geste; sie war sehr schön und völlig in ihr Spiegelbild versunken, bis sie zufällig ein wenig zur Seite schaute und dem Blick Lorenzo Quarts begegnete. Verblüfft und neugierig hielt sie ihm ein paar Sekunden stand, dann wurde sie verlegen. Aber da kam auch schon ein junger Mann mit umgehängtem Fotoapparat und Stadtplan in der Hand, schlang ihr den Arm um die Taille und zog sie weiter.

Es war nicht direkt Trauer oder Neid, was Quart in diesem Augenblick fühlte, eher eine Art Sehnsucht, aber eigentlich gab es kein Wort für das seltsame Gefühl, das Priester beim Anblick von Liebespaaren beschlich – Männer und Frauen, denen es erlaubt war, das uralte Ritual der Intimität zu vollziehen, einen Nacken zu streicheln, die Rundung einer Hüfte mit den Händen nachzufahren, die Fingerkuppen sanft auf einen Mund zu legen. Quart hätte es nicht schwer gehabt, mit den meisten schönen Frauen, die seinen Weg kreuzten, in engere Beziehung zu treten, und tatsächlich kostete es ihn manchmal große Überwindung, der Versuchung zu widerstehen, aber für gewöhnlich siegte seine eiserne Selbstdisziplin – was nicht heißen sollte, dass ihm der Verzicht leicht gefallen wäre, im Gegenteil: Oft kam er sich vor wie ein Amputierter, den längst abgenommene Gliedmaßen noch immer schmerzen.

Er schaute auf die Uhr, steckte sein Buch weg und stand auf. Beim Hinausgehen stieß er beinahe mit einem korpulenten, weiß gekleideten Herrn zusammen, der zur Entschuldigung höflich den Hut zog, einen Panamahut, und ihm nachblickte, während er langsam auf den Platz zuschritt und dort auf das Gebäude mit der rötlichen Barockfassade, das hinter einer Reihe von Orangenbäumen zu seiner Rechten lag. Quart näherte sich dem Eingangsportal, es wurde von Doppelsäulen flankiert, die den darüber liegenden Zentralbalkon mit dem Steinwappen der Sevillaner Bischöfe stützten; ein Pförtner eilte ihm entgegen, gab ihm jedoch augenblicklich den Weg frei, als er seinen Priesterkragen sah. Quart durchquerte den Innenhof, er lag im Schatten der Giralda, und stieg dann die Treppe mit den prächtigen Deckenfresken von Juan de Espinal hinauf. Die Engel und Cherubinen, die den Besucher aus der Höhe betrachteten, machten ziemlich gelangweilte Gesichter – kein Wunder, seit Jahrhunderten schon schlugen sie sich dort oben die Zeit um die Ohren. Im ersten Stockwerk lagen die Büros, Priester eilten geschäftig durch die langen Gänge, in denen sie sich offensichtlich bestens auskannten. Die meisten hatten hochgeschlossene Anzüge an und schwarze oder graue Hemden mit weißen Krageneinsätzen, manche trugen unter ihren Jacken Krawatten oder leichte Wollpullover; alles in allem erinnerten sie eher an Beamte als an Geistliche. Eine Soutane konnte Quart nirgends entdecken.

Er wurde von Monsignore Corvos neuem Sekretär empfangen, einem kahlköpfigen, pummeligen Priester mit sanften Umgangsformen, der in seiner tadellosen grauen Kluft aussah wie aus dem Ei gepellt; sein Vorgänger, Padre Urbizu, war, wie Quart ja schon wusste, vor kurzem ums Leben gekommen, als sich in Nuestra Señora de las Lagrimas just über ihm ein Brocken Gesims gelöst hatte. Der neue Sekretär also geleitete ihn schweigend in den Empfangssalon, dessen schöne Kassettendecke mit Emblemen und biblischen Szenen dekoriert war, ursprünglich wohl zur Erbauung der hier tätigen Prälaten. Die Wände schmückten Fresken und Ölgemälde, darunter vier Zurbaráns, ein Murillo und ein Matia Preti. Auf Letzterem war die Enthauptung Johannes des Täufers dargestellt und Quart fragte sich wie es wohl kam, dass man in den Vorzimmern von Bischöfen und Kardinälen so häufig auf Tabletts servierte Köpfe antraf. Er dachte noch darüber nach, als er am Ende des lang gestreckten Salons Don Príamo Ferro erblickte. Düster wie seine alte Soutane stand der Pfarrer von Nuestra Señora de las Lagrimas in der Ecke und redete auf einen blondhaarigen jungen Geistlichen mit Brille ein, in dem Quart den Bauarbeiter vom Vortag wieder erkannte, den Mann an der Betonmischmaschine, der ihn und Gris Marsala beim Verlassen der Kirche beobachtet hatte. Die beiden Priester unterbrachen ihr Gespräch und starrten ihn an – ausdruckslos der alte, finster und herausfordernd der junge. Quart neigte im Vorübergehen höflich den Kopf, aber keiner der beiden machte Anstalten seinen Gruß zu erwidern. Vermutlich warteten sie hier schon seit Stunden, ohne dass sich irgendjemand die Mühe gemacht hätte ihnen einen Stuhl anzubieten.

Seine Exzellenz, Don Aquilino Corvo, der Erzbischof von Sevilla, pflegte die Pose des *Mannes mit der Hand auf der Brust* einzunehmen, der im Prado zu bewundern ist. Auf seinem schwarzen Anzug lag eine weiße Hand, an der das Abzeichen seiner geistlichen Würde glänzte: ein Ring mit großem gelbem Stein. Das lange, eckige Gesicht, die tiefen Geheimratsecken und das goldene Brustkreuz verliehen ihm verblüffende Ähnlichkeit mit seinem berühmten französischen Kollegen, eine Ähnlichkeit, die der Erzbischof gerne unterstrich. Aquilino Corvo war ein echter Vollblutprälat, das Ergebnis sorgfältigster kirchlicher Auslese. Gescheit, tüchtig und mit allen Wassern gewaschen, hatte er sein hohes Amt nicht zufällig inne. Er besaß enge Verbündete in der Madrider Nuntiatur, bekam Rückhalt vom Opus Dei, und unterhielt ausgezeichnete Beziehungen sowohl mit der andalusischen Regionalregierung als auch mit ihrer Opposition. Darüber hinaus ging er verschiedenen außerdienstlichen Beschäftigungen nach, persönliche Hobbys eingeschlossen. So war er beispielsweise ein großer Stierkampfanhänger und wenn die Toreros Curro Romero oder Espartaco nach Sevilla kamen, belegte er grundsätzlich einen Ehrenplatz in der Arena. Er war auch Mitglied der beiden örtlichen Fußballclubs, Betis und

Sevilla, ohne einen von ihnen offen zu bevorzugen – als geistlicher Würdenträger war er zu Neutralität und Diplomatie verpflichtet, außerdem hatte er es sich zum Grundsatz gemacht, nie alle Eier in einen Korb zu legen, das war sozusagen sein elftes Gebot. Was schließlich Lorenzo Quart anging, so hasste er ihn aus tiefster Seele.

Der erste Teil ihrer Unterredung verlief kühl, aber korrekt. Quart überreichte seine Begleitschreiben – eins von Monsignore Spada und eins vom Kardinal Staatssekretär –, erteilte dem Erzbischof allgemeine und diesem längst bekannte Auskünfte über seine Mission, der Prälat für seinen Teil sagte ihm bedingungslose Unterstützung zu und bat den Gesandten aus Rom ihn auf dem Laufenden zu halten. In Wahrheit wusste Quart, dass der Erzbischof ihm Steine in den Weg legen würde, wo es nur ging, und Monsignore Corvo, der nicht die geringste Hoffnung hegte, von Quart über irgendetwas informiert zu werden, hätte gerne ein Jahr Fegefeuer in Kauf genommen, wenn dafür sein Wunsch, der Agent des IOE möge auf einer Bananenschale ausrutschen, in Erfüllung gegangen wäre. Aber die beiden waren Profis und kannten die Regeln, die es – wenigstens dem Anschein nach – zu respektieren galt. Keiner von ihnen erwähnte auch nur den Grund, weshalb sie einander über den breiten Tisch hinweg maßen wie zwei Fechter, von denen jeder nur darauf wartet, dass der andere sich eine Blöße gibt. Dabei schwebte über dieser Zusammenkunft die düstere Wolke ihrer letzten Begegnung, die vor zwei Jahren stattgefunden hatte, als Seine Exzellenz gerade zum Erzbischof ernannt worden war. In demselben Büro, in dem sie sich jetzt befanden, hatte Quart ihm die Kopie eines dicken Mängelberichts überreicht, der das totale Versagen des erzbischöflichen Sicherheitsdienstes anlässlich eines wenige Wochen zurückliegenden Papstbesuches in Sevilla dokumentierte. Bei dieser Gelegenheit wäre der Heilige Vater um ein Haar von einem verheirateten Pfarrer niedergestochen worden, den man wegen wiederholter Verstöße gegen das Keuschheitsgebot *a divinis* seines Amtes enthoben hatte. Unter dem Vorwand, Johannes Paul II. ein Memorandum über den Zölibat überreichen zu wollen, war es ihm gelungen, bis auf wenige Meter an ihn heranzurücken. Aber damit nicht genug: In dem Nonnenkloster, wo Seine Heiligkeit übernachten sollte, war in letzter Minute eine

Zeitbombe entdeckt worden, versteckt in einem Korb Bettwäsche, die die Schwestern eigens für den Papst bestickt hatten. Und dank der Indiskretionen, die aus dem Bistum an die Öffentlichkeit gedrungen waren, hatten sämtliche im Mittelmeerraum operierenden islamischen Terroristen ihre Terminkalender mit präzisesten Daten über die päpstliche Reise speisen können. In letzter Minute war dann das IOE in Gestalt Lorenzo Quarts dazwischengefahren, hatte den ursprünglichen Sicherheitsplan völlig über den Haufen geworfen und Seine Exzellenz dem Hohn der Kurie und der Kritik des Nuntius ausgeliefert. Von diesem war die Sache an den Heiligen Vater weitergeleitet worden, und zwar in einer Form, die Monsignore Corvo an den Rand eines Schlaganfalls gebracht hatte. Mit der Zeit war Gras über den Vorfall gewachsen, der Erzbischof hatte sich zu einem erstklassigen Prälaten entwickelt, aber die Gefühle, die er seit jener demütigenden Erfahrung Lorenzo Quart gegenüber hegte, waren ausgesprochen unchristlich, wie er erst heute Morgen seinem Beichtvater, einem alten Pfarrer, von dem er sich an jedem ersten Freitag des Monats die Absolution erteilen ließ, bekannt hatte.

»Das Schicksal dieser Kirche ist besiegelt«, sagte der Erzbischof. Seine klare Stimme und der salbungsvolle Tonfall waren wie geschaffen für die sonntägliche Predigt. »Wann es sich erfüllt, ist nur eine Frage der Zeit.«

Seine hohe kirchliche Würde gab ihm große Selbstsicherheit, obwohl er sonst vielleicht nicht so geschwollen daherredete, wie Quart gegenüber. In Rom mochte man ihn als kleinen Fisch betrachten, aber in seinem eigenen Amtsbezirk war jeder Prälat eine Respektsperson. Dessen war Monsignore Corvo sich völlig bewusst, weshalb er auch keine Gelegenheit verpasste seine örtliche Macht und Autonomie zu betonen. Er pflegte sich sogar damit zu brüsten, dass er noch nie das Telefonverzeichnis des Vatikans aufgeschlagen habe und von Rom nicht mehr kenne als das Päpstliche Jahrbuch.

»Nuestra Señora de las Lagrimas«, fuhr er fort, »befindet sich in abbruchreifem Zustand. Leider ist es sehr kompliziert, das von offizieller Seite bescheinigt zu bekommen. Ich weiß nicht, wie lange wir uns schon mit allen möglichen bürokratischen und technischen Problemen herumschlagen ... Die bürokratischen sind inzwischen so gut wie gelöst; das Denkmalschutzamt verzichtet auf die Erhaltung des Gebäudes, und zwar mit der Begründung, dass die nötigen Mittel fehlen; der Stadtrat von Sevilla hätte den Beschluss schon längst gegengezeichnet, wenn nicht der Tod des Gemeindearchitekten dazwischengekommen wäre. Ein bedauerlicher Unfall.«

Monsignore Corvo machte eine Pause, während der er sich in den Anblick seiner englischen Pfeifen versenkte, von denen gut ein Dutzend in einem Kirschholzständer auf seinem Tisch aufgereiht waren. Hinter seinem Rücken waren durch die Gardinen hindurch die Giralda und die Strebebogen der Kathedrale zu erkennen. Die einfallende Sonne bildete ein kleines Rechteck auf der mit grünem Leder bezogenen Tischplatte und genau dorthin legte der Prälat wie zufällig seine beringte Hand. Das Glitzern des gelben Steins entlockte Lorenzo Quart ein feines Lächeln.

»Sie sprachen auch von technischen Problemen«, sagte er.

Er saß auf einem unbequemen Stuhl vor dem Schreibtisch des Erzbischofs, der sich an einem Ende des langen Zimmers befand. Hier waren die Wände mit den Werken der Kirchenväter und mit päpstlichen Enzykliken bedeckt, alle ledergebunden und mit dem bischöflichen Wappen versehen. Am andern Ende des Raums gab es einen Betstuhl vor einem Elfenbeinkreuz sowie eine Sitzgruppe mit niederem Tisch. Hier empfing Monsignore Corvo Gäste, denen er geneigt war, aber dazu gehörte der Berichterstatter des IOE ganz offensichtlich nicht.

»Bevor das Gebäude abgerissen werden darf, muss es säkularisiert werden, und da sind wir auf ein großes Hindernis gestoßen.« Der Erzbischof sprach in sehr gewichtigem Ton, aber das reichte nicht, um sein Misstrauen gegen Quart zu verbergen. Man merkte, dass er jeden Satz, jedes Wort sorgfältigst auswählte, um ja nichts Falsches zu sagen. »1687 hat mein illustrer Vorgänger mit ausdrücklicher Bewilligung des Papstes der Familie des Herzogs Bruner de Lebrija ein Sonderrecht eingeräumt, an dem wir nicht vorbeikommen: In Nuestra Señora de las Lagrimas muss jeden Donnerstag eine Seelenmesse für Don Gaspar Bruner de Lebrija, ihren Stifter, gelesen werden. Und solange das geschieht, darf die Kirche weder entäußert noch zweckentfremdet werden.«

»Warum gerade donnerstags?«

»Weil Don Gaspar an einem Donnerstag gestorben ist, nehme ich mal an. Jedenfalls wurde der Tag von der Familie festgelegt – die Bruners waren mächtige Leute, sicher ist dem damaligen Bischof gar nichts anderes übrig geblieben, als sich ihrem Diktat zu beugen.«

»Und Padre Ferro zelebriert natürlich jeden Donnerstag brav die Messe …«

»Er zelebriert überhaupt an jedem Wochentag die Messe«, erwiderte der Erzbischof. »An Sonn- und Feiertagen sogar zweimal.«

Quart setzte eine naive Miene auf und beugte sich ein wenig zu ihm vor:

»Sie haben doch Autorität genug, um ihn zur Ordnung zu rufen, Exzellenz.«

Der Erzbischof blickte ihn grimmig an. Die schönen Lichteffekte seines Rings wurden von nervösen Handbewegungen zunichte gemacht.

»Dass ich nicht lache!«, sagte er, aber seine Stimme klang in der Tat alles andere als erheitert. »Das ist doch keine Frage der Autorität. Wie könnte ich als Erzbischof einem Pfarrer verbieten die Messe zu lesen? Nein, hier geht es um ein Problem anderer Art. Padre Ferro hat sich in den Kopf gesetzt diese Kirche zu retten und davon lässt er sich durch nichts und niemanden abbringen. So erzkonservativ er in vielerlei Hinsicht ist, meine Hirtenbriefe und Mahnungen schlägt er schlicht in den Wind.«

»In solchen Fällen kann man einen Priester doch von seinem Amt suspendieren. Haben Sie daran schon gedacht, Exzellenz?«

»Natürlich habe ich das …« Monsignore Corvo warf ihm einen gereizten Blick zu. »Aber so einfach ist das nicht. Ich habe in Rom eine Suspension *ab officio* beantragt, aber der Weg durch die Instanzen ist lange. Und wo jetzt auch noch diese dumme Geschichte mit dem Computerpiraten passiert ist, vermute ich, dass man im Vatikan erst mal Ihren Bericht abwarten will … Ihren Kopfjägerbericht.«

Quart gab vor, die ironische Anspielung des Erzbischofs zu überhören. Du willst also, dass wir die Kastanien für dich aus dem Feuer holen, dachte er. Klar, wenn andere den bösen Mann spielen, kannst du deine Hände in Unschuld waschen.

»Und unterdessen?«

»Unterdessen hängt leider alles in der Luft. Die Kartäuser Bank ist an dem Grundstück interessiert und plant ein Geschäft, von dem meine Diözese« – Monsignore Corvo dachte einen Moment nach und korrigierte sich dann –»von dem *diese* Diözese erheblich profitieren würde. Eigentlich gehört das Grundstück ja nicht uns, sondern der Stadt Sevilla, wir könnten bestenfalls moralische Ansprüche geltend machen, aber die Bank möchte uns trotzdem eine großzügige Entschädigungssumme bezahlen. Und ich brauche Ihnen wohl nicht zu erklären, was das heutzutage heißt, wo in sämtlichen Opferstöcken Ebbe herrscht.« Der Erzbischof, der seine Bemerkung offenbar witzig fand, gestattete sich ein schwaches Lächeln, aber Quart hütete sich davor, es ihm nachzutun. »Darüber hinaus würde die Kartäuser Bank die Kosten für eine neue Kirche in einem der ärmsten Stadtviertel Sevillas übernehmen, und sie möchte auch eine Stiftung ins Leben rufen, die uns bei unserer seelsorgerischen Arbeit unter den Zigeunern finanziell unterstützt. Wie finden Sie das?«

»Nicht schlecht«, erwiderte Quart gelassen.

»Tja … und das alles blockiert nun ein sturer Pfarrer, der obendrein in Kürze pensioniert wird.«

»Stur, aber in der Gemeinde sehr beliebt. So habe ich wenigstens gehört.«

Monsignore Corvo bewegte erneut die Hand mit dem Ring; diesmal hob er sie beschwichtigend, um sie sich danach, deutlich sichtbar, neben das Kreuz auf die Brust zu legen.

»Ach, da wird viel übertrieben. Die Nachbarn grüßen ihn, und zwanzig bis dreißig arme Seelen gehen zu ihm in die Messe. Aber das heißt gar nichts. Die Leute schreien ›Gelobt, der da kommt im Namen des Herrn‹ und einen Tag später schlagen sie dich aus Langeweile ans Kreuz.« Der Erzbischof betrachtete unentschlossen die säuberlich vor ihm angeordneten Pfeifen, dann entschied er sich für eine mit gebogenem Hals und Silberring. »Ich habe mir schon alles Mögliche durch den Kopf gehen lassen … Eine Zeit lang habe ich sogar mit dem Gedanken gespielt ihn bei seinen Gemeindemitgliedern in Verruf zu bringen. Aber nach gründlicher Abwägung der Vor- und Nachteile bin ich zu dem Schluss gekommen, dass das zu weit ginge. Man kann nicht den Teufel mit Beelzebub austreiben. Außerdem müssen wir auch an diese Leute denken … Padre Ferro ist stur, aber rechtschaffen, dem flickt keiner so leicht am Zeug.« Corvo klopfte sich mit dem Pfeifenkopf in die Hand. »Vielleicht fällt Ihnen ja etwas ein; Sie sind geübter darin, jemanden von Kaiphas zu Pilatus zu führen.«

Das war eine handfeste, wenn auch fromm formulierte Beleidigung, da sie jedoch auf die Bibel zurückging, konnte Quart nicht das Geringste dagegen einwenden. Monsignore Corvo nahm eine Dose englischen Tabak aus der Schreibtischschublade, begann seine Pfeife zu stopfen und überließ es Quart, das Gespräch fortzusetzen; der neigte ein wenig den Kopf, ein ironisches Lächeln stand in seinen Augen, aber der Erzbischof war mit seiner Pfeife beschäftigt und nahm es nicht wahr.

»Selbstverständlich, Exzellenz. Das Institut für Auswärtige Angelegenheiten wird sein Möglichstes tun, um dieses Durcheinander zu entwirren.« Er verzeichnete mit Genugtuung ein Zucken im Gesicht des Prälaten. »Obwohl Durcheinander vielleicht nicht das richtige Wort ist …«

Monsignore Corvo war drauf und dran, in die Luft zu gehen, aber er beherrschte sich noch einmal. Mindestens fünf Sekunden lang stopfte er stumm seine Pfeife, dann sah er Quart verächtlich an:

»Sie gehören zu denen, die sich in Petrus' Fischersandalen nicht wohl fühlen, stimmt's? Die sind Ihnen zu eng, Sie halten sich für was Besseres … Spielt den Kommissar Gottes, mit seiner römischen Mafia im Rücken …«

Quart hielt seinem Blick mit bewundernswerter Ruhe stand:

»Das sind harte Worte, Exzellenz.«

»Hören Sie schon auf mit Ihrem ewigen Exzellenz und der ganzen Vornehmtuerei. Ich weiß genau, weshalb Sie gekommen sind. Und ich weiß auch, was Erzbischof Spada, Ihr Chef, mit dieser Sache riskiert.«

»Hier riskieren alle sehr viel, Monsignore.«

Der Prälat musste insgeheim zugeben, dass Quart Recht hatte. Kardinal Iwaszkiewicz war gefährlich, aber auch Paolo Spada und selbst Quart durfte man nicht unterschätzen. Was schließlich Padre Ferro anging, so war er tatsächlich eine wandelnde Zeitbombe, die irgendjemand entschärfen musste. Oft hing der innere Frieden der Kirche von äußeren Formen ab und genau die waren in der Geschichte mit Nuestra Señora de las Lagrimas ernsthaft gefährdet.

»Also passen Sie mal auf, Quart.« Der Erzbischof schlug widerwillig einen etwas freundlicheren Ton an. »Wenn Probleme sich vermeiden lassen, dann vermeide ich sie. Dieser Fall ist an sich schon kompliziert genug, da hätte mir ein Skandal gerade noch gefehlt; allein bei dem Wort, dreht sich mir der Magen um. Jedenfalls habe ich keine Lust in der Öffentlichkeit als Bischof dazustehen, der einen armen Pfarrer erpresst, um sich bei einem Grundstücksverkauf zu bereichern ... Können Sie das verstehen?«

Quart verstand und willigte mit einem leichten Kopfnicken in die angebotene Waffenruhe ein.

»Außerdem fürchte ich, dass die Kartäuser Bank ihre Rechnung ohne den Wirt gemacht hat«, fuhr der Erzbischof fort, »also ohne Macarena Bruner; sie ist die Frau des Vizepräsidenten, Pencho Gavira, oder seine Exfrau, so genau kenne ich mich da nicht mehr aus. Jedenfalls hat Gavira diese ganze Operation in der Annahme eingefädelt, dass sie mitmachen würde – und da hat er sich offensichtlich getäuscht. Neuerdings klappt es nicht mehr zwischen den beiden, ihre Ehe ist in der Krise, und Macarena ergreift offen Partei für Padre Ferro.«

»Ist diese Macarena Bruner religiös?«

Der Erzbischof stieß ein trockenes Lachen aus. Religiös sei wohl nicht das richtige Wort, meinte er. In letzter Zeit stoße sie mit ihrem Verhalten die gesamte Sevillaner Highsociety vor den Kopf, dabei sei die normalerweise nicht so leicht zu schockieren.

»Vielleicht sollten Sie sich einmal mit ihr unterhalten«, sagte er zu Quart. »Und auch mit ihrer Mutter, der alten Herzogin. Solange ich die Abrissgenehmigung für die Kirche nicht vorliegen habe und Padre Ferro nicht suspendiert ist, sind mir die Hände gebunden. Aber wenn wir inzwischen die beiden Señoras dazu kriegen, sich von dem alten Dickschädel zu distanzieren, nehmen wir ihm schon mal gehörig Wind aus den Segeln.«

Quart pflegte eigene oder fremde Visitenkarten zu benützen, wenn er sich Notizen machen wollte. Auch jetzt hatte er ein paar davon aus der Jackentasche gezogen; er beschrieb sie auf der Rückseite, und zwar unter Verwendung eines Montblanc-Füllfederhalters, wie der Erzbischof mit kritischem Blick verzeichnete – vermutlich war er der Meinung, für einen Geistlichen zieme sich bescheideneres Schreibgerät.

»Was diese Abrissgenehmigung angeht: Seit wann ist das Verfahren im Gemeinderat blockiert?«, fragte Quart.

Monsignore Corvos Augen, die immer noch vorwurfsvoll auf die Füllfeder starrten, wurden unruhig.

»Seit den beiden Todesfällen«, erwiderte er vorsichtig.

»Sehr mysteriöse Todesfälle, wie ich gehört habe.«

Der Erzbischof schnitt eine abfällige Grimasse.

»Daran ist überhaupt nichts Mysteriöses«, sagte er, indem er sich die Pfeife in den Mund steckte und ein Streichholz anriss. »Zwei Unfälle, weiter nichts.«

Ein Architekt, ein gewisser Peñuelas, sei vom Bürgermeister beauftragt worden ein Gutachten zu erstellen, um die Kirche für abbruchreif erklären zu können. Da er dabei nicht gerade diplomatisch vorging, waren er und Padre Ferro mehrmals aneinander geraten. Tja, und dann sei der gute Mann bei einer seiner Besichtigungen von einem Gerüst gestürzt, dessen Holzgeländer plötzlich nachgegeben habe. Unglücklicherweise ragte genau unter ihm das Metallrohr eines weiteren, noch im Aufbau befindlichen Gerüsts empor, und von dem sei er förmlich aufgespießt worden.

»War er alleine, als das passiert ist?«, wollte Quart wissen.

Monsignore Corvo, der ahnte, worauf er hinauswollte, schüttelte den Kopf. Nein, da sei wirklich jeder Verdacht ausgeschlossen. Der Architekt habe sich in Gesellschaft eines weiteren städtischen Angestellten befunden, und Padre Óscar, der Vikar, sei auch in der Kirche gewesen; von ihm habe der Ärmste die Sterbesakramente empfangen.

»Und der Tod Ihres Sekretärs, Exzellenz?«

Der Prälat stieß eine dicke Rauchwolke aus und verdrehte die Augen. Binnen Sekunden hatte das feine Aroma des englischen Tabaks seinen Besucher eingehüllt.

»Der hat mich schwer getroffen. Padre Urbizu war seit Jahren mein engster Mitarbeiter.« Er machte eine Pause und dachte darüber nach, was er zum Andenken des Verstorbenen noch hinzufügen konnte. »Ein vortrefflicher Mann«, stellte er schließlich fest.

Quart nickte ernst, als habe auch er Padre Urbizu gekannt und teile den Schmerz über seinen tragischen Heimgang.

»Ein vortrefflicher Mann«, wiederholte er langsam. »... Angeblich soll er Padre Ferro in Ihrem Auftrag die Daumenschrauben angelegt haben?«

Diese Bemerkung gefiel dem Erzbischof nicht. Er nahm die Pfeife aus dem Mund und machte ein saures Gesicht:

»Was für ein hässlicher Ausdruck ... und völlig übertrieben.« Die Finger seiner freien Hand trommelten nervös auf der Schreibtischplatte. »Sie werden einsehen, dass ich als Erzbischof schlecht am Kirchenportal eines Pfarrers anklopfen kann, wenn ich mit ihm reden möchte. Deshalb habe ich Urbizu geschickt, er hat sich in meinem Namen mit Padre Ferro unterhalten – leider erfolglos, der Mensch war nicht zur Vernunft zu bringen. Bei einigen der Unterredungen muss es heftig zugegangen sein, einmal ist mein Sekretär sogar bedroht worden. Von Padre Óscar.«

»Schon wieder dieser Padre Óscar?«

»Ja. Óscar Lobato, ein junger Priester mit ausgezeichnetem Lebenslauf. Ich habe ihm die Stelle in Nuestra Señora de las Lagrimas gegeben, damit er mir hilft den alten Pfarrer zu vertreiben – wie in diesem Film mit Bing Crosby ...«

»Going my way«, bemerkte Quart.

»Genau. Und das hat er wörtlich genommen: Innerhalb einer Woche ist mein Trojanisches Pferd zum Feind übergelaufen. Das wird er mir natürlich bezahlen, ich habe die entsprechenden Schritte schon eingeleitet.« Monsignore Corvo wischte den Vikar mit einer raschen Armbewegung vom Tisch. »Um aber auf meinen Sekretär zurückzukommen: Er hat sich nicht einschüchtern lassen und ist weiterhin tapfer in diese Kirche gegangen – ohne das Geringste zu erreichen. Irgendwann wurde es mir dann zu dumm. Wenn die beiden nicht zur Einsicht kommen, dachte ich mir, nehme ich ihnen das Schmuckstück der Kirche, die wertvolle alte Madonna über dem Altar. Aber genau an dem Tag, an dem der arme Urbizu diese Maßnahme androhen sollte, ist ihm ein Brocken Deckengesims auf den Kopf gefallen und hat ihn erschlagen.«

»Sind Ermittlungen angestellt worden?«

Die Pfeife zwischen den Zähnen, blickte Monsignore Corvo

stumm vor sich hin. Quart glaubte schon, er habe seine Frage überhört, aber dann bekam er doch noch eine Antwort.

»Ja. In diesem Fall gab es nämlich keine Augenzeugen«, seufzte der Erzbischof. »Außerdem habe ich die Geschichte, wie soll ich sagen ... etwas persönlich genommen.« Er legte sich erneut eine Hand auf die Brust, während Quart an die Worte Monsignore Spadas dachte: Corvo hat geschworen sich an der Kirche zu rächen, keinen Stein auf dem andern zu lassen. »Jedenfalls konnte ein Verbrechen auch hier nicht nachgewiesen werden.«

»Auch nicht anhand von Indizien? Ich meine, schließt der Untersuchungsbericht einen Mord grundsätzlich aus?«

»Nein, das nicht. Aber überlegen Sie mal: Wie soll das technisch zugegangen sein? Der Brocken stammte aus dem Kranzgesims der Decke. Niemand hätte ihn von dort oben herunterwerfen können.«

»Außer der Göttlichen Vorsehung.«

»Werden Sie nicht blasphemisch, Quart.«

»Nichts liegt mir ferner, Monsignore. Ich stelle lediglich fest, dass der Hacker gar nicht so falsch liegt, wenn er behauptet, die Kirche habe Padre Urbizu getötet. Ihn und den anderen.«

»Hören Sie auf mit dem Blödsinn. Genau das ist ja meine Sorge: dass die Leute mit diesem übernatürlichen Quatsch anfangen und uns zuletzt mit Romanfiguren von Stephen King verwechseln. Ein Reporter hat schon Lunte gerochen, er geht mir seit Wochen mit dieser Geschichte auf die Nerven. Ein unangenehmer, aufdringlicher Typ. Nehmen Sie sich vor ihm in Acht, wenn er Ihnen über den Weg läuft. Er heißt Honorato Bonafé und arbeitet für so ein Boulevardblatt – Q+S, ich weiß nicht, ob Ihnen der Name etwas sagt. Es hat diese Woche ziemlich skandalöse Fotos von Macarena Bruner mit einem Torero veröffentlicht.«

Quart zuckte mit der Schulter.

»Der Hacker macht jedenfalls die Kirche für die beiden Todesfälle verantwortlich. Sie tötet, um sich zu verteidigen, heißt es in seiner Botschaft.«

»Ja. Sehr spektakulär. Jetzt sagen Sie mir bloß, gegen wen sie sich verteidigen sollte. Gegen uns? Gegen die Bank? Gegen den Leibhaftigen? .... Nein, mein Lieber, da steckt etwas ganz anderes dahinter.«

»Und das wäre, Monsignore?«

Wenn Aquilino Corvo sich vergaß, sprach aus seinem Blick unverhohlener Hass. So auch jetzt, wenige Sekunden nur, bevor sein Gesicht wieder in einer Rauchwolke verschwand.

»Verdienen Sie sich Ihren Lohn. Deshalb sind Sie hier.«

Quart lächelte, höflich und diszipliniert.

»Dann lassen Sie uns über Padre Ferro sprechen, Exzellenz.«

Monsignore Corvo sog an seiner Pfeife und begann genüsslich die Biographie des ihm unterstellten Pfarrers breitzutreten – von priesterlicher Barmherzigkeit keine Spur: Er nannte Padre Ferro einen plumpen Dorfpfarrer, der den Großteil seines Lebens in einem elenden Kuhdorf in den aragonesischen Pyrenäen verbracht habe – ein ungehobelter Bauer, ein Hirte im wahrsten Sinne des Wortes, ein Berghirte, dem ein Schaf nach dem andern weggestorben war, bis er, vierundfünfzigjährig, schließlich ganz ohne Herde dastand. Darauf hatte man ihm die Gemeinde Nuestra Señora de las Lagrimas zugeteilt, die er nun seit zehn Jahren betreute. Dem Adjektiv ungehobelt fügte der Erzbischof noch andere hinzu, die alle in dieselbe Richtung wiesen, wie engstirnig, fanatisch, primitiv und reaktionär. Zum Abschluss seiner Kanonade bezeichnete er den Pfarrer als eigensinnigen alten Esel, dem jeder Sinn für die Realität abgehe, einen von der Sorte *omnia sunt possibilia credenti* – mithin ein Spinner. Quart solle sich bloß mal eine seiner Sonntagspredigten anhören: das reinste Spektakel. Sein Lieblingsthema seien die Höllenqualen, er schildere sie mit einer Anschaulichkeit und Unbefangenheit, wie man sie seit der Gegenreformation nicht mehr erlebt habe. Und erst das Fegefeuer … heute getraue sich ja keiner mehr damit zu drohen, keiner außer Padre Ferro, der lasse seine Zuhörer förmlich darin schmoren. Am Ende der Predigt gehe immer ein erleichtertes Aufatmen durch die Bänke.

»Aber er ist zutiefst widersprüchlich«, schloss Monsignore Corvo. »So konservativ er nämlich über manche Dinge denkt, so fortschrittlich denkt er über andere.«

»Beispielsweise?«

»Beispielsweise über Verhütungsmittel: Er ist offen dafür. Er scheut sich auch nicht Homosexuellen, Geschiedenen und Ehebrechern die heilige Kommunion zu reichen. Vor zwei Wochen hat er ein Kind getauft, dem der Pfarrer einer Nachbargemeinde das Taufsakrament verweigert hat, weil seine Eltern nicht verheiratet sind. Als der Kollege eine Erklärung von ihm verlangte, bekam er von Padre Ferro zur Antwort, er taufe, wen er wolle.«

Dem Erzbischof war die Pfeife ausgegangen. Er zündete ein neues Streichholz an und betrachtet Quart über die Flamme hinweg.

»Kurz gesagt«, fuhr er fort, »wer in Nuestra Señora de las Lagrimas zur Messe geht, fühlt sich bald ins Mittelalter, bald ins 21. Jahrhundert versetzt, wie von einer Zeitmaschine.«

Quart unterdrückte ein Grinsen.

»Das kann ich mir gut vorstellen.«

»Nein, das können Sie eben nicht, glauben Sie mir. Dazu müssen Sie den Alten erst einmal in Aktion erleben. Einen Teil der Messe zelebriert er auf Latein – weil das mehr Respekt einflößt, sagt er.« Jetzt zog die Pfeife und Monsignore Corvo lehnte sich behaglich in seinem Schreibtischsessel zurück. »Padre Ferro gehört einer Gattung an, die inzwischen fast ausgestorben ist: Dorfpfarrer aus ärmlichsten Verhältnissen; Disziplin und Berufung sind für diese Leute Fremdwörter; sie haben sich zum Priester weihen lassen, um dem Elend zu entkommen, aus keinem anderen Grund. Und primitiv, wie sie waren, sind sie geblieben – meistens sind sie in ihren gottverlassenen Landgemeinden sogar noch mehr verroht. Bei Padre Ferro kommt außerdem dieser Wahnsinnsstolz dazu, er macht ihn unkontrollierbar und völlig blind für die Realität … Früher hätte man so jemanden kurzerhand aus dem Verkehr gezogen oder in den Urwald geschickt. Dort wäre er den Eingeborenen mit dem Kreuz nachgejagt, bis ihn der Herr mittels Schlangenbiss oder Sumpffieber heimgerufen hätte. Aber heutzutage, wo Journalisten und Politiker ihre Nase überall reinstecken, geht das nicht mehr so einfach.«

»Warum suspendieren Sie ihn nicht *ex informata conscientia*, ohne nähere Angaben, und verschanzen sich hinter Ihrer Schweigepflicht?«

»Dazu müsste er gegen das Zivil- oder Kirchenrecht verstoßen haben, und das hat er nicht. Außerdem: Wer garantiert mir, dass ich ihn damit nicht erst recht zum Aufstand reize? Nein, da ist es mir schon lieber, die Sache geht ihren normalen Weg *ab officio*.«

»Mit anderen Worten: Soll sich doch der Vatikan die Finger verbrennen.«

»Das haben Sie gesagt.«

»Und Padre Óscar? Was gibt's über den zu berichten?«

Der Erzbischof schnitt eine Grimasse, die umso hämischer wirkte, als er noch immer seine Pfeife zwischen den Zähnen hatte. Armer Vikar, dachte Quart, in dessen Haut möchte ich nicht stecken.

»Oh, der hat ein anderes Format«, erwiderte Corvo. »Er war auf dem Priesterseminar in Salamanca, ist intelligent und sehr gebildet … Schade, dass er seine Zukunft so leichtsinnig verspielt hat. *Sein* Fall ist nämlich gelöst: Bis Mitte nächster Woche muss er die Gemeinde verlassen. Wir haben ihn in die Diözese Almeria versetzt, oder besser gesagt an den Rand der Zivilisation; seine neue Pfarrei liegt in einer wüstenähnlichen Einöde; dort kann er sich ausführlich dem Gebet widmen und über die Gefahren jugendlichen Ungestüms nachdenken.«

»War er vielleicht der Hacker?«

»Was fragen Sie mich? Theoretisch würde es zu ihm passen, aber als Erzbischof schnüffle ich nicht im Abfall der Leute herum.« Monsignore Corvo machte eine bedeutungsvolle Pause. »Das überlasse ich Ihnen und dem IOE.«

Quart überging die spöttische Bemerkung.

»Womit beschäftigt er sich?«

»Na, womit sich ein Vikar eben so beschäftigt: Er ministriert, hält Messe, abends betet er mit den Gläubigen den Rosenkranz … Und wenn er frei hat, hilft er Schwester Marsala bei ihren Restaurierungsarbeiten.«

Quart erstarrte auf seinem Stuhl. Schon wieder ein Teil, das er in diesem vertrackten Puzzle nicht unterbrachte.

»Verzeihung, Exzellenz. Sagten Sie *Schwester* Marsala?«

»Ja. Gris Marsala, eine amerikanische Nonne, die schon ewig in Sevilla lebt. Sie ist Kirchenrestauratorin, angeblich eine große Expertin … Sie haben sie noch nicht kennen gelernt?«

Quart hörte ihm kaum zu, während er in Gedanken rasch die Teile des Puzzles neu ordnete. Das war es also, dachte er. Der Missklang.

»Doch, gestern. Aber ich wusste nicht, dass sie Nonne ist.«

»Jetzt wissen Sie es.« Monsignore Corvos Ton verriet keine

Spur von Sympathie. »Sie gehört zu den Streitrossen Padre Ferros, wie der Vikar und Macarena Bruner. Ihr Orden hat sie bis auf weiteres beurlaubt, sie hält sich privat in Sevilla auf, und das heißt, ich habe keinerlei Einfluss auf sie. Woher sollte ich das Recht nehmen sie von hier zu vertreiben? Außerdem will ich mich auch nicht zum Verfolger von Priestern und Nonnen machen. Das ginge dann doch zu weit.«

Der Erzbischof stieß unentwegt Rauchwolken aus, in die er Quart einhüllte wie ein Tintenfisch seine Verfolger in Tinte. Zum Schluss warf er einen letzten Blick auf Quarts Füllfeder und zuckte mit den Schultern.

»Jetzt lasse ich den Pfarrer reinkommen. Ich habe ihn für heute Morgen bestellt, aber vorher wollte ich mich ein bisschen mit Ihnen unterhalten. Das ist geschehen und ich denke, wir können jetzt zur Gegenüberstellung schreiten, wie es im Polizeijargon heißt.«

Monsignore Corvo starrte auf eine Klingel, die sich neben einer abgenützten Ausgabe Thomas von Kempens *Nachfolge Christi* auf seinem Schreibtisch befand.

»Ein letztes Wort, Quart. Ich mag Sie nicht besonders, aber Sie sind ein Priester, der sein Handwerk versteht, und deshalb wissen Sie so gut wie ich, dass es auch in unserem Beruf Nieten gibt. Padre Ferro ist eine davon.« Er nahm sich die Pfeife aus dem Mund und deutete damit auf die brechend vollen Bücherregale entlang der Wände. »Dort haben Sie die gesamte Geistesgeschichte der katholischen Kirche beisammen: die Schriften des Heiligen Augustinus, die Lehre Thomas von Aquins, die Enzykliken sämtlicher Päpste; all das befindet sich innerhalb dieser vier Wände, und zwar nicht nur in Form von Büchern, sondern auch in übertragenem Sinne … ein Erbe von unschätzbarem Wert, das ich für die Dauer meiner Amtszeit zu verwalten habe. Glauben Sie nicht, das sei einfach. Als Erzbischof muss ich Aktiengeschäfte und Armutsgelübde unter einen Hut bringen können, bisweilen muss ich mich mit Feinden verbünden und Freunde opfern … Jeden Morgen setze ich mich an diesen Schreibtisch, um mit Gottes Beistand ein Heer von Priestern zu regieren, in dem alles vertreten ist: Intellektuelle und Analphabeten, anständige Männer und Schurken, politisch Engagierte, Fanatiker, Zölibatsgegner, Heilige und Sünder. Padre Ferro ist nur einer von vielen, früher oder später hätten wir auch seinen Fall gelöst. Nun sind Sie dazwischengetreten und wollen die Zügel in die Hand nehmen. Bitte, ich überlasse sie Ihnen. *Roma locuta, causa finita.* Von diesem Moment an bin ich Zaungast. Machen Sie, was Sie wollen, spielen Sie den Henker, ich werde Sie nicht daran hindern. Der Herr sei mir gnädig, aber ich wasche meine Hände in Unschuld.« Er betätigte die Klingel und wies mit dem Kopf zur Tür. »So, und jetzt lassen wir Padre Ferro nicht länger warten.«

Quart schraubte langsam den Deckel seiner Füllfeder zu, raffte die in winziger, enger Schrift beschriebenen Kärtchen zusammen und verstaute beides in der Jackentasche. Reglos und stramm wie ein Soldat saß er auf der äußersten Kante seines Stuhls.

»Ich habe Befehle erhalten«, sagte er, »und die führe ich aus, Monsignore.«

Seine Exzellenz sah ihn mit eiskalten Augen an.

»*Ihre* Arbeit möchte ich nicht tun müssen«, erwiderte er. »So wahr mir Gott helfe.«

IV.
Orangenblüten und Pomeranzen

»Jetzt haben Sie einen Helden erlebt«, bemerkte er.
»Und das will immer etwas heißen.«
(ECKERMANN *Gespräche mit Goethe*)

»Ich brauche Sie einander wohl nicht erst vorzustellen, Sie kennen sich ja schon«, sagte der Erzbischof. Er hatte sich tief in seinen Schreibtischsessel zurückgelehnt und die Haltung eines außenstehenden Beobachters eingenommen – als erwarte er eine Art Hahnenkampf und wolle sichergehen keine Blutspritzer abzubekommen.

Quart und Padre Ferro maßen sich schweigend. Der Gemeindepfarrer von Nuestra Señora de las Lagrimas hatte den Stuhl abgelehnt, der ihm von Monsignore Corvo angeboten worden war, klein und verstockt stand er im Raum. Seine Gesichtszüge wirkten wie in Stein gemeißelt. Er hatte sich auch heute nicht gekämmt, das weiße Haar stand widerspenstig in alle Richtungen, und die riesigen Schuhe, die unter dem speckigen Saum seiner Soutane hervorschauten, waren nach wie vor ungeputzt.

»Padre Quart möchte Ihnen ein paar Fragen stellen«, setzte der Prälat hinzu.

Die Falten und Narben des alten Pfarrers ließen keine Reaktion erkennen. Er starrte jetzt über die Schulter seines Vorgesetzten hinweg in Richtung des Fensters, hinter dessen Gardinen sich verschwommen die ockerfarbene Silhouette der Giralda abzeichnete.

»Ich habe Padre Quart nichts mitzuteilen.«

Monsignore Corvo nickte ruhig, als habe er mit dieser Antwort gerechnet.

»Gut«, sagte er. »Aber *ich* bin Ihr Bischof, Don Príamo. *Mir* schulden Sie Gehorsam, das wissen Sie.« Er nahm die Pfeife aus dem Mund und deutete damit abwechselnd auf die beiden Priester. »Machen wir es also so: Sie geben mir Auskunft auf die Fragen, die Padre Quart Ihnen stellt.«

Die alterstrüben schwarzen Augen des Pfarrers wurden unruhig.

»Das ist doch lächerlich!«, protestierte er und wandte sich vorwurfsvoll zu Quart um, als habe der die Schuld an allem.

»Sicher«, der Erzbischof grinste schräg, »aber mit diesem Jesuitentrick stellen wir alle zufrieden. Padre Quart erledigt seine Arbeit, ich amüsiere mich als Zuhörer und Sie wahren, wenigstens der Form nach, Ihren unerhörten Stolz.« Er stieß eine drohende Rauchwolke aus und verlagerte das Gewicht auf die linke Armlehne des Bürosessels; seine Augen funkelten in Vorfreude. »Schießen Sie los, Padre Quart. Er gehört Ihnen.«

Und Quart schoss allerdings los. Gnadenlos fuhr er ein Geschütz nach dem anderen auf, reihte Vorwurf an Vorwurf: gestern der unfreundliche Empfang in der Kirche, heute Morgen das unverschämte Benehmen im Vorzimmer des Bischofs, nichts als Feindseligkeit auf der ganzen Linie, aber was konnte man sich von einem verbohrten Dorfpfarrer anderes erwarten? Er redete sich immer mehr in Rage, seine Kritik an Padre Ferro wurde von Minute zu Minute schärfer, seine Worte ätzender und brutaler. Das hatte nichts mehr mit persönlicher Abneigung zu tun und schon gar nichts mit seiner Mission in Sevilla, aber die wahren Ursachen kannte nur er selbst. Zur Bestürzung Monsignore Corvos behandelte er den alten Priester wie einen Verbrecher, rücksichtslos schleuderte er ihm seinen ganzen Hass ins Gesicht, einen Hass, den er seit seiner Jugend mit sich herumtrug und der in Wirklichkeit nicht Padre Ferro, sondern einem anderen Dorfpfarrer galt. Doch erst als er einen Augenblick innehielt, um Atem zu schöpfen, ging ihm auf, was er da eigentlich tat, wie ungerecht er war. Genauso gut hätte er auf einen gefesselten Menschen einprügeln können! Jetzt kam er sich gemein vor und schämte sich bei dem Gedanken, dass Seine Eminenz, der Inquisitor Jerzy Iwaszkiewicz, diese »Prügel« auch noch rückhaltlos befürwortet hätte.

Die beiden Männer sahen ihn sprachlos an – der Erzbischof stirnrunzelnd und sichtlich betreten, Padre Ferro mit geröteten Augen, in denen Tränen schwammen. Quart rückte nervös mit seinem Stuhl, so ungemütlich hatte er sich schon lange nicht mehr gefühlt. Um seine Verlegenheit zu überspielen, zog er eines seiner Visitenkärtchen aus der Tasche und notierte sich ein paar Stichworte.

»Rekapitulieren wir«, fuhr er dann etwas sanfter fort, wobei er unentwegt auf die Karte starrte, um dem Blick des Pfarrers auszuweichen. »Sie bestreiten also, dem Papst per Computer eine Botschaft zugespielt zu haben, und Sie wissen auch nicht, wer das sonst getan haben könnte und warum.«

»So ist es«, erwiderte Padre Ferro.

»Können Sie das beschwören?«, fragte Quart und merkte noch im selben Atemzug, dass er schon wieder zu weit gegangen war.

Der alte Pfarrer drehte sich mit flehender Miene nach Monsignore Corvo um. Sie hörten, wie sich der Erzbischof räusperte, während er seine beringte Hand hob.

»Vergessen Sie bitte nicht, dass das ein Gespräch ist und kein Verhör.« Der Prälat sah Quart durch den Qualm seiner Pfeife hindurch an. »Schwüre haben hier nichts verloren.«

Quart nahm die Mahnung schweigend hin, dann wandte er sich wieder dem Pfarrer zu:

»Was können Sie mir über Óscar Lobato berichten?«

Padre Ferro zuckte mit der Schulter.

»Nichts, außer dass er ein fabelhafter junger Mann und ein vorbildlicher Priester ist.« Sein schlecht rasiertes Kinn bebte leicht. »Es wird mir schwer fallen, mich von ihm zu trennen.«

»Kennt sich Ihr Vikar mit Computern aus?«

Der Pfarrer kniff die Augen zusammen, argwöhnisch wie ein Bauer, der Gewitterwolken aufziehen sieht.

»Das sollten Sie ihn fragen«, sagte er und wies mit dem Kopf zur Tür. »Er wartet dort draußen auf mich.«

Quart deutete ein Lächeln an, nach außen wirkte er völlig sicher, aber insgeheim hatte er das Gefühl im Dunkeln zu tappen. Die Antworten des Pfarrers klangen ehrlich und doch war ihm, als verberge sich dahinter eine Lüge – vielleicht nur eine einzige und sie brauchte nicht einmal besonders schlimm zu sein, möglicherweise nur ein kleiner Schwindel, der jedoch allem, was der Alte sagte, den Stempel der Unwahrheit aufdrückte.

»Was ist mit Gris Marsala?«

Padre Ferros Lippen bekamen einen harten Zug.

»Schwester Marsala hat von ihrem Orden Dispens erhalten.« Er sah den Erzbischof an, als wolle er ihn als Zeugen anrufen.

»Sie kann in der Kirche ein und aus gehen, wie es ihr gefällt. Momentan arbeitet sie dort auf ehrenamtlicher Basis. Ohne sie wäre das Gebäude nur noch ein Haufen Trümmer.«

»Manchmal reicht einer«, stellte Monsignore Corvo gereizt fest; dabei dachte er zweifellos an den Gesimsbrocken, der seinem Sekretär zum Verhängnis geworden war.

Quart ließ sich von der Bemerkung nicht ablenken und nahm weiter den Pfarrer ins Gebet:

»Was für eine Art von Beziehung haben Sie und Ihr Vikar zu der Frau?«

»Eine völlig normale.«

»Tja, fragt sich nur, was man unter normal versteht.« Quarts Verachtung war genau dosiert. »Alte Dorfpfarrer wie Sie haben bekanntlich ziemlich eigene Vorstellungen von Normalität … zumindest was Haushälterinnen und Nichten angeht.«

Aus den Augenwinkeln nahm er wahr, dass Monsignore Corvo vor Entrüstung fast vom Stuhl kippte. Das war offene Provokation!

»Hören Sie.« Padre Ferros Fäuste ballten sich vor Wut, die Fingerknöchel wurden ganz weiß. »Wenn Sie damit andeuten wollen …« Er unterbrach sich jäh und betrachtete Quart, als wolle er sich sein Gesicht bis in die kleinste Einzelheit einprägen. »Dafür könnte man Sie umbringen.«

Die Drohung überraschte nicht. Sie passte zum Charakter des alten Pfarrers, zu seiner knorrigen Gestalt, zu der fleckigen Soutane, die sich hob und senkte, während er zornig vor sich hin schnaubte. Ich selbst könnte das tun, signalisierte seine Haltung, obwohl er der Drohung nichts hinzufügte. Sollte jeder sie deuten, wie er wollte.

Quart sah ihn ruhig an:

»Wer? Zum Beispiel Ihre Kirche?«

»Herr im Himmel!«, fuhr der Erzbischof entsetzt dazwischen. »Sind Sie beide denn verrückt geworden?«

Es folgte ein langes Schweigen. Das sonnenbeschienene Rechteck auf dem Schreibtisch Monsignore Corvos war nach links gewandert, es befand sich jetzt außerhalb seiner Reichweite, über der *Nachfolge Christi*, die Padre Ferro stieren Blicks fixierte. Quart beobachtete den Alten: Unglaublich, wie sehr er jenem anderen Pfarrer glich, dem er selbst nie hatte gleichen wollen, jenem Mann, an den er sich kaum noch entsann; eine Zeit lang hatte er ihm noch Karten oder Briefe aus dem Seminar geschickt, dann war der Kontakt abgebrochen. Jetzt tauchte der Alte nur noch ganz selten und wie ein Gespenst aus seinem Gedächtnis auf, dann nämlich, wenn ihm der Südwind längst vergessene Düfte und Klänge in Erinnerung rief: das Rauschen der Brandung an den Klippen, den Salzgeschmack der feuchten Meeresluft, das Prasseln des Regens. Im Winter der Geruch des glühenden Kohlenbeckens unter dem Tisch, an dem er saß und Latein paukte, *Rosa rosae, Quousque tandem abutere Catilina, Nox atra cava circumvolat umbra*. Das eintönige Trommeln der Regentropfen gegen die beschlagene Fensterscheibe, Glockenschläge im Morgengrauen, ein schlecht rasiertes, glänzendes Gesicht, das über den Altar gebeugt Gebete murmelte – Mann und Kind, Pfarrer und Ministrant, eine arme Fischergemeinde, und draußen, vor dem Kirchentor, ein unfruchtbarer Fetzen Land an den Gestaden eines grausamen Meers. Und er nahm den Kelch und dankte, gab ihn ihnen und sprach: nehmet und trinket alle daraus, das ist der Kelch des neuen und ewigen Bundes, mein Blut, das für euch und für alle vergossen wird zur Vergebung der Sünden. Gehet hin in Frieden. Später, in der Sakristei, deren Decke mit Schimmelflecken übersät war, hatte sich der Pfarrer von ihm aus dem Messgewand helfen lassen und dabei geschnauft wie ein erschöpftes Tier. Das Seminar, Lorenzo, bald gehst du aufs Seminar, dort sorgen sie für deine Zukunft; eines Tages wirst du Priester sein wie ich. Wie Quart sie gehasst hatte, und noch heute aus tiefster Seele hasste, wenn er daran zurückdachte, die Plumpheit des Dorfpfarrers, seine Beschränktheit, die elende Monotonie seines grauen Alltags – Frühmesse, Siesta im Schaukelstuhl, eine verschwitzte Soutane, muffige Zimmer, Rosenkranz um sieben, eine Tasse heiße Schokolade im Kreis alter Jungfern, eine Katze im Kirchhof, eine Haushälterin oder Nichte, die ihm auf die eine oder andere Weise sein Alter und die Einsamkeit erträglicher machten. Schließlich das Ende, jämmerlich wie sein ganzes Leben: ein schäbiges Altersheim, ein zahnloser Greis, dem die Suppe aus dem Mund rann. Und das alles zur höheren Ehre Gottes.

»Eine Kirche, die tötet, um sich zu verteidigen …« Quart riss sich mit Gewalt von seinen Erinnerungen los und von dem

Grausen, das ihn jedes Mal befiel, wenn er sich vorstellte, was aus ihm hätte werden können. Aber jetzt war er hier, in Sevilla, und er war auch kein primitiver Dorfpfarrer, sondern ein Agent des IOE. »Ich wüsste gerne, wie Sie diesen Satz interpretieren, Padre Ferro.«

»Keine Ahnung, wovon Sie sprechen.«

»Das steht in der Botschaft, die der Papst bekommen hat. Gemeint ist *Ihre* Kirche ... Der Verfasser ist offenbar der Ansicht, dass hinter dieser ganzen Geschichte ein göttlicher Plan steckt. Teilen Sie diese Ansicht?«

»Auf solche Fragen gebe ich keine Antwort. Dazu bin ich nicht verpflichtet.«

Quart wandte sich Hilfe suchend an den Erzbischof, aber der ergötzte sich nur an seinen Schwierigkeiten und redete sich geschickt heraus:

»Tut mir Leid«, sagte er mit einem diplomatischen Lächeln. »Dasselbe habe auch ich schon mehrmals zu hören bekommen.«

Es war die reinste Zeitverschwendung. Der Gesandte aus Rom wusste schon jetzt, dass es keinen Sinn hatte, noch länger zu insistieren, aber er musste wenigstens das Ritual erfüllen, das für solche Fälle vorgesehen war. Er schlug also einen sehr formellen Ton an und fragte den Pfarrer, ob ihm klar sei, was er riskiere. Ein sarkastisches Grinsen war die einzige Antwort, doch Quart ließ sich nicht beirren. Gelassen fuhr er fort Padre Ferro über die Folgen seines Verhaltens aufzuklären: ein negativer Bericht, ein Disziplinarverfahren mit möglicherweise schwerwiegenden Konsequenzen ... Die Tatsache, dass Padre Ferro kurz vor der Pensionierung stehe, jenseits von Gut und Böse, wie es so schön heiße, tue nichts zur Sache, er solle nicht glauben, dass man ihn deshalb nachsichtiger behandeln werde. Seine Vorgesetzten in Rom ...

»Zu den beiden Todesfällen habe ich nichts zu sagen«, unterbrach ihn der Pfarrer, dem die Vorgesetzten in Rom ganz offensichtlich den Buckel runterrutschen konnte. »Das waren Unfälle.«

Quart hakte augenblicklich nach:

»Unfälle, die Ihnen wohl sehr gelegen kamen, was?«

Seine Stimme klang beinahe kameradschaftlich, fast als wolle er sagen: Kommen Sie, Mann, lassen Sie die Katze endlich aus dem Sack, wir biegen die Sache dann schon hin. Aber der Alte war auf der Hut:

»Ich weiß nicht, worauf Sie hinauswollen. Das Gerede mit dem Plan Gottes haben Sie aufgebracht, nicht ich. Fragen Sie ihn, wenn Sie an ihn glauben … Ich bete für Sie.«

Quart atmete zweimal tief durch, bevor er einen weiteren Anlauf unternahm. Am meisten ärgerte ihn, dass der Erzbischof unterdessen gemütlich in seinem Sessel lehnte, sein Pfeifchen schmauchte und sich königlich amüsierte.

»Sind Sie wenigstens in der Lage mir Ihr Wort als Pfarrer zu geben, dass jegliches menschliche Verschulden an den beiden Todesfällen auszuschließen ist?«

»Ach, scheren Sie sich doch zum Teufel.«

»Verzeihung?«

Selbst der neutrale Monsignore Corvo war in seinem Sessel aufgefahren. Der Pfarrer sah ihn an:

»Bei allem Respekt, Exzellenz, aber ich weigere mich noch länger Rede und Antwort zu stehen. Von jetzt ab schweige ich.«

»Von jetzt ab?«, höhnte Quart. »Dieser Mensch schweigt seit zwanzig Minuten!«

Der Erzbischof schnitt eine Grimasse – er habe nur ministriert – und hüllte sich in eine Rauchwolke.

Quart stand auf. Padre Ferro reichte ihm gerade bis zum zweitobersten Hemdknopf. Das struppige weiße Haar erinnerte Quart wieder an den alten Pfarrer seines Heimatdorfs, in das er nach der Priesterweihe nur ein einziges Mal zurückgekehrt war – ein kurzer Besuch bei seiner Mutter, ein noch kürzerer bei der schwarz vermummten Gestalt, die sich in die Kirche verkrochen hatte, wie eine Schnecke in ihr Haus. Quart las sogar eine Messe, es kam ihm seltsam vor, auf einmal hinter dem Altar zu stehen, den er als junger Messdiener so oft von vorn gesehen hatte, und das feuchte, kalte Kirchenschiff flößte ihm Unbehagen ein; es war ihm, als müsse dort der Geist des trostlos im Regen stehenden und aufs Meer hinausstarrenden Jungen umherirren, der er selbst einmal gewesen war. Nach der Messe war er gegangen, diesmal endgültig, und die Erinnerungen an den alten Pfarrer, die Kirche, das Dorf mit den kleinen weißen Häusern, an das Meer, das weder Gnade noch Gefühle kannte, waren nach und nach verblasst wie die Bilder eines Alptraums, aus dem man erwacht.

Er kehrte langsam in die Wirklichkeit zurück. Alles, was er im Leben verabscheute, fand er in den stumpfen schwarzen Augen wieder, die ihn hart und vorwurfsvoll ansahen.

»Eine Frage noch – die letzte«, sagte er, Visitenkarten und Füllfeder verstauend. »Warum wehren Sie sich so dagegen, diese Kirche zu verlassen?«

Padre Ferro schielte zu ihm hinauf. Zäh wie Leder, wäre die beste Beschreibung für ihn gewesen, obwohl Quart noch eine ganze Reihe weiterer Vergleiche einfiel.

»Das geht Sie nichts an«, entgegnete er. »Das betrifft nur meinen Bischof und mich.«

Quart beglückwünschte sich im Geiste dazu, die Antwort im Voraus erraten zu haben, und gab mit einer Geste zu verstehen, dass er die Sache nun satt hatte. Doch zu seiner Überraschung griff Aquilino Corvo diesmal ein:

»Ich bitte Sie, Padre Quart zu antworten, Don Príamo.«

»Padre Quart würde das nie verstehen.«

»Ich bin sicher, dass er sich anstrengen wird. Versuchen Sie es wenigstens. Bitte.«

Der Pfarrer schüttelte eigensinnig den struppigen Kopf, hob plump und unbeholfen die Hände und murmelte, Quart habe noch nie die Beichte einer armen Frau gehört, die Trost suchend vor ihm knie, das Krähen eines Neugeborenen, das Röcheln eines Sterbenden, er habe noch nie die schweißnasse Hand eines Kranken gehalten. Deshalb könnte er sich den Mund fusselig reden und würde doch nicht verstanden. An diesem Punkt begriff Quart endgültig, dass ihm hier weder sein Diplomatenpass noch die offizielle Handlungsvollmacht der Kurie, noch die Insignien des Heiligen Vaters in der linken oberen Ecke seiner Empfehlungsschreiben weiterhalfen. Über den trotzigen Alten, dessen erbärmlicher Aufzug dem Ruhme Gottes geradezu spottete, hatte er nicht die geringste Macht. Für wenige Sekunden tauchte aus seinem Gedächtnis der Schatten einer Gestalt auf, die ihn gehörig verunsicherte: Nelson Corona. Er hatte sich genauso hartnäckig gegen die offizielle Linie der Kirche gewehrt, derselbe Trotz hatte aus seinem Blick gesprochen – mit einem einzigen Unterschied: Hinter den beschlagenen Brillengläsern des Brasilianers war daneben auch Angst zu lesen gewesen; die trüben, an schwarzen Vulkanstein erinnernden Augen Padre Ferros hingegen verrieten eine Entschlossenheit, die absolut unerschütterlich war. Er hatte zu Ende gesprochen und schien sich erneut hinter seinem Schweigen verbarrikadieren zu wollen, als Quart ihn sagen hörte, seine Kirche sei ein Zufluchtsort, ein Schützengraben. Das klang nun wirklich pathetisch; der Gesandte aus Rom zog spöttisch eine Augenbraue hoch und ließ seinem tief verwurzelten Dorfpfarrerhass freien Lauf. Seine Ironie hatte Oberwasser bekommen, jetzt war er wieder der überlegene Läufer, der Don Príamo, den Bauern, mit einem Zug vom Schachbrett wischen konnte. Die Schattengestalt Nelson Coronas zählte schon gar nicht mehr.

»Kuriose Bezeichnung.«

Quart lächelte, kalt und selbstsicher. Er fühlte sich auf einmal wieder stark, unverwundbar, seine Gewissensbisse waren weg und er sah jetzt nur noch ein dreckige alte Soutane vor sich und das schlecht rasierte Kinn Padre Ferros. Was für ein ausgezeichnetes Beruhigungsmittel die Ironie doch war. Sie wirkte wie ein Aspirin, etwas Alkohol oder eine Zigarette. Entspannend, dachte er, und ließ sich vom Übermut verleiten:

»Verraten Sie mir auch, vor wem man sich in Ihrem Graben schützen kann?«

Die Frage war völlig unnötig und er bereute sie noch im Sprechen. Der hartgesottene kleine Pfarrer sah ihm von unten herauf direkt in die Augen:

»Vor Schwätzern«, sagte er. »Und vor dem Scheiß, den sie erzählen.«

Eine lange Reihe schwarzgelb angemalter Pferdekutschen wartete im Schatten der Orangenbäume auf Touristen. El Potro lehnte an der Wand eines Andenkengeschäfts und beobachtete den Eingang des Ordinariats. Er hatte die Hände in den Taschen seiner Karojacke vergraben, die fast so eng anlag wie der weiße Rollkragenpullover, unter dem sich seine prallen Brustmuskeln abzeichneten. Ein Zahnstocher wanderte rhythmisch von einem Mundwinkel zum andern, die narbigen Brauen waren zusammengezogen, während er konzentriert auf das schwarze Loch starrte, das die Barocksäulen einrahmten. Lass das Portal nicht aus den Augen, hatte Don Ibrahim ihm eingeschärft, bevor er mit La Niña das Geschäft betrat, um Postkarten anzuschauen und ein wenig herumzustöbern; zu dritt konnten sie nicht Wache schieben, das wäre aufgefallen. Als Don Ibrahim und La Niña unter den misstrauischen Blicken des Ladenbesitzers sämtliche Postkartenständer von oben bis unten studiert und alle angebotenen Souvenirs ausführlich begutachtet hatten, angefangen von T-Shirts über Fächer und Kastagnetten bis hin zu Plastiknachbildungen der Giralda und des Goldturms, waren sie in die Bar an der gegenüberliegenden Straßenecke übergewechselt, wo La Niña inzwischen beim fünften Manzanilla angelangt sein musste. El Potro harrte unterdessen geduldig auf seinem Posten aus. Die beiden wussten, dass auf ihn Verlass war, und dass er sich, bis neue Order kam, nicht vom Fleck rühren würde. Nun war dieser Pfaffe schon über eine Stunde im Palacio des Erzbischofs, aber El Potro hatte während der ganzen Zeit nur zweimal den Blick abgewandt, gerade so lange wie nötig, um eine Polizeistreife an sich vorüberzulassen; sie schritt einmal die Straße hinauf und dann wieder hinunter, und beide Male nützte El Potro die Zeit, um sich meditativ in den Anblick seiner Schuhspitzen zu versenken. Vier Hornverletzungen, mehrere Jahre Fremdenlegion und ein Boxerhirn, das funktionierte wie ein alter Dieselmotor, prägen den Charakter. Selbst für den unwahrscheinlichen Fall, dass Don Ibrahim und La Niña ihn vergessen hätten, er wäre imstande gewesen, Tag und Nacht, in Sonne und Regen, seinen Posten zu halten, Schildwache zu stehen, bis er umkippte. Dieselbe Standhaftigkeit hatte El Potro schon damals, vor gut zwanzig Jahren, bewiesen, als er wieder mal in einer dieser schäbigen Dorfarenen auftrat: Schlappschwanz, wenn dich der Stier nicht umbringt, tut es hinterher das Publikum, zischte ihm sein Impresario vom Rand her zu, worauf El Potro das rote Tuch packte, sich in der Mitte des Platzes aufpflanzte und todesmutig ausharrte, bis ihn der schwarze Koloss mit dem Künstlernamen »der Schlächter« umrannte und mit einem Hornstoß – dem vierten und letzten seiner Karriere – aus der Arena katapultierte, diesmal endgültig. Ähnliche körper- und gedächtnisschädigende Episoden hatten sich später noch oft wiederholt, im Boxsport, in der Legion und im Gefängnis von Puerto de Santa María, denn so viel stand fest: El Potros graue Zellen mochten stumpf sein wie ein Stück Holz, doch in seinem Fall war es das Holz, aus dem man Helden schnitzt.

Plötzlich sah El Potro einen der drei Priester, es handelte sich um den großen, schlanken, aus dem Bischofspalast kommen. Er hatte kaum den Fuß über die Schwelle gesetzt, als ihn offenbar von hinten jemand anrief, denn er hielt inne und wandte den Kopf. Tatsächlich trat kurz darauf der junge Blonde mit der Brille neben ihn. Die beiden blieben vor dem Portal stehen und begannen sich zu unterhalten. El Potro spähte zu der Bar hinüber, in der Don Ibrahim und La Niña auf ihn warteten, doch die beiden schienen völlig vom Manzanilla in Anspruch genommen. Da zog El Potro seinen Zahnstocher aus dem Mund, spuckte aufs Pflaster und überquerte den Platz, um sie zu alarmieren. Anstatt jedoch direkt auf die Bar zuzugehen, beschrieb er einen Halbkreis, der ihn am Eingang des Ordinariats vorbeiführte. So konnte er sich die beiden Pfaffen wenigstens mal aus der Nähe anschauen. Den großen hätte er glatt für einen Filmschauspieler gehalten, wenn nicht der schwarze Anzug mit dem weißen Stehkragen und der extrem kurze Haarschnitt gewesen wären. Wie von einem Fallschirmjäger oder Legionär, dachte El Potro. Der junge dagegen war der reinste Bilderbuchpfarrer: unattraktiv, bleichhäutig und obendrein mit Pickeln am Hals.

»Lassen Sie ihn in Ruhe«, hörte El Potro den Blonden sagen.

Der Große machte ein ernstes Gesicht.

»Ihr Pfarrer ist verrückt«, gab er zurück. »Er lebt in einer anderen Welt. Wenn Sie diese Botschaft nach Rom geschickt haben, dann haben Sie ihm und seiner Kirche damit eher geschadet als geholfen.«

»Ich habe überhaupt nichts geschickt.«

»Das erzählen Sie mir ein anderes Mal. Und zwar ausführlich.«

Die Stimme des Blonden zitterte. Er wirkte aggressiv, aber vielleicht war er ja nur nervös oder erschrocken.

»Ihnen habe ich nichts zu erzählen.«

»Die Platte kenne ich.« Der große Pfaffe grinste boshaft. »Und außerdem täuschen Sie sich. Sie haben mir sogar sehr viel zu erzählen. Zum Beispiel würde mich brennend interessieren ...«

Wie die Unterhaltung weiterging, bekam El Potro nicht mit, da er inzwischen zu weit von den beiden entfernt war. Die letzten Meter legte er in etwas schnellerem Tempo zurück. Sägemehl und Krabbenschalen bedeckten den Fußboden der Bar, von der Decke baumelten Würste und Schinken. Don Ibrahim und La Niña Puñales lehnten an der Theke und tranken schweigend vor sich hin. Im Radio, das zwischen zwei Flaschen Fundador auf einem Regal stand, sang Camarón de las Isla:

Im Wein ertrinken Schmerz
und Erinnerung ...

Don Ibrahim, den dicken Bauch wie ein Kissen zwischen sich und dem Tresen, hatte wie immer eine rauchende Havanna in der Hand und Asche auf der weißen Jacke. La Niña war vom Manzanillawein zum Anislikör Machaquito übergegangen und führte gerade ihr Glas mit dem fetten Lippenstiftabdruck zum Mund. Die glücklose Coplasängerin trug heute ein blaues Kleid mit weißen Tupfen und silberne Ohrringe, ihre Augen waren dick geschminkt, die schwarze Kringellocke hatte sie sich säuberlich in die faltige Stirn gekämmt – alles genau wie auf den Abbildungen der vier oder fünf Schallplatten, die Don Ibrahim neben anderen von Nat King Cole, Los Panchos, Beny Moré, Antonio Machín und einem vorsintflutlichen Telefunken-Grammophon im Zimmer seiner Pension hütete wie einen Schatz.

La Niña und der Winkeladvokat lehnten also am Tresen. Als El Potro auf der Türschwelle erschien, drehten sie sich um und sahen, wie er mit dem Kopf auf die Straße hinausdeutete.

»Da macht sich wer dünn«, sagte er.

Kurz darauf standen alle drei unter der Tür und hielten Ausschau. Der große Priester hatte sich von dem anderen getrennt; in diesem Moment schritt er auf dem Gehweg, der um den Platz herumführte, an der Kathedrale vorbei.

»Donnerwetter, ist das ein Pfaffe!«, sagte La Niña mit ihrer heiseren Coplastimme.

»Ja, es gibt hässlichere«, gab Don Ibrahim gelassen zu.

Der Machaquito hatte La Niña gute Laune gemacht.

»Bei Gott. Von dem würde ich gern die letzte Ölung bekommen«, stellte sie mit schelmisch funkelnden Augen fest.

Don Ibrahim und El Potro wechselten einen ernsten Blick:

120

Derartige Frivolitäten waren in einer Kampagne wirklich fehl am Platze.

»Und was ist mit dem Alten?«, wollte der Winkeladvokat wissen.

»Der ist noch beim Bischof«, erwiderte El Potro.

Don Ibrahim zog nachdenklich an seiner Zigarre.

»Dann müssen wir uns separieren«, sagte er schließlich. »Du, El Potro, passt den alten Pfaffen ab und folgst ihm bis nach Hause. Danach kommst du zurück und berichtest uns. La Niña und ich überwachen derweil den anderen, den großen.« Er machte eine Pause und konsultierte mit gewichtiger Miene die Uhr Don Ernesto Hemingways. »Es ist wichtig, dass wir uns gründlich informieren, bevor wir zur Tat schreiten. Die Information ist die Mutter aller Siege, darüber sind wir uns wohl einig. Also … seid ihr einverstanden?«

Das mussten die beiden Kumpane wohl sein, denn sie nickten mit den Köpfen: El Potro ernst und stirnrunzelnd, als grüble er über ein Wort, das vor fünf Minuten gefallen war, La Niña verträumt und in Gedanken bei dem hübschen Priester, der sich den Gehweg hinunter entfernte. Sie hatte noch immer ihr Glas in der Hand, und war offensichtlich willens es bis auf den letzten Tropfen Anislikör zu leeren. Im Radio sang Camarón sein Lied von Wein und Schmerz, der Kellner in weißem Hemd und schwarzer Krawatte klatschte hinter der Theke leise den Rhythmus. Don Ibrahim musterte seine Truppe und fand, es könne nicht schaden, sie ein wenig anzufeuern. Auf in den Kampf, Leute, Sevilla ruft uns zu den Fahnen! Das klang gut, nur passte es leider überhaupt nicht hierher.

»Den Tapferen hilft das Glück«, sagte er endlich nach längerem Nachdenken und zog erneut an seiner Havanna.

»In diesem Sinne«, erwiderte La Niña und machte ihren Machaquito nieder. El Potro, der noch immer die Stirn runzelte, schüttelte zuletzt den Kopf:

»Was heißt *separieren*?«

Lorenzo Quarts Selbstsicherheit gründete auf Perfektionismus, auf seinem geradezu zwanghaften Streben nach technischer Vollkommenheit. Ins Hotelzimmer zurückgekehrt, setzte er sich deshalb unverzüglich an seinen Laptop und arbeitete den ersten

Bericht für Monsignore Spada aus. Der Rapport traf anderthalb Stunden später per Telefonleitung im Vatikan ein und war acht Seiten lang. Quart stellte darin keinerlei Vermutungen über die genannten Personen, die Kirche oder die Identität des Hackers an, sondern beschränkte sich auf eine treue Wiedergabe seiner Gespräche mit Monsignore Corvo, Gris Marsala und Príamo Ferro.

Erst als er den Computer samt Zubehör wieder in dem schwarzen Lederköfferchen verstaut hatte, entspannte er sich ein wenig. In Hemdsärmeln und mit aufgeknöpftem Kragen schlenderte er an den beiden baldachinüberspannten Betten vorbei ans Fenster, das auf die Plaza Virgen de los Reyes hinausging. Da es zum Abendessen noch zu früh war, beschloss er ein wenig zu lesen. Er hatte sich in einer kleinen Buchhandlung beim Rathaus Literatur über Sevilla besorgt, und an einem Kiosk die Zeitschrift *Q+S*, letztere auf Anraten Monsignore Corvos – »als Einführung ins Lokalkolorit«, wie der Prälat spitz bemerkt hatte. Quart betrachtete das Titelblatt und danach die Fotos der Reportage. *Ehekrise*, lautete die Überschrift. Auf den meisten Bildern waren die Frau und ihr Begleiter zu sehen, aber daneben gab es auch eins, das einen jüngeren Mann zeigte, elegant gekleidet, weißer Hemdkragen und schnurgerader Seitenscheitel, ernste Miene. *Scheidungsgerüchte bestätigt. Während sich der Finanzier Pencho Gavira als führender Mann der andalusischen Bank behauptet, stürzt sich seine Frau Macarena ins Sevillaner Nachtleben.* Quart riss die Seiten heraus und legte sie in seinen Aktenkoffer. Plötzlich merkte er, dass auf seinem Nachttisch das Neue Testament lag, eine jener Ausgaben, die der Internationale Gideonbund gratis an Hotels verteilt. Quart erinnerte sich genau, das Buch nebst anderem störenden Kram, wie Werbeprospekten, Schreibpapier und dergleichen in der Schublade verstaut zu haben. Als er es verwundert zur Hand nahm, stellte er fest, dass so etwas wie ein Lesezeichen zwischen den Seiten steckte; er schlug die entsprechende Stelle auf und entdeckte eine alte Postkarte. *Iglesia de Nuestra Señora de las Lagrimas. Sevilla. 1895* stand unter der Fotografie; sie war etwas verschwommen, ein weißer Hof umgab das zentrale Motiv, trotzdem war die kleine Kirche einwandfrei zu erkennen: das Barockportal mit den spiralförmig gewundenen Säulen, die Muttergottes in ihrer Nische, hier noch mit Kopf, der flache, giebelförmige Glockenturm – alles in sehr gutem Zustand. Auf dem Platz vor der Kirche befand sich ein Marktstand, ein Mann mit Schärpe und andalusischem Hut verkaufte Gemüse an zwei schwarz gekleidete Frauen, die dem Fotografen den Rücken zukehrten. In der schmalen Gasse, die im Hintergrund vom Platz wegführte, konnte man gerade noch den mit bauchigen Tonkrügen beladenen Esel eines herumziehenden Wasserverkäufers ausmachen, wie Gespenster im Nebel zeichneten sich das Tier und sein Reiter am weiß verschleierten Rand des Bildes ab.

Quart drehte die Postkarte um. Sie war in schöner, geschwungener Handschrift beschrieben, wenige Zeilen nur, deren Tinte im Lauf der Jahre vergilbt war:

Hier, am heiligen Ort deines Schwures und meiner Glückseligkeit, bete ich jeden Tag für dich und warte auf deine Rückkehr.

In ewiger Liebe,
Carlota

Die 25-Céntimos-Briefmarke mit dem Bildnis des jungen Alfonso XIII. war nicht abgestempelt und das handgeschriebene Datum des Briefkopfs war durch einen großen Feuchtigkeitsfleck nahezu unleserlich geworden. Quart entzifferte am Ende eine 9 und etwas, das nach einer 7 aussah – möglicherweise handelte es sich um die Jahreszahl 1897. Im Gegensatz zum Datum war die Adresse einwandfrei erhalten: *Kapitän Don Manuel Xaloc. An Bord der »Manigua«. Hafen von Havanna. Cuba.*

Quart griff nach dem Telefonhörer und wählte die Nummer der Rezeption. Der Portier, der seit acht Uhr früh Dienst hatte, bestritt kategorisch, dass irgendjemand nach ihm gefragt habe oder in sein Zimmer hinaufgegangen sei; aber er solle sich vorsichtshalber doch auch noch bei seinem Zimmermädchen erkundigen. Quart ließ sich mit der Frau verbinden, aber er bekam auch von ihr keine Erklärung. Soweit sie sich erinnerte, hatte sie das Neue Testament gar nicht in die Hand genommen, sie konnte ihm auch nicht sagen, ob es auf dem Nachttisch oder in der Schublade gelegen habe; sie wusste nur, dass außer ihr keiner das Zimmer betreten hatte.

Quart setzte sich mit der Karte ans Fenster und überlegte. Ein

Schiff, das im Jahr 1897 im Hafen von Havanna vor Anker lag. Ein Kapitän namens Manuel Xaloc und eine gewisse Carlota, die ihn liebte und in Nuestra Señora de las Lagrimas für ihn betete. Steckte hinter diesen wenigen, handgeschriebenen Zeilen irgendein tieferer Sinn, oder kam es nur auf die Fotografie der Kirche an? Plötzlich fiel ihm wieder das Neue Testament auf seinem Nachttisch ein: War die Postkarte an einer beliebigen Stelle hineingelegt worden, oder markierte sie eine bestimmte Seite? Mensch, warum hast du das nicht gleich kontrolliert, schimpfte er mit sich, während er aufsprang und zu seinem Nachttisch eilte; zum Glück hatte er das Buch nicht geschlossen. Seite 168 und 169 – Johannes, 2 – lagen aufgeschlagen vor ihm und obwohl nichts angekreuzt oder unterstrichen war, begriff er sofort, um welche Stelle es ging, sie sprang ihm förmlich ins Auge:

15 *Und er machte eine Geißel aus Stricken und trieb sie alle aus dem Tempel hinaus, dazu die Schafe und Rinder; das Geld der Wechsler schüttete er aus und ihre Tische stieß er um.*
16 *Zu den Taubenhändlern sagte er: Schafft das hier weg, macht meines Vaters Haus nicht zu einer Markthalle!*

Quart betrachtete abwechselnd das Buch und die Ansichtskarte, dabei dachte er an Monsignore Spada und an Seine Eminenz, den Kardinal Iwaszkiewicz: Diese Geschichte geriet zusehends in ein Fahrwasser, das den beiden überhaupt nicht gefallen würde. Und ihm selbst noch viel weniger. Hier vergnügte sich jemand mit gefährlichen Spielchen, wie dem Eindringen in den päpstlichen Computer, in Hotelzimmer und fremder Leute Evangelien. Er ließ noch einmal sämtliche Menschen Revue passieren, die er in Sevilla kennen gelernt hatte, und fragte sich, ob darunter wohl der eine war, den er suchte. Verflixt und zugenäht! Quart schleuderte Buch und Postkarte wütend auf ein Bett. Das hatte ihm zu seinem Glück gerade noch gefehlt: Ein Phantom, das Versteck spielte.

Er fuhr mit dem Aufzug ins Erdgeschoss des Hotels hinunter, ging an einer Vitrine mit Fächern vorbei und bog dann in den Korridor ein, der im Kreis um die Eingangshalle herumführte.

Seine nüchterne, schwarze Erscheinung passte überhaupt nicht in diese Umgebung. Das Doña María war ein Viersternehotel für Touristen, untergebracht in einem schönen Gebäude in der Calle Don Remonodo, einen Katzensprung von Santa Cruz entfernt. Bei der Einrichtung des Erdgeschosses hatten die Innenarchitekten eindeutig zu dick aufgetragen, es war total überladen mit folkloristischem Firlefanz, die Wände waren mit Bildern von Toreros und Andalusierinnen mit Aufsteckkamm und Mantille gepflastert. Vor der Eingangstür scharte sich ein bunter Haufen Touristen, mit Fotoapparaten und Videokameras bewehrt, um seine Fremdenführerin. Die junge Frau reckte ein holländisches Fähnchen in die Höhe und wirkte ziemlich entnervt. Als Quart an die Rezeption trat, um seinen Zimmerschlüssel abzugeben, konnte er das Namensschildchen auf ihrer Brust lesen: V. Oudkerk, stand darauf. Er schenkte ihr ein mitfühlendes Lächeln, das sie resigniert erwiderte, bevor sie sich an der Spitze ihrer Truppe entfernte.

»Da ist eine Dame, die Sie erwartet, Don Lorenzo. Sie ist gerade angekommen.«

Quart sah den Portier verdutzt an, drehte sich nach den Sitzgruppen der Eingangshalle um und erblickte dort eine junge Frau mit langem schwarzem Haar und Sonnenbrille. Sie trug Jeans, eine hellblaue Bluse, eine Lederjacke und an den Füßen Mokassins. Aus der Entfernung wirkte sie sehr schön, ein Eindruck der sich Quart bestätigte, als er auf sie zuging. Die Besucherin erhob sich. Eine Elfenbeinkette und ein goldenes Armband schimmerten auf ihrer braun gebrannten Haut, neben ihr auf dem Sofa lag eine teure Handtasche des renommierten Modeschöpfers Ubrique. Die schmale Hand, die sie ihm zum Gruß hinstreckte, und ihre Nägel waren sehr gepflegt.

»Ich bin Macarena Bruner.«

Quart hatte sie aufgrund der Zeitschriftenfotos bereits erkannt. Ein paar Sekunden lang blieb sein Blick an ihrem Mund hängen, den ein Hauch rosa Lippenstift färbte. Er war groß und schön geformt, unter der herzförmigen Oberlippe kamen strahlend weiße Zähne zum Vorschein.

»Schau mal an«, sagte sie leicht überrascht, während sie ihn durch ihre dunklen Brillengläser eingehend studierte. »Sie sehen ja wirklich gut aus.«

»Sie auch«, erwiderte Quart ruhig.

Macarena Bruner war kaum kleiner als er, der er einen Meter fünfundachtzig maß. Die Jeans und der Ledergürtel betonten wohlgeformte Hüften; unter der Bluse, in die drei Kätzchen eingestickt waren, zeichnete sich ein üppiger Busen ab. Quart hielt es für angebracht, auf die Uhr zu sehen, um seine Verlegenheit zu überspielen. Die junge Frau fuhr unterdessen fort ihn nachdenklich zu mustern.

»Ich würde mich gerne ein bisschen mit Ihnen unterhalten«, sagte sie schließlich.

»Das trifft sich gut. Ich hatte nämlich auch vor Sie demnächst einmal zu besuchen.« Er ließ seinen Blick durch die Hotelhalle schweifen. »Woher wussten Sie, dass ich hier wohne?«

»Von einer Freundin. Gris Marsala.«

»Ach, Sie sind Freundinnen?«

Ein gewinnendes Lächeln war die Antwort; ihre Zähne leuchteten wie das Elfenbein auf der gebräunten Haut. Kein Zweifel, diese Frau war ausgesprochen selbstbewusst, und das konnte angesichts ihres sozialen Status und ihrer Schönheit kaum verwundern, trotzdem spürte Quart, dass sein strenger schwarzer Anzug und der Priesterkragen sie ein wenig verunsicherten – genau wie Gris Marsala und überhaupt alle Frauen, ob hübsch oder nicht. Als hindere seine Kleidung sie daran, ihn wie einen »normalen« Mann zu behandeln.

»Wenn Sie Zeit haben, könnten wir jetzt gleich miteinander sprechen.«

»Gern.«

Sie ließen sich nieder, Macarena Bruner auf dem Sofa, auf dem sie vorher schon gesessen hatte, lässig die Beine übereinander schlagend, Quart ihr gegenüber in einem Sessel.

»Ich weiß, weshalb Sie nach Sevilla gekommen sind.«

»Hätte mich gewundert, wenn Sie das nicht wüssten.« Quart lächelte resigniert. »Meine Reise scheint ja Stadtgespräch zu sein.«

»Gris hat mir geraten Sie aufzusuchen.«

Er blickte sie erstaunt an und bedauerte, ihre Augen nicht sehen zu können, da sie noch immer die Sonnenbrille aufhatte.

»Komisch. Gestern wirkte Ihre Freundin nicht besonders kooperativ.«

Macarena Bruner strich sich mit einer anmutigen Geste das dicke, pechschwarze Haar zurück, das ihr über eine Schulter ins Gesicht gefallen war. Sie war wirklich sehr hübsch, Quart verglich sie im Geiste mit den andalusischen Schönheiten des Malers Romero de Torres und mit Mérimées Carmen. Diese Frau hätte jedem Maler, jedem Franzosen, jedem Torero das Herz brechen können. Den Bruchteil einer Sekunde lang fragte er sich, ob auch jedem Priester.

»Ich möchte nicht, dass Sie sich falsche Vorstellungen von dieser Kirche machen«, sagte sie. »… oder von Padre Ferro.«

Die Bemerkung war ihm peinlich; er gestattete sich ein leises Lachen, um die unangenehme Situation zu überbrücken. Dann nahm er, wie so oft, Zuflucht zur Ironie:

»Sagen Sie bloß, Sie gehören auch zu seinem Fanclub!«

Quart ließ die rechte Hand über die Armlehne des Sessels baumeln, als er jedoch trotz der dunklen Brillengläser merkte, dass die junge Frau darauf sah, zog er sie diskret zurück und verschränkte sie mit seiner linken.

Macarena Bruner sagte eine ganze Weile gar nichts. Sie hatte sich erneut das Haar zurückgestrichen und schien jetzt ernsthaft darüber nachzudenken, ob sie dieses Gespräch fortführen oder abbrechen sollte.

»Hören Sie«, sagte sie schließlich. »Gris ist meine Freundin, und sie glaubt, dass Ihre Anwesenheit hier von Nutzen sein könnte … selbst wenn Ihre Absichten nicht die lautersten sind.«

Quart nahm ihren versöhnlichen Ton zur Kenntnis und setzte zu einer Geste an, wobei seine Hand auch diesmal die Aufmerksamkeit der jungen Frau erregte.

»Wissen Sie, was mich an dieser ganzen Geschichte stört, Señora … wie möchten Sie genannt werden? Bruner?«

Es war ihm unangenehm, ihr nicht in die Augen sehen zu können, und sie schien sich dessen völlig bewusst zu sein.

»Nennen Sie mich Macarena.«

Mit diesen Worten nahm sie ihre Sonnenbrille ab und zeigte ihre Augen, sie waren so schön, wie alles andere an ihr: groß, dunkel und mit einem honigfarbenen Schimmer. Quart war regelrecht überwältigt. Gelobt sei Jesus Christus, hätte er ausgerufen, wäre er wirklich davon überzeugt gewesen, dass Gott sich um derartige Details kümmerte. Da er das aber nicht war, beschränkte er sich darauf, dem Blick dieser Augen standzuhalten, als hänge die Rettung seiner Seele davon ab – was letztlich auch der Fall war, wenn es eine Seele und eine Vorsehung tatsächlich gab.

»Gut, Macarena«, sagte er, indem er sich, die Ellbogen auf die Knie stützend, zu ihr vorbeugte. Sie waren einander jetzt so nahe, dass er ihr Parfüm riechen konnte – ein zarter Duft, wie nach Jasmin. »Was mich also an dieser Geschichte stört, ist, dass alle in dieser Stadt glauben, ich sei hier, um Don Príamo Ferro zu lynchen. Das stimmt aber nicht. Ich bin gekommen, um mir ein Bild von der Situation zu machen und einen Bericht darüber zu schreiben. Sie täuschen sich, wenn Sie glauben, ich hätte eine vorgefasste Meinung. Allerdings rückt sich Padre Ferro mit seinem Verhalten nicht gerade in ein günstiges Licht. Von Entgegenkommen oder Mitarbeit keine Spur, er hat völlig auf stur geschaltet.« Quart lehnte sich wieder in seinen Sessel zurück. »Überhaupt treffe ich hier in Sevilla nur auf verschlossene Türen«, fügte er mit säuerlicher Miene hinzu.

Macarena Bruner lächelte:

»Logisch. Man traut Ihnen nicht über den Weg.«

»Warum?«

»Weil der Erzbischof sehr schlecht über Sie gesprochen hat. Er nennt Sie einen Kopfjäger.«

Quart schnitt eine Grimasse. Wirklich eine Seele von Mensch, dieser Prälat.

»Tja, wir sind alte Bekannte.«

»Aber das mit Padre Ferro kriegen wir schon hin.« Sie biss sich auf die Unterlippe. »Ich will mal mit ihm reden, vielleicht hört er ja auf mich …«

»Das wäre sicher das Beste für alle – und für ihn an erster Stelle. Jetzt sagen Sie mir nur, warum Sie das tun würden? Ich meine, was haben Sie davon?«

Sie schüttelte den Kopf, als tue das nichts zur Sache; dabei fiel ihr erneut das Haar über die Schulter. Sie warf es zurück und sah Quart tief in die Augen.

»Stimmt es, dass der Papst eine Botschaft erhalten hat?«

Kein Zweifel, Macarena Bruner wusste um die Wirkung ihrer Augen. Quart musste einmal trocken schlucken und daran waren sowohl ihr Blick als auch ihre Frage schuld.

»Darauf kann ich Ihnen leider keine Antwort geben«, erwiderte er mit einem entschuldigenden Lächeln. »Das ist sozusagen topsecret. Bitte haben Sie Verständnis.«

Sie zuckte verächtlich mit der Schulter.

»Topsecret? Das ist ein offenes Geheimnis …«

»Zu dem ich mich persönlich nicht äußern möchte, wenn Sie gestatten.«

Macarena Bruners schwarze Augen funkelten unergründlich. Sie neigte sich zur Seite, um sich auf die Armlehne des Sofas zu stützen, und dabei gerieten auch die gestickten Kätzchen auf ihrer Bluse in Bewegung – als rekelten sie sich wohlig.

»In der Sache mit Nuestra Señora de las Lagrimas hat meine Familie das letzte Wort«, stellte sie fest. »Das heißt meine Mutter und ich. Wenn die Kirche für abbruchreif erklärt wird und das Erzbistum ihrem Abriss zustimmt, liegt es bei uns zu entscheiden, was aus dem Grundstück wird.«

»Nicht nur«, entgegnete Quart. »Meines Wissens hat die Stadtverwaltung da auch ein Wörtchen mitzureden.«

»Das klären wir vor Gericht.«

»Davon abgesehen, sind Sie verheiratet. Ihr Gatte …«

»Wir leben seit sechs Monaten getrennt«, unterbrach sie ihn kopfschüttelnd. »Mein Mann hat nicht das Recht auf eigene Faust zu handeln.«

»Und er versucht auch nicht Sie zu überzeugen?«

»Doch.« Diesmal lächelte Macarena Bruner anders; ein verächtlicher, beinahe grausamer Zug spielte um ihre Lippen. »Aber es ist mir völlig egal, ob er das versucht oder nicht. Diese Kirche muss überleben.«

»Überleben?«, wunderte sich Quart. »Seltsames Wort. Man könnte meinen, Sie reden von etwas Lebendigem.«

»Warum nicht? Viele Dinge sind lebendig, auch wenn sie nach außen tot wirken.« Sie schwieg versonnen, ein paar Sekunden nur, dann war sie wieder präsent. »Aber in diesem Fall habe ich etwas anderes gemeint, nämlich dass diese Kirche notwendig ist. Und Padre Ferro ist es auch.«

»Das verstehe ich nicht. Es gibt doch noch andere Pfarrer und andere Kirchen in Sevilla.«

Macarena Bruner brach in schallendes Gelächter aus; es war so unbekümmert und ansteckend, dass Quart fast darin einstimmte, obwohl er eigentlich gar nicht wusste, worum es ging.

»Nein, Don Príamo und seine Kirche sind etwas ganz Besonderes«, erwiderte sie, noch immer erheitert, während ihre Augen wieder den honigfarbenen Schimmer annahmen. »Aber ich kann Ihnen das mit Worten nicht erklären. Sie müssen einmal hingehen.«

»Ich war schon dort. Und Ihr Lieblingspfarrer hätte mich beinahe mit Fußtritten verjagt.«

Macarena Bruner begann erneut zu lachen. Ein so freimütiges und sympathisches Lachen hatte Quart noch nie an einer Frau erlebt und er ertappte sich bei dem Wunsch, sie möge gar nicht mehr damit aufhören – ein Wunsch, der in seinem eisern trainierter Hirn augenblicklich Alarm auslöste. Streunte er da nicht in Gärten herum, vor denen seine geistlichen Mentoren ihn immer gewarnt hatten? Gärten voll gefährlicher Schlangen, Äpfel und Delilas?

»Ja«, sagte sie. »Das hat Gris mir erzählt. Aber versuchen Sie es noch einmal. Gehen Sie in eine Messe; beobachten Sie, was dort passiert. Vielleicht verstehen Sie dann, was ich meine.«

»Na gut. Besuchen Sie die Achtuhrmesse?«

Er hatte die Frage ohne jeden Hintergedanken gestellt, aber Macarena Bruner wurde schlagartig ernst und kniff argwöhnisch die Augen zusammen.

»Das geht Sie nichts an.«

Quart hob entschuldigend die Hände, dann folgte ein ungemütliches Schweigen, während dem sie die Bügel ihrer Sonnenbrille auf- und zuklappte. Um die Situation zu retten, schaute Quart sich nach einem Kellner um und fragte sie, ob sie etwas trinken wolle. Sie verneinte mit dem Kopf, wirkte aber bereits entspannter, sodass er eine weitere Frage wagte:

»Was sagen Sie zu den beiden Todesfällen?«

Diesmal grinste sie nur hämisch.

»Dass man Gottes Zorn nicht unnötig herausfordern soll.«

Quart blickte sie streng an:

»Meinen Sie das im Ernst?«

»Natürlich!« Sie wirkte total überzeugt. »Diese Leute, oder ihre Auftraggeber wollten es nicht anders. Das haben sie nun davon.«

»Und so was aus dem Munde einer Christin!«

Macarena Bruner griff gereizt nach ihrer Tasche, legte sie wieder zurück, wickelte sich den Schulterriemen um die Finger und zog ihn wieder ab.

»Sie verstehen mich nicht, Padre Quart … oder muss ich Hochwürden zu Ihnen sagen?«

»Nein, lassen Sie die Titel weg; ich heiße Lorenzo, nennen Sie mich beim Vornamen, ich muss Ihnen ja nicht die Beichte abnehmen.«

»Warum nicht? Ich meine, Sie sind doch trotz allem Priester.«

»Stimmt, wenn auch kein ganz normaler«, gab Quart zu. »Und hierher nach Sevilla bin ich sowieso in einer anderen Funktion gekommen.«

Er hatte beim Sprechen die Augen niedergeschlagen, unfähig, die Situation völlig in den Griff zu bekommen. Als er sie jetzt wieder ansah, merkte er, dass sie ihn neugierig, fast schelmisch beobachtete.

»Mich würde es reizen, bei Ihnen zur Beichte zu gehen. Sie nicht?«

Quart atmete tief durch, einmal und dann noch einmal, dabei schürzte er ein wenig die Lippen, als denke er ernsthaft über ihren Vorschlag nach. Das Titelblatt der Illustrierten *Q+S* stand ihm wie eine Warnung vor Augen.

»Möglich«, sagte er. »Aber ich fürchte, ich würde mit diesem Sakrament in Ihrem Fall nicht objektiv genug umgehen. Sie sind zu …«

»Zu was?«

Das ist nicht fair von ihr, dachte er niedergeschlagen, sie überspannt eindeutig den Bogen. Einer so harten Zerreißprobe waren selbst die Nerven des Priesters Lorenzo Quart kaum gewachsen. Er konzentrierte sich erneut auf seine Atmung. Stell dir vor, du machst Yoga, redete er sich ein. Bloß jetzt nicht die Ruhe verlieren.

»Attraktiv«, entgegnete er eiskalt. »Ich denke, so nennt man das. Aber Sie kennen sich da zweifellos besser aus als ich.«

Macarena Bruner quittierte seine Antwort mit einem kurzen Schweigen. Alle Achtung, sagten ihre Augen.

»Gris hat Recht«, meinte sie dann. »Sie würde keiner für einen Priester halten.«

Quart nickte, blieb jedoch auf der Hut.

»Nicht alle Priester sind gleich. Padre Ferro hat vermutlich einen anderen Stil …«

»Richtig. Deshalb ist er auch mein Beichtvater.«

»Da haben Sie sicher eine gute Wahl getroffen.« Quart gab Acht nicht ironisch zu klingen. »Don Príamo ist ein Mann von Charakter; der zeigt einem, wo's langgeht.«

Macarena Bruner ließ sich nicht aufs Glatteis führen.

»Sie kennen ihn schlecht.«

»Das ist es ja. Aber wer hilft mir ihn besser kennen zu lernen?«

»Ich. Von mir können Sie einiges über ihn erfahren.«

»Wann?«

»Wann Sie möchten. Morgen Abend, beispielsweise. Ich lade Sie zum Essen ein, ins La Albahaca.«

Quarts Gehirn arbeitete auf Hochtouren.

»La Albahaca«, wiederholte er, um Zeit zu gewinnen.

»Ja. Es liegt am Platz von Santa Cruz. Für Männer besteht dort Krawattenpflicht, aber ich denke, Sie lässt man auch so rein. Bis auf den Kragen da, sind Sie ja ganz normal gekleidet – oder besser gesagt ausgesprochen gut.«

Quart zögerte noch etwa drei Sekunden, dann nickte er. Warum auch nicht? Deshalb war er schließlich nach Sevilla gekommen. Und abgesehen davon war das eine ausgezeichnete Gelegenheit, um auf Kardinal Iwaszkiewicz' Wohl zu trinken.

»Ich kann mir eine Krawatte umbinden, wenn Sie meinen. Obwohl ich bisher noch in keinem Restaurant Probleme hatte.«

Macarena Bruner war inzwischen aufgestanden und Quart tat es ihr nach. Sie sah erneut auf seine Hände.

»Was soll ich dazu sagen?«, fragte sie mit einem strahlenden Lächeln, während sie ihre Sonnenbrille wieder aufsetzte. »Ich habe noch nie mit einem Priester zu Abend gegessen.«

Don Ibrahim fächelte sich mit seinem Panamahut Luft zu, die nach Orangenblüten und Pomeranzen duftete. Er saß neben Niña Puñales auf einer Bank am Rand der Plaza Virgen de los Reyes und beobachtete die Eingangstür des Hotels Doña María; La Niña hatte ein Baumwollknäuel im Schoß und häkelte: Vier Luftmaschen, zwei überspringen, eine feste Masche, ein Stäbchen, murmelte sie ein ums andere Mal wie ein Gebet vor sich hin, während die silbernen Armreifen an ihren Handgelenken klimperten. Sie arbeitete an einem Bettüberwurf für ihre Aussteuer. In Wirklichkeit war La Niñas Brautausstattung seit dreißig Jahren komplett und lag halb vergilbt in einem mit Mottenkugeln bewehrten Schrank ihrer kleinen Wohnung im Stadtviertel Triana, aber für sie schien die Welt stehen geblieben zu sein; unermüdlich fügte sie ein Stück zum anderen in Erwartung des grünäugigen Mannes, der sie in einer Vollmondnacht bei Coplas und Schnaps in die Arme schließen und forttragen würde.

Eine Pferdekutsche mit vier Hooligans rumpelte über den Platz – heute Abend spielte Betis gegen Manchester –, sie trugen Kordobeser Hüte, tranken Bier und grölten; Don Ibrahim sah ihnen schnurrbartzwirbelnd nach. Armes Sevilla, seufzte er dann und fächelte sich noch stärker mit seinem weißen Hut Luft zu; La Niña nickte, ohne den Kopf von ihrer Handarbeit zu heben: vier Luftmaschen, zwei überspringen. Auf dem Boden rauchte Don Ibrahims Zigarrenstummel, er sah ihm lange zu, dann löschte er ihn vorsichtig mit der Metallspitze seines Stocks. Er hasste Typen, die den Stummel einer guten Zigarre zertraten wie eine Küchenschabe. Mit Peregils Vorschuss hatte er sich zum ersten Mal in seinem Leben eine ganze Schachtel Montechristo-Zigarren gekauft, neu, mit intakter Banderole. Zwei davon schauten aus der oberen Jackentasche seines zerknitterten, weißen Leinenanzugs heraus: Sie nahmen sich prächtig aus. Don Ibrahim führte die Hand zur Brust und befühlte sie zärtlich. Der Himmel war blau, die Luft roch nach Orangenblüten, er hatte ein gutes Geschäft an der Hand, Havannas in der Tasche und dreißigtausend Peseten im Geldbeutel. Um sein Glück vollständig zu machen, fehlten ihm jetzt nur noch drei Eintrittskarten für den Stierkampf, drei Schattenplätze in der großen Arena, wo in diesen Tagen Faraón de Camas auftrat und dieses junge Talent, Curro Maestral – der El Potros Meinung nach ganz geschickt mit der Muleta umging, obwohl er Juan Belmonte, Gott hab ihn selig, nicht das Wasser reichen konnte. Überhaupt legte dieser Curro laut Regenbogenpresse in letzter Zeit mehr Bankiersfrauen als Stiere um, wiewohl, genau besehen, natürlich auch da Hörner im Spiel waren.

Apropos Frauen: Soeben war der große Pfaffe mit einer aus dem Hotel gekommen, die beiden standen plaudernd vor dem Eingang. Don Ibrahim stieß La Niña mit dem Ellbogen an, sie ließ ihre Häkelarbeit sinken und blickte auf: Die Frau war jung, auffallend hübsch und trug eine Sonnenbrille. Ihre Kleidung wirkte salopp, verriet aber jene Klasse, Eleganz und Zwanglosigkeit, die für vornehme Andalusierinnen typisch ist. In diesem Moment schüttelte sie dem Priester die Hand. Das eröffnete freilich ganz neue Perspektiven. Don Ibrahim und La Niña wechselten viel sagende Blicke.

»Da ist was im Busch, Niña.«

»Nachtigall …«

Der ehemalige Winkeladvokat rappelte sich auf, zog die Krempe seines Panamahuts tief ins Gesicht und packte entschlossen María Bonitas Stock. Darauf wies er La Niña an, den großen Pfaffen beim Häkeln nicht aus den Augen zu verlieren, und heftete sich der jungen Frau mit Sonnenbrille auf die Fersen. Es gelang ihm, seine einhundertzehn Kilo Körpergewicht unbemerkt hinter ihr herzuwälzen, während sie immer tiefer ins Stadtviertel Santa Cruz eindrang, schließlich nach links, in die Calle Guzmán el Bueno, abbog und in einem alten Palacio verschwand. Don Ibrahim sah sich verstohlen um und näherte sich dann dem weißgelb getünchten Torbogen des Gebäudes, wobei ihm die Orangenbäume des kleinen Vorplatzes gute Deckung boten. Er wusste, dass es sich bei dem Haus um die stadtbekannte Casa del Postigo handelte, den vierhundert Jahre alten Stammsitz der Duques del Nuevo Extremo, trotzdem hielt er eine strategische Erkundung für unerlässlich. Während sein fachmännisches Auge über die Fassade glitt, verzeichnete er im Geiste alles bis hin zum kleinsten Detail. Die Fenster waren mit schmiedeeisernen Gittern geschützt, den Eingang unter dem Hauptbalkon beherrschte ein steinernes Wappen: Don Ibrahim erkannte im Zentrum einen Helm mit einem Löwen als Zierde, rechts und links davon Mohren- oder Kazikenköpfe und darunter ein Spruchband mit Granatapfel und der Devise *Oderint dum probent*. Zuerst riechen, dann probieren, übersetzte der ehemalige Rechtsgelehrte bei sich – ein Satz, der von gesundem Menschenverstand kündete und seine volle Zustimmung fand. Danach trat er wie von ungefähr in den dunklen Gang hinter

dem Torbogen und schlenderte, die Hände in den Hosentaschen, bis zu dem kunstvoll geschmiedeten Gittertor an seinem
Ende. Es bot den Blick auf einen paradiesischen Innenhof mit
mozarabischen Säulen, üppig grünenden Pflanzen und Blumen
in allen Farben; in seiner Mitte befand sich ein wunderschöner,
mit Marmor und Fayencen verkleideter Brunnen. Don Ibrahim
blieb staunend stehen, bis sich von innen ein schwarz gekleide-
tes Dienstmädchen dem Tor näherte. Er begegnete ihrem misstrauischen Blick mit dem unschuldigen Lächeln eines Touristen, der sich verirrt hat, lüpfte den Hut und zog sich schweigend zurück. Als er wieder draußen, auf der Straße stand,
drehte er sich erneut nach dem Haus um. Er lächelte noch
immer unter dem buschigen, nikotinverfärbten Schnurrbart, als
er eine der beiden Zigarren aus der oberen Jackentasche zog
und vorsichtig ihre Bauchbinde entfernte – *Montecristo, Habana*
stand um eine winzige Lilie herum geschrieben. Er schnitt die
Spitze der Zigarre mit einem Miniaturtaschenmesser an, das an
seiner Uhrkette befestigt war. Das Messer war ein Geschenk
seiner Freunde Rita und Orson, wie er zu erzählen pflegte, ein
Andenken an jene unvergessliche Nacht in Havanna, als er den
beiden die Tabakfabrik Partagás gezeigt und danach mit Rita
im Tropicana bis zum Morgengrauen getanzt hatte. Die beiden
drehten damals gerade *Die Lady von Shanghai*, oder wie der
Film noch gleich geheißen hatte, und Welles trank bis er sturz-
besoffen war und zum Schluss lagen sie sich alle drei in den
Armen und küssten sich und dann schenkten die beiden ihm
das Messerchen, mit dem Freund Orson seine Stumpen kappte.
In derlei wahre oder imaginäre Erinnerungen versunken
steckte sich Don Ibrahim die Havanna in den Mund und drehte
sie zwischen den Lippen, während er den würzigen
Geschmack ihres Deckblatts aus hundertprozentig reinem
Tabak auskostete. Interessant, die weiblichen Bekanntschaften
des großen Pfaffen, dachte er. Dann hielt er ein brennendes
Streichholz an die Spitze seiner Montechristo und gab sich der
Vorfreude auf eine halbe Stunde Hochgenuss hin. Don Ibrahim
konnte sich das Leben ohne eine gute Zigarre nicht vorstellen.
Ihr köstliches Aroma verhalf ihm auf wundersame Weise zu
einer glorreichen Vergangenheit, schon mit dem ersten Zug
verschmolzen Sevilla, das schwesterngleiche Havanna und

seine karibische Jugend, verschmolzen Wirklichkeit und Phantasie zu einem einzigen grandiosen Traumgemälde.

Das Animierlokal war in rotes Schummerlicht getaucht, im Hintergrund sang Julio Iglesias. Celestino Peregils Whiskyglas klirrte, als Dolores La Negra ihm Eis nachfüllte.

»Du siehst bombig aus, Loli«, sagte Peregil.

Das war kein hohles Kompliment, sondern Tatsache. Dolores stand hüftewiegend hinter der Theke, ihr mächtiger Busen vibrierte rhythmisch unter dem knallengen Top, während sie ihren nackten Bauchnabel mit einem Eiswürfel einseifte. Sie war hoch in den Dreißigern, groß, mit zigeunerhaften Zügen und hatte ihren Beruf von der Pike auf gelernt.

»Schieben wir nachher 'ne Nummer?«, fragte Peregil und fuhr sich mit der Hand über den Kopf, um sicherzugehen, dass seine Halbglatze noch ausreichend getarnt war. »Ich fick dich, dass die Fetzen fliegen.«

Dolores, die an derlei Präludien und an Peregils Nummern gewöhnt war, warf ihm einen feurigen Blick zu und legte eine Flamencofigur aufs Parkett; dann zeigte sie ihm die Zungenspitze, ließ den Eiswürfel, mit dem sie ihren Bauchnabel gekühlt hatte, in sein Glas gleiten und ging zu einem anderen Kunden, dem sie katalanischen Sekt nachschenkte; ihre Kolleginnen hatten dem Typen schon zwei Flaschen aufgeschwatzt und waren dabei, ihn zu einer dritten zu animieren. Unterdessen diskutierten Julio Iglesias und José Luis Rodríguez singend darüber, ob man es als Torero leichter habe, eine Frau herumzukriegen oder nicht. Peregil, dem das ziemlich wurscht war, trank einen Schluck Whisky und schielte mit einem Auge auf die schwarzhäutige Fatima, die in pokurzem Rock und knielangen Stiefeln so ausgelassen auf der Tanzfläche herumhopste, dass ihr die Brüste aus dem Ausschnitt hüpften. Fatima hatte er für heute Nacht eigentlich an zweite Stelle gesetzt, aber wenn er es sich recht überlegte …

»Hallo, Peregil.«

Sie standen plötzlich neben ihm wie aus dem Boden gewachsen, einer rechts und einer links, die Ellbogen auf die Bartheke gestützt, als betrachteten sie die Flaschen, die in den Regalen vor der Spiegelwand aufgereiht waren. Und ebendort sah Peregil sie, in der Spiegelwand, zwischen bunten Etiketten und Krügen mit Reklameaufschrift: den Zigeuner Mairena zu seiner Rechten, schwarz gekleidet, hager und grimmig wie ein Flamencotänzer, einen protzigen Goldring neben dem Stummel des kleinen Fingers, den er sich während einer Meuterei im Gefängnis von Ocaña selbst abgehackt hatte; zu seiner Linken den mickrigen, blonden El Pollo Muelas, der nie ohne sein Rasiermesser aus dem Haus ging, er trug es in der linken Hosentasche bei sich, was den Eindruck erweckte, er habe ständig eine Erektion; Sie erlauben, pflegte er zu sagen, bevor er den Leuten damit zu Leibe rückte.

»Was is? Gibste uns einen aus?«, fragte der Zigeuner leise und in kameradschaftlichem Ton. Peregil wurde es plötzlich sehr heiß. Mit ersterbender Stimme rief er nach Dolores. Einen Gintonic für Mairena und dasselbe für El Pollo Muelas. Die beiden Gläser blieben unangerührt auf dem Tresen stehen. Im Spiegel hefteten sich die Blicke der beiden Kerle auf ihn.

»Wir ham dir was auszurichten«, sagte der Zigeuner.

»Von 'nem Freund«, fügte der andere hinzu.

Peregil schluckte in der Hoffnung, das würde bei der schummrigen Beleuchtung nicht auffallen. Der Freund hieß Rubén Molina und war Geldverleiher. Peregil unterschrieb ihm seit Monaten Schuldscheine, die alle längst überfällig waren und sich zusammengerechnet auf eine Summe beliefen, die ihn an den Rand eines Zusammenbruchs brachte, wenn er bloß daran dachte. Rubén Molina war in den einschlägigen Kreisen Sevillas bekannt dafür, dass er seinen Schuldnern nicht mehr als zwei Zahlungsaufforderungen zukommen ließ, bevor er zur Zwangsvollstreckung schritt: eine in mündlicher und die zweite in handgreiflicher Form. Mairena und El Pollo Muelas waren seine Botschafter.

»Sagt ihm, dass ich zahle. Ich hab da 'ne Sache am Laufen.«

»Das hat Frasquito Torres auch gesagt.«

El Pollo Muelas grinste verschlagen, während das lange, ausgemergelte Gesicht des Zigeuners ungefähr so fröhlich wirkte, als habe er gerade seine Mutter beerdigt. Peregil, der die beiden im Spiegel anstarrte, verspürte das dringende Bedürfnis erneut zu schlucken, aber diesmal wollte es ihm nicht gelingen: Die Anspielung auf Frasquito Torres hatte ihm restlos die Kehle ausgedörrt. Frasquito, ein stadtbekannter Tunichtgut aus vornehmer Familie, hatte wie Peregil mehrmals tief in die Geldtruhe des Wucherers Molina gegriffen. Unfähig, seine Schulden rechtzeitig zurückzubezahlen, war er eines schönen Abends vor der Haustür abgepasst und zusammengeschlagen worden. Bevor man ihn in der Gosse liegen ließ, hatte man noch seine Zähne eingesammelt und in einer Tüte aus Zeitungspapier in seine obere Jackentasche gesteckt.

»Gebt mir eine Woche, mehr brauche ich nicht.«

Der Zigeuner Mairena legte ihm den Arm um die Schulter und drückte ihn so herzlich an sich, dass Peregil vor Angst fast in die Hose machte – zumal sich jetzt auch noch der kurze Fingerstummel an seinem Kinn rieb.

»Das is ja 'n Zufall!« Das schwarze Hemd des Zigeuners stank nach altem Schweiß und Zigarettenrauch. »Genau so lange haste nämlich Zeit, Onkelchen. Sieben Tage und nich' eine Minute länger.«

Peregil presste seine zitternden Hände auf die Theke, die Etiketten der Flaschen entlang der Wand verschwammen ihm vor den Augen: White Larios, Johnnie Ballantine's, Dyc Label, Four Horses, Centenario Walker. Das Leben ist tödlich, dachte er. Früher oder später musst du dran glauben.

»No problem«, stotterte er. »Molina kann sich auf mich verlassen. Ich bin dabei, was Größeres an Land zu ziehn.«

Mit diesen Worten griff er nach seinem Glas und leerte es in einem einzigen langen Zug, dabei stieß ein Eiswürfel an seine Zähne, und das erinnerte ihn wieder an Frasquito Torres, der sich bei einem anderen Wucherer hatte verschulden müssen, um sein neues Gebiss zu finanzieren. Mairenas Hand lag noch immer auf seiner Schulter.

»Was Größeres an Land ziehn … klingt nich' schlecht«, höhnte El Pollo Muelas. »Hoffentlich isses groß genug.«

Julio Iglesias ließ sich unterdessen nicht vom Thema abbringen; Dolores La Negra hatte gerade noch mal die Kassette umgedreht und kam jetzt hüftewiegend auf sie zu, um ein wenig mit ihnen zu plaudern. Sie tauchte den Finger in Peregils Whisky, leckte ihn ab, rieb den nackten Bauch an der Theke und ließ nach allen Regeln der Kunst ihre Brüste wackeln, aber nach einer Weile hielt sie enttäuscht inne. Peregil sah aus wie eine lebende

Leiche, die andern beiden Typen machten Gesichter wie sieben Tage Regenwetter, und – was am allerbesorgniserregendsten war – sie hatten ihre Gintonics noch immer nicht angerührt. Nee, hier is mir die Luft zu dick, dachte Dolores und schlingerte davon. Sie hatte zwei Drittel ihres Lebens vor und hinter Bartheken verbracht und wusste, wann ihre Anwesenheit erwünscht war, und wann sie sich besser aus dem Staub machte.

V.
Die zwanzig Perlen des Kapitän Xaloc

Ich habe auch tote Frauen geliebt.
(Heinrich Heine *Florentinische Nächte*)

Kommissar Simeón Navajo vom Erkennungsdienst der Kripo Sevilla verdrückte ein Häppchen Tortilla und sah Quart freundlich an.

»Schauen Sie, Pater. Ob nun der Zufall, die Kirche selbst oder der Erzengel Michael dahinter steckt«, er nahm einen Schluck aus der kleinen Bierflasche, die auf seinem Schreibtisch stand, »… dieser Ort ist mir nicht geheuer.«

Er war klein, dürr und sympathisch, hatte nervöse Hände, eine runde Nickelbrille und einen buschigen Schnurrbart, der ihm aus den Nasenlöchern zu wachsen schien. Seine verwaschenen Jeans, das ausgeleierte rote Baumwollhemd, die tiefen Geheimratsecken und der lange Pferdeschwanz machten ihn zur Karikatur eines Sechzigerjahreintellektuellen. Zwanzig Minuten lang waren sie zusammen die polizeilichen Untersuchungsberichte über die beiden Todesfälle in Nuestra Señora de las Lagrimas durchgegangen, deren Ergebnisse mit denen des Gerichtsmediziners übereinstimmten: Tod durch Unfall. Kommissar Navajo bedauerte dem päpstlichen Gesandten keinen Schuldigen in Handschellen vorführen zu können. »Schicksal, Pater«, sagte er. »Solche Dinge passieren nun mal. Ein schlecht verschraubtes Gerüst, ein Brocken Gips, krach, peng, und dein letztes Stündlein hat geschlagen. Dabei konnten die beiden noch von Glück sagen, dass es sie in einer Kirche erwischt hat, denn von dort sind sie bestimmt direktemang gen Himmel gefahren. Im Fall von Peñuelas liegt die Sache klar auf der Hand.« Navajo krabbelte mit den Fingern an der Tischkante entlang, um Quart zu zeigen, wie sich der Gemeindearchitekt vermutlich fortbewegt hatte. »Der gute Mann ist eine halbe Stunde lang auf dem Kirchendach rumgekrochen, auf der Suche nach Argumenten für die Abrissgenehmigung, und zum Schluss hat er sich an einen Stützbalken des Glockenturms gelehnt; der Balken war morsch, hat nachgegeben und schon ging's abwärts; unten stand das Metallrohr von einem halb fertigen Gerüst in die Luft, und den Rest können Sie sich denken ... aufgespießt wie ein Brathähnchen!« Der Kommissar hatte aufgehört mit den Fingern zu krabbeln und streckte jetzt einen in die Luft: das Metallrohr; dann holte er mit der anderen Hand aus und ließ sie drauffallen: Peñuelas als Brathähnchen. »Es gibt mehrere Augenzeugen, die alles mitbekommen haben, und dass der Stützbalken vorher irgendwie manipuliert worden ist, haben unsere Ermittlungen eindeutig ausgeschlossen – der war wirklich nur morsch.«

Navajo nahm einen weiteren Schluck aus der Bierflasche und wischte sich mit dem Finger, auf dem der Architekt Peñuelas gesteckt hatte, seinen Schnurrbart ab. Dann bedachte er Quart mit einem breiten Lächeln. Die beiden hatten sich vor zwei Jahren anlässlich des Papstbesuches kennen gelernt. Als Verbindungsmann der sevillanischen Polizei war Simeón Navajo prächtig mit dem Agenten des IOE ausgekommen, nicht zuletzt, weil er sämtliche spektakulären Entdeckungen hatte für sich verbuchen dürfen – einschließlich der Entlarvung des Papstattentäters und der Sache mit der Zeitbombe im Wäschekorb der Nonnen vom Heiligen Sakrament. Damit hatte sich der Kommissar nicht nur die persönlichen Glückwünsche Johannes Paul II. und des spanischen Innenministers eingehandelt, sondern auch mehrere Titelfotos in großen Tageszeitungen und einen Orden für polizeiliche Verdienste. Seither getraute sich keiner seiner Kollegen mehr ihn wegen seines Pferdeschwanzes Miss Magnum zu nennen. Die Magnum – Kaliber 357 – schaute aus einem rettungslos überfüllten Ablagekorb auf seinem Schreibtisch hervor. Er steckte sie eigentlich nie in das Schulterhalfter, außer am Wochenende, wenn er die Kinder bei seiner Exfrau abholen ging. Damit flöße ich Ihnen mehr Respekt ein, sagte er. Und die Bälger fanden es toll.

Quart schaute sich ein wenig um. Hinter der Glastür zum angrenzenden Büro sah er einen Nordafrikaner mit blauem Auge; er saß vor einem stämmigen Polizisten in Hemdsärmeln, der die Lippen bewegte wie in einem Stummfilm und keinen sehr liebenswürdigen Eindruck machte. Navajos Büro war kurios eingerichtet: ein grauer Karteikasten mit mehreren Aufklebern, darunter einer von der Expo 92 und ein anderer mit dem berühmten Marihuanablatt, ein Ventilator, ein gerahmtes

Bild von König Juan Carlos, eine Korktafel mit Verbrecherfotos, ein Kalender, auf dem die verronnenen Tage dick ausgestrichen waren, eine Zielscheibe mit Darts, drum herum die Wand völlig verlöchert, und schließlich ein Poster, auf dem amerikanische Cops gerade einen Neger niederknüppelten – *Was sich liebt, das neckt sich*, stand darunter.

»Und was können Sie mir über Padre Urbizus Tod erzählen?«, fragte Quart.

Der Kommissar kratzte sich hinterm Ohr und betrachtete danach enttäuscht seinen Finger.

»Zu achtzig Prozent denselben Senf. In seinem Fall gibt's keine Augenzeugen, aber meine Leute haben die Kirche genau unter die Lupe genommen. Wahrscheinlich hat der Padre sich an ein Gerüst gelehnt oder ist aus Versehen drangestoßen ...« Navajos Hände ahmten das Schwanken des Baugerüsts so gut nach, dass er innehielt, als werde ihm selbst schwindlig davon. »Jedenfalls ist die Stellage oben ans Kranzgesims gestoßen und hat ein großes Stück abgebrochen ... Vielleicht war's auch umgekehrt: Der Brocken hat vorher schon locker gesessen und wurde bloß durch das Gerüst noch an seinem Platz gehalten ... bis der Padre drangekommen ist. Tja, und dann sind zehn Kilo Gips runtergedonnert.«

Navajo, der seine Schilderung auch jetzt mit der entsprechenden Gestik begleitet hatte, ließ die linke Faust auf den Tisch fallen und öffnete danach krampfhaft die Finger, um Quart die letzten Zuckungen Padre Urbizus vor Augen zu führen. Dann starrte er nachdenklich auf seine sterbende Hand und schnappte sich mit der andern die Bierflasche.

»So blöd kann's einem gehen«, sagte er nach einem letzten großen Schluck und schüttelte den Kopf.

Quart, der ein paar Visitenkärtchen aus der Tasche gezogen hatte, um sich Notizen zu machen, hielt den Füllfederhalter in die Luft:

»Ja, aber warum ist das Gesims so einfach runtergefallen?«

»Kommt drauf an.« Navajo schielte argwöhnisch auf die Kärtchen, dann begann er sich Tortillakrümel vom Hemd abzulesen. »Nach Newton, weil jedes in Erdnähe sich selbst überlassene Objekt als Folge von Gravitation und Zentrifugalkraft eine vertikale Beschleunigung erfährt und sich sozusagen in Luftlinie auf die Köpfe von Erzbischofssekretären zubewegt, die mit dem linken Bein aufgestanden sind.« Er warf Quart einen Lob heischenden Blick zu. »Alles notiert? Und jetzt soll mir noch einer erzählen, die Polizei arbeite nicht mit wissenschaftlichen Methoden.«

Quart begriff den Wink mit dem Zaunpfahl und packte lachend sein Schreibzeug weg, was der Kommissar mit Unschuldsmiene verfolgte.

»Und nach Navajo?«

Der Polizist zuckte mit der Schulter. Er maß der Sache keine große Bedeutung bei und geheim war sie auch nicht, aber mit seiner persönlichen Meinung hielt er lieber hinterm Berg. Er war Kommissar, als solcher hatte er Unfall als Todesursache festgestellt, und der Rest ging ihn nichts an, das war eine innerkirchliche Angelegenheit. Sicher, es gab Gerüchte über Immobilienspekulationen, in die der Bürgermeister und eine Bank verwickelt sein sollten, aber Navajo hatte Anweisung von oben sich da rauszuhalten. Und was Quart betraf, so trat er hier als Gesandter eines fremden Staates auf und wenn er dreimal spanischer Abstammung, Priester und ein alter Bekannter von ihm war.

»Nach Meinung unserer Experten«, erwiderte der Kommissar, »war das Kranzgesims an der betreffenden Stelle schon vorher beschädigt ... durch Regenwasserinfiltrationen vom Dach her. Die Feuchtigkeit hat den Gips im Lauf der Jahre von innen unterhöhlt, aufgeweicht, so steht es im Gutachten.«

»Sie schließen also jegliches menschliche Zutun grundsätzlich aus?«

Der Kommissar schien langsam die Geduld zu verlieren, aber er wusste, was er Quart schuldete, und deshalb riss er sich am Riemen.

»Hören Sie, Pater. Wir von der Polizei schließen überhaupt nichts hundertprozentig aus – nicht einmal, dass Judas von einem seiner elf Kumpels umgelegt wurde; aber in diesem Fall sind wir uns zu fünfundneunzig Prozent sicher ... auch weil sich keiner vorstellen kann, wie das konkret hätte zugehen sollen. Stellen Sie sich die Szene doch vor: Der Mörder sagt zu seinem Opfer, bleib mal kurz hier stehen, klettert die Sprossenwand hoch, reißt ein Riesenstück Gips aus der Wand und wirft es ihm auf den Kopf … Ich meine: Das ist doch unwahrscheinlich.« Die Finger des Kommissars, die mittlerweile auf ein imaginäres Gerüst geklettert und meteoritenartig runtergeplumst waren, lagen reglos auf dem Tisch und warteten auf den Gerichtsmediziner. »So was gibt's nur im Trickfilm.«

Quart verabschiedete sich von Navajo in der Überzeugung, dass Matutin mit seinem ominösen Satz von der Kirche, die tötet, um sich zu verteidigen, maßlos übertrieb, oder aber mystisch verklären wollte, was im Grunde eine simple Tatsache war: In Nuestra Señora de las Lagrimas hatten sich – mit oder ohne Zutun der göttlichen Vorsehung – zwei Unfälle ereignet, tragisch, aber durchaus erklärbar. Einem dreihundert Jahre alten, baufälligen Gemäuer deshalb zu unterstellen, es bringe quasi willentlich Leute um die Ecke, war absurd. Quart für seinen Teil hatte mit übernatürlichen Phänomenen jedenfalls nichts am Hut, und das IOE auch nicht. Dafür waren andere zuständig, Spezialisten, die der berüchtigten Bruderschaft Kardinal Iwaszkiewicz' näher standen als dem erdverbundenen Zenturionen Paolo Spada und seinem Mustersoldaten.

Derlei Dinge gingen Quart durch den Kopf, während er, unterwegs in die kleine Kirche, durch die verwinkelten Gassen von Santa Cruz schlenderte. Ein paarmal war ihm, als höre er hinter sich Schritte. Er blieb stehen und sah sich um, konnte aber nichts Verdächtiges entdecken. Wird schon nichts sein, dachte er und setzte seinen Weg im spärlichen Schatten der vorspringenden Häuserdächer fort. Die Sonne stach vom Himmel und die Häuserfassaden strahlten eine solche Hitze ab, dass er sich in seinem schwarzen Jackett vorkam wie in einem Hochofen. Wenn es nach dem Tod wirklich so etwas wie eine Hölle gab, so mussten sevillanische Sünder sich dort wie zu Hause fühlen – sie machten ja schon auf Erden mehrere Monate im Jahr die Hölle durch. Als Quart auf dem kleinen Platz vor der Kirche anlangte, blieb er kurz unter dem geraniengeschmückten Fenstergitter stehen und beneidete den Kanarienvogel, der sich in seinem schattigen Käfig den Schnabel mit Wasser benetzte. Es wehte kein Lüftchen, die Gardinen des Fensters waren so reglos wie die Blätter der Geranien und das Laub der Orangenbäume. Segel in der Sargassosee.

Die Kühle, mit der Nuestra Señora de las Lagrimas ihn empfing, war köstlich. Ihre dicken Mauern spendeten den erqui-
ckenden Schatten einer Oase, in der es nach Wachs und Feuchtigkeit roch – genau das, was Quart jetzt dringend brauchte. Das
Eichenportal im Rücken blieb er aufatmend stehen, bis seine
Augen sich an die Dunkelheit gewöhnt hatten. Gleich neben
dem Eingang befand sich eine barocke Schnitzfigur des gemar-
terten Jesus, wie er nach dem Spießrutenlauf im Hofe des Präto-
riums ausgesehen haben mochte: Bist du der König der Juden,
was hast du getan, wer ist's, der dich schlug … Seine Hände
waren mit Stricken gefesselt, dicke Blutstropfen rannen ihm
über die dornengekrönte Stirn, die zum Vater im Himmel erhoben war. Und apropos Vater: Quart war, im Gegensatz zum
Großteil seiner Kollegen, noch nie von der göttlichen Verwandt-
schaft des Nazareners Jesus Christus überzeugt gewesen; nicht
einmal während seiner Lehrjahre im Seminar, wo kundige Theo-
logieprofessoren den Glaubensmechanismus in den Gehirnen
der Seminaristen gewissenhaft auseinander genommen und
wieder zusammengesetzt hatten. *»Eli, Eli, warum hast du mich
verlassen?«* lautete die kritische Frage, die es unter allen Umständen zu vermeiden galt. Er war bereits damit ins Seminar gekommen, überzeugt, dass es keine Antwort darauf gab, und deshalb
hatte die Formatierung der theologischen Diskette bei ihm das
Gegenteil bewirkt, nämlich eine Bestärkung seiner Zweifel und
nicht seines Glaubens. Freilich war er klug genug gewesen das
für sich zu behalten; ihm hatte das Priesterseminar etwas anderes, für ihn noch viel Wichtigeres, geboten: eine Satzung mit
Regeln und Vorschriften, die seinem Leben Halt gaben und jenes
Gefühl der Leere und Sinnlosigkeit bannten, das er mit sich herumtrug, seit er damals als kleiner Junge im Sturm auf der Kaimauer gestanden hatte. Genauso gut hätte er in die Armee eintreten können, in eine Sekte oder – wie Monsignore Spada »allen
Ernstes« zu scherzen pflegte – in einen mittelalterlichen Ritter-
orden. Dem Halbwaisen des ertrunkenen Fischers genügten sein
eigener Stolz, seine Disziplin und ein strenges Reglement.
Er betrachtete erneut die Schnitzfigur. Eins musste ja gesagt
werden: Eine Memme war er nicht gewesen, dieser Jesus Christus. Wer sein Kreuz auf dem Banner trug, hatte sich wahrhaftig
nicht zu schämen brauchen. Aber das war vor achthundert Jah-

ren gewesen, als die Leute noch eine andere Auffassung vom Glauben gehabt hatten, eine viel bodenständigere. Manchmal sehnte er sich in die Zeit zurück, als sonnenverbrannte Männer in Kettenpanzern, den Namen Gottes schreiend, in die Schlacht gezogen waren, getrieben von der Hoffnung sich mit Schwerthieben einen Weg in den Himmel und zum ewigen Leben bahnen zu können. Damals hatte man sich nicht so viele Probleme um Leben und Sterben gemacht, die ganze Welt war damals noch viel einfacher gewesen.

Quart bekreuzigte sich mechanisch. Um die von einer Glasglocke geschützten Christusstatue herum hingen fünfzig oder mehr staubige Exvoten: Hände, Beine, Augen, Kinderfiguren aus Wachs oder Blech, Haarzöpfe, Briefe, Bänder, Zettel und Plaketten mit Danksagungen von Menschen, die von Krankheiten geheilt oder aus sonst einer Not errettet worden waren. Sogar ein getrockneter Brautstrauß mit eingebundener Medaille aus dem Afrikafeldzug war dabei. Wie viele Ängste und Gebete, wie viele an Krankenbetten durchwachte Nächte, wie viel Schmerz und Hoffnung, wie viele Geschichten von Leben und Tod verbargen sich hinter jedem einzelnen dieser Weihgeschenke, die Don Príamo Ferro nach alter Sitte beim leidenden Christus aufbewahrte. Das war Religiosität, wie man sie früher verstanden hatte, die echte, ursprüngliche Religiosität, zu der lateinisch sprechende Pfarrer in schwarzen Soutanen gehörten und eine Kirche, die ihren Gläubigen Trost spendete wie dereinst, als Kathedralen, gotische Glasfenster, barocke Altarretabel, Gemälde und Figuren Gott priesen und jene wichtige Funktion erfüllten, die mittlerweile das Fernsehen übernommen hat: dem Menschen über sein Grauen vor Einsamkeit, Tod und Leere hinwegzuhelfen.

»Hallo«, sagte Gris Marsala.

Sie hatte sich soeben von den Höhen eines Gerüsts zu ihm heruntergeschwungen und sah ihn erwartungsvoll an. Ihre Hände steckten in den Gesäßtaschen der gipsverschmierten Jeans.

»Warum haben Sie mir nicht gesagt, dass Sie Nonne sind?«, fragte Quart vorwurfsvoll.

Die Frau verkniff sich ein Grinsen und strich sich über den grauen Zopf im Nacken. Ihre freundlichen, blauen Augen musterten ihn verwundert.

»Ich dachte, als Priester riecht man so was … auch ohne dass es einem direkt unter die Nase gerieben wird.«

»Ich bin ein ziemlich begriffsstutziger Priester.«

Gris Marsala lächelte:

»Da hat man mir aber was anderes erzählt.«

»So? Und wer, bitte schön?«

»Och … Erzbischöfe, zornige Pfarrer …« Ihr amerikanischer Akzent schlug heute etwas stärker durch. »Und hübsche Frauen, die Sie zum Abendessen einladen.«

Quart musste lachen.

»Woher wissen Sie denn das schon wieder?«

»Noch nie was von Telefon gehört? Tolle Erfindung, man nimmt ab und spricht – beispielsweise mit einer Freundin namens Macarena Bruner.«

»Seltsame Freundschaft. Was wohl eine Nonne mit der vergnügungssüchtigen Frau eines Bankiers verbindet …«

Gris Marsala sah ihn scharf an.

»Takt ist wohl auch nicht Ihre Stärke, was?«, sagte sie und wandte sich wütend von ihm ab. Quart begriff, dass er zu weit gegangen war. Solche boshaften Äußerungen waren nicht einmal strategisch zu rechtfertigen. Richtet nicht, auf dass ihr nicht gerichtet werdet.

»Verzeihen Sie«, sagte er und blickte betreten zu Boden. »Das war wirklich eine dumme Bemerkung.«

Was war los mit ihm? Wie hatte ihm ein solcher Ausrutscher passieren können? Er musste an den honigfarbenen Schimmer in Macarena Bruners Augen denken, an die Elfenbeinkette auf ihrer gebräunten Haut – wenn das die Antwort war, so war sie sehr bedenklich. Als Gris Marsala sich wieder nach ihm umdrehte, wirkte sie nicht mehr böse, eher bekümmert:

»Sie kennen Macarena nicht, wie ich sie kenne.«

»Natürlich nicht.«

Quart nickte versöhnlich. Um dem heiklen Thema auszuweichen, schlenderte er den Mittelgang der Kirche vor, betrachtete noch einmal die Gerüste an den Wänden, die in einer Ecke aufeinander gestapelten Bänke, die vom Schimmel zerfressenen Deckengemälde. Am Ende des dämmrigen Kirchenschiffs, unmittelbar neben dem Altar, brannte das ewige Licht.

»Was haben Sie mit alledem zu tun?«

»Das habe ich Ihnen doch schon gesagt: Ich arbeite hier – als diplomierte Architektin und Restauratorin.«

»Wo haben Sie studiert?«

»An den Universitäten Los Angeles und Sevilla.«

Quarts Schritte hallten in der verlassenen Kirche, während Gris Marsala in ihren Tennisschuhen lautlos neben ihm herschritt. In der von Ruß und Schimmel überzogenen Kuppel waren Reste von Malereien zu erkennen: die Flügel eines Engels, der Bart eines Propheten.

»Die Fresken sind für immer hin«, sagte die Frau. »Die kann man nicht mehr restaurieren.«

Quart betrachtete einen Cherubim, dessen Stirn von einem tiefen Riss durchzogen wurde, als hätte man sie mit einer Axt gespalten.

»Stimmt es, dass diese Kirche am Einstürzen ist?«

Gris Marsala seufzte wie jemand, der es überdrüssig ist, ständig dieselbe Frage gestellt zu bekommen.

»Ach wo … Das behaupten die Stadtverwaltung, die Bank und das Erzbistum, um sie abreißen zu können.« Die Amerikanerin deutete mit einer ausholenden Geste auf das Kirchenschiff. »Ich will nicht sagen, dass sich das Gebäude in gutem Zustand befindet, es ist während der letzten einhundertfünfzig Jahre sträflich vernachlässigt worden und wirklich angeschlagen, aber die Grundstruktur ist nach wie vor solide. Weder die Mauern noch die Decke weisen irreparable Schäden auf.«

»Trotzdem ist Padre Urbizu ein Stück Decke auf den Kopf gefallen«, wandte Quart ein.

»Ja. Das war dort, sehen Sie?« Die Frau deutete auf das Kranzgesims, das in zehn Metern Höhe in Form einer vergoldeten Stuckleiste aus der Mauer vorsprang. Oberhalb der Kanzel klaffte eine Lücke von mindestens einem Meter Länge. »Ein bedauerlicher Unfall.«

»Der *zweite* bedauerliche Unfall.«

»Sicher, nur dass der Architekt selber daran schuld war. Ich hätte ihn nicht aufs Dach klettern lassen, wenn er mich gefragt hätte.«

Für eine Nonne redete Gris Marsala ziemlich pietätlos daher. Fehlte nur, dass sie jetzt noch sagte: Geschieht ihm recht! Quart unterdrückte eine sarkastische Grimasse: Sicher holte sich auch die Amerikanerin regelmäßig ihre Absolution bei Padre Ferro ab. Er hatte selten erlebt, dass eine Herde und ihr Hirte so eng zusammenhielten.

»Stellen Sie sich mal vor, Sie würden dieser Kirche völlig neutral gegenüberstehen, und ich käme an und bäte Sie um ein fachkundiges Urteil«, sagte er mit einem misstrauischen Blick auf die Gerüste. »Wie würde es lauten?«

Gris Marsalas Antwort kam wie aus der Pistole geschossen:

»Restaurierungsbedürftig, aber keinesfalls abbruchreif. Ein Großteil der Schäden betrifft ausschließlich die Innenwandung – vom Dach her ist Regenwasser durchgesickert und hat an vielen Stellen den Stuck aufgelöst oder unterhöhlt. Aber das Problem ist mittlerweile behoben; wir haben das Dach mit Kalk, Zement und Sand abgedichtet. Hier«, sie hielt Quart ihre Hände hin: kräftig und mit Schwielen bedeckt, die ausgefransten kurzen Nägel waren mit Farbe und Gips verkrustet, »diese Hände und die von Padre Óscar haben fast zehn Tonnen Material da hochgeschafft, in fünfzehn Meter Höhe. Don Príamo ist zu alt, um noch auf Dächern rumzukrabbeln.«

»Gut, und von den Wasserschäden einmal abgesehen?«

Die Nonne zuckte mit den Schultern.

»Mit ein paar grundlegenden Reparaturen würden wir die Kirche wieder auf Vordermann bringen. Als Nächstes müssten wir beispielsweise das Gebälk ausbessern, es ist an vielen Stellen ziemlich morsch und wurmstichig. Optimal wäre es natürlich, die Balken ganz zu ersetzen, aber dazu fehlt uns das nötige Kleingeld.« Sie rieb Daumen und Zeigefinger aneinander und seufzte mutlos. »So viel zum Gebäude selbst. Was die Dekorationen betrifft, die müssten eben nach und nach restauriert werden. Mit den Glasmalereien haben wir schon angefangen. Ein Freund von mir arbeitet als Chemiker in einer Glaserwerkstatt; dort stellt er für uns kostenlos die bunten Scheiben her, die aus den Fenstern rausgefallen sind. Das ist natürlich eine langwierige Geschichte, vor allem weil auch die Bleiruten nachgebildet oder erneuert werden müssen, aber wir haben es ja nicht eilig.«

»Wirklich nicht?«

»Nein, nicht wenn wir diese Schlacht gewinnen.«

»Klingt ja fast, als ginge es hier um Ihr Leben.«

»Das tut es«, gab sie offen zu. »Ich bin eigens deshalb hier geblieben. Als ich nach Sevilla kam, hatte ich große Probleme – und diese Kirche hat mir geholfen sie zu lösen.«

»Berufliche Probleme?«

»Ja. Ich hatte damals eine Krise; so was kommt bisweilen vor. Haben Sie Ihre schon durchgemacht?«

Quart schüttelte höflich den Kopf, aber in Gedanken war er nicht präsent. Ich muss mir ihre Personalakte aus Rom schicken lassen, dachte er. So bald wie möglich.

»Wir sprachen über Sie, Schwester Marsala.«

Sie schloss ein wenig die Lider, die Fältchen in ihren Augenwinkeln vertieften sich, aber niemand hätte behaupten können, dass sie lächelte.

»Sie sind immer so reserviert – oder täuschen Sie das bloß vor? Nennen Sie mich übrigens ruhig Gris. Das andere klingt lächerlich … bei meinem Aufzug! Aber, was ich Ihnen grade erzählen wollte: Ich bin also nach Sevilla gekommen, um ein bisschen Ordnung in mein Herz und in meinen Kopf zu bringen. Und hier, in dieser Kirche, habe ich die Lösung gefunden … die Lösung, die wir alle suchen.«

»Und die wäre?«

»Eine Sache, die unserem Leben Sinn gibt, für die es sich lohnt zu kämpfen.« Sie machte eine Pause. »Einen Glauben«, fügte sie dann leise hinzu.

»Den Glauben Padre Ferros.«

Gris Marsala sah ihn schweigend an, während sie ihren grauen Zopf neu flocht.

»Was für ein Glaube ist ganz egal«, sagte sie nach einer Weile. »Hauptsache, man hat überhaupt einen. So trostlos, wie unser Jahrhundert zu Ende geht, bedeutet das sehr viel, finden Sie nicht? Alle nur erdenklichen Revolutionen sind gemacht und verloren worden. Heute steigt keiner mehr auf die Barrikaden. Und wenn es überhaupt noch Helden gibt, dann sind die nicht solidarisch, sondern solitär – verbissene Einzelkämpfer.« Ihre blauen Augen sahen ihn durchdringend an. »Haben Sie sich noch nie wie einer von diesen Bauern im Schach gefühlt, die die Gefechtslinie überschritten haben, verlassen in einer Ecke des Bretts herumstehen und sich fragen, ob es ihren König überhaupt noch gibt?«

Sie machten einen Rundgang durch die ganze Kirche. Gris Marsala zeigte Quart ein schönes Madonnengemälde aus der Schule Murillos, das einzige, das wirklich etwas wert war. Es hing über dem Eingang zur Sakristei, gleich neben dem Beichtstuhl. Von hier begaben sie sich zu dem schmiedeeisernen Tor, hinter dem eine gewölbeüberspannte Marmortreppe in die Krypta hinabführte, die Treppe war nicht beleuchtet und verlor sich im Dunkeln. Quart wurde von der Restauratorin erklärt, dass so kleine Kirchen normalerweise keine Krypta besaßen; Nuestra Señora de las Lagrimas stelle eine Ausnahme dar. Vierzehn Angehörige des Herzogsgeschlechts von Nuevo Extremo lagen dort unten begraben; ab dem Jahre 1865 war man dann dazu übergegangen, die Toten in der Familiengruft auf dem Friedhof von San Ferdinando beizusetzen – mit Ausnahme von Carlota Bruner.

»Was haben Sie da gesagt?«

Quart stützte sich mit der Hand an dem Gewölbebogen über der Treppe ab, in dessen Scheitel zwei überkreuzte Knochen mit Totenkopf gemeißelt waren. Der Stein war eiskalt.

Gris Marsala wandte sich nach ihm um, überrascht vom ungläubigen Ton, in dem er seine Frage gestellt hatte.

»Carlota Bruner«, wiederholte sie verwirrt. »Eine Großtante von Macarena. Sie ist Anfang des Jahrhunderts gestorben und hier beerdigt worden.«

»Können wir ihr Grab besichtigen?«

Gris Marsala musste ihm seine Nervosität anmerken, denn sie musterte ihn verwundert.

»Natürlich«, erwiderte sie, verschwand in der Sakristei und kam kurz darauf mit einem Schlüsselbund zurück. Nachdem der Eisenriegel zurückgeschoben und das Gittertor geöffnet war, betätigte sie einen altmodischen Porzellanlichtschalter. Eine schwache staubbedeckte Glühbirne beleuchtete jetzt die Treppe. Quart zog den Kopf ein, stieg die Stufen hinunter und betrat einen kleinen, viereckigen Raum, dessen Wände mit drei Etagen von Grabplatten bedeckt waren. Auf den Backsteinwänden darüber breiteten sich weiße und schwarze Schimmelflecken aus, Modergeruch hing in der Luft. Die Wand links vom Eingang schmückte ein marmornes Wappen mit dem Motto: *Oderint dum probent.* Sie mögen mich ruhig hassen, wenn sie mich nur respektieren, übersetzte er bei sich. Darüber war ein schwarzes Kreuz an die Wand gemalt.

»Vierzehn Herzöge«, wiederholte Gris Marsala neben ihm. Sie sprach leise und ehrfurchtsvoll. Quart betrachtete die Inschriften auf den Grabplatten. Die älteste trug das Datum 1472–1551: Rodrigo Bruner de Lebrija, Konquistador und Soldat Christi, erster Herzog von Nuevo Extremo. Die neueste befand sich rechts von der Tür zwischen zwei leeren Grabnischen und war als Einzige in dieser ansonsten Entdeckern, Politkern und Kriegern vorbehaltenen Kammer mit einem Frauennamen versehen:

HIER RUHET IM FRIEDEN DES HERRN
CARLOTA VICTORIA AMELIA
BRUNER DE LEBRIJA Y MONCADA
1872–1910

Quart fuhr mit den Fingern über den in Marmor gemeißelten Namen. Kein Zweifel: Die Postkarte in seiner Jackentasche war von dieser Frau geschrieben worden, zehn oder zwölf Jahre vor ihrem Tod. Wie auf einem Computerbildschirm nach Eingabe des entsprechenden Kodeworts, begannen sich vor seinem inneren Auge scheinbar zusammenhanglose Ereignisse und Personen zu einem strukturierten Bild zusammenzufügen – im Zentrum: Nuestra Señora de las Lagrimas.

»Wer war Kapitän Xaloc?«

Gris Marsala blickte auf seine Finger, die reglos auf dem Namen *Carlota* lagen. Sie wirkte ein bisschen ratlos:

»Manuel Xaloc? Das war ein sevillanischer Seemann, der Ende des letzten Jahrhunderts nach Südamerika ausgewandert ist. Eine Zeit lang hat er als Pirat die Antillen unsicher gemacht. Später war er dann in den spanisch-amerikanischen Krieg um Kuba verwickelt. 1898 ist er mit seinem Schiff untergegangen.«

Hier bete ich jeden Tag für dich und warte auf deine Rückkehr, stand auf der Postkarte.

»Hatte er irgendwas mit Carlota Bruner zu tun?«

»Das will ich meinen«. Sie ist seinetwegen verrückt geworden. Oder besser aus Sehnsucht nach ihm.«

»Was sagen Sie da!«

»Was Sie hören.« Die Amerikanerin wirkte noch immer verblüfft von dem ungewöhnlichen Interesse, das Quart bekundete. »Wäre sie nicht so tragisch ausgegangen, dann hätte Carlotas Geschichte einen richtig schönen Schnulzenroman abgegeben. Eine andalusische Adelsfamilie mit Standesdünkel, eine verbotene Liebe, Briefe, die nie ankommen, eine junge Frau, die sich am Fenster sitzend nach ihrem Liebsten verzehrt, ihr Herz auf jedem Schiff reisen lässt, das den Guadalquivir rauf- oder runtersegelt.« Jetzt war es Gris Marsala, die den kalten Grabstein berührte, aber sie zog ihre Hand sofort wieder zurück. »Sie hat vor lauter Kummer den Verstand verloren.«

Hier, am heiligen Ort deines Schwures und meiner Glückseligkeit, schloss Quart bei sich. Auf einmal wünschte er sich weg, hinaus aus dieser Krypta, in der Worte, Schwüre und Gespenster auferstanden waren, die nur das Sonnenlicht wieder vertreiben konnte.

»Haben sich die beiden nie wieder gesehen?«

»Doch, 1898, kurz vor Ausbruch des Kubakriegs. Aber sie hat ihn nicht mehr erkannt. Sie hat überhaupt niemanden mehr erkannt.«

»Und was hat er gemacht?«

Gris Marsalas blaue Augen schweiften ab, als blicke sie aufs ruhige, weite Meer hinaus.

»Kapitän Xaloc ist nach Havanna zurückgekehrt, grade rechtzeitig zum Krieg. Aber davor hat er hier in der Kirche sein Brautgeschenk abgeliefert – zwanzig weiße Perlen. Was heute die Tränen der Madonna sind, sollte Carlota am Tag ihrer Hochzeit um den Hals tragen.« Gris Marsalas Blick wanderte ein letztes Mal über die Grabplatte. »Carlota Bruner wollte immer in dieser Kirche heiraten.«

Sie verließen die Krypta. Die Amerikanerin schloss das schmiedeeiserne Tor ab und machte danach das Licht des Hochaltars an, damit Quart die Figur der Virgen de las Lagrimas, der Weinenden Muttergottes, besser betrachten konnte. Ihr bloßgelegtes Herz war von sieben Schwertern durchbohrt; auf ihrem Antlitz, in ihrem Strahlenkranz und auf dem himmelblauen Umhang glänzten die zwanzig Perlen des Kapitän Xaloc.

»Was ich nicht verstehe«, sagte Quart, der an die nicht abgestempelte Briefmarke auf der Postkarte dachte. »Sie sprachen gerade von Briefen, die nie angekommen sind. Aber irgendwie müssen Manuel Xaloc und Carlota Bruner in den Jahren ihrer Trennung doch miteinander korrespondiert haben. Was ist da passiert?«

Gris Marsala lächelte schwach. Die Erinnerung an diese Geschichte schien sie traurig zu stimmen.

»Macarena hat mir gesagt, dass Sie heute Abend zusammen essen gehen. Stellen Sie ihr diese Frage. Keiner weiß mehr über die Tragödie Carlota Bruners als sie.«

Damit löschte die Restauratorin das Licht und der strahlende Hochaltar versank erneut im Dunkel.

Nachdem Gris Marsala wieder auf ihr Gerüst geklettert war, verließ Quart die Kirche durch die Sakristei. Aber anstatt gleich auf die Straße hinauszutreten, nutzte er die Gelegenheit sich ein wenig in dem Raum umzusehen. An einer der Wände hing ein düsteres, ziemlich ramponiertes Ölgemälde, es stellte Mariä Verkündigung dar und war nicht signiert. Die Einrichtung bestand aus einem Schrank und einer wuchtigen Mahagonikommode, auf der ein Kruzifix, zwei verbeulte Blechkandelaber und eine wurmstichige Schnitzfigur des Heiligen Josef mit dem Kind standen. Quart blickte sich eine Weile unschlüssig um, dann ging er zu der Kommode und zog wahllos ein paar Schubladen auf. Sie enthielten Breviere, liturgisches Gerät, Altardecken, Kelchtücher und Ähnliches. In dem Schrank fand er einen Hostienbehälter, ein paar Kelche, eine Schale aus vergoldetem Blech, ein halbes Dutzend Chorhemden, ein zerschlissenes Priestergewand. Er schloss die Schranktür, ohne etwas zu berühren. Eine wohlhabende Gemeinde war Nuestra Señora de las Lagrimas wirklich nicht.

Die Sakristei hatte zwei Türen; eine führte in die kleine Seitenkapelle mit dem Beichtstuhl, durch die Quart eingetreten war, die andere öffnete sich auf eine winzige Diele – von hier gelangte man entweder ins Freie, also auf den Platz vor der Kirche, oder aber, über eine steile Holztreppe, in die Privatwohnung des Pfarrers. Quart konnte den oberen Treppenabsatz erkennen, der vom durch ein schmales Dachfenster eindringenden Tageslicht erhellt wurde. Er warf einen Blick auf die Uhr. Don Príamo Ferro und Padre Óscar mussten sich in diesem Moment im Ordinariat befinden – er selbst hatte veranlasst, dass man sie dorthin bestellte, unter dem Vorwand, irgendwelchen bürokratischen Kram erledigen zu müssen. Wenn alles glatt lief, verfügte er über eine halbe Stunde Zeit.

Er legte die Hand auf das rostige Eisengeländer und stieg langsam die knarrenden Stufen hinauf. Oben angekommen, stellte er fest, dass die Tür abgeschlossen war, aber derlei Hindernisse konnten den Agenten Quart nicht entmutigen. Aufs Schlösserknacken verstand er sich von Berufs wegen, und dieses hier machte keinen besonders komplizierten Eindruck. Da war er schon mit ganz anderen fertig geworden, beispielsweise mit dem elektronischen Sicherheitsschloss an der Wohnungstür eines Dubliner Bischofs: Es war nur per Zahlenkombination zu öffnen gewesen und selbst das hatte er geschafft – mit Hilfe einer Taschenlampe und eines an seinen Laptop angeschlossenen Scanners. Der Bischof, ein pausbäckiger Rotschopf namens Mulcahy, hatte wenige Tage später eine dringende Vorladung nach Rom bekommen, wo seine gesunde Gesichtsfarbe schlagartig tödlicher Blässe gewichen war, als Monsignore Spada ihm nämlich fotografische Abzüge seiner Korrespondenz mit Führern der Irisch-Republikanischen Armee vorlegte – Briefe, die er unvorsichtigerweise, nach Datum geordnet, in seinem Bücherschrank hinter einer mehrbändigen Ausgabe der *Summa Theologica* aufbewahrt hatte. Mit diesen Enthüllungen war dem nationalistischen Eifer Monsignore Mulcahys ein gehöriger Dämpfer aufgesetzt worden, und das wiederum hatte den britischen Geheimdienst veranlasst, vom Plan seiner physischen Beseitigung abzurücken – ein Plan, der nach teuer erkauften Informationen des IOE – 10 000 Pfund Sterling aus einer Geheimkasse des Staatssekretariats – demnächst hätte durchgeführt werden sollen, und zwar während eines Besuchs des Dubliner Prälaten bei seinem Kollegen, dem Bischof von Londonderry. In der Öffentlichkeit hätte man die Sache dann so hingedreht, dass sie den protestantischen Ulster-Terroristen angelastet worden wäre. Schlau, diese Engländer.

Don Príamos altes Zylinderschloss bereitete ihm tatsächlich keine großen Schwierigkeiten. Nachdem er es kurz untersucht hatte, zog er eine dünne Stahlklinge aus der Brieftasche, etwas schmaler als eine Nagelfeile, steckte sie in die Ritze des Schlosses und begann sacht zu drehen, indem er seitlich einen Flachschlüssel dagegen drückte, um sie nicht zu verbiegen. Leise klickend gab ein Zahn nach dem anderen nach, bis der Riegel zurücksprang und die Tür aufging.

Quart schritt den Korridor entlang und inspizierte die Wohnung; sie machte einen sehr bescheidenen Eindruck: zwei Schlafzimmer, eine Küche, ein Bad, ein kleines Wohnzimmer. In Letzterem begann er seine Durchsuchung; außer einem blassen Polaroidfoto fand er nichts, was von größerem Interesse gewesen wäre. Das Foto lag in einer Schublade der Anrichte; es war in einem andalusischen Innenhof mit Mosaikfußboden, Blumentrögen und fayencenverkleidetem Marmorbrunnen aufgenommen. An einem niederen Tisch, auf dem ein Frühstück oder Imbiss serviert war, saß Don Príamo Ferro, wie immer mit seiner knöchellangen schwarzen Soutane bekleidet, in Gesellschaft zweier Frauen; bei einer handelte es sich um eine betagte Dame in einem altmodischen hellen Sommerkleid, bei der anderen um Macarena Bruner; alle drei lächelten ins Objektiv des Fotografen. Es war das erste Mal, dass Quart den alten Pfarrer lächeln sah, er erkannte ihn kaum wieder: Sein narbiges Gesicht wirkte weich, beinahe melancholisch und um Jahre verjüngt, die schwarzen Augen blickten sanft, das schlecht rasierte Kinn hatte seinen störrischen Ausdruck verloren. Das war ein ganz anderer Mann – menschlicher, fast naiv.

Quart steckte das Foto in die Jackentasche und machte die Schublade wieder zu. Danach ging er zu der kleinen Reiseschreibmaschine, die auf einem niederen Tischchen stand, entfernte ihre Plastikhaube, spannte ein Blatt Papier ein und tippte wahllos ein paar Buchstaben, um für alle Fälle eine Schriftprobe an der Hand zu haben. Das gefaltete Blatt wanderte ebenfalls in seine Tasche. Auf der Abstellfläche der Anrichte waren an die zwanzig Bücher aufgereiht. Quart kontrollierte, ob sich dahinter etwas verbarg und schlug das ein oder andere auf: religiöse Schriften, abgegriffene Gebetbücher, ein Katechismus aus dem Jahr 1992, eine lateinische Zitatensammlung in zwei Bänden, das *Lexikon der Spanischen Kirchengeschichte*, Urdanoz' *Geschichte der Philosophie* und die dreibändige *Geschichte der spanischen Heterodoxie* von Menéndez y Pelayo. Zu seinem Erstaunen entdeckte er auch ein paar Lehrbücher der Astronomie, die er oberflächlich durchblätterte. Kurioser Lesestoff, dachte er. Ansonsten war nichts Interessantes dabei, abgesehen von einem Roman – dem einzigen der ganzen Sammlung: eine uralte, zerfledderte Taschenbuchausgabe von Morris Wests *Des Teufels Advokat* – Quart hasste Morris Wests Bestseller-Pfarrer und ihre Psychodramen – in der ein Abschnitt mit Kugelschreiber markiert war:

Sie und ich und andere haben unsere seelsorgerischen Pflichten jahrelang vernachlässigt. Wir haben den Kontakt zu den Leuten verloren und dadurch auch den Kontakt zu Gott. Für uns ist der Glauben etwas rein Theoretisches geworden, eine sterile Geistesübung, weil wir es verlernt haben, sein Wirken unter den einfachen Menschen zu begreifen. Mitleid und Ehrfurcht kennen wir nicht mehr. Bei unserer Arbeit lassen wir uns von sturen Regeln leiten und nicht vom Gebot der christlichen Nächstenliebe.

Quart stellte den Roman zurück und überprüfte als Nächstes das Telefon, einen altmodischen Apparat, der an die Wand geschraubt war – nein, einen Computer konnte man da nicht anschließen. Beim Verlassen des Zimmers achtete er darauf, die Tür nicht zu schließen, sondern eine Handbreit offen zu lassen, wie er sie vorgefunden hatte. Das Schlafzimmer auf der andern Seite des Korridors musste Padre Ferro gehören. Es war ungelüftet und roch nach mönchischer Einsamkeit. Das schlicht eingerichtete Gemach hatte ein Fenster auf den Platz hinaus. Über dem eisernen Bettgestell hing ein Kruzifix an der Wand, daneben stand ein Schrank mit Spiegel. Quart öffnete das Nachtkästchen; es enthielt ein Gebetbuch, ein Paar uralte Pantoffeln und einen Emaillenachttopf, der ihm ein Lächeln entlockte. In dem Schrank befand sich ein schwarzer Anzug, eine Soutane – speckig wie die, die Padre Ferro unter der Woche trug –, ein paar Hemden, etwas Unterwäsche. An persönlichen Habseligkeiten fand Quart nur noch eine vergilbte Fotografie mit Holzrahmen: ein bäurisch wirkendes Ehepaar im Sonntagsstaat posierte neben einem Geistlichen, in dem Quart trotz des schwarzen Haars und der jugendlich ernsten Gesichtszüge mühelos den Gemeindepfarrer von Nuestra Señora de las Lagrimas erkannte. Das Bild musste mindestens vierzig Jahre alt sein, obwohl die Augen und das Kinn Padre Ferros schon damals auf enorme Entschlusskraft hindeuteten. Und der stolze, feierliche Blick des

Ehepaars, auf dessen Schultern seine Hände ruhten, ließ vermuten, dass es am Tag seiner Priesterweihe aufgenommen worden war.

Das andere Schlafzimmer gehörte zweifellos Óscar Lobato. An der Wand hing eine Lithographie der Stadt Jerusalem, vom Ölberg aus betrachtet, und das Easy-Rider-Filmplakat mit Peter Fonda und Dennis Hopper auf ihren Harley Davidsons. In einer Ecke gewahrte Quart einen Tennisschläger und Sportschuhe. Der Schrank und das Nachtkästchen enthielten fast nichts, sodass er direkt zum Schreibtisch überging, der neben dem Fenster an die Wand gerückt war. Auf ihm lag alles Mögliche durcheinander: Briefumschläge, Blätter und Zettel, Bücher über Theologie und Kirchengeschichte, Royo Maríns *Abhandlung über die Moral*, Altaners *Patrologie* und das *Mysterium Salutis* in fünf Bänden, Eugen Drewermanns *Kleriker*, ein Schachcomputer, ein Reiseführer der Vatikanstadt, eine Schachtel Tabletten gegen Heuschnupfen und ein altes Tim-und-Struppi-Comic: König Ottokars Zepter ... Quart wollte schon aufgeben, als er doch noch für seine Ausdauer belohnt wurde – in der Schreibtischschublade fand er endlich, wonach er die ganze Zeit gesucht hatte: einen zwanzigseitigen, computergedruckten Text (über San Juan de la Cruz), Schriftart Courier New, und fünf Plastikbehälter mit je einem Dutzend Disketten 3.5″.

Der Fund war wichtig, aber er bewies an sich noch gar nichts. Um festzustellen, ob Padre Óscar wirklich der anonyme Hacker war, dem er nachjagte, hätte Quart das Material an Ort und Stelle überprüfen müssen, doch dazu fehlte es ihm sowohl an der nötigen Zeit als auch an einem Computer. Verflixt noch mal, dachte er ärgerlich. Das hieß, dass er nochmals hierher kommen, seinen Laptop mitbringen und jede einzelne der Disketten auf die Festplatte abspeichern musste, um hinterher in aller Ruhe nach Indizien fahnden zu können. Nur: Die Anfertigung so vieler Kopien nahm mindestens eine Stunde Zeit in Anspruch. Wie sollte er es anstellen, die beiden Geistlichen noch einmal so lange fern zu halten?

Welle von Hitze drangen durch das Fenster herein, Quart schwitzte selbst in seiner leichten schwarzen Sommerjacke. Er trocknete sich mit einem Papiertaschentuch die Stirn ab, knüllte es zusammen und steckte es in die Tasche. Während er die Dis-

ketten wieder in ihren Schachteln verstaute und die Schreibtischschublade schloss, fragte er sich, wo der Computer sein
mochte, den Padre Óscar benützte. Egal, wer der Hacker war,
um in Aktion treten zu können, brauchte er einen ziemlich leis-
tungsstarken Rechner, eine leicht zugängliche Telefonleitung
und das entsprechende Zubehör – mithin eine Anlage von
beträchtlichem Umfang, die in dieser Wohnung gar nicht unterzubringen war. Nein, Matutin musste von einem anderen Stütz-
punkt aus operieren, ob es sich nun um Óscar Lobato handelte
oder nicht.

Quart sah sich zögernd um. Höchste Zeit, dass er hier weg-
kam. Er hob gerade seinen linken Arm, um einen Blick auf die
Uhr zu werfen, als er die Treppe knarren hörte. Da begriff er,
dass die Probleme erst begannen.

Celestino Peregil legte den Hörer auf und starrte eine Weile
nachdenklich auf den Telefonapparat. Aus einer Bar in der Nähe
der Kirche hatte Don Ibrahim ihm soeben den neuesten Lagebericht durchgegeben. Der ehemalige Advokat und seine Kumpane nahmen ihren Auftrag sehr ernst – zu ernst, wie Peregil
fand, dem es langsam auf den Wecker ging, alle halbe Stunde
angerufen zu werden, um irgendwelche Lappalien mitgeteilt zu
bekommen, wie: Der eine Pfaffe habe gerade an Curros Zeitungskiosk eine Illustrierte gekauft und der andere sitze in der
Bar Laredo und nehme eine Erfrischung zu sich. Bis zu diesem
Augenblick war die einzige wirklich wertvolle Information die
von einer Unterredung Macarena Bruners mit dem Gesandten
aus Rom im Hotel Doña María – eine Information, die Peregil
zunächst mit Ungläubigkeit und dann mit großer Genugtuung
aufgenommen hatte. Derlei Trümpfe ließen sich früher oder später immer irgendwie ausspielen.

Und apropos spielen: In den letzten vierundzwanzig Stunden
hatte ihm das grüne Tapet leider weitere Probleme geschaffen.
Nachdem er Don Ibrahim und Kompanie nämlich einhundert-
tausend Peseten Vorschuss auf die versprochene Gesamtsumme
von drei Millionen bezahlt hatte, war er der Versuchung erlegen
die restlichen zwei Millionen neunhunderttausend zum Versuch
einer Aufbesserung seiner kritischen Finanzlage zu verwenden.
Celestino Peregil war einer Eingebung seines Herzens gefolgt:

Heute ist dein Glückstag, hatte es ihm zugeflüstert, und da er als Andalusier obendrein einen kräftigen Schuss arabischen Fatalismus im Blut hatte, waren die Würfel schnell gefallen. »Fortuna klopft nicht zweimal an – wenn ihre schwarzen Augen dir zublinzeln, darfst du keine Sekunde verlieren«, hatte sein Alter ihm vor vielen Jahren als einzigen Rat mit auf den Weg gegeben; zwar war er tags darauf »mal kurz Zigaretten holen« gegangen und bei dieser Gelegenheit mit der Wurstverkäuferin vom Laden an der Ecke auf Nimmerwiedersehen verschwunden, aber sein Ratschlag hatte sich Peregil unauslöschlich ins Gedächtnis eingegraben. So kam es, dass er gestern Nachmittag, während er an einer Bartheke lehnte und Tapas zu sich nahm, kurzerhand beschlossen hatte seinem Herzen Gehör zu schenken; natürlich wusste er, dass er sich damit auf eine Gratwanderung begab, aber die Vorstellung, womöglich die große Chance seines Lebens zu verpassen, war ihm unerträglich. Er, der Assistent des großen Aufsteigers Pencho Gavira, mochte vieles sein: ein niederträchtiger Schuft, ein kriecherischer Glatzkopf, ein Spielsüchtiger, der für eine Hand voll Chips seine eigene Mutter, seinen Chef und die Frau desselben verriet, aber ein Feigling war er nicht – jedenfalls nicht, wenn es ums Roulett ging. Schon allein der Gedanke an das Geräusch der silbernen Kugel, vom Croupier in die kreisende Scheibe geworfen, flößte ihm den Mut eines Löwen ein. Wenige Stunden später hatte er sich ein frisches Hemd angezogen, eine Krawatte mit roten und lila Chrysanthemen umgebunden und wild entschlossen Kurs aufs Kasino genommen. Ein paarmal hätte er um ein Haar die Bank gesprengt, und das sprach sicher für seine Intuition, aber ganz hatte es halt doch nicht geklappt. Und wie der alte Seneca schon sagte: Was nicht sein kann, kann nicht sein und ist außerdem unmöglich. Oder stammte der Spruch doch nicht von Seneca? Egal. Jedenfalls gingen die zwei Millionen neunhunderttausend Peseten ebenso den Bach hinunter, wie die andern drei Millionen vor ihnen. Nun herrschte in seiner Kasse wahrhaftig tiefe Ebbe und am Horizont türmten sich immer bedrohlicher Gewitterwolken in Gestalt El Pollo Muelas und des Zigeuners Mairena.

Celestino Peregil erhob sich nervös und ging zwischen Kopiergeräten und Türmen von Papier in dem engen Kabuff auf und ab, das er zwei Stockwerke unter der Chefetage belegte. Vom Fenster hatte er Ausblick auf den Guadalquivir, die San-Telmo-Brücke, den Goldturm und die Uferpromenade mit ihren vielen Straßencafés – bevorzugter Ausflugsort verliebter Pärchen. Wer wusste, wie lange er dieses Panorama noch genießen konnte, so, wie die Dinge lagen. Peregil war in Hemdsärmeln und die Klimaanlage lief auf Hochtouren, trotzdem fand er es unerträglich heiß. Um eine beginnende Atemnot zu bekämpfen, ging er zum Kühlschrank, füllte Eiswürfel in ein Glas, gab drei Finger Whisky darüber und trank es in einem Zug leer.

Ihm spukte da was im Kopf herum – eine Idee, wie er sich vielleicht doch noch mal aus seiner Finanzmisere herauswinden konnte. Das hieß zwar, erneut mit dem Feuer zu spielen, aber viel anderes blieb ihm gar nicht übrig. Hauptsache, Pencho Gavira kam nie dahinter, dass sein Leibwächter und Spitzel doppeltes Spiel trieb. Wenn er es geschickt einfädelte, war diese Kuh noch lange zu melken, denn daran, dass der Pfaffe mindestens so fotogen war wie Curro Maestral, zweifelte er nicht im Geringsten.

Während Peregil die Sache in aller Ruhe überdachte, ging er zum Schreibtisch zurück und suchte aus dem Telefonverzeichnis seines Notizbuchs die Nummer heraus, die er schon öfters gewählt hatte. Nach einer Weile schlug er das Büchlein jedoch wieder zu, als sei er plötzlich von Skrupeln gepackt worden. Kanalratte, schimpfte er sich, zu einem der dezentesten Ausdrücke seines Repertoires greifend. Doch es waren nicht Gewissensbisse, die den abgebrannten Exdetektiv plagten, sondern Bedenken praktischer Natur: Es gab Medikamente, die einen umbrachten, wenn man zu viel davon einnahm. Andererseits konnten Schulden einen auch umbringen, vor allem, wenn man sie beim gefährlichsten Wucherer von ganz Sevilla hatte. Nach langem Hin und Her schlug er das Telefonverzeichnis wieder auf und suchte zum zweiten Mal die Nummer der Zeitschrift *Q+S* heraus. Viel dreckiger als jetzt, konnte es ihm auch nicht mehr gehen. Irgendwer hatte mal gesagt, Verrat sei nur eine Frage der Zeit – für Peregil war es eine Frage von Stunden. Überhaupt klang das Wort Verrat viel zu feierlich. Er kämpfte ums Überleben.

161

»Was machen Sie hier?«

Im Ordinariat hatte man Padre Óscar offensichtlich nicht lange genug festhalten können. Mit grimmigem Gesicht stand er im Korridor und versperrte ihm den Weg. Quart setzte ein eisiges Lächeln auf, um Ärger und Bestürzung zu überspielen:

»Ich habe mich ein wenig umgesehen.«

»Rumspioniert, das haben Sie!«

Óscar Lobato nickte ein ums andere Mal, als hätte er das längst geahnt. Er trug ein schwarzes Polohemd, eine graue Hose und Turnschuhe. Für einen jungen Mann – laut Bericht war er sechsundzwanzig Jahre alt – machte er keinen besonders kräftigen Eindruck. Seine blassen Wangen waren vom Treppensteigen gerötet. Er reichte Quart kaum bis zum Kinn und schien vom vielen Studieren mehr Sitzfleisch als Muskeln zu haben, aber Quart unterschätzte einen wütenden Menschen nie, und das war Óscar Lobato in diesem Moment zweifellos. Seine bebrillten Augen, vor denen eine blonde Haarsträhne hing, sprühten vor Zorn. Und seine Fäuste waren geballt.

Worte halfen hier nicht weiter, so viel stand fest. Quart hob also nur beschwörend eine Hand und deutete mit dem Kinn zur Tür, wobei er sich seitwärts drehte, als wolle er sich an der Wand vorbeidrücken. Padre Óscar machte jedoch rasch einen Schritt nach links und schnitt ihm den Weg ab. Da begriff der Gesandte aus Rom, dass er sich hier nicht so leicht aus der Affäre ziehen konnte, wie er sich das vorgestellt hatte.

»Machen Sie keine Dummheiten«, sagte er und öffnete den Knopf seiner Jacke.

Er hatte noch nicht ausgesprochen, als die Faust des jungen Mannes auch schon vorschnellte, blindwütig und für einen Priester reichlich unsanft, doch sein Schlag ging in die Luft: Quart war darauf gefasst gewesen und nach hinten ausgewichen.

»Das ist doch absurd«, protestierte er.

Und das war die Situation wirklich. Quart hob jetzt beide Hände zur Beschwichtigung, aber sein Gegner sah und hörte nichts vor lauter Zorn und schlug ein zweites Mal zu. Diesmal streifte er seinen Unterkiefer mit einer Art Kinnhaken, der mehr Zufallstreffer als sonst etwas war, aber ausreichte, um Quart aus der Reserve zu locken. Was glaubte dieser Mensch eigentlich? Dass man sich im normalen Leben prügelte wie in einem

Westernfilm? Nicht, dass Quart da viel erfahrener gewesen wäre – mit Nahkämpfen in Korridoren kannte auch er sich nicht besonders gut aus –, aber die ein oder andere Fertigkeit hatte er sich bei der Ausübung seines Amtes doch erworben: vier, fünf Tricks für den Notfall, nicht mehr. Er tat also, als lehne er sich an die Wand, betrachtete fast mitleidig das gerötete Gesicht des kurzatmigen Vikars und trat ihm in den Unterleib.

Padre Óscar erstarrte wie vom Blitz getroffen und Quart, der wusste, dass fünf Sekunden vergehen würden, bevor der Tritt seine volle Wirkung entfaltete, versetzte ihm vorsichtshalber noch einen Handkantenschlag hinters Ohr. Einen Moment später kniete der Vikar am Boden und stierte auf seine Brille, die ihm von der Nase gerutscht, aber heil geblieben war.

»Tut mir Leid«, sagte Quart, seine schmerzende Hand massierend.

Es tat ihm wirklich Leid und er schämte sich dafür, dass er es überhaupt so weit hatte kommen lassen. Zwei Priester, die sich prügelten wie Gassenflegel – eine Ungeheuerlichkeit! Und dass sein Gegner noch so jung war, machte die Sache umso peinlicher für ihn.

Padre Óscar rührte sich nicht. Er war aschfahl und schnappte nach Luft wie ein Fisch auf dem Trockenen. Seine kurzsichtigen Augen starrten immer noch hilflos auf die Brille am Boden. Quart bückte sich danach und gab sie ihm in die Hand, dann griff er ihm unter die Arme, zog ihn hoch und begleitete ihn in das kleine Wohnzimmer. Der Vikar ging gebückt vor Schmerzen; im Wohnzimmer angekommen, sank er kraftlos in einen der beiden Kunstledersessel, genauer gesagt auf einen Stapel der christlichen Illustrierten *Vida Nueva*; die Hefte rutschten seitlich weg oder fielen zerknittert auf den Boden. Quart holte dem jungen Mann ein Glas Wasser aus der Küche, das Óscar Lobato hinunterstürzte, als sei er am Verdursten. Er hatte sich mittlerweile seine Brille wieder aufgesetzt, die Gläser waren mit Fingerabdrücken verschmiert, das blonde Haar klebte ihm an der schweißnassen Stirn.

»Tut mir Leid«, sagte Quart noch einmal.

Der Vikar nickte schwach. Sein Blick irrte ziellos durch den Raum, während er sich das Haar zurückstrich und danach die Hand auf der Stirn liegen ließ. Mit seiner Blässe, dem offenen

Hemdkragen, der Brille, die ihm auf die Nasenspitze gerutscht war, sah er aus wie ein Häufchen Elend. Um derart aus dem Häuschen geraten zu sein, musste er schon unter enormer innerer Spannung stehen. Quart lehnte sich an die Tischkante:

»Nehmen Sie die Sache nicht persönlich«, sagte er so sanft wie möglich. »Ich habe hier einen Auftrag zu erfüllen. Es geht nicht gegen Sie.«

Padre Óscar nickte wieder, ohne ihn anzusehen.

»Ich glaube, ich habe den Kopf verloren«, murmelte er mit erloschener Stimme.

»Das haben wir beide«, erwiderte Quart lächelnd, um ihn ein wenig aufzurichten. »Aber eins möchte ich klarstellen: Ich bin nicht nach Sevilla gekommen, um Ihnen oder sonst irgendjemandem auf die Füße zu treten. Ich möchte nur verstehen, das ist alles.«

Padre Óscar fragte ihn, noch immer die Hand an der Stirn und mit verlorenem Blick, was zum Teufel er in einer Wohnung verstehen wolle, in die ihn keiner gebeten habe. Quart wusste, dass dies die letzte Gelegenheit war sich dem jungen Mann anzunähern; er schlug also einen kameradschaftlichen Ton an, appellierte an sein Verständnis – Befehl von oben, er müsse den Hacker identifizieren, der sich von Sevilla aus Zugang ins Computernetz des Vatikans verschafft hatte – marschierte dabei ein paarmal im Zimmer auf und ab, und pflanzte sich schließlich vor dem jungen Priester auf:

»Stellen Sie sich vor«, sagte er, und seine Stimme klang jetzt kumpelhaft, ungläubig und belustigt zugleich, »es gibt Leute, die glauben, dass Sie Matutin sind.«

»Reden Sie keinen Unsinn.«

»So unsinnig ist das gar nicht. Ich meine, Sie passen haarscharf zu dem Bild, das man sich landläufig von einem Hacker macht: jung, gebildet, mit den entsprechenden Interessen ...«

Quart steckte die Hände in die Hosentaschen und lehnte sich erneut an die Tischkante. »Und wo wir schon dabei sind: Können Sie einen Computer bedienen?«

»Wer kann das heutzutage nicht?«

»Und die Disketten in Ihrem Schreibtisch?«

Die Augendeckel des Vikars klappten zweimal auf und zu.

»Die sind privat. Sie haben sie doch nicht etwa ...«

»Nein, nein.« Quart hob beschwichtigend die Hände – hier, sie sind leer, ich habe nichts mitgenommen, sollte diese Geste bedeuten. »Aber verraten Sie mir eins: Wo ist der Computer, den Sie benützen?«

»Das tut nichts zur Sache.«

»Da täuschen Sie sich; das tut sogar sehr viel zur Sache.«

Padre Óscars Gesichtszüge gewannen von Minute zu Minute an Entschlossenheit. Er machte jetzt überhaupt keinen gedemütigten Eindruck mehr.

»Hören Sie.« Er drückte den Rücken durch, setzte sich auf und sah Quart in die Augen. »Hier ist ein regelrechter Krieg im Gange. Ich habe mich für die Partei Don Príamos entschieden. Er ist guter und rechtschaffener Mensch – und genau das sind die andern nicht. Mehr habe ich Ihnen nicht zu sagen.«

»Wer sind die andern?«

»Alle; angefangen vom Erzbischof bis hin zu diesen Bankern.« Ein bitteres Lächeln huschte über sein Gesicht. »Und Ihre Auftraggeber im Vatikan schließe ich da auch ein.«

Quart nahm seine Bemerkung gelassen hin – er gehörte nicht zu denen, die außer sich geraten, weil jemand an ihre Fahne pinkelt. Falls seine Fahne wirklich die des Vatikans war.

»Okay«, entgegnete er ruhig. »Schreiben wir das mal Ihrer Unreife zu. In Ihrem Alter ist der Sinn fürs Dramatische noch ziemlich ausgeprägt. Da kann man sich für eine verlorene Sache und für Ideen noch begeistern.«

Der Vikar warf ihm einen verächtlichen Blick zu.

»Meine Ideen haben mich zum Priester gemacht«, erwiderte er und schien sich zu fragen, welcher Art wohl Quarts Ideen waren. »Und was die verlorene Sache angeht: Nuestra Señora de las Lagrimas ist nicht verloren – noch nicht.«

»Also, wenn hier wer gewinnt, dann sicher nicht Sie. Ihre Versetzung nach Almería …«

Der junge Mann setzte sich noch aufrechter hin und straffte heroisch die Schultern.

»Alles hat seinen Preis – auch die Ehre und ein gutes Gewissen. Damit habe ich mich abgefunden.«

»Tolle Weisheit«, spöttelte Quart. »Mit anderen Worten: Sie werfen eine glänzende Karriere zum Fenster hinaus. Meinen Sie wirklich, das ist die Sache wert?«

»Was nützt es dem Menschen, alles zu gewinnen, wenn er seine Seele verliert?« Der Vikar blickte sein Gegenüber triumphierend an, überzeugt ein absolut schlagendes Argument ins Feld geführt zu haben. »Dieser Spruch dürfte Ihnen doch geläufig sein, oder?«

Quart musste sich zusammennehmen, um dem jungen Mann mit seiner verschmierten Brille nicht offen ins Gesicht zu lachen.

»Bedaure«, sagte er, »aber ich sehe keinen Zusammenhang zwischen Ihrer Seele und dieser Kirche.«

»Sie sehen vieles nicht. Beispielsweise, dass es Kirchen gibt, die wichtiger sind als andere – ihres Symbolgehalts wegen, oder weil sie Werte am Leben erhalten, die anderswo längst ausgestorben sind. Manche Kirchen sind wie Schützengräben.«

Quart grinste in sich hinein: Denselben Ausdruck hatte Padre Ferro während ihrer Unterredung im Büro des Erzbischofs verwendet.

»Schützengräben«, wiederholte er.

»Jawohl.«

»Würden Sie mir verraten, wovor Sie sich in Ihrem Schützengraben schützen wollen?«

Padre Óscar rappelte sich mit schmerzverzerrter Miene auf, wankte zum Fenster und zog die Vorhänge zurück. Licht und Luft strömten herein.

»Vor der Heiligen Mutter Kirche«, sagte er, ohne sich umzudrehen. »So heilig, katholisch und apostolisch, dass sie ihre ursprüngliche Botschaft verraten hat. Mit der Reformation hat sie halb Europa verloren, im 18. Jahrhundert hat sie die Vernunft exkommuniziert; hundert Jahre später sind ihr die Arbeiter davongelaufen, weil sie gemerkt haben, dass die Kirche auf Seiten der Besitzenden und Unterdrücker steht; in einigen Jahren wird sie auch noch die Frauen und die Jugendlichen vergrault haben. Und wissen Sie, was dann noch übrig bleibt? ... Ratten, die zwischen leeren Bänken umherlaufen.«

Er schwieg eine Weile, ohne sich vom Fleck zu rühren. Quart hörte ihn atmen.

»Vor allem aber müssen wir uns davor schützen«, fuhr der Vikar fort, »was Leute wie Sie uns lehren wollen: Unterwerfen und Mundhalten.«

Wie er so auf die Orangenbäume des kleinen Platzes hinunterstarrte, reglos und unverwandt, erinnerte er Quart an ein bockiges Kind.

»Im Seminar habe ich begriffen, dass dieses ganze System ausschließlich auf Formen basiert; mit ihnen werden Ambitionen und faule Kompromisse getarnt. Wenn sich ein Priester dem andern annähert, so nur, weil er sich konkret etwas davon verspricht. Von Jugend auf wird uns suggeriert, dass wir uns einen Gönner suchen müssen, einen Lehrer oder Bischof, der uns fördert.« Padre Óscar stieß ein leises, hämisches Lachen aus. »Früher dachte ich, ein Priester verneigt sich bloß vor dem Altar, aber da bin ich im Seminar schnell eines Besseren belehrt worden – wer weiterkommen will, muss Bücklinge nach rechts und links machen. Ich selbst war Experte darin … weit davon entfernt, den Leuten das geistige Vorbild zu sein, ohne das sie in die Hände von Wahrsagern, Astrologen und Kartenlegerinnen fallen. Bis ich dann Don Príamo kennen gelernt habe. Dank seiner habe ich begriffen, was es heißt zu glauben, dass man dazu nicht einmal von der Existenz Gottes überzeugt zu sein braucht. Glauben heißt, blind loszuspringen und darauf zu vertrauen, dass uns jemand auffängt. Es heißt, die Haltung eines Kinds einzunehmen, das sich im Dunkeln nicht fürchtet, weil es sich einer helfenden Hand sicher ist. Wem das gelingt, den kann der Glauben über vieles hinwegtrösten – über seine Ängste, über das unfassbare Leid in der Welt …«

»Erzählen Sie das eigentlich auch herum?«

»Klar. Das erzähle ich jedem, der es hören will.«

»Dann kriegen Sie früher oder später mit Sicherheit Probleme.«

»Die habe ich schon, wie Sie am allerbesten wissen müssten. Was soll's? Ich beklage mich nicht. Mit sechsundzwanzig Jahren könnte ich mir leicht einen neuen Beruf suchen und woanders nochmals von vorn anfangen. Aber das will ich nicht. Ich bleibe auf meinem Posten und gebe den Kampf nicht auf – egal, wohin sie mich schicken.« Er sah Quart herausfordernd, ja geradezu aufmüpfig an: »Und wissen Sie was? … Ich habe meine Berufung zum Querulanten entdeckt.«

Pencho Gavira hing tief in seinem schwarzen Ledersessel und starrte auf den Bildschirm des Computers. Da war eine Botschaft, eingeschleust in das interne Datennetz der Bank:

Sie warfen das Los und verteilten seine Kleider unter sich, aber das Heiligtum Gottes konnten sie nicht zerstören. Denn der Stein, den die Architekten verwarfen, war der Eckstein; er wahrt das Andenken an all die anderen Steine, die uns entrissen wurden.

Zum Spaß hatte der Eindringling gleich noch einen Virus mitgebracht – ein lästiges Pingpongbällchen, das kreuz und quer über den Monitor flitzte und sich bei jedem Abprall von einer der vier »Banden« verdoppelte, bis die Bälle untereinander in Kollision gerieten und eine atompilzförmige Explosion hervorriefen. Dann ging es wieder von vorne los. Gavira machten sich keine Sorgen wegen des Virus an sich – er war harmlos und konnte leicht entfernt werden; die Angestellten des Rechenzentrums waren bereits an der Arbeit und kontrollierten, ob das Datennetz nicht auch noch mit gefährlicheren Viren infiziert worden war. Nein, was Pencho Gavira nachdenklich stimmte, war die Leichtigkeit, mit der der Spaßvogel – ein Mitarbeiter der Bank oder ein Hacker von draußen – sein blödes Bällchen eingeschleust hatte, und das seltsame Bibelzitat, das bestimmt etwas mit der Operation Nuestra Señora de las Lagrimas zu tun hatte.

Mit einem Seufzer riss sich der Vizepräsident der Kartäuser Bank von seinem Computer los und ließ den Blick Trost suchend zu dem Gemälde wandern, das seit knapp einem Monat sein Büro zierte – ein wertvoller Klaus Paten aus der Konkursmasse der Banco de Poniente. Da der alte Machuca kein Freund von moderner Kunst war – er schwärmte eher für die Romantiker –, hatte Gavira sich das Bild kurzerhand unter den Nagel gerissen, sozusagen als seinen Anteil an der Kriegsbeute. Vormals pflegten Generäle ihre Wohnungen mit den Fahnen besiegter Feinde zu schmücken, und genau das war der Klaus Paten für ihn: das Banner einer unterworfenen Armee, eine 2,20 X 1,80 m große, kobaltblaue Leinwand, über die diagonal ein roter und ein gelber Streifen verlief. *Obsession n.º 5* war das Gemälde betitelt; während der letzten dreißig Jahre hatte sich der Aufsichtsrat der vor kurzem annektierten Bank unter ihm versammelt. Besagter

Rat war inzwischen »aufgelöst, entwaffnet und gefangen«, und das dazugehörige Finanzunternehmen – einzige Konkurrenz der Kartäuser Bank in Andalusien – für immer von der Landkarte gelöscht. Gavira selbst hatte den Bankrott in die Wege geleitet: Als kleines Familienunternehmen mit vorwiegend bäuerlicher Kundschaft war die Banco de Poniente von Leuten gemanagt worden, denen es bisweilen schlicht am nötigen Durchblick gefehlt hatte und wer als Banker nicht auf Anhieb einen guten Deal von einem Verlustgeschäft unterscheiden konnte, taugte einfach nicht für seinen Beruf. Pencho Gavira hatte es jedenfalls nicht besonders schwer gehabt, seinen Konkurrenten ins Handwerk zu pfuschen und sie zu einem gefährlichen Schritt zu verleiten, der sich bald als fatal herausstellte.

Danach ging es mit der Banco de Poniente rasend schnell bergab, doch unten wartete Pencho Gavira mit breitem Lächeln und ausgebreiteten Armen auf seine bedrängten Kollegen. Freilich drückte er sie so fest an sich, dass ihnen bald die Luft wegblieb; mit Bürgschaften, Krediten und anderen »Hilfeleistungen« drängte er sie immer mehr in die Ecke. Das Resultat kam dem einer ethnischen Säuberung wie auf dem Balkan gleich. Jedenfalls blieb von der Banco de Poniente zuletzt nicht mehr übrig als der Name und ein paar Immobilien, in denen selbst die Aschenbecher noch verpfändet waren. An diesem Punkt war das Unternehmen von der Konkurrenz absorbiert und sein Präsident vor die Wahl gestellt worden sich eine Kugel in den Kopf zu jagen oder ein kleines Ehrenamt im Aufsichtsrat der Kartäuser Bank zu übernehmen. Er entschloss sich für Letzteres. So waren die Dinge gelaufen und all dies verlieh dem Klaus Paten in Pencho Gaviras Büro den Charakter einer Siegestrophäe.

Sieger. Gavira murmelte das Wort halblaut vor sich hin, doch als er wieder auf seinen Computerbildschirm sah, trat ihm eine tiefe Sorgenfalte auf die Stirn: Der Monitor war angefüllt mit durcheinander sausenden Bällchen und just in diesem Moment knallten zwei zusammen – bumm, die nächste Atombombe explodierte, und schon ging das Spiel von neuem los. Völlig entnervt drehte er seinen Bürosessel um 180 Grad, der breiten Fensterfront zu, die auf den Guadalquivir hinausging. Wer in seinen Kreisen überleben wollte, musste genau wie dieser verfluchte Pingpongball ständig in Bewegung sein. Fressen oder gefressen werden, lautete das Motto – dazwischen gab es nichts. Der geringste Stillstand machte einen verwundbar und dann konnte es einem ergehen wie dem verletzten Hai, den die eigenen Artgenossen anfallen. »Stell dir vor, du fährst Fahrrad«, hatte der alte Machuca eines Tages zu ihm gesagt, die lauernden Raubvogelaugen zu einem schmalen Spalt geschlossen. »Wenn du aufhörst zu treten, fällst du runter.« Pencho Gavira war von Natur aus dazu prädestiniert, unermüdlich in die Pedale zu treten, neue Wege zu erforschen und ohne Unterlass zu attackieren – ob es sich nun um wirkliche Feinde handelte oder um Windmühlen, die er sich ex professo erdachte. Jeden Rückschlag überwand er durch Flucht nach vorn, jeder Sieg legte bereits den Keim für die nächste Schlacht. Auf diese Weise wob der Vizepräsident und Generaldirektor der Kartäuser Bank das komplizierte Spinnennetz seiner Operationen. Worauf er letztendlich hinauswollte, was sein Endziel war, würde er wohl erst begreifen, wenn er es erreicht hatte – sofern er es überhaupt jemals erreichte.

Er verließ per Tastendruck das hausinterne Netz und öffnete durch Eingabe eines Kodeworts sein Privatarchiv. Hier war, vor fremden Zugriffen geschützt, ein Geheimdossier abgespeichert, das ihn wirklich in Schwierigkeiten bringen konnte: Der Bericht einer auf Wirtschaftsspionage spezialisierten Detektei, in Auftrag gegeben von einigen Aufsichtsratsmitgliedern, die sich mit Händen und Füßen dagegen wehrten, dass er die Nachfolge Octavio Machucas als Präsident der Kartäuser Bank antrat. Das Dossier war eine wahre Bombe, die die Konspiratoren in einer für die nächste Woche anberaumten Versammlung hochgehen lassen wollten. Freilich ahnten sie nicht, dass Gavira sich gegen Bezahlung einer beträchtlichen Summe eine Kopie davon verschafft hatte:

S&B Confidencial
Betr.: Interne Nachforschungen K. B. – in Sachen P. T. u. a.

– Gegen Mitte des vergangenen Jahres ließ sich eine ungewöhnliche Zunahme der Aktiva der Kartäuser Bank (K. B.) verzeichnen und als Folge davon der Verbindlichkeiten gegenüber anderen Banken. Der Vizepräsident und Prokurist Pencho Gavira (Gavira ist mit allen dele-

gierbaren Vollmachten ausgestattet) erklärte diese Zunahme mit Finanzierungen der »Puerto Targa AG« und ihrer Aktionäre; es handle sich jedoch um eine einmalige Übergangssituation, die mit dem bevorstehenden Verkauf der AG an den saudiarabischen Konzern »Sun Qafer Alley« geregelt werde. Von diesem Verkauf, der von der andalusischen Regionalregierung und vom Ministerrat bereits genehmigt wurde, verspricht sich Gavira einen bedeutenden Zusatzgewinn für die Aktionäre der K. B. sowie beträchtliche Provisionseinnahmen für die Bank.

– Die »Puerto Targa AG«, gegründet mit einem Gesellschaftskapital von 5 000 000 Peseten, hat sich die Durchführung eines umfangreichen Bauprojekts zum Ziel gesetzt. Am Rande des südlich von Sevilla am Meer gelegenen Naturschutzgebietes »Parque Doñana« soll unter dem Namen »Puerto Targa« eine luxuriöse Ferienhaussiedlung mit Golfplatz und Jachthafen entstehen. Die andalusische Regionalregierung, die anfänglich gegen den Bau der Anlage in unmittelbarer Nähe des Naturschutzgebietes war, hat das Projekt kürzlich wider Erwarten freigegeben. Nachdem das Gesellschaftskapital der »Puerto Targa AG« daraufhin auf 9 000 000 Peseten erhöht wurde, hat die K. B. auf Antrag ihres Vizepräsidenten 78 % der Gesellschaftsaktien aufgekauft. Die restlichen 22 % verblieben in privater Hand, wobei sich die Firma »H. P. Sunrise« mit Sitz in San Bartolomé (franz. Antillen) jedoch ein Aktienpaket von beträchtlichem Umfang sichern konnte. Es besteht begründeter Verdacht, dass es sich bei der genannten Firma in Wahrheit um eine Scheinfirma P. Gaviras handelt.

– Inzwischen sind mehrere Monate verstrichen, ohne dass der angekündigte Verkauf der »Puerto Targa AG« stattgefunden hätte. Der Vizepräsident der K. B. rechtfertigt die damit verbundene Zunahme der Verbindlichkeiten mit der Bezahlung von Zinsen, Wechselverpflichtungen und Tilgungsraten. Da seinen Auskünften zufolge der Verkauf der Aktien nun unmittelbar bevorstehe, sei in allernächster Zukunft mit einer erheblichen Senkung der Verbindlichkeiten zu rechnen. Entgegen der von P. Gavira gemachten Angaben stellte sich im Verlauf unserer Ermittlungen jedoch heraus, dass die beobachtete Zunahme der Verbindlichkeiten auf die bewusste Verschleierung gewisser Bilanzposten zurückzuführen ist. Zusammengerechnet ergeben diese Posten einen Betrag von 20 028 Millionen Peseten, von denen lediglich 7020 Millionen für die Operation »Puerto Targa« verwendet wurden. Nichtsdestotrotz beharrt P. Gavira darauf, dass sich

mit dem Aufkauf der »Puerto Targa AG« vonseiten des »Sun-Qafer-Alley«-Konzerns die Situation vollständig normalisieren wird.

– Unsere Nachforschungen lassen den Rückschluss zu, dass es sich bei der »Puerto Targa AG« um eine Gesellschaft handelt, die (durch Vermittlung mehrerer Scheinfirmen mit Sitz in Gibraltar) von Anfang an und nahezu vollständig von der K. B. finanziert wurde – ein Umstand, der den meisten Aufsichtsratsmitgliedern verheimlicht wurde. Praktisch wurde die AG aus zweierlei Gründen ins Leben gerufen: Erstens, um in der Vorjahresbilanz der K. B. einen Gewinn verbuchen zu können, der in Wirklichkeit nur vorgetäuscht war, denn die mit dem Kauf der AG eingenommenen 7020 Millionen stammen in Wahrheit aus den eigenen Kassen der Bank, die »Puerto Targa« über verschiedene in Gibraltar ansässige Scheinfirmen an sich selbst verkauft hat; und zweitens, um mit dem Zugewinn aus dem Verkauf der AG an den saudiarabischen Konzern die Bilanz der Bank zu sanieren, d. h. ein »Loch« von über 10 Milliarden Peseten zu stopfen, für das der derzeitige Vizepräsident mitverantwortlich ist.

– Der Verkauf der »Puerto Targa AG«, deren Wert sich nach Schätzung des Vizepräsidenten verdreifachen sollte, hat wie bereits erwähnt bis dato nicht stattgefunden. Als neuer Termin für den Abschluss des Geschäfts wurde nun Mitte bis Ende des laufenden Monats Mai angegeben. Es ist möglich, dass sich die kritische Finanzlage der Bank mit der Operation »Puerto Targa« tatsächlich normalisieren lässt, wie P. Gavira in Aussicht stellt, fest steht im Augenblick jedoch nur, dass die systematische Verschleierung der Finanzmisere einer unlauteren Bilanzkosmetik gleichkommt. Im Klartext: Der Aufsichtsrat der K. B. wurde während des letzten Jahres bewusst über die bestehende Risikosituation, über den Mangel an positiven Resultaten sowie über zahlreiche Fehler und Unregelmäßigkeiten im Management hinweggetäuscht. Gerechtigkeitshalber sei jedoch hinzugefügt, dass dies nicht ausschließlich dem Vizepräsidenten P. Gavira angelastet werden kann.

– Als Bestandteile dieses Täuschungsmanövers und der damit verbundenen Bilanzfälschung sind zu nennen: hektische Suche nach neuen Finanzquellen, unkorrekte Buchführung und Übertretung der für Banken gültigen Rechtsvorschriften sowie das Eingehen eines geradezu tollkühnen Risikos, das der K. B. im Falle des Nichtverkaufs der »Puerto Targa KG« an den »Sun Qafer Alley«-Konzern (letzterer soll 180 Millionen Dollar angeboten haben) immense Verluste zufügen und darüber hinaus einen öffentlichen Skandal provozieren würde, der *dem Ansehen der Bank, v. a. bei ihren konservativen Kleinaktionären, enorm schaden könnte.*

– Was die unmittelbar dem Vizepräsidenten anzulastenden Unregelmäßigkeiten betrifft, so sind diese teilweise auf einen von uns festgestellten Hang zur Verschwendung P. Gaviras zurückzuführen; dazu gehören die Zahlung überzogener und durchweg nicht näher dokumentierter Honorare an Privatpersonen und Experten unterschiedlichster Berufssparten (Architekten, Ingenieure u. ä.) sowie die Überweisung von Geldern an Beamte und öffentliche Institutionen (hier besteht begründeter Verdacht auf Korruption). Als weitere Unregelmäßigkeit sei die private Beteiligung P. Gaviras an den Geschäften einiger Bankkunden genannt, für die er als Vermittler Provisionen kassiert haben dürfte. Letzteres ist allerdings nicht eindeutig bewiesen.

– Zusammenfassend kann also gesagt werden, dass ein Scheitern der Operation »Puerto Targa« die K. B. in eine äußerst kritische Lage bringen würde. Sollten darüber hinaus die Unregelmäßigkeiten bekannt werden, die sich der Vizepräsident P. Gavira im Zusammenhang mit der genannten Operation sowie in Bezug auf die Kirche Nuestra Señora de las Lagrimas zuschulden kommen ließ, so dürfte ein öffentlicher Skandal kaum zu vermeiden sein. Die möglichen negativen Auswirkungen eines solchen Skandals auf die konservative und zum größten Teil katholische Stammkundschaft der Bank liegen auf der Hand.

Im Großen und Ganzen war das alles richtig. Während der letzten beiden Geschäftsjahre hatte Gavira schwer jonglieren müssen, um die Aktionäre der Bank, die an konservative, um nicht zu sagen altmodische Verwaltungsmethoden gewöhnt waren, von seiner Art des Managements zu überzeugen. Mit Puerto Targa und ähnlich gewagten Operationen wollte er Zeit gewinnen, um seine Position zu festigen. Das war zwar, als erklimme er eine Leiter, indem er die Sprossen, die er unter sich ließ, nach oben verlagerte und erneut benutzte, aber bis zur endgültigen Konsolidierung der Situation war es die einzig mögliche Taktik. Gavira brauchte Handlungsspielraum und Geld; der Deal mit Nuestra Señora de las Lagrimas musste unbedingt Erfolg haben, denn damit köderte er die Saudis, die »Puerto Targa« kaufen sollten. Wenn alles lief, wie vorgesehen, würde sich der nördliche Teil des Stadtviertels Santa Cruz in ein Schmuckstück des Schickeriatourismus verwandeln. Geplant war unter anderem ein kleines, superluxuriöses Hotel mit allem, was dazu gehörte; es sollte fünfhundert Meter von der alten sevillanischen Moschee entfernt entstehen, und zwar auf persönlichen Wunsch von Kemal Ibn Saud, Bruder des saudiarabischen Königs und Hauptaktionär der »Sun Qafer Alley«. Gavira hatte die gesamte Dokumentation des Projekts auf die Festplatte seines Computers abgespeichert und durch Kodewort gesichert, genau wie den Bericht der Privatdetektei und noch ein paar Geheimnisse; Kopien auf Diskette und CD-ROM lagen in dem Safe, der sich unter dem Klaus Paten befand. Für Gavira stand viel auf dem Spiel, zu viel, als dass er sich von einer Hand voll verknöcherter Aufsichtsratsmitglieder hätte einschüchtern lassen.

Er sah erneut auf seinen Computerbildschirm und runzelte die Stirn. Langsam begann ihm der Hacker mit seinen hüpfenden Bällchen doch Sorgen zu bereiten. Es war unwahrscheinlich, dass dieser Mensch das Kodewort dechiffriert und sich Zugang zu seinem Privatarchiv verschafft hatte, denn in diesem Fall hätte er seinen blöden Ball bestimmt direkt dort eingeschleust und nicht draußen gelassen. Allein der Gedanke trieb ihm den Schweiß auf die Stirn. Fast ebenso unangenehm war jedoch die Vorstellung, dass sich der Eindringling in unmittelbarer Nähe so heißer Informationen herumtrieb. Gavira betätigte eine Tastenkombination und löschte kurz entschlossen das gesamte Archiv. »Vorsicht ist die Mutter der Porzellankiste«, pflegte der alte Machuca zu sagen.

Danach betrachtete er versonnen das graugrüne Wasser des Guadalquivir und die Calle Betis, die sich am jenseitigen Ufer dahinzog. Der Fluss glitzerte in der Sonne und der Goldturm hob sich schimmernd gegen den leuchtenden Himmel ab. Pencho Gavira träumte davon, dass dies alles eines Tages ihm gehören würde, dass die Sonne allmorgendlich allein für ihn, den strahlenden Sieger, den ruhmreichen Triumphator aufgehen würde; und in den Kreisen, in denen er verkehrte, hätte ihn deswegen keiner für größenwahnsinnig gehalten. Er zündete sich eine Zigarette an und blies ihren Rauch in die breite, goldene Bahn des schräg einfallenden Sonnenlichts, das wie ein Bühnenscheinwerfer den Mittelpunkt des Szenariums erhellte: sein Büro, den wuchtigen Schreibtisch, den Klaus Paten an der gegenüberliegenden Wand. Dann holte er aus seiner Schreibtischschublade wohl zum hundertsten Mal die Illustrierte heraus, auf deren Titelblatt seine Frau abgebildet war, wie sie mit dem Torero das Hotel Alfonso XIII. verließ. Eine Hand auf die Zeitschrift gelegt, überkam ihn wieder jene perverse Faszination, jenes schmerzhafte Vergnügen, das er jedes Mal empfand, wenn er sich die Bilder ansah. Sein Blick schweifte von der Illustrierten zu einem silbergerahmten Foto, das vor ihm auf dem Tisch stand: ein Porträt von Macarena in weißer Bluse, die linke Schulter entblößt. Er selbst hatte das Foto gemacht, als er noch überzeugt gewesen war, sie immer zu besitzen – nicht nur, wenn sie miteinander schliefen. Das war vor der Krise gewesen, vor der Zeit, als sie angefangen hatte, sein Geschlecht mit dem Interesse eines Menschen zu streicheln, der einen langweiligen Text in Blindenschrift liest.

Gavira rutschte nervös auf seinem Bürosessel herum. Sechs Monate. Er sah seine Frau noch genau vor sich, wie sie im Licht der Neonröhre auf dem Badewannenrand saß, während er sich duschte, nicht ahnend, dass er soeben zum letzten Mal mit ihr geschlafen hatte; Macarena sah ihn an, wie sie ihn noch nie angesehen hatte: als habe sie es mit einem Fremden zu tun. Dann stand sie unvermittelt auf und als er in seinen Bademantel gehüllt ins Schlafzimmer zurückkam, war sie bereits angezogen und packte ihre Koffer. Kein Wort, kein Vorwurf kam über ihre Lippen. Sie warf ihm nur einen stummen, unergründlichen Blick zu und verschwand durch die Tür, ohne ihm Zeit zu irgendwelchen Fragen oder Einwänden zu geben. Sechs Monate waren seit diesem Tag vergangen, sechs Monate, in denen sie ihn kein einziges Mal hatte wieder sehen wollen.

Gavira legte die zerknitterte Zeitschrift in die Schublade zurück und drückte voller Ingrimm seine Zigarette in den Aschenbecher, bis der letzte Funken Glut erloschen war – ein kleiner Gewaltakt, der ihm Erleichterung verschaffte. Hätte er das doch bloß auch mit dem alten Pfarrer tun können, und mit der amerikanischen Nonne, die sicher eine Lesbe war, und mit all diesen hinterwäldlerischen, rückständigen Pfaffen, die aus ihren Beichtstühlen und Katakomben hervorkrochen, um ihm das Leben zu vermiesen. Und auch mit diesen elenden, stockkonservativen und überheblichen Sevillanern, die keine Gelegenheit verpassten ihn an seinen Status eines Emporkömmlings zu erinnern, seit die Tochter der Duquesa del Nuevo Extremo sich von ihm abgewandt hatte. Er biss zornig die Zähne zusammen und versetzte dem Foto seiner Frau einen Schlag, sodass es vornüber kippte. Bei Gott, beim Teufel oder wer auch immer an diesem ganzen Schlamassel schuld war, er würde es ihnen allen noch gehörig heimzahlen. Zuerst hatten sie ihm die Frau abspenstig gemacht, und jetzt wollten sie ihm auch noch die Kirche und damit seine Zukunft wegnehmen.

»Ich werde euch zerquetschen«, spie er beinahe aus. »Alle miteinander.«

Mit diesen Worten schaltete er den Computer aus; binnen weniger Sekunden war der Bildschirm erloschen. Nein, so konnte es wirklich nicht weitergehen; hier musste etwas geschehen. Ein paar von diesen Pfaffen mittels eines kleinen Unfalls, eines Schenkelhalsbruchs oder etwas Ähnlichem aus dem Verkehr zu ziehen, würde ihm bestimmt keine schlaflosen Nächte bereiten, und wenn er es sich recht überlegte, nicht einmal Gewissensbisse. Entschlossen, seine Racheschwüre augenblicklich in die Tat umzusetzen, nahm Pencho Gavira den Hörer des Haustelefons ab.

»Peregil«, knurrte er in die Sprechmuschel. »Ist auf deine Leute Verlass?«

»Hundert pro«, gab sein Helfer zurück. Gavira starrte auf das umgekippte Foto auf seinem Schreibtisch, während um seine Lippen jenes grausame Lächeln spielte, das ihm in andalusischen Bankierskreisen den Spitznamen »der Hai« eingebracht hatte. Eins stand fest: Diesen Spielverderbern in Soutane würde er das Rückgrat brechen.

»Dann sag Ihnen gefälligst, sie sollen aufs Ganze gehen«, befahl er Peregil. »Zündet die Kirche an, oder lasst euch sonst was einfallen. Hauptsache, ihr legt diesen verfluchten Pfaffen das Handwerk. Und zwar endgültig.«

VI.
Lorenzo Quarts Krawatte

In Ihnen, Madame, sind sämtliche Frauen der Welt vereint.
(JOSEPH CONRAD *Der goldene Pfeil*)

Lorenzo Quart besaß eine einzige Krawatte; er trug sie selten, und wenn, dann nur zu dunklen Anzügen und weißen Hemden. War sie zerknittert oder schmutzig, so kaufte er sich eine neue, immer von derselben Art – aus dunkelblauer Seide, im klassischen Schnitt, etwas schmaler als derzeit Mode – und immer im selben Geschäft, einem wenige Schritte von seiner Wohnung entfernten Krawattenladen in der Via Condotti. Das kam freilich höchstens zweimal im Jahr vor, denn normalerweise trug er weiße Krageneinsätze zu schwarzen Priesterhemden, die er selbst bügelte, penibel wie ein alter Veteran, der ständig damit rechnet, zum Appell antreten zu müssen. Quart orientierte sich in allem, was er tat, an einem Reglement, das er sich selbst gesetzt hatte. Und das, so lange er zurückdenken konnte, nicht erst seit dem Tag, als er – auf einem kalten Steinboden liegend, das Gesicht nach unten, die Arme kreuzförmig ausgebreitet – zum Priester geweiht worden war. Schon im Seminar hatte er sich widerspruchslos der kirchlichen Disziplin unterworfen und damit genau das erreicht, wonach er strebte: ein geordnetes Leben, eine sichere Zukunft und eine Sache, der er sein Talent widmen konnte. Allerdings hatte er sich im Gegensatz zu anderen Seminaristen weder damals noch später dazu verleiten lassen, seine Seele einem einflussreichen Freund oder Gönner zu verschreiben. Er glaubte – und darin bestand möglicherweise seine einzige Naivität – dass es genüge, die Regeln zu befolgen, um respektiert zu werden. Tatsache war, dass es ihm nie an Lehrern und Vorgesetzten gemangelt hatte, die seine Disziplin beeindruckte. Disziplin und Intelligenz gaben dann auch den Ausschlag für seine Karriere: sechs Jahre Priesterseminar und zwei Jahre Hochschulstudium in Theologie, Kirchengeschichte und Philosophie sowie ein Doktorandenstipendium in Rom, wo er in kanonischem Recht promovierte. Die Professoren der Gregoriana empfahlen ihn an die Päpstliche Akademie weiter; dort machte er eine Art Magister in »Diplomatie und Beziehungen zwischen Kirche und Staat«. Danach entsandte ihn die vatikanische Staatssekretarie als Referendar in zwei europäische Nuntiaturen, bis er schließlich mit knapp neunundzwanzig Jahren von Monsignore Spada offiziell für das Institut für Auswärtige Angelegenheiten rekrutiert wurde. An jenem denkwürdigen Tag ging der junge Priester zu Enzo Rinaldi in die Via Condotti und kaufte für einhundertfünfzehntausend Lire seine erste Krawatte.

Zehn Jahre waren seit damals vergangen, aber mit dem Knoten hatte Quart immer noch Probleme. Nicht dass er rein technisch außerstande gewesen wäre, sich einen Schlips umzubinden, aber als er jetzt vor dem Badezimmerspiegel stand und den blütenweißen Hemdkragen und die dunkelblaue Krawatte in seinen Händen betrachtete, wurde er doch etwas unsicher: Ob es nicht riskant war, »in Zivil« mit Macarena Bruner auszugehen? Er stellte sich einen Tempelritter vor, der ohne seine Rüstung vor die Stadtmauer von Tyros tritt, um mit den Mamelucken zu verhandeln; der Vergleich entlockte ihm ein nervöses Lächeln. Er warf einen Blick auf seine Armbanduhr: Zeit genug sich anzukleiden und zu Fuß in das vereinbarte Restaurant zu begeben, das er mit Hilfe des Stadtplans am Platz von Santa Cruz ausgemacht hatte – übrigens in unmittelbarer Nähe der alten arabischen Stadtmauer, was er auch nicht gerade als gutes Omen deuten konnte.

In Sachen Pünktlichkeit konnte Quart es ohne weiteres mit den kahl geschorenen Schweizergardisten des Papstes aufnehmen. Er pflegte seinen Tagesablauf in präzise Zeitabschnitte einzuteilen, die er ständig im Kopf hatte und rigoros einhielt. So wusste er auch, dass ihm mindestens eine Viertelstunde Zeit blieb, sich mit seiner Krawatte zu beschäftigen; er zwang sich also, in aller Ruhe den Knoten zu machen und sorgfältig zurechtzurücken. Quart hasste es, irgendetwas überstürzt und das hieß für ihn unkontrolliert tun zu müssen. Er war sehr stolz auf seine Selbstbeherrschung, auch wenn sie ihm große Opfer abverlangte; im Umgang mit anderen Menschen stand er ständig unter höchster Anspannung; es gab ja so vieles, was er vermeiden musste: eine spontane Geste, ein unbedachtes Wort, eine gereizte Äußerung, die mit dem Gleichmut, den er sich zur

Regel gemacht hatte, nicht vereinbar waren. Die Regel – sie war das Einzige, was für ihn zählte. Dank ihrer gelang es ihm, wenigstens moralisch die Form zu wahren, auch dann, wenn er andere Bestimmungen übertrat, Bestimmungen, mit denen er selbst sich nicht identifizierte – wenn er sich »am Rande der Legalität bewegte«, wie Monsigore Spada es vornehm ausdrückte. Quarts Credo war das Credo des Soldaten. *Tutti i preti sono falsi*, alle Priester sind falsch, lautete ein altes Sprichwort der Kurie, aber auf ihn traf es nicht zu. Lorenzo Quart war ein redlicher und von Grund auf überzeugter Templer.

Vielleicht beschloss er deshalb, nachdem er sich lange genug im Spiegel betrachtet hatte, den Knoten wieder zu lösen und die Krawatte auszuziehen; dasselbe tat er mit dem weißen Hemd. Er warf beides auf den Badhocker und ging mit nacktem Oberkörper zum Schrank, holte ein schwarzes Priesterhemd mit Stehkragen aus der Schublade und schlüpfte hinein. Beim Zuknöpfen streiften seine Finger die Narbe, die er unterm linken Schlüsselbein hatte; dort war er operiert worden, nachdem ein amerikanischer Soldat ihm im Verlauf der Panama-Invasion mit dem Gewehrkolben die Schulter zertrümmert hatte. Es war seine einzige »Berufsnarbe« – ein rotes Tapferkeitsabzeichen oder die Palme des Märtyrers, wie Monsignore Spada zu spötteln pflegte. Und obwohl die Sache Seine Exzellenz und die feigen Lebenslauf-Schnüffler der Kurie schwer beeindruckt hatte, wäre es Quart lieber gewesen, der mit Kampfhelm und M-16-Gewehr ausgestattete Wüterich, auf dessen kugelsicherer Weste eine Erkennungsmarke mit dem Namenszug *J. Kowalski* prangte – »noch so ein Pole«, sollte Spada später bissig bemerken – hätte den vatikanischen Diplomatenpass ernster genommen, den er ihm an dem Tag unter die Nase gehalten hatte, als sie in der panamaischen Nuntiatur die Kapitulation General Noriegas aushandelten.

Bis auf den Kolbenstoß war sein Einsatz in Panama allerdings erfolgreich verlaufen – ein Beispiel mustergültiger Krisendiplomatie. Bereits wenige Stunden nachdem die Amerikaner ins Land eingefallen waren und Noriega sich in die Päpstliche Gesandtschaft geflüchtet hatte, war Quart in Costa Rica ins Flugzeug gestiegen und nach einem riskanten Flug in Panama gelandet. Offiziell bestand seine Mission darin, dem Nuntius – einem

Italoargentinier namens Héctor Bonino – zur Seite zu stehen, aber in Wirklichkeit sollte er die Verhandlungen überwachen und das IOE direkt über ihren Verlauf informieren; in so heiklen Situationen verließ sich die Staatssekretarie lieber auf Karrierediplomaten wie ihn und tatsächlich spitzte sich die Lage schon kurz nach seiner Ankunft dramatisch zu: Inmitten von Drahtsperren und spanischen Reitern errichteten die amerikanischen Soldaten eine riesige Lautsprecheranlage, aus der sie den Nuntius und seine Schützlinge Tag und Nacht mit dröhnender Rockmusik beschallten – der reinste Nervenkrieg. Notdürftig in Büros und Korridoren untergebracht hausten in der Nuntiatur die seltsamsten Gestalten: General Noriegas Spionageabwehr-Chef, fünf baskische ETA-Terroristen, ein kubanischer Wirtschaftsberater, der ständig mit Selbstmord drohte, falls man ihn nicht wohlbehalten nach Havanna zurückbrachte, ein Agent des spanischen Geheimdienstes *Cesid*, der abwechselnd mit dem Nuntius Schach spielte und nach Madrid telefonierte, drei kolumbianische Drogenhändler und schließlich General Noriega selbst, auf dessen Kopf die Amerikaner einen Preis ausgesetzt hatten. Dafür, dass er ihnen Asyl gewährte, verlangte Monsignore Bonino von seinen Gästen, dass sie täglich zur Messe gingen; es war rührend mit anzusehen, wie sie einander brüderlich die Hand zum Friedensgruß reichten: der Kubaner den Drogendealern, die ETA-Terroristen dem nicaraguanischen Geheimagenten und dieser seinem spanischen Kollegen. Und während draußen auf der Straße Bruce Springsteen *Born in the USA* schmetterte, leierte Noriega Gebete und klopfte sich schuldbewusst auf die Brust. In der kritischen Nacht der Belagerung, als Ledernacken mit schwarz angemalten Nasen versuchten die Gesandtschaft zu stürmen, hielt Quart kontinuierlich telefonischen Kontakt mit den Erzbischöfen von Chicago und New York und erreichte schließlich, dass Präsident Bush den Angriff wieder abblies. Am Ende lieferte Noriega sich mehr oder weniger bedingungslos den Amerikanern aus, der Nicaraguaner und die Terroristen wurden diskret aus dem Land geschleust und die Drogenhändler machten sich ungehindert aus dem Staub, um später in Medellín wieder aufzutauchen. Nur der kubanische Wirtschaftsberater, der als Letzter das Gebäude verließ, bekam Schwierigkeiten, als die Marines ihn im Kofferraum eines von Quart gemieteten Chevrolet Impala entdeckten, in dem der spanische Geheimagent ihn aus der Nuntiatur schmuggeln wollte – sozusagen aus purer Nächstenliebe und wohl wissend, dass er damit seinen Posten riskierte. Die Freilassung des Kubaners beruhte auf einem Geheimabkommen, und das war auch der Grund, weshalb Soldat Kowalski nichts davon wusste; da der gute Mann überdies keinen Schimmer von diplomatischen Gepflogenheiten hatte, endeten Quarts Vermittlungsversuche trotz seines Priesterkragens und des päpstlichen Passes mit einer gebrochenen Schulter. Der Kubaner, ein nervöser Typ namens Girón, wurde nach Miami verfrachtet und dort einen Monat lang ins Gefängnis gesteckt. Weit davon entfernt, seine Selbstmorddrohung wahr zu machen, beantragte er nach seiner Freilassung sogar politisches Asyl in den USA – was man ihm bereitwillig gewährte, nachdem *Reader's Digest* unter dem Titel *Auch ich wurde von Castro betrogen* ein Interview mit ihm veröffentlicht hatte.

In der Hotelhalle saß ein Unbekannter, der sich erhob, als Quart aus dem Lift trat. Er mochte um die vierzig sein, hatte mollige Hüften und schütteres, mit viel Spray frisiertes Haar.

»Mein Name ist Bonafé«, stellte er sich vor. »Honorato Bonafé.«

Quart hätte sich keine unpassenderen Namen für ihn vorstellen können: »Honorato«, ehrenwert, und »Bonafé«, rechtschaffen, waren wirklich die letzten Begriffe, die er mit diesem Menschen assoziiert hätte, mit seinen aufgedunsenen Wangen, die nahtlos in ein schwammiges Doppelkinn übergingen, und den schlaffen Tränensäcken unter den schlauen Knopfaugen, die ihn maßen, als überlege er sich, wie viel er wohl für seinen Anzug und seine Schuhe bekommen würde, wenn er sie klauen und verschachern könnte.

»Hätten Sie ein paar Sekunden Zeit?«

Er war ein unangenehmer Typ, aber noch unangenehmer war sein Lächeln: starr, unterwürfig und verschlagen zugleich wie das eines Priesters alter Schule, der sich beim Bischof einschmeicheln möchte. Quart fand, zu diesem Individuum hätte ein Talar besser gepasst, als der zerknitterte, beige Anzug und die Ledertasche, deren Schulterriemen er sich um das linke Handgelenk gewickelt hatte. Die Hand selbst war klein, dicklich und weich –

181

eine jener Hände, die einem beim Gruß gerade nur die Fingerspitzen reichen.

Quart gab sich reserviert und warf über die Schulter des Besuchers hinweg einen Blick auf die Wanduhr, um festzustellen, dass er in genau fünfzehn Minuten mit Macarena Bruner verabredet war. Der Typ folgte seinem Blick, beteuerte, dass es sich wirklich nur um ein paar Sekunden handle, und hob die Hand mit der Tasche, als wolle er sie ihm auf den Arm legen. Da der Gesandte aus Rom ihm jedoch augenblicklich signalisierte, dass er keinerlei körperlichen Kontakt wünschte, hielt er auf halbem Wege inne. Die Hand in der Luft, faselte er irgendwelche Erklärungen bezüglich seiner Absichten daher und der kumpelhafte Ton, den er dabei anschlug, steigerte Quarts Unbehagen. Als er dann auch noch den Namen der Zeitschrift *Q+S* fallen ließ, läuteten bei Quart die Alarmglocken.

»Um es kurz zu machen, Padre: Wenn ich Ihnen irgendwie dienlich sein kann, stehe ich jederzeit zu Ihrer Verfügung.«

Quart zog misstrauisch die Augenbrauen zusammen: Träumte er oder hatte dieser Mensch ihm tatsächlich zugezwinkert?

»Das ist nett. Aber ich wüsste nicht, wie Sie mir dienlich sein könnten.«

»Hehe, das wissen Sie nicht … sehr witzig.« Bonafé wackelte grinsend mit dem Kopf. »Dabei ist doch alles sonnenklar, ich meine: Was Sie hier in Sevilla verloren haben.«

Verflixt und zugenäht, das hatte ihm gerade noch gefehlt, dass ein Individuum wie dieses sich in seine vertrauliche Mission einmischte. Wie kam es bloß, dass halb Sevilla davon wusste?

»Keine Ahnung, worauf Sie hinauswollen«, erwiderte er, seinen Ärger unterdrückend.

Bonafé sah ihm frech ins Gesicht:

»Wirklich nicht?«

Nun reichte es Quart.

»Entschuldigen Sie mich. Ich habe eine Verabredung«, sagte er mit einem weiteren Blick auf die Uhr, drehte sich auf dem Absatz um und entfernte sich grußlos.

Doch der andere rannte ihm nach:

»Erlauben Sie mir, dass ich Sie begleite? Wir könnten uns doch unterwegs ein wenig unterhalten.«

»Ich habe Ihnen nichts zu sagen.«

Quart gab seinen Schlüssel an der Rezeption ab und trat auf die Straße hinaus, gefolgt von dem Reporter. Die dunkle Silhouette der Giralda ragte in den wolkenlosen Abendhimmel, auf der Plaza Virgen de los Reyes gingen in diesem Moment die Lichter an.

»Ich glaube, Sie verstehen mich nicht«, sagte Bonafé, indem er eine Ausgabe der Illustrierten *Q+S* herauszog, die er zusammengerollt in der Jackentasche trug. »Ich arbeite für diese Zeitschrift.« Er reichte Quart das Heft, aber als er sah, dass der sich nicht dafür interessierte, steckte er es wieder ein. »Ein kurzes freundschaftliches Gespräch, mehr verlange ich ja gar nicht. Sie beantworten mir ein paar Fragen und ich mache Ihnen keine Probleme. Ich bin mir sicher, dass wir beide von dieser Zusammenarbeit profitieren würden.«

Aus dem Mund mit den fleischigen, rosaroten Lippen hörte sich das Wort »Zusammenarbeit« geradezu obszön an. Quart hatte Mühe seine Abscheu zu überwinden.

»Insistieren Sie nicht; es hat keinen Zweck.«

»Kommen Sie, Mann.« Die gespielte Freundlichkeit des Journalisten wich plumper Aufdringlichkeit. »Lassen Sie uns was zusammen trinken.«

Sie waren unter einer Laterne an der Ecke des erzbischöflichen Palasts angelangt, als Quart abrupt stehen blieb:

»Hören Sie, Buenafé.«

»Bonafé«, berichtigte ihn der andere.

»Gut. Also hören Sie, Bonafé: Was ich in Sevilla tue, geht Sie nichts an. Davon abgesehen, wären Sie bestimmt der Letzte, dem ich es erzähle.«

Der Reporter setzte eine weltmännische Miene auf und begann eine Reihe von journalistischen Gemeinplätzen herunterzuleiern: seine Pflicht die Leute aufzuklären, der Wahrheit auf den Grund zu gehen ... Die Öffentlichkeit habe ein Recht darauf, informiert zu werden.

»Und für Sie und Ihre Freunde wäre ein gutes Verhältnis zur Presse auch von Vorteil«, fügte er nach kurzer Pause hinzu.

»Ich und meine Freunde? .... Meinen Sie da irgendeinen Club, oder was?«

»Nein, Mann. Sie wissen schon« – kriecherisches, einlenkendes Lächeln – »Der Klerus und so ...«

»Ach! Der Klerus.«

»Ja.«

»Der Klerus und so.«

Das Doppelkinn bekam drei Falten, als Bonafé hoffnungsvoll nickte.

»Ich sehe, wir verstehen uns.«

Quart sah ihn an: völlig ruhig, die Hände hinter dem Rücken verschränkt.

»Was genau möchten Sie denn von mir erfahren?«

»Na ja. Kommt darauf an ...« Bonafé kratzte sich unter der Achsel. »Beispielsweise, was man in Rom mit dieser Kirche vorhat. Wie man über ihren Pfarrer denkt ... Und vielleicht noch ein bisschen über Ihren persönlichen Auftrag.« Das unterwürfig anbiedernde Lächeln wurde breiter. »Das dürfte Ihnen doch nicht schwer fallen, oder?«

»Und was passiert, wenn ich mich weigere?«

Der Reporter schnalzte mit der Zunge, als wäre das von vornherein ausgeschlossen, wo sie sich jetzt doch so prächtig verstanden.

»Nun, dass ich meinen Artikel trotzdem schreibe. Und wer nicht auf meiner Seite steht, ist gegen mich ...« Er wippte beim Sprechen auf den Zehenspitzen. »So heißt es doch im Evangelium, nicht?«

»Passen Sie mal auf, Buenafé ...«

»Bonafé«, korrigierte der Reporter mit erhobenem Zeigefinger. »Honorato Bonafé.«

Quart betrachtete ihn schweigend, dann sah er kurz nach rechts und links und trat vertraulich einen Schritt vor. Irgendwie musste diese Bewegung jedoch bedrohlich wirken, aufgrund ihres Größenunterschieds vielleicht oder wegen des seltsamen Ausdrucks in Quarts Augen, jedenfalls wich Bonafé erschrocken bis an die Hauswand zurück.

»Es interessiert mich einen Dreck, wie Sie heißen«, zischte Quart leise. »Und ich hoffe, Ihnen nie mehr wieder zu begegnen.« Er rückte dem ängstlich blinzelnden Bonafé noch dichter auf die Pelle. »Aber was ich Ihnen sagen wollte: Ob Sie nun ein Flegel, ein Erpresser, ein Idiot oder alles auf einmal sind, wagen Sie es nicht noch mal, mich zu reizen; ich gerate nämlich ziemlich leicht in Rage. Also verduften Sie, und zwar schnell!«

Bonafés Gesicht wurde von der Laterne beschienen. Das Lächeln war daraus verschwunden, die Augen starrten Quart fassungslos an.

»Ihr Verhalten ist absolut ungebührlich für einen Priester«, protestierte er mit bebendem Kinn.

»So, finden Sie?« Jetzt war es an Quart zu grinsen. »Sie würden sich wundern, zu was für Ungebührlichkeiten ich noch in der Lage bin.«

Er drehte sich um und ging davon. Wie teuer würde ihn dieser kleine Sieg zu stehen kommen? Eins stand jedenfalls fest: Er musste seine Untersuchung abschließen, bevor sich die Dinge allzu sehr komplizierten. Ein Reporter, der in Sakristeien herumschnüffelte, hätte das Fass wirklich zum Überlaufen gebracht. Quart überquerte die Plaza Virgen de los Reyes und war dabei so in Gedanken versunken, dass ihm das auf einer Bank sitzende Paar gar nicht auffiel: ein Mann und eine Frau, die sich – kaum war er vorüber – erhoben, um ihm in gewissem Abstand zu folgen. Der Mann in weißem Anzug und Panamahut war sehr dick; die Frau trug ein getupftes Kleid und hatte sich kurioserweise eine einzelne Locke in die Stirn gekämmt. Sie schlenderten eingehängt hinter ihm her, wie ein ganz gewöhnliches Ehepaar, das ein wenig die laue Abendluft genießen möchte. Als die beiden jedoch an einem Mann mit Rollkragenpulli und Karojacke vorbeikamen, der an die Tür der Bar Giralda gelehnt auf einem Zahnstocher herumkaute, fand ein verschwörerischer Blickwechsel statt. In diesem Moment begannen die Glocken sämtlicher Türme von Sevilla zu schlagen und weckten Scharen von Tauben, die bereits ihre Köpfe unter die Flügel gesteckt hatten.

Als der große Priester das Restaurant La Albahaca betrat, bekam El Potro von Don Ibrahim ein Fünfundzwanzigpesetenstück in die Hand gedrückt, mit dem er sich zur nächsten Telefonzelle begab und Peregil Bericht erstattete. Knapp eine Stunde später kam Pencho Gaviras Faktotum müde angeschlappt, um nach dem Rechten zu sehen; er hatte eine Plastiktüte von Marks & Spencer dabei, Sevillas größtem Kaufhaus. Seine »Söldner« waren strategisch über den Platz von Santa Cruz verteilt: Neben dem Seitenausgang des Nobelrestaurants lehnte El Potro an der Hauswand, La Niña saß häkelnd auf dem Sockel des monumentalen Eisenkreuzes im Zentrum des Platzes und Don Ibrahim spazierte stockschwingend auf und ab; unter der breiten Krempe seines weißen Panamahuts glühte wie immer eine Montechristo-Zigarre.

»Der Pfaffe ist drinnen«, sagte er. »Mit der Dame.«

Dann lieferte er Peregil einen knappen Lagebericht, wobei er im Licht einer Laterne auf seine Taschenuhr sah. Vor zwanzig Minuten hatte er La Niña, als Blumenverkäuferin getarnt, auf Erkundung ausgeschickt. Danach war er selbst unter dem Vorwand sich an der Bar eine Havanna kaufen zu wollen ins Innere des Restaurants vorgedrungen; bei dieser Gelegenheit hatte er sogar ein paar Worte mit den Kellnern wechseln können. Das Paar belegte den besten Tisch des Lokals; es saß unter einer Kopie von Velázquez' *Trinkern* im hintersten der drei luxuriös eingerichteten Salons. Die Señora hatte Jakobsmuscheln-Salat mit Trüffeln und Basilikum-Dressing bestellt, der Padre gebratene Gänseleber auf honiggesüßter Essigsauce. Sie tranken stilles Wasser und einen roten Ribera-Wein vom Dueroufer, dessen Jahrgang Don Ibrahim allerdings nicht ergründet hatte, da er befürchtete, »durch allzu vieles Fragen beim Personal Verdacht zu erregen«, wie er Peregil schnurrbartzwirbelnd erläuterte.

»Und worüber sprechen die beiden?«, wollte Peregil wissen.

Der ehemalige Winkeladvokat bekundete mit einer feierlichen Geste sein Bedauern.

»Das entzieht sich leider meiner Kenntnis.«

Peregil überlegte eine Weile. Die Situation schien unter Kontrolle; Don Ibrahim und seine Kumpane leisteten ordentliche Arbeit und lieferten ihm mit ihren Informationen gute Karten an die Hand. Informationen waren immer Geld wert – nicht nur in seinen Kreisen; man musste sie bloß entsprechend an den Mann bringen. Natürlich wäre es ihm lieber gewesen, die Verantwortung für die ganze Aktion auf seinen Chef abwälzen zu können, denn schließlich war er der Hauptinteressierte. Doch das Sechsmillionenloch und seine Schulden bei dem Geldverleiher Rubén Molina zwangen ihn die Sache in eigener Regie durchzuführen. In den letzten Tagen hatte er miserabel geschlafen und sein Magengeschwür machte ihm auch wieder zu schaffen. Wenn er sich morgens vor den Badspiegel stellte, um seine Halbglatze zu tarnen, las er in der griesgrämigen Visage, die ihn aus dem Spiegel anstarrte, nichts als Jammer. Er war drauf und dran, die letzten Haare zu verlieren, hatte einen total kaputten Magen, schuldete dem eigenen Chef sechs Millionen Peseten, einem Wucherer fast das Doppelte und hegte obendrein die Befürchtung sich bei Dolores La Negra im Verlauf seiner letzten Starnummer den Tripper geholt zu haben – woher kam sonst das Jucken? Nein, so beschissen war es ihm schon lange nicht mehr gegangen.

Damit nicht genug. Peregil betrachtete die tonnenförmige Silhouette Don Ibrahims, der auf Instruktionen wartete, die im Schein einer Laterne häkelnde Niña Puñales und El Potro, der an der Hauswand lehnte. Zu all den Schwierigkeiten, die er bereits hatte, kam nun ein weiterer, unangenehmer Umstand hinzu. So knapp, wie Peregil bei Kasse war, hatte er sich nämlich nicht zurückhalten können und die dank des Ganoventrios erhaltenen Informationen bereits auf den Markt gebracht. Erst heute Nachmittag war er von Bonafé, dem Chefreporter der Illustrierten *Q+S*, mit einem weiteren großzügigen Scheck für einen heißen Tipp bezüglich des Pfaffen aus Rom, der Exfrau seines Chefs und der Sache mit Nuestra Señora de las Lagrimas honoriert worden. Und nun, wo der Reporter Lunte gerochen hatte, wollte er natürlich mehr: Macarena Bruner und der elegante Priester würden mit Sicherheit ein spektakuläres Titelblatt abgeben. Peregil wusste, dass er an diesem Abendessen und seinem möglichen Nachspiel – ob pikant oder nicht – enorm verdienen konnte. Nur dass Bonafé, so gut er bezahlte, ein unberechenbarer und höchst gefährlicher Typ war, und gerade hier lag das Problem. Ihm einen oder mehrere Pfaffen zu verkaufen – das konnte Peregil verantworten, aber dem Informationspaket weiterhin die Frau seines Chefs beizufügen, hätte an Hochverrat gegrenzt.

Andererseits konnte es nicht schaden, sich für den Notfall vorzusehen. Aus seiner Detektivzeit wusste Peregil, dass man beim Planen immer von der wahrscheinlichsten Hypothese ausging, in Sachen Sicherheit von der gefährlichsten. Und gefährlich wäre es für ihn allerdings geworden, wenn er hätte feststellen müssen, dass alle anderen beim Pokern mit Assen und Sequenzen aufwarteten, während er nicht einmal ein Duo zusammenbrachte; das Sammeln von Informationen war also eine Art Lebensversicherung für ihn. In derlei Überlegungen versunken wandte er sich wieder dem ernsten Gesicht Don Ibrahims zu, der – seine qualmende Havanna im Mund, die Daumen in die Knopflöcher der Weste gehängt, den Spazierstock überm Arm – auf Anweisungen wartete. Peregil war zufrieden mit ihm und seiner Truppe, so zufrieden, dass er einen Moment lang geneigt war, ihm die im Restaurant erstandene Havanna zu bezahlen, aber er hielt sich noch einmal zurück. Solche Leute durfte man nicht verwöhnen, und überhaupt: Wer sagte ihm denn, dass das mit der Zigarre nicht gelogen war.

»Gute Arbeit«, sagte er.

Don Ibrahim erwiderte nichts, zog nur ein paarmal an seiner Montechristo und sah zu La Niña und El Potro hinüber. Damit gab er Peregil zu verstehen, dass sein Lob ihnen genau so gebührte wie ihm selbst.

»Ich will, dass ihr so weitermacht«, fügte Pencho Gaviras Handlanger hinzu. »Der Pfaffe darf nicht mal pissen gehen, ohne dass ihr es mitkriegt.«

»Und was ist mit der Dame?«

Peregil biss sich nervös auf die Unterlippe und dachte nach.

»Absolute Diskretion«, sagte er schließlich. »Mich interessiert bloß, was sie mit diesem Pfaffen zu schaffen hat oder mit dem anderen, dem alten. Das müsst ihr unbedingt rausbekommen.«

»Und die andere Geschichte?«

»Was für eine andere Geschichte?«

»Na ja, wie soll ich sagen …«

Don Ibrahim sah sich verlegen um. Er las regelmäßig die Tageszeitung *El ABC*, aber manchmal warf er auch einen Blick in die Illustrierten, die La Niña kaufte, auch in das Skandalblatt *Q+S*, das er persönlich ziemlich geschmacklos fand. Die Fotos von Macarena Bruner und dem jungen Torero beispielsweise konnte er beim besten Willen nicht gutheißen. Schließlich stammte die Señora aus einer illustren Familie und war außerdem verheiratet.

»Die Pfaffen«, sagte Peregil, »ihr konzentriert euch auf die Pfaffen.«

Plötzlich fiel ihm der Inhalt der Plastiktüte wieder ein. Er zog eine Canon-Spiegelreflexkamera mit Zoomobjektiv heraus, die er soeben aus zweiter Hand gekauft hatte. Zwar kam diese Ausgabe einem weiteren Messerstich in den Unterleib seines darbenden Sparschweins gleich, aber er hoffte, sie würde sich lohnen.

»Könnt ihr Fotos machen?«

Don Ibrahim gab sich entrüstet.

»Aber selbstverständlich«, sagte er und legte sich eine Hand auf die Brust. »In meiner Jugend habe ich mich in Havanna als Fotograf betätigt.« Er überlegte kurz. »Damit habe ich mein Studium finanziert«, fügte er dann hinzu.

Im Dämmerlicht des Platzes sah Peregil die Goldkette der Taschenuhr Ernest Hemingways über dem dicken Bauch des falschen Anwalts glänzen.

»Dein Studium?«

»So ist es.«

»Dein Jurastudium, nehme ich mal an.«

Die Geschichte war vor Jahren durch die Lokalpresse gegangen, und das wussten sie beide zur Genüge. Trotzdem hielt Don Ibrahim dem Blick seines Gegenübers stand, ohne mit der Wimper zu zucken.

»Natürlich«, erwiderte er, feierlich und tapfer. »Etwas anderes habe ich nicht studiert.«

Peregil überreichte ihm die Plastiktasche ohne weitere Kommentare. Wo kämen wir Ratten auch hin, dachte er, wenn wir nicht mal untereinander zusammenhielten. Das Leben war ein einziger Schiffbruch; jeder hielt sich über Wasser, wie er konnte.

»Ich will Bilder«, befahl er. »Ihr folgt den beiden auf Schritt und Tritt und fotografiert sie überall. Aber heimlich, verstanden? Sie dürfen nichts davon merken. Da drin sind zwei besonders lichtempfindliche Filme für Nachtaufnahmen. Dass ihr bloß nicht auf die Idee kommt zu blitzen!«

Don Ibrahim untersuchte den Inhalt der Plastiktasche im Licht einer Straßenlaterne.

»Auf die Idee können wir schlecht kommen«, sagte er. »Der Apparat hat ja gar keinen Blitz.«

Peregil zuckte mit der Schulter, während er sich eine Zigarette anzündete:

»Was dachtest du denn, Mann? Der billigste kostet fünfundzwanzigtausend Peseten.«

Das Restaurant La Albahaca war im Erdgeschoss eines alten Palacios aus dem 17. Jahrhundert untergebracht, im oberen Stockwerk wohnten die Besitzer. Obwohl alle Tische belegt waren, hatte der Maître – Macarena Bruner nannte ihn Diego – einen Platz im besten Salon für sie reserviert, gleich neben dem großen Kamin, vor einem bleiverglasten Fenster, das auf den Platz von Santa Cruz hinausging. Bei der Ankunft des Paares hatten sich alle Köpfe gehoben. Sie waren beide in Schwarz – umwerfend schön die junge Señora in ihrem kurzen Kostüm, eindrucksvoll die schlanke Silhouette Lorenzo Quarts, der ihr auf den Fersen folgte. La Albahaca war einer der Orte, an denen die sevillanische Highsociety ihre Gäste von auswärts vorzuzeigen pflegte und binnen kurzem wusste jeder im Lokal, dass die Tochter der Herzogin vom Nuevo Extremo in Begleitung eines Priesters erschienen war. Macarena hatte im Vorübergehen dem einen oder anderen zugenickt, die Leute an den Nachbartischen ließen sie nicht aus den Augen. Damen, deren Juwelen im Kerzenlicht funkelten, tuschelten mit gesenkten Köpfen. Morgen weiß ganz Sevilla, dass wir hier waren, dachte Quart.

»Ich bin schon seit meiner Hochzeitsreise nicht mehr in Rom gewesen«, erzählte Macarena Bruner, die an so viel Aufsehen offensichtlich gewöhnt war. »Damals hat uns der Papst in Privataudienz empfangen. Ich ging ganz in Schwarz, mit Kamm und Mantille – eben wie es sich für eine richtige Spanierin gehört … Warum sehen Sie mich so an?«

Quart kaute bedächtig das letztes Stück Gänseleber, schluckte es hinunter und schob dann Messer und Gabel am rechten Tellerrand zusammen. Über die Flamme der Tischkerze hinweg folgten Macarena Bruners Augen der kleinsten seiner Bewegungen.

»Weil Sie gar nicht wie eine verheiratete Frau wirken.«

Sie lachte und dabei trat wieder der honigfarbene Schimmer in ihre dunklen Augen.

»Wahrscheinlich denken Sie, mein Lebensstil ziemt sich nicht für eine verheiratete Frau.«

Quart stützte einen Ellbogen auf den Tisch und drehte ausweichend den Kopf zur Seite.

»Ich fälle keine Moralurteile.«

»Aber Sie sind mit Priesterkragen erschienen und nicht mit Krawatte, wie Sie mir versprochen hatten.«

Sie sahen sich lange an. Da die Kerze zwischen ihnen stand, konnte Quart nur ihre obere Gesichtshälfte sehen, aber dem Glanz ihrer Augen entnahm er, dass sie lächelte.

»Ich mache keinen Hehl aus meinem Privatleben«, sagte sie. »Vor ein paar Monaten habe ich meinen Mann verlassen. Derzeit habe ich einen Freund, der Torero ist. Und vor ihm hatte ich schon andere.« Macarena Bruner legte eine Pause ein, die perfekt kalkuliert war. Quart kam nicht umhin ihre Selbstsicherheit zu bewundern. »Schockiert Sie das nicht?«

Quart fuhr mit dem Finger über den Griff seines am Tellerrand liegenden Messers. Er sei nicht der Typ, sich von derlei Dingen schockieren zu lassen, wiederholte er sanft. Das falle auch gar nicht in seinen Aufgabenbereich, dafür gebe es andere Priester, beispielsweise Padre Ferro in seiner Funktion als Beichtvater.

»Und was ist *Ihr* Aufgabenbereich? ›Kopfjägerei‹, wie unser Erzbischof es nennt?«

Er griff nach dem Kerzenständer in der Mitte des Tischs und stellte ihn zur Seite. Jetzt konnte er ihren großen, schön gezeichneten Mund mit der herzförmigen Oberlippe sehen und die perlweißen Zähne, die mit ihrem gebräunten Teint kontrastierten. Unter der Kostümjacke trug sie eine tief ausgeschnittene Bluse aus Rohseide, der Rock war kurz und hatte am Saum eine Spitzenbordüre, schwarz, wie ihre Seidenstrümpfe und die absatzlosen Schuhe. Ihre langen, wohlgeformten Beine hätten jeden Priester um seinen Seelenfrieden bringen können, Lorenzo Quart eingeschlossen. Nur dass der in weltlichen Dingen bei weitem mehr Erfahrung hatte als die meisten seiner Kollegen, wiewohl natürlich auch das keine Garantie war.

»Lassen Sie uns besser über Sie sprechen«, sagte er, von jenem merkwürdigen Instinkt geleitet, der ihn zwang sich seitlich zu stellen, um weniger Angriffsfläche zu bieten – wie in einem Pistolenduell.

Macarena Bruners Blick wurde ironisch:

»Über mich? Was interessiert Sie denn noch? Ich bin einen Meter vierundsiebzig groß und fünfunddreißig Jahre alt, ich habe ein abgeschlossenes Hochschulstudium, gehöre der Laienschwesternschaft Unserer Jungfrau von Rocío an und auf der alljährlichen Wallfahrt nach Rocío trage ich kein Flamencokleid, sondern immer Reitertracht und Kordobeser Hut.« Sie machte eine kurze Pause, als überlege sie, was es sonst noch über sie zu berichten gab; dabei sah sie auf den goldenen Armreif an ihrem linken Handgelenk – eine Uhr trug sie nicht. »Bei meiner Heirat hat meine Mutter den Titel des Herzogtums von Azahara an mich abgetreten, den ich aber nicht benütze, und nach ihrem Tod erbe ich weitere vierzig Adelstitel, die Casa del Postigo mit ein paar alten Möbeln und Bildern und das Notwendigste, um ein einigermaßen anständiges Leben führen zu können. Viel ist uns nicht geblieben, aber ich kümmere mich darum, es zu erhalten, und ordne außerdem das Familienarchiv. Momentan arbeite ich an einem Buch über die Herzöge von Nuevo Extremo zur Zeit der Habsburger. Alles andere brauche ich Ihnen wohl nicht erst zu erzählen.« Macarena führte ihr Glas an die Lippen. »Es steht in jeder Illustrierten.«

»Das scheint Sie nicht besonders zu stören.«

Sie nippte an ihrem Wein und betrachtete Quart, ohne das Glas abzusetzen.

»Stimmt. Das stört mich nicht Möchten Sie, dass ich mein Intimleben vor Ihnen ausbreite?«

Quart wiegte den Kopf.

»Ich weiß nicht«, erwiderte er wahrheitsgetreu. Er war ruhig, aber auch etwas gespannt und vor allem hellwach, trotz des Weines, von dem er freilich kaum getrunken hatte. »Offen gestanden ist mir noch immer nicht klar, weshalb Sie mich zum Abendessen eingeladen haben.«

Er sah, dass Macarena Bruner erneut von ihrem Wein trank, diesmal langsam und nachdenklich.

»Da könnte ich Ihnen viele Gründe aufzählen«, sagte sie, indem sie ihr Glas auf den Tisch zurückstellte. »Beispielsweise, weil Sie ein extrem höflicher Mensch sind. Ganz anders als die meisten Priester mit ihrem salbungsvollen Getue. In Ihrem Fall scheint die Höflichkeit ein Mittel, sich von den Leuten zu distanzieren.« Sie warf einen raschen, prüfenden Blick auf seine untere Gesichtspartie – auf den Mund, wie Quart vermutete – und heftete ihre Augen dann auf seine Hände, die rechts und links vom Teller lagen, da der Kellner in diesem Moment abräumte.

»Außerdem sind Sie angenehm schweigsam; ich kann es nicht leiden, ständig bequatscht zu werden. Darin gleichen Sie übrigens Don Príamo.« Der Kellner hatte inzwischen abgetragen; sie lächelte Quart an: »Last, but not least haben Sie kurze, grau melierte Haare, wie eine meiner Lieblingsromanfiguren: Sir Marhalt, der abgeklärte alte Ritter aus John Steinbecks *Abenteuer des König Artus*. Als junges Mädchen war ich schrecklich in ihn verliebt. Reichen Ihnen diese Gründe? Ach ja, und dann sind Sie natürlich auch noch ein Priester, der sich zu kleiden versteht, wie Gris schon meinte. Der interessanteste Priester, der mir je untergekommen ist … sollte Ihnen das etwas nützen.« Sie sah ihn ein letztes Mal intensiv an – fünf Sekunden zu lange, um nicht verlegen zu werden. »Nützt es Ihnen etwas?«

»Ehrlich gesagt nicht viel – für meine Zwecke.«

Macarena Bruner nickte; seine ruhige Antwort schien ihr zu gefallen.

»Sie erinnern mich auch an einen Kaplan meiner Ordensschule«, fuhr sie dann fort. »Wenn er die Messe zelebrierte, waren die Nonnen schon Tage vorher ganz aus dem Häuschen. Zum Schluss ist er mit einer von ihnen durchgebrannt – der pummeligsten, sie gab uns Chemieunterricht. Wussten Sie, dass Nonnen sich manchmal in Priester verlieben? Gris ist es so gegangen. Sie war Leiterin eines Colleges in Santa Barbara, Kalifornien. Eines Tages stellt sie voller Entsetzen fest, dass sie den Bischof ihrer Diözese liebt. Der Mann wird zu einem Besuch erwartet und da steht sie vor dem Spiegel, zupft sich die Augenbrauen und ist drauf und dran, Lidschatten aufzulegen. Was sagen Sie dazu?«

Sie blickte Quart gespannt ins Gesicht, aber er zeigte keine Reaktion. Macarena Bruner hätte sich ja im Traum nicht vorstellen können, wie viele Priester und Nonnen das IOE gerade aufgrund ihrer Liebschaften erpresste. Er beschränkte sich also darauf, achtlos mit der Schulter zu zucken.

»Wie hat Ihre Freundin das Problem gelöst?«

Sie hob die linke Hand, ihr goldener Armreif rutschte zurück. Die Leute an den Nachbartischen blickten auf.

»Gris hat den Spiegel zerschlagen, peng, und sich dabei die Pulsader aufgeschnitten«, sagte Macarena, indem sie ihre Hand nach unten sausen ließ. »Später ist sie zu ihrer Ordensvorsteherin gegangen und hat um eine Bedenkfrist gebeten. Mittlerweile ist sie schon seit etlichen Jahren freigestellt.«

Der Maître, der mit ausdrucksloser Miene neben ihnen stand, tat, als habe er kein Wort mitbekommen. Nun gab er seiner Hoffnung Ausdruck, dass alles zu Ihrer Zufriedenheit gewesen sei, und fragte die Señora Duquesa und Hochwürden, ob sie vielleicht noch etwas wünschten. Doch Macarena Bruner wollte es bei ihrem Salat belassen und Quart verzichtete ebenfalls auf weitere Gänge. Zum großen Bedauern des Maître lehnten sie auch das Dessert ab, mit dem das Haus sie beehren wollte. Bis der Kaffee kam, wollten sie lieber noch einen Schluck Wein trinken.

»Kennen Sie Schwester Marsala schon lange?«

»Wie komisch das klingt: Schwester Marsala … Ich habe sie nie als Nonne betrachtet.«

Macarenas Glas war beinahe leer. Quart nahm die Flasche, die er auf einem Beistelltisch neben sich hatte, und schenkte ihr ein. Sein eigenes Glas war noch halb voll.

»Gris ist älter als ich«, fuhr sie fort, »aber wir sind schon lange miteinander befreundet. Früher kam sie immer mit ihren amerikanischen Studenten nach Sevilla – zu Sommerkursen in Kunstgeschichte und Ähnlichem. Einmal hat ihr meine Mutter unser Speisezimmer als Restaurationsobjekt zur Verfügung gestellt; so lernte ich Gris kennen. Später habe ich sie dann Padre Ferro vorgestellt, und der hat erreicht, dass man sie in das Kirchenprojekt aufnahm; damals waren unsere Beziehungen zum Erzbistum noch gut.«

»Warum liegt Ihnen so viel an dieser Kirche?«

Idiotische Frage, sagte ihr Blick. Nuestra Señora de las Lagrimas sei von ihrer Familie erbaut worden. Ihre Vorfahren lägen dort begraben.

»Ihr Mann scheint sich aber nicht besonders dafür zu interessieren.«

»Klar interessiert er sich nicht dafür. Pencho hat andere Dinge im Kopf.«

Der Ribera-Wein funkelte im Kerzenlicht, als sie ihr Glas an die Lippen führte. Diesmal nahm sie einen großen Schluck und Quart fühlte sich verpflichtet, ihr dabei ein wenig Gesellschaft zu leisten.

»Stimmt es wirklich, dass sie nicht mehr zusammenleben,

obwohl sie noch verheiratet sind?«, fragte er sie und tupfte sich mit einem Serviettenzipfel den Mund ab.

Macarena Bruner sah ihn verwundert an: Gleich zwei Fragen hintereinander über ihr Eheleben gestellt zu bekommen, damit hatte sie an diesem Abend offensichtlich nicht gerechnet. In den honigfarbenen Schimmer ihrer Augen mischte sich ein Anflug von Ironie.

»Ja, das stimmt«, erwiderte sie nach einer Weile. »Wir leben getrennt. Trotzdem hat keiner von uns beiden die Scheidung beantragt. Pencho hofft wahrscheinlich, dass er mich früher oder später zurückkriegt. Ich verhelfe ihm zu sozialem Prestige, deshalb hat er mich ja geheiratet … unter allgemeinem Beifall.«

Quart ließ den Blick über die Leute an den Nachbartischen schweifen und beugte sich dann etwas zu ihr vor:

»Pardon. Das verstehe ich nicht ganz: Wessen Beifall meinen Sie?«

»Beispielsweise den meines Patenonkels; Sie haben sicher schon von ihm gehört. Don Octavio Machuca war ein enger Freund meines Vaters; er ist der Herzogin und mir sehr verbunden. Ich bin wie eine Tochter für ihn, das sagt er oft. Er wollte eine sichere Zukunft für mich und deshalb hat er sich dafür eingesetzt, dass ich den brillantesten seiner Mitarbeiter heirate – nach seiner Pensionierung soll Pencho Präsident der Kartäuser Bank werden.«

»Sie haben also einer sicheren Zukunft wegen geheiratet?«

Die Frage war ohne Hintergedanken gestellt, aber Macarena sah ihn prüfend an, während sie sich eine Haarsträhne aus dem Gesicht strich.

»Na ja … Pencho ist ein attraktiver Mann und er hat eine Menge Grips. Außerdem ist er unerhört mutig. Einer der wenigen Männer aus meinem Bekanntenkreis, die wirklich alles auf eine Karte setzen können – für einen Traum oder ein Ziel. In seinem Fall fällt beides zusammen: Sein Traum ist sein Ziel.« Ein schwaches Lächeln spielte um ihre Lippen. »Wahrscheinlich war ich sogar in ihn verliebt, als wir geheiratet haben.«

»Und was ist dann passiert?«

Macarena betrachtete ihn wieder wie vorher, prüfend, als wolle sie feststellen, ob ihre Antworten ihn wirklich interessierten.

»Eigentlich gar nichts«, erwiderte sie in neutralem Ton. »Ich habe meine Rolle gespielt, und er seine. Nur dass ihm ein paar Fehler dabei unterlaufen sind. Beispielsweise hätte er die Finger von unserer Kirche lassen sollen.«

»Von *unserer* Kirche?«

»Ja. Nuestra Señora de las Lagrimas gehört uns – mir und Padre Ferro und den Leuten, die jeden Tag dort zur Messe gehen. Und nicht zuletzt der Herzogin.«

Diesmal war es Quart, der lächelte.

»Nennen Sie Ihre Mutter immer Herzogin?«

»Wenn ich mit Dritten über sie rede, ja.« Macarena lächelte ebenfalls, und zwar so weich, wie er sie bisher noch nie hatte lächeln sehen. »Sie mag das. Sie mag auch Geranien, Mozart, altmodische Priester … und Coca-Cola. Ein bisschen ungewöhnlich, nicht? Für eine Frau mit siebzig, die einmal in der Woche mit ihrer Perlenkette schläft und ihren Chauffeur nach wie vor Mechaniker nennt. Kommen Sie doch morgen zum Kaffee zu uns; dann lernen Sie sie kennen. Don Príamo besucht uns jeden Nachmittag zum Rosenkranzgebet.«

»Ich glaube nicht, dass er sehr erfreut wäre mich bei Ihnen anzutreffen. Er hat was gegen mich.«

»Ich passe schon auf, dass er Sie nicht frisst, und meine Mutter auch; sie versteht sich prächtig mit ihm. Vielleicht wäre das für Sie beide eine gute Gelegenheit einmal von Mann zu Mann miteinander zu sprechen … Sagt man das eigentlich unter Priestern: von Mann zu Mann?«

Quart hielt ihrem Blick gelassen stand:

»Was Ihren Gatten betrifft …«

»Mir scheint, Sie sind heute Abend nur gekommen, um Fragen zu stellen.«

Macarena Bruner schien ironisch zu bedauern, dass dies der Grund war. Sie betrachtete wieder seine Hände, wie bei ihrer ersten Begegnung in der Eingangshalle des Hotels, als er sie verlegen zurückgezogen hatte. Diesmal gelang es ihm jedoch, sie ruhig auf dem Tischtuch liegen zu lassen.

»Was wollen Sie denn noch über Pencho wissen?«, fuhr Macarena fort. »Ob ich ihn wegen der Sache mit der Kirche verlassen habe? Dass er sich getäuscht hat, als er glaubte mich zu kaufen? Dass er ein ganz gemeiner Schuft sein kann?«

Sie sagte das in völlig ruhigem, leidenschaftslosem Ton. Am Nebentisch erhob sich eine größere Gruppe von Gästen, ein paar von ihnen verabschiedeten sich von ihr. Alle starrten neugierig auf Quart, besonders die Frauen – braun gebrannte, wasserstoffblonde Nobelandalusierinnen, denen man deutlich anmerkte, dass sie noch nie in ihrem Leben Hunger gelitten hatten. Macarena Bruner nickte ihnen lächelnd zu. Quart sah ihr in die Augen:

»Und warum lassen Sie sich nicht scheiden?«

»Weil ich Katholikin bin.«

Ob sie das im Spaß oder im Ernst meinte, war nicht zu ersehen. Sie schwiegen jetzt beide; Quart lehnte sich in seinen Sessel zurück, ohne die junge Frau aus dem Blick zu verlieren. Ihre Elfenbeinkette und die rohseidene Bluse unter der schwarzen Jacke betonten ihr schönes Dekolleté, die gebräunte Haut schimmerte im Kerzenlicht. Er betrachtete ihre großen, dunklen Augen, die abwartend auf ihn gerichtet waren, und begriff, dass die Gesundheit seiner Seele ernsthaft in Gefahr war, vorausgesetzt – an diesem Punkt hatte er immer Mühe Ratio und Instinkt auseinander zu halten – seine Seele war tatsächlich äußeren Schwankungen unterworfen wie die Aktienkurse der Börse. Stimmte der Vergleich, so wäre sie in diesem Augenblick allerdings keinen roten Heller wert gewesen.

Er machte den Mund auf und sagte etwas, um das peinliche Schweigen zu überbrücken, irgendetwas, das er fünf Sekunden später schon wieder vergessen hatte, aber er erreichte seinen Zweck. Jetzt redete Macarena Bruner wieder und Quart dachte an Monsignore Paolo Spada: Gebete und kalte Duschen, hatte er der Bulldogge auf der Spanischen Treppe erklärt.

»Es gibt Dinge, die ich Ihnen nicht erklären kann«, sagte sie. »So gerne ich es täte.« Sie blickte über Quarts Schulter hinweg, während dieser nickte, ohne zu wissen warum; Hauptsache, er konnte ihr jetzt wieder zuhören. »Im Leben gibt es verschiedene Arten von Luxus; manche von ihnen bezahlt man teuer, und genau das muss Pencho nun lernen. Er gehört zwar zu denen, die die Rechnung verlangen, ohne mit der Wimper zu zucken – sie klopfen auf die Theke und fragen, was sie schulden; darin ist er ein echter Mann, ein richtiger Macho«, spöttelte sie. »Aber innerlich kocht er vor Wut und er weiß, dass ich das weiß. Sevilla ist ein Klatschparadies; man liebt es, über andere herzuziehen. Jedes Gerücht, das ihm zu Ohren kommt, jedes Grinsen hinter seinem Rücken ist wie ein Dolchstoß für seinen Stolz.« Sie sah sich belustigt um. »Und wenn sich erst herumspricht, dass ich mit Ihnen essen war ...«

»Hatten Sie es darauf abgesehen?« Quart war jetzt wieder Herr seiner selbst. »Mich herumzuzeigen wie eine Trophäe?«

Aus ihrem Blick sprach eine uralte, fast schon etwas gelangweilte Weisheit.

»Schon möglich. Bekanntlich sind wir Frauen ja etwas kompliziert, ich meine im Vergleich zu den Männern – so geradlinig in ihren Lügen, so infantil in ihren Widersprüchen ... so konsequent in ihrer Gemeinheit.«

Der Maître persönlich brachte ihnen die Kaffees – schwarz für sie, mit einem Schuss Milch für ihn. Macarena Bruner angelte sich einen Zuckerwürfel und lächelte gedankenversunken.

»Jedenfalls können Sie Gift darauf nehmen, dass Pencho es morgen früh weiß. Es gibt Rechnungen, die man bei Gott langsam bezahlt.« Sie nippte an ihrem Kaffee. Quart sah auf ihre feuchten Lippen, als sie ihn anblickte. »Bei Gott hätte ich vielleicht nicht sagen dürfen, stimmt's? Das klingt nach einem Fluch. Du sollst den Namen Gottes nicht verunehren und so.«

Quart legte seinen Löffel bedächtig auf die Untertasse zurück.

»Machen Sie sich keine Sorgen«, beruhigte er sie. »Das passiert mir auch manchmal.«

»Seltsam ...« Macarena beugte sich ein wenig vor und berührte dabei die Tischkante mit ihrer dünnen Seidenbluse; sekundenlang malte Quart sich ihren Inhalt aus: üppig, braun gebrannt und weich. Um das zu vergessen, würde es mehr als einer kalten Dusche bedürfen. »Ich kenne Don Príamo jetzt seit zehn Jahren, seit er in unsere Gemeinde gekommen ist, aber ich kann mir immer noch nicht vorstellen, was in einem Priester innerlich vorgeht. Bis heute hat mich das auch gar nicht interessiert, aber wenn ich Sie so ansehe ...« Ihr Blick wanderte von seinen Händen zu dem weißen Priesterkragen. »Wie werden Sie als Priester mit den drei Gelübden fertig?«

In einem ungünstigeren Moment hätte diese Frage nicht kommen können. Quart starrte auf sein Weinglas, bemüht kühles Blut zu bewahren.

»Jeder von uns wird auf seine Weise damit fertig. Es gibt Kollegen, die ihre Gelübde mit ein paar Adjektiven ausschmücken: bedingter Gehorsam, geteilte Keuschheit und flüssige Armut.«

Er hob sein Glas und prostete ihr scherzhaft zu, dann stellte er es wieder ab und griff nach seiner Kaffeetasse. Macarena Bruner brach in schallendes Gelächter aus.

»Und Sie?«, fragte sie mit tränenden Augen. »Sind Sie gehorsam?«

»Für gewöhnlich ja«, sagte er, stellte seine Tasse zurück und tupfte sich den Mund ab. Danach faltete er sorgfältig seine Serviette zusammen und legte sie auf den Tisch. »Ich übe zwar keinen blinden Gehorsam, aber die Disziplin steht für mich immer im Vordergrund. Es gibt Dinge, die ohne Disziplin nicht funktionieren, und dazu gehört die Firma, für die ich arbeite.«

»Jetzt denken sie wohl an Don Príamo, was?«

Quart zog gleichgültig die Augenbrauen hoch. Eigentlich habe er an niemand besonderen gedacht, aber da sie Padre Ferro schon mal erwähne: Sicher, der sei in Sachen Disziplin nicht gerade ein löbliches Beispiel. Ziemlich eigensinnig, um es vorsichtig auszudrücken. Im Katechismus sei das allerdings die Todsünde Nummer eins.

»Wie können Sie ihn so einfach aburteilen? Sie kennen ihn doch gar nicht.«

»Ich urteile ihn nicht ab«, erwiderte Quart mit einer Grimasse. »Ich versuche bloß ihn zu verstehen.«

»Ja, aber wie wollen Sie ihn verstehen, wenn Sie nichts über ihn wissen?«, ereiferte sich Macarena. »Sein halbes Leben lang war er Dorfpfarrer in einem gottverlassenen Kuhdorf in den Pyrenäen. In schneereichen Wintern war er monatelang völlig von der Außenwelt abgeschnitten; manchmal musste er acht oder zehn Kilometer zu Fuß gehen, um einem Sterbenden die Letzte Ölung zu geben. In seiner Gemeinde gab es nur alte Leute und die sind ihm einer nach dem anderen weggestorben. Er hat sie mit den eigenen Händen verscharrt, bis keiner mehr übrig war. Unter solchen Bedingungen ist er natürlich zu sehr … wie soll ich mich ausdrücken? Na ja, zu sehr eigenen Vorstellungen gelangt – über das Leben, über den Tod, über die Rolle, die Sie

Priester in der Welt spielen … Für ihn ist diese Kirche unglaublich wichtig. Mit jeder Kirche, die aufgegeben wird oder zerfällt, geht ein kleines Stück Himmel verloren, sagt er. Und je weniger Gehör er findet, desto erbitterter kämpft er – aufgeben würde er nie. Dazu hat er dort oben, in den Bergen, schon zu viele Schlachten verloren.«

Das sei ja alles schön und gut, meinte Quart. Geradezu rührend. Er habe sogar schon den ein oder anderen Film zu diesem Thema gesehen. Nichtsdestotrotz müsse Padre Ferro sich der kirchlichen Disziplin unterwerfen.

»Wir Priester«, fügte er hinzu, »können nicht auf eigene Faust Privatrepubliken ausrufen, wann immer es uns gefällt. Die Zeiten sind vorbei.«

Macarena Bruner schüttelte den Kopf.

»Sie müssen ihn besser kennen lernen.«

»Dazu gibt er mir ja keine Gelegenheit.«

»Warten Sie's ab. Morgen lässt er mit sich reden, das verspreche ich Ihnen.« Sie betrachtete erneut seine Hände. »Und was Ihre ›flüssige‹ Armut betrifft: die kann man offensichtlich wörtlich nehmen – Sie haben kaum von Ihrem Wein probiert. In Bezug auf die andere Armut bin ich mir aber nicht so sicher. Sie kleiden sich sehr gut. Ich erkenne teure Anzüge – sogar an einem Geistlichen.«

»Dazu verpflichtet mich mein Beruf. Ich habe mit wichtigen Leuten zu tun, muss mit attraktiven Herzoginnen zum Abendessen gehen …« Sie sahen sich fest in die Augen; diesmal lächelte keiner. »Betrachten Sie es als Uniform.«

Es folgte ein kurzes Schweigen, das Quart diesmal gelassen ertrug. Nach einigen Sekunden wurde es von Macarena unterbrochen:

»Besitzen Sie auch eine Soutane?«

»Natürlich. Aber ich trage sie fast nie.«

In diesem Moment brachte ein Kellner die Rechnung, Quart wollte danach greifen, doch Macarena Bruner ließ es nicht zu. Er sei ihr Gast und damit basta. Quart gab nach und sah zu, wie sie eine American-Express-Karte aus der Handtasche zog. Sie lasse alle Rechnungen von ihrem Mann bezahlen, teilte Macarena ihm mit, als der Kellner sich zurückgezogen hatte. Das komme ihn billiger als eine Scheidung.

»Uns bleibt noch das letzte Ihrer drei Gelübde«, sagte sie später. »Halten Sie es auch mit der ›geteilten‹ Keuschheit?«

»Ich fürchte nein.«

Macarena nickte langsam und ließ ihren Blick durch den Raum schweifen, bevor sie sich wieder Quart zuwandte, um abschätzend seinen Mund und seine Augen zu betrachten.

»Erzählen Sie mir nicht, Sie hätten noch nie mit einer Frau geschlafen.«

Es gibt Fragen, die lassen sich nicht beantworten, jedenfalls nicht um elf Uhr nachts, bei Kerzenlicht, in einem sevillanischen Restaurant, aber sie schien auch gar keine Antwort zu erwarten. Gemächlich zog sie ein Päckchen Zigaretten aus der Tasche, steckte sich eine davon in den Mund und fuhr sich dann mit einer Keckheit, die natürlich und berechnend zugleich war, in den Ausschnitt, um ein Plastikfeuerzeug hervorzuzaubern, das sie unter ihren linken BH-Träger geklemmt hatte. Quart beobachtete sie beim Anzünden der Zigarette und zwang sich an nichts zu denken. Erst eine gute Weile später erlaubte er sich die vorwurfsvolle Frage, worauf er sich da eigentlich einließ, verdammt noch mal.

In Wirklichkeit hatte er aufgrund seiner besonderen Ausbildung und Tätigkeit eine ganz andere Einstellung zum Sex als der Großteil seiner Kollegen, die sich vom frauenfeindlichen Tratsch im Seminar beeinflussen ließen und sich blind den kirchlichen Vorschriften unterwarfen. In einem Umfeld, das vom Begriff der Sünde beherrscht wurde und jeden körperlichen Kontakt zum weiblichen Geschlecht untersagte, in dem bestenfalls heimlicher Sex oder Masturbation geduldet wurden, sofern man sie hinterher beichtete, in diesem Umfeld konnte Quart dank seiner diplomatischen Tätigkeit und der Arbeit fürs IOE zur Not immer auf »taktische Alibis« ausweichen, wie Monsignore Spada es ironisch nannte. Der Zweck heiligt die Mittel, sagt man, und in diesem Sinne war zum Wohle der Kirche nahezu alles erlaubt. Beispielsweise kam es nicht selten vor, dass der fesche junge Sekretär irgendeines Nuntius von Minister-, Bankiers- oder Diplomatengattinnen umschwärmt wurde, die ihn am liebsten vom Fleck weg adoptiert hätten. Ließ der junge Mann dann noch etwas Charme spielen, so gelang es ihm, Türen zu öffnen, die knittrigen alten Monsignori und Eminenzen normalerweise verschlossen blieben. Paolo Spada nannte es »das Stendhal-Syndrom« in Anlehnung an zwei Romanfiguren – Fabrice del Dongo und Julien Sorel – des berühmten französischen Schriftstellers, dessen Werke er Quart, kurz nach seinem Eintritt ins IOE, im Sinne einer guten Allgemeinbildung wärmstens ans Herz gelegt hatte. Gewisse Entscheidungen überließ Spada der Intelligenz und dem moralischen Urteilsvermögen seiner Mitarbeiter – Streiter Gottes, deren Waffen das Gebet und der gesunde Menschenverstand waren. Denn neben den Vorteilen, die es hatte, auf Empfängen, bei privaten Unterhaltungen oder im Beichtstuhl vertrauliche Informationen einzuholen, hatte dieses Vorgehen auch seine Risiken. Oft genug geriet man an extrem liebebedürftige Frauen, die nach einem Ersatz für ihre ständig abwesenden oder gleichgültigen Ehemänner suchten; und nichts brachte den alten Adam, der unter nahezu jeder Soutane schlummerte, mehr in Versuchung, als die Bekenntnisse einer unglücklichen oder frustrierten Gattin – zumal einem der Sündenablass ja so gut wie garantiert war. Jedenfalls stand für die meisten Vorgesetzten der strategische Nutzen im Vordergrund und Skandale galt es ohnehin zu vermeiden.

Quart für seinen Teil dachte ganz anders über das Keuschheitsgebot: Für ihn war seine strenge Befolgung keine Tugend, sondern im Gegenteil eine Sünde, verriet sie doch grenzenlosen Hochmut. Für jemanden, der sich wie er als Berufssoldat verstand, mag das paradox klingen, aber so sah es die Regel vor, die er seinem Leben zugrunde gelegt hatte. Und eine Regel brauchte er, wenn er nachts mit offenen Augen ins dunkle Zimmer starrte und ihm Phantasmen erschienen. Genau wie der Templer, der sich unter einem gottlosen Himmel mit nichts als seinem Schwert verteidigte, eine Regel brauchte, an die er sich klammern konnte, um nicht in die Knie zu gehen, wenn in der Ferne das Hufedonnern der sarazenischen Kavallerie erklang, die den Hügel von Hattin hinabstürmte.

Mit einem Ruck riss er sich von seinen Gedanken los. Macarena Bruner rauchte – einen Ellbogen auf den Tisch gestützt, das Kinn in die Hand gelegt, in der sie die Zigarette hielt. Aus irgendeinem Grund spürte er die verwirrende Nähe ihrer Beine. Unmittelbar vor ihm schimmerten ihre dunklen Augen im Licht der Kerze, das goldene Armband, die Elfenbeinkette, ihre wei-ßen Zähne zwischen den halb geöffneten Lippen. In seinen Fingerkuppen kribbelte es vor Verlangen. Er hätte bloß die Hand auszustrecken brauchen, um ihre Wangen zu berühren, das schwarze Haar, das ihr erneut ins Gesicht gefallen war. Stattdessen glitt diese Hand jedoch ruhig in die Innentasche seiner Jacke, zog die Postkarte Kapitän Xalocs heraus und legte sie aufs Tischtuch.

»Erzählen Sie mir von Carlota Bruner.«

Dieser Satz brach schlagartig den Bann. Macarena drückte ihre Zigarette im Aschenbecher aus und sah ihn bestürzt an. Der honigfarbene Schimmer in ihren Augen war weg.

»Woher haben Sie die Postkarte?«

»Irgendjemand hat sie in mein Hotelzimmer gelegt.«

Die junge Frau betrachtete das vergilbte Foto der Kirche und schüttelte den Kopf:

»Die Karte gehört mir. Sie stammt aus Carlotas Truhe. Ich begreife nicht, wie Sie dazu kommen.«

»Tja, das ist mir auch ein Rätsel.« Quart ergriff die Postkarte mit Daumen und Zeigefinger, drehte sie um und hielt ihr die beschriebene Seite hin. »Warum ist sie nicht abgestempelt?«

Macarenas Augen wanderten ratlos zwischen Quart und der Karte hin und her. Als er seine Frage wiederholte, nickte sie, antwortete ihm aber erst nach längerem Schweigen.

»Weil sie nie abgeschickt wurde«, sagte sie, nach der Postkarte greifend. »Carlota war eine Großtante von mir. Als junge Frau hat sie sich in einen armen Seemann namens Manuel Xaloc verliebt. Gris sagte mir, sie habe Ihnen die Geschichte erzählt ...« Macarena schüttelte den Kopf, wie um etwas zu verneinen, aber es handelte sich wohl eher um einen Ausdruck der Machtlosigkeit oder der Trauer. »Als Kapitän Xaloc nach Südamerika emigrierte, schrieb Carlota ihm jede Woche einen Brief oder eine Karte – und das Jahre hindurch. Aber ihr Vater – mein Urgroßvater Luis Bruner – war gegen diese Beziehung und wollte sie partout unterbinden; deshalb hatte er die Postbeamten der Stadt bestochen. In sechs Jahren bekam Carlota keinen einzigen Brief, und Xaloc vermutlich auch nicht. Als er heimkehrte, um sie abzuholen, war Carlota wahnsinnig geworden. Sie verbrachte ihre Tage am Fenster und starrte auf den Fluss hinunter, aber als Xaloc dann vor ihr stand, hat sie ihn nicht einmal wieder erkannt.«

Quart deutete auf die Postkarte.

»Und ihre Korrespondenz?«

»Keiner brachte es übers Herz, sie wegzuwerfen. Carlota ist 1910 gestorben; nach ihrem Tod hat man alle ihre persönlichen Dinge in einer Truhe verstaut und aufbewahrt. Als kleines Kind hat mich diese Truhe magisch angezogen: Ich habe die schönen Kleider anprobiert, die Halsketten aus schwarzem Bernstein …« Ein wehmütiges Lächeln spielte um ihre Lippen, aber als ihre Augen zu der Karte zurückkehrten, verschwand es augenblicklich. »In ihrer Jugend ist Carlota mit meinen Urgroßeltern viel gereist: zur Pariser Weltausstellung und nach Tunesien, wo sie die Ruinen von Karthago besichtigt hat; von dort brachte sie ein paar antike Münzen heim. In der Truhe gibt es auch Reiseprospekte mit Abbildungen von Luxusdampfern und vornehmen Hotels – all das inmitten von alten Spitzen und mottenzerfressenem Musselin: das Resümee eines Lebens. Stellen Sie sich vor, was das auf ein zehn-, zwölfjähriges Mädchen für einen Eindruck machte! Natürlich habe ich sämtliche Brief ausführlich gelesen; die romantische Gestalt meiner Großtante hat mich fasziniert. Sie fasziniert mich immer noch.«

Gedankenverloren ritzte Macarena mit dem Fingernagel Zeichen ins Tischtuch. Nach einer Weile blickte sie auf und sah Quart an:

»Eine schöne Liebesgeschichte«, sagte sie. »Und wie alle schönen Liebesgeschichten ging sie schlecht aus.«

Quart schwieg aus Angst ihren Redefluss zu hemmen. Statt seiner tat es der Kellner, der ihr den Kreditkartenbeleg zur Unterschrift brachte. Ihr Schriftzug wirkte nervös und fahrig – gefährlich nervös, wie Quart fand.

Macarena starrte jetzt verträumt vor sich hin.

»Es gibt da ein Lied von Carlos Cano, ein sehr schönes Lied«, sagte sie nach einer Weile. »Der Text ist von Antonio Burgos: ›Noch heute steht es mir vor Augen, jenes Mädchen aus Sevilla und sein Klavier …‹ Wenn ich es höre, kommen mir jedes Mal die Tränen. Wussten Sie, dass es über Carlota und Manuel Xaloc sogar ein Legende gibt?« Endlich lächelte sie wieder ein bisschen, aber es war ein sehr schüchternes Lächeln, dem Quart entnahm, dass sie diese Legende glaubte. »In hellen Mondnächten erscheint Carlota wieder an ihrem Fenster, während unten auf dem Guadalquivir das Gespensterschiff ihres Geliebten die Anker lichtet und davonsegelt.« Macarena hatte sich weit über den Tisch gebeugt, ihre Augen glänzten wieder und Quart fühlte ihre beunruhigende Nähe. »Als Kind habe ich mich nächtelang hinterm Vorhang versteckt und rausgeschaut, bis ich sie tatsächlich einmal sah – Carlota als bleiche Gestalt am Fenster; und unten, auf dem Fluss, die weißen Segel eines alten Schoners, der sich langsam im Nebel verlor.«

Sie verstummte abrupt und lehnte sich in ihren Stuhl zurück. Jetzt war die Distanz zwischen ihnen wiederhergestellt.

»Meine zweite große Liebe, nach Sir Marhalt, war Kapitän Xaloc«, sagte sie. Ihr Blick war eine einzige Provokation. »Finden Sie diese Story absurd?«

»Überhaupt nicht. Jeder von uns hat seine Gespenster.«

»Ach ja? Was haben Sie denn für welche?«

Nun war es Quart, der schüchtern lächelte. In Gedanken befand er sich weit weg, an einem Ort, an den Macarena Bruner niemals gelangt wäre, nicht einmal für den unwahrscheinlichen Fall, dass er seinem Lächeln erklärende Worte hinzugefügt hätte. Wind, Sonne und Regen. Salzgeschmack im Mund. Traurige Erinnerungen an eine entbehrungsreiche Kindheit, Knie, an denen feuchte Erde klebte, endloses Warten am Meer. Gespenster einer von Geistesarmut und Disziplin geprägten Jugend, die ein oder andere glückliche Erinnerung an kameradschaftliche Unternehmungen, an die Freude über ein erreichtes Ziel. Die Einsamkeit in einem Flughafen, beim Lesen eines Buches, in einem Hotelzimmer. Und die Angst und der Hass in den Augen anderer Menschen: der Bankier Lupara, Nelson Corona, Príamo Ferro. Echte oder imaginäre, vergangene und zukünftige Leichen, die auf seinem Gewissen lasteten.

»Keine besonderen«, erwiderte er gleichgültig. »Wie Sie: Ein Schiff, das ausläuft und nicht zurückkehrt. Ein Mann. Ein Tempelritter mit Kettenpanzer, der sich in der Wüste auf sein Schwert stützt.«

Macarena Bruner sah ihn verwundert an und sagte nichts.

»Aber Gespenster«, fügte Quart hinzu, »schmuggeln keine Postkarten in Hotelzimmer.«

Sie berührte die Karte, die mit der beschriebenen Seite nach oben auf dem Tisch lag: *Hier bete ich jeden Tag für dich …* Ihre Lippen bewegten sich stumm, während sie die Worte las, die Kapitän Xaloc nie erreicht hatten.

»Ich begreife das nicht«, sagte sie. »Die Karte war immer bei mir zu Hause, in Carlotas Truhe. Irgendjemand muss sie dort rausgeholt haben.«

»Wer?«

»Keine blasse Ahnung.«

»Wie viel Leute wissen denn von dieser Truhe?«

Sie starrte ihn an, als habe sie seine Frage nicht richtig gehört und erwarte, dass er sie wiederhole. Aber er wusste, dass sie in Wirklichkeit angestrengt überlegte.

»Nein«, sagte sie schließlich. »Das ist völlig absurd.«

Quart hob die Hand und merkte, dass Macarena kaum merklich zusammenzuckte, als fürchte sie, er könne Gott weiß was damit tun, aber er drehte nur die Postkarte um.

»Das ist überhaupt nicht absurd«, erwiderte er und deutete auf das Foto. »Hier, in dieser Kirche, liegt Ihre Großtante Carlota Bruner begraben. Ihr Ehemann möchte das Gebäude samt der zwanzig Perlen Kapitän Xalocs abreißen und Sie verteidigen es. Ein Gebäude, in dem zwei Menschen umgekommen sind, und dessentwegen ich nach Sevilla geschickt wurde.« Er sah sie an. »Eine Kirche, die tötet, um sich zu verteidigen, wie ein mysteriöser Computerpirat namens Matutin behauptet.«

Macarena versuchte zu lächeln, aber es wollte ihr nicht gelingen.

»Hören Sie auf. Sie machen mir ja Angst.«

Ihre Stimme drückte eher Ärger als Sorge aus, und Quart, der beobachtete, wie ihre Finger mit dem Plastikfeuerzeug spielten, wusste, dass sie soeben gelogen hatte: Macarena Bruner gehörte nicht zu den Frauen, die sich wegen jeder Kleinigkeit fürchteten.

Seit Matutin sich vor einer Woche zum ersten Mal zu Wort gemeldet hatte, überwachten Padre Ignacio Arregui und seine jesuitischen Computerspezialisten das Datennetz des Vatikans rund um die Uhr. In dieser Nacht hatte Arregui selbst Dienst. Zehn vor eins war er zum Kaffeeautomaten im Korridor gegangen; der Apparat hatte seine Einhundertlirestücke geschluckt, dafür aber nur einen leeren Becher mit etwas Zucker herausgerückt. Der Jesuit knurrte missmutig vor sich hin, während er in den Taschen seiner Soutane nach weiteren Münzen kramte und zum Korridorfenster hinaussah; auf der gegenüberliegenden Straßenseite patrouillierten zwei Schweizergardisten am Palazzo Belvedere vorbei, der nur von ein paar Laternen beleuchtet wurde. Als er die Münzen beisammen hatte, startete er einen zweiten Versuch; diesmal kam Kaffee raus, aber ohne Zucker, weshalb er notgedrungen den ersten Becher wieder aus dem Papierkorb fischen musste – er war glücklicherweise aufrecht geblieben –, um das Gebräu zu süßen. Danach kehrte er mit dem Kaffee in den Computerraum zurück, nicht ohne sich noch gehörig die Finger zu verbrennen.

»Da haben wir ihn wieder, Padre.«

Cooey, der Ire, starrte gebannt auf den Monitor, während er sich mit einem Papiertaschentuch die Brillengläser reinigte. Ein anderer Jesuit, ein junger Italiener namens Garofi, machte Jagd auf den Eindringling, indem er fieberhaft auf der Tastatur eines zweiten Computers herumhämmerte.

»Ist es Matutin?«, fragte Arregui. Er blickte über Cooeys Schulter auf die Mattscheibe, fasziniert vom bunten Blinken der Symbole und von der höllischen Geschwindigkeit, mit der die von Matutin angepeilten Dateien über den Bildschirm rollten. Cooeys Rechner vollzog die Bewegungen des Hackers nach, während Garofi an seiner Identifizierung und Lokalisierung arbeitete.

»Ich glaube ja«, erwiderte der Ire, indem er sich die gesäuberte Brille wieder aufsetzte. »Zumindest kennt er den Weg. Und er hat ein Affentempo drauf.«

»Ist er schon bei unseren SF angekommen?«

»Bei einigen. Aber er ist schlau, er fällt nicht darauf rein.«

Padre Arregui nippte an seinem Kaffee und versengte sich die Zunge.

»Zum Teufel mit dem Kerl!«

Die SF – »Sadduzäer-Fallen« im Jargon von Arreguis Team – waren trickreiche Computerprogramme, die wie Fischernetze ausgelegt wurden, damit sich die Piraten darin verfingen oder Spuren hinterließen, mittels derer man sie später identifizieren

konnte. Für Matutin hatte das Team verschiedene Datenlaby-
rinthe angefertigt; verlief er sich erst einmal darin, so bestand
Hoffnung ihn auch dingfest machen zu können.

»Er sucht INMAVAT«, verkündete Cooey.

Seine Stimme verriet auch heute wieder einen Anflug von
Bewunderung und Padre Arregui sah stirnrunzelnd auf den
Nacken des jungen Experten hinab, der – die rechte Hand auf
der Maus – gespannt über seinen Bildschirm gebeugt war. Ich
kann es ihm nicht übel nehmen, dachte Arregui. Er selbst war ja
ein Mann vom Fach, dessen Herz unvermeidlich höher schlug,
wenn er einen Spezialisten aus der Bruderschaft der Informati-
ker bei derartigen Kunststücken beobachtete; besonders, wenn
dieser Spezialist auch noch anonym war und so sauber arbeitete
wie Matutin. Selbst die Tatsache, dass es sich eigentlich um einen
Halunken handelte, der ihn nächtelang um den Schlaf brachte,
konnte daran nichts ändern.

»Es ist so weit«, sagte der Ire.

Jetzt wandte sich sogar Garofi von seiner Tastatur ab. Die im
Programm INMAVAT enthaltene und nur durch Passwort
zugängliche Liste mit den Codes der höchsten römischen Würdenträger rollte blitzschnell über den Bildschirm.

»Ja. Das ist Matutin«, sagte Cooey, wie jemand, der die Unterschrift eines alten Freundes wieder erkennt.

Der Plastikbecher knackte, als Padre Arregui ihn langsam in
der Hand zerdrückte und dann in den Papierkorb warf. Auf
Garofis Monitor blinkte der Cursor des Scanners, der mit den
Telefonleitungen der Polizei und des Vatikans verbunden war.

»Er macht es genau wie beim letzten Mal«, sagte der Italiener,
»springt von einer Leitung zur andern, und verwischt alle Spuren hinter sich.«

Padre Arreguis Augen waren auf den Cursor geheftet, der an
der Liste mit den vierundachtzig Benutzernamen von INMA-
VAT entlangsauste. Sie hatten mehrere Tage an einer Sadduzäer-
Falle gearbeitet, die Eindringlingen den Zugang zu V01A, dem
Privatcomputer des Heiligen Vaters, verwehren sollte. Wenn
man das normale Passwort eingab, schnappte die Falle nicht zu,
aber wenn sich ein Unbefugter in INMAVAT herumtrieb, so
wurde ihm – ohne sein Wissen – ein geheimer Code angehängt.
Wollte er sich dann bei V01A einschleichen, so blockierte ihm

dieser Code den Zugang und leitete ihn gewissermaßen um, sodass er nicht beim echten, sondern bei einem fiktiven Benutzer landete, dem sie den Namen V01ATS gegeben hatten. Dort konnte der Hacker, egal was er tat, nicht den geringsten Schaden anrichten; hatte er jedoch eine neue Botschaft dabei, so würde er sie trotzdem hinterlassen, denn er glaubte ja mit dem Computer des Papstes verbunden zu sein.

Jetzt blieb der Cursor auf dem Benutzernamen V01A stehen. Die drei Jesuiten hielten den Atem an und starrten gebannt auf Cooeys Monitor, zehn Sekunden später klickte der Cursor zweimal, dann erschien die kleine Sanduhr auf dem Bildschirm.

»Er dringt ein«, flüsterte Cooey mit hochrotem Kopf. Seine Brillengläser hatten sich erneut beschlagen und spiegelten den Computer.

Padre Arregui biss sich auf die Unterlippe und fingerte nervös an den Köpfen seiner Soutane herum. Wenn der Hacker dahinter kam, dass sie ihm eine Falle gestellt hatten, konnte er wütend werden und wütende Hacker waren unberechenbar. Allerdings hatten die Computerexperten des Vatikans noch einen Trumpf im Ärmel: Im Notfall genügte nämlich ein Tastendruck, um sämtliche in INMAVAT gespeicherten Daten zu löschen. Nur dass der Pirat in diesem Fall gemerkt hätte, dass sie hinter ihm her waren, und das wiederum konnte ihn veranlassen augenblicklich abzutauchen oder – was noch viel schlimmer gewesen wäre – ein andermal wiederzukehren, mit einer neuen und noch viel gefährlicheren Taktik. Beispielsweise mit einem Killerprogramm, das alles, was ihm in die Quere kam, infizierte und vernichtete.

Die Sanduhr verschwand und machte einem neuen Fenster Platz.

»Da kommt er«, hauchte Garofi.

Matutin hatte V01A geöffnet und während einiger Sekunden, die ihnen wie eine Ewigkeit erschienen, studierten die drei Jesuiten bangend den Bildschirm, um herauszufinden, bei welchem der beiden Benutzer – dem echten oder dem fiktiven – er gelandet war. Buchstabe um Buchstabe erschien der Name am oberen Rand des Monitors:

»V-Null-Eins-A-T-S«, las Cooey mit bebender Stimme.

Danach trat ein breites, stolzes Lächeln auf seine Lippen.

Matutin hatte seine Piratendatei in der Sadduzäer-Falle abgeladen und nicht im Privatcomputer des Papstes.

»Gelobt sei Jesus Christus.« Padre Arregui atmete auf.

Zu guter Letzt hatte er sich einen der Knöpfe von seiner Soutane abgerissen. Mit ihm in der Hand beugte er sich vor, um die Botschaft auf Cooeys Bildschirm zu lesen:

> *Der Feind hat im Heiligtum alles verwüstet.*
> *Deine Widersacher lärmten an deiner heiligen Stätte,*
> *stellten ihre Banner auf als Zeichen des Sieges.*
> *Wie einer die Axt schwingt im Dickicht des Waldes,*
> *so zerschlugen sie all das Schnitzwerk*
> *mit Beil und Hammer.*
> *Sie legten an dein Heiligtum Feuer,*
> *entweihten die Wohnung deines Namens*
> *bis auf den Grund.*
> *Wie lange, Gott, darf der Bedränger noch schmähen,*
> *darf der Feind ewig deinen Namen lästern?*

Danach brach Matutin den Kontakt ab, sein Zeichen verschwand vom Monitor.

»Ich kriege ihn nicht.« Padre Garofi ließ seinen Mauscursor vergeblich umherflitzen. »Er hinterlässt überall Sprengladungen, die seine Spuren verwischen. Dieser Hacker versteht sein Handwerk.«

»Und mit den Psalmen kennt er sich auch aus«, sagte Padre Cooey und startete den Drucker, um eine Kopie des Textes herzustellen. »Das ist Psalm 64, stimmt's?«

Padre Arregui schüttelte den Kopf.

»74. Psalm 74«, erwiderte er und starrte noch immer besorgt auf Garofis Computerbildschirm. *Klage über die Verwüstung des Heiligtums.*

»Aber ein bisschen mehr wissen wir jetzt trotzdem über ihn«, stellte Padre Cooey plötzlich fest. »Dieser Hacker hat Humor.«

Die andern beiden richteten den Blick auf seinen Monitor. Dort hüpften auf einmal kleine Pingpongbälle herum, die sich laufend vermehrten. Wenn zwei von ihnen zusammenstießen, gab es eine kleine Explosion, wie von einer Atombombe, und mitten in dem aufsteigenden Atompilz erschien das Wort Bumm.

Arregui war empört.

»Ah, diese Kanaille«, sagte er. »Dieser Ketzer.«

Plötzlich merkte er, dass er den Knopf seiner Soutane in der Hand hatte; wütend schleuderte er ihn in den Papierkorb. Die Padres Cooey und Garofi, die immer noch das Pingpongbällchen verfolgten, kicherten leise in sich hinein.

VII.
Die Anislikör-Flasche

Oft gedenke ich jener weit zurückliegenden Zeit, als wir uns
beim Studium der hohen Wissenschaft mit den rätselhaftesten
Geheimnissen auseinander zu setzen hatten.
(Fulcanelli *Das Mysterium der Kathedralen*)

Es war kurz nach acht Uhr früh, als Quart den kleinen Platz vor
Nuestra Señora de las Lagrimas überquerte. Die Sonne beschien
den flachen Glockenturm, aber der Platz selbst mit seinen weiß
und ockerfarben getünchten Häuserfassaden lag noch in kühlem Schatten. Vom Duft der Orangenbäume begleitet, gelangte
er ans Portal der Kirche, neben dem ein am Boden kauernder
Krüppel, die Krücken an die Wand gelehnt, um Almosen bet-
telte. Quart reichte ihm eine Münze, setzte den Fuß über die
Schwelle und blieb ein paar Sekunden neben der Christusfigur
mit den Exvoten stehen. Die Wandlung hatte noch nicht begonnen.

Leise schritt er durch den Mittelgang und nahm in einer der
letzten Bänke Platz. Außer ihm waren rund zwanzig Gläubige
zur Frühmesse gekommen, sie belegten die Bänke vor ihm, die
das Kirchenschiff etwa zur Hälfte füllten. Die restlichen Bänke
stapelten sich nach wie vor entlang der eingerüsteten Wände.
Das barocke Altarretabel war elektrisch beleuchtet und zu
Füßen der Weinenden Madonna feierte Don Príamo Ferro die
Messe; Padre Óscar ministrierte ihm. Die kleine Gemeinde setzte
sich zum größten Teil aus Frauen und alten Menschen zusammen: ärmlich wirkende Leute, Rentner, Hausfrauen, ein paar
Angestellte, die hinterher zur Arbeit gehen würden. Einige der
Frauen hatten Körbe oder Einkaufswägelchen dabei; die ältesten
unter ihnen waren schwarz gekleidet; eine Greisin, die in Quarts
Nähe kniete, trug sogar noch den schwarzen Schleier überm
Kopf, der bereits seit zwanzig Jahren nicht mehr üblich war.

Padre Ferro trat an den Ambo heran, um das Evangelium zu
lesen. Sein Messgewand war weiß, und Quart fiel auf, dass am
Halsausschnitt, unter der Stola, ein so genanntes Humerale he-
rausschaute; dieser Schulterumhang, der ans Schweißtuch

Christi erinnern sollte, war bis zum Zweiten Vatikanischen Konzil fester Bestandteil des priesterlichen Ornats gewesen, heute legten ihn nur sehr alte oder sehr traditionalistisch eingestellte Priester noch um. Das war jedoch nicht der einzige Anachronismus in der Kleidung und im Verhalten Padre Ferros. Beispielsweise trug er anstelle des heute üblichen Chorrocks, einen altmodischen Überwurf, genannt Kasel.

»Zu jener Zeit sprach Jesus zu seinen Jüngern ...«

Don Príamo trug den Bibeltext beinahe auswendig vor; nur hin und wieder sah er kurz in das Buch, das aufgeschlagen vor ihm lag, ansonsten war sein Blick auf einen unbestimmten Punkt im Raum zwischen sich und den Gläubigen geheftet. Es gab kein Mikrofon und das wäre auch gar nicht notwendig gewesen. Seine ruhige Stimme füllte auch so das kleine Kirchenschiff bis hinauf zu den rußgeschwärzten Fresken der Gewölbedecke und die Kraft, mit der er sprach, verdrängte in seinen Zuhörern alle Zweifel und Fragen: Nichts außer diesen Worten, die er im Namen Christi verkündete, hatte Wert oder Bedeutung.

»Wahrlich, wahrlich, ich sage euch: Ihr werdet weinen und klagen, aber die Welt wird sich freuen; ihr werdet traurig sein, doch eure Traurigkeit soll in Freude verwandelt werden. Ich will euch wieder sehen und euer Herz soll sich freuen, und eure Freude soll niemand von euch nehmen ...«

»Wort unseres Herrn Jesus Christus«, sagte er, und ging zum Altar zurück, während die Gemeinde das Glaubensbekenntnis sprach. Und jetzt entdeckte Quart drei Bänke vor sich Macarena Bruner – mit Jeans, dunkler Brille und Pferdeschwanz, eine Jacke über die Schulter gehängt, den Kopf andächtig geneigt. Als er zum Altar zurücksah, begegnete er dem Blick Padre Óscars, der ihn mit versteinerter Miene musterte. Don Príamo dagegen war völlig auf die Wandlung konzentriert und schien nichts um sich herum wahrzunehmen:

»Suscipe, sancte Pater omnipotens aeterne Deus, hanc immaculatam hostiam.«

Quart horchte verblüfft auf: Das war Latein! Und tatsächlich zelebrierte Padre Ferro die gesamte Eucharistie und auch sonst alle Teile der Messe, die nicht von den Gläubigen mitgesprochen wurden, in der alten Kirchensprache. Ein grober Verstoß gegen die Messordnung war das nicht, selbst der Papst in Rom

feierte oft lateinische Messen, aber eigentlich galt seit Paul VI.
die Vorschrift, Gottesdienste in der jeweiligen Landessprache
abzuhalten, damit die Gläubigen das Geschehen vorn am Altar
besser verstehen und daran teilnehmen konnten. Padre Ferro
widersetzte sich also offen dem fortschrittlichen Geist der Kirche.

»Per huius aquae et vini mysterium …«

Quart verfolgte aufmerksam, wie der alte Pfarrer die Wandlung vollzog. Nachdem er die liturgischen Gefäße säuberlich auf
dem Altartuch angeordnet hatte, hob er die Hostie in die Höhe;
dasselbe tat er mit dem Kelch, in den er aus zwei Messkännchen
etwas Wein und Wasser gegossen hatte. Danach reichte Padre
Óscar ihm einen kleinen Silberkrug und ein Schüsselchen, damit
er sich die Hände waschen konnte.

»Lavabo inter innocentes manus meas.«

Quart las ihm die leise gemurmelten Worte von den Lippen
ab. Die Handwaschung gehörte ebenfalls zu den aussterbenden
Bräuchen. Und auch das, was Padre Ferro danach tat, hatte
Quart seit seiner eigenen Ministrantenzeit im Dorf nicht mehr
erlebt. Nachdem er sich nämlich das Wasser abgeschüttelt hatte,
presste er Daumen und Zeigefinger beider Hände zusammen,
sodass sie einen Ring bildeten; sie sollten mit nichts als dem Heiligen Sakrament in Berührung kommen; selbst die Seiten des
Messbuchs blätterte er mit den andern drei, seitlich abgespreiz-
ten Fingern um. Mithin alles im streng orthodoxen Stil. Fehlte
nur noch, dass er der Gemeinde den Rücken zukehrte und die
Wandlung mit Blick auf das Altarbild und die Muttergottes vor-
nahm wie vor dreißig Jahren. Quart vermutete, dass ihm das gar
nicht so unlieb gewesen wäre. Beim Sprechen des Dankgebets
beugte Don Príamo Ferro den Kopf so tief, dass man nur noch
seine struppigen weißen Haare sah:

»Te igitur, clementissime Pater.«

Das schlecht rasierte Kinn mit den grauen Bartschatten versank im Ausschnitt des Messgewands, während der Pfarrer leise
die uralte Formel der Eucharistie vor sich hin murmelte.

»Per ipsum, et cum ipso, et in ipso, est tibi Deo Patri omnipo-
tenti …«

Lorenzo Quart musste wider Willen zugeben, dass Padre
Ferro das heilige Ritual mit großer Feierlichkeit vollzog. Weder

seine formalen Bedenken noch die Abneigung, die der alte Pfarrer ihm einflößte, konnten verhindern, dass er eine gewisse Ergriffenheit verspürte. Ja, Don Príamo erschien ihm plötzlich in einem ganz anderen Licht, als transformiere die symbolische Wandlung, die in diesem Moment auf dem Altar stattfand, auch ihn selbst. Er war jetzt kein plumper Dorfpfarrer mehr, sondern ein Mann mit großer Ausstrahlung, mit einem Charisma, das seine speckige alte Soutane vergessen ließ, die ungeputzten Schuhe und den verblichenen Brokat seines abgetragenen Priestergewands. Quart war überzeugt: Wenn es hinter jenem goldstrahlenden Schnitzwerk um die Weinende Madonna herum wirklich einen Gott gab, so lag seine Hand jetzt auf der Schulter des alten Brummbären, der über Kelch und Hostie gebeugt das Mysterium der Fleischwerdung und des Todes seines Sohnes feierte. Er vermutete allerdings, dass es Macarena Bruner und den anderen Leuten, die vor ihm knieten und ehrfürchtig auf die Hände ihres Pfarrers starrten, in diesem Moment völlig egal war, ob es wirklich einen Gott gab, der einen belohnte oder strafte, zur Hölle verdammte oder in den Himmel aufnahm. Das Einzige, was in dieser, von der ruhigen Stimme des Priesters erfüllten Stille zählte, waren die ernsten, andächtigen Gesichter der Gläubigen, die stumm mitbeteten. Quart spürte ganz deutlich, dass die geheimnisvollen Formeln, ob verstanden oder nicht, ihnen Trost spendeten. Trost aber hieß Wärme, wo sonst nur Kälte herrschte … die Hand eines Freundes in der Dunkelheit. Und genau wie die Gläubigen um ihn herum, kniete Lorenzo Quart in seiner Bank, die Ellbogen auf das Pult gestützt, die Hände zum Gebet gefaltet. Nur dass sich bei ihm ein ungutes Gefühl in die Andacht drängte, denn er wusste nun, dass er die Schwelle zum Verständnis dieser Kirche, ihres Pfarrers und der Botschaft Matutins überschritten hatte – und auch die Schwelle zum Verständnis seines eigenen Verhaltens. Mit einem Mal kam ihm zu Bewusstsein, dass es viel einfacher gewesen war, Padre Ferro zu verachten, anstatt miterleben zu müssen – oder zu dürfen – wie dieser störrische kleine Mann in seiner altmodischen Kasel das uralte Mysterium der Wandlung auf so feierliche und ergreifende Weise zelebrierte, dass zwanzig größtenteils müde, leidgeprüfte und greise Gesichter voller Ehrfurcht und Hoffnung auf das kleine Stückchen Brot starrten, das er stolz in Händen hielt, und auf den Wein, *das Gewächs des Weinstocks*, den er gleich darauf in dem Kelch aus vergoldetem Blech in die Höhe hielt und wieder absetzte, verwandelt in das Blut jenes Jesu, der seinen Jüngern nach dem Mahl zu trinken gegeben und dazu dieselben Worte gesprochen hatte, wie Padre Ferro heute, zwei Jahrtausende später, unter den Tränen Carlota Bruners und Kapitän Xalocs: »*Haec quotiescumque feceretis, in mei memoriam facietis.*« Tut dies zu meinem Gedächtnis.

Die Messe war zu Ende, die Kirche hatte sich geleert. Nur Quart war still in seiner Bank sitzen geblieben, nachdem Padre Ferro den Schlusssegen *Ite, missa est* erteilt und sich zurückgezogen hatte, ohne auch nur ein einziges Mal in seine Richtung zu sehen. Auch Macarena Bruner mit ihrer dunklen Brille war, scheinbar ohne ihn zu bemerken, hinausgegangen. Eine Zeit lang leistete ihm noch die alte Frau mit dem schwarzen Schleier Gesellschaft; während sie still vor sich hin betete, kam Padre Óscar noch einmal aus der Sakristei, löschte die Altarkerzen und das elektrische Licht des Retabels und verschwand wieder, ohne vom Boden aufzublicken. Dann ging auch die alte Frau und der Gesandte aus Rom blieb alleine in der dämmrigen Kirche zurück.

So diszipliniert er lebte, und so eisern er an seinen Regeln festhielt, Quart war doch ein denkender Mensch, und das empfand er manchmal als regelrechten Fluch. Dachte er beispielsweise über die göttliche Ordnung nach, so kamen ihm erhebliche Zweifel – Zweifel, die umso quälender waren, als er sie durch kein Argument zerstreuen konnte. Für einen Priester, der schon von Berufs wegen an die Sonderstellung des Menschen in der Schöpfung glauben musste, war das natürlich fatal, denn war man erst einmal von der Bedeutungslosigkeit des Menschen überzeugt, so blieb einem wenig, woran man überhaupt noch glauben konnte. Oft schaffte Quart es nur dank seiner unerhörten Willenskraft, sprich Disziplin, sich von der gefährlichen Grenze fern zu halten, hinter der die nackte Wahrheit winkt – denn wie viele hatten sich von ihr verlocken lassen und ihre Neugier mit Depression, Mutlosigkeit und Verzweiflung bezahlt? Vielleicht war dies der Grund, weshalb er in der verlassenen Kirche sitzen geblieben war, in der es nach Kerzenwachs und kühlem, altem Gemäuer roch. Gedankenversunken ließ er den Blick umherschweifen, über die Metallgerüste an den Wänden und die staubigen Exvoten des Christus mit dem schmutzigen Echthaar, über die vergoldeten Schnitzereien des Barockretabels und die abgetretenen Bodenfliesen. Im Geiste sah er noch immer das unrasierte, finstere Gesicht Padre Ferros vor sich, der über die Hostie gebeugt geheimnisvolle Sätze murmelte, Sätze, die seine Zuhörer trösteten und von ihren Sorgen erlösten, die ihnen Hoffnung auf ein Jenseits gaben, in dem die Gerechten ihren Lohn und die Bösen ihre verdiente Strafe erhalten würden. Dieser stille bescheidene Ort war etwas ganz anderes als die aufwändigen Freiluftszenarien und das ordinäre Medienspektakel, mit dem die katholische Kirche neuerdings versuchte an die Leute heranzukommen: Gigantische Fernsehbildschirme, Bühnenaufbauten wie für Rockkonzerte, elektronisch gesteuerte Weihwasser-Sprinkleranlagen und eine Propaganda, wie sie sonst nur für Fußballweltmeisterschaften betrieben wurde – alles musste herhalten. Wahrscheinlich lag hier die Erklärung dafür, dass einige Menschen sich zurückzogen, wie die Bauern im Schach, von denen Gris Marsala gesprochen hatte, jene Bauern, die die Gefechtslinie überschritten haben, mutterseelenallein herumstehen und sich fragen, ob es ihren König überhaupt noch gibt: War der Schlachtenlärm hinter ihrem Rücken endgültig verebbt, so suchten sie sich ein Feld auf dem Schachbrett aus, ein Feld, auf dem sie sterben konnten. Padre Ferro hatte sich sein Feld ausgesucht und Lorenzo Quart, Kopfjäger im Auftrag der römischen Kurie, war durchaus fähig ihn zu verstehen. Und genau deshalb war ihm nicht ganz wohl in seiner Haut, während er in der einsamen, kleinen Kirche saß, die der alte Pfarrer zu seinem Bollwerk erklärt hatte: Eine Bastion, in der er seine kleine Herde gutgläubiger Schafe gegen die Wölfe verteidigte, die sie von allen Seiten umzingelten, um ihnen vollends die Unschuld zu rauben.

Dies und mehr ging Quart durch den Kopf, während er wohl eine halbe Stunde in der Kirchenbank sitzen blieb. Danach stand er auf und spazierte den Mittelgang zum Hochaltar vor. Als er die Vierung überquerte, hallten seine Schritte in der sphärischen Kuppel. Neben dem Retabel brannte das ewige Licht; Quart stellte sich unter das rote Lämpchen und betrachtete von dort die prächtigen Schnitzfiguren: Macarena Bruners Vorfahren, die Stifter der Kirche, und in ihrer Mitte, unter einem breiten Baldachin, von Cherubinen und Heiligen umgeben, die weinende Muttergottes von Martínez Montañés. Die kunstvolle Skulptur zeichnete sich im schräg einfallenden Sonnenlicht ab, das sich mühsam seinen Weg durch die Baugerüste bahnte, deren strenge, geometrische Struktur mit den weichen Formen der Barockmadonna kontrastierte. Sie war sehr schön – schön und traurig, wie sie das Gesicht beinahe anklagend zum Himmel erhob und die geöffneten Hände seitlich ausstreckte, als frage sie, in wessen Namen man ihren Sohn getötet habe. Die zwanzig Perlen Kapitän Xalocs schimmerten matt auf ihrem Antlitz, in ihrem Strahlenkranz und auf dem blauen Mantel, unter dem ein nackter Fuß zum Vorschein kam, der die Schlange auf der Mondsichel zertrat.

»Und ich will Feindschaft setzen zwischen dir und dem Weibe und zwischen deinen Nachkommen und ihren Nachkommen ...«

Das Genesis-Zitat war von einer Stimme hinter seinem Rücken ausgesprochen worden, und als Quart sich umdrehte, blickte er in die blauen Augen Gris Marsalas. Er hatte sie weder eintreten, noch näher kommen hören; jetzt stand sie vor ihm.

»Sie schleichen ja wie auf Katzenpfoten in ihren Tennisschuhen«, sagte er.

Die Amerikanerin lachte. Sie hatte sich das Haar auch heute zu einem kurzen Zopf geflochten und trug wie immer ein ausgeleiertes Polohemd und gipsverschmierte Jeans. Quart versuchte sich vorzustellen, wie sie sich anlässlich der Bischofsvisite vor dem Spiegel schminkte, und wie sich ihre kalten Augen in den Scherben des zertrümmerten Spiegelglases vervielfältigten. Er suchte ihre Hände nach der Narbe ab, und tatsächlich, da war sie: ein drei Zentimeter langer, violetter Strich auf der Innenseite ihres rechten Handgelenks. Ob sie das wohl absichtlich getan hatte?

»Sagen Sie bloß, Sie sind zur Messe gekommen!«, sagte Gris Marsala mit einem unergründlichen Lächeln.

Quart nickte; er starrte immer noch auf ihre Narbe und als sie es merkte, drehte sie den Unterarm nach hinten, um sie zu verstecken.

»Dieser Pfarrer ...«, fing er an und wollte eigentlich noch

etwas hinzufügen, aber dann schwieg er, als sei damit bereits alles gesagt.

Die Restauratorin schmunzelte wissend in sich hinein.

»Ja«, sagte sie. »Genau darum geht es.«

Sie wirkte erleichtert und hörte auf ihr Handgelenk vor ihm zu verbergen. Danach wollte sie wissen, ob er Macarena Bruner gesehen habe, was Quart kopfnickend bejahte.

»Sie kommt jeden morgen zur Achtuhrmesse«, präzisierte die Amerikanerin. »Donnerstags und sonntags mit ihrer Mutter.«

»So fromm hätte ich sie mir gar nicht vorgestellt.«

Die Bemerkung war nicht sarkastisch gemeint, aber Gris Marsala bekam sie in den falschen Hals:

»Dieser Kommentar war kropfunnötig«, erwiderte sie bissig.

Quart sah auf den Boden.

»Vielleicht haben Sie Recht. Aber ich war gestern Abend mit Macarena Bruner essen und werde noch immer nicht schlau aus ihr.«

»Ich weiß, dass sie miteinander essen waren.« Die blauen Augen musterten ihn aufmerksam, vielleicht auch neugierig. »Macarena hat mich um ein Uhr früh aus dem Bett geklingelt und eine halbe Stunde lang an der Strippe gehalten. Unter anderem erzählte sie mir, dass Sie heute in die Messe kämen.«

»Unmöglich«, widersprach Quart. »Das konnte sie nicht wissen. Ich habe mich ja erst heute Morgen dazu entschlossen.«

»Tja, sie wusste es aber … da sehen Sie mal. ›Vielleicht fängt er dann endlich an zu begreifen‹, meinte sie noch.« Gris Marsala blickte ihm forschend ins Gesicht. »Und? …Haben Sie angefangen zu begreifen?«

Quart sah sie ausdruckslos an:

»Was hat sie Ihnen noch erzählt?«

Die Frage war in beiläufigem, fast ironischem Ton gestellt, trotzdem bereute er sie noch im Sprechen. Was Macarena Bruner ihrer Freundin, der Nonne, über ihn berichtet hatte, interessierte ihn wirklich, aber er ärgerte sich das so offen gezeigt zu haben.

Gris Marsala betrachtete nachdenklich den weißen Kragen seines Priesterhemds.

»Na ja, ziemlich viel … Zum Beispiel, dass Sie ihr sympathisch sind. Und dass Sie Don Príamo ähneln – mehr, als Sie selbst glauben.« Jetzt ließ sie ihren Blick abschätzend und keineswegs verlegen an ihm hinabgleiten. »Macarena meinte auch, sie hätte noch nie einen so sexy Priester erlebt wie Sie.« Ihr provokatives Grinsen grenzte an Frechheit. »Genau so hat sie es ausgedrückt: sexy. Was sagen Sie dazu?«

»Warum erzählen Sie mir das alles?«

»Blöde Frage. Weil Sie mich darum gebeten haben.«

»Ein bisschen mehr Respekt, wenn ich bitten darf.« Quart fasste sich an die Schläfe. »Nehmen Sie mich nicht auf den Arm, sonst wachsen mir vor Kummer noch mehr graue Haare.«

»Mir gefallen Ihre grauen Haare. Macarena übrigens auch.«

»Ich warte immer noch auf eine Antwort, Schwester Marsala.«

Die Amerikanerin brach in schallendes Gelächter aus und dabei bildeten sich unzählige kleine Falten in ihren Augenwinkeln.

»Lassen Sie die Anrede weg, ich bitte Sie!« Noch immer lachend deutete sie auf ihre schmutzigen Jeans und die eingerüsteten Wände. »Ich weiß wirklich nicht, ob das zu einer Nonne passt.«

Nein, tut es nicht, dachte Quart. Weder das noch ihre Rolle innerhalb des seltsamen Terzetts, das sie beide und Macarena Bruner bildeten – oder des Quartetts, wenn er den allgegenwärtigen Padre Ferro noch einrechnete. Aber im Kloster, mit Ordenshabit und Schleier, konnte er sich Gris Marsala auch nicht vorstellen. Sie musste schon einen sehr weiten Weg zurückgelegt haben, seit sie aus Santa Barbara weggegangen war.

»Möchten Sie irgendwann mal wieder zurück?«

Die Amerikanerin antwortete ihm nicht gleich. Ihr Blick schweifte durch das dunkle Kirchenschiff und über die aufgestapelten Bänke neben dem Portal. Sie stand mit angewinkelten Armen da, die Daumen in den Gesäßtaschen ihrer Hose, und Quart fragte sich, wie viele Nonnen es sich wohl hätten leisten können, so eng anliegende Jeans zu tragen: Gris Marsala war trotz ihres Alters noch gertenschlank und wären nicht die Falten in ihrem Gesicht und die grauen Haare gewesen, so hätte man sie beinahe für ein junges Mädchen halten können. Quart fand sie ausgesprochen attraktiv.

»Ich weiß nicht«, sagte sie nachdenklich. »Vielleicht hängt das von dieser Kirche ab; davon, was mit ihr noch passieren wird. Ich glaube, ich bin nur deshalb noch hier.« Sie drehte Quart den

Kopf zu, musste aber die Augen zusammenkneifen, geblendet vom Sonnenlicht, das mittlerweile zum Portal hereinschien. »Ist es Ihnen noch nie so gegangen, dass Sie dort, wo Sie ihr Herz vermuten, plötzlich eine Leere empfinden? … Es macht knack und irgendwas setzt aus. Später schließt sich die Lücke wieder, man kehrt zum normalen Trott zurück, aber doch ist nichts mehr wie vorher. Und dann fragt man sich ständig: Woran mag das liegen, was ist da geschehen?«

»Und Sie meinen, das finden Sie hier heraus?«

»Keine Ahnung. Aber es gibt Orte, die Antworten in sich bergen. Und auf der Suche nach ihnen wandern wir ein Leben lang umher. Glauben Sie nicht?«

Quart trat verlegen von einem Bein aufs andere. Derlei Themen mochte er nicht besonders, aber irgendwie musste er die Unterhaltung fortführen. Möglicherweise lieferte sie ihm ja den roten Faden, nach dem er die ganze Zeit suchte.

»Ich glaube, dass wir ein Leben lang um unser eigenes Grab herumwandern. Vielleicht ist das die Antwort.«

Er lächelte ein wenig, um seine Bemerkung zu bagatellisieren, aber Gris Marsala ließ sich nicht beirren.

»Hatte ich doch Recht. Sie sind kein gewöhnlicher Priester.«

Sie sagte nicht, wie sie zu dieser Einsicht gelangt war, noch mit wem sie darüber gesprochen hatte, und Quart wollte es auch gar nicht wissen. Eine Weile lang schwiegen sie beide, während sie nebeneinander den Mittelgang der Kirche hinunterspazierten. Quart betrachtete die beschädigten Wände, die abgeblätterten Deckengemälde und die verblichenen Vergoldungen der Stuckgesimse. Außer dem Echo seiner eigenen Schritte war nichts zu hören; Gris Marsala bewegte sich in ihren Turnschuhen völlig lautlos. Schließlich war sie es, die als Erste wieder das Wort ergriff.

»Es gibt Dinge, Orte und Personen«, sagte sie, »an denen man nicht ungestraft vorbeikommt. Verstehen Sie, was ich meine?« Sie blieb einen Augenblick stehen, und beobachtete Quart von der Seite, dann ging sie kopfschüttelnd weiter. »Nein, ich glaube das verstehen Sie noch nicht. Ich meine diese Stadt. Diese Kirche. Auch Don Príamo und sogar Macarena.« Sie hielt erneut inne und grinste ihn spitzbübisch an. »Sie riskieren hier ziemlich viel, mein Lieber.«

»Ich habe nichts zu verlieren.«

»Klingt ein bisschen komisch für einen Priester. Aber Macarena sagt, dass sie genau das an Ihnen fasziniert: dieser Eindruck, Sie hätten nichts zu verlieren.« Sie waren am Kirchenportal angelangt und Gris Marsalas Pupillen verengten sich im gleißenden Sonnenlicht. »Eigentlich wie Don Príamo … Der hat auch nicht mehr viel zu verlieren.«

Der Kellner kurbelte die Markise herunter, bis der Tisch, an dem Pencho Gavira und Octavio Machuca saßen, im Schatten war. Zu Füßen des alten Bankiers hockte ein Schuhputzer, der in diesem Moment seine Bürste in die Luft wirbelte und gekonnt wieder auffing.

»Den andern bitte, Caballero.«

Machuca zog folgsam den rechten Fuß zurück und stellte statt seiner den linken auf die mit goldenen Ziernägeln und Spiegelblättchen dekorierte Holzkiste. Der Schuhputzer steckte ihm zum Schutz der Strümpfe rechts und links ein Kartonstück in den Schuh und fuhr gewissenhaft mit seiner Arbeit fort. Er war um die fünfzig, dürr, mit zigeunerhaften Zügen; seine Arme waren von oben bis unten tätowiert und aus der Brusttasche seines Hemdes schauten Lotterielose heraus. Der Präsident der Kartäuser Bank ließ sich jeden Morgen für dreihundert Peseten die Schuhe von ihm putzen, während er an seinem Stammtisch im Café La Campana saß und gelassen dem hektischen Treiben auf der großen Geschäftsstraße zusah.

»Mann, ist das heute heiß«, sagte der Schuhputzer und wischte sich mit dem schwarzen Handrücken den Schweiß von der Nase. Pencho Gavira zündete sich eine Zigarette an und reichte ihm auch eine. Der Mann nahm sie entgegen und steckte sie hinters Ohr, ohne auch nur eine Sekunde lang die Bürste abzusetzen, mit der er Machucas Schuh bearbeitete. Der alte Bankier sah ihm zufrieden zu, wie immer eine Tasse Kaffee und die Tageszeitung *El ABC* auf dem Tisch, und als das Werk vollbracht war, schob er ihm einen Tausendpesetenschein hin. Der Schuhputzer kratzte sich verlegen am Kopf:

»Den kann ich nicht wechseln, Caballero.«

Der Präsident der Kartäuser Bank schlug die langen Beine übereinander und lächelte zerstreut.

»Dann zahle ich eben morgen, Rafael. Wenn du mir rausgeben kannst.«

Der Schuhputzer gab ihm den Geldschein zurück, tippte sich lässig mit zwei Fingern an die Schläfe und entfernte sich mit seinem Schemel und dem Holzkasten unterm Arm in Richtung der Plaza Duque de la Victoria. Pencho Gavira sah, dass er an Peregil vorbeiging, der in respektvoller Entfernung wartete. Er stand vor dem Schaufenster eines Lederwarengeschäfts, wenige Schritte von dem dunkelblauen Mercedes entfernt, der am Bordstein geparkt war. Cánovas, Machucas Sekretär, blätterte am Nachbartisch irgendwelche Unterlagen durch, schweigsam und diszipliniert wie immer. Später würde der Bankier ihn heranwinken, um die Tagesgeschäfte zu erledigen.

»Was macht die Kirche, Pencho?«

Die Frage des alten Bankers war in beiläufigem Ton gestellt; genauso gut hätte er sich nach dem Wetter oder nach dem Ergehen eines Familienangehörigen erkundigen können. Er hatte mittlerweile die Zeitung zur Hand genommen und blätterte sie achtlos durch, bis er bei den Todesanzeigen ankam. Die jedoch studierte er eingehend. Gavira lehnte sich in seinen Korbsessel zurück und starrte auf die sonnenbeschienen Flecken auf dem Boden, die sich ausbreiteten wie Wasser auf Löschpapier.

»Ich komme vorwärts«, sagte er.

Machuca schien völlig von den Nekrologen in Anspruch genommen. In seinem Alter war es ein Trost, festzustellen, wie viele Bekannte man überlebte.

»Der Aufsichtsrat wird ungeduldig«, bemerkte er, ohne von der Zeitung aufzusehen. »Oder besser gesagt, ein Teil des Aufsichtsrats wird ungeduldig. Der andere wartet darauf, dass du dir das Genick brichst.« Er blätterte um und verzog ironisch den Mundwinkel über die lange Namensliste von Kindern, Enkeln und sonstigen Verwandten, die um den »excelentísimo Señor Don Luis Jorquera de la Sintacha« trauerten, illustrer Sohn der Stadt Sevilla, Komtur des Mañara-Ordens, Großmeister der Königlichen Laienbruderschaft der Ewig Barmherzigen, der nach Empfang der Sterbesakramente sanft in Christus entschlafen war et cetera pp. Machuca und ganz Sevilla wussten, dass der »excelentísimo Señor« ein ausgemachter Halunke gewesen war, der sich in der Nachkriegszeit mit Penizillinschmuggel bereichert hatte. »Du weißt ja, dass in wenigen Tagen über dein Projekt abgestimmt wird.«

Gavira nickte, die brennende Zigarette im Mund. Vierundzwanzig Stunden vor dieser Abstimmung würden die Saudis der »Sun Qafer Alley« auf dem Flughafen landen, um endlich »Puerto Targa« zu kaufen. Und lag der unterschriebene Vertrag erst einmal auf dem Tisch, dann würde sich keiner mehr mucksen.

»Ich bin dabei, die letzten Schrauben anzuziehen«, sagte er.

»So, so.« Machucas schwarz umrandete Augen wandten sich von der Zeitung ab, um die vorbeiströmenden Fußgänger zu betrachten.

»Dieser Priester …«, sagte er. »Der alte.«

Gavira wartete, dass er weitersprach, aber der Bankier zögerte, als habe er Schwierigkeiten seine Gedanken zu formulieren. Vielleicht wollte er ihn auch nur provozieren.

»Er ist die Schlüsselfigur in der ganzen Geschichte«, fuhr Machuca endlich fort. »Solange er stur bleibt, ist nichts zu machen: Der Bürgermeister verkauft das Grundstück nicht, der Erzbischof säkularisiert die Kirche nicht und bei deiner Frau und ihrer Mutter kommst du auch nicht weiter. Diese Donnerstagsmesse ist ein verflixtes Hindernis.«

Dass er Macarena Bruner noch immer als Gaviras Frau bezeichnete, war rechtlich gesehen korrekt, davon abgesehen jedoch höchst unangenehm für seinen Schützling, denn erstens gab er ihm damit zu verstehen, dass er sich gegen die Scheidung einer Ehe wehrte, die er selbst in die Wege geleitet hatte, und zweitens war es eine versteckte Drohung: Solange du mit deiner Frau nicht ins Reine kommst, sind dir in jeder Hinsicht die Hände gebunden. Gavira wusste es ja selbst: Die Sevillaner Hautevolee hatte ihn ausschließlich aufgrund seiner Heirat mit der Tochter der Herzogin von Nuevo Extremo akzeptiert; egal, was Macarena auch anstellte, der Schuldige würde immer er sein – Torero und Priester hin oder her. Sie war eine von ihnen, er nicht. Ohne seine Frau war Pencho Gavira nur ein dahergelaufener Emporkömmling, den alle verachteten.

»Sobald ich das mit der Kirche geregelt habe«, sagte er, »kümmere ich mich um Macarena. Ich bring sie schon wieder zur Vernunft.«

Machuca blätterte mit skeptischer Miene in seiner Zeitung herum.

»Da wäre ich mir mal nicht so sicher. Ich kenne sie seit ihrer Kindheit.« Er beugte sich vor, um an seinem Kaffee zu nippen. »Selbst wenn du diesen Pfarrer aus dem Verkehr ziehst und die Kirche abreißt … an der anderen Front verlierst du. Macarena hat die Sache persönlich genommen.«

»Und die Herzogin?«

Unter der scharfen Adlernase des Bankiers erschien der Anflug eines Lächelns.

»Cruz respektiert die Entscheidungen ihrer Tochter. Und was die Kirche betrifft, steht sie voll auf ihrer Seite.«

»Haben Sie sie in letzter Zeit getroffen? Ich meine die Mutter.«

»Natürlich. Ich treffe sie jeden Mittwoch.«

Es stimmte. Cruz Bruner wurde jeden Mittwochnachmittag von Octavio Machucas Chauffeur abgeholt und in den María-Luisa-Park gebracht, wo der Bankier auf sie wartete. Dort gingen sie dann unter den Weiden spazieren oder saßen plaudernd in einer Laube, die nach dem Dichter Béquer benannt war.

»Aber du weißt ja, wie deine Schwiegermutter ist.« Machuca schmunzelte. »Wir unterhalten uns ausschließlich übers Wetter, über die Blumen in ihrem Garten und über die Gedichte Campoamors. Wenn ich ihr den berühmten Vers aufsage, von wegen: ›Für die Töchter der geliebten Frauen mein / lieg ich schon im Heil'genschrein‹, dann kichert sie wie ein Schulmädchen. Aber es fiele ihr im Traum nicht ein, über ihren Schwiegersohn zu klatschen, oder über diese Kirche oder über die kaputte Ehe ihrer Tochter; das wäre ihr viel zu ordinär.« Er deutete auf die andere Straßenseite hinüber, in Richtung der kürzlich einverleibten Banco de Levante. »Ich würde dieses Haus da wetten, dass sie nicht einmal weiß, dass ihr euch getrennt habt.«

»Jetzt übertreiben Sie aber, Don Octavio.«

»Keine Spur.«

Gavira trank schweigend einen Schluck Bier. Natürlich war das eine Übertreibung, aber sie eignete sich gut, um die alte Dame zu charakterisieren. Eine Nonne in Klausur hätte nicht zurückgezogener leben können als Cruz Bruner in der Casa del Postigo, inmitten von Marmor und Fayencen, schmiedeeisernen

Gittern und verträumten Patios mit Blumentrögen, Schaukelstuhl, Kanarienvogel und Piano. Bis auf die nostalgischen Nachmittagsausflüge mit dem Freund ihres verstorbenen Ehegatten verließ sie den riesigen Palacio im Herzen der Altstadt so gut wie nie. Hier hing sie im Schatten der Vergangenheit ihren Erinnerungen nach. Was sich jenseits der Haustür abspielte, interessierte sie keinen Deut.

»Nicht dass ich mich in dein Privatleben einmischen wollte, Pencho.« Der Alte sah ihn mit zusammengekniffenen Augen an. »Aber ich frage mich oft, wie Macarena dazu kam, dich zu verlassen. Ich meine, was ist da passiert?«

Gavira schüttelte resigniert den Kopf.

»Gar nichts. Jedenfalls nichts außergewöhnliches. Gut … meine Arbeit, die alltäglichen Probleme, dadurch kam es manchmal zu Spannungen.« Er zog an seiner Zigarette und ließ den Rauch durch Mund und Nase ausströmen. »Außerdem wissen Sie ja, dass Macarena ein Kind wollte, jetzt gleich …« Er zögerte einen Moment. »Aber so, wie ich gerade in der Arbeit stecke, kann ich mir das nicht leisten. Da bleibt mir keine Zeit zum Fläschchengeben, Don Octavio. Ich habe sie gebeten ein bisschen zu warten …« Gavira griff erneut nach seinem Bierglas; er hatte plötzlich einen ganz ausgetrockneten Mund. »Sich ein wenig zu gedulden, weiter nichts. Ich dachte schon, ich hätte sie überzeugt und es sei alles in Ordnung, da knallt sie eines schönen Tages die Tür hinter sich zu und geht. Einfach so, ohne Vorwarnung. Wir haben uns natürlich öfters über diese Kirche gestritten, aber ich weiß nicht, ob das etwas damit zu tun hat.« Er schnitt eine Grimasse. »Ich weiß überhaupt nichts.«

Machucas kalte Augen musterten ihn aufmerksam, fast neugierig.

»Das mit dem Torero war wirklich ein Schlag unter die Gürtellinie«, meinte er.

Es zu erwähnen auch, dachte Gavira, sprach es jedoch nicht aus.

»Allerdings«, sagte er. »Obwohl Sie ja wissen, dass ihm zwei andere vorausgegangen sind – alte Jugendlieben, die sie bei erster Gelegenheit aufgefrischt hat. Tja, und dann dieser Curro Maestral. Ich weiß, dass er schon seit längerem hinter ihr her war.« Er warf seinen Zigarettenstummel auf den Boden und trat ihn grimmig mit dem Absatz aus. »Manchmal denke ich, sie will die Zeit nachholen, die sie mit mir verloren hat.«

»Oder sich rächen.«

»Kann sein.«

»Irgendwas hast du ihr getan, Pencho.« Der alte Bankier nickte überzeugt mit dem Kopf. »Macarena war in dich verliebt, als ihr geheiratet habt.«

Gavira sah nach rechts und links, ohne jedoch auf die Leute zu achten, die an ihnen vorübergingen.

»Ich schwöre Ihnen, dass ich ihr Verhalten nicht begreife«, entgegnete er schließlich. »Nicht mal als Rache. Ich bin Macarena nie untreu gewesen. Meine erste Affäre hatte ich weit über einen Monat nach unserer Trennung. Und damals ist sie schon längst mit diesem Bodega-Besitzer aus Jérez rumgezogen, mit diesem Villalta. Dem ich übrigens gestern einen Kredit verweigert habe – mit Ihrer Erlaubnis, Don Octavio.«

Machuca hob eine seiner hageren, klauenartigen Hände und winkte ab, als sei das alles nicht der Rede wert. Er wusste von dem oberflächlichen Verhältnis, das sein Schützling neuerdings mit einem Fotomodell hatte, und er wusste auch, dass Gavira die Wahrheit sagte. Abgesehen davon war Macarena viel zu standesbewusst, um wegen eines Seitensprungs ihres Mannes einen öffentlichen Skandal heraufzubeschwören. Wenn das alle getan hätten, dann Gute Nacht Sevilla! In Bezug auf die Kirche sah Machuca jedoch nicht ganz klar: War sie das eigentliche Problem oder nur ein Vorwand?

Gavira nestelte gereizt an seinem Krawattenknoten.

»Es geht uns also gleich, Don Octavio: Ein ahnungsloser Pate und ein ahnungsloser Ehemann.«

»Mit einem Unterschied.« Machuca grinste höhnisch. »Ich habe weder mit dieser Kirche noch mit deiner Ehe etwas zu schaffen. Das betrifft beides ganz alleine dich. Ich bin lediglich Zaungast.«

Gavira warf einen Seitenblick auf Peregil, der unverrückt auf seinem Posten stand, und biss die Zähne zusammen.

»Ich muss mehr Druck ausüben.«

»Auf deine Frau?«

»Nein, auf den Priester.«

Der alte Bankier stieß ein raues Lachen aus.

»Auf welchen von ihnen? Die scheinen sich in letzter Zeit ja wie die Karnickel zu vermehren.«

»Auf diesen Padre Ferro.«

»Hm.« Machuca schielte ebenfalls zu Peregil hinüber und seufzte tief. »Ich hoffe, du ersparst mir geschmacklose Details.«

Eine Gruppe japanischer Touristen mit riesigen Rucksäcken schleppte sich an ihnen vorbei; die Leute sahen aus, als wären sie am Verdursten. Machuca legte seine Zeitung auf den Tisch, lehnte sich in den Korbsessel zurück und schwieg eine Weile, bevor er sich wieder an Gavira wandte:

»Scheußlich, ständig auf der Kippe zu stehen, nicht?« Die schwarz umflorten Adleraugen sahen ihn spöttisch an. »Ich kenne das gut, Pencho. So ist es mir viele Jahre lang gegangen – seit ich das erste Mal eine Ladung aus Gibraltar rübergeschmuggelt habe. Und später, als ich dann die Bank gekauft habe und nicht wusste, worauf ich mich da eigentlich einließ. Ja, das sind schlaflose Nächte, in denen man die schlimmsten Ängste aussteht.« Er schüttelte kurz den Kopf. »Bis man eines Tages plötzlich feststellt, dass man sein Ziel längst erreicht hat, und dass einem eigentlich alles egal sein kann. Dass einen die Bluthunde nicht mehr kriegen, so laut sie auch bellen und so sehr sie sich auch abhetzen. Erst dann fängt man an sein Leben zu genießen. Oder das, was einem noch davon bleibt.«

Er verzog die Mundwinkel zu einem eisigen Lächeln.

»Ich hoffe, du erreichst dein Ziel, Pencho«, fuhr er fort. »Aber bis dahin bleibt dir gar nichts andres übrig, als in den sauren Apfel zu beißen und deine Zinsen zu bezahlen.«

Gavira antwortete ihm nicht gleich. Er winkte den Kellner heran, bestellte ein weiteres Bier und eine weitere Tasse Milchkaffee, strich sich mit der Hand über die linke Schläfe und betrachtete zerstreut die Beine einer vorbeischlendernden Frau.

»Ich habe mich nie beklagt, Don Octavio.«

»Ich weiß. Deshalb hast du ja ein Büro in der Chefabteilung unsrer Bank und einen Platz neben mir, an diesem Tisch. Ein Büro, das ich dir gebe, und einen Platz, den ich dir freihalte.«

Der Kellner brachte das Bier und den Kaffee. Auf der Straße trippelte zwei Nönnchen in braunem Habit und weißem Schleier vorüber. Machuca gab einen Zuckerwürfel in seine Tasse und rührte um.

»Ach ja«, sagte er plötzlich. »Was ist eigentlich mit dem anderen Priester los?« Er sah den beiden Nonnen hinterher. »Mit dem, der gestern Abend mit deiner Frau essen war?«

Pencho Gaviras Selbstbeherrschung zeigte sich in Momenten wie diesem. Er heftete den Blick wahllos auf eines der vorbeiströmenden Autos und folgte ihm, bis es hinter der nächsten Ecke verschwand, während sein Pulsschlag sich beruhigte. Das dauerte etwa zehn Sekunden. Danach zog er eine Augenbraue hoch:

»Mit dem ist gar nichts los. Meinen Informationen zufolge, stellt er irgendwelche Nachforschungen an, im Auftrag des Vatikans. Aber ich habe ihn unter Kontrolle.«

Machuca nickte beifällig.

»Das hoffe ich, Pencho. Dass du alles unter Kontrolle hast«, sagte er und führte sich mit einem zufriedenen Grunzen die Tasse an die Lippen. »La Albahaca … nettes Lokal.« Er nippte noch einmal an seinem Kaffee. »War schon lange nicht mehr dort.«

»Ich hole Macarena wieder zurück. Das verspreche ich Ihnen.«

Der Banker nickte erneut.

»In Wirklichkeit habe ich dich zum Vizepräsidenten ernannt, weil du sie geheiratet hast.«

»Ich weiß.« Gavira grinste verächtlich. »Diesbezüglich habe ich mir nie Illusionen gemacht.«

»Versteh mich richtig.« Machuca sah ihm in die Augen. »Du bist ein heller Kopf. Eine bessere Zukunft hätte Macarena sich nicht wünschen können, so habe ich es von Anfang an gesehen.« Er legte eine seiner knochigen, ausgemergelten Hände auf Gaviras Unterarm. »Glaub nicht, dass ich dich nicht schätze, Pencho. Wahrscheinlich bist du sogar genau der Mann, den die Bank in diesem Moment braucht; nur dass die Bank mir inzwischen völlig schnuppe ist.« Er zog seine Hand zurück und betrachtete sie nachdenklich. »Möglicherweise geht es mir jetzt mehr um deine Frau. Oder ihre Mutter.«

Gaviras Blick schweifte zum Zeitungskiosk an der Ecke ab. Manchmal fühlte er sich wie ein Fisch, der vergebens versucht dem Netz zu entschlüpfen. Weiterradeln, befahl er sich im Stillen. In die Pedale treten, unermüdlich, sonst fällst du runter.

»Die Zukunft der beiden hängt aber auch von dieser Kirche ab, wenn Sie erlauben.«

»Nein, mein Lieber, machen wir uns nichts vor: Davon hängt in erster Linie deine Zukunft ab. Sei mal ehrlich …« Machuca kniff schelmisch ein Auge zu: »Würdest du das Kirchenprojekt und die Operation Puerto Targa opfern, um deine Frau zurückzubekommen?«

Gavira zögerte ein paar Sekunden: Das war genau der springende Punkt.

»Wenn ich mir die Chance durch die Lappen gehen lasse«, erwiderte er ausweichend, »verliere ich alles.«

»Alles nicht. Nur dein Ansehen. Und meine Unterstützung.«

Gavira gestattete sich ein ruhiges Lächeln.

»Sie sind ein sehr strenger Mann, Don Octavio.«

»Schon möglich.« Der Alte betrachtete jetzt wieder das Spruchband der Betis-Fans auf der gegenüberliegenden Straßenseite. »Aber ich bin gerecht: Das Geschäft mit der Kirche war deine Idee, und die Heirat mit Macarena auch. Gut, ich habe dir bei beidem ein wenig unter die Arme gegriffen …«

»Dann gestatten Sie mir eine Frage.« Gavira legte nacheinander beide Hände auf den Tisch. »Warum wollen Sie mir ausgerechnet jetzt nicht helfen, wenn Ihnen an Macarena und ihrer Mutter so viel liegt? Es würde Sie nur ein kleines Gespräch kosten, die beiden zur Vernunft zu bringen.«

Machuca beugte sich langsam zu ihm vor, unendlich langsam. Seine Augen waren nur noch ein schmaler Schlitz:

»Du magst ja Recht haben«, sagte er, als Gavira schon gar nicht mehr mit einer Antwort rechnete. »Aber wenn ich das täte, hätte ich genauso gut zulassen können, dass Macarena den erstbesten Idioten heiratet. Mir geht es um etwas anderes, Pencho. Wie soll ich dir das erklären? Das ist, als ob jemand einen Kampfhahn oder ein Rennpferd besitzt, oder einen Boxer unterhält: Mir macht es Spaß zuzuschauen, wie du dich abstrampelst.«

Mit diesen Worten wandte er sich von ihm ab und winkte seinen Sekretär heran. Die Audienz war beendet.

Gavira erhob sich, knöpfte das Jackett zu und setzte seine italienische Designer-Sonnenbrille auf.

»Wissen Sie was, Don Octavio?« Erhobenen Hauptes und gefasst stand er vor dem Alten. »Manchmal habe ich den Eindruck, Sie erwarten sich gar keine konkreten Resultate. Es ist, als wäre Ihnen im Grunde alles gleichgültig: Ich, die Bank, sogar Macarena.«

Auf der gegenüberliegenden Straßenseite war ein Mädchen mit langen Beinen und Minirock aus einem Modegeschäft getreten; sie hatte Eimer und Lappen dabei, und begann nun den Mauersockel unterhalb der Schaufenster zu putzen. Machuca beobachtete sie nachdenklich bei ihrer Arbeit. Nach einer Weile hob er seelenruhig den Kopf zu Gavira hinauf:

»Pencho … Hast du dich nie gefragt, weshalb ich jeden Tag hierher komme?«

Gavira sah ihn verwundert an, die Hände in den Hosentaschen. Was soll das nun wieder, dachte er. Verflixtes altes Schlitzohr.

»Verzeihung, Don Machuca«, erwiderte er verlegen. »Ich wollte Ihnen nicht zu nahe treten. Ich meine …«

Die Augen des Bankiers blitzten spöttisch auf, dann wurde er wieder ernst.

»Vor unendlich langer Zeit saß ich einmal genau an diesem Platz und da kam eine Frau vorbei.« Er sah zu dem Mädchen vor dem Geschäft hinüber, als habe sie diese Erinnerung in ihm geweckt. »Sie war sehr schön, atemberaubend schön … Während sie vorüberging, kreuzten sich unsere Blicke. Ich war drauf und dran, aufzustehen und ihr nachzugehen. Aber dann tat ich es doch nicht. Die Tatsache, dass mich hier in Sevilla jeder kennt, die gesellschaftlichen Konventionen hielten mich davon ab … Ich schaffte es also nicht, sie anzusprechen. Zum Trost sagte ich mir, dass sie bestimmt wieder einmal hier vorbeikommt. Aber das ist nicht geschehen. Bis auf den heutigen Tag.«

Er hatte mit völlig neutraler Stimme gesprochen: die objektive Schilderung eines banalen Vorfalls. Inzwischen war Cánovas zu ihnen getreten; die Aktenmappe unterm Arm verneigte er sich kurz vor Gavira, um dann dessen Platz einzunehmen. Machuca lehnte sich noch tiefer in seinen Korbsessel zurück und bedachte den Vizepräsidenten der Kartäuser Bank mit einem letzten frostigen Lächeln:

»Ich bin sehr alt, Pencho. In meinem Leben habe ich viele Schlachten gewonnen und manche verloren. Was war, das war … Heute bin ich nicht mehr zum Kämpfen aufgelegt.« Seine magere Hand griff nach einem der Dokumente, das Cánovas ihm reichte. »Heute bin ich nur noch neugierig ... oder gespannt, verstehst du? Wie jemand, der eine Tarantel und einen Skorpion zusammen in ein Glas sperrt und abwartet, was sie tun; eine Art Schlachtenbummler, der weder für die eine noch für die andere Seite Partei ergreift.«

Mit diesen Worten versenkte er sich in seine Unterlagen, und Gavira murmelte rasch etwas zum Abschied, bevor er sich die Straße hinunter in Richtung seines Mercedes entfernte. Er hatte das Gefühl, als schwanke der Boden unter seinen Füßen. Eine tiefe, senkrechte Falte stand auf seiner Stirn, und Peregil, der sich gerade mit einer Hand das pomadisierte Haar an den Kopf drückte, wandte den Blick ab, als er ihn kommen sah.

Die Sonne prallte mit unerhörter Wucht auf die weiß und ocker-farben angestrichene Fassade des alten Hospital de los Venera-bles. Auf der gegenüberliegenden Straßenseite schmachteten, dem Hitzschlag nahe, zwei bleichhäutige Touristen an einem Tisch der Bar Román; hinter ihrem Rücken kündigte ein Plakat den sonntäglichen Stierkampf in der Real Maestranza an. Sevilla war ein einziger Hochofen, doch im Innern des Lokals herrschte angenehme Kühle. Hier schälte Simeón Navajo gerade eine Krabbe, Lorenzo Quart schaute ihm dabei zu.

»Ich habe unsere Informatikexperten gründlich interviewt: Die haben nichts an der Hand, was Ihnen weiterhelfen könnte.«

Er verschlang seine Krabbe und leerte mit einem einzigen Schluck sein Bierglas zur Hälfte. Quart fragte sich, wo all die Zwischenmahlzeiten, Aperitifs, belegten Brötchen und Tapas blieben, die Kommissar Navajo den ganzen Tag über zu sich nahm: Der kleine Kerl war so mager, dass selbst seine 357er Magnum aufgefallen wäre, hätte er sie am Körper getragen. Nicht zufällig schleppte er sie also in einer Umhängetasche mit sich herum – eine jener gepunzten marokkanischen Lederta-schen mit Fransen, die noch nach Jahren nach schlecht gegerbter Kamelhaut stinken. Mit seinen tiefen Geheimratsecken, dem Pferdeschwanz, der runden Nickelbrille und dem bunten Hawaihemd, das er an diesem Morgen anhatte, war Simeón Navajo schon eine seltsame Erscheinung – das genaue Gegenteil des stattlichen, streng gekleideten Priesters.

»Die Namen, die Sie mir neulich gegeben haben …«, fuhr der Polizist fort. »Ich hab das entsprechende Archiv von A bis Z durchgekämmt, aber keinen von ihnen gefunden. Da sind andre drin: Schüler, die am Computer Lausbubenstreiche machen; haufenweise Typen, die Raubkopien von Programmen verscheuern; zwei, drei Kenner, die sich manchmal rumtreiben, wo sie nicht sollten. Vor ein paar Monaten ist einer von denen bei der Bank Sur eingebrochen, ins Netz, meine ich; wollte sein Konto ein bisschen aufmöbeln. Aber von den Leuten, die Sie suchen, keine Spur.«

Sie standen am Tresen der Bar, unter einer langen Reihe von Würsten, die von der Decke baumelten. Der Kripobeamte nahm sich eine weitere Krabbe vom Teller, riss ihr den Kopf ab, schlürfte ihn genüsslich aus und schälte dann den Rest. Quart blickte auf sein beschlagenes Bierglas, von dem er kaum getrunken hatte.

»Haben Sie auch die Computergeschäfte kontrolliert und beim Fernmeldeamt nachgehakt?«

»Ja, das habe ich«, bestätigte Navajo mit vollem Mund. »Keine der Personen auf Ihrer Liste hat irgendwelche spezielle Software gekauft, wenigstens nicht unter dem eigenen Namen und mit Rechnungsbeleg. Und was das Fernmeldeamt betrifft – der Chef der Sicherheitsabteilung ist ein Freund von mir. Er sagt, Ihr Matutin sei nicht der Einzige, der per Telefonleitung ins Ausland surft und sich dort in fremde Datennetze einschleicht. Das tun alle Hacker. Den einen kriegen sie, den andern nicht. Ihr Hacker muss einer von der schlauen Sorte sein. Er wechselt anscheinend dauernd die Leitung und verwischt mit irgendwelchen komischen Programmen seine Spuren im Internet.«

Navajo verdrückte seine Krabbe, trank sein Bier aus und bestellte ein neues. Ein Fuß des Krebses war in seinem Schnurrbart hängen geblieben.

»Mehr kann ich Ihnen nicht berichten.«

Quart lächelte ihn an:

»Das war nicht viel, aber haben Sie trotzdem Dank.«

»Nichts zu danken.« Navajo angelte sich eine weitere Krabbe; die Schalen warf er auf den Boden, wo sich bereits ein ansehnliches Häufchen gebildet hatte. »Ich würde Ihnen ja gern richtig helfen, aber mein Chef hat es mir rundweg verboten: Wenn du

233

ihm einen persönlichen Gefallen tun willst, okay, sagt er, ihr seid alte Bekannte, aber mit offizieller Zusammenarbeit läuft nichts. Der hat Angst, er verbrennt sich die Finger. Klar … wenn der Vatikan im Spiel ist, wird's immer brenzlig. Bestünde konkreter Verdacht auf ein Verbrechen, dann sähe die Sache natürlich anders aus. Aber bei den beiden Todesfällen in der Kirche hat es sich laut Untersuchungsrichter ja um Unfälle gehandelt.« Er schlürfte geräuschvoll den Kopf seiner Krabbe aus. »Und dass ein Hacker aus Sevilla dem Papst auf den Wecker fällt – das lässt uns ehrlich gesagt ziemlich kalt.«

Die Sonne glitt träge über den Guadalquivir hin; es war absolut windstill und die Palmen am andern Ufer glichen reglosen Soldaten, die vor der Stierkampfarena Wache standen. El Potro lehnte ruhig am Fenster und sah auf den glitzernden Fluss hinunter; wäre nicht die Zigarette in seinem Mund gewesen, sein Profil hätte an das einer Statue erinnert – an das der Bronzestatue seines Meisters Juan Belmonte. Don Ibrahim, der am Esszimmertisch saß, stieg ein köstlicher Geruch nach Spiegeleiern und gebratener Blutwurst in die Nase; er kam aus der Küche, wo La Niña leise vor sich hin trällerte:

> *Warum wach ich zitternd auf in der Nacht,*
> *und schau auf die leere Gasse hinab?*
> *Das hat allein die Ahnung gemacht –*
> *verlässt du mich, Liebster, du bringst mich ins Grab.*

Der ehemalige Advokat bewegte stumm die Lippen unter dem buschigen Schnurrbart und sprach den Text des Liedes mit, das La Niña mit heiserer Stimme sang, während sie, eine Schürze über dem gepunkteten Kleid und den Pfannkuchenwender in der Hand, die Spiegeleier in Öl schwimmend ausbuk, wie Don Ibrahim es liebte. Meistens ernährten sich die drei Kumpane nur von Tapas, die sie auf ihren Streifzügen durch die Bars von Triana zu sich nahmen, aber wenn sie einmal anständig essen wollten, versammelten sie sich in La Niñas Wohnung. Sie lag im zweiten Stock eines alten Hauses in der Calle Betis und war sehr bescheiden, bot jedoch eine Aussicht, von der all die gestopften Millionäre und Scheichs und Filmschauspieler, die sich in Sevilla

herumtrieben, nur träumen konnten: im Vordergrund der Guadalquivir mit seiner palmenbestandenen Uferpromenade, und
dahinter der Goldturm und die Giralda. Das phantastische Panorama war La Niñas einziger Reichtum. Sie hatte sich die Wohnung vor vielen Jahren mit den wenigen Kröten gekauft, die ihr
aus ihrer ebenso ruhmreichen wie kurzen Zeit als Sängerin
geblieben waren – sonst war ja alles flöten gegangen. Nun musste sie im Alter wenigstens keine Miete zahlen und überhaupt
hatte die Wohnung alles, was sie brauchte: ein paar alte Möbel,
ein Bett aus glänzendem Messing, ein Bild der Virgen de la Esperanza, ein Foto des berühmten Sängers Miguel de Molina – mit
Widmung! – und eine Kommode, in der die bestickten Leintücher, Tischdecken und Bettüberwürfe ihrer nie benutzten Aussteuer vor sich hin gilbten. Dank der spärlichen Geldsummen,
die sie bisweilen mit Don Ibrahim und El Potro einnahm, konnte
sie pünktlich ihre Monatsraten an das Bestattungsinstitut »Zum
ewigen Schlaf« entrichten, das ihr seit zwanzig Jahren eine
kleine Grabnische im Friedhof von San Fernando reservierte,
und zwar im sonnigsten Winkel, darauf legte La Niña großen
Wert, denn sie war schrecklich verfroren.

> *Du hast mich angesehen*
> *voll wahrer Liebe*
> *und ein Strom von Liedern*
> *rann durch meine Adern …*

Don Ibrahim murmelte »olé«, ohne sich von seiner Beschäfti-
gung ablenken zu lassen. Er hatte Jacke, Hut und Stock neben
sich auf einen Stuhl gelegt, und saß im Hemd da, die Ärmel bis
zum Ellbogen aufgekrempelt. Unter seinen mächtigen Achseln
breiteten sich Schweißflecken aus und sein Hemdkragen war
ebenfalls feucht, obwohl er ihn aufgeknöpft und die Krawatte
gelockert hatte. Übrigens trug er heute die blaurot gestreifte Krawatte, die er im Tausch gegen ein Neues Testament und eine Flasche Four Roses von diesem schlaksigen Engländer, Graham
Greene, bekommen hatte, der damals in Havanna gerade an
einem Agententhriller schrieb, oder was das noch gleich gewesen war. Aber von ihrem Gefühlswert mal ganz abgesehen, war
das wirklich eine echte Oxford-Krawatte. Im Gegensatz zu La

Niña besaßen weder El Potro noch Don Ibrahim eine eigene
Wohnung. El Potro lebte ganz in der Nähe bei einem ehemaligen
Kameraden aus der Fremdenlegion zur Untermiete – in einem
ausrangierten und zum Hausboot umfunktionierten Ausflugsboot. Der dicke Kubaner dagegen war Stammgast in einer Pension; das schäbige Etablissement gehörte der Witwe eines Guar-
dia-Civil-Polizisten, der bei einem Terroranschlag der ETA in
Bilbao ums Leben gekommen war, und beherbergte außer ihm
noch einen Vertreter für Friseurbedarf sowie eine abgetakelte
Dame reiferen Alters und zweifelhaften, oder besser gesagt ganz
und gar unzweifelhaften Berufs.

> *Spürst du's nicht, sag,*
> *dass ich dich mag;*
> *meine Seele, mein Mund,*
> *sind vor Liebe ganz wund …*

An die reicht keine heran, weder Concha Piquer noch Pastora
Imperio noch sonst irgendeine auf der Welt, dachte Don Ibrahim, während er La Niñas rauer Flamencostimme lauschte, die
dieses ganze Lumpenpack von Impresarios, Kritikern und sonstigen Dummschwätzern nicht zu würdigen gewusst hatte. In der
Karwoche, wenn die Virgen de las Esperanza in langen Prozes-
sionen durch Sevilla getragen wurde, stellte sie sich an irgendeiner Straßenecke auf und sang der vorüberschwankenden
Madonna oder ihrem Sohn Saetas, bei denen die Trommeln verstummten und die Leute eine Gänsehaut bekamen. Denn La
Niña verkörperte den Gesang und die Copla und Spanien
schlechthin; nicht den billigen Abklatsch, den man Touristen
präsentiert, sondern das echte, urwüchsige Spanien, mit seiner
Legende vom grünäugigen Zigeuner und mit seinen Kneipen, in
denen es nach Zigarettenrauch und Männerschweiß stinkt. Und
Spanien war noch mehr: Es war das dramatische Vermächtnis
eines Volkes, das sein Leid mit Liedern vertreibt und die bösen
Geister mit verzweifelt umklammerten Taschenmessern, die im
Mond blitzen – in dem Mond, der El Potro geleuchtet hatte,
wenn er heimlich über die Gatter der Viehweiden kletterte,
nackt, um sein einziges Hemd zu schonen, nichts als ein rotes
Tuch dabei, mit dem er seine ersten Stiere reizte – damals, als er

noch davon träumen konnte, ein berühmter Torero zu werden, dessen Weg mit Geldscheinen gepflastert war, als sein Hals noch keine Narbe gehabt und aus seinen Augen noch nicht die Niederlage gesprochen hatte.

Spanien war aber auch das Land, das La Niña Puñales, die beste Flamencosängerin aller Zeiten, von den Veranstaltungsplakaten gestrichen hatte, ohne ihr anschließend auch nur Sozialhilfe zukommen zu lassen. Und es war das Land, von dem Don Ibrahim in der schwülen Hitze karibischer Nächte geträumt hatte, die Heimat, in die er zurückkehren wollte wie die Indianos von einst: im offenen Cadillac und mit Havanna im Mund, und in der er dann doch nur auf Unverständnis gestoßen war, auf Hohn und Spott, besonders nach der dummen Geschichte mit dem falschen Anwaltstitel. Aber selbst Hurensöhne hängen an ihren Müttern, wie er zu sagen pflegte. Und schließlich gab es in diesem undankbaren Spanien ja auch Städte wie Sevilla, Viertel wie Triana und Kneipen wie die Casa Cuesta, treue Seelen wie El Potro und tragisch-schöne Stimmen wie die La Niñas; eine Stimme, der sie mit ein wenig Glück jenen Tempel der Copla errichten würden, jenes Flamencolokal, das die drei Kumpane sich in langen Nächten bei Fino, Manzanilla und Zigarrenrauch bis in die kleinsten Einzelheiten ausmalten: Erhaben, aber schlicht musste es sein, mit einfachen Baststühlen und alten, schweigsamen Kellnern, Flaschen auf den Tischen, einem einzigen Scheinwerfer auf dem Holzpodium und einem *richtigen* Gitarristen, der La Niñas rauer Stimme noch mehr Gefühl, noch mehr Kunst entlocken konnte. Natürlich kam nicht jeder rein! In Horden auftretenden Touristen und Störenfrieden mit Handys war der Zutritt verboten. Don Ibrahim für seinen Teil wünschte sich nicht mehr, als mit einem Glas Sherry und einer guten Montechristo an einem dunklen Tisch im hintersten Winkel zu sitzen und La Niñas zuzuhören. Das, und dass die Kasse stimmte. Denn so war es ja nun auch wieder nicht.

Er füllte noch ein bisschen mehr Benzin in die Flasche, wobei er Acht gab, nichts zu verschütten. Zum Schutz des Tischs hatte er Zeitungspapier ausgebreitet, und jeden Tropfen Kraftstoff, der am Hals der Likörflasche hinunterlief, wischte er augenblicklich mit einem Lappen ab. Das Benzin war von der besten Sorte, bleifrei, 98 Oktan – schließlich steckte man eine Kirche nicht mit irgendwas in Brand, wie La Niña völlig zu Recht bemerkt hatte. So war El Potro also mit einer leeren Olivenölbüchse zur nächsten Tankstelle geschlappt, um einen Liter Super zu besorgen. Mit einem Liter müssten wir hinkommen, hatte Don Ibrahim im gewichtigen Ton eines Sprengstoffexperten festgestellt, und als solcher betrachtete er sich tatsächlich, seit Ernesto Che Guevara ihm bei einem Gläschen Rum in Santa Clara mal erklärt hatte, wie man einen Molotow-Cocktail fabriziert. Übrigens eine russische Erfindung von Carlos Marx.

Jetzt war durch eine Luftblase doch ein bisschen Flüssigkeit übergeschwappt; Don Ibrahim knüllte das nass gewordene Zeitungspapier zusammen und warf es in den Aschenbecher, der auf dem Tisch stand. Er war stolz auf die Brandbombe, die er gebastelt hatte. Ihr Mechanismus beruhte auf einem rudimentären, aber wirksamen Prinzip: eine dünne Kerze, Streichhölzer, ein alter Wecker, zwei Meter Schnur, eine Flasche, die runterfällt und explodiert. Die aufeinander gestapelten Holzbänke und das alte Dachgebälk würden dann den Rest besorgen. Den eigentlichen Brand wollten die drei Kumpane sich aus einer Bar in der Nähe ansehen, wo man sie kannte. Letzteres, um notfalls ein Alibi an der Hand zu haben. Die Zerstörung brauchte nicht total zu sein, wie Peregil ihnen vorsorglich erläutert hatte. Es genüge, die Kirche ein bisschen auszuräuchern. Wenn sie dabei natürlich ganz draufging, umso besser. Hauptsache, sagte er und fasste einen nach dem andern scharf ins Auge, Hauptsache, es sieht nach einem Unfall aus.

Don Ibrahim füllte die Flasche noch ein bisschen mehr und einen Moment lang wurde der Spiegeleiergeruch von Benzingestank überlagert. Er hätte sich gerne eine Zigarre angesteckt, aber bei so viel Benzin und dem nassen Zeitungspapier im Aschenbecher spielte er lieber nicht mit dem Feuer. La Niña hatte sich ursprünglich mit Händen und Füßen gegen das Vorhaben gewehrt – eine Kirche war ein heiliger Ort! Don Ibrahim und El Potro war es nur dadurch gelungen, sie zu überzeugen, dass sie ihr vorrechneten, wie viele Messen sie mit dem Geld, das bei dem Coup herausspringen würde, in einer anderen Kirche zur Vergebung ihrer Sünden lesen lassen konnte. Außerdem verübten sie das Verbrechen ja nicht aus eigenem Antrieb, sondern im Auftrag eines Dritten, und nach dem alten Prinzip *ad auctores redit sceleris coacti tamarindus pulpa*, oder wie es noch gleich hieß, war der Verursacher der Ursache – also letztendlich Peregil – der Hauptschuldige. La Niña weigerte sich auch so und trotz der glänzenden juristischen Beweisführung weiterhin strikt an der eigentlichen Brandstiftung teilzunehmen; sie wollte lediglich mit kleinen Handlangerdiensten – wie dem Braten von Spiegeleiern und Blutwurst – zum Gelingen der Operation beitragen. Don Ibrahim respektierte ihren Standpunkt, so etwas musste jeder mit seinem Gewissen abmachen. Was dagegen in El Potros Kopf vorging, war schwer zu durchschauen, vorausgesetzt, es ging überhaupt etwas darin vor. Wenn man mit ihm sprach, so nickte er bloß, folgsam und schicksalsergeben, ständig in Erwartung des Gongs, der ihn aus der Ecke holte, oder der Trompete, die ihn hinter der Schutzwand hervor in die Arena zurückrief. Als ihm von Don Ibrahim der Plan, die Kirche anzuzünden, unterbreitet worden war, hatte er keinerlei Einwände vorgebracht. So seltsam es klingt: El Potro war trotz seiner Stierkämpfervergangenheit nicht religiös – Don Ibrahim hatte immer gedacht, alle Toreros glaubten an Gott –, nichtsdestotrotz holte er an jedem Karfreitag seinen alten, dunkelblauen Hochzeitsanzug üblen Angedenkens hervor, zog ein weißes Hemd ohne Krawatte an, das er bis zum Hals zuknöpfte, kämmte sich das Haar mit Kölnisch Wasser zurück und begleitete La Niña durch die Straßen von Sevilla, dem Thron der Virgen de la Esperanza hinterher, der auf einem Flammenmeer von Kerzen schwamm und im düsteren Rhythmus der Trommeln hin- und herwogte.

Don Ibrahim, dem seine liberale Gesinnung es verbot, an derlei obskuren Riten teilzunehmen, sah sie kurz nach Sonnenaufgang im Gefolge der Madonna vorüberziehen: El Potro schweigsam und ernst; an seinem Arm, betend, La Niña mit schwarzer Mantille.

Das scharf geschnittene Profil am Fenster entlockte Don Ibrahim ein Lächeln – väterlich und wohlwollend. Er war stolz auf El Potros Loyalität. Viele Mächtige der Erde mussten sich Loyalität mit Geld erkaufen. Aber wenn ihn eines Tages, kurz bevor die Maulesel ihn zum Schindacker schleiften, irgendjemand fragen würde, ob sein Leben sich denn gelohnt habe, so konnte er erhobenen Hauptes bejahen, denn er hatte einen der treuesten

Freunde gehabt, die man sich vorstellen konnte, und er hatte La Niña Puñales *Capote de grana y oro* singen hören.

»Essen ist fertig«, sagte La Niña unter der Küchentür und wischte sich die Hände an der Schürze ab.

Die schwarze Locke auf ihrer Stirn war tadellos in Form gelegt, die Lippen blutrot angemalt, das braune Muttermal noch gut zu sehen; nur die Wimperntusche war ein wenig zerlaufen, als sie Zwiebeln für den Salat geschnitten hatte. Don Ibrahim merkte, dass sie mit kritischer Miene die Anislikör-Flasche auf dem Tisch musterte.

»Man macht nun mal keine Tortilla, ohne Eier aufzuschlagen«, sagte er einlenkend.

»Ich hab sie gebraten und gleich sind sie kalt«, erwiderte La Niña in gereiztem Ton.

Don Ibrahim seufzte resigniert, während er die letzten Tropfen Benzin in die Flasche träufeln ließ. Als er damit fertig war, wischte er das Etikett – *Anís del Mono* – mit dem feuchten Zeitungspapier ab und legte es in den Aschenbecher zurück. Dann stützte er beide Hände auf den Tisch und begann sich mühsam zu erheben.

»Zieh nicht so ein Gesicht. Sei doch ein bisschen zuversichtlicher.«

»Man zündet keine Kirchen an«, schimpfte La Niña und runzelte die Stirn unter der schwarzen Locke. »So was machen bloß Ketzer und Kommunisten.«

El Potro hatte sich vom Fenster abgewandt und gähnte; dabei hielt er sich die Hand mit dem brennenden Zigarettenstummel vor den Mund. Ich muss ihm sagen, dass er mit dem Benzin aufpassen soll, schoss es Don Ibrahim durch den Kopf, während er über eine Antwort für La Niña nachdachte.

»Die Wege des Herrn sind unergründlich«, sagte er schließlich, um irgendetwas zu sagen.

»Kann ja sein. Aber hier sind wir bestimmt auf dem Holzweg.«

La Niñas Uneinsichtigkeit betrübte ihn zutiefst. Er war kein Anführer, der seiner Truppe Befehle aufzwang, er wollte sie mit Argumenten überzeugen. Letztendlich war sie doch sein Stamm, sein Clan. Seine Familie. Er suchte noch nach passenden Worten, mit denen er die Diskussion bis nach dem Essen verschieben konnte, als er aus den Augenwinkeln wahrnahm, dass El Potro – unterwegs zur Küche – am Tisch vorbeiging und instinktiv die Hand mit dem Zigarettenstummel nach dem Aschenbecher ausstreckte. Und in dem lag das benzingetränkte Zeitungspapier!

Quatsch, dachte Don Ibrahim, so blöd wird er schon nicht sein. Trotzdem wollte er ihn vorsichtshalber warnen.

»He, Potro«, sagte er.

Zu spät. El Potros Kippe lag bereits im Aschenbecher und als Don Ibrahim vorschnellte, um ihn vom Tisch zu fegen, stieß er mit dem Ellbogen an die Anislikör-Flasche.

VIII

Eine andalusische Dame

»Riechst du nicht den Jasmin?«
»Welchen? Ich sehe weit und breit keinen Jasmin.«
»Den, der früher hier wuchs.«
(Antonio Burgos *Sevilla*)

Wenn es tatsächlich so etwas wie blaues Blut gibt, so war das von
María Cruz Eugenia Bruner de Lebrija y Álvarez de Córdoba,
Herzogin von Nuevo Extremo, zweifellos von tiefem Dunkelblau. Macarena Bruners Mutter hatte Vorfahren unter den Bela-
gerern von Granada und unter den Eroberern Südamerikas
gehabt und gehörte dem echten spanischen Uradel an; nur zwei
Geschlechter – die Häuser Alba und Medina-Sidonia – hatten im
Lauf der Jahrhunderte mehr Titel angesammelt als ihre eigene
Familie. Allerdings waren diese Titel schon lange nichts mehr
wert. Im Lauf der Geschichte waren sämtliche Ländereien und
ihr gesamtes Vermögen draufgegangen und mittlerweile waren
die Kästchen ihres weit verzweigten Stammbaums und die Fel-
der ihres Wappens inwendig so leer wie die Muscheln, die das
Meer an die Strände spült. Die alte Señora, die im Innenhof der
Casa del Postigo vor Quart saß und Coca-Cola trank, würde in
einer Woche ihren siebzigsten Geburtstag feiern. Ihre Ahnen hatten von Sevilla nach Cadiz reisen können, ohne den eigenen
Grund und Boden zu verlassen, König Alfons XIII. und Königin
Victoria Eugenia hatten sie aus der Taufe gehoben und selbst
General Franco, der nicht eben ein Freund der spanischen Aristokratie gewesen war, war nicht umhingekommen, ihr nach Ende
des Bürgerkriegs genau hier, in diesem andalusischen Patio, die
Hand zu küssen und sich tief über das römische Fußbodenmosaik zu beugen, das vor vierhundert Jahren direkt im antiken Italica ausgegraben und hierhergeschafft worden war. Aber »tem-
pus fugit«, wie die Inschrift der englischen Wanduhr mahnte, die
alle Viertelstunde leise schlug. Sie hing in der von zweigeschos-
sigen Mudejar-Arkaden gebildeten Galerie, die den Innenhof
umgab. Dass die kostbare Uhr heute noch dort hing, und dass
weiterhin schöne Alpujarras-Teppiche und antike Kommoden

242

die Galerie schmückten, war allein dem Einsatz des alten Familienfreundes Octavio Machucas zu verdanken, der die wertvollen Gegenstände vor einem traurigen Ende in sevillanischen Auktionshäusern bewahrt hatte. Ansonsten deutete nicht viel auf den einstigen Glanz der Casa del Postigo: ein mit Wohlgerüchen geschwängerter Patio voller Geranien, Palmen und Farne, ein paar verschnörkelte Gitter, ein Garten, ein Speisesaal mit römischen Marmorbüsten, ein paar alte Möbel und Gemälde; von dem zwanzigköpfigen Personal, das den riesigen Palacio früher bevölkert hatte, waren gerade noch ein Dienstmädchen, ein Gärtner und eine Köchin übrig geblieben. In dieser Umgebung also lebte, einem zarten Schatten gleich und scheinbar völlig in ihre Erinnerungen versunken, die weißhaarige Dame mit der Perlenkette, die Lorenzo Quart in diesem Augenblick bat sich doch Kaffee nachzuschenken. Dabei bewegte sie sanft einen zerknitterten Fächer, den Julio Romero de Torres höchstpersönlich bemalt und mit Widmung versehen hatte.

Quart goss sich noch etwas Kaffee in die Tasse aus feinstem, wenn auch bereits etwas rissigem Porzellan. Seine Jacke hing über dem Stuhl; die Herzogin hatte ihn so lange gedrängt, sie der Hitze wegen abzulegen, dass ihm schließlich gar nichts anderes übrig geblieben war, als sich ihrem Wunsch zu beugen. Nun saß er im Hemd da, einem kurzärmeligen schwarzen Hemd mit makellosem Priesterkragen. Das kurz geschorene graue Haar, die muskulösen, braun gebrannten Unterarme und seine sportliche Figur verliehen ihm das Aussehen eines stattlichen Missionars, der geradezu vor Gesundheit strotzte – ganz im Gegensatz zu dem ausgemergelten Winzling Padre Ferro, der in seiner zerschlissenen und mit Flecken übersäten Soutane neben ihm saß. Auf dem niedrigen Tisch neben dem Springbrunnen standen Kaffee, heiße Schokolade und eine grotesk wirkende Zweiliterflasche Coca-Cola. Quart hörte die alte Dame gerade sagen, sie hasse Büchsen-Cola. Das schmecke komisch, irgendwie metallisch. Sogar das Prickeln auf der Zunge sei anders.

»Noch ein bisschen Schokolade, Padre Ferro?«

Der alte Priester nickte, ohne Quart anzusehen, und reichte seine Tasse Macarena Bruner, die sie unter dem zufriedenen Blick ihrer Mutter füllte. Die Herzogin schien es richtig zu genießen, gleich zwei Priester auf einmal im Haus zu haben. Padre Ferro kam schon seit Jahren, täglich um Punkt fünf Uhr, außer mittwochs, um mit ihr den Rosenkranz zu beten und sich anschließend zu einem kleinen Imbiss einladen zu lassen – bei schönem Wetter in den Patio, bei Regen in den Speisesaal.

»Was für ein Glück in Rom leben zu können«, meinte die alte Dame, indem sie ihren Fächer auf- und zuklappte. »So nah beim Heiligen Vater.«

Für ihre siebzig Jahre war Cruz Bruner unglaublich aufge- weckt und lebhaft. Sie hatte weißes Haar mit bläulichen Schat- tierungen und Altersflecken auf Händen, Armen und Stirn. Ihr Gesicht war, wie überhaupt alles an ihr, klein und schmal, die Züge kantig und ihre Haut verschrumpelt wie die einer Rosine. Ein dünner Strich Lippenstift kennzeichnete ihren fast unsicht- baren Mund; an den Ohrläppchen hatte sie Gehänge aus winzi- gen Perlen, die denen der Halskette entsprachen. Ihre Augen waren dunkel wie die Macarenas, aufgrund ihres Alters jedoch rot geädert und immer etwas wässrig. Sie strahlten heute noch große Intelligenz und Entschlossenheit aus, trübten sich nur manchmal kurz, als zögen – einer schwarzen Wolke gleich – alte Erinnerungen, Gefühle und Erlebnisse an ihnen vorüber. In ihrer Jugend war Cruz Bruner blond gewesen, wie Quart anhand eines Porträts in der Eingangshalle festgestellt hatte – das Por- trät stammte übrigens von Zuloaga – , und bis auf die dunklen Augen gab es eigentlich überhaupt keine Ähnlichkeit zwischen ihr und ihrer Tochter. Macarenas schwarzes Haar ging zweifel- los auf den Vater zurück, den imposanten Caballero auf dem sil- bergerahmten Foto, das neben dem Zuloaga hing: Dunkler Teint, strahlendes Lächeln, blitzweiße Zähne, schmaler Oberlip- penbart und unter der Krawatte eine goldene Nadel, von der die Kragenspitzen seines Hemds zusammengehalten wurden. Ein andalusischer Señorito wie er im Buche stand. Quart kannte Macarena Bruners Familiengeschichte inzwischen gut genug, um zu wissen, dass Rafael Guardiola Fernández-Garvey zu Leb- zeiten der attraktivste Mann von ganz Sevilla gewesen war; weltmännisch, elegant und nonchalant genug, das Restvermö- gen seiner Frau in fünfzehn Jahren Ehe durchzubringen. War Cruz Bruner ein Produkt der Geschichte, so war ihr Gemahl das Resultat sämtlicher Laster der sevillanischen Aristokratie gewesen. Seine Geschäfte hatten ausnahmslos mit einem Fiasko geendet und hätte sein Freund, der Bankier Octavio Machuca, nicht immer die Kastanien für ihn aus dem Feuer geholt, so wäre er wahrscheinlich im Gefängnis gelandet. Zuletzt versuchte er es noch mit der Pferdezucht, aber das Unternehmen ging schief wie alle anderen; zum finanziellen kam der gesundheitliche Ruin: vierzig Zigaretten und drei Havannas am Tag, nächtelange Flamencofeten und literweise Manzanilla gehen nicht spurlos an einem vorüber; jedenfalls starb er, körperlich ein Wrack, und ohne eine Kröte in der Tasche. In der Stunde seines Todes hatte er – wie in alten Spielfilmen oder Kitschromanen – lauthals nach einem Beichtvater geschrien und war schließlich, gebeichtet und geölt, in seiner Uniform der Real Maestranza von Sevilla mit Säbel und Federbusch zu Grabe getragen worden. Zur Beerdigung war natürlich die versammelte Hautevolee im schwarzen Staat erschienen. Ein boshafter Lokalreporter hatte die Trauergemeinde in zwei Hälften unterteilt: Gläubiger und gehörnte Ehemänner, die sich mit eigenen Augen vom Heimgang ihres Rivalen überzeugen wollten.

»Der Heilige Vater hat mich einmal in Privataudienz empfangen«, erzählte die alte Herzogin. »Macarena auch, als sie auf Hochzeitsreise war.«

Sie senkte den Kopf und blickte versonnen auf das Blumenmuster ihres dunklen Kleides, als habe die Vergangenheit dort ihre Spuren hinterlassen. Zwischen ihrer eigenen Romreise und der ihrer Tochter lagen gut dreißig Jahre und mehrere Päpste, aber sie sprach vom Heiligen Vater, als handle es sich immer um denselben. Quart konnte sie verstehen: Wenn man einmal siebzig war, dann änderten sich die Dinge entweder viel zu schnell oder gar nicht mehr.

Padre Ferro starrte düster in seine Tasse und Macarena Bruner beobachtete Quart. Die Tochter der Herzogin von Nuevo Extremo trug Jeans und eine blau karierte Bluse, war ungeschminkt und hatte sich das Haar zu einem Pferdeschwanz zusammengebunden. Sie wirkte ruhig und selbstsicher, wenn sie Don Príamo Schokolade nachgoß oder sich selbst Kaffee, und sie hatte stets ein Auge auf ihre Mutter und auf ihre Gäste, vor allem jedoch auf Quart. Die Situation schien sie zu amüsieren.

Cruz Bruner trank ein Schlückchen Coca-Cola und schmunzelte freundlich.

»Was sagen Sie zu unserer Kirche, Padre?«, fragte sie dann, Glas und Fächer im Schoß haltend.

Ihre Stimme war angenehm und für ihr Alter ungewöhnlich kräftig. Quart, der die Augen von Mutter und Tochter auf sich ruhen spürte, setzte ein höfliches Lächeln auf:

»Beeindruckend«, erwiderte er in der Hoffnung sich mit diesem Allerweltswort auf nichts festzulegen. Aus den Augenwinkeln nahm er Padre Ferro wahr, der sich wie immer muffig und verschlossen gab. Sie hatten eingangs im Beisein der beiden Frauen ein paar Floskeln miteinander gewechselt; hier im Patio befanden sie sich nun sozusagen auf neutralem Boden. Keiner sprach mit dem anderen, aber Quart ahnte, dass dies erst der Auftakt des Ganzen war. Niemand lädt einen Kopfjäger und sein mutmaßliches Opfer zum Kaffee ein, ohne dabei etwas im Hinterkopf zu haben, dachte er und sparte sich seine Worte für später auf.

»Meinen Sie nicht, dass es jammerschade wäre, sie zu schließen?«, hakte die Herzogin nach.

Quart schüttelte den Kopf:

»Dazu wird es hoffentlich nie kommen.«

»Und wir dachten schon, Sie seien deswegen nach Sevilla gekommen«, meinte Macarena Bruner mit einem viel sagenden Lächeln.

Die Elfenbeinkette schimmerte matt im Ausschnitt ihrer Bluse und Quart fragte sich heimlich, ob sie wohl auch heute Nachmittag ihr Feuerzeug unter den Träger des BHs geklemmt hatte. Er hätte mit Vergnügen zwei Monate Fegefeuer auf sich genommen, um Padre Ferros Gesicht erleben zu können, wenn Macarena sich eine Zigarette anzündete.

»Nein«, erwiderte er. »Ich bin hierher geschickt worden, weil meine Vorgesetzten sich ein Bild von der Situation machen möchten.« Er trank einen Schluck Kaffee und stellte Tasse und Unterteller vorsichtig auf den mit schönen Einlegearbeiten verzierten Tisch zurück. »Keiner beabsichtigt Padre Ferro aus seiner Gemeinde zu verjagen.«

Der Betroffene setzte sich ruckartig auf:

»Keiner?« Sein narbiges Gesicht sah zum oberen Stockwerk

der Galerie hinauf, als könne sich dort jeden Augenblick wer herausbeugen, um seine rhetorische Frage zu beantworten. »Mir fallen da auf Anhieb gleich mehrere Namen und Institutionen ein … Der Erzbischof, zum Beispiel. Die Kartäuser Bank. Der Schwiegersohn der Señora Duquesa …« Seine argwöhnischen, schwarzen Augen hefteten sich auf Quart: »Und erzählen Sie mir nicht, im Vatikan würde man sich ein Bein ausreißen, um eine alte Kirche und ihren Pfarrer zu verteidigen.« Ich kenne euch Brüder zur Genüge, sagten diese Augen. Also mach mir nichts vor.

Quart, der sich von Macarena beobachtete fühlte, versuchte einzulenken:

»Dem Vatikan liegt jede Kirche und jeder Priester am Herzen.«

»Dass ich nicht lache«, schnaubte Padre Ferro und lachte trotzdem, wenn auch ziemlich sarkastisch.

Cruz Bruner legte ihm sanft den Fächer auf den Arm.

»Padre Quart hat das bestimmt nicht ironisch gemeint, Don Príamo.« Ihre Augen baten Quart stumm um eine Bestätigung. »Ich halte ihn für einen seriösen Menschen und glaube, dass seine Mission sehr wichtig ist. Und da es ihm, wie er sagt, um Informationen geht, finde ich, wir sollten ihn unterstützen.« Sie warf ihrer Tochter einen raschen Seitenblick zu, bevor sie sich mit erschöpfter Miene wieder Luft zuzufächeln begann. »Die Wahrheit schadet niemandem.«

Padre Ferro senkte seinen Dickschädel, respektvoll und widerspenstig zugleich.

»Könnte ich Ihre Gutgläubigkeit bloß teilen, Señora«, murmelte er und schlürfte etwas Schokolade. Ein paar Tropfen blieben in den Bartstoppeln seines schlecht rasierten Kinns hängen, er wischte sie mit einem riesigen Taschentuch ab, das vor Dreck förmlich stand. »Aber ich fürchte leider, dass in der Kirche, wie überall auf der Welt, die Wahrheit auf Lügen basiert.«

»Na, na, so was dürfen Sie nicht sagen.« Die Herzogin drohte ihm halb im Spaß, halb im Ernst, mit dem zugeklappten Fächer. »Sonst kommen Sie in die Hölle.«

Und jetzt sah Lorenzo Quart den alten Priester zum ersten Mal richtig lächeln. Eine gutmütige, leicht schmollende Grimasse, wie die eines Bärenvaters, der von seinen Jungen geärgert wird. Seine versteinerte Miene lockerte sich, wurde weicher, menschlicher – wie auf dem Polaroidfoto, das in eben diesem Patio aufgenommen war. Quart musste unwillkürlich an Monsignore Spada denken, seinen Chef beim IOE. Der Erzbischof und Don Príamo lächelten genau gleich: wie Gladiatoren-Veteranen, die sich im Grunde nicht darum scheren, ob der Daumen des Imperators auf- oder abwärts zeigt. So, als wäre dies das geringste Problem. Quart fragte sich, ob er selbst eines Tages wohl auch so lächeln würde. Macarena Bruner, die ihn unverwandt ansah, schien auch das Geheimnis dieses Lächelns zu besitzen.

Jetzt richtete sich auch der Blick der Herzogin auf ihn.

»Hören Sie, Padre«, meinte sie nach kurzem Nachdenken. »Diese Kirche bedeutet mir sehr viel. Nicht nur als Kunstdenkmal und weil ein Großteil meiner Familie dort begraben liegt, sondern weil mit jeder Kirche, die zerstört wird, ein kleines Stück Himmel verloren geht, wie Don Príamo sagt. Und das kann ich nun wirklich nicht zulassen, ich meine, wo ich mich doch demnächst dort oben einzurichten gedenke. Ich hasse es, in beengten Verhältnissen leben zu müssen.« Sie führte das Coca-Cola-Glas an die Lippen und schloss genüsslich die Augen, als ihr die Kohlesäurebläschen in die Nase stiegen. »Natürlich vorausgesetzt, dass Padre Ferro ein Plätzchen für mich findet – aber da bin ich eigentlich recht zuversichtlich.«

Don Príamo schnäuzte sich geräuschvoll in sein Taschentuch.

»Sie kommen in den Himmel, Señora«, sagte er und schnäuzte sich noch einmal. »Darauf gebe ich Ihnen mein Wort.«

Er verstaute das Taschentuch in seiner Soutane und blickte Quart herausfordernd an, als wolle er sagen: Jetzt beweis mir erstmal, dass ich zu solchen Versprechen nicht befugt bin. Cruz Bruner applaudierte ihm vergnügt, indem sie sich mit dem Fächer in die Hand klopfte.

»Sehen Sie?«, sagte sie zu Quart. »Das ist der Vorteil, den es hat, einen Priester sechs Tage in der Woche zum Kaffee einzuladen. Man kommt in den Genuss gewisser Privilegien.« Ihre wässrigen Augen sahen Padre Ferro belustigt und dankbar zugleich an. »Gewisser Sicherheiten.«

Der Pfarrer rutschte nervös in seinem Sessel herum; Quarts Schweigen war ihm offensichtlich unangenehm.

»Ohne mich kämen Sie genauso rein«, brummte er.

»Vielleicht ja, vielleicht nein. Aber ich bin mir jedenfalls sicher, dass Sie dort oben ordentlich Krawall schlagen würden, wenn man mich nicht einließe.« Die betagte Dame warf einen Blick auf das Gebetbuch und den Rosenkranz aus schwarzem Bernstein, die auf dem mit Zeitungen und Illustrierten überhäuften Tisch lagen. »Und das zu wissen, ist in meinem Alter sehr beruhigend.«

Unter einem der vielen Arkadenbögen öffnete sich ein schmiedeeisernes Tor zum Garten hin. Von dort drang Amselgezwitscher zu ihnen – eine angenehme, liebliche Melodie, die jeweils mit einem lauten Trillern endete.

»Im Mai paaren sich die Vögel«, sagte die Herzogin, während sie mit geneigtem Kopf lauschte. Die Amseln setzten sich immer auf die Mauer des angrenzenden Klosters; oft mische sich ihr Gesang in den der Nonnen. Ihr Vater, der Herzog, Macarenas Großpapa, habe seine letzten Lebensjahre damit verbracht, ihr Gezwitscher aufzunehmen; die Tonbänder müssten noch irgendwo im Haus herumliegen; bei genauem Hinhören vernehme man sogar das Knirschen seiner Schritte im Kies der Gartenwege.

»Mein Vater«, fuhr die alte Herzogin fort, »war ein Mann vom alten Stil. Ein richtiger Grandseigneur. Wenn der wüsste, was aus seiner Welt geworden ist … Ich glaube, er würde sich im Grab umdrehen.« Aus der Art, wie sie das sagte, ging hervor, dass sie selbst der guten alten Zeit nicht minder hinterhertrauerte. »In einem kurz vor dem Bürgerkrieg veröffentlichten Buch über die Latifundien Spaniens, wird meine Familie zu den reichsten Andalusiens gezählt. Aber das war sie schon damals bloß noch auf dem Papier. Das Geld ist in andere Hände übergegangen; die großen Landgüter gehören heute Banken und Finanziers, Leuten, die ihre Anwesen mit Elektrozäunen umgeben, und Luxusjeeps fahren, und sämtliche Bodegas von Jeréz aufkaufen. Intelligente Schlitzohren, die über Nacht reich geworden sind – so wie es meinem Schwiegersohn vorschwebt.«

»Mamá.«

Die Herzogin streckte abwehrend eine Hand nach ihrer Tochter aus.

»Lass mich sagen, was ich denke. Don Príamo hat nie viel von

Pencho gehalten, aber mir war er sympathisch. Und dass du dich von ihm getrennt hast, ändert nichts daran.« Sie fächelte erneut, diesmal ziemlich energisch. »Obwohl ich zugeben muss, dass er sich in der Geschichte mit der Kirche, nicht gerade wie ein Caballero verhält.«

Macarena Bruner zuckte mit den Schultern.

»Das war Pencho nie.« Sie hatte sich einen Zuckerwürfel geangelt und ließ ihn zerstreut auf der Zunge zergehen. Quart beobachtete sie dabei, bis sie plötzlich den Blick auf ihn richtete. »Und er legt auch keinen Wert darauf, als solcher betrachtet zu werden.«

»Nein, das tut er allerdings nicht.« Aus der Stimme der alten Dame klang beißende Ironie. »Dein Vater, ja, der war ein Caballero. Ein *Caballero andaluz*.«

Sie fuhr mit den Fingerspitzen nachdenklich über den Rand des bunt gekachelten Springbrunnens. Diese Fliesen, begann sie Quart unvermittelt zu erzählen, stammten aus dem 16. Jahrhundert und seien streng nach den Regeln der Heraldik angeordnet: Farbe dürfe nie neben Farbe kommen, und Metall nie neben Metall, die Anordnung müsse grundsätzlich diagonal sein. Dieses Prinzip herrschte übrigens im ganzen Haus vor, er solle sich ruhig umsehen: Immer stünden sich Rot und Grün, Gold und Silber schräg gegenüber.

»Ein andalusischer Caballero«, wiederholte sie nach kurzem Schweigen; dabei verzerrte sich ein wenig der dünne rote Strich auf ihren welken, fast unsichtbaren Lippen – wie unter einem bitteren Lächeln, das sie zeitlebens unterdrückt hatte.

Macarena schüttelte den Kopf.

»Pencho bedeutet diese Kirche nichts.« Sie schien mehr zu Quart als zu ihrer Mutter zu sprechen. »Ihm geht es einzig und allein um das Grundstück. Von ihm können wir nicht erwarten, dass er unseren Standpunkt teilt.«

Die Herzogin schaltete sich von neuem ein:

»Klar«, sagte sie. »Von ihm nicht. Hättest du jemanden *deines* Standes geheiratet, wer weiß …«

Macarena fiel ihr scharf ins Wort:

»Du *hast* jemanden deines Standes geheiratet.«

»Das stimmt auch wieder.« Cruz Bruner lächelte wehmütig. »Na ja, eins muss man deinem Gatten ja lassen: Ein Caballero ist er nicht, aber ein Mann von Kopf bis Fuß. Mutig und forsch ... wie diese Einzelgänger eben sind.« Sie schielte kurz zu dem alten Priester hinüber. »Ob es uns nun passt oder nicht, was er mit unserer Kirche anstellt.«

»Noch hat er gar nichts damit angestellt«, sagte Macarena. »Er versucht es bloß.«

Die Herzogin schürzte ihre Lippen.

»Dafür lässt du ihn aber ganz schön zahlen, meine Liebe.«

Sie waren bei einem Thema angelangt, das der alten Dame nicht zu behagen schien, jedenfalls klang ihre Stimme jetzt ziemlich vorwurfsvoll. Macarena starrte über Quarts Schulter hinweg ins Leere und dieser war froh, nicht selbst das Objekt ihres leeren Blicks zu sein.

»Und er hat noch lange nicht ausgezahlt«, murmelte sie.

»Wie auch immer«, sagte die Mutter, »Pencho ist und bleibt dein Ehemann. Ob ihr nun unter einem Dach lebt oder nicht. Habe ich Recht, Don Príamo?« Ihre wässrigen Augen, in die der Spott zurückgekehrt war, richteten sich auf Quart. »Padre Ferro mag meinen Schwiegersohn nicht, aber er ist gegen die Scheidung. Prinzipiell.«

»Stimmt.« Dem Pfarrer war Schokolade auf die Soutane getropft, er wischte sie ärgerlich mit der Hand ab. »Was ein Priester auf Erden verbindet, kann nicht mal Gott im Himmel lösen.«

Wie schwierig es manchmal ist, dachte Quart, Hochmut und Tugend klar voneinander zu trennen. Wahrheit und Irrtum. Entschlossen, sich jetzt auf keine theologischen Diskussionen einzulassen, betrachtete er das antike Fußbodenmosaik aus Italica: Ein Boot, Fische drum herum, eine Insel mit Bäumen und an ihrem Strand eine Frau mit einem Krug oder einer Amphore. Er konnte auch einen Hund erkennen – *Cave canem* stand darunter – und ein Liebespaar, das sich umarmte. Quart trat mit dem Fuß ein paar Steinchen fest, die sich gelockert hatten.

»Und was sagt der Bankier Machuca zu der Sache?«, fragte er und merkte, dass Cruz Bruners Miene sich augenblicklich aufhellte.

»Octavio ist ein guter alter Freund. Der beste, den ich je hatte.«

»Er ist in die Herzogin verliebt«, warf Macarena ein.

»Red keinen Unsinn.«

Die alte Dame klappte den Fächer auf und blickte ihre Tochter tadelnd an. Aber Macarena lachte. »Doch, doch«, sagte sie, »das ist wahr.« Und schließlich musste die Herzogin selbst zugeben, dass Octavio Machuca ihr vor vielen Jahren ein wenig den Hof gemacht hatte; sie war noch ledig, aber dass eine Adlige einen Bürgerlichen ehelicht, wäre damals nie in Frage gekommen. Im Gegensatz zu ihr, habe der Bankier nie geheiratet, sich andererseits aber auch nie in das Privatleben seines Freundes Rafael Guardiola eingemischt. Den letzten Satz äußerte sie in bedauerndem Tonfall, ohne dass Quart jedoch genau verstanden hätte, was von beidem ihr mehr Leid tat: Machucas Nichtheirat oder seine Nichteinmischung in ihre Ehe.

»Er hat um deine Hand angehalten«, stellte Macarena fest.

»Ja, später, als ich Witwe war. Aber da hielt ich es für besser, alles beim Alten zu belassen. Jetzt gehen wir jeden Mittwoch im Park miteinander spazieren als gute alte Freunde.«

»Worüber unterhalten Sie sich?« Lorenzo Quart entschuldigte sich mit einem Lächeln für seine indiskrete Frage.

»Über nichts«, sagte die Tochter. »Ich hab sie heimlich beobachtet. Sie flirten bloß ein bisschen.«

»Hören Sie nicht auf Macarena. Ich hänge mich bei ihm unter, und dann plaudern wir über Dinge, die uns interessieren; über früher, über die Zeit, als ich ein junges Mädchen und er ein kühner Abenteurer war.«

»Don Octavio rezitiert ihr Campoamors *Expresszug*.«

»Woher weißt du das?«

»Er hat es mir erzählt.«

Cruz Bruner drückte den Rücken durch und berührte mit einem Anflug früherer Koketterie ihre Perlenkette:

»Na gut, stimmt«, sagte sie. »Und was ist dabei? Er weiß, dass das mein Lieblingsgedicht ist. ›*Mein Brief, glücklich, weil er zu euch fliegt, / soll euch Kunde von mir bringen …*‹« Sie hielt inne und lächelte melancholisch. »Wir reden auch über Macarena, er liebt sie wie eine Tochter; an seinem Arm ist sie zum Altar geschritten … Schauen Sie, was Padre Ferro für ein Gesicht macht. Er bringt Octavio genauso wenig Sympathie entgegen wie meinem Schwiegersohn.«

Der Priester schnitt eine abfällige Grimasse. Man hätte meinen können diese Spaziergänge machten ihn eifersüchtig. Mittwoch war der Tag, an dem die Herzogin von Nuevo Extremo den Rosenkranz allein betete und ihn auch nicht zum Kaffee einlud.

»Das hat mit Sympathie nichts zu tun, Señora«, erwiderte er mürrisch. »Ich finde nur, dass Don Octavio Machuca sich mehr um Nuestra Señora de las Lagrimas bemühen könnte. Pencho Gavira ist sein Untergebener, er hätte ihm dieses Sakrileg schlichtweg verbieten sollen.« Der Ärger machte sein narbiges Gesicht noch härter. »Wenn er Ihnen doch angeblich so verbunden ist …«

»Octavio hat eine ungemein praktische Lebenseinstellung«, fiel Cruz Bruner ihm ins Wort. »Ihm ist die Kirche egal. Er respektiert unsere Freundschaft, aber er meint auch, dass mein Schwiegersohn die richtige Entscheidung getroffen hat.« Sie betrachtete die Wappen, die in die Bögen der Galerie eingelassen waren. »Macarena, sagte er, solle sich nicht an die Planken eines untergegangenen Schiffs klammern müssen; in einer funkelnagelneuen Jacht hält man sich bequemer über Wasser. Und die könnte nur Pencho ihr kaufen.«

»Auf alle Fälle muss gesagt werden«, schaltete sich ihre Tochter ein, »dass Don Octavio weder für die eine noch für die andere Seite Partei ergreift. Er bleibt neutral.«

Don Príamo Ferro hob beschwörend den Zeigefinger:

»Wenn es um Gottes Haus geht, darf keiner neutral bleiben.«

»Bitte, Padre.« Macarena lächelte ihn freundlich an. »Nehmen Sie die Sache mit Gelassenheit. Und mit ein bisschen mehr Schokolade.«

Der Pfarrer lehnte die dritte Tasse würdevoll ab, und starrte danach mürrisch auf die Spitzen seiner ungeputzten Halbschuhe. Jetzt weiß ich, an wen er mich erinnert, dachte Quart. An den griesgrämigen und immer zu Streit aufgelegten Foxterrier aus *Susi und Strolch*. Er wandte sich an die Herzogin:

»Vorhin sprachen Sie von Ihrem Vater. War er Carlota Bruners Bruder?«

Die alte Dame wirkte überrascht.

»Sie kennen die Geschichte?« Ein paar Sekunden spielte sie mit den Stäbchen ihres Fächers, dann sah sie Macarena an und danach wieder Quart: »Carlota war meine Tante; die ältere

Schwester meines Vaters. Ein trauriges Familienkapitel, wie Sie vielleicht wissen. Macarena hat es von klein auf fasziniert. Tagelang hat sie in der alten Truhe rumgekramt, die unglückseligen Briefe gelesen, die nie ankamen, Carlotas Kleider probiert und sich damit an das Fenster gestellt, von dem aus sie angeblich auf den Fluss hinabstarrte.«

Etwas Neues lag in der Luft. Padre Ferro drehte den Kopf weg, als behage ihm das Thema nicht. Macarena machte eher ein besorgtes Gesicht:

»Padre Quart hat eine von Carlotas Postkarten«, sagte sie.

»Was? Das ist unmöglich«, erwiderte die Herzogin. »Die sind doch alle in der Truhe, oben im Taubenschlag.«

»Tja, das dachte ich auch. Er hat aber trotzdem eine; eine, auf der die Kirche abgebildet ist. Irgendjemand hat sie in sein Hotelzimmer geschmuggelt.«

»Unsinn. Wer soll das gemacht haben?« Die alte Dame streifte Quart mit einem argwöhnischen Blick. »Hat er sie dir zurückgegeben?«, fragte sie ihre Tochter.

Macarena schüttelte langsam den Kopf.

»Ich habe ihm erlaubt sie einstweilen zu behalten.«

Die Herzogin schien perplex:

»Das verstehe ich nicht. Den Taubenschlag betritt doch keiner – ich meine, außer dir und dem Personal.«

»Doch«, sagte Macarena und sah den Pfarrer an. »Don Príamo.«

Padre Ferro fiel fast vom Stuhl.

»Herr im Himmel, Señora!« Seine Stimme klang erschrocken und empört zugleich. »Wollen Sie etwa andeuten, ich …«

»Nein, Padre. Das war ein Scherz«, erwiderte Macarena mit so rätselhafter Miene, dass Quart sich fragte, ob sie tatsächlich bloß gespaßt habe. »Aber unter irgendwelchen mysteriösen Umständen *ist* die Karte ins Hotel Doña María gelangt. So viel steht fest.«

»Was meinen Sie eigentlich mit Taubenschlag?«, wollte Quart wissen.

»So nennen wir den Turm unseres Hauses«, erklärte ihm Cruz Bruner. »Man kann ihn von hier nicht sehen, dazu müssten Sie in den Garten gehen. Ursprünglich war dort ein Taubenschlag untergebracht und später hat ihn mein Großvater Luis, Carlotas

Vater, dann in eine Sternwarte umgewandelt – er war ein begeisterter Hobbyastronom. In ihren letzten Lebensjahren hat sich meine arme Tante darin eingeschlossen. Heute treibt Don Príamo dort oben seine Forschungen.«

Quart sah den Pfarrer an, ohne seine Verblüffung zu verbergen. Jetzt konnte er sich die Bücher erklären, die er in seiner Wohnung gesehen hatte.

»Ich wusste nicht, dass Sie sich für Astronomie interessieren.«

»Jetzt wissen Sie es«, erwiderte Padre Ferro mürrisch. »Die Señora Duquesa ist so freundlich mir ihr Observatorium zur Verfügung zu stellen. Aber das geht weder Sie noch den Vatikan etwas an …«

»Stimmt, das tue ich«, nickte Cruz Bruner schmunzelnd. »Die Instrumente sind alle veraltet, aber Padre Ferro hält sie in Schuss. Und er erzählt mir von seinen Beobachtungen … Für große Entdeckungen reichen die Apparate natürlich nicht aus. Trotzdem: Ich finde seine Berichte sehr unterhaltsam.« Sie klopfte sich mit dem Fächer auf die Beine. »Ich selbst schaffe es nicht mehr, dort hochzuklettern. Macarena schon …«

Quart kam aus dem Staunen nicht heraus. Das war ja wirklich ein kurioser Club, den Padre Ferro – der rebellische Pfarrer und Astronom – da um sich geschart hatte.

»Dass *Sie* nach schwarzen Löchern suchen, hätte ich auch nicht gedacht«, meinte er in scherzhaftem Ton und blickte Macarena tief in die dunklen Augen – was für Überraschungen sie wohl sonst noch bargen?

»Nein, ich suche nur Frieden«, erwiderte sie schlicht. »Und dort oben, so nah bei den Sternen, finde ich ihn. Padre Ferro arbeitet und ich schaue ihm zu oder lese. In aller Ruhe.«

Quart betrachtete den Himmel über ihren Köpfen, ein azurblaues Rechteck über der Öffnung des Patios; es war blank bis auf eine einzige Wolke – klein, reglos und eigenbrötlerisch wie Don Príamo.

»Vor gar nicht mal so langer Zeit«, sagte er, »war es Klerikern verboten, sich mit dieser Wissenschaft zu befassen. Zu rational und deshalb zu gefährlich für die Seele.« Diesmal lächelte er den alten Pfarrer freundlich an. »Die Inquisition hätte sie dafür in den Kerker geworfen.«

Padre Ferro senkte verdrossen den Kopf.

»Die Inquisition hätte mich für vieles in den Kerker gewor-fen«, brummte er. »Nicht nur wegen der Astronomie.«

»Tja, aber nun tut sie so etwas ja nicht mehr«, sagte Quart und dachte an Kardinal Iwaszkiewicz.

»Tut nicht, aber täte gern.«

Zum ersten Mal brachen alle miteinander in Gelächter aus: die Herzogin, Macarena, Quart und sogar Padre Ferro, der zuerst nur mit zusammengebissenen Zähnen grinste, dann aber ebenfalls offen hinauslachte. Es war, als sei zwischen ihm und Quart plötzlich das Eis gebrochen und Macarena, die das merkte, sah zufrieden von einem zum anderen. In ihren Augen war jetzt wieder der honigfarbene Schimmer, ja sie wirkte rich-tig glücklich mit ihrem tönenden, jungendlichen Lachen. Dann machte sie den Vorschlag, Padre Ferro solle Quart den Tauben-schlag zeigen.

Das Messingfernrohr glänzte zwischen den Mudéjar-Bögen der Turmgalerie, die nach allen vier Seiten hin Ausblick auf die Dächer von Santa Cruz bot. In der Ferne konnte man zwischen Fernsehantennen und wild durcheinanderflatternden Tauben-schwärmen die Giralda, den Goldturm und ein Stück vom Gua-dalquivir sehen, dessen Ufer in diesem Abschnitt blau blühende Jacaranda-Sträucher säumten. Ansonsten beherrschten hässli-che Wohntürme aus Beton, Stahl und Glas die Landschaft, über die vor hundert Jahren Carlota Bruners kummervoller Blick geschweift war. Heute war weit und breit kein weißes Segel mehr zu erspähen, kein einziges Schiff schaukelte auf den Wel-len des Stroms, und die vier Türmchen der Casa Lonja nahmen sich aus wie die vergessenen Wächter des alten Indien-Archivs, in dem verstaubte Dokumente das Andenken verflossener Zei-ten wahrten.

»Phantastischer Ort«, sagte Quart.

Padre Ferro gab ihm keine Antwort. Er hatte sein schmutziges Taschentuch herausgezogen und rieb damit energisch das Mes-singrohr des Teleskops, das er immer wieder anhauchte. Das Instrument, ein uraltes galileisches Fernrohr, war fast zwei Meter lang und auf einem dreibeinigen Stativ montiert; alle Metallteile waren säuberlich poliert und funkelten in der Abendsonne. Abgesehen von dem Teleskop, gab es in dem ehemaligen Taubenschlag nicht viel Interessantes: zwei abgewetzte Ledersessel, eine Stehlampe, einen antiken Sekretär mit vielen Schublädchen, einen alten Kupferstich von Sevilla sowie eine Reihe ledergebundener Bücher: Tolstoi, Dostojewski, Quevedo, Heine, Galdós, Blasco Ibáñez, Valle-Inclán; auch ein paar Abhandlungen über Kosmographie, Himmelsmechanik und Astrophysik waren darunter, antiquarische Ausgaben, die Quart sich aus der Nähe ansah: Ptolemäus, Porta, Alfons von Cordoba.

»Das hätte ich mir nie vorstellen können«, sagte er. »Ich meine, dieser Raum und was Sie hier machen ...«

Sein versöhnlicher Ton klang überzeugend, und tatsächlich war er dabei, seine Meinung über Padre Ferro gründlich zu revidieren. Der alte Pfarrer für seinen Teil rieb an dem Fernrohr herum, als wolle er einen schlafenden Geist in seinem Inneren wecken, der für ihn antworten sollte. Nach einer Weile hob er die Schultern unter der abgetragenen Soutane, die vor lauter Fettflecken eher grau als schwarz war. Schon ein seltsamer Kontrast, dachte Quart: der schmuddelige, kleine Priester und dieses Instrument, das er mit seinem Taschentuch auf Hochglanz polierte.

»Ich sehe gern in den Nachthimmel«, sagte er endlich. »Die Herzogin und ihre Tochter gestatten mir jeden Tag nach dem Abendessen zwei Stunden hier oben zu sein. Ich komme direkt durch den Patio herauf, ohne durchs Haus zu gehen. So störe ich keinen.«

Quart fuhr mit den Fingern über den Rücken eines der Bücher. *Della celeste fisionomia** 1616. Daneben stand eine Sammlung astronomischer Tabellen, von denen er in seinem Leben noch nie etwas gehört hatte. Plumper Dorfpfarrer, hatte Seine Exzellenz Aquilino Corvo gesagt ... Quart lächelte still in sich hinein, während er die *Tabulae Astronomicae* durchblätterte.

»Wie sind Sie zur Astronomie gekommen?«

Padre Ferro, der genug poliert und sein Taschentuch wieder eingesteckt hatte, blickte argwöhnisch auf Quarts Hände, nahm ihm das Buch ab und stellte es an seinen Platz zurück.

»Ich habe jahrelang in den Bergen gelebt. Dort gab's nicht viel Abwechslung. Nachts habe ich mich unters Vordach meiner Kir-

---

* Über die Physiognomie des Himmels

257

che gesetzt und in die Sterne geguckt. Das war meine einzige Unterhaltung.«

Er verstummte jäh, als habe er bereits zu viel über sich verraten und Quart konnte sich in der Tat gut vorstellen, wie Don Príamo im Dunkeln unter dem Portikus einer kleinen Gebirgskirche saß und das Firmament betrachtete, sich in tausend oder mehr Metern Höhe, ungestört von städtischen Lichtern und Lärm, in die Harmonie der durchs Weltall kreisenden Sphären versenkte.

Sein Blick fiel auf Heines *Reisebilder*, er nahm einen der Bände zur Hand und schlug ihn auf der Seite auf, in der das rote Leseband lag:

»… und die Welt ist so lieblich verworren; sie ist der Traum eines weinberauschten Gottes, der sich aus der zechenden Götterversammlung à la française fortgeschlichen, und auf einem einsamen Stern sich schlafen gelegt, und selbst nicht weiß, dass er alles das auch erschafft, was er träumt – und die Traumgebilde gestalten sich oft buntscheckig toll, oft auch harmonisch vernünftig – die Ilias, Plato, die Schlacht bei Marathon, Moses, die medizäische Venus, das Straßburger Münster, die französische Revolution, Hegel, die Dampfschiffe … sind einzelne gute Gedanken in diesem schaffenden Gottestraum – aber es wird nicht lange dauern und der Gott erwacht, und reibt sich die verschlafenen Augen, und lächelt – und unsre Welt ist zerronnen in nichts, ja, sie hat nie existiert.«

Ein heißer Wind strich durch die Arkadenbögen des Taubenschlags. Von den Gassen und Innenhöfen, die zwischen den braunen Ziegeldächern von Santa Cruz eingebettet waren, klangen gedämpfte Geräusche zu ihnen herauf. Hinter den Fenstern einer nahe gelegenen Schule sagten Kinder im Chor etwas auf – eine Lektion, oder ein Gedicht. Quart spitzte die Ohren, und konnte die Worte »Nest« und »Vogel« verstehen, dann verstummte der Chor plötzlich; ausgelassenes Geschrei und Gelächter zeigte an, dass der Nachmittagsunterricht zu Ende war. In der Nähe der Reales Alcázeres, der königlichen Palastanlage, schlug eine Turmuhr dreimal. Es war Viertel vor sechs.

»Warum gerade die Sterne?«, fragte Quart, indem er den Heine-Band zurückstellte.

Padre Ferro zog eine verbeulte Blechschachtel aus der Tasche seiner Soutane, entnahm ihr eine filterlose Zigarette, feuchtete eines ihrer Enden an und steckte sie in den Mund.

»Weil sie unverdorben sind«, sagte er.

Dann riss er ein Streichholz an und beugte den Kopf mit dem zerzausten Haar über die hohle Hand; im Schein der Flamme wirkten die unzähligen Falten und Narben in seinem Gesicht noch tiefer. Der Rauch der angezündeten Zigarette entschwand durch die Bögen der offenen Galerie, aber der beißende Geruch des schwarzen Tabaks blieb zurück.

»Verstehe«, sagte Quart. Die dunklen Augen des Pfarrers richteten sich mit einem Anflug von Neugier oder Interesse auf ihn; ein vages Lächeln umspielte seine Lippen. Quart spürte, dass sich etwas zwischen ihnen geändert hatte, obwohl er nicht wusste, ob er sich darüber freuen sollte oder nicht. Dieser sozusagen zwischen Himmel und Erde schwebende Taubenschlag stellte einen neutralen Ort dar, an dem ihr gegenseitiges Misstrauen verflog. Es war als befänden sie sich an einer heiligen Stätte, wo keiner dem andern etwas antun durfte, ja mehr noch: Quart hatte jenes Gefühl der Kameradschaftlichkeit, das Kleriker oft – in seinem Fall eher selten – miteinander verbindet. Einsam umherirrende Soldaten, die sich im Getümmel eines Schlachtfelds erkennen.

»Wie lange haben Sie dort oben in den Bergen gelebt?«

Der Priester sah ihn an, die glühende Zigarette im Mundwinkel:

»Zwanzig lange Jahre«, sagte er.

»Eine kleine Gemeinde, nehme ich an.«

»Sehr klein. Zweiundvierzig Einwohner bei meiner Ankunft; kein Einziger, als ich ging; alle gestorben oder ausgewandert. Zum Schluss ist mir nur noch eine achtzigjährige Frau geblieben; der letzte Winter war bitterkalt, sie hat ihn nicht überlebt.«

Auf dem Gesims der Galerie hatte sich eine Taube niedergelassen. Padre Ferro starrte sie an, als erwarte er, dass an ihrem Fuß eine Botschaft für ihn festgemacht sei. Aber als sie wieder davongeflattert war, fixierte er dieselbe Stelle weiter. Sein stierer Blick, die linkischen Bewegungen, die schäbige Kleidung, erinnerten Quart immer noch an den verhassten Dorfpfarrer seines Heimatorts, nur dass er inzwischen auch Unterschiede

wahrnehmen konnte, gewaltige Unterschiede. Er war überzeugt gewesen, Padre Ferros Plumpheit rühre von dessen primitiver Veranlagung her; er hatte ihn für eine jener grauen
Existenzen gehalten, eine jener trostlosen Randfiguren des Klerus, denen gar nichts daran lag, ihre Mittelmäßigkeit und Ignoranz zu überwinden. Hier oben im Taubenschlag offenbarte er
sich ihm aber von einer ganz anderen Seite. Quart wusste, dass
die nachlässige Ausübung des gewählten Berufes, der freiwil-
lige Verzicht auf eine Karriere, nicht immer Regression bedeuten mussten, dass es sich um einen ganz bewusst unternomme-
nen Rückschritt handeln konnte, und genau das schien bei
Padre Ferro der Fall zu sein. Es sprang ja geradezu in die Augen, dass er früher einmal mehr als ein plumper, griesgrämiger
Dorfpfarrer gewesen war, der sich beim Zelebrieren der Messe
in Nuestra Señora de las Lagrimas hinter seinem altmodischen
Latein verschanzte. Bei ihm war das ganz offensichtlich keine
Frage der Bildung oder des Alters, sondern der Lebenseinstellung.

Auf der Klappe des Sekretärs lag ein offenes Heft mit Bleistift-
zeichnungen von verschiedenen Sternenkonstellationen. Quart
versuchte sich den alten Pfarrer vorzustellen, wie er in andäch-
tiges Schweigen versunken das nächtliche Firmament durch
sein Fernrohr betrachtete und Aufzeichnungen in sein Heft
machte, während Macarena Bruner hinter ihm in einem der zerschlissenen Ledersessel saß, *Anna Karenina* oder die *Macht der
Finsternis* las, und Nachtfalter die Glühbirne der Stehlampe
umflatterten. Plötzlich verspürte er den beunruhigenden Drang
zu lachen: Die Vorstellung dieser Szene machte ihn wahnsinnig
eifersüchtig.

Als er aufsah, begegnete er dem nachdenklichen Blick Padre
Ferros. Ob er gemerkt hatte, was in ihm vorging?

»Orion.« In seiner Verwirrung brauchte Quart ein paar Sekunden, bis er begriff, dass der Pfarrer das Gekritzel in dem Heft
meinte. »In dieser Jahreszeit kann man nur den östlichen Schul-
terstern des Jägers sehen. Er heißt Beteigeuze und geht dort hinten auf.« Er deutete auf einen Punkt am Horizont des noch
blauen Abendhimmels. »Richtung West-Nordwest.«

Don Príamo hatte noch immer seinen Glimmstängel im Mund
und die Asche des miserablen Tabaks fiel ihm auf die Brust.

Quart blätterte das Heft durch, es war voll von Notizen, Zeichnungen und Zahlen, aber er erkannte nur sein eigenes Tierkreiszeichen, das Sternbild des Löwen, an dessen unverwundbarem Körper der griechischen Sage zufolge die Speere des Herakles abgeprallt waren.

»Gehören Sie zu denen, die glauben, dass alles in den Sternen steht?«, fragte er.

Padre Ferro schnitt eine Grimasse, die nicht einmal entfernt an ein Lächeln erinnerte.

»Vor drei- oder vierhundert Jahren hätte diese Frage einen Priester das Leben gekostet«, entgegnete er.

»Noch einmal: Ich bin in friedlicher Absicht gekommen.«

Das kannst du einem Dümmeren erzählen, sagten Don Príamos Augen. Ein leises, sarkastisches Lachen, eine Art Schnarren, kam über seine Lippen.

»Sie sprechen von Astrologie«, stellte er fest. »Ich beschäftige mich mit Astronomie. Stellen Sie das in Ihrem Bericht für den Vatikan bitte klar.«

Danach schwieg er, fuhr jedoch fort, Quart neugierig zu mustern – als versuche er ihn nach einem ersten negativen Eindruck neu einzuschätzen.

»Alles steht irgendwo geschrieben. Wo, weiß ich nicht«, sagte er schließlich. »Aber dass Sie und ich nicht dasselbe Alphabet lesen, merkt selbst ein Blinder.«

»Das müssen Sie mir näher erklären.«

»Da gibt's nicht viel zu erklären. Ob überzeugt oder nicht – Sie dienen einem Multi, dessen Statuten heute noch von dem demagogischen Unsinn strotzen, mit dem uns die christlichen Humanisten und Aufklärer die Ohren voll geschwätzt haben: Das Leiden läutert und erhöht den Menschen; das Menschengeschlecht bessert sich von Generation zu Generation; guter Wille erzeugt guten Willen …« Er trat an die Brüstung vor. »Oder der Quatsch, dass es eine einzige Wahrheit gibt.«

Quart schüttelte den Kopf.

»Sie stellen Behauptungen über mich auf, obwohl Sie mich gar nicht kennen«, protestierte er.

»Ich kenne Ihre Arbeitgeber, und das genügt mir.«

Padre Ferro wandte sich wieder dem Teleskop zu, als wolle er nach weiteren Staubkörnchen suchen, steckte auch die Hand in die Tasche seiner Soutane, wie um das Taschentuch herauszuziehen, tat es dann aber nicht.

»Was wissen Sie«, fuhr er fort, »und was wissen Ihre Chefs in Rom mit ihrer engstirnigen Beamtenmentalität? Was wissen sie von Liebe und Hass, außer dem, was sie in theologischen Traktaten darüber gelesen haben oder im Beichtstuhl zugeflüstert bekommen?« Die Hände in den Taschen vergraben wippte er auf den Zehenspitzen. »Ich brauche Sie bloß anzusehen. Aus der Art wie Sie sprechen und sich geben, merkt man auf hundert Meter, dass Ihre Sünden eher Unterlassungssünden sind als sonst was. Sie gehören zu diesen Fernsehpredigern, diesen kalten, herzlosen Pfarrern, die ihren Erfolg bei den Gläubigen nach Einschaltquoten bemessen.«

»Nein, Padre, Sie täuschen sich. Meine Arbeit …«

Don Príamo ließ erneut sein schnarrendes Lachen hören.

»Ihre Arbeit!« Er drehte sich unvermittelt nach Quart um. »Jetzt wollen Sie mir wahrscheinlich erzählen, dass Sie sich auch die Hände schmutzig machen, stimmt's? Obwohl Sie immer wie aus dem Ei gepellt dastehen – geschniegelt und gebügelt. Aber sicher können Sie auch das irgendwie rechtfertigen. An Alibis fehlt es Ihresgleichen nie. Sie sind jung und stark, haben Vorgesetzte, die Ihnen Brot und Bett verschaffen, für Sie denken und Ihnen dann und wann einen dicken Knochen hinwerfen, damit es Ihnen nicht langweilig wird. Sie sind der perfekte Büttel einer mächtigen Institution, die vorgibt Gott zu dienen. Bestimmt haben Sie noch nie eine Frau geliebt, einen Mann gehasst oder mit einem Verzweifelten mitgelitten. Kein Armer verdankt Ihnen sein Brot, kein Kranker seinen Trost, kein Sünder seine Hoffnung auf Erlösung … Sie tun, was man Ihnen befiehlt und damit basta.«

»Ich erfülle meine Pflicht«, sagte Quart und bereute es noch im selben Moment.

»So, die erfüllen Sie?« Padre Ferros Augen sprühten vor Spott. »Na, dann herzlichen Glückwunsch! Das heißt, dass Ihre Seele gerettet ist. Wer seine Pflicht erfüllt, kommt immer in den Himmel.« Er zog mit zusammengekniffenen Augen ein letztes Mal an seinem Zigarettenstummel. »Und sieht den Herrn von Angesicht zu Angesicht.«

Er warf die Kippe über die Brüstung und sah ihr nach.

»Ich frage mich, ob Sie überhaupt noch glauben«, sagte Quart und blickte ihn streng von der Seite an.

Aus seinem Mund klang das ziemlich paradox, Quart selbst war sich dessen bewusst. Außerdem fielen derlei Fragen nicht in sein Ressort, sondern in das der Bluthunde des Heiligen Offizium. Wie Monsignore Spada gesagt hätte: Wir vom IOE befassen uns nicht mit den Ideen der Leute, sondern mit ihren Taten; beschränken wir uns also darauf, gute Zenturionen zu sein, und überlassen wir es Seiner Eminenz Jerzy Iwaszkiewicz, in den Gedanken der Menschen herumzustochern.

Nichtsdestotrotz wartete Quart auf eine Antwort, die lange nicht kam. Padre Ferro schritt langsam um das Teleskop herum, wobei sich seine schwarze Silhouette in dem glänzenden Messingrohr spiegelte.

»*Noch* ist ein Umstandswort der Zeit«, sagte er endlich mit nachdenklich gerunzelter Stirn, als spreche er zu sich selbst. Danach schwieg er eine Weile, als denke er über Umstandswörter oder über die Zeit nach. Irgendwie schien er einen geheimen Gedankengang zu spinnen.

»Aber ich vergebe Sünden«, setzte er später wie abschließend hinzu. »Ich helfe den Menschen in Frieden zu sterben.«

Diese Antwort hätte wohl alles erklären sollen. Was, das ahnte Quart nicht einmal entfernt. Es reizte ihn, boshaft zu werden, und er widerstand der Versuchung nicht.

»Die Sünden vergibt Gott«, bemerkte er spitz. »Nicht Sie.«

Padre Ferro sah ihn an – überrascht, als wundere er sich, dass er überhaupt noch da war.

»Als junger Priester«, sagte er plötzlich, »habe ich sämtliche Philosophen des Altertums gelesen: angefangen bei Sokrates bis hin zum Heiligen Augustinus. Und das Einzige, was mir davon geblieben ist, ist der bittersüße Geschmack der Melancholie und Desillusion. Alles, was ich heute mit vierundsechzig Jahren vom Menschen weiß, ist, dass er sich erinnern kann, dass er Angst hat und dass er stirbt.«

Quart musste ein ziemlich verdattertes Gesicht machen, denn Padre Ferro nickte, die schwarzen Augen auf ihn geheftet, als fordere er ihn dazu auf, seinen Worten ruhig Glauben zu schenken. Danach wandte er sich dem Abendhimmel zu. Die einsame Wolke von vorher – vielleicht war es auch eine andere – hatte sich vor die untergehende Sonne geschoben, deren rötliche Strahlen sie durchbrachen und die Silhouette zum Glühen brachten.

»Dort oben, im Gebirge, habe ich IHN lange Zeit gesucht«, fuhr Don Príamo fort. »Ich hätte ihn gerne ein bisschen ausgefragt – das ein oder andere Hühnchen mit ihm gerupft. Damals gab es bloß Tod und Elend um mich herum ... Ich glaube, mein Bischof und seine Clique wussten gar nicht mehr, dass ich noch existierte. Ich war mutterseelenallein. Aus meiner Isolation kam ich nur raus, wenn ich sonntags die Messe las, in einer winzigen Kirche, die fast leer war ... oder wenn ich in Regen oder Schnee durch den Matsch gestapft bin und einem alten Menschen das Sterbesakrament gebracht habe. Ein Vierteljahrhundert lang saß ich an den Betten Todkranker, die sich an meine Hände klammerten, weil ich ihr einziger Trost war. Und während all dieser Zeit habe ich immer nur in eine Richtung gesprochen. Aber ich habe nie eine Antwort bekommen.«

Don Príamo unterbrach sich und lauschte, als sei es immer noch nicht zu spät für diese Antwort, doch er vernahm nur die gedämpften Geräusche der Stadt und das Gurren der Tauben im Dachgebälk des Turms. Nun ergriff Quart das Wort:

»Entweder unser Leben und Sterben wird von einem göttlichen Willen gelenkt, oder vom Zufall – und das würde heißen: gar nicht.«

Das alte teleologische Zitat war weder als Feststellung noch als Antwort gedacht, sondern nur als Aufforderung an Padre Ferro, den unterbrochenen Gedankengang wieder aufzunehmen. Zum ersten Mal verstand Quart den Mann, den er vor sich hatte, und er sah, dass dieser es merkte: Einen Moment lang leuchtete Dankbarkeit aus den Augen des alten Priesters.

»Wie aber«, sagte er, »kann ich die Botschaft des Lebens in einer Welt verbreiten, der von Anfang an der Stempel des Todes aufgedrückt ist? Der Mensch stirbt, er weiß, dass er stirbt, und dass er – im Gegensatz zu Königen, Päpsten und Generälen – keinerlei Spuren hinterlässt. Das kann doch nicht alles sein, sagt er sich. Sonst wäre das ganze Universum ja bloß ein schlechter Witz, ein sinnloses Chaos. Und so verwandelt sich der Glaube in eine Art Hoffnung. Oder Trost. Vielleicht glaubt deshalb nicht einmal der Heilige Vater mehr an Gott.«

Quart entfuhr ein Lachen, das die Tauben aufscheuchte.

»Das ist also der Grund, weshalb Sie Ihre Kirche so hartnäckig verteidigen?«

»Natürlich.« Padre Ferro runzelte missmutig die Stirn. »Spielt doch keine Rolle, ob ich glaube oder nicht. Die Leute, die zu mir kommen, tun es. Und schon deswegen muss Nuestra Señora de las Lagrimas bestehen bleiben. Schauen Sie … ich denke, es handelt sich nicht zufällig um eine Kirche des Barock: Die Kunst des Barock grübelt nicht zu viel. Überlasst das Denken den Theologen, bewundert die schönen Figuren und Vergoldungen, die prächtigen Altäre, die Passion, die in allem zum Ausdruck kommt. Leidenschaft fasziniert die Massen, das hat schon Aristoteles gesagt … Berauscht euch an der Herrlichkeit Gottes. Allzu hartnäckiges Hinterfragen raubt euch die Hoffnung, zerstört euer Weltbild. Wir sind das Festland, das euch Schutz bietet vor dem reißenden Strom. Die Wahrheit bringt euch um.«

Quart hob die Hand:

»Da hätte ich aber einen moralischen Einwand zu machen, Padre. So etwas nennt man Entfremdung von den ursprünglichen Glaubensinhalten. Wie Sie die Sache darstellen, wäre Ihre Kirche ja das Fernsehen des 17. Jahrhunderts.«

»Na und?« Der Pfarrer zuckte verächtlich mit den Schultern. »Was war denn die religiöse Barockkunst anderes als der Versuch Luther und Calvin ihr Publikum abspenstig zu machen? Außerdem: Was wäre das moderne Papsttum ohne das Fernsehen? Der nackte Glaube hält sich nicht aufrecht. Die Leute brauchen Symbole, an denen sie sich wärmen können, weil es draußen in der Welt nämlich bitterkalt ist. Wir Priester tragen die Verantwortung für unsere letzten, naiv gebliebenen Gläubigen, die uns nachfolgen in der Überzeugung, wir führten sie wie Kyros in der *Anabasis* zum Meer und in ihre Heimat zurück. Und da finde ich meine alten Steine, mein Retabel und mein Latein noch würdiger als dieses geschmacklose Spektakel, zu dem die heilige Messe heute heruntergekommen ist … mediensüchtige Massen, die auf eine Mattscheibe starren und sich aus Riesenlautsprechern beschallen lassen. Unsere Kollegen in Rom glauben wahrscheinlich, dass sie damit die Kundschaft bei der Stange halten, aber sie irren sich und machen uns bloß lächerlich. Die Schlacht ist verloren; jetzt bricht die Zeit der falschen Propheten an.«

Er hatte zu Ende gesprochen und senkte düster den Kopf in der Annahme, ihr Gespräch sei beendet. Dann trat er an die Brüstung vor und sah auf die Stadt hinunter. Quart, der nicht recht wusste, was er sagen oder tun sollte, lehnte sich schließlich neben ihn an die Brüstung. So nah waren sie einander noch nie gewesen; der Kopf Don Príamos reichte ihm knapp bis zur Schulter. Eine ganze Weile sagte keiner von beiden ein Wort. Als Padre Ferro endlich den Mund wieder aufmachte, hatte es von den Turmuhren Sevillas längst sechs Uhr geschlagen, die einsame Wolke war verschwunden, die Sonne noch tiefer gesunken. Im Westen färbte sich der Horizont golden.

»Ich weiß nur eins«, sagte Don Príamo. »Wenn es uns einmal nicht mehr gelingt, die Gefühle der Leute anzusprechen, dann können wir einpacken. Logik und Vernunft sind unser Ende. Aber so lange auch nur ein armes Weiblein sich Hoffnung und Trost suchend vor meinem Altar niederkniet, so lange muss meine Kirche bestehen bleiben.« Er zog sein schmutziges Taschentuch heraus und schnäuzte sich. Die untergehende Sonne beschien sein schlecht rasiertes Kinn. »Und bei all meiner Erbärmlichkeit: Die Kirche braucht Priester wie mich. Wir sind das alte, tausendmal geflickte Fell der großen Trommel, die heute noch den Ruhm Gottes verkündet. Nur ein Wahnsinniger würde uns um dieses Geheimnis beneiden.« Don Príamos narbiges Gesicht verzog sich zu einer gequälten Grimasse. »Wir kennen den Engel, der den Schlüssel zum Abgrund verwahrt.«

IX.
Die Welt ist ein Dorf

Einer dunkeläugigen Sevillanerin ebenbürtig.
(Campoamor *Der Expresszug*)

Riesige Scheinwerfer strahlten die Kathedrale an und schufen eine unwirkliche Atmosphäre – halb Tag, halb Nacht –, die selbst die Tauben irritierte. Ziellos flatterten die Vögel umher. Bald erschienen sie im gleißenden Flutlicht, bald tauchten sie in die Dunkelheit ein und verschwanden in irgendeiner Nische des harmonisch geformten Gebirges aus Kuppeln, Fialen und Strebewerk, neben dem sich die Giralda erhob. Phantastisch, dachte Quart. Ein Hintergrundbild wie in diesen alten Hollywood-Schinken, wo man mit bemalten Leinwänden und Pappmaché die großartigsten Landschaften kreiert hatte. Nur dass die Plaza Virgen de los Reyes mit all ihren schönen Gebäuden echt war, im Laufe unzähliger Generationen aus Ziegelstein erbaut; ihr ältester Teil ging bis ins 12. Jahrhundert zurück. Eine solche Kulisse konnte kein Filmstudio der Welt nachbauen, und wenn es die besten und teuersten Bühnenbildner dafür engagiert hätte. Dieses Szenarium war einzigartig, unnachahmlich und perfekt. Vor allem, wenn dann noch Macarena Bruner darin herumspazierte. Sie ging vor ihm her und blieb jetzt unter der großen Laterne im Zentrum des Platzes stehen; ihre reglose Gestalt hob sich im Licht der Schweinwerfer gegen den goldgetönten Stein der Kathedrale ab: groß und schlank, das Haar zum Pferdeschwanz gebunden, die Elfenbeinkette um den gebräunten Hals. Ihre schwarzen Augen sahen Quart ruhig an:

»Eine schönere Umgebung kann es kaum geben.«

Sie hatte Recht und Lorenzo Quart fand, dass ihre Gegenwart die Faszination des Ortes noch steigerte. Die Tochter der Herzogin von Nuevo Extremo war gekleidet wie am Nachmittag in der Casa del Postigo, nur dass sie jetzt noch eine leichte Jacke über den Schultern hatte und in der Hand eine rucksackähnliche Ledertasche. Sie waren, fast ohne ein Wort zu wechseln, Seite an Seite hierher geschlendert, nachdem Quart den Pfarrer in seinem Observatorium zurückgelassen und sich von der Herzogin

267

verabschiedet hatte. Besuchen Sie uns mal wieder, hatte die alte Dame gesagt, und ihm zum Andenken ein antikes Azulejo geschenkt: ein kunstvoll gemaltes Vögelchen, von den maurischen Baumeistern in die Kacheltäfelung des Patios eingefügt; Quart erfuhr, dass es von der Wand gefallen war, als aufständische Truppen im Jahr 1843 den Palacio bombardiert hatten, und seither mit Dutzenden anderer kaputter oder beschädigter Kacheln im Keller unter den ehemaligen Stallungen herumlag. Als er später mit seinem Azulejo in der Tasche auf die Straße hinausgetreten war, hatte sich Macarena zu ihm gesellt. Der Vorschlag einen kleinen Spaziergang zu machen und anschließend in den Kneipen von Santa Cruz Tapas essen zu gehen, war von ihr gekommen. Wenn Sie nicht schon anderweitig verabredet sind, hatte sie hinzugefügt und ihn aus ihren tiefgründigen schwarzen Augen angesehen. Mit einem Bischof oder so etwas Ähnlichem. Quart hatte gelacht und sich die Jacke zugeknöpft, und dabei hatte sie erneut seine Hände betrachtet, danach den Mund, dann wieder die Hände, um schließlich in sein Gelächter einzustimmen. Und da standen sie nun, auf der Plaza Virgen de los Reyes mit ihren wild durcheinander flatternden Tauben und der beleuchteten Kathedrale im Hintergrund. Und Macarena sah ihn genauso unverwandt an, wie er sie. Und nichts von alledem, dachte Quart mit der Luzidität, die er in solchen Situationen zu bewahren pflegte, nichts von alledem ist dem inneren Frieden zuträglich, nach dem ein Priester laut heiliger Vorschrift streben muss, wenn er seine Seele vor dem Fegefeuer retten will.

»Ich möchte mich bei Ihnen bedanken«, sagte sie.

»Weshalb?«

»Wegen Don Príamo.«

Ein Taubenschwarm flog dicht über ihren Köpfen hinweg. Sie gingen jetzt auf das Tor in der Mauer neben der Kathedrale zu, durch das man in den Hof und die Gärten der Reales Alcázeres gelangte. Macarena wandte sich lächelnd nach Quart um:

»Sie haben es geschafft, ihm ein wenig näher zu kommen, wie mir scheint … Verstehen Sie ihn jetzt besser?«

Quart zuckte mit der Schulter.

»Das ein oder andere verstehe ich jetzt vielleicht besser. Zum Beispiel Padre Ferros Verhalten, seine Unnachgiebigkeit, was diese kleine Kirche betrifft. Aber das ist nur ein kleiner Teil des

Problems. Meine Mission in Sevilla besteht darin, einen umfassenden Lagebericht zu schreiben und, wenn möglich, diesen Hacker zu entlarven. Gerade was Matutin anbelangt, tappe ich jedoch noch völlig im Dunkeln. Padre Óscar ist drauf und dran, die Stadt zu verlassen, ohne dass ich herausbekommen habe, ob er etwas mit der Sache zu tun hat. Dann muss ich noch die Polizeiberichte und die offizielle Stellungnahme des erzbischöflichen Ordinariats zu den beiden Todesfällen in Nuestra Señora de las Lagrimas durcharbeiten. Und außerdem«, er klopfte auf die Brusttasche seiner Jacke, in der sich die Postkarte Carlota Bruners befand, »ist da noch das Rätsel dieser Karte zu lösen … und der mit ihr markierten Bibelstelle in dem Neuen Testament, das man in mein Hotelzimmer geschmuggelt hat.«

»Haben Sie schon Verdächtige?«, fragte Macarena.

Sie waren mittlerweile unter dem Mauerbogen angelangt, in den seitlich ein kleiner Barockaltar mit Muttergottes eingelassen war. Quarts Lachen hallte vom Tonnengewölbe des Durchgangs wieder. Ein trockenes, humorloses Auflachen.

»Verdächtig sind alle«, sagte er und betrachtete die Madonna unter ihrer Glasglocke. »Don Príamo Ferro, Padre Óscar, Ihre Freundin Gris Marsala … Und Sie selbst.« Beim Betreten des Schlosshofes blickte er rasch nach rechts und links, als fürchte er, eine der genannten Personen läge dort auf Lauer. »Verdächtig ist natürlich nicht nur, wer etwas tut, sondern auch, wer bewusst etwas unterlässt … oder verschweigt. Ich bin überzeugt, dass Sie sich gegenseitig decken.« Er machte ein paar Schritte, blieb stehen und blickte sich erneut um. »Wenn nur einer von Ihnen ehrlich zu mir wäre, hätte ich das Problem binnen dreißig Sekunden gelöst.«

Macarena Bruner stand neben ihm, die Ledertasche an die Brust gedrückt, und sah ihm fest in die Augen:

»Glauben Sie das im Ernst?«

Die Luft war auch hier mit Orangenblütenduft geschwängert; Quart atmete tief durch.

»Ja«, sagte er. »Ich bin mir völlig sicher, dass Matutin einer von Ihnen ist. Einer, der mit dieser Botschaft in Rom Aufmerksamkeit erregen wollte, damit wir Padre Ferro helfen seine Kirche zu erhalten. Wahrscheinlich nimmt unser naiver Computerpirat an, es genüge, an den Papst zu appellieren, und schon komme die Wahrheit ans Licht und überstrahle alle dunklen Machenschaften. Die Wahrheit, sagt er sich, kann einer gerechten Sache nicht schaden, im Gegenteil: Sie ist ihr förderlich. Eine Woche später lande dann ich in Sevilla, um nach *der* Wahrheit zu suchen, die den Vatikan interessiert und die sich ganz offensichtlich mit *Ihrer* Wahrheit nicht deckt. So erklärt es sich, dass Sie mir hier – anstatt zu helfen – ein Geheimnis nach dem anderen auftischen. Wie dieses Ratespielchen mit der Postkarte.«

Sie setzten sich erneut in Bewegung und überquerten den weitläufigen Hof; manchmal gerieten sie beim Gehen so dicht aneinander, dass Quart ihr Parfüm wahrnehmen konnte: eine Mischung aus Jasmin und Orangenblüten. Macarena Bruner duftete wie diese Stadt.

»Möglicherweise geht es ja nicht darum, *Ihnen* zu helfen«, sagte sie nach einer Weile, »sondern anderen. Ihnen soll vielleicht bloß begreiflich gemacht werden, was hier los ist.«

»Okay, Padre Ferros Verhalten kann ich jetzt verstehen. Aber mein Verständnis nützt Ihnen nichts. Sie haben Ihre Botschaft in der Erwartung losgesandt, man werde Ihnen einen frommen Priester schicken, einen Mann voller Güte und Mitgefühl, und was kam stattdessen? Ein schwertbewehrter Josua, ein Soldat.« Er schüttelte misslaunig den Kopf. »Denn ich bin ein Soldat, Macarena, genau wie Ihr Jugendschwarm, dieser Sir Marhalt. Ich informiere über Tatsachen und suche nach den Verantwortlichen. Danach steht es anderen zu, wenn möglich Verständnis aufzubringen und Lösungen zu finden.« Er machte eine Pause. »Den Boten zu verführen, ist sinnlos«, setzte er dann mit einem schwachen Lächeln hinzu.

Sie waren bei dem Tor angelangt, durch das man vom Schlosshof der Reales Alcázares ins Viertel Santa Cruz gelangte. Im Schein einer Laterne verschmolzen ihre Schatten zu einem einzigen dunklen Fleck, der über die gekalkte Wand des Durchgangs huschte. Dies schuf eine seltsam intime Stimmung und Quart war erleichtert, als sie auf der andern Seite in die klare Nacht hinaustraten.

»Sie meinen also, dass ich Sie verführen möchte. Habe ich das richtig verstanden?«, fragte Macarena Bruner.

Quart gab keine Antwort. Sie gingen schweigend an der

Schlossmauer entlang und bogen dann in eine schmale Gasse des alten Judenviertels ein.

»Auch Sir Marhalt hat sich für eine gerechte Sache eingesetzt«, sagte Macarena später.

»Das waren noch andere Zeiten. Außerdem wurde Ihr Sir Marhalt von John Steinbeck erfunden. Gerechte Sachen gibt es heute nicht mehr. Auch die, für die ich kämpfe, ist nicht gerecht.« Er zögerte kurz, als überlege er, ob das wirklich stimmte. »Aber es ist meine.«

»Sie vergessen unseren Padre Ferro.«

»Padre Ferros gerechte Sache ist eine rein persönliche Angelegenheit. Hier kämpft jeder nur für sich selbst.«

Quart sah beim Gehen nach vorn, aber er merkte, dass Macarena eine gereizte Handbewegung machte, als verliere sie langsam die Geduld.

»Ach, hören Sie doch auf. Ich habe *Casablanca* zwanzigmal gesehen. Das hat mir gerade noch gefehlt: ein Priester, der den ernüchterten Helden spielt.« Sie hatte ihn überholt und drehte sich nun mit ärgerlicher Miene nach ihm um: »Den coolen Humphrey Bogart.«

»Ich bin größer als Humphrey Bogart. Und Sie irren sich überhaupt in meiner Einschätzung. Was wissen Sie denn von mir?« Quart hatte große Lust sie am Arm zu packen und durchzuschütteln, aber er beherrschte sich. Macarena ging jetzt wieder vor ihm her, den Blick stur nach vorn gerichtet, als wolle Sie ihn gar nicht anhören. »Sie haben keine blasse Ahnung, warum ich Priester geworden bin, was ich in Sevilla verloren habe, warum meine Vorgesetzten gerade mich hierher geschickt haben. Sie können sich ja im Traum nicht vorstellen, wie viel Padre Ferros mir schon untergekommen sind. Und was ich auf entsprechende Anweisungen hin mit ihnen gemacht habe.«

Aus seiner Stimme klang Bitterkeit, aber Macarena Bruner nahm sie nicht wahr. Nein, sie konnte sich das alles wirklich nicht vorstellen, und wie hätte sie auch … Quart sah, dass sie sich mit einem Ruck auf dem Absatz umdrehte:

»Mir scheint, Sie bedauern es, keinen Kopf zu haben, den Sie mit der nächsten Post nach Rom senden können, stimmt's?« Den Oberkörper leicht nach vorn gebeugt, starrte sie ihn an. »Sie dachten, Sie würden es einfacher haben, nicht? Aber ich wusste von Anfang an, dass sich die Dinge ändern, wenn Sie Ihr Opfer erst einmal näher kennen lernen.«

»Sie täuschen sich.« Quart schüttelte den Kopf, ohne ihrem Blick auszuweichen. »Dass ich Padre Ferro jetzt besser kenne, ändert nichts – wenigstens formal.«

»Und sonst?« Sie tippte sich mit dem Finger an die Stirn. »Hier drin?«

»Das ist meine Angelegenheit. Aber lassen Sie sich eins gesagt sein: Ich habe viele meiner Opfer, wie Sie es nennen, gut gekannt. Und das hat ihnen nicht das Geringste genützt.«

Er hörte sie verächtlich schnaufen:

»Nein, das kann ich mir schon vorstellen.« Sie musterte ihn von oben bis unten, provokativ, geradezu frech. »Judas bekam dreißig Silberlinge für seinen Verrat. Ich nehme an, Ihnen gibt man stattdessen maßgeschneiderte Anzüge und teure Schuhe, Kreditkarten und Luxus-Armbanduhren.«

Macarena Bruner war zu aggressiv, zu viel Verachtung sprach aus ihren Worten, als dass Quart einfach hätte darüber hinweggehen können, und er begann sich verzweifelt zu fragen, worauf das alles noch hinauslaufen würde. Sie standen einander stumm gegenüber; die dämmrige Gasse war so eng, dass sich die geraniengeschmückten Balkone über ihren Köpfen fast berührten.

»Freut mich, dass Sie das annehmen. Sie liegen nämlich völlig richtig.« Quart fasste sich an den Kragen seines Jacketts. »Diese Anzüge und diese Schuhe und diese Kreditkarten und diese Uhr sind mir sehr nützlich – beispielsweise, um einen serbischen General oder einen amerikanischen Diplomaten zu beeindrucken«, sagte er. »Es gibt viele Arten von Priestern: Arbeiterpriester, verheiratete Priester, Priester, die jeden Tag die Frühmesse halten, und Priester wie mich. Und ich könnte Ihnen nicht sagen, welcher von ihnen wichtiger ist. Jeder von uns ist auf den anderen angewiesen.« Er setzte ein bitteres Lächeln auf, aber in Gedanken war er seinen Worten weit vorausgeeilt. Macarena Bruner stand immer noch dicht vor ihm, zu dicht, wie er fand. »Obwohl wir eins gemeinsam haben, Ihr Padre Ferro und ich: Keiner von uns macht sich hinsichtlich seines Auftrags große Illusionen.«

Danach verstummte er; dieser Drang, sich vor ihr rechtfertigen zu müssen, machte ihm plötzlich Angst.

Die Gasse war ausgestorben. In einiger Entfernung brannte eine schmiedeeiserne Laterne. Macarena war sehr schön; ihre weißen Zähne schimmerten zwischen den leicht geöffneten Lippen; sie atmete langsam und ruhig wie eine Frau, die sich ihrer Schönheit völlig bewusst ist. Die Verachtung, die er vorher in ihrem Gesicht gelesen hatte, war verschwunden; still sah sie ihn an. Und Quart verspürte wieder Angst, eine sehr reale und maskuline, geradezu physische Angst. Eine Art Schwindel überkam ihn und er musste sich zusammenreißen, um nicht bis an die Hauswand zurückzuweichen.

»Warum erzählen Sie mir nicht, was Sie wissen?«

Macarena blickte ihn an, als hätte sie andere Worte von ihm erwartet, andere Gesten. Ihre Augen glitten über sein Gesicht hinab zu dem weißen Krageneinsatz seines Priesterhemds.

»Ich weiß sehr wenig, ob Sie's glauben oder nicht«, meinte sie nach einer Pause, die ihm wie eine Ewigkeit vorkam. »Das ein oder andere kann ich vielleicht erraten, aber erzählen werde ich es Ihnen bestimmt nicht. Tun Sie ruhig Ihre Arbeit.«

Sie musterte ihn schweigend, gespannt, was er darauf wohl erwidern würde. Doch Quart begann wortlos die Gasse hinunterzugehen und Macarena schlenderte ihm hinterher, ihre Ledertasche fest an die Brust gedrückt.

In der Bar Las Teresas baumelten unzählige Schinken von der Decke; Sherry-Flaschen reihten sich in den Regalen, und an den Wänden hingen alte Veranstaltungsplakate der Karwoche und der *Feria de Abril* neben Fotos längst verstorbener Toreros, deren Widmungen kaum noch zu entziffern waren. Die Kellner notierten die Preise der konsumierten Getränke mit Kreide auf der Holztheke und Pepe, der Barmann, schnitt mit einem langen, rasierklingenscharfen Messer hauchdünne Scheiben Serrano-Schinken ab und sang dazu Sevillanas:

> *Was für ein Genuss,*
> *Bruder, Hermano,*
> *was für ein Genuss,*
> *dieser Jamón Serrano,*
> *vom Schwein mit dem schwarzen Fuß.*

Er hatte Quarts Begleiterin als Doña Macarena begrüßt und ihnen, bevor sie noch den Mund aufmachen konnten, eine ganze Reihe von Tellerchen mit Tapas hingestellt: Siedfleisch in Tomatensoße, frittierte Teigbällchen, luftgetrocknete Schweinelende, gegrillte Champignons sowie zwei schlanke hohe Gläser mit köstlich duftendem, goldgelbem Manzanilla-Wein. Neben Quart lehnte ein unauffälliger Zeitgenosse mit gerötetem Gesicht am Tresen; systematisch machte er einen Tinto nach dem andern nieder. Pepe unterbrach bisweilen seine Coplas und wechselte, ohne die Schinkenscheiben aus dem Auge zu verlieren, ein paar Worte mit ihm – sie hatten es von dem bevorstehenden Lokalderby zwischen den beiden Fußballclubs Sevilla und Betis.

»Spektakulär«, lallte der Typ mit dem roten Gesicht und steckte, während Pepe nickend seine Copla wieder aufnahm, erneut die Nase ins Weinglas. Aus der Brusttasche seiner Jacke schaute eine graue Maus heraus, die er ab und zu mit einem Stückchen eigens für sie bestellten Käse fütterte; niemand im Lokal schien daran Anstoß zu nehmen.

Macarena trank ihren Manzanilla in gemächlichen Schlucken. Sie hatte einen Ellbogen auf die Theke gestützt und schien sich hier so wohl zu fühlen wie in der Casa del Postigo. Quart fand, dass sie sich im ganzen Barrio de Santa Cruz wie in den eigenen vier Wänden bewegte, und das war dieses Stadtviertel in gewisser Weise ja viele Jahrhunderte lang gewesen. Jedenfalls bewies die traumwandlerische Sicherheit, mit der sie sich im Labyrinth der schmalen Gassen zurechtfand, einen Ortsinstinkt, der nur angeboren sein konnte. Quart musste sich zu seinem großen Leidwesen eingestehen, dass er sich dieses Viertel und diese ganze Stadt ohne Macarena, ohne das, was sie verkörperte, kaum vorstellen konnte. Ihr pechschwarzes, im Nacken zusammengefasstes Haar, die blitzweißen Zähne, ihre dunklen Augen … Die Genrebilder des andalusischen Malers Romero de Torres fielen ihm wieder ein: die alte Zigarettenfabrik, in der heute die Universität untergebracht war, eine rassige Carmen, die auf der Innenseite ihres Schenkels feuchte Tabakblätter zu Zigaretten rollte. Er schaute auf und begegnete ihrem Blick mit dem honigfarbenen Schimmer. Nachdenklich und ruhig war er auf ihn gerichtet.

»Gefällt Ihnen Sevilla?«, wollte Macarena plötzlich wissen.

»Sehr«, erwiderte er verwirrt. Ob sie in seinen Gedanken gelesen hatte?

»Ja, das ist schon eine ganz besondere Stadt.« Sie sah ihn unverwandt an, wobei sie sich immer wieder ein Häppchen in den Mund schob; gerade spießte sie mit einem Zahnstocher einen gegrillten Champignon auf. »Hier leben Vergangenheit und Gegenwart völlig problemlos zusammen. Gris sagt, wir Sevillaner seien alt und weise. Alles wird toleriert, alles ist möglich.« Sie schielte kurz zu Quarts Nachbar mit dem roten Gesicht hinüber und lächelte. »Sogar eine Maus an einer Bartheke mit Käse zu füttern.«

»Kennt sich Ihre Freundin gut mit Computern aus?«

Macarena schien verwundert, beinahe beeindruckt.

»Sie geben sich nie geschlagen, stimmt's?« Ein weiterer Champignon wanderte in ihren Mund. »Wenn Sie sich mal auf was fixiert haben … Warum fragen Sie Gris nicht selber?«

»Das habe ich schon getan. Aber Sie ist mir ausgewichen, wie alle hier.«

Er sah über Macarenas Schulter hinweg zur Tür, durch die gerade ein dicker, weiß gekleideter Herr um die fünfzig eintrat, der Quart nicht ganz unbekannt vorkam. Als er an ihnen vorüberging, zog er den Hut, spähte dann suchend ins Innere des Lokals, warf einen Blick auf die Taschenuhr, die mit einer Goldkette an seiner Weste befestigt war und verschwand stockschwingend durch die andere Tür. Quart fiel auf, dass seine linke Wange wund und mit Creme oder Puder bedeckt war, und dass seine Schnurrbarthaare versengt waren.

»Und was ist mit der Postkarte?«, fragte er Macarena, das Gespräch wieder aufnehmend. »Kann Gris Marsala an die Truhe Ihrer Großtante Carlota ran?«

Macarena schien sich über seine fixen Ideen zu amüsieren.

»Das ein oder andere Mal hat sie sich in ihrer Nähe herumgetrieben«, erwiderte sie grinsend. »Aber Don Prímo kann die Karte auch rausgeholt haben. Genau wie Padre Óscar oder ich selbst. Oder meine Mutter …« Sie spießte ein Stück Fleisch mit Tomatensoße auf und bot es Quart an. »Können Sie sich meine Mutter vor einem Computer vorstellen, mitten in der Nacht, eine Flasche Coca-Cola neben sich, eine Baseball-Mütze mit dem

Schild nach hinten auf dem Kopf, wie sie versucht beim Papst einzubrechen? Die virtuellen Mauern des Vatikans zu sprengen? Nein, mein Lieber, ich fürchte, Ihre Untersuchung grenzt ans Groteske.«

Quart griff nach dem Zahnstocher, den sie ihm hinhielt, und dabei berührten sich ihre Finger.

»Ich würde mir diese Truhe gern mal ansehen«, sagte er und steckte sich das Fleischhäppchen in den Mund. Macarena zwinkerte mit einem Auge:

»Sie und ich, ganz alleine?«, fragte sie lächelnd. »Ein gewagter Vorschlag. Obwohl ich vermute, dass Sie in Wahrheit bloß rauskriegen wollen, ob ich heimlich einen Computer besitze, stimmt's?« Sie betrachtete zerstreut den Schinken, den Pepe ihnen auf einem Teller hingestellt hatte; die zarten, weiß geäderten Scheiben dufteten köstlich. »Na ja, warum nicht. Dann habe ich meinen Freundinnen wenigstens was zu erzählen. Kann mir gut vorstellen, was für ein Gesicht unser geschätzter Erzbischof macht, wenn er davon erfährt.« Sie senkte nachdenklich den Kopf. »Oder mein Mann.«

Quart betrachtete die großen Silberringe in ihren Ohrläppchen, das straff nach hinten gekämmte, schwarze Haar.

»Ich möchte Ihnen nicht noch mehr Probleme machen.«

Macarena lachte auf.

»Probleme? Ich hoffe, Pencho platzt vor Wut und Eifersucht. Das mit der Kirche ärgert ihn schon genug; wenn er jetzt noch erfährt, dass da ein interessanter Priester im Spiel ist, schnappt er vollends über.« Sie warf Quart einen bedeutungsvollen Blick zu. »Dann kann er allerdings sehr gefährlich werden.«

»Sie machen mir ja richtig Angst«, sagte er und leerte in aller Seelenruhe sein Manzanilla-Glas.

Macarena überlegte eine Weile.

»Trotzdem«, sagte sie schließlich. »Das mit Carlotas Truhe ist eine gute Idee. Ich denke, sie verstehen dann noch besser, was Nuestra Señora de las Lagrimas für mich bedeutet.«

Quart probierte eine Scheibe Schinken.

»Ihre Freundin Gris sagt, es fehlt an Geldern, um die Restaurierungsarbeiten fortführen zu können.«

»Stimmt. Die Herzogin und ich haben gerade genug zum Überleben; die Gemeinde ist arm, Don Príamos Gehalt ist niedrig und die Sonntagskollekte reicht nicht mal fürs Wachs der Kerzen. Manchmal kommen wir uns vor wie diese Forscher in Abenteuerfilmen, über deren Köpfen schon die Geier kreisen. Vor allem donnerstags, wenn dieses komische Ritual stattfindet.«

Bei zwei neuen Gläschen Jeréz begann Macarena ihm auseinander zu setzen, worum es sich handelte: Nuestra Señora de las Lagrimas war so lange unantastbar, wie dort einmal in der Woche eine Seelenmesse für ihren Vorfahren Gaspar Bruner de Lebrija gelesen wurde; da dieser an einem Donnerstag gestorben war – im Jahre 1709 –, musste die Messe immer donnerstags abgehalten werden, pünktlich um acht Uhr früh. Und so kam es, dass man an diesem Tag regelmäßig einen Abgesandten des Erzbischofs und einen von Gavira bezahlten Notar in der letzten Bankreihe sitzen sah, die nur darauf warteten, dass Padre Ferro irgendeine kleine Irregularität beging.

Quart schüttelte den Kopf, das konnte er nicht glauben, und sie lachten beide. Aber Macarena wurde schnell wieder ernst:

»Kindisch, nicht?«, meinte sie. »Alles von so einer Bagatelle abhängig zu machen …« Sie griff nach ihrem Glas, um es an die Lippen zu führen, hielt jedoch auf halbem Wege inne und stellte es wieder auf die Bartheke zurück. »Sollte Padre Ferro oder irgendein anderer Pfarrer das strenge Protokoll missachten oder einmal verhindert sein, Messe zu lesen, so wäre das automatisch das Todesurteil für die Kirche. Dann hätten der Erzbischof von Sevilla und die Kartäuser Bank die Partie gewonnen … Deshalb habe ich Angst, dass jetzt, wo Padre Óscar nicht mehr da ist, irgendetwas gegen Don Príamo unternommen wird.«

Sie wirkte ehrlich besorgt. Quart wusste nicht, was er von der Sache halten sollte.

»Das wäre ein Unding«, sagte er schließlich. »Monsignore Corvo ist mir alles andere als sympathisch, aber ich bin überzeugt, er würde niemals zulassen, dass …«

Macarena hob impulsiv die Hand, drauf und dran, sie ihm auf die Lippen zu legen. Quart wunderte sich ihre Berührung nicht zu fühlen. Aber Macarena musste wohl seinen erschrockenen Blick bemerkt haben, denn sie zog ihre Hand wieder zurück und legte sie auf den Tresen.

»Ich spreche nicht vom Erzbischof.«

Jetzt spielte sie mit seinem Sherry-Glas. Sie will mich einwickeln, schoss es Quart plötzlich durch den Kopf. Er wusste nicht, ob sie es aus eigenem Antrieb tat oder im Auftrag Dritter, und welches Ziel sie damit verfolgte – ob sie einen päpstlichen Gesandten verführen oder bloß ihren Feind eliminieren wollte –, fest stand nur, dass sie ihm langsam völlig den Kopf verdrehte. Du brauchst dringend etwas, woran du dich festklammern kannst, sagte er sich. Deine Arbeit, dein Auftrag, die Kirche, egal was. Daten und Fakten, Fragen und Antworten. Und vor allem: ruhiges Blut, eine Gelassenheit, wie diese Frau sie an den Tag legt – dieses Weib, Werkzeug des Teufels, Versucherin der unsterblichen Seele, Rätsel der Menschheit. Halt Abstand, Lorenzo Quart, oder du bist verkauft. Wie hatte Monsignore Spadas schlauer Spruch noch gleich gelautet? Wenn ein Geistlicher es schafft, die Hände vom Geld zu lassen, und die Füße aus dem Bett einer Frau, dann hat er gute Chancen seine Seele zu retten. Oder so ähnlich.

»Um auf unser Thema von vorhin zurückzukommen …« Sprich, sagte er sich, stell Fragen, so blöd sie auch sind. Du bist hier, um eine Untersuchung durchzuführen, nicht, um dir von der Carmen aus der Zigarettenfabrik die Finger auf die Lippen legen zu lassen. »Haben Sie nie daran gedacht, die Gemälde in der Sakristei zu verkaufen? Mit dem Erlös könnten Sie die Restaurierungsarbeiten vielleicht fortsetzen.«

»Die Bilder sind nichts wert. Nicht einmal der Murillo, der in Wirklichkeit gar kein Murillo ist.«

»Und die Perlen?«

Macarena sah ihn an, als zweifle sie an seinem Verstand:

»Genauso gut könnte der Vatikan seine Pinakothek verkaufen und das Geld den Armen geben.«

Sie leerte ihr Glas, dann zog sie den Geldbeutel aus der Tasche und verlangte die Rechnung. Diesmal wollte unbedingt Quart bezahlen, aber er kam wieder nicht zum Zuge. Der Barmann entschuldigte sich mit einem Lächeln: Verzeihung, Padre, aber Doña Macarena ist Stammkundin …

Die beiden traten auf die Straße hinaus. Eine Laterne zog ihre Schatten in die Länge, bis sie vom Mond abgelöst wurde; weiß und fast rund schien er über den Dächern der schmalen Gassen. Nach einer Weile kam Macarena noch einmal auf die Perlen zu sprechen:

278

»Ich habe das Gefühl, Sie begreifen noch immer nicht, worum es geht«, sagte sie. »Das sind Carlotas Tränen. Das Vermächtnis Kapitän Xalocs.«

In den engen Gassen hallte das Echo ihrer Schritte ziemlich laut, sodass die drei Ganoven großen Abstand zu dem Paar hielten und sich außerdem ständig »an der Front« abwechselten, um keinen Verdacht zu erregen: Mal ging Don Ibrahim mit La Niña voraus, mal El Potro, allein oder mit La Niña am Arm – am gesunden, den verbrannten trug er in einer Schlinge. Bei den vielen verwinkelten Gassen und vor allem Sackgassen von Santa Cruz, war es keine leichte Aufgabe, den Pfaffen und die junge Herzogin im Auge zu behalten, ohne selbst von ihnen entdeckt zu werden. Einmal mussten die drei Kumpane auf Zehenspitzen davonschleichen, um nicht zu sagen Hals über Kopf die Flucht ergreifen, als Quart und Macarena nämlich auf einem kleinen Plätzchen kehrtmachten und zurückkamen, nachdem sie sich dort ein paar Minuten leise unterhalten hatten.

Im Moment lief alles gut. Das Paar schlenderte eine Straße mit sanften Biegungen und breiten Trottoirs entlang, in der man ihm leicht und relativ gefahrlos folgen konnte. Don Ibrahim, ein riesiger weißer Fleck in der klaren Mondnacht, hatte sich ein wenig entspannt und zog jetzt sogar eine Havanna aus der Jackentasche, die er genüsslich zwischen den Lippen drehte. Acht bis zehn Schritte vor ihm gingen El Potro del Mantelete und La Niña Puñales, den Blick stur nach vorn gerichtet, um sich die junge Herzogin und ihren Begleiter nicht entwischen zu lassen. Als der ehemalige Winkeladvokat seine beiden Kameraden so betrachtete, überkam ihn eine Welle der Rührung. Sie erfüllten ihre Aufgabe mit unglaublicher Gewissenhaftigkeit: In besonders stillen Straßenabschnitten zog La Niña ihre Pumps aus, um keinen Lärm zu machen, und ging barfuß weiter – anmutig wie eine junge Flamencotänzerin, denn ihre Grazie hatte sie trotz allem, was passiert war, nicht verloren. El Potro trug ihre Schuhe und sie die Tasche mit der Häkelarbeit, Peregils Fotoapparat, und dem nicht existierenden Zeitungsartikel über einen Mann mit grünen Augen, der aus Liebe zu ihr einen anderen getötet hatte. Ja, das war La Niña, wie Don Ibrahim sie ewig kannte – mit ihrem gepunkteten Kleid, dem gefärbten Haar, der kleinen Stirnlocke à la Estrellita Castro, ständig unterwegs zu einer Flamencobühne, von der sie nur noch träumen konnte. Und neben ihr, ernst und aufrecht, El Potro, der ihr ritterlich den heilen Arm reichte, wohl wissend, oder mindestens ahnend, dass er La Niña mit dieser respektvollen Geste der Caballeros von einst das schönste Geschenk machte, das sie sich auf dieser Welt noch erhoffen konnte.

Don Ibrahim klemmte sich den Spazierstock unter den Arm und senkte den Kopf, um sich im Schutz seiner Hutkrempe die Havanna anzuzünden; als er das verbeulte Silberfeuerzeug wieder einsteckte – angeblich ein Andenken von Gabriel García Márquez, den er kennen gelernt hatte, als der Autor von *Hundert Jahre Einsamkeit* noch ein bescheidener Lokalreporter in Cartagena de Indias gewesen war –, berührten seine Finger die Eintrittskarten für den Stierkampf am Sonntag, die El Potro am Nachmittag gekauft hatte. Hatte er gerade nichts Besseres zu tun, so verdiente sich der Extorero und Boxer ein paar Kröten dazu, indem er den Taschenspielern auf der Triana-Brücke ein wenig unter die Arme griff. Wenn beispielsweise auf einer umgedrehten Kartonschachtel der Trick mit dem Würfel und den drei Bechern aufgeführt wurde, drängte er sich mit drei, vier weiteren Spießgesellen um den »Zauberkünstler« und tat, als spiele er mit, um Publikum anzuziehen: Herschauen Herrschaften, hier liegt der Würfel, unterm linken Becher, und jetzt, schwuppdiwupp, ist er rechts und … jetzt? Wieder links? Nein, in der Mitte! Also noch einmal, passen Sie auf: Mein Würfel wandert … links … rechts, schwuppdiwupp, und wo ist er jetzt? Setzen Sie auf einen Becher, Caballeros, rechts, links, Mitte? Mit fünfundzwanzigtausend Peseten sind Sie dabei. Und während sich immer mehr Passanten um den Pappkarton scharten und El Potro scheinbar einen Gewinn nach dem anderen einstrich, stand am Ende der Brücke ein weiterer Kumpel Schmiere – für den Fall, dass Bullen aufkreuzen sollten. Der seriöse Eindruck, den El Potro mit seiner engen Karojacke und der todernsten Miene machte, flößte den Leuten Vertrauen ein. Heute Morgen hatte er den Lockvogel so gut gespielt, dass er und seine Spezis einem puertoricanischen Touristen gleich ein ganzes Bündel Dollarnoten abknöpfen konnten. Mit seinem Anteil an der Beute hatte er drei Schattenplätze für Sonntag reserviert, quasi als Entschädigung für die Sache mit der Anisflasche. Angekündigt waren drei der besten Toreros: Curro Romero, Espartaco und Enrique Ponce – Curro Maestral hatte man ohne Begründung im letzten Moment von den Plakaten gestrichen.

Don Ibrahim stieß eine Rauchwolke in die Luft, dann öffnete und schloss er mehrmals die Kinnlade, um zu prüfen, ob die Haut noch spannte; seit Tagen behandelte er sie mit Brandsalbe. Seine Schnurrbartspitzen und die Augenbrauen waren ebenfalls versengt, aber eigentlich konnte er sich nicht beklagen: Sie hatten Riesenschwein gehabt. Wenn die Benzinflasche explodiert wäre, dann gute Nacht. So war es bei ein paar oberflächlichen Verbrennungen, einem verkohlten Tisch, einem Rußflecken an der Decke und einem Schrecken geblieben. Einem Heidenschrecken allerdings, besonders als El Potro plötzlich mit brennendem Arm im Zimmer herumrannte – wie Vincent Price in dem Film *Das Kabinett des Professor Bondi*, oder wie er noch gleich hieß. Dabei konnte er noch von Glück sagen, dass es der linke war – als echter Macho rauchte El Potro grundsätzlich links. Jesusmaria, hatte La Niña geschrien, dann aber geistesgegenwärtig zur Siphonflasche gegriffen und den brennenden Arm mit Mineralwasser gelöscht. Den Tischbrand hatten sie mit einer Decke erstickt. Danach war ein heilloses Durcheinander ausgebrochen: die ganze Wohnung voller Rauch, vor der Tür scharenweise Nachbarn, die wissen wollten, was passiert war, Erklärungen, Ratschläge, Vorwürfe und später die hochpeinliche Situation, als die Feuerwehr kam und es nichts mehr zu löschen gab als ihre vor Scham glühenden Gesichter. Bis heute war keiner von den drei Kumpanen wieder auf den unglückseligen Vorfall zu sprechen gekommen. Er wurde einfach totgeschwiegen, denn wie hatte Don Ibrahim mit erhobenem Finger gesagt, als La Niña mit Mullbinden und einer Tube Salbe aus der Apotheke zurückkam? Das Leben hat schmerzhafte Kapitel, die am besten kommentarlos abgehakt werden.

Der Pfaffe und die junge Herzogin mussten beim Sprechen wieder einmal stehen geblieben sein, denn La Niña und El Potro drückten sich unauffällig an einer Ecke herum. Don Ibrahim kam die kleine Pause gerade recht; seine einhundertzehn Kilo Körpermasse so lange herumzuschleppen war ganz schön anstrengend. Er betrachtete den Mond über den vorstehenden

Dächern der engen Gasse und zog genüsslich an seiner Zigarre, deren Rauch in zarten Spiralen emporstieg und sich im silbernen Nachtlicht von Santa Cruz verlor. Es roch nach Orangenblüten, vor einigen der schäbigsten Kneipen auch nach Abfall und Urin. Über die Geländer der mit Blumentöpfen geschmückten Balkone waren Rollos gehängt, im Vorbeigehen konnte man gedämpfte Musik hören, Gesprächsfetzen, Ausschnitte von Filmdialogen, den Beifall einer Quizsendung. Aus einem nahe gelegenen Haus drangen die Rhythmen eines Boleros, der Don Ibrahim an andere Vollmondnächte, andere Zeiten und andere Gassen erinnerten, und wieder einmal schwelgte der Kubaner in nostalgischen Erinnerungen an seine karibische Jugend – die wirkliche und die erdichtete, die untrennbar miteinander verschmolzen waren: elegante Nächte an den heißen Stränden von San Juan, lange Streifzüge durch das alte Havanna, Aperitifs in der Bar Los Portales von Santa Cruz, wo Mariachis das von seinem Freund Vicente komponierte *Mujeres Divinas* oder jenes *María Bonita*, dessen Entstehen praktisch ihm zu verdanken war. Vielleicht, sagte er sich und nahm einen tiefen Zug von seiner Zigarre, vielleicht war es aber auch nur Heimweh nach der Jugend schlechthin. Nach den Träumen, die das Leben dir hinterher systematisch kaputtmacht, einen nach dem anderen.

El Potro und La Niña gingen jetzt weiter und so setzte auch er sich wieder in Bewegung. Glücklicherweise blieb ihm ja immer noch Sevilla, das in so vielem den Orten seiner Jugend ähnelte. Das Licht dieser Stadt, ihre Farben, ihre Winkel und Gassen bewahrten das Raunen vergangener Epochen; Epochen, die untergegangen waren, wie man selbst unterging, mit all jenen Zeichen der Zeit, an denen man sein Leben und seine Erinnerungen festgemacht hatte – gemächlich, Stück um Stück.

Das Schlechte an langen Agonien war bloß, dass man riskierte die Menschenwürde zu verlieren. Don Ibrahim schüttelte traurig den Kopf: Unter einem Portal, mit Zeitungen und Kartons zugedeckt, schlief ein Bettler; neben ihm ein leerer Almosenteller. Der Kubaner griff sich instinktiv in die Jackentasche, kramte zwischen Eintrittskarten und Silberfeuerzeug ein Hundert-Peseten-Stück hervor, beugte sich mühsam über seinen dicken Bauch

---

* Göttliche Frauen

und legte es dem Bettler hin. Zehn Schritte weiter fiel ihm ein, dass er jetzt kein Kleingeld mehr für den Telefonbericht an Peregil hatte. Einen Moment lang überlegte er sich, ob er zurückgehen und die Münze wieder an sich nehmen sollte, aber dann unterließ er es doch. Dazu hätte er gegen seine Überzeugung handeln müssen und unehrenhaft war es obendrein. El Potro oder La Niña würden schon etwas Wechselgeld dabeihaben.

Die Welt ist ein Dorf, sagt man, aber nach dieser Nacht sollte Celestino Peregil sich noch oft fragen, ob das Zusammentreffen seines Chefs Pencho Gavira mit der jungen Herzogin und dem Pfaffen aus Rom ein Zufall gewesen war, oder ob Macarena Bruner es nicht vielmehr darauf angelegt hatte, ihren Mann oder Exmann eifersüchtig zu machen. Warum wäre sie sonst vor der Bar El loco de la colina vorüberspaziert, wohl wissend, dass der Bankier um diese Uhrzeit immer dort einkehrte? Zufall oder Berechnung, Tatsache ist, dass Gavira mit seiner Freundin auf der brechend vollen Straßenterrasse saß und er, Peregil, drinnen, auf einem Barhocker nahe der Tür, in Leibwächterfunktion. Der Chef hatte sich einen schottischen Whisky mit viel Eis bestellt und betrachtete zufrieden seine Begleiterin, ein attraktives sevillanisches Fotomodell, das trotz seines ausgeprägten intellektuellen Defizits, oder vielleicht gerade deshalb, durch einen kleinen Satz berühmt geworden war, einen Satz, den sie in einem BH-Werbespot des Regionalsenders Canal Sur aufsagte. Der geniale Spruch lautete »mein Busen gehört mir«, und das Mannequin – eine gewisse Penelope Heidegger, die anatomisch gesehen allen Grund zu dieser Aussage hatte – rezitierte ihn mit einer Sinnlichkeit, die den stärksten Mann umhaute. Nicht umsonst also schickte sich Pencho Gavira an ihr während der nächsten Stunden das Eigentumsrecht über besagten Busen zum wiederholten Male streitig zu machen. Und wenn schon, dachte Peregil. Seiner Ansicht nach war ein Zeitvertreib so gut wie der andere, um eine Weile die Kartäuser Bank, die Kirche und dieses ganze Affentheater zu vergessen, das ihnen in letzter Zeit das Leben vergällte.

Er drückte sich mit der Hand das Resthaar an die Glatze und sah sich um. Von seinem Barhocker aus konnte er die Calle Placentines bis zur nächsten Ecke überblicken – und natürlich das

Panorama unmittelbar vor der Tür, einschließlich Penelopes praller Schenkel unter dem kurzen Stretchrock. Pencho Gavira saß mit lässig übereinander geschlagenen Beinen da, im Hemd und mit gelockerter Krawatte; die Jacke hatte er der angenehmen Temperatur wegen über die Stuhllehne gehängt. Er sah aller Sorgen zum Trotz glänzend aus und roch auf hundert Meter nach Geld – die Haare mit Brillantine nach hinten gekämmt, ein schwarzes Löckchen hinterm Ohr, eine dicke Golduhr am kräftigen, braun gebrannten Handgelenk. Aus den Lautsprechern der Bar trug Santana mit *Europe* zu einer entspannten, fast schon gemütlichen Atmosphäre bei. Na bitte, dachte Peregil, läuft doch alles wie geschmiert. Der Zigeuner Mairena und El Pollo Muellas hatten sich nicht mehr blicken lassen und das unangenehme Harnröhren-Jucken war nach einem Fläschchen Blenox auch verschwunden. Er war drauf und dran, richtig zu entspannen beglückwünschte sich und seinen Chef schon im Voraus zu den bevorstehenden Mußestunden – im hinteren Teil des Lokals saßen zwei hübsche Bienen reiferen Alters, mit denen er bereits Blickkontakt aufgenommen hatte – und bestellte sich mit dem weltmännischen Zusatz »twelve years old« ein zweites Glas Whisky beim Kellner. Was Don Ibrahim, El Potro und La Niña wohl gerade anstellten? Bei ihrem letzten Treffen hatte er ihnen Anweisung gegeben ein bisschen in der Kirche herumzuzündeln, sie wenigstens so zu beschädigen, dass die Donnerstagsmesse nicht mehr abgehalten werden konnte, aber bisher war ihm keine Erfolgsmeldung durchgegeben worden. Na, sicher würde er zu Hause auf dem Anrufbeantworter eine Nachricht vorfinden.

An derlei Dinge dachte Celestino Peregil und goss sich gerade seinen zweiten Whisky hinter die Binde, als er plötzlich die junge Herzogin und den Pfaffen aus Rom um die Ecke biegen sah und sich vor lauter Schreck beinahe an einem Eiswürfel verschluckte.

Er stellte das Glas ab und ging langsam zur Tür. Das würde in einer Katastrophe enden. Dass Pencho Gavira im Hinblick auf seine rechtlich Angetraute noch immer vor Eifersucht kochte, war ein offenes Geheimnis; da konnte die gute Penelope dreimal ihren Busen mit ihm teilen. Das Titelblatt der Zeitschrift *Q+S* und die Fotos von Macarena mit diesem Torero hatten ja schon genügt, um ihn auf die Palme zu bringen, und jetzt auch noch das! Der Pfaffe sah zu allem Überfluss auch noch blendend aus – schick gekleidet, stramme Figur, echte Klasse: Wie Richard Chamberlain in *Dornenvögel*, bloß in der Macho-Version. Peregil begann unwillkürlich zu zittern, erst recht, als er plötzlich El Potro und La Niña um die Ecke linsen sah. Als sich dann auch noch Don Ibrahim zu ihnen gesellte und sich alle drei mit dämlichen Gesichtern an der Hauswand herumdrückten, wäre er am liebsten im Erdboden versunken.

Pencho Gavira hämmerte das Blut in den Schläfen, als er langsam aufstand, bemüht, nicht die Beherrschung zu verlieren.

»Buenas noches, Macarena.«

Handle nie impulsiv, hatte der alte Machuca einmal zu ihm gesagt, als er noch ein Neuling war. Tu was, um dein Adrenalin zu verdünnen, beschäftige irgendwie deine Hände und versuch einen kühlen Kopf zu bewahren. Übereile nichts, lass dir Zeit. Gavira zog also seine Jacke an und knöpfte sie in aller Ruhe zu, während er seiner Frau in die Augen sah. Sie waren kalt wie Eisblumen.

»Hallo, Pencho.« Ein rascher Seitenblick auf Penelope, ein verächtliches Zucken der Mundwinkel angesichts ihres kurzen Stretchrocks und den über alle Ufer tretende Busen, der längst Gemeingut der Nation war. Gavira überkamen einen Moment lang fast Zweifel, wer von beiden hier mehr Recht zu Vorwürfen hatte, er oder Macarena. Alles ringsum gaffte sie an.

»Möchtet ihr was trinken?«, fragte er.

Seine Feinde, und davon hatte er viele, konnten über ihn sagen, was sie wollten, aber sicher nicht, dass er aufbrausend war. Jetzt hatte er sich sogar noch so gut in der Hand, dass er ein halbwegs höfliches Lächeln zustande brachte, obwohl ihm ein roter Schleier die Sicht vernebelte und sämtliche Muskeln seines Körpers zum Zerreißen gespannt waren. Er rückte seinen Krawattenknoten zurecht, zupfte die goldbestückten Hemdmanschetten aus den Jackenärmeln und sah den Geistlichen in Erwartung der offiziellen Vorstellung an. Ganz schön schnieke war Hochwürden – maßgeschneiderter Sommeranzug, schwarzes Seidenhemd, weißer Kragen … nicht schlecht. Außerdem war er ziemlich groß, fast einen Kopf größer als er. Pencho

Gavira hasste große Typen. Besonders, wenn sie nächtens mit seiner Frau in Sevilla herumzogen. Er fragte sich, ob es sehr unschicklich gewesen wäre, Hochwürden an Ort und Stelle die Fresse zu polieren.

»Pencho Gavira. Padre Lorenzo Quart.«

Keiner machte Anstalten sich zu setzen und Penelope Heidegger wurde für den Moment übergangen. Der Bankier holte zu einem kräftigen Handschlag aus, den sein Gegenüber jedoch ebenso kräftig erwiderte. Der Pfaffe aus Rom blickte ihn ruhig und völlig ausdruckslos an. Womöglich hat der von Tuten und Blasen keine Ahnung, dachte Pencho Gavira, aber als er wieder seiner Frau in die Augen blickte, kamen diese ihm vor, wie zwei schwarze Banderillas – die kleinen Spieße, mit denen man Stiere zu Beginn eines Kampfes reizt. Der Druck in seinem Kopf stieg, seine Ohren sausten und er spürte, dass er drauf und dran war, die Kontrolle zu verlieren. Dutzende von Blicken waren auf ihn geheftet: Das würde Gesprächsstoff für eine Woche geben.

»Hast du's jetzt mit Pfaffen?«

Er hatte diese Frage so nicht stellen wollen, eigentlich hatte er sie gar nicht stellen wollen, sie war ihm einfach rausgerutscht. Aber für Reue war es zu spät: Auf Macarenas Lippen trat ein triumphierendes Lächeln und Gavira begriff, dass er ihr in die Falle gegangen war, was ihn noch zorniger machte.

»Werd nicht ausfällig, Pencho.«

Klar, hier konnte er sagen oder tun, was er wollte, es würde alles gegen ihn verwandt werden: Macarena war zufällig vorbeigekommen und dafür war auf dieser Terrasse halb Sevilla Zeuge; sie hätte diesen Quart sogar als ihren Beichtvater vorstellen können. Der Pfaffe stand abwartend da und betrachtete sie beide, interessiert, aber zurückhaltend. Er suchte keine Probleme, das war offensichtlich, aber er wirkte auch nicht besorgt oder verlegen, im Gegenteil: Er machte einen richtig lockeren Eindruck – sportlich und unbekümmert wie ein von Giorgio Armani eingekleideter Basketball-Spieler.

»Wie steht's mit unserem Zölibat, Padre?«

Das war ein anderer, der da aus ihm sprach, aber Gavira ließ ihm die Zügel schießen und ergab sich mit einem Grinsen in sein Schicksal – ein breites, unangenehmes Grinsen; zum Teufel mit allen Weibern, sagte es. Ihretwegen stehen wir beide hier und starren uns an.

»Danke, bestens.« Quarts Stimme klang gelassen, aber der Bankier merkte, dass er sich etwas zur Seite gedreht hatte. Er stand ihm jetzt nicht mehr frontal gegenüber, sondern so, dass seine linke Schulter eine Wand zwischen ihm und Macarena bildete. Außerdem hatte er die linke Hand aus der Jackentasche gezogen. Dieser Pfaffe prügelt sich nicht zum ersten Mal, schoss es Gavira durch den Kopf.

»Ich versuche seit Tagen mit dir zu sprechen«, sagte er zu Macarena, ohne Quart aus dem Blickfeld zu verlieren. »Aber du gehst ja nicht ans Telefon.«

Sie zuckte wegwerfend mit der Schulter.

»Wir haben uns nichts zu sagen«, erwiderte sie laut und deutlich. »Außerdem war ich ziemlich beschäftigt.«

»Das sehe ich.«

Penelope hörte unterdessen nicht auf, zum Ergötzen von Passanten, Gästen und Kellnern die Beine rechts und links übereinander zu schlagen. Ihr, die es gewohnt war, im Mittelpunkt des Gesprächs zu stehen, passte diese Statistenrolle überhaupt nicht.

»Willst du mich nicht vorstellen?«, fragte sie Gavira von unten herauf.

»Halt den Mund«, fauchte er sie an, bevor er sich erneut dem Priester zuwandte. »Und was Sie betrifft …«

Aus den Augenwinkeln nahm er wahr, dass Peregil vorsorglich aus der Tür getreten war. In diesem Moment schlenderte auf der Straße ein Typ mit Boxernase, Karojacke und verbundenem Arm vorbei. Er schielte kurz zu Peregil hinüber, als erwarte er sich von ihm ein Zeichen, bekam aber keine Antwort und verschwand zehn Meter weiter hinter der nächsten Ecke.

»Was mich betrifft?« Verdammt ruhig, dieser Pfaffe. Gavira fragte sich, wie er da noch mal rauskam, ohne das Gesicht zu verlieren oder einen Skandal zu provozieren. Macarena schien sich unterdessen königlich zu amüsieren.

»Sevillas friedlicher Anschein trügt, Padre«, sagte Gavira. »Sie würden sich wundern, wie gefährlich dieses Pflaster sein kann, wenn man seine Regeln nicht kennt.«

»Regeln?«, meinte Quart gelassen. »Verblüfft mich, dass ausgerechnet Sie von Regeln sprechen, Moncho.«

287

»Pencho.«

»Pardon.«

Der Bankier glaubte jeden Moment aus der Haut fahren zu müssen.

»Ich mag Geistliche ohne Soutane nicht«, stellte er trocken fest. »Bei denen hat man immer das Gefühl, sie schämen sich ihres Berufs.«

»So, die mögen Sie nicht«, erwiderte Quart, als gäbe ihm das zu denken.

»Überhaupt nicht.« Der Bankier schüttelte den Kopf. »Und verheiratete Frauen sind hierzulande heilig.«

»Red keinen Unsinn«, sagte Macarena.

Quart ließ den Blick zerstreut über Penelopes Schenkel wandern, um ihn dann wieder auf Gavira zu richten.

»Verstehe«, sagte er.

Gavira hob die rechte Hand und tippte ihm mit dem Zeigefinger auf die Brust:

»Nein. Sie verstehen nichts.« Er sprach langsam, schleppend und bedrohlich und bereute jedes Wort, kaum dass es ihm über die Lippen kam, aber er konnte nichts daran ändern. Es war wie in einem Alptraum. »Rein gar nichts. *Nada de nada.*«

Der Priester starrte auf seinen Finger, als wundere er sich ihn dort zu sehen. Der rote Nebel vor Gaviras Augen wurde dichter, trotzdem nahm er Peregil wahr, der noch ein bisschen näher rückte, um notfalls mit einem Satz neben ihm zu stehen. Macarena schien langsam auch unruhig zu werden; offensichtlich ging das alles doch weiter, als sie geplant hatte. Gavira verspürte den unwiderstehlichen Drang sie zu ohrfeigen, zuerst sie und dann den Pfaffen; irgendwie musste er dem Ärger und der Wut Luft machen, die er während der letzten Wochen angestaut hatte: zuerst seine Ehekrise, dann die Sache mit der Kirche und »Puerto Targa«, schließlich der Detektivbericht an den Aufsichtsrat, der in ein paar Tagen über seine Zukunft entscheiden würde. Innerhalb weniger Sekunden rollte sein ganzes Leben noch einmal vor ihm ab, sein harter Aufstiegskampf, das ständige Herumjonglierenmüssen mit Don Octavio Machuca, seine Hochzeit mit Macarena, die unzähligen Male, wo er alles auf eine Karte gesetzt – und gewonnen hatte. Und ausgerechnet jetzt, so kurz vor dem Ziel, baute sich Nuestra Señora de las

Lagrimas vor ihm auf wie eine Klippe in der Brandung. Wieder einmal galt: alles oder nichts, umschiffen oder absaufen. »Wenn du aufhörst, in die Pedale zu treten, fällst du runter«, pflegte der alte Machuca zu sagen.

Es kostete ihn eine fast unmenschliche Überwindung, Quart nicht die Faust ins Gesicht zu schlagen. Erst danach merkte er, dass dieser ein Glas vom Tisch genommen hatte – *sein* Glas; er hielt es scheinbar achtlos in der Hand, war aber so nah an der Tischkante, dass ein kleiner Dreh aus dem Handgelenk genügt hätte, um es zu zerschlagen. Und da begriff Gavira endgültig, dass dieser Priester keiner von der Sorte war, die einem die andere Wange hinhalten – eine Einsicht, die ihn schlagartig abkühlte. Er musterte ihn überrascht, ja fast schon respektvoll.

»Das ist mein Glas, Padre.«

Quart musste gemerkt haben, was in ihm vorging, denn er entschuldigte sich mit einem feinen Lächeln und stellte das Glas anstandslos auf den Tisch zurück, auf dem Penelope Heideggers rosa lackierte Fingernägel ungeduldig herumtrommelten. Danach nickte er kurz mit dem Kopf, worauf Macarena und er ohne weiteren Kommentar ihren Weg fortsetzten. Pencho Gavira griff nach seinem Whisky-Glas und nahm einen großen Schluck, während er ihnen nachdenklich, beinahe schon dankbar nachsah, und Peregil hinter seinem Rücken einen Seufzer der Erleichterung ausstieß.

»Bring mich heim«, sagte Penelope beleidigt.

Gavira, der immer noch die Hausecke anstarrte, hinter der seine Frau und der Pfaffe verschwunden waren, würdigte sie keines Blickes. Er leerte sein Glas und musste sich zusammennehmen, um es nicht auf den Boden zu knallen.

»Lass dich von deiner Großmutter heimbringen.«

Mit einem Blick, der ein Befehl war, reichte er Peregil das Glas, und dieser ließ es mit einem neuerlichen Seufzer so diskret wie möglich aufs Straßenpflaster fallen. Das Klirren der Scherben erschreckte ein skurriles Paar, das in diesem Moment eingehängt an der Bar vorüberspazierte: Es handelte sich um einen dicken, weiß gekleideten Herrn mit Stock und Hut und eine Frau mit getupftem Kleid, die sich eine einzelne Locke in die Stirn gekämmt hatte und einen Fotoapparat in der Hand trug.

Kurz hinter der Straßenecke versammelten sich die drei Kumpane auf den Stufen eines maurischen Portikus. Don Ibrahim ließ sich unter Zuhilfenahme seines Stockes ächzend nieder, während ihm die Asche seiner Zigarre auf den mächtigen Bauch rieselte.

»Wir haben Glück gehabt«, sagte er. »Das Licht dürfte für die Fotos ausgereicht haben.«

Sie hatten sich die zwei Minuten Verschnaufpause redlich verdient. Der Kubaner war gut gelaunt und zufrieden mit der geleisteten Arbeit. *Audaces fortuna lavat*, wie es so schön hieß, obwohl er sich bezüglich des Verbs nicht ganz sicher war. La Niña ließ sich mit klimpernden Armreifen und Ohrgehängen neben ihm nieder und legte den Fotoapparat in ihren Schoß.

»So ist es«, bestätigte ihre raue Trinkerinnenstimme. Sie war aus den Schuhen geschlüpft und massierte sich die schmalen, mit Krampfadern übersäten Knöchel. »Diesmal kann Peregil nicht meckern. Sonst kriegt er eins aufs Dach.«

Don Ibrahim fächelte sich mit seinem Panamahut Luft zu und strich sich über den versengten Schnurrbart. In glorreichen Momenten wie diesem, war ihm das Aroma seiner Havanna ein himmlischer Genuss.

»Nein«, bekräftigte er feierlich, »das kann er nicht. Er war ja Augenzeuge, wie perfekt wir unsere Sache gemacht haben. Mit geradezu militärischer Präzision, wie diese Überfallkommandos in Kriegsfilmen. Hab ich Recht, Potro? … Exposition, Peripetie, Lösung.«

El Potro del Mantelete stand stocksteif da. Keiner hatte ihn aufgefordert sich zu setzen.

»Jawohl«, nickte er. »Exposition, Peripherie und Lösung.«

»Was machen unsere Turteltauben?«, fragte der ehemalige Winkeladvokat, indem er sich seinen Hut wieder über den Kopf stülpte.

El Potro reckte kurz den Hals und erwiderte, sie gingen zum Fluss hinunter; so langsam, dass sie spielend einzuholen waren. Im gelblichen Schein der Straßenlaterne wirkte sein Gesicht mit der platt gedrückten Nase noch härter. Don Ibrahim nahm den Fotoapparat von La Niñas Schoß und reichte ihn ihm.

»Hol den Film raus; nicht dass er uns noch futsch geht.«

El Potro tat, wie ihm geheißen; einfach war es nicht, da er ja einen Arm in der Schlinge trug, aber schließlich schaffte er es doch, den Fotoapparat aufschnappen zu lassen. Don Ibrahim kramte unterdessen in seiner Jackentasche nach dem zweiten Film. Als er ihn endlich gefunden hatte, packte er ihn aus und reichte ihn seinem Kumpanen.

»Du hast doch zurückgespult, nicht?«, bemerkte er nebenbei. »Ich meine, bevor du den Apparat aufgemacht hast.«

El Potro glotzte ihn an, als sei er soeben vom Ringrichter gemahnt worden nicht dauernd den Kopf zu senken. Plötzlich klappte er den Deckel mit einem Knall zu.

»Was zurückgespult?«, fragte er argwöhnisch und zog eine Augenbraue hoch.

Den neuen Film in einer, die Havanna in der anderen Hand, blickte Don Ibrahim ihn lange an:

»Leck mich am Arsch«, sagte er dann.

Sie schlenderten schweigend zur Uferpromenade hinab. Quart merkte, dass Macarena ihn hin und wieder von der Seite ansah, aber weder sie noch er sprachen den vorausgegangenen Vorfall an.

Viel gab es dazu auch nicht zu sagen, obwohl Quart natürlich gerne gewusst hätte, ob die Begegnung mit Pencho Gavira zufällig oder beabsichtigt gewesen war. Aber er dachte sich schon, dass er das wohl nie genau herausbekommen würde.

»Hier ist er davongesegelt«, sagte Macarena endlich, als sie am Guadalquivir anlangten.

Quart blickte sich um. Sie befanden sich am Fuße des arabischen Goldturms und gingen auf einer breiten Treppe die Uferböschung hinab zum Kai. Kein Windhauch bewegte die Blätter der Palmen, Jacaranda-Sträucher und Bougainvilleen, die den Fluss säumten und im hellen Mondlicht ihre Schatten auf den Weg warfen.

»Wer?«

»Kapitän Xaloc.«

Die Promenade war menschenleer. Schwarz und reglos lagen die am Pier vertäuten Ausflugsboote auf dem Wasser. Am gegenüberliegenden Ufer erstreckte sich das Stadtviertel Triana; seine Lichter spiegelten sich im Fluss, rechts und links von den

Scheinwerferketten der Autos begrenzt, die über die San Telmo-
und die Triana-Brücke fuhren.

»Hier war der alte Hafen von Sevilla«, sagte Macarena. Sie
trug nach wie vor ihre Jacke über die Schultern gehängt und die
Ledertasche an die Brust gedrückt. »Noch vor hundert Jahren
haben hier Ozeandampfer und Segelschiffe angelegt. Sevilla war
damals immer noch ein wichtiger Umschlaghafen für den Han-
del mit Südamerika. Die Schiffe fuhren den Fluss runter nach
Sanlúcar und Cadiz, und dann überquerten sie den Atlantik.«
Sie blieb neben einer kleinen Treppe stehen, die zum Wasser hi-
nunterführte. »Auf alten Fotos kann man sehen, was hier alles
vor Anker lag: Brigantinen, Schoner, Schaluppen ... am andern
Ufer Fischerboote und Kähne mit weißen Segeltuchplanen – mit
ihnen hat man die Arbeiterinnen der Zigarettenfabrik aus Triana
herübergeschafft. Hier, auf diesem Kai, standen früher die
Schuppen, Speicher und Ladekräne.«

Sie blickte die Uferböschung hinauf in Richtung Santa Cruz.
Das Viertel selbst war nicht zu sehen, dafür aber die Kuppel der
Stierkampfarena, die beleuchtete Giralda und dazwischen ein
paar moderne Hochhäuser.

»Ein Wald von Masten und Segeln – so muss es für Carlota
ausgesehen haben von ihrem Turm aus«, fuhr Macarena nach
einer Weile fort.

Sie hatten sich inzwischen wieder in Bewegung gesetzt und
spazierten im Mondschatten der Bäume den Kai entlang. Ein
junges Liebespaar küsste sich im Schein einer Eisenlaterne und
Quart sah, dass Macarena sie im Vorübergehen mit einem versonnenen Lächeln betrachtete.

»Man könnte meinen, Sie hätten Heimweh nach diesem alten
Sevilla«, sagte er. »Obwohl Sie es nicht gekannt haben.«

Ihr Lächeln wurde breiter, dann tauchte ihr Gesicht wieder in
der Dunkelheit unter.

»Sie täuschen sich. Ich kenne es sehr gut. Ich habe viel darüber
gelesen und oft davon geträumt. Ein bisschen hat mir mein
Großvater erzählt, ein bisschen meine Mutter. Andere Dinge hat
mir niemand erzählt, aber ich spüre sie.« Sie hob die Hand und
tat, als fühle sie sich den Puls. »Hier drin.«

»Warum haben Sie gerade Carlota Bruner ausgewählt?«

Macarena machte ein paar Schritte, bevor sie ihm antwortete.

»Carlota hat mich ausgewählt.« Sie schielte Quart von der Seite an. »Glauben Priester an Gespenster?«

»Nicht besonders. Man kommt irgendwie nicht an sie ran. Nicht einmal mit modernsten Mitteln, wie Strom, Atomenergie … oder Computern. Sie sind gegen alles immun.«

»Vielleicht ist gerade das ihr besonderer Reiz. Ich glaube daran, wenigstens an eine bestimmte Art von Gespenstern … Carlota war ein romantisches junges Mädchen, das viel geschmökert hat. Sie lebte in einem goldenen Käfig und ging völlig in ihren Phantasien auf. Eines Tages hat sie dann einen Mann kennen gelernt. Ich meine, einen richtigen Mann. Die Liebe traf sie wie ein Blitz und das Schlimme ist, dass Manuel Xaloc sich auch in sie verliebt hat. Sonst wäre die Sache vielleicht im Sande verlaufen.«

Ab und zu kamen sie an einem Angler vorbei, der reglos auf der Kaimauer saß – eine glühende Zigarette, das Surren einer Angelschnur, die ausgeworfen wurde. Jetzt zappelte unmittelbar vor ihnen ein Fisch auf dem Weg hin und her, seine Schuppen schillerten im Mondlicht, bis eine schwarze Hand nach ihm griff, und ihn in den Eimer zurückwarf, aus dem er sich im Todeskampf befreit hatte.

»Erzählen Sie mir von Xaloc«, bat Quart.

»Er war ein armer Schiffsadjutant, dreißig Jahre alt, und arbeitete auf einem Dampfer, der zwischen Sevilla und Sanlúcar verkehrte. Carlota hat ihn kennen gelernt, als sie mit ihren Eltern einmal einen Ausflug auf seinem Schiff machte. Er soll gut ausgesehen haben – eine richtig stattliche Erscheinung; wahrscheinlich hat dazu auch seine Uniform beigetragen. Das ist ja oft so bei Seeleuten, Offizieren …«

Macarena schien drauf und dran, »und bei gewissen Priestern« hinzuzufügen, ließ ihren Satz aber offen. Sie gingen gerade an einem Passagierboot vorbei, dessen Namen Quart im Mondschein entziffern konnte: *Canela Fina*.

»Wie dem auch sei«, fuhr Macarena fort, »eines Nachts wird Xaloc unter Carlotas Fenster erwischt. Als einflussreicher Mann setzt mein Urgroßvater Luis sofort alle Hebel in Bewegung und erreicht, dass Xaloc seine Anstellung verliert und keine neue findet. In seiner Verzweiflung beschließt der Arme nach Südamerika auszuwandern und dort sein Glück zu versuchen. Carlota schwört auf seine Rückkehr zu warten. Wie im Roman, nicht?«

Sie schlenderten nebeneinander her und gerieten immer wieder ziemlich nah aneinander. Jetzt musste Macarena einem eisernen Poller ausweichen, den sie im letzten Moment in der Dunkelheit erkannte, und dabei kamen sie unweigerlich miteinander in Kontakt. Quart spürte sie an seiner Seite und hatte das Gefühl, eine Ewigkeit vergehe, bevor sie sich wieder von ihm löste.

»Xaloc hat sich also genau hier, wo wir jetzt stehen, eingeschifft«, fuhr sie fort. »An Bord eines Schoners namens *Nausicaa*. Carlota durfte nicht einmal Abschied von ihm nehmen. Vom Taubenschlag aus sah sie sein Schiff davonsegeln. Und obwohl es fast unmöglich ist, dass sie ihn aus so großer Entfernung erkennen konnte, hat sie immer behauptet, er habe am Heck gestanden und ihr mit einem Taschentuch gewinkt, bis er außer Sicht war.«

»Wie ist es ihm in der Ferne ergangen?«

»Gut. Nach kurzer Zeit wurde er Kommandant eines Schiffs, das Waren zwischen Mexiko, Florida und Kuba hin- und hergeschmuggelt hat.« Aus Macarenas Stimme klang ein Anflug von Bewunderung. Quart fiel es nicht schwer, sich Manuel Xaloc auf der Kommandobrücke seines Schiffs vorzustellen, rechts und links ein Scheinwerfer, und am Horizont die Rauchsäule eines Dampfers, der Jagd auf ihn machte. »Es wird berichtet, dass er nicht gerade ein Heiliger war; sogar als Pirat soll er sich betätigt haben. Immer wieder kam es vor, dass Schiffe, die seine Route gekreuzt hatten, leer und geplündert an Land trieben; andere gingen auf mysteriöse Weise unter. Ich nehme an, er wollte so schnell wie möglich zu Geld kommen und heimkehren … Sechs Jahre lang hat er die Karibik unsicher gemacht; er war so berüchtigt, dass die Amerikaner ein Kopfgeld auf ihn ausgesetzt hatten. Und eines schönen Tages kam er zurück – mit einem riesigen Vermögen in Form von Wechseln und Goldmünzen. Und mit einem Säckchen aus Samt, das zwanzig wunderschöne Perlen für seine Braut enthielt.«

»Obwohl er so lange nichts von ihr gehört hatte?«

»Jawohl.« Sie waren bei einer Anlegestelle stehen geblieben, deren Betonpfeiler zwischen Schilf und anderen Pflanzen im

Wasser versanken. »Ich vermute, dass Manuel Xaloc auch romantisch veranlagt war. Wahrscheinlich dachte er sich, dass mein Urgroßvater Carlota daran gehindert hat, ihm zu schreiben. Jedenfalls vertraute er auf ihre Liebe; sie hatte ja versprochen auf ihn zu warten. Und im Grund hat er sich nicht getäuscht: Sie wartete tatsächlich auf ihn, saß Tag und Nacht in ihrem Turm und starrte auf den Guadalquivir hinab.« Macarena ließ ihren Blick über den dunklen Fluss schweifen. »Nur dass sie schon seit zwei Jahren nicht mehr bei Sinnen war.«

»Haben sich die beiden jemals wieder gesehen?«

»Ja. Mein Urgroßvater war am Boden zerstört, aber anfänglich blieb er stur. In seiner maßlosen Arroganz gab er Xaloc die Schuld an allem. Zum Schluss musste er dann trotzdem nachgeben; die Ärzte und meine Urgroßmutter haben ihn so lange bearbeitet und bekniet, bis er Xaloc in die Casa del Postigo eingeladen hat. Eines Nachmittags tritt der Kapitän also in den Patio, den Sie mittlerweile ja kennen; er trägt die Uniform der Handelsmarine: dunkelblau mit goldenen Knöpfen … Können Sie sich die Szene vorstellen? Seine Haut ist von der Sonne verbrannt, Schnurrbart und Haare sind ergraut. Er soll zwanzig Jahre älter ausgesehen haben, als er tatsächlich war. Carlota erkennt ihn nicht wieder. Sie behandelt ihn wie einen Fremden und richtet kein einziges Wort an ihn. Zehn Minuten später schlägt eine Uhr, und sie sagt: ›Ich muss in den Turm. Er könnte jeden Moment zurückkommen.‹ Und weg ist sie.«

»Und was hat Xaloc gesagt?«

»Nichts, gar nichts. Meine Urgroßmutter weinte, mein Urgroßvater raufte sich verzweifelt die Haare … Er hat bloß seine Mütze genommen und ist gegangen; als Erstes in die Kirche, in der seine Hochzeit hätte stattfinden sollen; dort hat er Carlotas zwanzig Perlen dem Pfarrer übergeben; danach ist er die ganze Nacht durch Santa Cruz gewandert. Und im Morgengrauen stach er mit dem ersten Schiff in See. Diesmal hat ihn niemand mit dem Taschentuch winken sehen.«

Auf dem Boden lag eine leere Bierdose. Macarena kickte sie mit dem Fuß ins Wasser, ein leises Platschen, dann sahen beide ihr nach, wie sie den Fluss hinuntertrieb.

»Den Rest«, fuhr Macarena fort, »können Sie in den Zeitungen von damals nachlesen. Während Xaloc unterwegs nach Südamerika war, ging im Hafen von Havanna die *Maine* in die Luft, dieses berühmte amerikanische Panzerschiff. Das war 1898. Spanien genehmigte den Kaperkrieg gegen die USA und Xaloc ließ sich umgehend einen Kaperbrief ausstellen. Er bekam ein schnelles Segelschiff, die *Manigua*, rekrutierte auf den Antillen alles mögliche Lumpenpack ... und auf ging's in den Kampf gegen die US-Blockade. Im Juni 1898 versenkte er im Golf von Mexiko zwei amerikanische Handesschiffe; darauf kam es zu einem nächtlichen Zusammenstoß mit dem Kanonenboot *Sheridan*, bei dem beide reichlich Federn lassen mussten ...«

»Sie erzählen das ja richtig stolz.«

Macarena lachte. Sicher, sie sei auch stolz auf den Mann, der bloß wegen des idiotischen Klassendünkels ihrer Familie nicht ihr Großonkel geworden sei. Manuel Xaloc sei ein echter Mann gewesen, und zwar bis zum Schluss. Ob Quart wisse, dass er als letzter spanischer Korsar und einziger Pirat des Kubakriegs in die Geschichte eingegangen war? Seine letzte Ruhmestat sei es gewesen, am 2. Juli 1898, bei Nacht und Nebel, die Blockade des Hafens von Santiago de Cuba zu durchbrechen und Admiral Cervera mit Botschaften und Proviant zu versorgen. Am darauf folgenden Morgen, sei er mit Cervera und seiner Flotte in See gestochen, obwohl er gut im geschützten Hafen hätte bleiben können; als Kapitän eines Handelsschiffs unterstand er nämlich nicht dem Befehl des Admirals, dessen Kriegsflotte von vornherein zum Untergang verdammt war ... lauter alte, schlecht bewaffnete Kutter gegen die für damalige Verhältnisse hochmodernen Panzerschiffe und Kreuzer der Yankees. Aber Xalocs Entschluss stand fest. Er verließ als Letzter den Hafen, als alle anderen spanischen Schiffe schon vor der Küste brannten oder versenkt worden waren. Er habe nicht einmal den Versuch unternommen zu fliehen, erzählte Macarena.

»Im Gegenteil: Die spanische Flagge und einen schwarzen Wimpel gehisst, nahm er mit voller Fahrt Kurs auf die feindliche Flotte. Noch im Untergehen wollte er das Panzerschiff *Indiana* rammen. Zum Schluss ist die *Manigua* mit Mann und Maus untergegangen.«

Die Reflexe der Lichter, die sich im Wasser spiegelten, huschten über Macarenas Gesicht.

»Sie kennen die Geschichte ja sehr gut«, sagte Quart.

Ein schwaches Lächeln trat auf ihre Lippen.

»Klar kenne ich sie. In der Truhe oben im Taubenschlag bewahre ich viele Zeitungsausschnitte auf und die Berichte über diese Schlacht habe ich mindestens hundertmal gelesen.«

»Hat Carlota je etwas davon erfahren?«

»Nein.« Macarena ließ sich auf einer Steinbank nieder und kramte ihre Zigaretten aus der Tasche. »Sie hat noch volle zwölf Jahre an ihrem Fenster ausgeharrt. Mit der Zeit verlor der Hafen immer mehr an Bedeutung … bis kaum noch ein Schiff den Guadalquivir rauf- oder runtersegelte. Und eines Tages verschwand auch Carlota von ihrem Fenster.« Sie steckte eine Zigarette in den Mund und griff sich mit der Hand in den Ausschnitt, um ihr Feuerzeug hervorzuholen. »Zu diesem Zeitpunkt war die Liebesgeschichte zwischen Carlota und Kapitän Xaloc bereits zur Legende geworden. Ich habe Ihnen ja schon erzählt, dass man sogar Lieder über sie gesungen hat. Also wurde Carlota in der Krypta der Kirche beigesetzt, in der sie hätte heiraten sollen. Nach dem Tod ihres Vaters war mein Großvater Pedro neues Familienoberhaupt; er hat veranlasst, dass die zwanzig Perlen als Tränen ins Antlitz der Madonnenstatue eingelassen wurden.«

Macarena zündete ihre Zigarette an, indem sie die Flamme in der hohlen Hand schützte, wartete, bis das Feuerzeug abgekühlt war und klemmte es sich wieder unter den BH-Träger. In Gedanken war sie so mit Carlota und Kapitän Xaloc beschäftigt, dass sie gar nicht merkte, wie Quart sie dabei beobachtete.

»Für meinen Großvater war diese Geste eine Art Hommage an seine Schwester und den Mann, der sein Schwager hätte sein können«, fuhr sie fort, die glühende Zigarette in den Fingern. »Die Kirche ist das Einzige, was von den beiden geblieben ist – die Kirche und Carlotas Andenken-Truhe.« Sie sah Quart an, als merke sie plötzlich, dass er ja auch noch da war. »Einschließlich der Postkarte, die Sie in Ihrem Hotelzimmer gefunden haben.«

»Ich glaube, es ist noch mehr geblieben«, sagte er. »Nämlich Sie und Ihre Erinnerungen.«

Das Mondlicht beschien ihr Gesicht; sie lächelte, aber es war ein trauriges, freudloses Lächeln.

»Ich werde sterben, wie alle andern gestorben sind«, erwiderte sie leise. »Und Carlotas Truhe wird mitsamt ihrem Inhalt auf einem Flohmarkt enden.« Sie zog an ihrer Zigarette und stieß hastig, beinahe verächtlich den Rauch aus. »Nichts und niemand entrinnt seinem Schicksal.«

Quart hatte sich neben sie gesetzt. Ihre Schultern berührten sich leicht, aber diesmal ließ er es geschehen. Macarenas Nähe, ihr zarter Jasminduft, der sich in den Zigarettenrauch mischte, waren ihm angenehm.

»Das ist also der Grund, weshalb Sie sich so für diese Kirche einsetzen.«

Sie nickte langsam mit dem Kopf.

»Ja. Padre Ferro hat seine Gründe, ich habe meine.« Macarena sprach so leise, dass er Mühe hatte sie zu verstehen. »Ich kämpfe gegen die Zeit und das Vergessen. Mein Geschlecht stirbt aus, darüber will ich mich gar nicht hinwegtäuschen. Vielleicht ist es sogar besser so; für Leute, wie es sie in meiner Familie gab, oder für Erinnerungen wie die meinen ist heute kein Platz mehr … Auch nicht für so tragisch-schöne Liebesgeschichten wie die Carlota Bruners und Kapitän Xalocs.« Die Glut ihrer Zigarette leuchtete in der Dunkelheit auf. »Trotzdem fühle ich mich meinem Namen und den Dingen, die ich liebe, verpflichtet – einschließlich Nuestra Señora de las Lagrimas. Und aus diesem Gefühl heraus verteidige ich meinen Platz auf dieser Welt, schlage meine persönliche Schlacht.« Sie sprach jetzt lauter und nicht mehr nur zu sich selbst, sondern direkt zu Quart. »Wenn dann das Ende kommt, zucke ich mit der Schulter und trete ruhigen Gewissens ab; wie diese Soldaten, die erst aufgeben, wenn sie ihre letzte Patrone verschossen haben.«

»Warum muss denn alles endgültig aus sein?«, fragte Quart sanft. »Sie könnten doch Kinder bekommen.«

Ein greller Lichtreflex sauste wie ein Peitschenschlag über das Gesicht der Frau. Danach folgte ein langes, beklommenes Schweigen, bis Macarena ihm endlich eine Antwort gab:

»Dass ich nicht lache«, sagte sie. »Meine Kinder kämen mir wahrscheinlich vor wie Marsmenschen, die tagaus, tagein vor einem Computerbildschirm hocken; angezogen wie die amerikanischen Kids aus diesen blöden Fernsehserien. Den Namen ›Kapitän Xaloc‹ würden sie wahrscheinlich für den Titel eines Zeichentrickfilms halten.« Sie warf ihre Zigarette in hohem Bogen fort und Quart sah ihr nach, bis die Glut im Wasser erlosch. »Nein, das erspare ich mir lieber. Was sterben muss, soll mit mir sterben.«

»Und Ihr Mann?«

»Weiß nicht; im Moment scheint er ja in bester Gesellschaft zu sein.« Macarena lachte kurz auf, aber so abfällig und sarkastisch, dass Quart eine Gänsehaut bekam. »Früher oder später wird er mir für alles zahlen. Bisher hat er immer nur erhobenen Hauptes zur Geldbörse gegriffen«, sie kniff die Augen zusammen, »aber diesmal kommt ihn die Sache teuer zu stehen. Sehr teuer.«

»Hat er noch eine Chance?«

Macarena betrachtete ihn mit spöttischer Verwunderung.

»Wie meinen Sie das? Eine Chance die Kirche einzusacken? Eine Chance bei dieser ordinären Kuh? Oder bei mir?« Das fahle Licht des Mondes spiegelte sich in ihren Augen. »Nein, da hätte jeder andere Mann mehr Chancen als er. Sogar Sie.«

»Lassen Sie mich aus dem Spiel«, sagte Quart. Sein Ton musste ziemlich heftig geklungen haben, denn sie legte den Kopf zur Seite und sah ihn neugierig an.

»Warum eigentlich? Das wäre doch eine gute Rache. Und angenehm obendrein … Wenigstens hoffe ich das.«

»Rache an wem?«

»An Pencho. An Sevilla. An allem.«

Am gegenüberliegenden Ufer zeichnete sich die lang gestreckte Silhouette eines Frachtkahns ab, der lautlos den Fluss hinunterglitt. Kurz darauf drang dumpfes Motorengebrumm an ihre Ohren, aber es schien nicht von dem Kahn zu kommen, so als bewege sich dieser von alleine fort.

»Da, ein Geisterschiff«, sagte Macarena Bruner. »Wie der Schoner, auf dem Kapitän Xaloc davongesegelt ist.«

Das einzig sichtbare Licht des Frachtkahns war die kleine rote Backbordlampe. Sie blickten ihr nach, bis das Schiff weiter unten, vor der nächsten Biegung des Flusses, zu drehen begann und auch die grüne Positionsleuchte auf der anderen Seite zum Vorschein kam. Eine Zeit lang sah man beide, dann verschwand die rote, und wenig später war auch die grüne nur noch als winziger Punkt zu erkennen, der sich nach und nach in der Dunkelheit verlor.

»Er kommt in Nächten wie diesen zurück«, sagte Macarena.

»Bei Vollmond. Und dann erscheint auch Carlota an ihrem Fenster. Wollen Sie sehen?«

»Was?«

»Carlota. Wir könnten zu uns in den Garten gehen und warten. Wie ich es als Kind getan habe. Hätten Sie nicht Lust?«

»Nein.«

Sie betrachtete ihn lange, schweigend und verwundert.

»Wo nehmen Sie bloß Ihre verdammte Kaltblütigkeit her?«, sagte sie dann.

»Ich bin nicht so kaltblütig, wie Sie glauben.« Quart lachte leise. »Jetzt zittern mir beispielsweise die Hände.«

Es stimmte. Er musste sich fürchterlich zusammennehmen, um nicht Macarenas Nacken zu umschlingen und sie an sich zu ziehen. Herrgott. Im hintersten Winkel seines Bewusstseins dröhnte das Lachen Monsignore Paolo Spadas. Ungeheuer, Salome, Isebel. Kreaturen des Teufels. Sie fasste nach seiner Hand und verschlang ihre Finger mit seinen, um festzustellen, ob er wirklich zitterte. Es war das erste Mal, dass ihre Hände sich nicht nur zum Gruß berührten. Der Kontakt war warm und weich. Quart machte sich sanft los, dann schlug er mit der geballten Faust auf die Steinbank, auf der sie saßen. Der Schmerz fuhr ihm bis ins Schultergelenk hoch.

»Ich glaube, es ist Zeit, dass wir heimgehen«, sagte er und erhob sich.

Macarena starrte ihn erschrocken an, zuerst seine Hand, dann sein Gesicht. Danach stand sie wortlos auf. Langsam und schweigend gingen sie den Weg zurück. Quart biss sich auf die Unterlippe, um nicht vor Schmerz zu stöhnen. Aus seinen aufgeschlagenen Fingerknöcheln tropfte Blut auf den Boden.

Es gibt Nächte, die kein Ende nehmen wollen, und diese gehörte zweifellos dazu. Als Quart ins Hotel Doña María zurückkam und sich vom schlaftrunkenen Portier den Zimmerschlüssel geben ließ, erhob sich aus einem Sessel der Eingangshalle Honorato Bonafé und trat auf ihn zu. Der hat wirklich ein Talent immer im ungünstigsten Moment aufzukreuzen, dachte Quart verärgert.

»Können wir einen Moment miteinander reden, Padre?«

»Nein. Können wir nicht.«

Die verletzte Hand in der Jackentasche, in der anderen den Schlüssel, steuerte Quart auf den Lift zu, aber Bonafé trat ihm in den Weg. Er hatte dasselbe schmierige, unterwürfige Lächeln wie beim letzten Mal, trug denselben knittrigen, beigen Anzug und hatte sich auch heute den Schulterriemen seiner Tasche ums Handgelenk gewickelt. Quart betrachtete von oben herab sein dick eingespraytes Haar, das Doppelkinn, die schlauen Knopfaugen, die ihn neugierig musterten. Von diesem Typen war nichts Gutes zu erwarten, egal, was ihn hierher geführt hatte.

»Ich habe Nachforschungen angestellt«, sagte Bonafé.

»Verschwinden Sie«, erwiderte Quart, entschlossen, ihn notfalls vom Portier hinauswerfen zu lassen.

»Möchten Sie nicht erfahren, was ich rausbekommen habe?«

»Von Ihnen möchte ich überhaupt nichts erfahren.«

Bonafé schürzte bedauernd die feuchten Lippen, behielt sein fieses Lächeln aber bei.

»Schade«, sagte er. »Sonst hätten wir nämlich ein kleines Geschäft miteinander machen können. Mein Angebot ist großzügig.« Er wiegte sich in den molligen Hüften. »Sie erzählen mir für einen Artikel ein paar Kleinigkeiten über diese Kirche und ihren Pfarrer. Und ich liefere Ihnen dafür eine heiße Information.« Das Lächeln wurde breiter. »… auf diese Weise könnten wir auch Ihre nächtlichen Ausflüge übergehen.«

Quart glaubte seinen Ohren nicht zu trauen.

»Was wollen Sie damit andeuten?«

Der Reporter war sichtlich erfreut endlich sein Interesse geweckt zu haben.

»Dass ich eine spektakuläre Entdeckung über Padre Ferro gemacht habe.«

»Nein.« Quart sah ihm ruhig in die Augen. »Ich meine diese nächtlichen Ausflüge.«

Bonafé hob seine kleine Hand mit den säuberlich manikürten Nägeln und winkte ab.

»Ach das. Na ja … was soll ich Ihnen dazu sagen?« Er zwinkerte mit einem Auge. »Es hat sich rumgesprochen, dass Sie hier in Sevilla ein intensives gesellschaftliches Leben führen.«

Quarts heile Hand drückte den Zimmerschlüssel und einen Moment lang war er versucht, damit auf den Reporter loszugehen. Aber das wäre natürlich ein Unding gewesen. Kein Kleriker der Welt, nicht einmal ein Agent des IOE wie Lorenzo Quart mit seinem notorischen Mangel an christlicher Nächstenliebe, konnte es sich erlauben, sich wegen einer Frau mitten in der Nacht, kaum zwanzig Meter vom erzbischöflichen Ordinariat entfernt und wenige Stunden nachdem es mit dem eifersüchtigen Ehemann zu einer öffentlichen Szene gekommen war, mit einem Reporter zu prügeln. Da hatte der Vatikan so manchen schon aus geringerem Anlass in die Antarktis geschickt, um Pinguine zu bekehren. Er riss sich also zusammen und versuchte einen kühlen Kopf zu bewahren. *Mein* ist die Rache, hatte der Allmächtige im Himmel angeblich gesagt.

»Ich schlage Ihnen ein Abkommen vor, Padre«, sagte Bonafé. »Wir verraten uns gegenseitig, was wir wissen, ich halte Sie aus der Sache raus, und damit sind wir quitt. Sie können sich auf mich verlassen. Dass ich Reporter bin, heißt noch lange nicht, dass ich keinerlei Moralvorstellungen besitze.« Er legte sich theatralisch die Hand aufs Herz; die Knopfaugen über den dicken Tränensäcken funkelten zynisch. »Letztendlich ist die Wahrheit meine Religion.«

»Die Wahrheit«, wiederholte Quart.

»So ist es.«

»Und was für eine Wahrheit wollen Sie mir über Padre Ferro erzählen?«

Das unterwürfig-anbiedernde Lächeln des andern wurde wieder breiter.

»Na ja …« Bonafé betrachtete zufrieden seine polierten Nägel. »Er hatte Probleme.«

»Das haben wir alle.«

Bonafé schnalzte weltmännisch mit der Zunge.

»Nicht von dieser Art«, erwiderte er mit gesenkter Stimme, um zu vermeiden, dass der Portier ihn hörte. »Anscheinend war Padre Ferro in seiner vorherigen Gemeinde etwas in Geldnot. Jedenfalls hat er verkauft, was ihm nicht gehörte: eine wertvolle Holzfigur, ein paar Gemälde … Er hat den Weinberg des Herrn vernachlässigt.« Bonafé lachte über seinen eigenen Witz. »Oder besser gesagt: den Wein selber getrunken.«

Quart zeigte keine Reaktion. Er war darauf trainiert, Informationen zunächst nur aufzunehmen und später zu analysieren. Trotzdem fühlte er sich ein wenig in seinem Stolz verletzt. Wenn das stimmte, hätte man ihn davon in Kenntnis setzen müssen – was nicht geschehen war.

»Und was hat das mit Nuestra Señora de las Lagrimas zu tun?«

Bonafé erwiderte achselzuckend:

»Im Prinzip gar nichts. Aber wenn es rauskäme, gäbe es einen hübschen Skandal. Darin stimmen Sie sicher mit mir überein.« Das Lächeln, das Quart so verabscheute, verwandelte sich in ein schamloses Grinsen. »So ist das im Journalismus nun mal, Padre: ein bisschen hiervon, ein bisschen davon, ein Körnchen Wahrheit dazu und schon haben wir eine Titelgeschichte. Später kann man die Nachricht dementieren oder berichtigen oder was auch immer. Aber inzwischen hat man zweihunderttausend Exemplare verkauft.«

Quart sah ihn verächtlich an.

»Vor einer Minute sagten Sie noch, Ihre Religion sei die Wahrheit.«

»Sagte ich das?« Bonafés Grinsen schien absolut immun gegen Quarts Verachtung. »Dann habe ich sicher die Wahrheit in Anführungsstrichen gemeint.«

»Hauen Sie ab.«

»Verzeihung?«

Jetzt lächelte Bonafé nicht mehr. Er wankte leicht und beäugte misstrauisch den spitzen Schlüssel in Quarts linker Hand. Nun zog dieser auch noch die Rechte aus der Tasche; sie war blutverkrustet, wie der Reporter mit entsetzter Miene verzeichnete.

»Ziehen Sie Leine, habe ich gesagt, oder ich lasse Sie rauswerfen. Vielleicht vergesse ich sogar, dass ich Priester bin, und werfe Sie selbst raus.« Er machte einen Schritt auf Bonafé zu, der zwei zurückwich. »Mit Fußtritten.«

Der Schreiberling erhob schwachen Protest:

»Sie werden nicht wagen …«

Mehr sagte er nicht. Es gab genug biblische Präzedenzfälle: Die Vertreibung der Händler aus dem Tempel beispielsweise. Die Szene war wenige Schritte von hier entfernt über dem Portal der Kathedrale dargestellt, ein anschauliches Relief; rechts und links davon die Apostel Paulus und Petrus – mit Schwertern bewaffnet!

Quart für seinen Teil beschränkte sich darauf, ihn mit der

gesunden Hand am Kragen zu packen und am bestürzten Nachtportier vorbei zur Tür zu zerren, wo er ihn losließ. Bonafé hatte sich noch nicht von seinem Schreck erholt und nestelte an seiner Kleidung herum, als er mit einem letzten heftigen Stoß auf die Straße hinausbefördert wurde. Dabei verlor er seine Tasche. Quart bückte sich danach und pfefferte sie ihm auf den Gehweg hinaus.

»Lassen Sie sich nie wieder blicken«, zischte er.

Das Gesicht des gedemütigten Reporters wurde von einer Straßenlaterne beschienen, es war weiß vor Wut. Seine Haare waren zerzaust, seine Hände zitterten:

»Das zahle ich Ihnen heim«, stammelte er und brach in einen jämmerlichen Schluchzer aus. »Schweinehund.«

Quart zuckte mit der Schulter; es war nicht das erste Mal, dass man ihn so nannte. Ohne ein weiteres Wort zu verlieren, drehte er sich um und durchquerte die Hotelhalle in Richtung des Lifts. Der Portier, dessen Hand noch auf dem Telefonhörer lag – er war drauf und dran gewesen, die Polizei zu rufen – starrte ihm mit aufgerissenen Augen nach. Das muss man gesehen haben, um es glauben zu können, sagte sein Blick, in dem sich Staunen und Respekt die Waage hielten.

Quarts rechte Hand war geschwollen, die Fingerknöchel aufgeschlagen, aber wenigstens konnte er sie noch bewegen. Während er sich leise für seine Dummheit verwünschte, zog er die Jacke aus und ging ins Bad, um die Wunde zu desinfizieren. Danach holte er Eiswürfel aus der Zimmerbar, verknotete sie in einem Taschentuch und legte es sich auf die Hand. Die großen Fenstertüren, die auf die Plaza Virgen de los Reyes hinausgingen, standen offen. Er trat auf den kleinen Balkon hinaus, betrachtete den schönen Platz und die beleuchtete Kathedrale, aber seine Gedanken kreisten noch immer um Honorato Bonafé.

Als das Eis vollständig geschmolzen war, fühlte sich seine Hand schon besser an. Er ging ins Zimmer zurück, griff nach seiner Jacke und leerte ihre Taschen, bevor er sie in den Schrank hängte. Den Inhalt der Taschen legte er säuberlich auf den Nachttisch: Brieftasche, Füllfederhalter, Visitenkärtchen, ein Päckchen Papiertaschentücher, ein paar Geldmünzen, die Postkarte an Kapitän Xaloc – er sah sich das vergilbte Foto wohl zum hundertsten Male an: die kleine Kirche, der Marktstand davor, im Hintergrund der Wasserverkäufer mit seinem Esel, die sich am verschwommenen Rand des Bildes verloren wie Gespenster im Nebel. Da tauchte plötzlich Macarena Bruner wieder vor ihm auf. Die Erinnerung an die letzten Stunden, an ihre Stimme, an ihren Geruch, überflutete ihn, als wäre in seinem Unterbewusstsein ein Damm gebrochen. Bonafé, Nuestra Señora de las Lagrimas, seine Mission in Sevilla verblassten wie die schemenhafte Gestalt des Wasserverkäufers auf der Postkarte. In seinen Gedanken war nur noch sie: ihr Lächeln im Mondschatten der Uferpromenade, der honigfarbene Schimmer in ihren schwarzen Augen, ihre Nähe, ihre Wärme … eine Carmen mit gerafftem Rock, die auf ihrem entblößten Schenkel feuchte Tabakblätter rollte … ein heißer Spätnachmittag, angelehnte Fensterläden, Macarenas nackter Körper im waagerecht einfallenden Sonnenlicht, ihre gebräunte Haut auf einem weißen Laken, winzige Schweißperlen auf ihrer Stirn, in den schwarzen Wimpern, im gekräuselten Schamhaar.

Die Hitze hatte kaum nachgelassen. Es war beinahe ein Uhr früh, als Lorenzo Quart die Dusche aufdrehte und sich langsam zu entkleiden begann. Der Badezimmerspiegel warf ihm das Bild eines Unbekannten zurück: Ein großer, düster dreinblickender Mann, der seine Schuhe auszog, die Socken, das Hemd, sich dann vorbeugte, seinen Gürtel öffnete und die Hose auf den Boden fallen ließ. Als der weiße Baumwoll-Slip über seine Schenkel glitt, kam ein erregtes Glied zum Vorschein.

Einen Moment lang musterte Quart den Fremden im Spiegel aufmerksam: Er war schlank, sein Bauch flach, die Hüften schmal; Brust-, Schulter- und Armmuskeln waren ausgeprägt und wohlgeformt. Eigentlich sah er gut aus, dieser schweigsame Typ undefinierbaren Alters – ein zeitloser Soldat, der Kettenpanzer und Waffen abgelegt hatte. Nur … was zum Teufel nützte ihm sein gutes Aussehen?

Das Rauschen des Wassers und die bewusste Wahrnehmung seines eigenen Körpers riefen ihm eine andere Frau ins Gedächtnis zurück – eine Frau, die er im August '92 bei einem ebenso kurzen wie gefährlichen Aufenthalt in Sarajewo kennen gelernt hatte. Quart war vom IOE in die bosnische Hauptstadt entsandt worden, um die Evakuierung des kroatischen Erzbischofs und

Papst-Freundes Franjo Pavelic auszuhandeln, dem bosnische Muslime und Serben gleichermaßen an den Kragen wollten. In einem Hubschrauber der Vereinten Nationen, von französischen Blauhelmen eskortiert, wurde Quart nach Sarajewo eingeflogen, wo er mit einem schwarzen Köfferchen von Bord ging; es war mit einer Kette an seinem Handgelenk befestigt und enthielt 100 000 deutsche Mark. Tatsächlich hatte es der vollen Summe bedurft, um den Prälaten nach Zagreb evakuieren zu können, ohne dass ihm an irgendeiner Straßensperre eine Kugel in den Kopf gejagt wurde – wie seinem Kaplan Jesic, der einem Heckenschützen zum Opfer gefallen war. Zu dieser Zeit hatte es in Sarajewo täglich zwanzig bis dreißig Tote gegeben; Menschenschlangen, die um Wasser und Brot anstanden, wurden mit Granaten beschossen, in den Korridoren des Kosevo-Krankenhauses, in dem es weder Strom noch Medikamente gab, lagen hunderte von Verwundeten und die Leichen wurden auf Fußballplätzen vergraben, weil die Friedhöfe überfüllt waren. Jasmina war keine Prostituierte gewesen. Sie hatte sich durchgeschlagen wie viele andere junge Frauen, die sich den Journalisten und Diplomaten im Holiday Inn als Dolmetscherinnen anboten und, wenn erwünscht, auch mehr als bloß Worte mit ihnen austauschten. Jasminas Preis war so relativ wie alles im Sarajewo jener harten Tagen: eine Konservenbüchse, ein Päckchen Zigaretten. Sie sprach Quart trotz seiner Priesterkleidung an und erzählte ihm eine traurige Geschichte, wie man sie in der belagerten Stadt auf Schritt und Tritt zu hören bekam: ein invalider Vater ohne Zigaretten, der Krieg, der Hunger. Quart versprach ihr sein Möglichstes zu tun; in der Nacht kam sie zurück – schwarz gekleidet, um den Heckenschützen zu entgehen. Für eine Hand voll D-Mark hatte Quart eine halbe Stange Marlboro und ein paar Büchsen Rindfleisch aufgetrieben. In jener Nacht gab es ausnahmsweise fließendes Wasser in den Zimmern, und so bat sie ihn bei ihm duschen zu dürfen – das erste Mal seit fast einem Monat. Im Licht einer Kerze zog sie sich aus und stellte sich unter den Wasserstrahl; Quart, der am Türrahmen lehnte, schaute ihr fasziniert dabei zu. Sie war blond, mit sehr heller Haut und großen, festen Brüsten. Während das Wasser über ihren Körper strömte, drehte sie sich plötzlich nach ihm um und lächelte ihn an – dankbar und einladend. Aber er blieb reglos an der Tür stehen und beschränkte sich darauf, ihr Lächeln zu erwidern. Damals war es ihm nicht um die Regel gegangen, sondern ums Prinzip: Gewisse Dinge machte man einfach nicht für fünf Päckchen Zigaretten und eine Ration Essen. Als Jasmina abgetrocknet und angezogen war, gingen sie in die Hotelbar hinunter und leerten – ebenfalls bei Kerzenlicht – eine halbe Flasche Cognac miteinander, während draußen die serbischen Bomben einschlugen. Irgendwann hatte Jasmina ihm dann einen Kuss auf die Lippen gedrückt und war mit ihren Zigaretten und Dosen rennend in der Nacht verschwunden.

Schatten und Gesichter von Frauen. Das kalte Wasser, das ihm über Schulter und Rücken floß, tat Quart gut. Den Kopf nach unten, die verletzte Hand an die gekachelte Wand gestützt, blieb er unter der Dusche stehen, bis er eine Gänsehaut bekam. Danach stieg er aus der Kabine, trocknete sich oberflächlich ab, ging ins Zimmer zurück und streckte sich nackt auf dem Bett aus. Unter seinem Körper bildete sich ein feuchter Abdruck auf dem Laken. Frauengesichter und Schatten … Er fasste sich mit der verletzten Hand zwischen die Schenkel und spürte, wie sein Glied erneut anschwoll. Plötzlich erahnte er in der Dunkelheit eine Gestalt – die Gestalt eines Tempelritters, der sich unter einem gottlosen Himmel alleine durch die Wüste schleppte. Erschrocken drückte er die Augen zu, versuchte zu beten und der gähnenden Leere zu trotzen, die sich hinter jedem Wort verbarg. Ein Gefühl immenser Einsamkeit beherrschte ihn. Eine stille, verzweifelte Traurigkeit.

X.

In Ictu Oculi

Seht dieses Haus. Ein heiliger Geist hat es erbaut.
Magische Schranken schützen es.
(Das Totenbuch)

Quart betrat Nuestra Señora de las Lagrimas gegen elf Uhr vormittags, nachdem er zuvor dem Erzbischof und Kommissar Navajo jeweils einen kurzen Besuch abgestattet hatte. Die Kirche war ausgestorben. Bis auf das Flämmchen des ewigen Lichts, das neben dem Hochaltar in seinem roten Glasbehälter flackerte, rührte sich nichts. Er setzte sich in eine Bank und betrachtete lange die Baugerüste entlang der Wände, die rußgeschwärzte Decke, das im Dämmerlicht liegende vergoldete Altarretabel. Plötzlich trat Óscar Lobato aus der Sakristei. Der junge Vikar, der nicht einmal überrascht schien, ihn hier anzutreffen, schritt langsam auf ihn zu, blieb vor ihm stehen und sah ihn forschend an. Er trug ein graues Priesterhemd, Jeans und Turnschuhe. Irgendwie kam er Quart seit dem Zwischenfall in Don Príamos Wohnung gealtert vor; das blonde Haar hing ihm wirr ins Gesicht, die Augen unter den dicken Brillengläsern waren dunkel umflort und seine Haut glänzte fettig, als sei er sehr früh aufgestanden oder habe die ganze Nacht nicht geschlafen.

»Matutin hat wieder zugeschlagen«, sagte Quart und zeigte ihm das vor wenigen Stunden aus Rom erhaltene Fax mit der neuesten Hackerbotschaft. Sie war gegen ein Uhr nachts im Vatikan eingegangen, also just als Quart sich mit Bonafé in der Eingangshalle des Hotels gestritten hatte. Aber davon erzählte der Agent des IOE dem jungen Priester natürlich nichts, wie er ihm auch verschwieg, dass es Padre Arreguis Team zum zweiten Mal gelungen war, den Eindringling in eine Sadduzäer-Falle zu locken, sodass er seine Botschaft nicht wie beabsichtigt im Privatcomputer des Papstes hinterlassen hatte, sondern im Terminal eines anderen, fiktiven Benutzers. Padre Garofi hatte es diesmal geschafft, dem Hacker bis nach Sevilla zu folgen, genauer gesagt bis zum Telefonanschluss des Kaufhauses El Corte

Inglés im Zentrum der Stadt; dort war er ihm dann allerdings entwischt.

Wenn jemand den Tempel Gottes verdirbt, den wird Gott verderben, denn der Tempel Gottes ist heilig.

»Erster Brief des Paulus an die Korinther«, sagte Padre Óscar und gab Quart das Blatt zurück.

»Ist das Ihr Werk?«

Der Vikar warf ihm einen verächtlichen Blick zu und schien drauf und dran, eine entsprechende Bemerkung zu machen. Aber er schüttelte nur den Kopf, und ließ sich neben Quart nieder.

»Sie tappen also immer noch im Dunkeln«, sagte er nach einer Weile und zog abschätzig die Mundwinkel herunter. »Dann sind Sie wohl doch nicht so gut, wie es heißt.«

Quart faltete die Botschaft des Hackers zusammen und verstaute sie in seiner Jackentasche:

»Wann verlassen Sie Sevilla?«

»Morgen Nachmittag.«

»Ihr neuer Bestimmungsort soll ziemlich unwirtlich sein.«

»Unwirtlich?«, erwiderte Padre Óscar mit einem tristen Lächeln. »Dort regnet es anderthalb Tage im Jahr. Genauso gut hätten sie mich in die Wüste Gobi schicken können.«

Er schielte Quart von der Seite an.

»Ich habe nichts damit zu tun«, erwiderte dieser.

»Nein, ich weiß.« Óscar Lobato fuhr sich mit den Fingern durchs Haar und betrachtete schweigend das rote Lämpchen neben dem Altar. »Das ist Monsignore Corvos persönliche Rache an mir. Er ist der Meinung, ich hätte ihn verraten. Und möchten Sie wissen, warum?« Der Vikar stieß ein kurzes Lachen aus und wandte sich Quart zu: »Ich war ein brillanter junger Priester, einer seiner Vertrauensmänner; ich sollte Don Príamo für ihn bespitzeln. Aber dann bin ich zum Feind übergelaufen.«

»Hochverrat also.«

»Genau. Es gibt Dinge, die einem die Kirchenoberen nie verzeihen.«

Quart nickte; das konnte er bezeugen.

»Warum haben Sie es getan? Sie hätten doch wissen müssen, dass Sie auf verlorenem Posten kämpfen.«

Padre Óscar überkreuzte die Beine auf der Kniebank und starrte auf seine Turnschuhe.

»Die Frage habe ich Ihnen, glaube ich, schon bei unserer letzten Begegnung beantwortet.« Seine Brille war auf die Nasenspitze vorgerutscht, was ihm ein hilfloses, beinahe etwas trotteliges Aussehen verlieh. »Früher oder später wird Don Príamo aus dieser Gemeinde vertrieben und dann bricht die Zeit der Händler an ... Man wird die Kirche abreißen und um seine Kleider das Los werfen.« Er lachte erneut auf, den düsteren Blick starr nach vorn gerichtet. »Aber ich bin mir mittlerweile nicht mehr so sicher, dass unser Kampf umsonst ist.«

Er seufzte tief und fragte sich wohl, was für einen Sinn es hatte, Quart dies alles zu erzählen. Danach hob er den Blick zur Decke empor und verharrte reglos. Er wirkte sehr müde.

»Bis vor zwei Monaten«, fuhr er schließlich fort, »lag eine viel versprechende Zukunft vor mir. Um Karriere zu machen, hätte ich mich bloß wie eine Klette an den Bischof hängen zu brauchen und den Mund halten müssen. Aber hier habe ich entdeckt, dass ich auch eine Würde besitze – als Mensch und als Priester.« Er blickte sich um, als lieferten ihm die eingerüsteten Wände den Grund zu dieser Aussage. »Paradox, nicht? Dass mir das ausgerechnet ein alter Geistlicher beibringen musste, der mit seinem Auftreten und seiner Kleidung überall aneckt. Ein eigensinniger Querulant, der die Messe auf Latein liest und sich mit Astronomie beschäftigt.« Er lehnte sich in die Bank zurück, verschränkte die Arme vor der Brust und sah Quart ins Gesicht. »Wie das Leben so spielt ... Früher wäre diese Strafversetzung nach Almeria eine Tragödie für mich gewesen. Heute sehe ich es anders. Gott ist überall, auch im abgelegensten Winkel; er begleitet uns auf Schritt und Tritt. Selbst Jesus hat vierzig Tage in der Wüste gefastet. Monsignore Corvo wollte mir eins auswischen; er ahnt ja nicht, dass ich mich erst jetzt als richtiger Priester fühle, der weiß, wofür er lebt und kämpft.« Sein gequältes Lächeln wurde breiter. »Diese Verbannung hat meinen Glauben nur gestählt.«

»Sind Sie Matutin?«

Padre Óscar hatte die Brille abgenommen und putzte sie mit

einem Hemdzipfel; seine kurzsichtigen Augen blickten Quart vorwurfsvoll an.

»Das ist das Einzige, was Sie interessiert, stimmt's? Die Kirche, Padre Ferro und ich sind Ihnen völlig schnuppe.« Er schnalzte abschätzig mit der Zunge. »Sie haben Ihren Auftrag und sonst zählt für Sie nichts.«

Óscar Lobato schwieg und spielte gedankenverloren mit der Brille.

»Dabei kommt es doch gar nicht darauf an, wer Matutin ist. Das Wichtige ist seine Botschaft. Sie ist eine Warnung, oder besser noch ein Appell an Ihre und meine Chefs in Rom; ein Appell die edlen Grundsätze nicht zu vergessen, mit denen diese Firma einst gegründet wurde.« Er setzte sich die Brille wieder auf. »Ich glaube, er möchte daran erinnern, dass Sitte und Anstand noch nicht ganz ausgestorben sind.«

Quart grinste mitleidig.

»Wie alt sind Sie? Sechsundzwanzig? Ja, in diesem Alter glaubt man noch an solche Märchen.«

Der junge Priester schnitt eine Grimasse.

»Haben Sie sich Ihren Zynismus in Rom zugelegt oder waren Sie vorher schon so?« Er schüttelte den Kopf. »Reden Sie keinen Quatsch. Padre Ferro *ist* ein anständiger Mensch.«

Quart zwang sich nicht sarkastisch zu werden. Vor einer Stunde war er im Archiv des Ordinariats gewesen und hatte ausführlich Don Príamos Personalakte studiert. Die darin genannten Vorfälle waren ihm hinterher Punkt für Punkt von Monsignore Corvo bestätigt worden, mit dem er in der Galerie der Prälaten – unter den Porträts der bischöflichen Exzellenzen Gaspar Borja (1645) und Agustín Spinola (1640) – ein kurzes Gespräch geführt hatte. Vor zehn Jahren war in der Pyrenäen-Diözese von Huesca ein Strafverfahren gegen Padre Ferro eingeleitet worden, weil dieser, ohne dazu autorisiert zu sein, Kirchengüter veräußert hatte. Die Geschichte hatte damit begonnen, dass aus Don Príamos kleiner Kirche im Gebirgsdorf Cillas de Ansó eine Christusfigur und ein Tafelbild verschwanden; der Christus war nicht viel wert, aber der Verlust des Gemäldes ärgerte den örtlichen Bischof doch sehr – immerhin handelte es sich um ein Altarbild des berühmten Meisters Retascón vom Anfang des 15. Jahrhunderts. Da derlei Vorkommnisse damals, als die Pfarrer noch völlig frei über die Kunstschätze ihrer Gemeinden verfügen konnten, aber beinahe an der Tagesordnung waren, kam Padre Ferro noch einmal glimpflich davon – mit einer simplen Verwarnung seines Vorgesetzten nämlich.

Die Information, die Honorato Bonafé ihm zugetragen hatte, war also völlig richtig, und der ungewöhnlichen Redseligkeit des sonst so zugeknöpften Monsignore Corvo entnahm Quart, dass dem Prälaten nicht viel daran lag, den dunklen Punkt in Padre Ferros Vergangenheit geheim zu halten. Ja, er fragte sich sogar, ob der Reporter seinen Tipp nicht aus erster Hand bekommen hatte – einer Hand mit Bischofsring nämlich. Wie auch immer, die Geschichte in Cillas de Ansó hatte sich tatsächlich ereignet. Ihre Fortsetzung bekam Quart im Polizeipräsidium von Kommissar Navajo geliefert, nachdem dieser ein längeres Telefonat mit seinem Madrider Kollegen, Chefinspektor Feijoo vom Dezernat für Kunstdiebstahl, geführt hatte: Ein Tafelbild von Retascón, das haarscharf mit der Beschreibung des in Cillas de Ansó verschwundenen Gemäldes übereinstimmte, war vom Auktionshaus Claymore Madrid ordnungsgemäß erstanden und hinterher versteigert worden. Der Direktor des Auktionshauses, ein bekannter Kunsthändler namens Francisco Montegrifo, bestätigte, auf den Namen Don Príamo Ferro einen Scheck ausgestellt zu haben, dessen Betrag sich freilich lächerlich ausnahm, wenn man bedachte, dass bei der anschließenden Versteigerung des Bildes das Sechsfache des ursprünglichen Preises erzielt worden war. Innerhalb der Dynamik von Angebot und Nachfrage sei das jedoch ganz normal, wie Montegrifo dem Polizeiinspektor und dieser Kommissar Navajo versichert hatte.

»Apropos rechtschaffen«, sagte Quart zu dem jungen Vikar. »Sind Sie sicher, dass Padre Ferro das immer war?«

Óscar Lobato machte eine verdrießliche Miene:

»Ich weiß nicht, worauf Sie anspielen wollen, das ist mir auch ganz egal. Ich schätze den Mann, den ich kenne. Suchen Sie sich Ihren Judas woanders.«

»Ist das Ihr letztes Wort? Ich meine, vielleicht wäre es noch nicht zu spät ...« Wofür, sagte er nicht.

Der Vikar blickte ihn feindselig an:

»Ach, nein? Das riecht mir ja verdammt nach einem Ablass-angebot. Begnadigen Sie mich, wenn ich mit Ihnen zusammen-arbeite?« Er schüttelte den Kopf und stand auf. »Nicht zu fassen. Dabei hat Don Príamo mir erst gestern erzählt, er glaube, dass Sie langsam anfingen zu verstehen. Ihr Gespräch im Haus der Herzogin muss einen positiven Eindruck auf ihn gemacht haben. Ich dagegen vermute, dass es überhaupt keine Rolle spielt, ob Sie verstehen oder nicht. Ihnen geht es bloß um die Entlarvung dieses Hackers, oder besser um seinen Kopf … Nicht den Missstand beseitigen, sondern den, der es wagt, ihn anzuprangern – das ist es, was Sie und Ihre Vorgesetzten wol-len.«

Er schüttelte erneut den Kopf und entfernte sich mit einem letzten vernichtenden Blick in Richtung Sakristei. Auf halbem Wege blieb er stehen, als sei ihm noch etwas eingefallen:

»Vielleicht hat Matutin sich auch getäuscht«, sagte er, halb zu Quart gewandt, und seine Stimme hallte von der Kuppel wider. »Möglicherweise hat es der Heilige Vater nicht einmal verdient, seine Botschaften zu bekommen.«

Auf den abgetretenen Fliesen vor dem Altar wanderte ein ein-zelner Sonnenstrahl langsam von links nach rechts. Quart beobachtete ihn eine Weile, dann sah er zu dem bunten Glasfens-ter hinauf, durch das er einfiel. Auf dem Fenster war die Kreuz-abnahme Christi dargestellt, aber viele der bemalten Scheiben waren herausgebrochen, darunter Kopf, Rumpf und Beine des Gekreuzigten. So entstand der Eindruck, der heilige Johannes und die Muttergottes nähmen nur zwei Arme vom Kreuz ab, während der eigentliche Körper Christi sich verflüchtigt hatte. Er war nur noch an der leeren Bleifassung zu erkennen – eine Art Gespenst, dem Mutter und Jünger vergeblich hinterherweinten.

Quart stand auf und schritt langsam zum Eingang der Krypta neben dem Hochaltar. Das schmiedeeiserne Tor, hinter dem sich die Stufen der überwölbten Treppe in der Dunkelheit verloren, war abgeschlossen. Wie beim letzten Mal legte er die Hand auf den Totenkopf im Scheitel des Gewölbebogens und fühlte, wie sich die Kälte des Steins auf ihn übertrug. Die stille Kirche, die schwarzen Stufen, die modrige Luft, die von unten heraufwehte, waren ihm unheimlich, aber Quart zwang sich stehen zu bleiben und in den finsteren Abgang hinunterzustarren. »Krypta vom griechischen *krypte*, unterirdischer Gang, Gewölbe«, murmelte er vor sich hin. Mauern, die verflossene Epochen und Menschenleben bargen … vierzehn Herzöge von Nuevo Extremo und die Schattengestalt Carlota Bruners.

Quart seufzte und rieb sich das steif gewordene Handgelenk, während er sich wieder dem Hochaltar zuwandte. Das zu den Glasfenstern hereinflutende Licht ergoss sich sanft über die vergoldeten Schnitzereien, deren erhabene Teile plastisch hervortraten: das kunstvoll gearbeitete Blattwerk, die Putten, die in betender Haltung dargestellten Stifter der Kirche Gaspar Bruner de Lebrija und Gemahlin. Und im Zentrum des Retabels, zwischen den Metallrohren eines Baugerüsts mit Laufplanke gerade noch zu erkennen, die Weinende Madonna unter ihrem Baldachin. Ihre Augen blickten zum Himmel, Kapitän Xalocs Tränen-Perlen glänzten auf ihrem Gesicht und dem himmelblauen Mantel und ihr Fuß zertrat den Kopf der Schlange, derentwegen der Mensch vom Baum der Erkenntnis gegessen hatte und aus dem Paradies vertrieben worden war – so wie im griechischen Mythos der Anblick des Medusenhaupts den Wissbegierigen versteinerte, auf dass er sein schreckliches Geheimnis ewig wahre. Isis, Ceres, Astarte, Anath oder Maria – sie alle versinnbildlichten die Mutter, bei der man Zuflucht fand und Schutz vor Angst und Dunkelheit, vor der Kälte und dem Nichts. Quart staunte immer wieder über die Vielfalt von Farben und Symbolen, die das Bild der Großen Mutter quer durch die Jahrtausende und Religionen begleiteten: die Sense, die Mondsichel, auf der sie steht, ihr blaues Gewand – blau ist die Symbolfarbe des Mondes ebenso wie der Dunkelheit –, das Schwarz der Heraldik, die Erde, der Tod.

Der Sonnenstrahl auf dem Boden war eine Fliese weiter nach rechts gerückt, als sich der Agent des IOE in der Mitte des Kirchenschiffs aufstellte und den Blick über das Stuckgesims wandern ließ, das oberhalb der Baugerüste die Wände der Kirche zur Decke hin abschloss. Von dort oben hatte sich der Brocken gelöst, der dem Sekretär des Erzbischofs zum Verhängnis geworden war. Quart ging zu der betreffenden Stelle und sah hinauf: Kein Wunder, dass der Brocken Padre Urbizu erschlagen hatte – er musste mindestens zehn Kilo gewogen haben und war ihm aus zehn Metern Höhe direkt auf den Kopf gefallen. Quart rüttelte vorsichtig an dem Gerüst, aber es war fest verstrebt und wackelte nicht einmal andeutungsweise. Theoretisch wäre es denkbar gewesen, dass irgendjemand den Brocken von dort oben heruntergeworfen hatte, zwischen Laufplanke und Wand war genügend Raum, aber der Polizeibericht schloss diese Möglichkeit ja aus. Nein, es musste sich sowohl hier wie bei dem anderen Todesfall, dem des Gemeindearchitekten, der vor Augenzeugen auf dem Dach der Kirche ausgerutscht war – um Unfälle gehandelt haben; Unfälle, die sich ohne menschliches Zutun ereignet hatten und, wie Matutin und Padre Ferro wohl zu Recht behaupteten, dem Zorne Gottes zuzuschreiben waren. Oder dem Schicksal, in dem Quart eine fabelhafte Ausrede für die Streiche des launischen Uhrmachers sah, als den er sich den Lenker des Kosmos vorstellte. Manchmal stellte er sich statt eines Uhrmachers auch die Götter Rabelais', vor, schlaftrunken und täppisch, wie Heine sie beschreibt; er malte sie sich oben auf dem Olymp beim Frühstück aus, immer wieder rutschte einem von ihnen der Buttertoast aus der Hand und fiel mit der beschmierten Seite nach unten auf die Erde – und das nannte man dann blinden Zufall.

Was den Computerpiraten betraf, so war Quart sich dessen naivem Tatmotiv mittlerweile ziemlich sicher: Im Namen eines alten Priesters, der im entlegensten Winkel des großen Schachbretts seine letzte Schlacht ausfocht, appellierte er in Rom an Gerechtigkeitssinn und gesunden Menschenverstand. Wenn ihr begreift, was hier los ist, könnt ihr gar nicht anders, als Padre Ferro helfen – so lautete seine Botschaft im Klartext. Aber Óscar Lobato hatte in einem Recht: Matutin täuschte sich, wenn er glaubte, damit irgendetwas zu erreichen, denn erstens verstand man seine Botschaft in Rom nicht, und zweitens hatte Monsignore Spada den falschen Mann geschickt. Die Welt und die Ideen, an die der Hacker appellierte, waren ein für alle Mal untergegangen und deshalb waren seine Botschaften so sinnlos, wie es die Signale eines Weltraumsatelliten gewesen wären, der in der Einsamkeit des unendlichen Alls still und treu seine Bahnen zog, während sich die Erde nach einem Atomkrieg längst in einen toten Planeten verwandelt hatte.

Quart trat ein paar Schritte zurück und ließ den Blick über die kaputten Glasfenster und Baugerüste entlang der linken Wand schweifen. Als er sich wieder dem Kirchenschiff zuwandte, stand Gris Marsala hinter ihm und sah ihn an.

Der Bürgermeister der Stadt erklärte mit wenigen Worten die Ausstellung *Religiöse Kunst im barocken Sevilla* für eröffnet und die Säle des von der Kartäuser Bank gegründeten Kulturvereins hallten vom Beifall wider. Danach reichte ein Dutzend Kellner in weißen Jacken Tabletts mit Getränken und Kanapees herum, während die Gäste die Meisterwerke betrachteten, die zwanzig Tage lang im Erdgeschoss der Bank ausgestellt sein würden. Zwischen dem *Entschlafenen Christus* von Juan de Mesa – einer Leihgabe der Universität –, und Murillos *Heiligem Leander* aus der Sakristei der Kathedrale, stand Pencho Gavira, begrüßte die geladenen Herren, küsste den Damen die Hand und lächelte über das ganze Gesicht. Er trug einen erstklassig geschnittenen dunkelgrauen Anzug und der Scheitel seines geölten Haars war so perfekt wie das Weiß des Hemdkragens und der Manschetten.

»Du warst gut, Bürgermeister.«

Manolo Almanzor, der sevillanische Bürgermeister, klopfte dem Bankier dankbar auf die Schulter. Der schnurrbärtige, pummelige Mann hatte dank seines ehrlichen Gesichts zweimal hintereinander die Gunst der Wähler gewinnen können, stand nun, wenige Wochen vor Ablauf seines derzeitigen Mandats, jedoch mit einem Fuß auf der Straße. Die Aufdeckung gewisser Unregelmäßigkeiten bei öffentlichen Ausschreibungen, ein Schwager, der sich auf undurchsichtige Weise bereichert hatte, und der Umstand, dass er von drei seiner vier Sekretärinnen wegen sexueller Nötigung vor Gericht zitiert worden war, sprachen nicht gerade für seine Wiederwahl.

»Danke, Pencho. Aber das dürfte mein letzter öffentlicher Auftritt gewesen sein.«

Der Bankier lächelte ihm aufmunternd zu.

»Wart's ab. Es kommen auch wieder bessere Zeiten.«

Der Bürgermeister wackelte zweifelnd mit dem Kopf. Wenigstens würde Pencho Gavira ihm den Abschied von der Politik etwas versüßen. Für die günstige Schätzung des Grundstücks, auf dem Nuestra Señora de las Lagrimas stand, den Vorverkaufsvertrag und die Beseitigung sämtlicher Hindernisse, die Gaviras Bauprojekten in Santa Cruz im Wege standen, hatte Almanzor einen großzügigen Kredit erlassen bekommen, dank dessen er sich vor kurzem eine luxuriöse Wohnung im teuersten und exklusivsten Stadtviertel Sevillas hatte kaufen können. Kaltblütig wie ein Pokerspieler hatte der Vizepräsident der Kartäuser Bank die Sache auf den Punkt gebracht, als er ihm vor ein paar Tagen während eines Abendessens im Restaurant Becerra sein Angebot unterbreitete: Eine Hand wäscht die andere, Bürgermeister, und ein kleines Trostpflaster tut dir zur Zeit bestimmt gut.

Gavira ließ sich von einem Kellner ein Glas kalten Jérez geben und benetzte die Lippen, während seine Augen umherwanderten. Inmitten von Damen in Cocktailkleidern und Herren mit Krawatte – Letzteres verlangte Gavira ausdrücklich, wenn er zu Vernissagen, Empfängen oder ähnlichem einlud – spazierten auch Vertreter des geistlichen Standes herum, erlesene Vertreter, versteht sich. Seine Exzellenz, der Erzbischof von Sevilla, zog sich gerade mit Octavio Machuca in eine Ecke des Saals zurück, scheinbar um Eindrücke über einen Valdés Leal auszutauschen, der dort an der Wand hing: *In Ictu Oculi* war der Titel des Gemäldes, auf dem der Tod vor der Krone eines Königs, der Mitra eines Bischofs und der Tiara eines Papstes eine Kerze löschte. Gavira war sich jedoch sicher, dass die beiden über ganz andere Dinge sprachen.

»Schweinehunde«, hörte er den Bürgermeister neben sich sagen.

Manolo Almanzor meinte weder den Erzbischof noch den Bankier. Gavira sah, dass er die Gäste um sich herum beobachtete; sie kehrten ihm ostentativ den Rücken zu. Kein Wunder: In einem Monat war er weg vom Fenster, das wusste ganz Sevilla. Sein mutmaßlicher Nachfolger – übrigens ein Parteifreund – stolzierte erhobenen Hauptes durch den Saal und nahm die Glückwünsche entgegen, die ihm sozusagen als Vorschuss gewährt wurden. Gavira stieß den Bürgermeister freundschaftlich mit dem Ellbogen an:

»Komm, trink was«, sagte er und reichte ihm einen Whisky vom Tablett des Kellners. Almanzor leerte auf einen Zug das halbe Glas, während er den Bankier anblickte wie ein geprügelter Hund. Gavira wunderte sich einmal mehr darüber, wie schnell die Leute von so genannten wandelnden Leichen Abstand nahmen. Manolo Almanzor, der einst von allen umschmeichelte erste Bürger der Stadt, stank nach politischer Verwesung und wurde geächtet, weil jeder Angst hatte sich gesellschaftlich zu kompromittieren. Aber so waren die Regeln des Spiels nun mal: In den Kreisen, in denen sie beide verkehrten, gab es für Verlierer keine Gnade, bestenfalls einen Schluck Schnaps vor der Hinrichtung. Er selbst, Gavira, fuhr fort Almanzor auf Kosten der Kartäuser Bank Whisky einzuflößen und die Gemäldeausstellung hatte er ihn nicht etwa eröffnen lassen, um ihm einen Gefallen zu tun, sondern weil er ihn immer noch brauchte. Einen Moment lang fragte er sich, ob man ihm eines Tages wohl auch Schnaps anbieten würde.

»Reiß die verdammte Kirche ab, Pencho.« Der Bürgermeister stürzte grimmig sein Glas hinunter. »Bau, was du willst, und hau diese Ärsche in die Pfanne.«

Gavira nickte zerstreut; seine Gedanken waren wieder bei dem Paar, das sich vor dem Valdés Leal unterhielt. Er entschuldigte sich bei Almanzor und nahm wie zufällig Kurs auf die beiden Männer; einem lavierenden Segelschiff gleich steuerte er im Zickzack auf sie zu. Unterwegs lächelte er nach rechts und links, drückte Männerhände, küsste Frauenhände und auch die eine oder andere gepuderte Wange – korrekt und selbstsicher, von den Männern beneidet, von den Frauen bewundert, die alle auf ihn zuströmten, kaum dass er sich ein wenig vom Bürgermeister entfernt hatte. Zweimal hörte er hinter seinem Rücken Macarenas Namen flüstern, schaffte es aber, sein Lächeln davon nicht beeinträchtigen zu lassen. Er stellte sein Glas auf einem Tablett ab, rückte sich den Krawattenknoten zurecht und gesellte sich kurz darauf zu Monsignore Corvo und Don Octavio Machuca.

»Hübsches Gemälde«, sagte er.

Der Erzbischof und der Bankier betrachteten das Bild, als wäre es ihnen bisher noch gar nicht aufgefallen. Der als Skelett dargestellte Tod hatte eine Sichel in der linken Hand und einen Sarg unter dem Arm. Eine Weltkarte, ein Schwert, verschiedene Bücher und Pergamentrollen unter seinen knochigen Füßen allegorisierten das Leben, den Ruhm, die Wissenschaft und die weltlichen Genüsse, über die er triumphierte. Mit der rechten

Hand löschte er eine Kerze; die leeren Augenhöhlen seines Totenschädels starrten den Betrachter an. *In Ictu Oculi*. Gavira hatte nie Latein gelernt, aber das Gemälde war berühmt und seine Bedeutung offensichtlich: Der Tod konnte von einem Augenblick zum andern jeden ummähen.

»Hübsch?« Der Erzbischof wechselte einen viel sagenden Blick mit dem alten Machuca. Entsprechend der neuesten päpstlichen Kleidungsvorschriften, die genau festlegten, was ein Prälat bei öffentlichen Auftritten zu tragen hatte, war Aquilino Corvo in einer purpurverbrämten Soutane erschienen; auf seiner Brust glänzte das goldene Kreuz und an der Hand, die er wie immer deutlich sichtbar auf den Bauch gelegt hatte, funkelte der gelbe Edelstein seines Bischofsrings. »So kann auch bloß ein junger Mann diese schreckliche Szene nennen.« Er legte den Kopf in den Nacken und betrachtete düster die Mitra des abgebildeten Bischofs. »Sie denken natürlich noch lange nicht an den Tod, lieber Gavira. Aber unsereinem geht das Thema dieses Gemäldes ziemlich nahe, habe ich Recht, Don Octavio?«

Der alte Bankier nickte mit dem Kopf, die lauernden Adleraugen auf Gavira gerichtet. In Wahrheit war Monsignore Corvo beinahe zwanzig Jahre jünger als er, aber der sevillanische Erzbischof gab sich gerne ehrwürdig – alleine von Amts wegen schon.

»Pencho ist ein typischer Gewinner«, stellte Machuca fest. »Er hat keine Angst, dass man ihm die Kerze ausdrückt.«

Aus den halb geschlossenen Augenlidern funkelte Spott. Seine rechte Hand war in der Tasche des altmodischen Zweireihers vergraben, die linke baumelte an der Seite hinunter und war beinahe so knochig wie die Skeletthand, die auf dem Gemälde Valdés Leals die Kerze löschte. Der Erzbischof lächelte verschwörerisch.

»Wir sind alle in Gottes Hand«, sagte er in professionellem Ton.

Gavira stimmte ihm mit einem vagen Nicken zu und sah den alten Bankier an, der seinen Blick richtig deutete:

»Wir sprachen gerade über deine Kirche.«

Aquilino Corvo überhörte geflissentlich das besitzanzeigende Fürwort, was Gavira als günstiges Vorzeichen deutete. Andererseits konnte sich der Erzbischof auch wirklich nicht beklagen:

Die Entschädigung, die sein Bistum bekommen würde, konnte sich durchaus sehen lassen. Immerhin hatte die Kartäuser Bank versprochen den Bau einer neuen Kirche zu finanzieren, von der großzügigen Spende zugunsten der Zigeunerseelsorge ganz zu schweigen. Aber irgendwie musste man Pilatus ja dafür belohnen, dass er sich die Hände in Unschuld wusch.

»Bis jetzt ist es immer noch die Kirche Seiner Exzellenz«, erwiderte Gavira, der den Leuten grundsätzlich ein Hintertürchen offen ließ, durch das sie sich einigermaßen ehrenvoll zurückziehen konnten.

Monsignore Corvo bedankte sich mit einer leichten Verneigung für die aufmerksame Geste. Und weil nun schon mal die Rede auf die Kirche gekommen war, fühlte er sich zu einem offiziellen Kommentar verpflichtet:

»Schmerzlicher Konflikt«, sagte er; etwas Besseres fiel ihm dazu nicht ein.

»Aber unvermeidlich«, fügte Gavira hinzu.

Die betrübte Miene, die er dabei aufsetzte, und sein ernster Tonfall sprachen Bände: Die Sache tut uns beiden Leid, aber als erwachsene Menschen wissen wir, dass der Fortschritt gewisse Opfer verlangt. Aus den Augenwinkeln nahm er wahr, dass Octavio Machuca ein Grinsen unterdrückte; der Alte wusste, dass zu den Angeboten, die die Kartäuser Bank Seiner Exzellenz gemacht hatte, ein bislang unveröffentlichter Zeitungsbericht über fünf, sechs Zölibatsgegner unter den Priestern der Diözese Sevilla gehörte. Es handelte sich durchweg um Geistliche, die in ihren Gemeinden sehr beliebt waren; die Veröffentlichung des Artikels mit Fotos und persönlichen Stellungnahmen der Betroffenen hätte mit Sicherheit eine Welle des Protests ausgelöst. Aquilino Corvo besaß weder die Mittel noch die technische Befugnis, das Problem anzugehen, und ein Skandal zwang ihn womöglich, Maßnahmen zu ergreifen, die er hinterher bereute. Diese Priester gehörten zu seinen besten Männern. In Zeiten des Umbruchs und Priestermangels konnte sich jede vorschnelle Entscheidung als fatal herausstellen – wer garantierte ihm denn, dass der Vatikan es sich nicht von heute auf morgen anders überlegte und den Zölibat abschaffte? Jedenfalls war dem Monsignore ein Stein vom Herzen gefallen, als Gavira sich erbot den Artikel zu kaufen beziehungsweise zu blockieren. Für die katholische Kirche war aufgeschoben so gut wie aufgehoben.

Was nun Octavio Machuca betraf, so wusste er wohl von dem Bericht, nicht aber, wie es dazu gekommen war. Das wenigstens nahm Gavira an, obwohl der hinterlistige Blick des Alten langsam den Verdacht in ihm erregte, er könne es doch wissen, was nun wirklich peinlich gewesen wäre. Gavira hatte die ganze Geschichte nämlich selbst angeleiert, indem er zuerst eine Detektei mit der Erstellung des Berichts beauftragt und hinterher seine Beziehungen zur Presse hatte spielen lassen, um als Gefälligkeit gegenüber dem Erzbischof hinstellen zu können, was streng genommen reine Erpressung war.

»Seine Exzellenz hat versprochen neutral zu bleiben«, bemerkte Machuca, ohne den Blick von Gaviras Gesicht zu wenden. »Aber er erzählte mir gerade, dass das Disziplinarverfahren gegen Padre Ferro ziemlich langsam voranschreitet. Dieser Gesandte aus Rom«, seine Augenlider verengten sich zu einem schmalen Schlitz, »hat anscheinend nicht genügend Belastungsmaterial gegen ihn sammeln können.«

Monsignore Corvo hob abwehrend die Hand und wirkte etwas gereizt hinter seiner betulich-frommen Fassade. So sei es nun auch wieder nicht, mahnte er mit ernster Kanzelstimme. Der Vatikan habe Padre Lorenzo Quart nicht nach Sevilla geschickt, um gegen Don Príamo vorzugehen, sondern um für Rom Informationen einzuholen. Mit besonderem Nachdruck verwies er darauf, dass sein Erzbistum ausschließlich aufgrund innerkirchlicher Formalitäten nicht direkt in Aktion treten könne. Danach zählte er eine Reihe zweitrangiger Argumente auf: heikle Geschichte, bejahrter Priester, Disziplinschwierigkeiten … Rom stimme grundsätzlich mit ihm überein, obwohl es hier und da noch geringfügige Meinungsverschiedenheiten gebe. An diesem Punkt wich er den Augen Gaviras aus und fragte stattdessen Octavio Machuca mit einem stummen Blick, ob es ratsam wäre, fortzufahren. Da der alte Bankier jedoch eine undurchdringliche Miene beibehielt, gab der Prälat Gavira zu verstehen, dass Padre Lorenzo nicht mit der gewünschten, ähem, Eile zu Werke gehe. Er habe seine Vorgesetzten davon zwar in Kenntnis gesetzt, aber im Grunde seien ihm diesbezüglich die Hände gebunden. Somit bleibe ihm gar nichts anderes übrig, als den Stierkampf von den Rängen aus zu verfolgen, wenn der Vergleich erlaubt sei. Er hoffe sich klar ausgedrückt zu haben.

»Wollen Sie damit sagen«, fragte Gavira mit gerunzelter Stirn, »dass in nächster Zeit nicht mit Padre Ferros Versetzung zu rechnen ist?«

Diesmal hob Seine Exzellenz beide Hände, als wolle er ihm den Schlusssegen erteilen.

»Mehr oder weniger«, erwiderte er und blickte ausweichend auf Gaviras Krawatte. »Wir kriegen sie durch, daran besteht kein Zweifel. Aber eben nicht in zwei oder drei Tagen, sondern in ein, zwei Wochen.« Er räusperte sich verlegen. »Spätestens in einem Monat. Wie gesagt, das liegt nicht in meiner Hand. Obwohl Sie natürlich trotzdem meine volle Unterstützung haben.«

Gavira heftete den Blick auf das Gemälde von Valdés Leal, um nicht ausfällig zu werden. Am liebsten hätte er dem Erzbischof eins auf die Nase gegeben. Stattdessen starrte er in die leeren Augenhöhlen des Todes, zählte im Geiste bis zehn und zwang sich zu einem Lächeln. Machuca beobachtete ihn ununterbrochen:

»Das ist zu lange, nicht?«, meinte er, und obwohl er dabei eindeutig Gavira anvisierte, fühlte sich der Erzbischof angesprochen: Es täte ihm Leid, aber solange er keine Order aus Rom habe und Padre Ferro pünktlich jeden Donnerstag Messe halte, könne er nichts unternehmen.

Diesmal schaffte Gavira es nicht, seinen Ärger zu verhehlen.

»Warum haben Sie den Vatikan überhaupt eingeschaltet?«, fragte er gereizt. »Sie hätten das Problem in eigener Regie lösen sollen, als noch Zeit dazu war.«

Sein Rüffel ließ den Erzbischof erblassen.

»Kann sein. Aber wir Kleriker haben auch ein Pflichtbewusstsein, Señor Gavira. Wenn Sie erlauben.«

Corvo machte eine schroffe Verbeugung und ging mit finsterer Miene davon. Machucas Adlernase wendete sich zweimal nach rechts und links, ohne dass Gavira begriffen hätte, er sich amüsierte oder ob er sich aufregte. Klar war ihm nur, dass er einen Fehler begangen hatte. Denn alles, was nicht kurz-, mittel- oder langfristig Gewinn abwarf, war de facto ein Fehler.

»Du hast ihn in seiner klerikalen Würde verletzt«, stellte Machuca ironisch fest.

Gavira schluckte einen Fluch hinunter – zwei Fehler auf einmal waren zu viel – und bemühte sich gelassen zu erscheinen.

»Monsignore Corvos Würde hat einen Preis, wie alles. Einen Preis, den ich bezahlen kann.« Nach einem Seitenblick auf Machuca korrigierte er sich. »Den die Kartäuser Bank bezahlen kann.«

»Schon, bloß … Den Priester kannst du dir nicht wegdenken. Der ist da.« Machuca legte eine hinterhältige Pause von genau drei Sekunden ein. »Den alten Priester, meine ich.«

Er lauerte auf Gaviras Reaktion, aber der war sich dessen viel zu bewusst, um sich irgendetwas anmerken zu lassen. Gleichgültig ließ er den Blick umherschweifen, lächelte zerstreut einer hübschen Frau zu, die an ihnen vorüberging, zupfte seine Manschetten aus den Jackenärmeln, rückte sich den Krawattenknoten zurecht.

»Und so lange der da ist«, fuhr Machuca fort, »geben auch deine Schwiegermutter und Macarena nicht auf.«

Seine Sticheleien waren zwecklos. Gavira hatte sich längst wieder gefangen.

»Keine Sorge«, sagte er. »Ich kriege das schon hin.«

»Das hoffe ich. Die Zeit drängt. Wann trifft sich der Aufsichtsrat noch gleich? In einer Woche?«

Wie Gavira sie hasste, diese heimtückischen Fragen, dieses Gefühl, eine Prüfung nach der andern ablegen zu müssen.

»In acht Tagen«, sagte er. »Das wissen Sie genau.«

Machuca schüttelte langsam den Kopf.

»Herzinfarkt-Finale nennen die Betis-Fans so etwas.« Er blickte sich um, als denke er bereits an etwas anderes, aber dann wandte er sich unvermittelt wieder an Gavira: »Weißt du was, Pencho? Ich bin wirklich gespannt, wie diese Geschichte für dich ausgeht. Der Vorstand will dir an den Kragen.« Er grinste; seine blutleeren, welken Lippen erinnerten an die abgestreifte Haut einer Schlange. »Hut ab, wenn du es schaffst, dich durchzusetzen. Gelobt sei, was hart macht.«

Machuca gesellte sich zu einer Gruppe von Bekannten, die ihn zu sich gewinkt hatten, und Gavira blieb alleine vor dem Valdés Leal stehen. In seiner Nähe trieb sich ein dicklicher Typ mit Hän-

323

gebacken und Doppelkinn herum, der sich den Schulterriemen seiner Umhängetasche ums Handgelenk gewickelt hatte. Als ihre Blicke sich kreuzten, trat er auf ihn zu:

»Ich bin Honorato Bonafé von der Zeitschrift *Q+S*«, sagte er und streckte die Hand aus. »Kann ich Sie einen Augenblick sprechen?«

Gavira ignorierte seine Hand, während er sich mit gerunzelter Stirn umsah und sich fragte, wer dieses Individuum hereingelassen hatte.

»Ich möchte Ihnen nur ein paar Minuten stehlen.«

»Lassen Sie sich von meiner Sekretärin einen Termin geben«, erwiderte der Bankier kühl, drehte ihm den Rücken zu und mischte sich unter die Leute, aber zu seiner Überraschung wich Bonafé ihm nicht von der Seite. Er schürzte die Lippen und schielte ihn aus den Augenwinkeln an – unterwürfig und selbstsicher zugleich. Kümmerling, dachte Gavira und blieb endlich stehen, das war genau das richtige Wort für diesen Menschen.

»Ich schreibe an einem Artikel«, sagte Bonafé rasch, um einer zweiten Abfuhr vorzubeugen. »Über diese Kirche – Nuestra Señora de las Lagrimas.«

»Und? Was habe ich damit zu tun?«

Bonafé hob die schwammige Hand, die er ihm vorher vergeblich zum Gruße gereicht hatte.

»Na ja«, begann er in versöhnlichem Ton. »Wenn wir bedenken, dass die Kartäuser Bank ein großes Interesse daran hat, dass diese Kirche abgerissen wird … ich meine, da wäre es doch angebracht, wir unterhalten uns ein wenig … eine kurze Stellungnahme, Sie verstehen mich schon.«

Gavira sah ihn an.

»Nein«, sagte er. »Das tue ich nicht.«

Honorato Bonafé setzte ein schmieriges Lächeln auf und begann ihm mit großer Geduld auseinander zu setzen, was Sache war. Das Grundstück, auf dem Nuestra Señora de las Lagrimas stand, nun ja, bekanntlich sei sein Wert zugunsten der Kartäuser Bank gedrückt worden, dann dieser alte Pfarrer, eine etwas undurchsichtige Gestalt, der Erzbischof von Sevilla habe wohl ein Disziplinarverfahren oder so etwas Ähnliches gegen ihn eingeleitet. Die mysteriösen Todesfälle in der Kirche, das sei auch noch so ein Punkt, über den er gerne Gaviras Meinung hören wollte. Ganz zu schweigen von diesem Priester aus Rom, diesem Gesandten des Vatikans … Seine schöne Gattin, oder Exgattin, die Tochter der Herzogin von Nuevo Extremo, verstehe sich offenbar prächtig mit ihm.

Er verstummte jäh. Der Bankier war einen Schritt auf ihn zugetreten und fixierte ihn mit drohender Miene.

»Verstehen Sie mich nicht falsch«, lenkte Bonafé ein. »Ich erzähle Ihnen das nur, damit Sie sich eine Vorstellung machen können: Schlagzeilen, Titelblätter und dergleichen. Der Bericht soll nächste Woche rauskommen, aber natürlich wollen wir Sie nicht übergehen. Im Gegenteil. Das ist ja der Grund, weshalb ich hier bin.«

Der Bankier starrte ihn noch immer wortlos an. Honorato Bonafé verzog erneut den Mund, aber diesmal gefror ihm sein Lächeln auf den rosigen Lippen.

»Sie möchten also, dass ich Ihnen mein Herz ausschütte, was?«, fragte Gavira endlich.

»Ja, so könnte man es nennen.«

Gerade schlich Peregil an ihnen vorüber, und Gavira glaubte seinem Blick entnehmen zu können, dass ihn die Anwesenheit Bonafés beunruhigte. Er war nahe dran, ihn zu sich zu rufen und zu fragen, ob etwa er diesen Reporter eingelassen habe, aber dann unterließ er es doch. Für Gegenüberstellungen war das nicht der richtige Moment. Viel lieber hätte er diesen erpresserischen Dickwanst mit einem Fußtritt auf die Straße hinausbefördert.

»Und was habe ich davon, wenn ich Ihnen mein Herz ausschütte?«

Das Lächeln des Reporters taute schlagartig auf; jetzt grinste er von einem Ohr zum andern: Das ist der Ton, den ich gewöhnt bin, sagte seine freche Grimasse.

»Na, Sie kontrollieren die Information. Sie steuern Ihre eigene Version bei …« Er machte eine viel sagende Pause. »Mit einem Wort: Sie gewinnen uns für sich.«

»Und wenn ich es nicht tue?«

»Ah, dann sieht es natürlich anders aus. Ich meine … Sie würden eine einmalige Chance verpassen. Denn der Artikel erscheint natürlich so oder so.«

Jetzt war es an Gavira, ein Grinsen aufzusetzen – das gefährliche Grinsen eines Hais.

»Das hört sich ja ganz nach einer Drohung an.«

Bonafé schüttelte entsetzt den Kopf.

»Nein, um Himmels willen. Ich sage Ihnen nur, wie es ist.« Die kleinen Schweinsäuglein mit den dicken Tränensäcken funkelten gierig. »Mit Ihnen, Señor Gavira, möchte ich mit offenen Karten spielen.«

»Ach ja? Und warum ausgerechnet mit mir?«

»Hm, wie soll ich Ihnen das erklären …« Bonafé strich sich über die Falten seiner zerknitterten Jacke. »Ich würde mal sagen, weil sie bei der Öffentlichkeit gut ankommt: Junger Bankier mit revolutionären Methoden und so. Sie sind fotogen, gefallen den Frauen … Um es mal ganz krass auszudrücken: Sie verkaufen sich gut. Sie sind ›in‹, Señor Gavira. Und meine Zeitschrift könnte erheblich dazu beitragen, dass sie ›in‹ bleiben. Betrachten Sie es also als eine Art Hommage an Ihr Image.« Er hüstelte. »Was dagegen Ihre Frau betrifft …«

»Was ist mit meiner Frau?«

Gaviras Miene wurde immer düsterer, aber Bonafé schien die aufziehenden Gewitterwolken nicht zu bemerken.

»Sie ist ebenfalls fotogen«, sagte er, ohne mit der Wimper zu zucken. »Aber mit diesem Torero … na ja, wie soll ich sagen … Da läuft nichts mehr. Obwohl jetzt vielleicht dieser Priester aus Rom … Wissen Sie, wen ich meine?«

Gavira hatte in Sekundenschnelle sämtliche Pros und Contras gegeneinander abgewägt. Er brauchte eine Woche Zeit, danach war ihm alles egal.

»Ja, ja, ich verstehe schon«, erwiderte er noch immer nachdenklich. »Sagen Sie: Was würde mich diese Hommage an mein Image kosten?«

Bonafé faltete die Hände, als wolle er jeden Augenblick anfangen zu beten. Er wirkte jetzt entspannt, beinahe glücklich.

»Nun ja«, sagte er. »Ich dachte da zunächst an ein ausführliches Gespräch über diese Kirche. Einen Meinungsaustausch. Und dann … ich weiß nicht.« Er zwinkerte dem Bankier mit einem Auge zu. »Vielleicht würde es Sie ja interessieren, in die Presse zu investieren.«

In diesem Moment kam Peregil wieder vorbei und sah wie

zufällig zu ihnen herüber. Gavira fiel auch jetzt sein besorgter Gesichtsausdruck auf. Unter enormer Selbstüberwindung brachte er ein letztes Lächeln zustande, als er sich erneut dem Reporter zuwandte, aber Bonafé musste dieses Lächeln nicht besonders freundlich vorkommen, denn er blinzelte verwirrt.

»Ich investiere schon seit langem in die Presse«, sagte der Bankier. »Mit Leuten von Ihrem Schlag hatte ich es bisher allerdings noch nie zu tun.«

Bonafés Doppelkinn wabbelte wie Gelatine, als er den Kopf etwas senkte und gleichzeitig die Schultern hob: Irgendwann ist immer das erste Mal, sollte das wohl heißen. Gavira hatte selten einen schleimigeren und ekelhafteren Menschen erlebt als ihn. In Filmen werden solche widerlichen Typen für gewöhnlich umgebracht, dachte er.

»Was mich an Europa so fasziniert«, sagte Gris Marsala, »ist seine lange Geschichte. Wenn ich hier eine Landschaft betrachte, einen Ort wie diesen oder sonst irgendein altes Bauwerk, dann habe ich immer das Gefühl: Da steckt alles drin; das ist dein Rückgrat, deine Vergangenheit; das bist du.«

»Haben Sie sich deshalb so auf diese Kirche fixiert?«, fragte Quart.

»Es ist nicht nur diese Kirche.«

Sie standen neben dem Christus mit dem Echthaar und den staubigen Exvoten. Am Ende des Kirchenschiffs schimmerte der vergoldete Altaraufbau im Dämmerlicht. Durch die Metallrohrgerüste hindurch war die weinende Muttergottes zu erkennen und die Figuren des Herzogs von Nuevo Extremo und seiner Frau, die sie anbeteten.

»Vielleicht muss man Amerikaner sein, um das begreifen zu können«, fuhr Gris Marsala nach einer Weile fort. »Bei uns hat man oft ein Gefühl der Entfremdung – besonders, was die Architektur betrifft. Und dann kommt man eines Tages hierher und erlebt, was es heißt, in der Geschichte verankert zu sein. Plötzlich hat man einen ganz anderen Bezug zu seiner Umgebung, einen viel direkteren. Hier haben unsere eigenen Vorfahren Stein auf Stein gefügt und durch sie wir selbst. Ich glaube, das ist der Grund, weshalb sich so viele meiner Landsleute nach Europa hingezogen fühlen. Hier biegst du um eine Ecke, und fühlst dich auf einmal zu Hause ... stellst fest, dass du gar keine Waise bist, wie du immer gedacht hast.« Sie lächelte Quart gedankenversunken an. »Vielleicht möchte ich deshalb nicht aus Sevilla weg.«

Gris Marsala lehnte an der weiß getünchten Wand neben dem Taufbecken. Sie hatte sich das grau melierte Haar wie immer zu einem kurzen Zopf geflochten und trug auch heute ihr altes dunkelblaues Polohemd, das leicht nach Schweiß roch. Ihre Daumen steckten in den Gesäßtaschen der gipsverschmierten Jeans.

»Mich haben sie mehrmals zur Waisen gemacht«, sagte sie. »Und Waise sein heißt Sklave sein. Geschichtsbewusstsein gibt Selbstsicherheit – du weißt, wer du bist, woher du kommst, wohin du gehst. Und nicht gehst. Ohne das bist du dem Erstbesten ausgeliefert, der daherkommt und sich zu deinem Vater erklärt. Finden Sie nicht?« Gris wartete, bis sie sah, dass Quart schweigend nickte. »Wer die Freiheit liebt, muss seine Geschichte verteidigen – und zwar aktiv. Nur Engel können sich den Luxus leisten tatenlos zuzuschauen.«

Quart machte eine verständnisvolle Geste, die ihn auf nichts festlegte. In diesem Moment dachte er an den Bericht, den er aus Rom über diese Frau erhalten hatte, er lag auf dem Tisch seines Hotelzimmers, mehrere Abschnitte waren rot unterstrichen: Mit achtzehn Jahren ins Kloster eingetreten; Studium der Kunst und Architektur an der Universität Los Angeles, Fortbildungskurse in Sevilla, Madrid und Rom; glänzende Abschlussexamen; sieben Jahre Kunstdozentin, vier Jahre Rektorin eines konfessionellen Universitätscolleges in Santa Barbara; Identitätskrise mit Gesundheitsproblemen; vorläufige Befreiung vom Orden auf unbefristete Zeit; seit drei Jahren in Sevilla ansässig, wo sie ihren Lebensunterhalt mit Privatunterricht für amerikanische Kunststudenten verdiente. Laut Bericht führte Gris Marsala ein zurückgezogenes Leben und war absolut unauffällig; die anfänglichen Kontakte zu einer örtlichen Niederlassung ihres Ordens hatte sie so gut wie abreißen lassen, war bislang aber nicht endgültig aus dem Kloster ausgetreten. Sie lebte in einer Privatunterkunft. Von besonderen Kenntnissen in Informatik war nichts bekannt.

Quart sah die Nonne an. Draußen knallte mittlerweile die Sonne mit voller Kraft auf den Platz, und das Thermometer stieg von Minute zu Minute. Er war froh in der kühlen Kirche zu sein.

»Dann ist es also Ihr wiedergewonnenes Geschichtsbewusstsein, was Sie hier hält?«

»Mehr oder weniger.«

Gris Marsala lächelte traurig, während sie den getrockneten Brautstrauß mit dem militärischen Verdienstorden betrachtete, der neben vielen anderen Exvoten – Beinen, Armen, Kinderfiguren aus Blech oder Wachs – an der Wand hinter dem Christus hing. Im einfallenden Sonnenlicht wirkten ihre blauen Augen noch heller als sonst, aber ihr Ausdruck war hart.

»Die Futuristen«, sagte sie nach längerem Schweigen, »schlugen seinerzeit vor Venedig in die Luft zu sprengen, um ein überkommenes Modell zu zerstören. Was damals nicht mehr als ein snobistisches Paradox war, ist inzwischen gang und gäbe – in der Architektur, in der Literatur … und in der Theologie. Städte bombardieren und dem Erdboden gleichmachen ist nur eine von vielen Erscheinungsformen dieser destruktiven Gesinnung – die extremste, schnellste und brutalste Art mit dem Problem fertig zu werden.« Sie schüttelte seufzend den Kopf. »Es gibt auch subtilere Methoden.«

»Sie und Ihre Freunde können sich nicht gegen den Rest der Welt durchsetzen«, sagte Quart sanft.

»Ich und meine Freunde?« Die Nonne sah ihn verwundert an. »Wir sind kein Clan, Padre Quart, auch keine Sekte, sondern lediglich ein paar Leute, die sich mehr oder weniger zufällig zusammengefunden haben, um für den Erhalt dieser Kirche zu kämpfen. Jeder von uns hat seine persönlichen Gründe.« Sie schüttelte den Kopf, als müsse das doch sonnenklar sein. »Padre Óscar beispielsweise ist ein junger Mann, der hier seine Lebensaufgabe entdeckt hat; eine Sache, der er sich mit Haut und Haar widmen kann; genauso gut hätte er sich in eine Frau verlieben oder der Theologie der Befreiung verschreiben können. Was dagegen Don Príamo betrifft … er erinnert mich immer an die Hauptfigur dieses wundervollen Romans von Ramón Sender: *Lope de Aguirre*. Sie kennen ihn bestimmt: diesen rebellischen kleinen Konquistador, der selbst bei größter Hitze immer in voller Rüstung herumläuft, weil er keinem über den Weg traut. Er führt eine Art persönlichen Kleinkrieg gegen seinen fernen, undankbaren König – genau wie unser Pfarrer! Tja, und auf Typen wie Aguirre und Padre Ferro haben die Könige schon immer ihre Häscher losgelassen … Häscher wie Sie, die den Befehl haben sie festzunehmen oder von der Bildfläche verschwinden zu lassen.« Gris Marsala seufzte. »Traurig, aber wahr.«

»Was ist mit Macarena?«

Die Amerikanerin sah Quart mit hochgezogenen Augenbrauen an, als sie diesen Namen hörte, aber er hielt ihrem Blick gelassen stand.

»Macarena verteidigt ihre eigene Geschichte«, sagte die Nonne schließlich. »Die ein oder andere Erinnerung, die Truhe ihrer Großtante, die Bücher, die sie als Kind geprägt haben. Sie selbst nennt es manchmal scherzhaft das ›Buddenbrook-Syndrom‹: dieses Bewusstsein einer untergehenden Welt und die Versuchung sich mit Emporkömmlingen zu verbünden, um zu überleben. Die Verzweiflung der Intelligenten.«

»Erzählen Sie mir mehr über sie.«

»Was soll ich Ihnen noch groß erzählen? Es liegt doch alles auf der Hand.« Gris Marsala sah durch das offene Portal auf den sonnenüberfluteten Platz hinaus. »Sie hat eine Welt geerbt, die nicht mehr existiert, das ist alles. Macarena ist auch Waise, eine Schiffbrüchige, die sich an ein Stück Treibholz klammert.«

»Und was für eine Rolle spiele ich in dem Ganzen?«

Quart fühlte sich unwohl, kaum dass ihm die Frage herausgerutscht war, aber die Restauratorin schien es nicht zu bemerken. Er sah, dass sie nur leicht mit der Schulter zuckte.

»Weiß nicht … In gewisser Weise hat man Sie zum Zeugen erwählt.« Sie dachte ein paar Sekunden nach. »Hier sind alle so einsam, dass jemand hermusste, der sie wenigstens zur Kenntnis nimmt, sozusagen Buch über sie führt. Ich denke, man hofft auf Ihr Verständnis, oder besser das Ihrer Vorgesetzten. Genau wie sich Aguirre im Grunde danach sehnte, von seinem König verstanden zu werden.«

»Gilt das auch für Macarena?«

Diesmal antwortete Gris Marsala ihm nicht gleich. Eine Weile betrachtete sie nur die verkrusteten Wunden auf seinen Fingerknöcheln.

»Sie gefallen ihr«, stellte sie endlich in völlig nüchternem Ton fest. »Als Mann, meine ich. Und das wundert mich nicht. Ich weiß nicht, ob Sie sich dessen bewusst sind, aber Ihre Anwesenheit in Sevilla gibt allem eine ganz besondere Note. Ich vermute, Macarena möchte Sie auf ihre Weise verführen.« Gris lächelte spitzbübisch. »Natürlich nicht in physischem Sinne.«

»Stört Sie das?«

Die Restauratorin warf ihm einen gelangweilten Blick zu:

»Warum sollte mich das stören? Ich bin nicht lesbisch, Padre Quart, für den Fall, dass Sie das andeuten wollten.« Gris Marsala lachte kurz auf und lehnte sich lässig an die alte Eichentür. Quart musste einmal mehr zugeben, dass sie trotz ihrer grauen Haare und der Fältchen in den Augenwinkeln wie ein junges Mädchen wirkte – schlank und rank, besonders in den hautengen Jeans und mit diesen weißen Turnschuhen. »Was dagegen die Männer im Allgemeinen und attraktive Priester im Besonderen betrifft: Ich bin sechsundvierzig Jahre alt und Jungfrau; sowohl von Berufs wegen, als auch aus Überzeugung.«

Quart sah über ihre Schulter hinweg verlegen auf den Platz hinaus.

»Was für Probleme hat Macarena mit ihrem Mann?«

»Na, sie liebt ihn«, erwiderte Gris fast ein wenig überrascht, als bedürfe das eigentlich gar keiner Erklärung. Dann breitete sich allmählich ein ironisches Lächeln auf ihren Lippen aus. »Machen Sie nicht so ein Gesicht, Padre. Man merkt, dass Sie Beichtstühle selten von innen sehen. Sie haben keine Ahnung von Frauen.«

Quart trat ins Freie hinaus und hatte in seiner schwarzen Jacke das Gefühl, die Sonne falle ihm wie eine bleierne Decke auf die Schultern. Gris Marsala folgte ihm, während er im Bogen um einen Sand- und Kieshaufen herumging. Vor der Betonmischmaschine blieb er stehen, ließ den Blick zu dem eingerüsteten Giebelturm der Kirche hinaufwandern und dann wieder abwärts bis zu der geköpften Madonna über dem Portal.

»Ich würde mir gerne mal Ihre Wohnung ansehen, Schwester Marsala.«

Die Schritte im Kies verstummten.

»Sie verblüffen mich.«

»Das glaube ich nicht.«

331

Schweigen. Als Quart sich nach der Amerikanerin umdrehte, sah sie ihn halb belustigt, halb verärgert an.

»Ich hasse dieses ›Schwester Marsala‹. Oder ist das bloß ein Trick, um Ihrem Gesuch einen offiziellen Anstrich zu geben?« Gris zog spöttisch die Augenbrauen hoch. »Sie möchten also die Wohnung einer allein lebenden Nonne besichtigen ... Was wird man über Sie denken? Monsignore Corvo, beispielsweise, oder Ihre Chefs in Rom. Haben Sie davor keine Angst?« Gris klatschte theatralisch in die Hände, als gehe ihr plötzlich ein Licht auf. »Aber nein, wie konnte ich das vergessen! Die erfahren ja bloß, was Sie ihnen auftischen.«

Quart überlegte sich einen Moment, ob er die Stirn runzeln oder lachen sollte. Er lachte.

»Das war nur ein Vorschlag«, sagte er. »Eine Idee. Ich bin dabei, ein Puzzle zusammenzusetzen ...« Er sah erneut zu dem flachen Giebelturm hinauf, zu der verstümmelten Muttergottes. »Ich glaube, es würde mir weiterhelfen, wenn ich sehe, wie Sie leben.«

Jetzt blickte er der Frau direkt in die Augen und Gris Marsala merkte, dass er es ehrlich meinte.

»Verstehe schon. Sie suchen nach Spuren des Verbrechens, stimmt's?«

Quart nickte.

»Computer, Modems und ähnlichem Kram.«

»Genau.«

»Und wenn ich mich weigere, brechen Sie dann ein wie bei Don Príamo?«

»Woher wissen Sie denn das schon wieder?«

»Von Padre Óscar.«

Hier zirkulieren zu viel Informationen, dachte Quart irritiert. In diesem seltsamen Club erzählte jeder jedem alles; er war der Einzige, der diesen Leuten ihre Auskünfte wie Würmer aus der Nase ziehen musste. Er fühlte sich auf einmal sehr müde. Die Sonne stach ihm erbarmungslos auf Kopf und Schulter; am liebsten hätte er seinen steifen Priesterkragen herausgerissen und die Jacke ausgezogen. Aber er tat nichts dergleichen, blieb mit der Hand in der Hosentasche stehen und sah Gris Marsala abwartend an.

Die Amerikanerin ging langsam um die Betonmischmaschine

herum; dabei ließ sie ihre Finger über deren Rand gleiten und linste in den runden Behälter, als sei ihr etwas hineingefallen. Ein nachdenkliches Lächeln spielte um ihre Lippen.

»Warum eigentlich nicht?«, sagte sie endlich. »Ich lebe jetzt seit drei Jahren in dieser Wohnung und hatte noch nie einen Mann zu Gast. Aber vielleicht sollte ich mal ausprobieren, was das für ein Gefühl ist.« Sie ließ ihren Blick abschätzend an Quart hinabgleiten und schnitt eine Grimasse. »Hoffentlich falle ich nicht über sie her, kaum dass wir die Tür hinter uns geschlossen haben … Wie würden Sie reagieren? Sich zur Wehr setzen wie die Märtyrerin Maria Goretti? Oder hätte ich eine Chance bei Ihnen?« Sie machte mit dem Zeigefinger eine kreisende Bewegung um die Krähenfüße in ihren Augenwinkeln und fuhr sich dann mit der Fingerspitze über die Nase hinunter zum Mund. »Nein, ich fürchte, in meinem Alter bringt man keinen Zölibat mehr in Gefahr. Wissen Sie, dass es für eine Frau ganz schön hart ist, das einsehen zu müssen?« Das blendende Sonnenlicht verengte die Pupillen ihrer stahlblauen Augen zu winzigen Pünktchen. »Und für eine Nonne ganz besonders.«

»Machen Sie es sich bequem«, sagte Gris Marsala.

Das war ironisch gemeint, denn die spartanische Einrichtung ihres kleinen Wohnzimmers bot wahrhaftig kaum Gelegenheit, es sich bequem zu machen. Das Zimmer hatte einen schmalen Balkon, der zwei Stockwerke über der Straße auf die Calle San José hinausging; bunte Blumentöpfe schmückten ihn, ein Schatten spendendes Rollo aus Esparto-Gras war herabgelassen und übers Geländer gehängt. Sie hatten nur zehn Minute gebraucht, um von Nuestra Señora de las Lagrimas zu Fuß hierher zu kommen, zehn Minuten durch glühend heiße Gassen, die bis in den letzten Winkel von der Sonne ausgeleuchtet wurden. Hitze, weiß gekalkte Wände und Licht in allen Schattierungen, das war Sevilla, wie Quart wieder einmal zu Bewusstsein gekommen war, während er mit Gris Marsala im Zickzack von Schatten zu Schatten eilte – ähnlich wie damals in Sarajewo mit Monsignore Pavelic, nur dass sie da nicht der Sonne ausgewichen waren, sondern Heckenschützen, die aus dem Hinterhalt auf alles schossen, was sich bewegte.

Jetzt stand er in Gris Marsala Wohnzimmer, verstaute seine

Sonnenbrille in der Jackeninnentasche und schaute sich um. Das Zimmer glänzte förmlich vor Sauberkeit und war perfekt aufgeräumt. Es gab ein stoffbezogenes Sofa mit Häkeldeckchen auf Rücken- und Armlehnen, einen Fernseher, ein kleines Regal mit Büchern und Musikkassetten, einen Schreibtisch mit Kartonmappen, Papierstößen und Keramikbechern, in denen Bleistifte und Kulis steckten. Und es gab einen Computer. Quart spürte den Blick der Frau im Rücken, als er auf ihn zuging: ein 486er PC mit Drucker. Genug für Matutin, nur dass kein Modem dabei war, das ans Telefon hätte angeschlossen werden können. Davon abgesehen befand sich der Telefonapparat am andern Ende des Zimmers und war außerdem ein altes, direkt an die Wand geschraubtes Modell – kurz gesagt: inkompatibel.

Als Nächstes nahm Quart sich das Regal vor. Bei den Kassetten handelte es sich zum größten Teil um Barockmusik, aber es war auch viel Flamenco dabei, sowohl klassischer als auch moderner. Die Bücher befassten sich fast alle mit Kunstgeschichte und Restauration, das meiste war Fachliteratur. Zwei von ihnen – *Die sevillanische Barockarchitektur* von Sancho Corbacho und der *Kunstführer Sevilla und seine Umgebung* – steckten voll mit handbeschriebenen Zettelchen. Das einzige religiöse Buch war eine wertvolle, ledergebundene Bibel, die sehr abgegriffen wirkte. An der Wand neben dem Regal hing ein gerahmtes Plakat – die Reproduktion eines alten Ölgemäldes. Quart las seine Unterschrift: *Das Schachspiel* von Pieter van Huys.

»Schuldig oder unschuldig?«, fragte Gris Marsala hinter seinem Rücken.

»Für den Moment unschuldig«, erwiderte er. »Aus Mangel an Beweisen.«

Quart hörte sie lachen, während er sich – ebenfalls lächelnd – nach ihr umdrehte. Dabei fiel sein Blick auf den Spiegel an der gegenüberliegenden Wand, ein sehr schöner, antiker Spiegel mit dunklem Holzrahmen. Er stach auffällig von der bescheidenen Einrichtung ab und musste sehr teuer gewesen sein.

Die Nonne folgte seinem Blick.

»Gefällt er ihnen?«

»Sehr.«

»Ich habe mehrere Monate lang Mortadella und Toastbrot gegessen, um ihn kaufen zu können.« Sie betrachtete kurz ihr

Spiegelbild und zuckte mit der Schulter. Dann ging sie in die Küche und kam mit zwei Gläsern Wasser zurück.

»Was hat er Besonderes an sich?«, fragte Quart, indem er sein leeres Glas auf dem Schreibtisch abstellte.

»Wer? Der Spiegel?« Gris Marsala zögerte einen Moment. »Sie können ihn als eine Art persönliche Revanche betrachten. Ein Symbol. Er ist der einzige Luxus, den ich mir geleistet habe, seit ich in Sevilla lebe.« Sie sah Quart mit einem verschmitzten Grinsen an. »Das und dass ich einen Mann in meine Wohnung gelassen habe.« Sie legte den Kopf schief. »Das sind doch eigentlich nicht viele Schwächen, oder? Für drei Jahre.«

»Aber Sie sind nicht über mich hergefallen«, sagte Quart. »Ihre Selbstkontrolle funktioniert gut.«

»Tja, wir alten Nonnen sind harte Knochen.«

Sie seufzte übertrieben tief und stimmte dann in das Lachen des Priesters ein. Noch immer lächelnd griff sie nach den leeren Gläsern und brachte sie in die Küche. Man hörte, dass sie den Wasserhahn aufdrehte, kurz darauf kam sie zurück. Während sie sich die nassen Hände an ihrem Polohemd abtrocknete, ließ sie nachdenklich den Blick durchs Zimmer wandern, um ihn schließlich auf Quart zu heften.

»In meinem Orden bringen sie schon den Novizinnen bei, dass Spiegel in der Zelle einer Nonne nichts verloren haben«, sagte sie. »Laut Vorschrift sollst du dein Abbild im Rosenkranz und im Gebetbuch suchen. Du hast keinerlei persönlichen Besitz, du bekommst alles von der Gemeinschaft zugeteilt: Kleider, Unterwäsche, sogar die Binden, die du einmal im Monat brauchst. Deinem Seelenheil zuliebe, musst du dich selbst als Individuum völlig aufgeben.«

Gris Marsala verstummte, als sei damit alles gesagt, was sie sagen wollte. Sie ging zum Fenster und zog das Rollo ein Stück hoch. Das hereinflutende Licht schmerzte Quart in den Augen.

»Ich habe die Regeln meines Ordens immer treu befolgt«, fuhr die Nonnen fort. »Auch hier in Sevilla … von diesem kleinen Verstoß gegen das Armutsgelübde einmal abgesehen.« Sie trat vor den Spiegel und betrachtete lange ihr Gesicht. »Vor ein paar Jahren hatte ich Probleme. Das wissen Sie, nicht? Macarena hat mir gesagt, Sie habe es Ihnen erzählt. Probleme, die mehr psychischer als körperlicher Natur waren. Ich war damals Rektorin eines Universitätscolleges in Santa Barbara. Obwohl ich mit dem Bischof meiner Diözese ausschließlich beruflichen Kontakt hatte, habe ich mich irgendwann in ihn verliebt – zumindest glaubte ich das, was aufs selbe herauskommt … Eines Tages ertappe ich mich dabei, wie ich vor dem Spiegel stehe und mir mit meinen vierzig Jahren die Augen schminke, weil sein Besuch angesagt ist – da ist mir die Sicherung durchgebrannt.« Sie starrte auf die Narbe an ihrem Handgelenk und zeigte sie Quart im Spiegel. »Es war kein Selbstmordversuch, wie meine Mitschwestern dachten, sondern ein Anfall von Wut. Von Verzweiflung … Als ich aus dem Krankenhaus kam und meine Priorin um Rat bat, fiel ihr nichts Besseres ein, als mir Gebete, Disziplin und das Beispiel der heiligen Therese von Lisieux ans Herz zu legen.«

Sie schwieg eine Weile und rieb sich das Handgelenk, als wolle sie die Narbe fortwischen.

»Erinnern Sie sich an die Geschichte der heiligen Therese, Padre?« Quart nickte stumm. »Die Ärmste litt an Tuberkulose und beharrte trotzdem darauf, in ihrer eiskalten Zelle zu schlafen; nicht einmal eine wärmere Decke für die ärgsten Winternächte wollte sie haben. Mit größter Demut ertrug sie die Schmerzen ihrer Krankheit. Und schließlich hat der liebe Gott sie für ihre Qualen belohnt, indem er sie mit vierundzwanzig Jahren zu sich nahm!«

Gris Marsala lachte still in sich hinein; ihr Gesicht war mit winzigen Fältchen übersät, während sie die Augen zusammenkniff, als betrachte sie einen Punkt in weiter Ferne. Das muss einmal eine sehr attraktive Frau gewesen sein, dachte Quart. In gewisser Weise war sie es ja noch immer. Er fragte sich, wie viele Ordensleute, egal ob Männer oder Frauen, wohl den Mut gehabt hätten, zu tun, was sie getan hatte.

Gris Marsala ließ sich auf dem Sofa nieder. Quart lehnte mit offener Jacke, die Hände in den Hosentaschen, am Bücherregal und sah sie an.

»Haben Sie je einen Nonnenfriedhof gesehen, Padre?«, fragte sie ihn plötzlich mit einem bitteren Lächeln. »Lange Reihen winziger Grabsteine, die alle gleich aussehen. Und in jedem Stein eingemeißelt der Name, den die Frauen im Kloster angenommen haben – nicht der Mädchenname. Ihre Zugehörigkeit zum

Orden ist das Einzige, was vor Gott zählt, der Rest ist unwichtig. Etwas Traurigeres als diese Gräber kann ich mir kaum vorstellen – höchstens noch Soldatenfriedhöfe mit tausenden von Kreuzen, auf denen nur das Wort ›unbekannt‹ steht. Mir vermitteln sie ein Gefühl immenser Einsamkeit. Und dann die große Quizfrage: Wozu das alles?«

Sie spielte mit einem der Häkeldeckchen, die auf den Armlehnen des Sofas lagen, und wirkte plötzlich sehr schutzlos, weit entfernt von der Selbstsicherheit, die sie sonst mit jedem Wort und jeder Geste zum Ausdruck brachte. Quart verspürte den Drang, sich neben sie zu setzen und sie zu trösten, aber Mitleid war eine Regung, die er sich nicht leisten durfte. Für ihn mussten taktische Erwägungen den Vorrang haben. Vielleicht würde sich ja nie wieder eine so günstige Gelegenheit bieten, die dunklen Seiten Gris Marsalas auszuleuchten.

»So sieht es die Ordensregel eben vor«, sagte er, einen extrem vorsichtigen Ton anschlagend, und kam sich dabei vor wie ein Angler, der seine Leine einholt – behutsam, damit der Fisch nicht erschrickt und sich losreißt. »Das wussten Sie doch sicher, als Sie Ihr Gelübde abgeleistet haben.«

Die Nonne sah ihn an, als habe er in einer fremden Sprache zu ihr gesprochen.

»Als ich mein Gelübde abgelegt habe, hatte ich keine Ahnung, was Repression, Intoleranz und Unverständnis konkret bedeuten.« Sie schüttelte den Kopf. »Dabei stellt genau das die wahre Regel im Kloster dar … Es ist wie in Orwells *1984*: Man fühlt sich ständig vom Auge der Großen Schwester beobachtet. Je jünger und hübscher man ist, desto schlimmer. Klatsch, Cliquen, Günstlingswirtschaft, Eifersuchtsdramen, Neid … Es gibt ein altes Sprichwort über die Nonnen: Sie kommen zusammen, ohne sich zu kennen, sie leben unter einem Dach, ohne sich zu mögen, und sie sterben, ohne sich zu beweinen. Sollte ich eines Tages aufhören, an Gott zu glauben, so hoffe ich, dass mir wenigstens der Glauben ans Jüngste Gericht bleibt. Wie gerne würde ich dort einige meiner Mitschwestern und alle meine Oberinnen wieder treffen!«

»Warum sind Sie überhaupt ins Kloster eingetreten?«

»Das artet ja immer mehr zu einer Generalbeichte aus. Ich habe Sie nicht hierher gebracht, um mein Gewissen zu erleichtern … Warum sind Sie Priester geworden? Die alte Geschichte vom autoritären Vater und der aufopfernden Mutter?«

Quart schüttelte den Kopf. Darauf hatte er wahrhaftig nicht hinausgewollt.

»Mein Vater starb, als ich wenige Jahre alt war.«

»Aha. Noch so ein Fall von ödipaler Projektion, wie dieses alte Ferkel von Freud gesagt hätte.«

»Das glaube ich nicht. Eine Zeit lang spielte ich auch mit dem Gedanken zur Armee zu gehen.«

»Wie literarisch. *Rot und Schwarz.*« Gris Marsala hatte sich zerstreut das Häkeldeckchen auf die Knie gelegt und faltete es ein ums andere Mal. »Mein Vater war eifersüchtig und dominant. Ich hatte ständig Angst ihn zu enttäuschen. Mittlerweile weiß ich aus Erfahrung, dass viele Nonnen – besonders solche, die einmal hübsch waren – nicht aus echter Berufung ins Kloster eingetreten sind, sondern aus Furcht vor den Männern. Weil sie jahrelang von ihren Vätern eingetrichtert bekamen: Die Männer sind schlecht, die wollen immer nur das eine. Ich selbst bin auch so erzogen worden. Von kleinauf bekam ich beigebracht mich vor dem andern Geschlecht in Acht zu nehmen, niemals die Kontrolle über mich zu verlieren. Sie würden sich wundern, wenn Sie wüssten, wie viele Nonnen sexuelle Phantasien zum Thema die Schöne und das Biest haben.«

Quart und Gris Marsala sahen sich lange an, ohne dass weitere Worte nötig gewesen wären. Nun schwang jenes angenehme Gefühl der Zusammengehörigkeit zwischen ihnen, das zölibatär Lebende empfinden, wenn sie einander innerlich begegnen. Jene schmerzhafte Solidarität verwandter Seelen, die sich auf dem Schlachtfeld der Welt wieder erkennen. Eine Kameradschaftlichkeit, die auf Ritualen beruht, auf Intuition und Einfühlung, auf Gruppeninstinkt und nachfühlbarer Einsamkeit. Auf geteilter Einsamkeit.

»Was kann eine Nonne tun«, fuhr Gris Marsala fort, »die mit vierzig Jahren feststellt, dass sie innerlich das kleine, von seinem Vater beherrschte Mädchen geblieben ist? Ein armseliges Geschöpf, das bloß um es dem Papa recht zu machen und ja keine Sünde zu begehen, die größte aller Sünde begangen hat: die nämlich, nie ein eigenes Leben geführt zu haben. Hat sie richtig gehandelt oder verantwortungslos und dumm, als sie mit achtzehn Jahren der irdischen Liebe entsagte und allem, was damit zusammenhängt – Vertrauen, Hingabe, Sexualität …?« Sie sah Quart an, als erwarte sie sich tatsächlich eine Antwort von ihm. »Was tun, wenn sich einem diese Überlegungen so spät aufdrängen wie mir?«

»Ich weiß es nicht«, gestand er ihr in freundschaftlichem Ton. »Ich bin nur ein geistlicher Fußsoldat, der bei weitem nicht für alles eine Lösung parat hat.« Sein Blick schweifte durchs Zimmer, über die bescheidenen Möbel und den Computer, und kehrte dann zu ihr zurück. »Vielleicht einen Spiegel zertrümmern und sich danach einen neuen kaufen«, erwiderte er lächelnd. »Dazu braucht es sehr viel Mut.«

Gris Marsala schwieg lange, während sie langsam das Häkeldeckchen auseinander faltete und es sorgfältig auf die Armlehne des Sofas legte.

»Kann sein«, entgegnete sie endlich. »Aber das Gesicht, das einem dann entgegenblickt, ist nicht mehr dasselbe.« Aus ihren Augen sprach die Ironie der Verzweiflung. »Weniges ist so tragisch im Leben wie eine verspätete Einsicht.«

Sie erwarteten ihn pünktlich in der Bar Casa Cuesta. Wie eine Bande reumütiger Lausbuben saßen sie um den Tisch, auf dem eine Flasche Jérez stand; hinter ihnen das alte Plakat der Dampfschiffverbindung Sevilla – San Lúcar-Mar.

»Ihr seid eine Katastrophe«, sagte Celestino Peregil. »Wegen euch stehe ich jetzt da wie der letzte Trottel.«

Don Ibrahim starrte auf die Asche seiner Zigarre und fuhr sich mit gerunzelter Stirn über den versengten Schnurrbart, während Peregil ihnen die Leviten las. El Potro del Mantelete, der neben ihm saß, stierte auf die Tischplatte, als fixiere er einen Punkt zwischen seiner linken, noch immer mit Mullbinde umwickelten Hand und dem feuchten Abdruck des Glases, das er in diesem Moment zum Mund führte. La Niña Puñales schien als Einzige von den dreien nicht unter der dicken Luft zu leiden. Ihre schwarzen Zigeuneraugen betrachteten zerstreut ein vergilbtes Stierkampfplakat – *Plaza de Toros de Linares, 1947, Gitanillo de Triana, Dominguín y Manolete*. Sie hatte sich Lippen und Fingernägel wie immer blutrot angemalt; die silbernen Armreifen an ihren ausgemergelten, braunen Handgelenken klimperten jedes

Mal, wenn sie nach ihrem Glas oder der Sherry-Flasche griff, die sie alleine zur Hälfte geleert hatte.

»Wie konnte ich auch so blöd sein euch diesen Auftrag zu geben«, schnaubte Peregil.

Er kochte vor Wut und sah total ramponiert aus: Sein Krawattenknoten hing schief, Haut und Glatze glänzten fettig, die kunstvolle Sprayfrisur war zerstört. Vor weniger als einer Stunde hatte Pencho Gavira ihn regelrecht zur Sau gemacht. Idiot, ich will endlich Resultate sehen. Dafür bezahle ich dich. Seit einer Woche laberst du bloß rum. Sechs Millionen habe ich dir hingeblättert, und nichts ist geschehen. Im Gegenteil, jetzt mischt sich auch noch dieser dämliche Reporter ein, dieser Bonafé oder wie er heißt. Was den betrifft, habe ich überhaupt noch ein Hühnchen mit dir zu rupfen. Gelegentlich flüsterst du mir mal, was du mit dem zu tun hast, lieber Peregil. Haarklein flüsterst du mir das; die Sache riecht mir nämlich ziemlich faul. Und den Rest bringst du mir bis Mittwoch ins Reine, verstanden? Bis Mittwoch! Am Donnerstag will ich kein Schwein mehr in der Kirche sehen. Andernfalls schaffst du mir die sechs Millionen wieder her, und zwar bis auf den letzten Céntimo, ist das klar? Schwachkopf. Niete.

»Ich habe es dir ja gleich gesagt: Pfaffen sind wie schwarze Katzen – die bringen Unglück«, stellte Don Ibrahim fest.

Peregil sah ihn scharf an:

»Die Einzigen, die hier Unglück bringen, seid ihr.«

El Potro senkte beschämt den Kopf, wie früher nach einer Verwarnung des Ringrichters oder wenn er in einer Stierkampfarena das Buhkonzert des Publikums über sich ergehen lassen musste.

»Das mit dem Benzin«, sagte La Niña, »war eine Warnung des Himmels. Die Flammen des Fegefeuers.«

Sie betrachtete immer noch gedankenverloren die Ankündigung des Toreros Manolete; es war sein letzter Kampf gewesen. Auf ihren Armreifen spazierte eine Fliege, die sich vorher an den Weinrändern auf dem Tisch gütlich getan hatte. Don Ibrahim streifte mit einem zärtlichen Blick ihr zigeunerhaftes Profil – über den roten Lippen und in den Augenwinkeln sprang die Schminke von ihrer faltigen Haut ab – und wieder einmal empfand er die drückende Last der Verantwortung. El Potro hob den

Kopf und sah ihn treuherzig an. Bestimmt hatte er Peregils gehässige Bemerkung mittlerweile verbucht und wartete nun auf ein Zeichen, wie darauf zu reagieren sei. Der Kubaner beruhigte ihn mit einem kurzen Nicken, worauf er sich mit melancholischer Miene in den Anblick seines Panamahuts versenkte; er hing neben dem Stock María Bonitas an der Lehne eines leeren Stuhls. Was mag in Odysseus vorgegangen sein, fragte er sich in einer Anwandlung antiker Trauer, als er nachts auf der Kommandobrücke stand, vor dem Schiff das Brüllen der Wellen, die sich an den Felsen brachen, der »Charybde Geheul«, unter ihm seine Mannschaft, die vertrauensvoll zu ihm emporblickte? Hätten sie in seinen Gedanken lesen können, die Seemänner, sie wären wahrscheinlich allesamt über Bord gesprungen. Und Don Ibrahim als Erster.

»Eine Warnung des Himmels«, seufzte er, La Niñas These unterstützend – aus Respekt und weil ihm nichts Besseres einfiel. Dabei gab er sich Mühe seinem Gesicht den entsprechenden homerischen Ernst zu verleihen. »Wo höhere Gewalt im Spiel ist, sind wir Menschen machtlos.«

»Das sage ich auch«, nickte La Niña.

Peregil brachte mit einer Salve von Flüchen zum Ausdruck, was er von himmlischen Warnungen hielt; die Flüche waren so originell und so blasphemisch, dass der Kellner, der hinter dem Tresen Gläser abtrocknete, interessiert den Kopf hob.

»Soll das heißen«, fragte Peregil, als er wieder zu Atem gekommen war, »dass ihr kneift?«

Don Ibrahim legte sich in einer unerhört würdevollen Geste die Hand mit dem Goldring auf die Brust. Dabei brach endlich die Asche seiner Zigarre ab und fiel ihm auf die weiße Weste.

»Hier kneift niemand.«

»Niemand«, echote El Potro, der im Geiste einen Boxring vor sich sah.

»Dann lasst euch aber schnell was einfallen«, sagte Peregil. »Die Zeit ist fast um. Nächsten Donnerstag darf in der Kirche auf keinen Fall Messe gehalten werden.«

Der ehemalige Winkeladvokat hob die Hand:

»Ich glaube«, sagte er, »wir sollten zunächst einmal zwischen Verpackung und Inhalt unterscheiden. Erstere – und damit meine ich die Kirche – lassen wir aus Gewissensgründen unan-

341

getastet; immerhin handelt es sich um eine heilige Stätte. Nichts spricht jedoch dagegen, dass wir uns etwas näher mit dem Inhalt beschäftigen, mit dem menschlichen Material.« Er zog an seiner Havanna und sah ihren Rauchkringeln nach. »Ich spreche von dem Pfaffen.«

»Von welchem? Davon gibt es drei.«

»Von dem Gemeindepfarrer.« Don Ibrahim schmunzelte vertraulich. »La Niña hat sich in der Nachbarschaft und unter den Kirchgängern ein bisschen umgehört … Am Dienstag, also morgen, reist der junge Vikar ab. Das heißt, dass der Alte alleine zurückbleibt – hilflos der Gefahr ausgeliefert.« Seine traurigen, rot geäderten Augen, die seit dem Unfall mit der Benzinflasche wimpernlos waren, richteten sich auf den Leibwächter Pencho Gaviras. »Kannst du mir folgen, Freund Peregil?«

»Ja, ich kann dir folgen.« Peregil beugte sich interessiert vor. »Wohin ist mir allerdings ein Rätsel.«

»Du, oder wer auch immer, will, dass am Donnerstag keine Messe stattfindet. Richtig?«

»Richtig.«

»Für eine Messe braucht es einen Priester, oder anders herum ausgedrückt: Ohne Priester keine Messe.«

»Klar. Aber neulich habt ihr mir gesagt, es gehe gegen euer Gewissen, dem Alten ein Bein zu brechen. Soll ich dir was sagen? Auf euer Gewissen scheiße ich langsam.«

»So weit brauchen wir gar nicht zu gehen.« Der Kubaner ließ seinen Blick durchs Lokal schweifen, dann über El Potro und La Niña, um mit gesenkter Stimme fortzufahren: »Stell dir mal vor, der Schwarzrock, oder besser gesagt dieser ehrwürdige Diener Gottes, verschwindet für zwei, drei Tage von der Bildfläche – aber ohne körperlich Schaden zu nehmen.«

Peregils Augen leuchteten hoffnungsvoll auf.

»Und das könntet ihr hinkriegen?«

»Selbstverständlich.« Don Ibrahim stieß eine dicke Rauchwolke aus. »Sauber, ohne Brüche oder sonstige Komplikationen. Nur würde es dich ein bisschen mehr kosten.«

Peregil sah ihn argwöhnisch an:

»Wie viel mehr?«

»Och, nicht der Rede wert.« Don Ibrahim schielte kurz seine Kumpane an und nannte dann aufs Geratewohl eine Ziffer.

»Noch mal fünfhunderttausend pro Kopf. Für Unterkunft und Spesen.«

Anderthalb Millionen Peseten waren nichts angesichts der prekären Lage; Peregil nickte also rasch mit dem Kopf. Im Moment war er völlig pleite, aber wenn die Sache gut ging, würde Pencho Gavira ihm sicher noch was zuschießen.

»Und? Was habt ihr euch ausgedacht?«

Don Ibrahim blickte auf die schmale weiße Gasse hinaus und fragte sich, ob es ratsam war, nähere Details preiszugeben. Es war ihm heiß, sehr heiß, trotz des kühlen Weins, und er verspürte das dringende Bedürfnis seine Jacke auszuziehen und einmal tief durchzuatmen. Stattdessen griff er nach La Niñas Fächer und wedelte sich Luft zu. Weiß Gott, wie das noch enden würde.

»Unten am Fluss gibt es einen alten Kutter«, sagte er schließlich. »Eine Art Hausboot, auf dem El Potro wohnt. Wenn du möchtest, können wir den Pfaffen bis Freitag dort festhalten.«

Peregil betrachtete die ausdruckslosen Augen El Potros und machte ein skeptisches Gesicht.

»Und du meinst, das klappt?«

Don Ibrahim bejahte mit einem ernsten, überzeugenden Nicken. Es gibt Augenblicke im Leben, dachte er dabei, in denen der Mensch die Flucht nach vorn antreten muss – wie Hernando Cortez es seinen Mannen vor dem Angriff auf Tenochtitlan begreiflich gemacht hatte, indem er schlichtweg alle Schiffe verbrannte, mit denen sie hätten türmen können. Der Kubaner reckte atemringend den Hals und wedelte noch energischer mit dem Fächer, als fürchte er am Rauch der brennenden Schiffe zu ersticken.

»Das klappt todsicher.«

Peregil wirkte deutlich entspannter. Er zog ein Päckchen amerikanischer Zigaretten heraus und zündete sich eine davon an.

»Und ihr tut dem Alten bestimmt nichts? Ich meine, er könnte sich ja wehren …«

»Aber, bitte!« Don Ibrahim warf einen unruhigen Seitenblick auf La Niña und legte dann die Hand mit der Zigarre auf El Potros Schulter. »Wie könnten wir einem alten Priester etwas antun? Einem Vertreter Gottes?«

Peregil zeigte sich einverstanden. Aber er mahnte sie, auch

den Pfaffen aus Rom und die, ähem, Señora nicht aus den Augen zu verlieren. Fotos, sagte er, vergesst vor allem die Fotos nicht.

»Wisst ihr, dass die Idee gar nicht schlecht ist?«, sagte er nach einer Weile, auf die Sache mit dem Gemeindepfarrer zurück-kommend. »Wie seid ihr da draufgekommen?«

Don Ibrahim lächelte, bescheiden und geschmeichelt zu-gleich.

»Durch einen Film, der gestern im Fernsehen lief: *Der Gefangene von Zenda.*«

»Ich glaube, den kenne ich.« Peregil strich sich das übers linke Ohr herunterhängende Haar über die Glatze und drückte es fest. Seine Laune war jetzt erheblich besser, ja er hatte dem Kellner sogar ein Zeichen gegeben eine weitere Flasche Jérez zu bringen. La Niña sah dem Wein mit geweiteten Pupillen entgegen, während ihre langen, ausgefransten Nägel sacht gegen das leere Glas trommelten. »Das ist doch die Story von dem Typen, den seine Kumpels ins Kittchen bringen, und später findet er einen Schatz und rächt sich an ihnen?«

Don Ibrahim schüttelte langsam den Kopf. Der Kellner hatte die Flasche entkorkt und La Niña lauschte entzückt dem Gur-geln des herausfließenden Weins.

»Nein. Das ist *Der Graf von Monte Christo.* Ich meine einen anderen Film. In dem geht es um einen bösen Kerl, der seinen Bruder, den König, entführt und sich selbst krönen lassen will. Aber dann kommt Stewart Granger und bringt alles wieder ins Lot.«

»Da hast du's.« Peregil blickte El Potro an und nickte zufrie-den. »Was man durch die Glotzkiste alles lernen kann.«

Honorato Bonafé hatte viel von einem Schwein an sich, und nicht nur, was den moralischen Aspekt seines Charakters betraf. Als er in die dämmrige Kühle der Kirche trat, rann ihm der Schweiß in Strömen über das rosarote Doppelkinn; sein Hemd-kragen war völlig durchweicht. Er zog mit seiner dicklichen klei-nen Hand ein Taschentuch heraus und tupfte sich damit das Gesicht ab, während sein Blick durch die Kirche schweifte: über die an der Wand hängenden Exvoten, die in einer Ecke zusam-mengeschobenen Kirchenbänke, über die Baugerüste entlang der Wände und vor dem Hochaltar. Hinter Santa Cruz ging die Sonne unter. Die letzten Lichtstrahlen, die durch die kaputten Glasfenster einfielen, verliehen den staubigen Schnitzfiguren des Retabels einen geheimnisvollen, rotgoldenen Schimmer. Zwei Engel starrten mit ausdruckslosen Augen ins Leere, die Skulpturen des Herzogs von Nuevo Extremo und seiner Gemahlin in ihren dunklen Nischen wirkten unglaublich lebensnahe.

Bonafé ging zögernd den Mittelgang vor, betrachtete die bemalte Kuppel über der Vierung, die Kanzel und den Beichtstuhl, dessen Tür offen stand. Weder in der Kirche noch in der Sakristei war irgendjemand zu entdecken. Er trat an das schmiedeeiserne Gitter über dem Abgang zur Krypta, sah die finstere Treppe hinunter und drehte sich danach zum Altar um. Die weinende Muttergottes war von kreuz und quer verschraubten Metallrohren und Holzbrettern umgeben. Bonafé betrachtete sie eine Weile von unten, dann marschierte er entschlossen zur Leiter des Gerüsts, und kletterte sie bis zu der Madonnenfigur in zirka fünf Meter Höhe hinauf. Die schräg einfallende Abendsonne beschien das von sieben Schwertern durchbohrte Herz der Schmerzensmutter, deren Augen zum Himmel erhoben waren. Auf ihren Wangen, auf dem blauen Mantel und in dem Strahlenkranz, der ihr Haupt umgab, schimmerten die zwanzig Perlen des Kapitän Xaloc.

Bonafé zog erneut sein Taschentuch heraus, wischte sich den Schweiß von Stirn und Doppelkinn und staubte dann die Perlen damit ab. Nachdem er sie einzeln gründlich untersucht hatte, drehte er sich noch einmal nach dem verlassenen Kirchenschiff um und beförderte dann ein kleines Taschenmesser zutage. Er klappte es geräuschlos auf, kratzte damit leicht an einer der in den Madonnenmantel eingelassenen Perlen herum und studierte sie aus nächster Nähe. Nach kurzem Zögern fuhr er mit der Spitze des Taschenmessers in den winzigen Spalt zwischen Holz und Perle und löste diese vorsichtig aus ihrer Einbettung. Die Perle, die nun auf seinem Handteller lag, war groß – beinahe so groß wie eine Kichererbse. Mit einem zufriedenen Grunzen ließ er sie in seine Jackentasche gleiten.

Das Licht der Abenddämmerung, das durch den körperlosen Christus der kaputten Glasscheibe einfiel, färbte die Schweißtropfen auf Bonafés aufgedunsenen Wangen mit einem rötlichen Schimmer. Er griff gerade nach seinem Taschentuch, um sich erneut das Gesicht abzutrocknen, als er hinter sich ein leises Quietschen vernahm und das Metallgerüst unter seinen Füßen erbebte.

XI.
Carlota Bruners Truhe

Aus den Augen dieser Wachspuppen spricht
unglaubliche Weisheit.
(Valéry Larbaud *Gedichte*)

Die englische Uhr schlug zehn, als sie mit dem Nachtisch fertig waren, und Cruz Bruner machte den Vorschlag den Kaffee im Patio einzunehmen, um die kühle Abendluft zu genießen. Lorenzo Quart bot der Herzogin seinen Arm und geleitete sie vom so genannten »Sommerspeisesaal«, wo sie in Gesellschaft antiker Marmorbüsten zu Abend gegessen hatten, durch die schöne, den Innenhof umgebende Mudejar-Galerie. Hier wurden sie von den ernsten Gesichtern der Familienahnen gemustert, die mit weißen Halskrausen und düsteren Samtgewändern in Öl abgebildet waren. Die alte Dame stellte sie Quart im Vorübergehen vor: ein Admiral, ein Gouverneur der Niederlande, ein Vizekönig Westindiens. Schmiedeeiserne Laternen warfen den schmalen Schatten des Priesters und den winzigen, gekrümmten Schatten der Herzogin an die bebilderten Wände der Arkaden. Hinter ihnen ging, ein stilles Lächeln auf den Lippen und ein Kissen für ihre Mutter unterm Arm, Macarena Bruner. Sie trug ein dunkles, knöchellanges Baumwollkleid und Sandalen.

Im Patio angelangt, nahm Quart zwischen den beiden Frauen auf einem der weiß gestrichenen Eisenstühle Platz. Neben ihnen plätscherte der Springbrunnen, dessen bunte Azulejos streng nach den Regeln der Heraldik angeordnet waren, wie er ja bei seinem letzten Besuch erläutert bekommen hatte. Die ringsum verteilten Blumentröge füllten den Innenhof mit Blüten und Blattgrün, ein zarter Duft nach Jasmin schwebte in der Luft. Macarena entließ das Dienstmädchen, das soeben ein Tablett auf den Intarsientisch gestellt hatte, und verteilte selbst die Getränke: Einen schwarzen Kaffee für Quart, Kaffee mit Milch für sich selbst und ein Glas Coca-Cola für ihre Mutter.

»Sie wissen ja, das ist meine Droge«, sagte Cruz Bruner als

Antwort auf Quarts überraschten Blick. »Die Ärzte haben mir verboten Kaffee zu trinken.«

Macarena sah Quart an und zuckte resigniert mit den Schultern:

»Die Herzogin kann nie mehr als ein paar Stunden schlafen; wenn sie früh ins Bett geht, wacht sie um drei oder vier Uhr schon wieder auf. Also trinkt sie Coca-Cola, um abends länger wach zu bleiben … mitsamt Koffein und was es sonst noch so enthält. Wir sagen ihr alle, dass das nicht gut ist, aber sie hört ja auf keinen.«

»Dieses Getränk ist nun mal das Einzige, was mir an Amerika gefällt.«

»Gris gefällt dir auch, Mamá«, tadelte Macarena sie sanft.

»Stimmt.« Die alte Dame nippte an ihrem Glas. »Aber Gris kommt aus Kalifornien und ist somit eine halbe Spanierin.«

Macarena wandte sich an Quart, der die Tasse in der Hand hatte und seinen Kaffee umrührte.

»Meine Mutter glaubt, in Kalifornien gibt es heute noch Hazienda-Besitzer, die in mexikanischer Tracht mit Silberknöpfen herumlaufen. Und sie glaubt auch, dass El Zorro immer noch mit dem Degen für die Armen kämpft.«

»Ist es denn nicht so?«, fragte Quart erheitert.

Cruz Bruner nickte energisch mit dem Kopf.

»So sollte es jedenfalls sein«, sagte sie mit einem vorwurfsvollen Seitenblick auf ihre Tochter. »Vergiss nicht, dass dein Ururgroßvater Fernando Gouverneur von Kalifornien war, bevor sie uns das Land weggeschnappt haben.«

Cruz Bruner sprach im Vollbewusstsein ihres blauen Blutes und der langen Reihe von Ahnen, die in der Galerie des Patios ausgestellt waren; man hätte meinen können, Kalifornien sei nicht der spanischen Krone, sondern direkt ihr oder ihrer Familie weggenommen worden. Im Übrigen verblüffte die Mischung aus Vertraulichkeit und höflicher, beinahe etwas herablassender Nachsicht, die sie im Umgang mit ihren Gästen an den Tag legte. Ihre geröteten Augen wirkten meistens wehmütig, aber im unverhofftesten Moment konnte ein Lächeln sie zum Strahlen bringen. Quart betrachtete ihre mit braunen Flecken übersäten Hände, das knittrige Gesicht, die blassrosa Lippenstiftlinie auf ihrem welken Mund. Dann das weiße Haar mit den bläulichen Schattierungen, die Kette aus winzigen Perlen an ihrem Hals, den von Romero de Torres bemalten Fächer. Frauen wie sie gab es kaum noch. Er kannte ein paar rare Exemplare – einsame, weltfremde Damen, die in verschlafenen Dörfern an der Côte d'Azur ihren nostalgischen Erinnerungen nachhingen, Matronen des alten italienischen Adels, vertrocknete mitteleuropäische Reliquien mit klingenden österreichisch-ungarischen Namen, liebenswürdige spanische Señoras. Damen vom gleichen Schlag wie Cruz Bruner waren nur sehr wenige übrig geblieben. Ihre Kinder speisten die Regenbogenpresse mit Affären und Skandalen, viele arbeiteten in Büros oder Banken, leiteten Weinkellereien, Luxusgeschäfte oder Modediskotheken und hofierten Politiker und Finanziers, denen sie letztendlich ihr Auskommen zu verdanken hatten. Sie studierten in Amerika, reisten nach New York und nicht, wie früher, nach Paris oder Venedig, sie sprachen auch kein Französisch und heirateten Geschiedene, Fotomodelle oder Parvenüs, deren Geschichte gerade bis zum sechs- oder siebenstelligen Betrag des Nummernkontos zurückreichte, das sie dank eines gelungenen Coups oder einer Spekulation in der Schweiz eröffnet hatten. Cruz Bruner war sich dieser Situation völlig bewusst, wie sie während des Abendessens mit einer humorvollen Bemerkung zum Ausdruck gebracht hatte: Nicht nur Wale und Seehunde sind vom Aussterben bedroht, lieber Padre, sondern auch die Art, der ich angehöre, will sagen: die Aristokratie.

»Es gibt Welten, die ohne Erdbeben oder lautes Getöse untergehen.« Die Siebzigjährige sah Quart zweifelnd an, als frage sie sich, ob er sie verstehen könne. »Sie verlöschen einfach; lautlos, wie eine abgebrannte Kerze.«

Sie rückte sich das Kissen im Kreuz zurecht und lauschte dann schweigend in die Nacht. Im angrenzenden Garten zirpten die Grillen, über ihnen ging gerade der Mond auf.

»Lautlos«, wiederholte sie.

Quart sah Macarena an, die den schmiedeeisernen Laternen der Galerie den Rücken zukehrte. Ihre rechte Gesichtshälfte lag im Dunkeln, das offene Haar war ihr über die Schulter nach vorn gefallen. Sie hatte die Beine übereinander geschlagen und unter dem Saum des langen, schwarzen Kleides kamen ihre nackten

Füße in den Sandalen zum Vorschein. Die Elfenbeinkette schimmerte matt an ihrem Hals.

»Auf Nuestra Señora de las Lagrimas trifft das aber nicht zu«, bemerkte Quart. »Ihr Untergang macht ganz schön Lärm.«

Macarena reagierte nicht. Ihre Mutter dagegen schüttelte leicht den Kopf:

»Nicht alle Welten finden sich damit ab, sang- und klanglos verschwinden zu müssen«, flüsterte sie. Ihr Einwurf klang wie ein Seufzer.

»Sie haben keine Enkel«, stellte Quart in neutralem, beiläufigem Ton fest. Er wollte nicht provokativ oder unverschämt klingen, obwohl seine Bemerkung von beidem etwas hatte. Macarena zeigte keinerlei Reaktion, aber Cruz Bruner ergriff neuerlich das Wort, indem sie nicht den Pfarrer, sondern ihre Tochter ansah:

»Stimmt. Enkel habe ich keine.«

Danach trat Schweigen ein und Quart merkte, dass er ins Fettnäpfchen getreten war. Macarena hatte sich vorgebeugt, sodass der kleine Zipfel Mond, der übers Dach des Patios schien, ihr Gesicht beleuchtete. Mit feindseligem Blick starrte sie ihn an.

»Das geht Sie nichts an«, zischte sie leise.

»Mich eigentlich auch nicht«, schaltete die Herzogin sich ein, um ihren Gast zu unterstützen. »Aber schade ist es trotzdem.«

»Warum ist das schade?« Macarena warf mit einer genervten Geste das Haar zurück. Sie sprach mit ihrer Mutter, sah dabei aber den Priester an. »Manchmal ist es besser, nichts zurückzulassen. Wie die Soldaten von früher. Die zogen mit allem, was sie hatten, in den Krieg: ein Pferd, ein Rucksack, ein Säbel oder ein Gewehr. Sonst nichts. Niemand, um den sie sich Sorgen machen oder dessentwegen sie leiden mussten.«

»Wie manche Priester«, schloss Quart, der ebenfalls nicht den Blick von ihr ließ.

»Möglich.« Macarena lachte freudlos auf; ganz anders, als man es an ihr gewöhnt war. »Es muss herrlich sein, sich egoistisch und frei von jeder Verantwortung fühlen zu dürfen. Sich einfach einer Sache verschreiben zu können – aus Begeisterung, Bequemlichkeit oder was auch immer. Wie Gris es getan hat. Oder Sie. Nicht, weil man diese Sache geerbt oder aufgezwungen bekommen hat.«

Ihre letzten Worte hatten einen sehr bitteren Beigeschmack. Cruz Bruner faltete die Hände über ihrem Fächer:

»Du bist von niemandem dazu gedrängt worden, dich mit der Kirche zu befassen, Macarena. Und schon gar nicht, diese Geschichte so persönlich zu nehmen.«

»Mamá, bitte! Du weißt so gut wie ich, dass es Verpflichtungen gibt, die man sich nicht freiwillig aussucht. Truhen, die man nicht ungestraft öffnet … Leben, die von den Gespenstern Verstorbener beherrscht werden.«

Die Herzogin klappte ihren Fächer auf.

»Da hören Sie es, Padre. Wer hat gesagt, dass es keine romantischen Heldinnen mehr gibt?« Sie wedelte sich ein wenig Luft zu, bevor sie den Fächer wieder schloss und nachdenklich die Blutkrusten auf Quarts Fingerknöcheln betrachtete. »Ich habe die Erfahrung gemacht, dass man bloß als junger Mensch mit den Gespenstern seiner Verstorbenen leidet. Im Lauf der Jahre werden es immer mehr, das stimmt; aber ihre Wirkung nimmt mit der Zeit ab: Der Schmerz verwandelt sich in Melancholie. Meine Erinnerungsbilder sind mittlerweile alle eingeschlummert.« Sie ließ ihren Blick langsam durch den malerischen Patio wandern, über das römische Fußbodenmosaik und den gekachelten Springbrunnen, dann hinauf zu den Mudejar-Arkaden und zum nachtblauen Himmel, an dem honiggelb der Mond prangte. »Nicht einmal daran kann ich jetzt noch leiden.« Sie sah ihre Tochter an. »Ich kann höchstens noch ein bisschen mit dir mitleiden.«

Die alte Dame neigte den Kopf zur Seite, genau wie Macarena es oft tat, und da entdeckte Quart plötzlich die Ähnlichkeit zwischen ihr und ihrer Tochter. Einen Moment lang hatte er das seltsame Gefühl, dreißig oder vierzig Jahre vorausschauen zu können, in die Zukunft der schönen Frau, die neben ihm saß und ihn schweigend ansah. Alles kommt, sagte sich Quart, und alles geht.

»Eine Zeit lang setzte ich große Hoffnungen in die Ehe meiner Tochter«, fuhr Cruz Bruner fort. »Das hat mich getröstet, wenn ich daran dachte, dass ich sie früher oder später allein lassen muss. Octavio Machuca und ich waren beide der Meinung, Pencho sei der ideale Mann: Er ist intelligent, sieht gut aus, hat eine viel versprechende Zukunft vor sich … Er war sehr verliebt in

Macarena, und ich bin mir sicher, das ist er immer noch. Trotz allem, was inzwischen vorgefallen ist.« Die dünnen Lippen der Herzogin kräuselten sich. »Eine scheinbar glückliche Ehe und dann war über Nacht plötzlich der Wurm drin.« Sie streifte ihre Tochter mit einem flüchtigen Seitenblick. »Macarena ist ihrem Mann davongelaufen und zu mir zurückgekommen.«

Die Stimme der alten Dame hatte einen eindeutig vorwurfsvollen Ton angenommen, aber Macarena zeigte sich weiterhin gelassen. Quart trank seinen letzten Schluck Kaffee und stellte die Tasse auf den Tisch zurück. Er hatte ständig das Gefühl, nur noch einen Schritt von der Wahrheit entfernt zu sein, ohne dass sie sich ihm ganz enthüllte.

»Ich wage nicht zu fragen, weshalb«, sagte er.

»Nein, um Himmels willen!« Cruz Bruner sah ihn über ihren Fächer hinweg ironisch an. »Das wage ich auch nicht. Früher hätte ich es wahrscheinlich als Katastrophe empfunden, aber mittlerweile weiß ich selbst nicht mehr, was besser ist. Ich bin die vorletzte Vertreterin meines Geschlechts, habe fast ein Dreivierteljahrhundert auf dem Buckel und eine Gemäldegalerie von Ahnen, an die sich keiner mehr erinnert; geschweige denn, dass sie noch irgendjemandem Hochachtung oder Respekt einflößen würden.«

Der Mond stand nun genau über ihnen. Cruz Bruner ließ die Laternen löschen, sodass das silberblaue Licht der Nacht alle Weißtöne des Patios zum Leuchten brachte: die Zeichnungen auf den Azulejos, die Stühle, auf denen sie saßen, die hellen Steine des Fußbodenmosaiks.

»Für mich ist es, als hätte ich eine Grenzlinie überschritten«, sagte Cruz Bruner, den Faden des Gesprächs wieder aufnehmend. »Von hier aus betrachtet, nimmt sich die Welt ganz anders aus.«

»Wie?«, fragte Quart. »Das würde mich interessieren.«

Die Herzogin tat überrascht:

»Aus dem Mund eines Geistlichen klingt diese Frage ein bisschen seltsam … direkt beunruhigend. Die Frauen meiner Generation dachten immer, Sie Priester hätten auf alles eine Antwort. Wenn ich meinen alten, bereits verstorbenen Beichtvater, wegen der Ausschweifungen meines Mannes um Rat fragte, sagte er immer: Dulden Sie schweigend, Señora, beten Sie und vertrauen

Sie Ihre Nöte Jesus Christus an. Seiner Ansicht nach gingen mein Seelenheil und Rafaels Privatleben getrennte Wege. Das eine hatte nichts mit dem andern zu tun.«

Sie sah abwechselnd ihre Tochter und Quart an, und dieser fragte sich im Stillen, was für Eheratschläge wohl Macarena von Don Príamo Ferro bekam.

»Diesseits der Grenzlinie«, fuhr Cruz Bruner fort, »empfindet man nur noch eine gewisse Neugier. Man betrachtet die Leute, vor allem die jüngeren Leute, mit wohlwollender Toleranz; früher oder später kommen sie ja auch hier an, bloß dass sie das noch nicht wissen.«

»Wie Ihre Tochter?«

Die betagte Dame dachte einen Moment nach.

»Ja, zum Beispiel«, sagte sie und betrachtete Quart eingehend. »Oder wie Sie selbst, Padre. Sie werden nicht immer ein attraktiver Priester sein, der die Frauen anzieht.«

Quart überhörte ihre Anspielung. Er hatte immer noch das Gefühl, die Wahrheit schwebe sozusagen in der Luft.

»Und was hat das alles mit Padre Ferro zu tun? Hat er die Grenze auch schon überschritten?«

Cruz Bruner zuckte mit der Schulter; dieses Gespräch schien sie allmählich zu langweilen.

»Das sollten Sie besser ihn selbst fragen. Ich halte Don Príamo weder für wohlwollend, noch für tolerant. Aber er ist ein anständiger Priester, und ich glaube an die Priester. Ich glaube an die heilige katholische und apostolische Kirche und ich hoffe, dass meine Seele einst zu Gott eingeht.« Sie stützte das Kinn auf ihren zugeklappten Fächer. »Ich glaube sogar an Priester wie Sie, die weder die Messe lesen, noch die Beichte abnehmen, noch sonst etwas derartiges tun. Und sogar an solche, die in Bluejeans und Tennisschuhen herumlaufen wie Padre Óscar, stellen Sie sich vor. In der untergegangenen Welt, aus der ich stamme, haben die Geistlichen etwas gegolten. Und davon abgesehen …« Sie sah ihre Tochter an. »Macarena mag Don Príamo sehr und ich glaube auch an Macarena. Ich bewundere ihren Kampfgeist, den Eifer, mit dem sie ihre persönlichen Ziele verfolgt … auch wenn ich sie nicht immer verstehe. In meiner Jugend hätte eine Frau von solchen Zielen nicht einmal träumen können.«

Quart dachte über die Rechtschaffenheit des Gemeindepfar-

rers von Nuestra Señora de las Lagrimas nach. Cruz Bruner war
nun schon die Zweite, die ihn innerhalb der letzten achtund-
vierzig Stunden als anständig bezeichnete, aber der Bericht über
sein Wirken in Cillas de Ansó widersprach dem eindeutig. Er
sah auf die Uhr:

»Ist Padre Ferro jetzt schon im Observatorium?«

»Nein, das ist noch zu früh«, erwiderte Cruz Bruner. »Für
gewöhnlich geht er da etwas später rauf, so gegen elf Uhr. Möchten Sie auf ihn warten?«

»Ja. Ich hätte ein paar Dinge mit ihm zu besprechen.«

»Ausgezeichnet. So leisten Sie uns noch ein bisschen länger
Gesellschaft.« Die alte Dame neigte den Kopf zur Seite und
lauschte eine Weile dem Zirpen der Grillen im Garten. »Haben
Sie inzwischen eigentlich herausbekommen, wer Ihnen unsere
Postkarte geschickt hat?«

Erst nachdem sie die Frage gestellt hatte, sah sie ihn wieder
an. Quart griff in die Innentasche seiner Jacke und zog die Karte
heraus, die Kapitän Xaloc nie erhalten hatte.

»Nein. Das ist mir nach wie vor ein Rätsel«, erwiderte er,
indem er die Karte auf den Tisch legte. »Aber immerhin kenne
ich mich jetzt mit den Personen dieser traurigen Geschichte aus
und weiß, was für eine Bedeutung die Karte hatte – und hat.«

»Das wissen Sie wirklich?« Cruz Bruner klappte ihren Fächer
mehrmals auf und zu und deutete dann damit auf die Postkarte.
»Wenn es so ist, wäre das doch der richtige Moment sie in Carlotas Truhe zurückzulegen. Sie wollten ja sowieso auf Don
Príamo warten, nicht?«

Quart sah die beiden Frauen unschlüssig an. Macarena war
aufgestanden und wartete, die Postkarte in der Hand, ruhig ab;
der Mond umgab ihre Schultern und ihr Haar mit einem milchi-
gen Schleier. Quart erhob sich und folgte ihr durch Innenhof und
Garten zum Taubenschlag.

Als sie das Observatorium betraten, hatte sich eine Wolkenbank
über den unteren Teil des Mondes geschoben. Sein nebliger
Schein tauchte die Stadt zu ihren Füßen in ein irreal anmutendes
Licht. Die Dächer von Santa Cruz waren ineinander verschach-
telt wie die Kulissen eines alten Bühnenbildes; ausgedehnte
Schattenflächen wurden von hellen Flecken unterbrochen – ein

beleuchtetes Fenster, eine Straßenlaterne, eine Terrasse, auf der Leintücher zum Trocknen aufgehängt waren. Im Hintergrund ragte die von Scheinwerfern angestrahlte Giralda auf; wie auf eine schwarze Leinwand gemalt sah sie aus. Der giebelartige Glockenturm von Nuestra Señora de las Lagrimas schien zum Greifen nahe. Durch die maurischen Arkadenbögen strich ein leiser Wind, in dem sich die langen, bleichen Gardinen bauschten.

»Nachts kommt die Brise nicht vom Fluss, sondern vom Meer herüber«, sagte Macarena. »Von Sanlúcar.«

Danach fuhr sie sich mit der Hand in den Ausschnitt, zog ihr Feuerzeug unterm BH-Träger hervor und zündete sich eine Zigarette an. Der Rauch entschwand durch die Bögen der Turmgalerie. Nachtfalter umflatterten die Glühbirne der Stehlampe, deren Licht auf die geöffnete Truhe fiel.

»Das ist alles, was von Carlota Bruner übrig geblieben ist«, sagte Macarena.

Quart betrachtete den Inhalt der Truhe: bunt lackierte Schachteln, ein Rosenkranz aus schwarzem Gagat, eine kleine Porzellanfigur, kaputte Fächer, eine löchrige Spitzenmantille, Hutnadeln, Korsettstäbe, ein Täschchen aus feinen Silbergliedern, ein perlmuttverziertes Opernglas, mehrere zerknitterte Seiden- und Papierblumen, Foto- und Postkartenalben, alte Illustrierte, Etuis aus Leder und Karton, ein Paar lange rote Wildlederhandschuhe, zerfledderte Poesiealben und Schulhefte, ein Stickrahmen, ein fast drei Spannen langer Zopf aus hellbraunem Haar, ein Katalog der Pariser Weltausstellung, ein Stück Koralle, eine Miniaturgondel, ein uralter Prospekt der Ruinen von Karthago, ein Kamm aus Schildpatt, ein gläserner Briefbeschwerer mit eingelassenem Seepferdchen, mehrere antike römische Münzen und zwei Silbermünzen mit den Konterfeis von Isabella II. und Alfons XII. Carlotas Korrespondenz war mit einem Seidenband umwickelt, Macarena löste es und legte Quart das Päckchen in die Hand. Er schätzte, dass es ungefähr zwanzig Postkarten enthielt und mindestens doppelt so viele Umschläge, in denen horizontal gefaltete Briefbögen aus vergilbtem, brüchigem Papier steckten. Stellenweise war die Tinte so verblasst, dass man Carlotas feine, nach rechts geneigten Schriftzüge gar nicht mehr entziffern konnte. Die Umschläge und Karten waren an *Capitán*

Manuel Xaloc, Puerto de La Habana, Cuba adressiert. Alle waren frankiert, aber keine einzige Briefmarke war abgestempelt.

»Und von ihm gibt es nichts?«, fragte Quart.

»Nein.« Macarena, die vor der Truhe kniete, nahm ihm ein paar der Umschläge ab und sah sie, die rauchende Zigarette in der Hand, durch. »Mein Urgroßvater hat alle Briefe des Kapitäns verbrannt, sobald die Postbeamten sie bei ihm ablieferten. Wir wissen also nur, dass er ihr geschrieben hat, aber nicht was. Ein Jammer.«

Quart saß in einem der alten Ledersessel vor dem Bücherregal und blätterte die Postkarten durch. Es handelte sich durchweg um Ansichten von Sevilla, volkstümliche Drucke, wie der, den man in sein Hotelzimmer geschmuggelt hatte: die Triana-Brücke, ein Fiesta-Plakat, der Hafen mit dem Goldturm und einem vor Anker liegenden Segelschiff, die Reproduktion eines Gemäldes aus der Kathedrale. *Ich warte auf dich, ich werde immer auf dich warten, dein bis in alle Ewigkeit, es liebt dich, Carlota.* Quart zog wahllos einen Brief aus seinem Umschlag. Das Datum im Briefkopf war der 11. April 1896:

Lieber Manuel!
Obwohl ich noch immer keine Nachricht von dir habe, gebe ich die Hoffnung nicht auf. Ich kann mir dein Schweigen nicht anders erklären, als dass meine Familie deine Briefe abfängt, denn ich weiß, dass auch du mich nicht vergessen hast, das sagt mir mein Herz. Tief in meinem Inneren bin ich überzeugt, dass meine Zeilen und meine Hoffnungen nicht umsonst auf die Reise gehen. Diesen Brief lasse ich von einem Dienstmädchen aufgeben, zu dem ich großes Vertrauen habe. Mögen meine Worte dich bald erreichen, damit du weißt, dass ich dich liebe wie am ersten Tag und sehnsüchtig auf deine Rückkehr warte.

Wie schwer ist das Warten, mein Herz! Die Zeit verrinnt und ich verzehre mich tagaus, tagein in der Hoffnung, dass eines der vielen Segelschiffe, die den Guadalquivir heraufkommen, dich mir endlich zurückbringt. Noch vertraue ich darauf, dass mich das Leben eines Tages für meine Qualen belohnt. Manchmal gehen mir die Kräfte aus, und dann weine ich und bin der Verzweiflung nahe und glaube, du kämst nie mehr zurück, du hättest mich trotz deines Schwures vergessen. Siehst du, wie ungerecht und dumm ich sein kann?

Aber gräme dich nicht, ich warte weiter und halte jeden Tag vom

Turm aus Ausschau nach dir. Nachmittags, wenn die andern Siesta halten und es still ist im Haus, komme ich hier herauf, setze mich in den Schaukelstuhl und suche den Fluss ab, auf dem du zurückkehren wirst. Es ist sehr heiß und gestern war mir, als schaukelten die Schiffe auf den Gemälden im Treppenhaus … als wollten sie jeden Augenblick davonsegeln. Ich habe auch von Kindern geträumt, die am Strand miteinander spielten. Ich glaube, dass sind günstige Vorzeichen. Vielleicht bist du in diesem Augenblick ja schon unterwegs zu mir.

Komm bald zurück, Liebster. Ich sehne mich nach deinem Lachen, nach deinen weißen Zähnen, nach deinen kräftigen, braunen Händen. Ich möchte endlich wieder in deinen Augen versinken und den Kuss erneuern, den du mir einmal gegeben hast. Komm zurück, ich bitte dich. Ich flehe dich an. Komm zurück, oder ich sterbe. Innerlich fühle ich mich bereits sterben.

In ewiger Liebe,
Carlota

»Manuel Xaloc hat diesen Brief nie gelesen«, sagte Macarena. »Carlota ist ein halbes Jahr später in geistige Umnachtung versunken. Sie hat nicht übertrieben: Sie war wirklich dabei, innerlich zu sterben. Und als er sie endlich besuchen kam und in seiner blauen Uniform mit den Goldknöpfen den Patio betrat, war Carlota bereits tot. Was er sah, war nur noch ihr Schatten.«

Quart faltete den Brief wieder zusammen und legte ihn zurück in seine Ruhestätte aus vergilbtem Papier, aus Umschlägen, die sich ausnahmen wie die Grabsteine der blind ins Nichts geschickten Botschaften Carlota Bruners. Ihm war sehr unwohl zumute; er kam sich vor wie ein Eindringling, der die Intimsphäre eines anderen Menschen brutal verletzt hatte. Die nie erwiderten Hilfeschreie und Liebeserklärungen dieser Frau lösten Scham in ihm aus, Scham und eine unendliche Traurigkeit.

»Möchten Sie noch mehr lesen?«, fragte Macarena.

Quart schüttelte stumm den Kopf. Die Brise, die vom Meer herüberstrich, blähte die weißen Gardinen; immer wieder war die dunkle Silhouette der Kirche mit ihrem flachen Giebelturm zu erkennen. Macarena hatte sich neben der Truhe auf den Boden gesetzt und las den ein oder anderen Brief ihrer Großtante noch einmal durch; das schwarze Haar, das ihr ins Gesicht fiel, schimmerte im Licht der Lampe. Quart betrachtete die sanfte Biegung ihres Nackens, ihr gebräuntes Dekolleté, die nackten Füße in den Ledersandalen. Ihre Haut strahlte eine solche Wärme aus, dass er sich beherrschen musste, um sie nicht zu berühren.

»Schauen Sie sich das an«, sagte sie und reichte ihm ein Blatt mit der Zeichnung eines Schiffes. Die Zeichnung war in Carlota Bruners Handschrift erläutert. *Bewaffneter Schoner »Manigua«* stand als Titel darüber, und darunter war eine Reihe von technischen Daten wie Baujahr, Waffenausstattung, Tiefgang und dergleichen aufgelistet. Quart vermutete, dass Zeichnung und Text aus einer zeitgenössischen Illustrierten kopiert waren.

»Diese Mappe hier hat mein Urgroßvater nach Carlotas Tod zusammengestellt.« Macarena reichte ihm ein verschnürtes Aktenbündel. »Das ist der andere Epilog der Geschichte.«

Quart löste die Bänder der Mappe. Sie enthielt alte Zeitungsausschnitte, die alle vom Ende des Kubakriegs und der verheerenden Seeschlacht vom 3. Juli 1898 handelten. Auf dem Titelblatt eines Hefts der Zeitschrift *La Ilustración* war die *Tragische Zerstörung des Geschwaders von Admiral Cervera* als kunstvoller Stich dargestellt. Auf einer anderen Seite wurde die Schlacht ausführlich geschildert; der Artikel war mit einem Landkartenausschnitt der Küste von Santiago de Cuba illustriert und mit Abbildungen der obersten Offiziere, die in der Schlacht ums Leben gekommen waren. Quart überflog die Porträts und hatte schnell das eine gefunden, das ihn interessierte. Es war *nach Augenzeugenberichten angefertigt,* wie es in der Bildunterschrift hieß, und von ziemlich schlechter Qualität. Trotzdem konnte man einen gut aussehenden Mann mit bis zum Kragen zugeknöpfter Jacke, weißem Halstuch und melancholischem Gesichtsausdruck erkennen. Er trug als Einziger der Dargestellten Zivilkleidung und man hatte den Eindruck, der Zeichner habe betonen wollen, dass er Admiral Cerveras Geschwader sozusagen nur als Außenstehender angehörte. Sein Haar war kurz geschnitten, der buschige Schnurrbart ging in breite Koteletten über: *Kapitän der Handelsmarine Don Manuel Xaloc, Kommandant der »Manigua«.* Sein Blick war auf einen unbestimmten Punkt in der Ferne gerichtet und wirkte gleichgültig, als schere er sich nicht im Geringsten darum, zu den Helden von Kuba gerechnet zu werden. Weiter unten auf der Seite folgte der Text:

Nachdem die »Infanta María Teresa« fast eine Stunde lang dem Beschuss des nordamerikanischen Geschwaders standgehalten hatte, lief sie in Flammen gehüllt vor der Küste auf Grund. Eins nach dem anderen stachen nun die übrigen spanischen Schiffe in See, doch sie gerieten, kaum dass sie die Hafenausfahrt passiert hatten, gleichfalls ins Geschützfeuer der Kreuzer Admiral Sampsons, die ihnen, was Artillerie und Panzerung betraf, haushoch überlegen waren. Die »Oquendo« war durchlöchert wie ein Sieb, bevor sie auch nur einen Kanonenschuss abfeuern konnte; mit brennendem Backbord und unzähligen Verletzten und Toten an Bord (darunter Kapitän Lazaga) strandete sie eine Meile westwärts des Flaggschiffs.

Die »Vizcaya« und die »Cristóbal Colón« wurden von den amerikanischen Geschützen hart an die Küste gedrängt und obwohl sie ein kleines Stück weiter kamen als ihre zerstörten Schwesterschiffe, deren Überlebende schwimmend das Land zu erreichen versuchten, hatte auch für sie bald die Stunde des Untergangs geschlagen. Als Erstes geriet die etwas langsamere »Vizcaya« ins Kreuzfeuer des feindlichen Geschwaders. Nachdem ihr Kommandant (Kapitän Eulate) noch mit lichterloh brennendem Schiff den vergeblichen Versuch unternommen hatte die »Brooklyn« zu rammen, sank die »Vizcaya« im Geschosshagel der »Iowa« und der »Oregon«, ohne dass der Besatzung auch nur Zeit geblieben wäre die Flagge einzuholen. Dann kam die Reihe an die »Colón« (Kapitän Díaz Moreu), die gegen dreizehn Uhr von vier amerikanischen Schlachtschiffen eingekreist, zur Küste hin abgedrängt und dort von der eigenen Mannschaft versenkt wurde. Zur selben Zeit, und obwohl ihr Schicksal so gut wie besiegelt war, verließen die letzten Schiffe des spanischen Geschwaders den Hafen. Es handelte sich um die Torpedozerstörer »Pluton« und »Furor«, zu denen sich in letzter Stunde der bewaffnete Schoner »Manigua« gesellt hatte, dessen Kommandant (Kapitän der Handelsmarine Xaloc) sich weigerte, im Schutze des Hafens zurückzubleiben, wo sein Schiff nach Eroberung der Stadt den Amerikanern in die Hände gefallen wäre. Da an eine Flucht nicht zu denken war, nahmen die drei Schiffe direkten Kurs auf die feindlichen Panzerschiffe und Kreuzer. Die »Pluton« (Fregattenleutnant Vázquez) brach nach Einschlag eines schweren, von der »Indiana« abgefeuerten Geschosses regelrecht auseinander und ging binnen weniger Minuten unter. Kurz darauf wurde die »Furor« (Kommandant Villaamil) vom selben Panzerschiff und von der »Gloucester« ins Kreuzfeuer genommen und gleichfalls versenkt. Die leichte und schnelle »Manigua« verließ als letzte den Hafen von Santiago, als alle anderen spanischen Schiffe bereits untergegangen waren oder brannten. Ihr Kommandant ließ neben der nationalen Flagge ein ungewöhnliches schwarzes Banner hissen, umschiffte im Geschosshagel des Feindes eine dem Hafen vorgelagerte Sandbank und steuerte todesmutig auf das amerikanische Panzerschiff »Indiana« zu, das am nächsten war. In beständigem Zickzackkurs gelang es der »Manigua«, und drei Seemeilen zurückzulegen, doch ihr heldenhafter Angriff war zum Scheitern verdammt; bald brannte der Schoner vom Bug bis zum Heck. Um dreizehn Uhr zwanzig ging das Schiff mit Mann und Maus unter.

Quart legte das Blatt langsam in die Mappe zurück, verschnürte sie und legte sie wieder in die Truhe. Jetzt wusste er, worauf der gleichgültige Blick Kapitän Xalocs auf der Abbildung in der Illustrierten gerichtet war: auf die Bordkanonen des Panzerschiffs *Indiana*. Einen Moment lang sah er ihn vor sich, Manuel Xaloc, wie er im Rauch seines brennenden Schoners, ohrenbetäubendem Kanonendonner ausgesetzt, das Steuerrad der *Manigua* umklammerte, wild entschlossen seine lange Reise nach Nirgendwo zu beenden.

»Hat Carlota von der Tragödie erfahren?«

Macarena blätterte in einem alten Fotoalbum:

»Das weiß ich nicht. Im Juli 1898 war sie bereits völlig weggetreten; schwer zu sagen, ob sie überhaupt noch etwas realisiert hat. Aber ich vermute, dass die Nachricht vor ihr verheimlicht wurde. Jedenfalls kam sie bis zu ihrem Tod jeden Tag hier herauf, um am Fenster zu warten.«

»Was für eine traurige Geschichte.«

Macarena reichte Quart das aufgeschlagene Album, um ihm ein altes Bild zu zeigen, in dessen rechter, unterer Ecke noch der Stempel des Fotoateliers zu sehen war. Es zeigte eine junge Frau in hellen Sommerkleidern; sie hatte ein geschlossenes Sonnenschirmchen in der Hand und auf dem Kopf einen breitkrempigen Strohhut, der mit den Seiden- und Papierblumen aus der Truhe geschmückt war. Das Foto war bräunlich verfärbt und so verblichen, dass man einzelne Details nur noch erahnen konnte. Aber die schlanken Hände, die Schirm, Spitzenhandschuhe und Fächer hielten, waren immer noch deutlich zu erkennen, ebenso das helle, im Nacken aufgesteckt Haar, das blasse, ovale Gesicht, der abwesende Blick, das traurige Lächeln. Carlota Bruner wirkte anmutig und sehr sanft, ohne ausgesprochen hübsch zu sein. Quart schätzte sie auf knapp zwanzig Jahre.

»Vielleicht hat sie das Foto für ihn machen lassen«, meinte Macarena.

Ein Windstoß ließ die weißen Gardinen auffliegen und Quart konnte wieder den nahe gelegenen Glockenturm von Nuestra Señora de las Lagrimas sehen. Er war gedrückter Stimmung; um irgendetwas dagegen zu unternehmen, stand er auf, ging zu einem der mozarabischen Bögen, zog seine Jacke aus und legte sie gefaltet über die Fensterbrüstung. Dann betrachtete er lange die schwarzen Umrisse des Kirchendachs in der mondklaren Nacht. Er fühlte sich niedergedrückt, so niedergedrückt, wie Manuel Xaloc sich gefühlt haben musste, als er die Casa del Postigo verlassen hatte und zu der kleinen Kirche gegangen war, um seine zwanzig Perlen abzuliefern – den Brautschmuck, den Carlota Bruner niemals tragen sollte.

»Tut mir Leid«, murmelte Quart in die Nacht, ohne zu wissen, bei wem oder wofür er sich entschuldigte – er hatte einfach das Bedürfnis, es zu tun. Er spürte wieder die beklemmende Kälte des Kryptabogens in seinen Händen, hörte das Knistern der brennenden Kerzen, während Padre Ferro die Messe zelebrierte, nahm den modrigen Geruch der Vergangenheit wahr, der aus der offenen Truhe strömte. Einem einsamen Templer gleich, der sich in der Wüste erschöpft auf sein Schwert stützt, stand er da und sah den Schoner *Manigua* an sich vorüberziehen, wie er am 3. Juli 1898 in See stach, die reglose Gestalt Kapitän Xalocs auf der Kommandobrücke, neben der spanischen Nationalflagge ein schwarzes Banner gehisst, schwarz wie die Verzweiflung.

Plötzlich streifte ihn etwas am Arm. Macarena war neben ihn getreten und betrachtete ebenfalls die dunkle Silhouette von Nuestra Señora de las Lagrimas.

»Jetzt wissen Sie alles Nötige«, sagte sie.

Nichts war wahrer als das. Quart wusste weit mehr, als er wissen wollte. Matutin hatte sein Ziel erreicht, aber was nützte es? Nichts von alledem war in die Bürokratenprosa des Berichts zu übersetzen, den das IOE von ihm erwartete. Das Einzige, was Monsignore Spada, Seine Eminenz Jerzy Iwaszkiewicz und Seine Heiligkeit der Papst von ihm erfahren wollten, war die

Identität des Computerpiraten, und ob von Seiten der kleinen sevillanischen Gemeinde ein Skandal drohte. Der Rest, also die Menschen und Geschichten, die in jener Barockkirche begraben lagen, interessierte keinen. Der junge Padre Óscar hatte den Nagel auf den Kopf getroffen: Nuestra Señora de las Lagrimas war zu weit von Rom entfernt; ihr Schicksal war im Voraus besiegelt, wie das der *Manigua*, und wie die *Manigua* war auch sie nur ein winziger Schoner, der im Zickzackkurs auf ein stahlgepanzertes, herzloses Ungetüm zusteuerte.

Macarena hatte eine Hand auf seinen Arm gelegt, auf den Arm mit den verletzten Fingerknöcheln. Er ließ es geschehen und zog ihn nicht zurück, obwohl sie merken musste, dass seine Muskeln sich anspannten.

»Ich reise aus Sevilla ab«, sagte er leise.

Sie antwortete nicht gleich, aber nach einer Weile drehte sie ihm den Kopf zu:

»Glauben Sie, dass man in Rom verstehen wird, was hier los ist?«

»Ich weiß es nicht. Aber ob man es in Rom versteht oder nicht, hat keinerlei Bedeutung.« Quart wies mit einer ausholenden Armbewegung auf die Truhe, den Glockenturm, die dunkle Stadt zu ihren Füßen. »Meine Vorgesetzten in Rom haben nicht erlebt, was ich erlebt habe. Für den Vatikan ist das hier bloß ein verschwindend kleiner Fleck auf der Landkarte; die Streiche dieses naiven Computerfreaks haben kurz ein bisschen Aufmerksamkeit erregt, aber ich kann Ihnen jetzt schon sagen, dass mein Bericht zu den Akten gelegt wird, kaum dass man ihn gelesen hat.«

»Das ist ungerecht«, protestierte Macarena. »Dieser Ort ist etwas ganz Besonderes.«

»Nein, Sie täuschen sich. Die Welt ist voll von solchen Orten. Es gibt überall, in jedem Winkel und in jeder Geschichte eine am Fenster wartende Carlota, einen rebellischen alten Priester, eine Kirche, die zerfällt … Sie und Ihre Freunde bringen den Papst nicht um seinen Schlaf.«

»Und Sie?«

»Das spielt keine Rolle. Ich habe schon immer wenig geschlafen.«

»Verstehe.« Macarena zog die Hand von seinem Arm zurück.

»Sie halten sich immer aus allem raus, stimmt's? Sie übernehmen nie Verantwortung. Außer natürlich, wenn Sie Befehle ausführen.« Sie schleuderte mit einer zornigen Geste ihr Haar zurück und rückte so dicht an ihn heran, dass er keine andere Wahl hatte, als ihr ins Gesicht zu sehen. »Wollen Sie mich nicht fragen, warum ich meinen Mann verlassen habe?«

»Nein. Das will ich nicht. Und für meinen Bericht ist es nicht notwendig.«

Die junge Frau ließ ein leises, verächtliches Lachen vernehmen.

»Ich pfeife auf Ihren Bericht. Sie sind mit hunderten von Fragen hier angekommen und jetzt wollen Sie sich aus dem Staub machen, bevor Sie noch alle Antworten gehört haben. Das lasse ich nicht zu. Sie haben in Don Príamos Personalakte herumgestöbert, in Gris Marsalas, jetzt vervollständigen Sie gefälligst auch meine.« Macarena unterbrach sich, ohne den Blick von ihm abzuwenden. Als sie weitersprach, hatte ihre Stimme den aggressiven Ton verloren; jetzt klang sie ernst und nachdenklich, und man merkte, dass ihr die Worte nicht leicht über die Lippen kamen: »Ich wollte ein Kind … etwas, das mir Boden unter die Füße gibt, mir dieses scheußliche Gefühl nimmt, ständig über einem Abgrund zu schweben … Ich wollte ein Kind und Pencho wollte es nicht«, stellte sie – nun wieder sarkastisch – fest. »Sie können sich seine Einwände ja vorstellen: Das ist zu früh, im Moment steht mein Beruf im Vordergrund, ich hätte überhaupt keine Zeit für ein Kind, bla, bla, bla … Ich habe ihn reden lassen und bin trotzdem schwanger geworden. Warum drehen Sie den Kopf weg, Padre Quart? Schockiert Sie das? … Stellen Sie sich vor, Sie sitzen im Beichtstuhl. Das gehört doch auch zu Ihrem Amt, oder?«

Quart schüttelte den Kopf.

»Nein, das tut es nicht«, erwiderte er sanft aber bestimmt. »Außerdem habe ich schon einmal gesagt, dass ich Ihnen nicht die Beichte abnehmen möchte.«

»Aber weigern können Sie sich auch nicht.« Der Spott in Macarenas Stimme war unüberhörbar. »Nehmen wir an, ich leide fürchterliche Gewissensqualen … Dem dürfen Sie sich als Priester nicht verschließen.« Sie schwieg ein paar Sekunden. »Außerdem verlange ich ja keine Absolution von Ihnen.«

Er zuckte mit den Schultern, als sei das noch das geringste Problem, aber sie nahm es nicht wahr. In ihren Augen schimmerten der Mond und die Nacht.

»Ich wurde also schwanger«, fuhr sie fort. »Und Pencho wurde von Panik ergriffen. Das sei absurd, was mir eigentlich einfiele, ich hätte ihn überrumpelt, das lasse er sich nicht gefallen und so ging es gerade fort. Er hat mich unter Druck gesetzt, wie ich noch nie in meinem Leben von irgendjemandem unter Druck gesetzt worden bin. Er wollte, dass ich abtreibe.«

Das war es also! Quart fügte im Geiste die letzten Steinchen ins Mosaik. Macarena sah ihn stumm an.

»Und Sie haben es getan«, rutschte es ihm heraus.

Als sie den Blick zu ihm hob, spielte ein unendlich bitteres Lächeln um ihre Lippen.

»Ja. Ich habe es getan.« Das vom bleichen Mond beschienene Santa Cruz spiegelte sich noch immer in ihren Augen. »Ich bin Katholikin und habe mich gewehrt, so lange es ging. Aber am Ende bin ich doch in eine Klinik gegangen und habe das Kind wegmachen lassen. Nur dass es dabei zu Komplikationen kam: eine Uterusperforation mit schwerer Blutung. Ich bin in letzter Minute operiert worden – Hysterektomie … Wissen Sie, was das heißt? Das heißt, dass ich nie wieder ein Kind bekommen kann.« Als sie aufsah, spiegelte sich der Mond in ihren Augen und wischte alle Spuren daraus fort. »Nie mehr.«

»Was hat Padre Ferro dazu gesagt?«

»Nichts. Er ist alt und hat schon zu viel im Leben gesehen. Jedenfalls gibt er mir weiter die Kommunion, wenn ich ihn darum bitte.«

»Weiß Ihre Mutter davon?«

»Nein.«

»Und Ihr Mann?«

Macarena lachte trocken auf.

»Auch nicht.« Sie strich mit der Hand über die Fensterbrüstung, ohne Quarts Arm zu berühren. »Das wissen außer Ihnen nur Don Príamo und Gris.«

Quart sah sie verwundert an:

»Schwester Marsala hat der Abtreibung zugestimmt?«

»Im Gegenteil. Sie hätte mir deswegen beinahe die Freundschaft aufgekündigt. Aber als es mir dann in der Klinik schlecht ging, war sie zur Stelle. Pencho hat wie gesagt nichts davon erfahren; ich wollte ihn bei dem Eingriff nicht dabeihaben; er denkt bis heute, dass es sich um eine normale Abtreibung gehandelt hat. Als ich nach Hause zurückkam, war für ihn wieder alles in Butter.«

Macarena schwieg eine Weile, den Blick auf die beleuchtete Giralda in der Ferne gerichtet; dann wandte sie sich erneut an Quart:

»Es gibt da einen Reporter«, sagte sie. »Einen gewissen Bonafé. Er hat letzte Woche Fotos von mir veröffentlicht …«

Sie hielt inne, als erwarte sie sich einen Kommentar, doch Quart sagte nichts. Die Fotos von Macarena und dem Torero vor dem Hotel Alfonso XIII. waren für ihn kein Problem, aber den Namen Honorato Bonafés hörte er nicht gerne aus Macarenas Mund.

»Ein ekliger Typ«, fuhr sie fort. »Aufgedunsen, schmierig … Einer von denen, die immer verschwitzte Hände haben.«

»Ich kenne den Mann«, sagte Quart endlich.

Macarena warf ihm einen misstrauischen Blick zu und schien sich zu fragen, wie er dazu komme, ein solches Individuum zu kennen. Danach senkte sie den Kopf, sodass ihr Gesicht hinter einem Vorhang aus schwarzem Haar verschwand.

»Er hat mir heute Morgen einen Besuch abgestattet«, erzählte sie. »Oder besser gesagt, er hat mich vor der Haustür abgepasst. Natürlich habe ich ihn sofort zum Teufel gejagt, aber er machte im Gehen gewisse Anspielungen, von wegen, er habe sich in der Klinik umgehört.«

Diese widerliche Ratte! Quart schnitt eine Grimasse; er konnte sich die Szene lebhaft vorstellen und bedauerte es, Bonafé bei ihrer letzten Begegnung nicht deutlicher gezeigt zu haben, wo es langging. Würde er diesen gemeinen Schuft bloß noch einmal zwischen die Finger kriegen; dann wollte er schon dafür sorgen, dass ihm sein fieses Grinsen ein für alle Mal verging.

»Ich mache mir ein wenig Sorgen«, gestand Macarena. Sie klang unsicher und verzagt, wie Quart sie noch nie erlebt hatte. Wahrscheinlich malte sie sich aus, wie Bonafé diese Geschichte ausschlachten würde.

»In Spanien sind Abtreibungen heutzutage kein Problem mehr«, sagte Quart, um sie zu beruhigen.

»Nein. Aber dieser Mensch ist zu allem fähig; seine Zeitschrift lebt von Skandalen.«

Macarena verschränkte die Arme vor der Brust, als friere sie plötzlich.

»Wissen Sie, wie eine Abtreibung gemacht wird, Padre Quart?« Sie betrachtete ihn eingehend, suchte in seinen Zügen nach einer Antwort, die sie nicht fand. »Nein, wie könnten Sie auch«, fuhr sie geringschätzig fort. »Und noch weniger können Sie sich wahrscheinlich vorstellen, was eine Frau dabei empfindet … wenn sie mit gespreizten Beinen daliegt, im gleißenden Neonlicht, über sich die weiße OP-Decke; das Gefühl weglaufen oder sterben zu wollen; diese unendliche, entsetzliche Einsamkeit …« Sie wandte sich brüsk vom Fenster ab. »Verflucht seien die Männer. Alle miteinander und Sie eingeschlossen. Verflucht bis zum Letzten.«

Macarena hielt inne, holte tief Luft und stieß einen gequälten Seufzer aus. Das Licht-und-Schatten-Spiel auf ihrem Gesicht machte sie älter; vielleicht lag es auch an dem bitteren, schleppenden Ton ihrer Stimme, dass Quart plötzlich eine ganz andere Frau vor sich sah, ein harte und leidgeprüfte Frau.

»Ich weigerte mich lange darüber nachzudenken, was passiert war«, fuhr sie nach einer Weile fort. »Ich habe jeden Gedanken in diese Richtung unterdrückt. Es war alles wie ein Traum für mich, wie ein Alptraum, aus dem ich erwachen wollte … Eines Tages, drei Monate nach der Abtreibung, betrete ich unser Bad, wo Pencho sich gerade duscht; wir hatten zum ersten Mal wieder miteinander geschlafen; er steht unterm Wasserstrahl, seift sich ein und ich setze mich auf den Wannenrand und schaue ihm zu. Plötzlich grinst er mich an und da packt mich ein Gefühl, als hätte ich einen Fremden vor mir. Ich kann Ihnen das nicht erklären … Das war einfach nicht mehr der Mann, den ich geliebt hatte. Und dessentwegen ich auf meine Mutterschaft verzichtet habe.«

Sie verstummte erneut. Quart, der ursprünglich nichts von alledem hatte wissen wollen und nun doch gebannt an ihren Lippen hing, kam dieses Schweigen unerträglich vor. Einen Moment lang schien es, als wolle sie gar nicht weitersprechen, aber dann trat sie wieder ans Fenster vor und legte eine Hand auf die Brüstung, genau zwischen sich und ihn, auf seine gefaltete Jacke.

»Ich habe mich sehr einsam und völlig leer gefühlt«, fuhr sie endlich fort. »Noch viel schlimmer als in der Klinik. Da habe ich meine Koffer gepackt und bin hierher zurückgekommen, in die Casa del Postigo … Pencho weiß bis heute nicht, warum.«

Quart atmete fünf-, sechsmal langsam durch. Macarena schien einen Kommentar von ihm zu erwarten.

»Das ist also der Grund, weshalb Sie ihm wehtun wollen«, meinte er schließlich.

»Wehtun? Nein. Pencho kann man nicht wehtun, sein Ego ist der reinste Bunker. Aber ich kann ihn in einer anderen Münze bezahlen lassen: mit dieser Kirche, mit seinem Ansehen als Bankier, mit seinem Mannesstolz – kurz mit seinem sozialen Prestige. In Sevilla schlägt Beifall sehr leicht ins Gegenteil um … Ich spreche natürlich von *meinem* Sevilla, und genau dessen Applaus strebt Pencho ja an.«

»Anders ausgedrückt: Sie wollen Ihren Mann gesellschaftlich ruinieren.«

»So könnte man es nennen.«

»Ihre Freundin Gris meint, dass sie ihn noch immer lieben.«

»Gris redet manchmal zu viel.« Ein weiteres, bitteres Auflachen begleitete ihre Worte. »Ob ich ihn liebe oder nicht, hat keinerlei Bedeutung. An den Tatsachen ändert das nichts.«

»Und ich? Ich meine, warum erzählen Sie mir das alles?«

Aus Macarenas Augen sah ihn der Mond an: zwei fahle, weiße Scheiben.

»Ich weiß nicht. Sie sagten, dass Sie abreisen wollen, und das beunruhigt mich plötzlich.« Sie war ihm jetzt so nahe, dass der Wind ihm ihr Haar ins Gesicht wehte. »Mag sein, dass ich mich an Ihrer Seite weniger allein fühle. Irgendwie verkörpern Sie, auch wenn Sie es selber nicht wahrhaben wollen, das Bild des Priesters, wie es seit jeher im Unterbewusstsein von uns Frauen herumspukt: standhaft, weise, jemand, dem man vertrauen, dem man sich anvertrauen kann; vielleicht liegt das an Ihrer schwarzen Kleidung und dem Priesterkragen … oder auch daran, dass Sie ein anziehender Mann sind.« Macarena grinste. »Sie sind extra aus Rom hierher geschickt worden – das macht Sie mir auch interessant. Wäre doch immerhin möglich, dass ich Matutin bin, oder? In diesem Fall könnte ich darauf aus sein, Sie für meine Sache einzuspannen, was wiederum eine, wenn auch sehr indirekte, Rache an Pencho wäre. Sie sehen, lieber Padre, es gibt viele Möglichkeiten; vielleicht trifft eine davon zu, vielleicht alle miteinander. Ich kann Ihnen nur eins sicher sagen: Innerhalb meines Lebens verkörpern Sie und Padre Ferro eine Oase des Friedens.«

»Sie werfen mich und Padre Ferro in einen Topf?«

»Ja. Sie sind gegensätzlich, aber komplementär.«

»Und zu dieser Oase des Friedens gehört auch eine Kirche, nicht?«, sagte Quart. »Jetzt verstehe ich, weshalb Sie Nuestra Señora de las Lagrimas so verteidigen. Sie brauchen sie. Wie alle andern.«

Macarena raffte sich das Haar im Nacken zusammen und drehte es mit erhobenen Armen zu einem Knoten; ihr entblößter Hals bildete eine weich geschwungene Linie zwischen Ohrläppchen und Schulteransatz.

»Sie brauchen sie auch, Padre … mehr als Sie selbst glauben.« Macarena öffnete ihre Hände, sodass sich ihr das schwarze Haar wie eine Flut über Hals und Schultern ergoss. »Was mich betrifft … ich weiß nicht, was ich wirklich brauche. Vielleicht diese Kirche, wie Sie meinen. Vielleicht aber auch etwas anderes … einen anziehenden, schweigsamen Mann zum Beispiel, der mir hilft zu vergessen, oder wenigstens gleichgültiger zu werden; und einen zweiten, einen alten und weisen Mann, der mich von der Schuld der Selbstvergessenheit freispricht … Soll ich Ihnen etwas sagen? Vor zweihundert Jahren war es ein Glück, Katholikin zu sein; damit ließen sich alle Probleme aus der Welt schaffen: man brauchte sie bloß einem Priester anzuvertrauen und zu hoffen. Heute glauben nicht einmal Sie Priester mehr an sich selbst … Ich hab da mal einen Film gesehen, *Jenny* … Vielleicht kennen Sie ihn ja. In diesem Film sagt Joseph Cotten, der einen Maler spielt, zu Jennifer Jones: ›Ohne dich bin ich verloren.‹ Und sie erwidert: ›Hör auf. Wir können nicht beide verloren sein.‹ … Sind Sie so verloren, wie es scheint, Padre Quart?«

Er drehte sich nach ihr um, ohne ein Wort über die Lippen zu bringen. Zwei fahle Monde lachten ihn aus, und er fragte sich, wie es möglich war, dass der Mund einer Frau so spöttisch und so zärtlich zugleich lächeln konnte, so frech und so schüchtern, und so nah. Und als er gerade seinen eigenen Mund aufmachen wollte, um ihr eine Antwort zu geben, die er selbst noch nicht kannte, hallten von einer nahe gelegenen Turmuhr elf Schläge über die Dächer – das konnte nur der Heilige Geist sein, der seine Wachschicht für beendet erklärte. Gütiger Himmel. Seine Hand, die verletzte, bewegte sich auf das Gesicht der Frau zu, aber er schaffte es, sie auf halbem Wege zum Stillstand zu bringen. In diesem Moment merkte er – ob erleichtert oder enttäuscht, hätte er selbst nicht zu sagen gewusst –, dass Padre Ferro unter der Tür stand und sie ansah.

»Der Mond ist zu hell«, sagte Don Príamo, der durch sein Fernrohr den Himmel beobachtete. »Bei so viel Licht lässt sich schlecht arbeiten.«

Macarena war gegangen und hatte sie alleine im Taubenschlag zurückgelassen. Quart bückte sich, um Carlota Bruners Truhe zu schließen, und betrachtete dann stumm die kleine, ausgemergelte Gestalt des Priesters in seiner schwarzen Soutane. Er stand mit dem Rücken zu ihm.

»Machen Sie das Licht aus«, sagte Padre Ferro.

Quart gehorchte: Die Einrichtung des Zimmers, die alten Bücher, der Stich an der Wand versanken in völliger Dunkelheit. Umso kräftiger und kompakter trat nun der vom Fenster vor dem Teleskop eingerahmte Ausschnitt der Nacht hervor, die vom Mond erhellt, aber auch mit seltsamen Schatten bevölkert war.

»Ich möchte mit Ihnen reden«, sagte Quart. »In den nächsten Tagen reise ich aus Sevilla ab.«

Padre Ferro erwiderte nichts. Er fuhr fort durch den mozarabischen Galeriebogen hindurch das Firmament abzusuchen, während sich rechts und links von ihm leise die Gardinen im Wind bauschten.

»Berenike«, sagte er irgendwann. »Ich kann die Locke der Berenike sehen.«

Quart trat vor und stellte sich neben ihn an die Fensterbrüstung. Das zum Himmel gerichtete Fernrohr befand sich in ihrer Mitte.

»Die drei Sterne da«, fügte Padre Ferro hinzu. »Im Nordwesten. Sie sind nach einer alten Geschichte benannt. Berenike, die Frau von Ptolemäus III., hat ihr Haar den Göttern geweiht, als

Opfer für die glückliche Rückkehr des Königs von einem Feldzug. Später ist ein Sternbild danach benannt worden.«

Quart betrachtete nicht den Himmel, sondern das schwarze Profil des alten Pfarrers. Plötzlich erlosch die Beleuchtung der Giralda; als Quart in ihre Richtung blickte, hatte die Nacht sie vollkommen verschluckt, aber nachdem seine Augen sich an die Dunkelheit gewöhnt hatten, konnte er im Mondlicht die schattenhaften Umrisse des alten arabischen Minaretts wieder erkennen.

»Und dort hinten«, fuhr Padre Ferro fort, »fast im Zenit, das sind die Jagdhunde.«

Er sprach den Namen des Sternbildes mit abgrundtiefer Verachtung aus: Jagdhunde, das waren Eindringlinge, die eine Harmonie zerstörten. Diesmal blickte auch Quart nach oben und konnte gen Norden tatsächlich die von Don Príamo genannte Konstellation erspähen: ein großer und ein kleiner Stern, die gemeinsam durchs Weltall zu wandern schienen.

»Die sind ihnen wohl nicht besonders sympathisch, was?«, meinte er.

»Nein. Ich hasse alle Jäger. Erst recht, wenn sie im Auftrag anderer jagen. Und die Hunde da sind nicht nur Jäger, sondern obendrein noch Speichellecker. Den großen Stern nennt man die Nördliche Krone oder die Cor Caroli. Halley hat ihn so getauft, weil er am Tag, an dem Karl II. nach London zurückgekehrt ist, besonders hell geleuchtet hat.«

»Dann hat Halley die Schuld und nicht der Hund.«

Don Príamo ließ sein schnarrendes Lachen vernehmen. Er hatte endlich den Kopf umgewandt und blickte Quart spöttisch über die Schulter an. Der Mond brachte sein struppiges weißes Haar zum Leuchten und ließ es beinahe sauber erscheinen.

»Sie sind aber sehr empfindlich, Padre Quart. Geradezu misstrauisch. Das sagt man sonst eigentlich immer mir nach.« Er lachte wieder leise vor sich hin. »Ich habe von Sternen gesprochen, nur von Sternen.«

Er kramte seine verbeulte Blechschachtel aus der Tasche der Soutane und entnahm ihr eine Zigarette. Dann riss er ein Zündholz an, schützte es in der hohlen Hand und beugte sich darüber; die Flamme warf ihren rötlichen Schein auf sein unrasiertes, mit

Falten und Narben übersätes Gesicht, auf den speckigen Kragen und die verfleckten Ärmel seiner Soutane.

»Warum gehen Sie?«, fragte er, die glühende Zigarette im Mundwinkel, während er das erloschene Streichholz zum Fenster hinauswarf. »Haben Sie Ihren Matutin entlarvt?«

»Darauf kommt es mir mittlerweile gar nicht mehr an. Ob Matutin nun einer von Ihnen ist, oder Sie alle miteinander oder keiner … Das ist nicht das Problem.«

»Ich wüsste zu gerne, was Sie in Rom erzählen.«

Quart sagte es ihm: Dass er bezüglich der beiden Todesfälle zum selben Ergebnis gelangt sei wie die Polizei, also Unfall als Todesursache; unabhängig davon gebe es einen betagten Pfarrer, der von einigen seiner Gläubigen unterstützt einen privaten Kleinkrieg gegen Rom führe. Das sei aber bereits zu Zeiten des Heiligen Paulus vorgekommen, weshalb er nicht annehme, dass sich die Kurie viel daraus mache. Ohne den Computerpiraten und seine ominösen Botschaften wäre die Sache sowieso nie über die Grenzen des Erzbistums Sevilla hinaus bekannt geworden.

»Genügt Ihnen das als Auskunft?«

»Was werden sie mit mir tun?«

»Ach, nichts Besonderes … Monsignore Corvo hat ja bereits ein Disziplinarverfahren gegen Sie eingeleitet und wenn da jetzt noch mein Bericht dazukommt, vermute ich, dass man Sie diskret in Frührente schickt … bestenfalls noch ein paar Jährchen als Seelsorger in ein Nonnenkloster. Das Nächstliegende ist natürlich ein Seniorenheim für ausgediente Pfarrer. Ein Ort der Ruhe, Sie verstehen schon.«

Die Glut der Zigarette leuchtete in der Dunkelheit auf.

»Und jetzt verraten Sie mir noch, was mit der Kirche passiert.«

Quart griff nach seiner Jacke, die immer noch auf der Fensterbrüstung lag, faltete sie auseinander, dann wieder zusammen und legte sie an dieselbe Stelle zurück.

»Dafür bin ich eigentlich nicht zuständig«, erwiderte er. »Aber wie die Dinge liegen, sehe ich kaum eine Zukunft für sie. In Sevilla gibt es zu viel Kirchen und zu wenig Priester. Außerdem hat Seine Exzellenz Don Aquilino Corvo bereits das Requiescat in pace ausgesprochen.«

»Über die Kirche oder über mich?«

»Über beide.«

Padre Ferro lachte trocken auf.

»Sie haben auf alles eine Antwort, wie ich sehe.«

Quart dachte einen Augenblick nach.

»Ehrlich gesagt fehlt mir noch eine«, erwiderte er dann. »Beim Lesen Ihrer Personalakte bin ich auf etwas gestoßen ... aber ich würde gerne Ihre Version hören, bevor ich es in meinem Bericht erwähne. Als Sie dort oben in den Pyrenäen Pfarrer waren, hatten Sie ein Problem. Ein gewisser Montegrifo, ich weiß nicht, ob Sie sich an ihn erinnern ...«

»Selbstverständlich erinnere ich mich an Señor Montegrifo.«

»Er behauptet Ihnen seinerzeit ein Gemälde abgekauft zu haben, ein Gemälde aus der Pfarrkirche von Cillas de Ansó.«

Padre Ferro schwieg lange. Quart beobachtete aus den Augenwinkeln sein zum Himmel gewandtes Profil mit der Zigarette, die mittlerweile fast abgebrannt war, und die Hand, die auf dem mondbeschienenen Fernrohr lag.

»Es war eine kleine, romanische Kirche«, begann Don Príamo endlich zu erzählen. »Ihre Wände waren halb verfallen, im morschen Dachstuhl haben Krähen und Ratten genistet ... Die Gemeinde war bitterarm, manchmal hat das Geld nicht einmal für den Messwein gereicht. Meine Gläubigen wohnten im Umkreis von mehreren Kilometern; einfache Leute, Hirten und Bauern. Die meisten waren alt, krank, ungebildet; eine Zukunft hatte keiner von ihnen. Ich habe täglich Messe gehalten, unter der Woche alleine, sonntags für sie. Tja, und über dem Altar hing ein altes Tafelbild, oder – besser gesagt – es vergammelte: Schimmel, Holzwurm, Regenwasserinfiltrationen vom Dach her ... Sie können es sich ja vorstellen. Spanien war damals voll von solchen Kirchen, und ihre Kunstschätze: gestohlen, verbrannt, unter eingestürzten Mauern verschüttet; manche sind im Lauf der Zeit auch einfach kaputtgegangen.« Padre Ferro zuckte mit der Schulter. »Eines Tages besucht mich ein Ausländer, der früher schon mal in der Kirche gewesen war; diesmal kommt er in Begleitung eines vornehm gekleideten Herrn, der sich als Direktor eines Madrider Auktionshauses vorstellt. Sie haben mir ein Angebot gemacht ... für eine Christusfigur und das kleine Altarbild.«

»Offenbar ein sehr wertvolles Altarbild«, bemerkte Quart.

»Aus dem 15. Jahrhundert.«

Der Pfarrer schüttelte gereizt den Kopf, während sein Zigarettenstummel noch einmal aufglühte.

»Das Jahrhundert spielt keine Rolle. Wichtig war, dass sie dafür bezahlt haben; nicht viel, aber es hat immerhin für ein paar lebensnotwendige Ausgaben gereicht und dazu für ein neues Kirchendach.«

»Sie haben das Bild also wirklich verkauft?«

»Natürlich habe ich es verkauft. Ohne eine Sekunde zu zögern. Wie gesagt: Damit habe ich das Dach reparieren lassen, Medikamente für die Kranken beschafft und die Schäden wettgemacht, die durch Viehseuchen und Frost entstanden waren – wenigstens ein bisschen … Mit einem Wort: Ich habe Leben und Sterben geholfen.«

Quart deutete mit der Hand auf die dunkle Silhouette des giebelförmigen Glockenturms.

»Und jetzt verteidigen Sie so hartnäckig diese Kirche. Ist das nicht widersprüchlich?«

»Warum? Der künstlerische Wert von Nuestra Señora de las Lagrimas ist mir so wurscht wie Ihnen oder dem Erzbischof; darum kümmert sich Schwester Marsala. Mir geht es um meine Gläubigen. Die sind mir hundertmal wichtiger als irgendein bemaltes Holzbrett.«

»Dann glauben Sie also nicht …«, begann Quart.

»An was? An Altarbilder aus dem 15. Jahrhundert? An Barockkirchen? An den Großen Mechaniker, der dort oben sitzt und Stück für Stück unsere Schräubchen festzieht?«

Padre Ferro zog ein letztes Mal an seiner Zigarette, dann schnippte er den Stummel in die Nacht hinaus.

»Das ist doch völlig egal«, sagte er, indem er das Teleskop hin und her schwenkte, ohne durchzusehen. »Hauptsache, *sie* glauben.«

»Um noch einmal auf dieses Tafelbild zurückzukommen … Es hat einen hässlichen Fleck in Ihrer Personalakte hinterlassen«, stellte Quart fest.

»Ich weiß.« Padre Ferro drehte weiter an dem Fernrohr herum. »Ich hatte deswegen sogar einen heftigen Streit mit meinem Bischof. In Rom, habe ich zu ihm gesagt, ist so was gang und gäbe; dort würde kein Hahn danach krähen. Nur hierzulande hört man ständig den Hahn des Heiligen Petrus krähen.

Im Nachhinein klopft sich alles schuldbewusst auf die Brust und schreit ›Quo Vadis Domine‹ und ›schlagt mich den Kopf nach unten ans Kreuz‹; aber bis es so weit ist, will keiner was wissen; da können die Missstände noch so groß sein. Im Haus des Hohenpriesters knallen die Ohrfeigen und im Hof sitzen sie herum, stellen sich taub und verleugnen ihr Gewissen.«

»Wie Petrus«, nickte Quart. »Mit dem haben Sie es also auch?« Der alte Pfarrer lachte leise vor sich hin.

»Ja. Der hätte sich besser in Gethsemane umbringen lassen, als er zur Verteidigung des Herrn das Schwert zog.«

Jetzt war es Quart, der lachte.

»Dann wären wir aber um unseren ersten Papst gekommen.«

»Das glauben auch nur Sie.« Don Príamo schüttelte den Kopf. »Päpste gibt es in unserem Gewerbe genug. Mutige Männer, daran fehlt es.«

Er hatte sich vorgebeugt und presste ein Auge ans Okular, während er das Fernrohr nach links oben wandern ließ und dann mit den Drehschrauben die Schärfe regulierte.

»Die Gestirne bewegen sich viel langsamer, als man denkt«, sagte er, ohne den Kopf vom Teleskop zu heben. »So langsam, dass sich ihre Anordnung in den Sternbildern für den irdischen Betrachter erst in Jahrtausenden merklich verändert. Wussten Sie übrigens, dass unsere kleine Erde nur jämmerliche 150 Millionen Kilometer von der Sonne entfernt ist, Pluto dagegen fast 6000 Millionen Kilometer? Und dass die Sonne im Vergleich zu einem mittelgroßen Stern wie Artur ein verschwindend kleiner Tupfen ist? Ganz zu schweigen von Aldebaran – der hat einen Durchmesser von 36 Millionen Kilometern und Beteigeuze ist zehnmal so groß.«

Er schwenkte das Fernrohr ein Stück nach rechts, richtete sich auf und deutete mit dem Finger auf einen Stern:

»Da, sehen Sie den? Das ist Atair. Sein Licht reist mit einer Geschwindigkeit von 300 000 Kilometern in der Sekunde; es braucht volle sechzehn Jahre, bis es bei uns ankommt. Theoretisch könnte der Stern selbst also längst erloschen sein. Wenn ich an Rom denke, habe ich manchmal das Gefühl Atair zu betrachten. Sind Sie sicher, dass es noch da ist und dass Sie es bei Ihrer Rückkehr unverändert vorfinden?«

Er forderte Quart auf auch mal durchs Fernrohr zu schauen.

Quart legte das Auge ans Okular und je weiter er sich vom hellen Mond entfernte, desto deutlicher konnte er die Millionen und Abermillionen winziger Pünktchen erkennen, die zwischen den größeren Sternen Straßen, Nebel oder Wolken bildeten; manche von ihnen schillerten in allen Regenbogenfarben, andere sahen aus wie weiße Farbspritzer am Firmament. Nun entdeckte er gar einen, der sich bewegte, wenige Sekunden nur, dann hatte er ihn wieder aus dem Blickfeld verloren; ob das eine Sternschnuppe gewesen war, ein künstlicher Erdsatellit oder gar ein Komet? Seine spärlichen Astronomiekenntnisse zu Hilfe nehmend, gelang es ihm, den Großen Bären auszumachen, von dort schwenkte er das Fernrohr nach oben, und tatsächlich, da war er, der Polarstern; prächtig und selbstsicher funkelte er am Himmel.

»Das ist Polaris«, sagte Padre Ferro, der den Bewegungen des Teleskops gefolgt war. »Der entlegenste Stern des Kleinen Bären; er zeigt uns nachts exakt den Norden an. Obwohl auch er in Wirklichkeit nicht stillsteht.« Der Pfarrer deutete nach links, und hieß Quart, das Teleskop dorthin auszurichten. »Erkennen Sie den Drachen? Den haben die Ägypter vor fünftausend Jahren als Heimat des Nordens angebetet … Seine Rotationsdauer beträgt 25 800 Jahre, von denen erst 3000 verstrichen sind. In knapp drei Jahrtausenden wird er den Polarstern also wieder ablösen.« Padre Ferros Finger trommelten auf das lange Messingrohr. »Aber ob es dann auf der Erde noch jemanden gibt, der das feststellt, wage ich zu bezweifeln.«

»Mir wird ganz schwindelig«, sagte Quart und trat von dem Teleskop zurück.

Der Pfarrer schnalzte kopfnickend mit der Zunge. Er schien sich an Quarts Schwindel zu ergötzen wie ein obduzierender Anatomieprofessor an den blassen Gesichtern seiner Studenten.

»Polaris ist vierhundertsiebzig Lichtjahre von der Erde entfernt. Witzig, nicht? Dass wir uns an einem Stern orientieren, dessen Licht zu Beginn des 16. Jahrhunderts auf die Reise ging und fast fünfhundert Jahre zu uns unterwegs war.« Er deutete auf einen anderen Punkt am Firmament. »Ungefähr dort befindet sich das so genannte Katzenauge, ein Nebelhaufen, den man mit bloßem Auge nicht erkennt; der ursprüngliche Stern ist erloschen, aber in einer mehrschichtigen Gashülle kreisen immer noch die Reste ebenfalls erloschener Planeten um ihn herum. Das stelle man sich mal vor.«

Padre Ferro entfernte sich von dem Fernrohr und ging zu einem Mauerbogen, durch den der Mond direkt hereinschien. Quart betrachtete seine kleine, ausgemergelte Gestalt mit der viel zu kurzen Soutane und den großen Schuhen die darunter hervorschauten. Dann hörte er ihn wieder sprechen:

»Sagen Sie mir, wer wir sind. Was für eine Rolle wir in dem gigantischen Szenarium spielen, das sich da über unseren Köpfen ausbreitet. Was zählen unsere elenden Menschenleben, unser ganzes Ringen?« Er hob ein wenig die Hand, ohne ihr mit dem Blick zu folgen. »Was kümmern diese Sterne ihr Bericht nach Rom, die Kirche, der Heilige Vater, Sie und ich? Meinen Sie, dort oben sei Platz für Gefühle, für Mitleid … für Hoffnungen?« Wieder erklang das schnarrende, beunruhigende Lachen des alten Priesters. »Nein, mein Lieber. Danach fragt dort oben keiner. Da können Planeten entstehen und vergehen, neue Sterne erstrahlen und alte erlöschen … das Karussell dreht sich immer weiter und letztendlich bleibt sich alles gleich. So war es vor uns und so wird es nach uns sein.«

Quart empfand wieder jene instinktive Solidarität, die unter Klerikern die Stelle der Freundschaft einnimmt. Erschöpfte Krieger, die mutterseelenallein ihr kleines Feld auf dem großen Schachbrett verteidigten; ohne König und ohne Heerführer kämpften sie, ein jeder auf seine Weise und aus eigener Kraft. Am liebsten wäre er zu dem alten Pfarrer hingegangen und hätte ihm die Hand auf die Schulter gelegt; aber er hielt sich zurück. Zu den Regeln gehörte auch die Einsamkeit eines jeden.

»So betrachtet«, sagte er langsam, »treibt einen die Astronomie ja regelrecht zur Verzweiflung.«

Don Príamo drehte den Kopf und sah ihn verwundert an:

»Zur Verzweiflung? Ganz im Gegenteil, Padre Quart. Sie macht einen gelassen. Man fürchtet nur um den Verlust dessen, was man für wichtig, wertvoll oder unersetzlich hält. Wenn man sich dagegen bewusst macht, dass man nichts als ein winziger Regentropfen im Abendrot des Universums ist, was kann einen dann noch schrecken? Was hat man dann noch zu verlieren?« Er wandte sich wieder dem Fenster zu, dessen Gardinen sich im Wind blähten. »Höchstens die Hand eines Freundes, die uns

Trost und Gleichmut spendet, bevor unsere Sterne einer nach dem andern ausgehen und es kalt um uns wird und alles vorbei ist.«

Mit diesen Worten verstummte Padre Ferro. Quart griff nach dem Lichtschalter der Stehlampe. Eine Sekunde später erloschen die Sterne.

Die Jacke über die Schulter gehängt, ging er in den Garten hinunter und atmete tief den Duft der Nacht ein. Sie wartete unter einem Orangenbaum auf ihn; die vom Mond beschienenen Blätter warfen Schatten auf ihr Gesicht und ihre Schultern.

»Ich möchte nicht, dass Sie fortgehen«, sagte sie. »Noch nicht.«

Ihre Augen glänzten, die weißen Zähne zwischen den halb geöffneten Lippen wirkten noch weißer als sonst und die schimmernde Elfenbeinkette schmiegte sich weich an ihren braunen Hals. Quarts Mund entrang sich ein langer, dumpfer Seufzer, der entfernt an das Stöhnen eines Kindes oder an einen Protest erinnerte. Es war heiß. Durch die Ritzen einer Jalousie fielen schmale Streifen Nachmittagssonne auf die gebräunte Haut eines nackten Frauenkörpers; Carmen die Zigarettendreherin rollte Tabakblätter auf der Innenseite ihres Schenkels, winzige Schweißperlen hingen im gekräuselten schwarzen Haar ihrer feuchten Scham. Ein Windstoß fuhr in die Blätter des Orangenbaums und brachte sie zum Rascheln. Ihre Schatten tanzten auf Macarena Bruners Gesicht und Lorenzo Quart war es, als ergieße sich der Mond über seine nackten Schultern. Seines Kettenpanzers entledigt blickte sich der Templer müde um; er glaubte das Hufedonnern der sarazenischen Kavallerie zu vernehmen und die von der Sonne ausgebleichten Knochen der fränkischen Ritter zu sehen, die über den Hügel von Hattin verstreut waren. Aber es war nicht der Lärm der sarazenischen Pferde, den er hörte, sondern das Tosen des aufgewühlten Meers, die Wellen, die sich an der Mole unter dem Leuchtturm brachen, während sich kleine Fischerboote durchs Unwetter kämpften und versuchten in den schützenden Hafen zu gelangen. Und es waren auch nicht ausgebleichte Knochen, die er sah, sondern eine schwarz gekleidete Frau und ein Kind, das sich an ihre nasse Hand klammerte, nass vom Regen oder nass von ihren Tränen. Dann war da noch ein Geruch, der Geruch von Kichererbseneintopf, der auf dem Herd vor sich hin köchelte, während ein alter Dorfpfarrer am Kamin saß und *rosa, rosae* deklinierte. An der dünnen Zimmerwand, die nur dürftigen Schutz gegen die draußen herrschende Kälte bot, zeichnete sich – einsam und verloren in einer Welt, die sich am fünf Jahrhunderte alten Funkeln eines Sterns orientierte – der Schatten des kleinen Jungen von der Mole ab. Und dieser Schatten bewegte sich nun auf den Schatten zu, der unterm Orangenbaum wartete, langsam, bis er seinen Duft wahrnahm, seine Wärme, seinen Atem. Aber eine Sekunde bevor Quart die Hände in Macarenas schwarzem Haar versenkte, um eine Nacht lang der Einsamkeit zu entrinnen – winzige rote Tropfen in der Dämmerung des immensen Alls –, drehten sich der Schatten, das Kind, der Mann, der die Sonnenstreifen auf dem nackten Frauenkörper betrachtete, der erschöpfte und verzweifelte Templer alle gleichzeitig um und blickten zu dem schwach erhellten Fenster des Taubenschlags hinauf, hinter dem ein mürrischer alter Priester, tapfer und allen Zweifeln zum Trotz das schreckliche Geheimnis eines gefühllosen Himmels zu entziffern versuchte. Nur das Gespenst einer Frau, die den Horizont nach weißen Segeln absuchte, leistete ihm dabei Gesellschaft.

XII.
Der Zorn Gottes

Er ist vor unseren Augen verschwunden, einfach so,
als hätte er sich in Luft aufgelöst.
(GASTON LEROUX *Das Phantom der Oper*)

Dem Erzbischof von Sevilla stand die Schadenfreude ins Gesicht geschrieben.

»Rom gibt also auf«, sagte er durch den Rauch seiner Pfeife hindurch.

Quart stellte seine Tasse auf den Unterteller zurück und wischte sich mit einer von Nonnenhänden bestickten Serviette den Mund ab. Ein Seufzer begleitete sein Lächeln.

»So könnte man es betrachten, Exzellenz.«

Corvo schmauchte genüsslich vor sich hin. Sie saßen einander an dem kleinen Tisch der Couchgarnitur im Arbeitszimmer des Monsignore gegenüber. Vor ihnen standen zwei Silbertabletts mit jeweils einem Gedeck. Der Erzbischof hatte es sich zur Gewohnheit gemacht, den ersten Besucher des Tages zum Frühstück einzuladen. Eigentlich waren der Kaffee, die Toastbrote, Butter und Orangenmarmelade heute für den Dekan der Kathedrale gedacht gewesen, doch Quarts unangekündigter Abschiedsbesuch hatte das Protokoll durcheinander gebracht. Und der Erzbischof hasste kalten Kaffee.

»Ich habe Ihnen ja gleich gesagt, dass diese Nuss nicht einfach zu knacken ist.«

Quart lehnte sich in seinen Sessel zurück. Er hätte den Erzbischof liebend gern um das Vergnügen gebracht, ihn mit spitzen Bemerkungen und süffisantem Lächeln entlassen zu können, aber von Amts wegen war er dazu verpflichtet, Aquilino Corvo vor der Abreise seine Aufwartung zu machen. Und hier saß er nun.

»Darf ich Exzellenz daran erinnern, dass mich der Vatikan nicht zum Nüsseknacken hierher geschickt hat, sondern um einen Lagebericht abzufassen. Und genau das werde ich tun.«

Monsignore Corvo war entzückt:

»Ohne herausbekommen zu haben, wer Matutin ist«, unterstrich er.

»Stimmt.« Quart warf einen Blick auf die Uhr. »Aber mir ging es nicht nur um den Computerpiraten. Der ist bloß eine kleine Nebenfigur; früher oder später wird er entlarvt. Das eigentliche Problem sind Padre Ferro und Nuestra Señora de las Lagrimas. Und diesbezüglich wird mein Bericht dazu beitragen, dass jedwede Entscheidung auf einer genauen Kenntnis der Situation beruht.«

Der gelbe Edelstein des Bischofsrings blitzte auf, als der Prälat mit der Hand abwinkte.

»Ihre Jesuitenrhetorik können Sie sich sparen, Padre Quart. Sie haben sich mit dieser Geschichte bis auf die Knochen blamiert, das ist die Wahrheit.« Eine Tabakwolke vernebelte seinen hämischen Blick. »Matutin hat Sie und den ganzen Vatikan lächerlich gemacht.«

Quart ärgerte die Selbstverständlichkeit, mit der Aquilino Corvo über den Balken im eigenen Auge hinwegsah.

»Das ist natürlich ein Standpunkt«, erwiderte er trocken. »Aber wo Sie die Sache schon erwähnen, gestatte ich mir, Sie daran zu erinnern, dass weder der Vatikan noch ich hier eingegriffen hätten, wenn Eure Exzellenz entsprechend vorgesorgt hätten. Schließlich gehören sowohl Nuestra Señora de las Lagrimas als auch Padre Ferro zu Ihrer Diözese. Und Sie kennen ja das biblische Sprichwort: Wenn der Hirte schläft, grasen die Schafe, wo sie wollen.«

Monsignore Corvo fiel fast vom Sessel, als er das hörte. Dass Quart das Sprichwort frei erfunden hatte, war ihm ein schwacher Trost. Grimmig kaute er auf dem Mundstück seiner Pfeife herum.

»Hören Sie, Quart«, zischte er dann. »Das einzige Schaf, das hier grast, wo es will, sind Sie. Halten Sie mich bloß nicht für dumm. Ich weiß von Ihren Besuchen in der Casa del Postigo, von Ihren Abendessen und nächtlichen Spaziergängen.«

Und wo der Damm einmal gebrochen war, setzte der Monsignore, dessen Predigertalent weit über die Grenzen seiner Diözese hinaus bekannt war, zu einem mehrminütigen Sermon an, in dem er Quart seine jahrelang angestaute Wut und Verachtung endlich offen zum Ausdruck brachte. Die zentrale These war,

der Agent des IOE habe sich von Don Príamo und dessen priva-
tem Greenpeace-Verein aus Nonnen und Aristokratinnen derart
einwickeln lassen, dass er sein ursprüngliches Ziel völlig aus
den Augen verloren und seine Mission in Sevilla verraten habe.
Aber was letztendlich den Ausschlag für seine Verblendung
gegeben habe, frage man wohl besser die Tochter der Herzogin
von Nuevo Extremo. Also die Señora Gavira, wie er viel sagend
betonte.

Quart hatte die Strafpredigt gelassen über sich ergehen lassen,
aber bei der letzten Anspielung verzog er das Gesicht:

»Ich bitte Sie diesbezügliche Äußerungen schriftlich einzurei-
chen, Monsignore.«

»Aber selbstverständlich. Schriftlich, telefonisch und per
Fax.« Aquilino Corvo verzeichnete mit großer Genugtuung,
dass er Quart diesmal offensichtlich getroffen hatte. »Mit Gitar-
renklängen und Händeklatschen werde ich die einreichen. Und
jeder kriegt eine Kopie: Ihre Chefs in Rom, der Nuntius und der
Papst höchstpersönlich. Das verspreche ich Ihnen.« Er nahm die
Pfeife aus dem Mund und grinste breit. »Ich habe meinen Sekretär verloren, aber dafür verlieren Sie jetzt Ihre Reputation.«

Damit war alles gesagt. Quart faltete seine Serviette zusammen, ließ sie auf das Tablett fallen und erhob sich.

»Wenn Sie weiter nichts wünschen, Exzellenz …«

»Nein …« Der Erzbischof sah ihn höhnisch an. »Mein Sohn.«
Er war sitzen geblieben und schien sich zu fragen, ob er der
Sache die Krone aufsetzen sollte, indem er Quart seinen
Bischofsring zum Kuss reichte. Doch da in diesem Moment das
Telefon läutete, entließ er ihn mit einer gönnerhaften Geste,
bevor er aufstand und zu seinem Schreibtisch ging.

Quart knöpfte sein Jackett zu und trat auf den Korridor hinaus. Seine Schritte hallten unter den venezianischen Deckenge-
mälden der Galerie der Prälaten und später im marmorverklei-
deten Treppenhaus des Erzbistums. Durch die Fenster konnte er
den Patio und jenseits davon die Giralda sehen; im Patio war
früher das Verlies untergebracht gewesen, in dem die sevillanischen Bischöfe aufmüpfige Kleriker einsperrten. Vor zweihundert Jahren hätte man wahrscheinlich auch Padre Ferro und ihm
dort unten Gelegenheit zu einem ausführlichen Meinungsaustausch gegeben, während Monsignore Corvos Version der

Geschichte mit der Postschnecke nach Rom unterwegs war. Quart dachte gerade über die Erfindung des Telefons und andere Vorteile der modernen Zeit nach und war bereits auf den letzten Stufen angekommen, als er seinen Namen rufen hörte.

Er drehte sich um und sah zurück. Der Erzbischof höchstpersönlich beugte sich über die Balustrade des oberen Treppenabsatzes zu ihm herunter. Sein schadenfroher Gesichtsausdruck von vorhin war verschwunden.

»Kommen Sie rauf, Quart. Wir müssen miteinander sprechen.«

Quart gehorchte und während er neugierig die Stufen hinaufging, fiel ihm auf, dass Seine Exzellenz ausgesprochen blass wirkte. Er hatte die Pfeife in der Hand und klopfte ihren Kopf zerstreut an die Balustrade; der abgebrannte Tabak rieselte auf den schwarzrosa Marmor und beschmutzte ihn, aber das schien er gar nicht zu merken.

»Sie können nicht abreisen«, sagte er, als Quart bei ihm angelangt war. »In der Kirche ist wieder ein Unglück passiert.«

Quart zwängte sich zwischen der Betonmaschine und zwei Polizeiwagen durch. In Nuestra Señora de las Lagrimas herrschte ein einziges Kommen und Gehen von Kripobeamten in Uniform und in Zivil. Er schätzte sie auf gut ein Dutzend, den Schutzmann an der Tür und die Beamten vom Erkennungsdienst eingerechnet, die im Innern der Kirche Jagd auf Fingerabdrücke und sonstige Indizien machten. Sie fotografierten alles – den Boden, die Bänke, die Gerüste entlang der Wände – und dabei unterhielten sie sich leise.

Gris Marsala saß verlassen auf den Stufen des Hochaltars. Quart wollte zu ihr und schritt gerade den Mittelgang vor, als ihm Simeón Navajo in den Weg trat. Der Kommissar trug wie immer einen Pferdeschwanz, ein ausgeleiertes Hemd – diesmal tomatenrot –, die runde Nickelbrille über dem buschigen Schnurrbart und seine marokkanische Umhängetasche, in der Quart die 357er Magnum vermutete. Der passt hierher wie die Faust aufs Auge, dachte Quart, so absurd der Gedanke auch war. Aber die Anwesenheit Navajos und seiner Kollegen störte wirklich, vor allem das hektische Blitzen der Fotoapparate, mit denen sie alles bis hin zum kleinsten Detail aufnahmen: die kaputten

Glasfenstern, die schimmligen Deckengemälde, das eigens für sie beleuchtete Altarretabel, den Beichtstuhl aus dunklem Holz, die Exvoten des Christus neben dem Portal. Sie schüttelten sich die Hand. Navajo schien erfreut ihn wieder zu sehen.

»Aller guten Dinge sind drei, was Pater?«

Er lehnte sich lässig an eine der Kirchenbänke und als Quart über seinen Kopf hinweg in Richtung des Beichtstuhls blickte, sah er dort zwei Füße herausragen.

Er ging wortlos darauf zu, Navajo folgte ihm auf den Fersen. Die Tür des Beichtstuhls stand offen und Quart kam die Haltung der beiden Füße reichlich unnatürlich vor. Im Näherkommen erkannte er auch die Beine, die in einer zerknitterten beigen Hose steckten. Der Rest des Körpers war mit einer blauen Plane zugedeckt, aber seitlich schaute eine Hand heraus. Sie hatte die gelbe Farbe von altem Kerzenwachs; der Handteller zeigte nach oben und wies eine lange Wunde auf, die vom Handgelenk bis zur Spitze des Zeigefingers verlief.

»Komisch, dass er sich gerade diesen Ort ausgesucht hat, nicht?« Der Kommissar machte eine Kunstpause und betrachtete zuerst den Leichnam und dann Quart, als erwarte er sich von ihm irgendeinen nützlichen Hinweis. »Ich meine, zum Sterben.«

»Wer ist das?«

Die Frage, die Quart mit rauer, geistesabwesender Stimme stellte, war im Grunde überflüssig. Er hatte die Schuhe, die beige Hose, die aufgedunsene, kleine Hand längst erkannt. Navajo fuhr sich zerstreut über den Schnurrbart. Die Identität des Verblichenen schien für ihn nebensächlich zu sein:

»Ein sevillanischer Lokalreporter, Honorato Bonafé ... ziemlich berühmt hier in der Stadt.«

Quart nickte. Berühmt und berüchtigt, dachte er; zu viele Fragen, zu aufdringlich. Der Kommissar sah ihm ins Gesicht:

»Sie haben ihn auch gekannt, nicht wahr? Das dachte ich mir. Der Mann soll sich in den letzten Tagen auffallend häufig hier in der Gegend herumgetrieben haben. Möchten Sie ihn sehen, Pater?«

Navajos Oberkörper verschwand in dem Beichtstuhl; sein Pferdeschwanz hüpfte wie der Schweif eines emsigen Eichhörnchens, während er sich über die Leiche beugte und die blaue

383

Plane zurückschlug. Schlaff und gelb hing Bonafé auf der schmalen Holzbank, den Kopf in die gegenüberliegende Ecke gedrückt, das schwammige Doppelkinn in Falten gelegt. Über seiner linken Wange und den geschlossenen Augenlidern breitete sich ein violetter Bluterguss aus. Sein Gesicht wirkte entspannt, vielleicht auch nur müde. Das Blut, das ihm aus Nase und Mund gelaufen und mittlerweile geronnen war, hatte auf seinem Hemd einen großen, braunen Fleck hinterlassen.

»Der Gerichtsmediziner hat ihn gerade durchgecheckt.« Navajo deutete auf einen jungen Mann, der in einer Kirchenbank saß und sich Notizen machte. »Schwere innere Blutungen, sagt er, und ein paar Knochenbrüche. Entweder er hat eins auf den Deckel bekommen oder er ist irgendwo runtergefallen. Aber fragen Sie mich nicht, wie er sich in das Kabuff da reingehievt hat. Oder wie er reingehievt *wurde*.«

Unter Überwindung des Ekels, den dieses Individuum ihm zu Lebzeiten eingeflößt hatte, und bloß weil er sich von Amts wegen dazu verpflichtet fühlte, murmelte Quart einen kurzen Segen und machte das Kreuzeszeichen über dem Toten. Navajo, der hinter ihm stand, beobachtete ihn neugierig.

»An Ihrer Stelle würde ich mir keine große Mühe machen, Pater. Der hat sich schon lange abgemeldet. Egal, wohin er entfleucht ist …« Seine Hände ahmten zwei flatternde Flügel nach. »Sein Ziel hat er inzwischen erreicht.«

»Wann ist er gestorben?«

»Genau können wir das noch nicht sagen.« Navajo wies mit dem Kinn auf den Gerichtsmediziner. »Aber unser Doktor schätzt vor ungefähr zwölf bis vierzehn Stunden.«

Einige der Polizisten waren auf das Gerüst vor der Mutter Gottes geklettert und diskutierten so angeregt, dass ihre Stimmen von der Decke widerhallten. Der Kommissar zischte scharf zu ihnen hinauf, worauf sie mit betretenen Schulbubengesichtern verstummten. Quart drehte sich nach Gris Marsala um, die immer noch auf der Altarstufe hockte und ihn ansah. Sie machte einen sehr hilflosen und zerbrechlichen Eindruck.

»Die Nonne hat den Toten als Erste entdeckt, als sie heute früh die Kirche aufschloss«, teilte Navajo ihm mit, während er den Leichnam wieder verhüllte.

»Ich würde gerne mit ihr sprechen.«

»Selbstverständlich, Pater.« Navajo strich sich mit einem verständnisvollen Nicken über den Schnurrbart und hantierte noch immer mit der Plane herum. »Aber vorher möchte *ich* Sie noch kurz über den Toten interviewen, wenn es Ihnen nichts ausmacht. Nur damit wir die Aussagen nicht durcheinander bringen … Und weil es einfach spontaner ist.« Er richtete sich auf und sah Quart über die Ränder seiner Nickelbrille hinweg an. »Oder haben Sie was dagegen?«

»Nein, wie Sie meinen … Obwohl der Gemeindepfarrer Ihnen bestimmt mehr Aufschluss geben könnte als ich.«

Der Polizist blickte ihn einen Moment lang stumm an. Dann nickte er mit Nachdruck:

»Ja, der Meinung bin ich auch. Nur dass Don Príamo Ferro heute Morgen nirgendwo aufzutreiben ist. Komisch, nicht?«

Navajo sah sich um, als könne der alte Priester plötzlich von einem Gerüst klettern oder aus irgendeinem verborgenen Winkel der Kirche hervorkriechen.

»Waren Sie schon in seiner Wohnung?«, fragte Quart.

Navajo zog die Augenbrauen hoch. Er schien sich eine intelligentere Frage von ihm erwartet zu haben.

»Natürlich«, sagte er. »Der gute Mann ist spurlos verschwunden. Simsalabim. Wie der Prophet Elia in seinem feurigen Wagen.«

Quart berichtete Simeón Navajo von seinen Begegnungen mit Honorato Bonafé in der Eingangshalle des Hotels Doña María und von dem, woran er sich sonst erinnern konnte. Ihre Unterhaltung wurde zweimal vom Piepsen des Handys unterbrochen, das der Kripobeamte jeweils mit einem »Sorry« aus seiner Umhängetasche holte. Im ersten Anruf wurde ihm mitgeteilt, dass Padre Ferro immer noch kein Lebenszeichen von sich gegeben hatte. Er habe sich in der vergangenen Nacht wie gewöhnlich ein paar Stunden im Taubenschlag der Casa del Postigo aufgehalten – ein Umstand, den Quart bestätigen konnte – und sei danach spurlos verschwunden. In seinem Bett habe er jedenfalls nicht geschlafen, die Putzfrau habe es heute Morgen unberührt vorgefunden. Was den Vikar, Padre Lobato, betreffe – der sei gestern Abend mit einem Autobus aus Sevilla abgereist und unterwegs in seine neue Pfarrei; da er dorthin verschiedene Umsteigemöglichkeiten habe, könne man momentan nicht genau sagen, wo er sich aufhalte. Die Polizei und die Guardia Civil bemühten sich aber ihn so schnell wie möglich zu finden. Verdächtige? Der Kommissar hatte gerade den zweiten Anruf erhalten und starrte nachdenklich auf sein Handy. Bis zur genauen Feststellung der Todesursachen sei hier niemand verdächtig – oder anders ausgedrückt, alle. Er schielte Quart mit einem entschuldigenden Lächeln an. Damit wolle er nicht sagen, dass es keine Unterschiede gebe.

»Wie sieht es diesmal mit den Prozentzahlen aus?«, fragte Quart interessiert.

Navajo kratzte sich die Nasenspitze.

»Na ja … Unter uns gesagt: Ich glaube, diesmal hat die Kirche nicht ganz auf eigene Faust gehandelt, sondern menschliche Unterstützung bekommen.«

Quart zeigte sich keineswegs überrascht. Ein Experte war er nicht, aber den ein oder anderen Toten hatte auch er schon gesehen. Und bei Bonafé genügte ein Blick, um zu begreifen, was Sache war.

»Mord?«

Das war in Wirklichkeit keine Frage, sondern eine versteckte Aufforderung an Navajo noch ein bisschen mehr zu verraten. Der Kommissar grinste und fasste sich an den Pferdeschwanz:

»Dafür wette ich mein Allerheiligstes«, erwiderte er. »Nein, aber im Ernst: Ihr Kollege, der Gemeindepfarrer, hat verdammt viele Lose in der Trommel.«

»Weil er verschwunden ist?«

»Klar. Es sei denn, unser Doktor revidiert noch mal seine Meinung.«

In diesem Moment wurde Navajo von einem der Beamten gerufen und entfernte sich. Quart ging zum Altar vor.

»Wie fühlen Sie sich?«, fragte er die Nonne.

Gris Marsala saß, das Kinn auf die Knie gestützt, mit umschlungenen Beinen da.

»Etwas durcheinander.« Ihr amerikanischer Akzent schlug stärker durch als gewöhnlich. »Aber sonst geht es mir gut.«

»Belästigt die Polizei Sie sehr?«

Die Restauratorin dachte einen Augenblick nach, ohne ihre Haltung zu verändern.

»Nein«, sagte sie dann. »Die Beamten sind höflich.«

Sie hatte wie immer ein Polohemd und die gipsverschmierten Jeans an. Ihr grauer Zopf wurde von einem gewöhnlichen Gummi zusammengehalten. Quart fand, dass sie inmitten des hektischen Hin und Hers, der vielen Geräusche und des Gemurmels der Polizisten wirklich sehr hilflos und verlassen wirkte.

»Sie fahnden nach Don Príamo«, sagte er und ließ sich neben ihr auf den Altarstufen nieder. »Aber Padre Óscar wird auch gesucht«, fügte er rasch hinzu, um die Sache weniger tragisch zu machen.

Gris Marsala nickte langsam; sie starrte auch jetzt, wo Quart neben ihr saß, unentwegt zu dem Beichtstuhl hinüber. Ab und zu kniff sie die Augen zusammen, als wolle sie feststellen, ob sie wirklich bei Bewusstsein war oder alles nur träumte. Nach einer Weile seufzte sie tief und nickte erneut.

»Óscar wollte auf dem Weg nach Almeria seine Eltern besuchen; sie leben in einem kleinen Dorf bei Malaga«, sagte sie. »Wahrscheinlich hat die Polizei ihn deshalb noch nicht gefunden.«

Wenige Meter vor ihnen zuckte ein Blitzlicht auf. Ein Kripobeamter fotografierte irgendetwas auf dem Boden. Quart knöpfte seine Jacke auf, beugte sich nach vorn, verschränkte die Finger.

»Und Don Príamo?«

Bestimmt war ihr diese Frage schon mehrmals gestellt worden, jedenfalls antwortete sie ohne zu zögern:

»Keine Ahnung. Als ich um neun hier ankam, wie jeden Tag, war die Kirche zu. Normalerweise hat sie immer einer von den beiden um halb acht zur Frühmesse aufgeschlossen. Heute ist keine Messe gefeiert worden.«

»Stimmt es, dass Sie den Toten gefunden haben?«

»Ja. Zuerst habe ich bei Don Príamo geklingelt und als ich da keine Antwort bekam, bin ich mit meinem eigenen Schlüssel durch die Sakristeitür reingekommen.« Sie zuckte kopfschüttelnd die Achseln. »Zuerst fiel er mir gar nicht auf. Ich bin zum Gerüst vor dem kaputten Glasfenster gegangen, habe das Licht angemacht und meine Sachen vorbereitet. Aber es war alles so komisch … Nach einer Weile dachte ich mir, jetzt rufst du Macarena an und fragst sie, ob Don Príamo gestern Nacht in der

Sternwarte wa. Auf dem Weg in die Sakristei habe ich dann diesen Mann im Beichtstuhl entdeckt.«

»Kannten Sie ihn?«

Der Blick ihrer blauen Augen verhärtete sich einen Moment lang:

»Ja. Einmal sind Óscar und ich auf der Straße von ihm angehalten worden; er wollte uns über die Arbeiten in der Kirche und Don Príamo ausfragen, aber Óscar hat ihn verjagt.«

Quart betrachtete ihre Turnschuhe, die blasse Haut ihrer Knöchel unter den Jeans, die Narbe an ihrem Handgelenk. Ihr Kinn lag nach wie vor auf den umschlungenen Knien. Der plötzliche Überfall all dieser Leute auf die Kirche, auf *ihre* Kirche, schien sie zutiefst verwirrt, ja erschüttert zu haben. Quart war ratlos. Einerseits musste er einen Haufen Dinge erledigen – beispielsweise den Vatikan informieren – andererseits tat es ihm Leid, sie in dieser Verfassung zurückzulassen. Er deutete auf Simeón Navajo, der geschäftig hin- und hereilte und seine Männer bei der Arbeit überwachte:

»Ich fürchte, der Kommissar wird Ihnen noch ziemlich auf den Wecker fallen. Drei Tote sind doch etwas auffällig und diesmal dürfte es sich kaum um einen Unfall handeln ... Möchten Sie, dass ich Ihren Konsul einschalte?«

Gris Marsala erwiderte sein Angebot mit einem dankbaren Lächeln.

»Nein, ich glaube, das ist nicht nötig. Die Polizisten sind sehr freundlich.«

»Haben Sie schon von Macarena gehört?«

Es war ein seltsames Gefühl, den Namen auszusprechen, den er bis zu diesem Augenblick bewusst verdrängt hatte – vier Silben, wenige Stunden zuvor auf ihre Lippen und in ihren Mund gehaucht. Im Nu nahmen sie ihn wieder gefangen. Und da war auch wieder das dämmrige Zimmer, der Schimmer des Elfenbeins, ihr warmes Fleisch, dessen Duft noch immer auf seiner Haut haftete, an seinen Händen, auf seinen Lippen, die sie blutig gebissen hatte. Der braune Frauenkörper seiner Phantasien, der konkrete Gestalt annahm, Linien aus Licht und Schatten auf dem strahlenden Weiß eines Leintuchs, in dem sie sich verloren wie in einer Schnee- oder Salzwüste. Macarena, die sich unter ihm wand, schlank und geschmeidig, als wolle sie fliehen und sich doch nur danach sehnte, zu bleiben, den Kopf zurückgeworfen, das Gesicht schön und entrückt, eine im Genuss erstarrte Maske, keuchend in den Armen, die sie fesselten, die nackten Schenkel an seine kreisende Hüfte gepresst. Das Gefühl der Hitze, während sie wieder zu Atem kamen, sein Speichel auf Macarenas Haut, ihr feuchtes Geschlecht, ihr feuchter Mund, die weiche Rundung ihrer Brüste, feucht, ihr heißer Hals, das Kinn, und erneut ihr Mund und das Keuchen, wieder ihre straffen Schenkel, die sich öffneten, herausfordernd, schützend oder Zuflucht gewährend. Kampf und Frieden. Lange, intensiv gelebte Stunden, die im Flug vergangen waren und während derer er keine Sekunde lang vergessen hatte, dass dies alles zeitlich und räumlich begrenzt war und ein Ende haben würde. Und das Ende war mit der Morgendämmerung gekommen und mit einem letzten, heftigen Ausbruch im grauen Tageslicht, das wie ein störender Gast durch die Fenster der Casa del Postigo eindrang. Wenig später war Quart wieder alleine durch die ausgestorbenen Gassen von Santa Cruz geschlendert, ohne eine Antwort auf die Frage zu haben, ob er seine Seele – falls es sie gab – in dieser Nacht gerettet oder auf ewig verdammt hatte.

Er schüttelte den Kopf, um die Erinnerung zu vertreiben – obwohl Verzweiflung eigentlich der treffendere Ausdruck gewesen wäre. Bevor er ihr doch noch erlag, ließ er seinen Blick durch die Kirche schweifen, über die vielen Baugerüste, die Weinende Muttergottes und das beleuchtete Altarretabel, die Polizisten, die sich um Honorato Bonafés Leiche geschart hatten und aufgeregt miteinander sprachen. Ein innerer Kontrollmechanismus hieß ihn, sich im Augenblick völlig auf die Tragödie zu konzentrieren, die sich hier abgespielt hatte, und alle anderen Gedanken wegzuschieben. Und wenn er auch nicht ganz vergessen konnte, so verschaffte ihm das doch große Erleichterung.

»Wir haben heute Morgen noch nicht miteinander gesprochen.«

Gris Marsala hatte sich nach ihm umgewandt, aber er brauchte eine Weile, bis er begriff, dass sie seine Frage von vorhin beantwortete. Wie viel wusste sie von dem, was sich in den letzten Stunden hier in der Kirche und zwischen ihm und Macarena abgespielt hatte?

»Aber die Polizei war schon bei ihr«, fügte die Nonne hinzu. »Wenn ich das recht mitbekommen habe, sind jetzt noch ein paar Beamte in der Casa del Postigo.«

Der Gesandte aus Rom runzelte die Stirn: Simeón Navajo war keiner, der seine Zeit vergeudete, und er durfte auf keinen Fall nachhinken. Vor einer halben Stunde hatte Monsignore Corvo im Ordinariat eventuellen Missverständnissen vorgebeugt und ihm klipp und klar zu verstehen gegeben, dass er seine Hände in Unschuld wasche. Mit dieser Sache wollte er nichts zu tun haben, die ging ganz alleine den Vatikan – und das hieß im Klartext Lorenzo Quart – etwas an. Mit dem albernen Aufruhr um diesen Computerpiraten habe er Himmel und Hölle in Bewegung gesetzt. Jetzt solle er gefälligst die Suppe auslöffeln, die er sich eingebrockt hatte. Freilich werde er das IOE weiterhin nach Kräften unterstützen und Quart in sein Gebet einschließen. In diesem Sinne: Viel Glück und auf Wiedersehen.

»Wo steckt Padre Ferro?«

Ohne Gris Marsalas Antwort abzuwarten, begann Quart die Situation im Geiste zu analysieren. Simeón Navajo hatte in diesem Rennen einen Vorsprung; er musste sich sputen, wenn er ihn einholen und gleichzeitig am Ziel ankommen wollte. Und das war dringend notwendig: Seine Vorgesetzten in Rom würden die Verhaftung eines Geistlichen schlecht verdauen, wenn er es nicht schaffte, sie mit den entsprechenden Informationen auf die Hiobsbotschaft vorzubereiten. Ja mehr noch: Um die Sache perfekt zu machen, musste die Kirche selbst die Initiative übernehmen. Das hieß, Padre Ferro einen guten Anwalt zu suchen und seine Unschuld bis auf weiteres zu verteidigen, aber auch, die weltliche Justiz voll zu unterstützen, für den Fall, dass sich seine Schuld tatsächlich erweisen sollte. Wie immer kam es in erster Linie darauf an, die Form zu wahren. Blieb natürlich die Frage, was sein eigenes Gewissen zu der ganzen Geschichte sagte; aber das Problem wollte Quart lieber in einem günstigeren Moment lösen.

»Wo Padre Ferro ist, weiß ich so wenig wie Sie.« Gris Marsala sah ihn prüfend an und schien sich über sein mangelndes Interesse an ihren Antworten zu wundern. »Ich habe ihn gestern Nachmittag kurz gesehen. Da wirkte er völlig normal.«

Quart hatte ihn um Mitternacht gesehen und da hatte er auch

völlig normal gewirkt, aber unterdessen war Honorato Bonafé gestorben, ermordet worden. Er warf einen nervösen Blick auf die Uhr. Das Problem in diesem Wettlauf mit Simeón Navajo war erstens, dass der Kommissar über die besseren Hilfsmittel verfügte, und zweitens, dass die Ergebnisse der Autopsie noch nicht vorlagen, die ihn vielleicht auf eine Spur hätten bringen können. Im Moment blieb ihm gar nichts anderes übrig, als blind seiner Eingebung zu folgen.

»Wer hat die Kirche gestern Abend geschlossen?«

Gris Marsala zögerte:

»Das Portal oder die Tür zur Sakristei?«

»Das Portal.«

»Ich. Wie immer. Zur Zeit arbeite ich meistens bis Sonnenuntergang …« Die Amerikanerin überlegte kurz. »Also bis sieben, halb acht. So spät ist es gestern Abend auch geworden … Die Sakristeitür wurde normalerweise von Óscar oder Padre Ferro geschlossen; gegen neun.«

Óscar Lobato war außer Reichweite, sodass Quart ihn der Einfachheit halber als Verdächtigen ausschloss. Über ihn hätte er nur von Navajo informiert werden können. Aber ansonsten war der Klerus im Vorteil, wie Quart sich zum Trost sagte. Es kam nur darauf an, schnell und überlegt zu handeln: Als Erstes musste er dringend nach Rom telefonieren, dann in die Casa del Postigo gehen, Gris Marsala durfte er auch nicht aus den Augen verlieren, vor allem aber musste er Padre Ferro aufstöbern. Denn der härteste Schlag würde zweifellos aus dieser Richtung kommen.

Er deutete mit dem Zeigefinger auf den Beichtstuhl:

»Hat sich dieser Mann gestern in der Kirche rumgedrückt?«

»Nein, hier ist er nicht aufgetaucht, wenigstens bis halb acht, sonst hätte ich ihn gesehen. Ich war die ganze Zeit über hier.« Die Nonne dachte einen Moment lang nach. »Er muss später reingekommen sein, durch die Sakristei.«

»Also zwischen halb acht und neun?«, fragte Quart.

»Ja, das vermute ich.«

»Und wer hat gestern die Sakristei abgeschlossen? Padre Lobato?«

»Nein, wohl kaum. Óscar hat sich am Spätnachmittag von mir verabschiedet und den Bus um neun Uhr genommen. Er kann die Sakristei also nicht geschlossen haben. Das war bestimmt Padre Ferro. Wann genau, dürfen Sie mich nicht fragen.«

»In jedem Fall hätte er Bonafé im Beichtstuhl sehen müssen.«

»Nein, das ist nicht gesagt. Ich habe ihn heute Morgen ja auch nicht gleich gesehen. Vielleicht hat Don Príamo die Sakristeitür von innen abgeschlossen, ohne die Kirche zu betreten.«

Quart überlegte rasch. Ein Alibi war das zwar noch nicht, aber wenn die Autopsie ergab, dass Bonafé zwischen halb acht und neun Uhr gestorben war, sah es für Padre Ferro vielleicht doch nicht so düster aus. Die Möglichkeit, dass er die Kirche abgeschlossen hatte, ohne vorher hineinzusehen, erweiterte jedenfalls das Spektrum der potentiell Verdächtigen. War der Tod des Reporters dagegen später eingetreten, also nach neun Uhr, so gab die verschlossene Sakristeitür allerdings Anlass zu den schlimmsten Befürchtungen. Zumal im Zusammenhang mit Padre Ferros höchst suspektem Verschwinden.

»Wo mag er bloß geblieben sein?«, murmelte Gris Marsala.

Quart hob ratlos die Schultern und erwiderte nichts, aber sein Gehirn arbeitete auf Hochtouren. Zwölf bis vierzehn Stunden hatte Navajo gesagt. Theoretisch gab es natürlich eine ganze Reihe unsicherer Faktoren – unbekannte Personen, die irgendwie in die Sache verwickelt sein konnten –, aber darüber wollte er sich erst gar nicht den Kopf zerbrechen; das wäre doch bloß Zeitverschwendung gewesen. Beschränkte er sich dagegen auf das nähere Umfeld, so konnte er sich die Tatverdächtigen an fünf Fingern abzählen. Da war zunächst Óscar Lobato: Dass er abgereist war, hieß gar nichts; er konnte den Mord ja vorher verübt haben. Dann Padre Ferro: Zeitlich wäre es auch für ihn kein Problem gewesen, Bonafé umzubringen, in der Kirche einzuschließen und sich anschließend in den Taubenschlag zu begeben, wo er Punkt elf Uhr Quart getroffen hatte. Sein mysteriöses Verschwinden machte ihn natürlich zum Hauptverdächtigen, da hatte Simeón Navajo mit seiner Polizistenlogik schon recht. Aber Gris Marsala konnte auch nicht von vornherein freigesprochen werden – lautlos, wie sie in ihren Tennisschuhen durch die Kirche schlich; ihre Behauptung von dem abgeschlossenen Portal und der bis neun Uhr offenen Sakristei mochte wahr oder falsch sein – Zeugen hatte sie jedenfalls keine dafür. Was schließlich Macarena Bruner betraf, so hatte sie zwar um neun Uhr mit ihm und ihrer Mutter daheim zu Abend gegessen, doch der kritische Zeitraum waren die anderthalb Stunden davor. Außerdem hatte sie Angst gehabt von Bonafé erpresst zu werden.

Herrgott noch mal. Jetzt war er schon wieder aus dem Konzept gekommen. Wenn Macarenas Bild vor ihm auftauchte, war er zu keinem klaren Gedanken mehr fähig; geschweige denn dazu, logische Verbindungen zwischen Nuestra Señora de las Lagrimas, Bonafés Leiche und den bekannten Gestalten dieser Geschichte herzustellen. Was war mit ihm los? Wo war sein kühler Kopf geblieben? Warum schaffte er es nicht, wie üblich auf Distanz zu gehen?

Inzwischen war auch der Untersuchungsrichter am Tatort eingetroffen. Die Kripobeamten gruppierten sich um den Beichtstuhl, um zur amtlichen Untersuchung der Leiche zu schreiten. Quart sah, dass Siméon Navajo sich leise mit dem Richter unterhielt und dabei immer wieder zu ihm und Gris Marsala herüberschaute.

»Ich fürchte, Sie werden noch mehr Fragen beantworten müssen«, sagte er zu der Nonne. »Und es wäre mir lieber, wenn Sie das von jetzt ab im Beisein eines Anwalts tun. Bis man Padre Ferro und den Vikar findet, sollten wir extrem vorsichtig sein. Meinen Sie nicht auch?«

»Doch, Sie haben Recht.«

Quart zog ein Kärtchen aus der Tasche, schrieb einen Namen darauf und reichte es ihr.

»Hier, den Mann habe ich vom Ordinariat aus angerufen. Er heißt Arce und ist Experte für kanonisches Recht und Strafrecht. Sie können volles Vertrauen zu ihm haben, er hat schon öfter für uns gearbeitet. Gegen Mittag kommt er aus Madrid hier an. Erzählen Sie ihm, was Sie wissen, und halten Sie sich streng an seine Anweisungen.«

Gris Marsala betrachtete den Namen auf dem Papier:

»Sie lassen doch nicht einen Anwalt wie den nur für mich kommen?« sagte sie, aber nicht erschrocken, sondern traurig – so traurig, als sei die Kirche vor ihren Augen vollends eingestürzt.

»Ach wo«, erwiderte Quart und versuchte sie mit einem Lächeln aufzurichten. »Eher für uns alle. Die Sache ist ziemlich delikat, besonders jetzt, wo die weltliche Justiz eingegriffen hat. Da ist es besser, wir haben den Beistand eines Fachmanns.«

Gris Marsala faltete das Kärtchen zusammen und steckte es in die hintere Tasche ihrer Jeans.

»Wo ist Don Príamo?«, fragte sie noch einmal. Ihre blauen Augen hatten etwas Vorwurfsvolles, fast, als gebe sie Quart die Schuld für das Verschwinden des Pfarrers, doch der schüttelte nur den Kopf.

»Ich habe keine blasse Ahnung«, erwiderte er leise. »Das ist ja das Problem.«

»Don Príamo gehört nicht zu denen, die davonlaufen.«

Quart war ihrer Meinung, aber er fügte nichts hinzu. Die Polizisten hatten mittlerweile die Leiche Bonafés aus dem Beichtstuhl geholt und in einen metallisierten Plastiksack gesteckt, den sie nun auf eine Tragbahre legten. Kommissar Navajo, der sich leise mit dem Richter unterhielt, sah zu ihnen herüber.

»Ich weiß, dass Don Príamo nicht zu denen gehört, die davonlaufen«, seufzte Quart endlich. »Und das ist genau das andere Problem.«

Er brauchte weniger als fünf Minuten, um den Weg von Nuestra Señora de las Lagrimas zur Casa del Postigo zurückzulegen. Normalerweise schwitzte er nie, aber an diesem Morgen klebte ihm das schwarze Hemd unter der Jacke am Rücken. Auf sein Läuten hin wurde ihm von einem Dienstmädchen geöffnet. Quart hatte kaum nach Macarena gefragt, da erspähte er sie bereits unter den Bögen des Patios. Sie unterhielt sich mit zwei Polizeibeamten, einem Mann und einer Frau. Als sie ihn bemerkte, warf sie ihm einen ruhigen Blick zu, bevor sie sich bei den Beamten entschuldigte und auf ihn zukam. Sie trug eine blau karierte Bluse, Jeans und die Sandalen von gestern Abend; ihr offenes Haar war noch feucht, das Gesicht ungeschminkt und sie roch nach Duschgel.

»Er war es nicht«, sagte sie.

Quart antwortete nicht gleich und als er es endlich doch tat, war er drauf und dran zu fragen, wen sie meinte. Im Patio roch es nach Zitronensträuchern und Basilikum und die Morgensonne, die sich in den Fenstern der oberen Galerieetage spiegelte, warf kleine Rechtecke auf die langen grünen Blätter der

Farne, auf die Geranien in ihren bunten Blumentöpfen und auf den frisch gewischten Mosaikfußboden. Sie träufelte auch Honig in die schwarzen Augen Macarenas und da war es um Quarts Selbstsicherheit auch schon wieder geschehen.

»Wo ist er?«

Macarena neigte den Kopf zur Seite und blickte ihn ernst an:

»Das weiß ich nicht. Ich weiß nur, dass er niemanden umgebracht hat.«

Die Nacht lag weit zurück – der Garten unter dem beleuchteten Fenster des Taubenschlags, die Orangenbaumblätter, deren Mondschatten auf ihrem Gesicht tanzten, die verzückte Maske im Halbdunkel des Zimmers. Das Elfenbein auf ihrer frisch gewaschenen Morgenhaut war nicht mehr dasselbe. Ihr Lächeln war verflogen, die geheimnisvolle, intime Atmosphäre zwischen ihnen auch. Der erschöpfte Templer blickte verwirrt um sich, sein Schwert war zerbrochen, sein Kettenpanzer gesprengt, er fühlte sich nackt unter der Sonne; sterblich wie die übrigen Sterblichen, verletzlich und durchschnittlich wie sie alle; verloren, wie Macarena völlig richtig festgestellt hatte, bevor sie sein Fleisch mit ihrem geheimnisvollen Zauber belegte. *Sie wird dich deines Willens berauben und dein Herz zerstören.* So stand es in den alten Schriften geschrieben, und die mussten es wissen. Quart brauchte ja bloß sich selbst zu betrachten, um die Ausmaße des weiblichen Zerstörungswerks zu erkennen: ein Trümmerfeld, ein Häufchen Elend, sämtlicher Alibis beraubt, mit denen er sein Gewissen hätte einlullen können.

Er schaute auf seine Uhr, ohne die Zeit abzulesen, nestelte an seinem weißen Priesterkragen herum, klopfte sich auf die Jackentasche, in der er seine Notizkärtchen aufbewahrte, verzweifelt bemüht sich mit diesen alltäglichen Routinehandlungen wieder unter Kontrolle zu bekommen. Macarena beobachtete ihn dabei, geduldig und abwartend. Sprechen, dachte er. Ich muss sprechen; den Garten und ihre Haut und den Mond vergessen. Hier ist ein Rätsel, das ich lösen muss, dazu bin ich gekommen.

»Und deine Mutter?«

Seltsam, das erste Duzen bei Tageslicht. Quart war kein guter Soldat mehr, er hatte gegen das Reglement verstoßen, aber er hasste auch das geheuchelte Entsetzen vieler Kleriker über sich

selbst. Macarena, die über derlei Details gelassen hinwegzugehen schien, deutete mit einer vagen Handbewegung zum oberen
Stockwerk hinauf.

»Schläft noch. Sie weiß von nichts.«

»Was ist hier los?«

Die junge Frau schüttelte den Kopf. Aus ihren Haarspitzen
tropfte Wasser auf die Bluse.

»Ich weiß nicht, was hier los ist.« Ihr Hauptproblem war nach
wie vor Padre Ferro, nicht Quart. »Aber Don Príamo würde so
etwas nie tun.«

»Nicht einmal für seine Kirche?«

»Nein, nicht einmal dafür. Die Kripo vermutet, dass Bonafé
am späten Abend gestorben ist. Du hast Don Príamo gestern
Abend gesehen. Glaubst du, er wäre seelenruhig hierher gekommen, um in die Sterne zu schauen, nachdem er einen Menschen
umgebracht hat?« Sie hob die Hände als Appell an seinen gesunden Menschenverstand und ließ sie wieder fallen. »Das ist doch
lächerlich.«

»Aber er ist geflohen.«

Macarena machte eine skeptische Miene:

»Ich bin mir da nicht so sicher. Und gerade das beunruhigt
mich.«

»Dann gib mir eine andere Erklärung. Oder hilf mir ihn zu finden.«

Sie starrte gedankenversunken auf den Boden. Quart studierte ihr Gesicht, die weichen Linien ihres Halses bis hinunter
in den Blusenausschnitt, aus dem ein weißer BH-Träger hervor-
schaute. Seine Finger kribbelten beim Anblick des warmen
Pfads, den er gestern im Dunkeln ertastet hatte, und der Verlust
schmerzte ihn bitter. Macarena Bruner war auch im Tageslicht
umwerfend schön.

»Die Polizisten sind seit einer Stunde hier, ich hatte praktisch
keine Zeit nachzudenken … Aber irgendwie habe ich ein ungutes Gefühl, was Don Príamo betrifft. Ich kann mir einfach keinen
Reim auf sein Verschwinden machen.« Sie legte die Stirn in Falten und wirkte mindestens ebenso ratlos wie er. »Stell dir einfach
mal vor, dass Don Príamo nichts mit der Sache zu tun hat … Ich
meine, gestern Abend war sein Verhalten doch völlig normal,
oder?«

»Schon, aber er hat nicht zu Hause geschlafen«, wandte Quart ein. »Und außerdem sieht es ganz so aus, als hätte er die Leiche in der Kirche eingeschlossen. Absichtlich.«

»Das kann ich nicht glauben.« Macarena griff nach seinem Arm und drückte ihn leicht. »Und wenn ihm auch etwas zugestoßen ist? Nachdem er hier war, auf dem Heimweg? Ich weiß nicht … Es passiert doch so viel.«

Quart trat brüsk zur Seite, um sich ihrer Hand zu entziehen, aber Macarena war so in Gedanken vertieft, dass ihr das gar nicht auffiel. Neben ihnen plätscherte das Wasser des gekachelten Springbrunnens.

»Du hast was im Hinterkopf«, sagte er. »Da bin ich mir sicher … Wo warst du gestern vor dem Abendessen?«

Macarena blinzelte, als erwache sie aus einem Traum:

»Hier, mit meiner Mutter«, erwiderte sie verwundert. »Das weißt du doch.«

»Und davor?«

»Da habe ich einen Einkaufsbummel gemacht, im Zentrum …« Sie unterbrach sich und riss empört die Augen auf: »Sag bloß, du verdächtigst mich!«

»Wen ich verdächtige, spielt überhaupt keine Rolle. Mir macht die Kripo Sorgen.«

Macarena sah ihn noch ein Weile an, dann stieß sie geräuschvoll die angehaltene Luft aus. Aber sie wirkte eher verwirrt als wütend.

»Die Polizei ist dumm«, murmelte sie, »aber nicht so dumm. Wenigstens hoffe ich das.«

Mittlerweile war es auch im Patio sehr heiß geworden. Quart knöpfte seine Jacke auf und blieb reglos vor Macarena stehen. Sie war sein einziger Trumpf, die Karte, die ihm einen kleinen Vorsprung vor Simeón Navajo gab – obwohl sich dieser Vorsprung mit jeder Minute verkürzte. Womöglich war inzwischen bereits Óscar Lobato gefunden und verhört worden.

Macarena lehnte sich verzagt an den Brunnenrand.

»Und morgen ist Donnerstag«, seufzte sie. Da ging Quart schlagartig auf, woran sie die ganze Zeit über gedacht hatte: Wenn am folgenden Tag in Nuestra Señora de las Lagrimas keine Messe stattfand, trat das Sonderrecht ihrer Familie automatisch außer Kraft. Dann würden das Erzbistum, die Stadtverwaltung und die Kartäuser Bank wie ein Schwarm Geier über die Kirche herfallen.

»Ich würde sagen, das Problem ist im Augenblick Padre Ferro und nicht Nuestra Señora de las Lagrimas«, erwiderte Quart verstimmt. »Wenn der auftaucht, wird er nämlich verhaftet.«

»Außer er ist unschuldig ...«

»Wie willst du das wissen? Dazu müsste man ihn erst mal finden. Und fragen. Besser wir als die Polizei.«

Macarena hatte die linke Hand zum Mund geführt und kaute gedankenverloren am Daumennagel herum. Quart fürchtete sie zu erschrecken, ihren Gedankengang zu unterbrechen. Sie war seine einzige Hoffnung.

»Morgen ist Donnerstag«, wiederholte sie langsam. Aber diesmal klang ihre Stimme anders, irgendwie drohend, und Quart sah, dass sie düster nickte.

Der Schuhputzer steckte seine Bürste weg, verkaufte Octavio Machuca ein Lotterielos und machte sich, seinen Kasten unterm Arm, trällernd davon. Die Sonne stach senkrecht vom Himmel, ein Kellner kurbelte quietschend die Markise herunter, die den Tischen des Strafencafés La Campana Schatten spendete. Neben Machuca saß Pencho Gavira und schlürfte genüsslich an seinem eiskalten Bier. Das von den Fensterscheiben der vorbeifahrenden Autos reflektierte Licht spiegelte sich in seiner schwarzen Sonnenbrille und dem straff zurückgekämmten, von Brillantine glänzenden Haar.

Der alte Bankier erzählte ihm etwas, irgendeine Anekdote aus der letzten Gesellschaftersitzung, Gavira sah ihn an, beschränkte sich aber darauf, hin und wieder zerstreut zu nicken. Machucas Sekretär hatte sich bereits zurückgezogen, und in wenigen Minuten würde auch der Präsident der Kartäuser Bank zum Mittagessen in sein Stammrestaurant Casa Robles gehen. Gavira schielte immer wieder verstohlen auf seine Armbanduhr. Er hatte einen geschäftlichen Termin, ein »Business Lunch« mit drei Mitgliedern des Aufsichtsrats, der in der kommenden Woche über seine Zukunft entscheiden sollte. Da Gavira der Ansicht war, dass man dem Schicksal mitunter ein wenig nachhelfen musste, hatte er begonnen an verschiedenen Fronten sanften Druck auszuüben. Von den insgesamt neun Aufsichtsratsmitgliedern waren die drei noch am ehesten mit Argumenten herumzukriegen; außerdem rechnete er fest mit einem vierten, den er gedachte mit gewissen Fotos für sich zu »gewinnen« – sehr intimen Fotos, auf denen sich der Banker an Bord seiner Luxusjacht mit einem bekanntermaßen kokainsüchtigen Balletttänzer tummelte. Kurz und gut, Gavira hörte seinem Chef und Gönner heute nur mit halbem Ohr zu. Er konzentrierte sich wie ein Samurai vor dem Kampf, dachte bereits über die Sitzordnung bei Tisch nach und darüber, wie er das Thema am geschicktesten anschneiden und entwickeln sollte. Die Vorstandsmitglieder einer Bank zu bestechen war natürlich etwas anderes, als einen x-beliebigen Reporter zu schmieren, das wusste er aus Erfahrung. Aber letztendlich würde er es mit ihnen leichter haben, einfach weil sie mehr Sinn für Stil und äußere Formen hatten.

Der Kellner unterbrach Machucas Monolog: Señor Gavira werde am Telefon verlangt. Pencho verschwand mit einer Entschuldigung im Innern des Cafés. Das ist bestimmt Peregil, dachte er, indem er seine Sonnenbrille abnahm und zum Schanktisch ging, auf dem der Telefonapparat stand. Es war nicht Peregil, sondern seine Sekretärin, die aus der Bank anrief. Die nächsten drei Minuten lauschte er in die Hörmuschel, ohne auch nur einen Ton zu sagen, dann bedankte er sich und hängte ein.

Während er im Schneckentempo zur Tür zurückging und dabei an seinem Krawattenknoten herumnestelte, versuchte er seine Gedanken zu ordnen, aber die Geräuschkulisse des Lokals, die Hitze, das grelle Licht, der Lärm des vorbeiströmenden Autoverkehrs störten seine Konzentration. Schwer zu sagen, ob der Vorfall, von dem seine Sekretärin ihm soeben berichtet hatte, gut oder schlecht für ihn war; seine Pläne warf er in jedem Fall über den Haufen. Aber wegen so etwas verlor Pencho Gavira noch lange nicht den Kopf. Noch bevor er an der Tür angelangt war, hatte er bereits auf die Uhr gesehen – nein, das Mittagessen konnte er jetzt nicht mehr absagen –, Peregil verwünscht – warum ist der Kerl nie zur Stelle, wenn ich ihn brauche? – und mindestens drei gute Gründe gefunden, um den berichteten Vorfall positiv bewerten zu können. Als er die Sonnenbrille in der Hand wieder ins Freie hinaustrat und sich gerade überlegte, wie er die Sache Don Octavio beibringen sollte, war er schon beinahe optimistisch gestimmt. Aber Machuca war nicht alleine: Er hatte sich erhoben, um Macarena die Hand zu küssen, die in Begleitung des Pfaffen aus Rom erschienen war. Alle drei sahen zu ihm herüber. Gavira schluckte und presste dann einen so lautstarken Fluch durch die Zähne, dass zwei ältere Damen, die neben ihm das Café betraten, entrüstet die Köpfe wandten.

Eigentlich sprach die ganze Zeit über nur Macarena. Auf der äußersten Stuhlkante sitzend, leicht nach vorn gebeugt, redete sie auf Machuca ein; ihre Stirn war in Falten gelegt, ihre Miene düster. Quart betrachtete ihr Profil mit dem offenen schwarzen Haar, ihre braunen Unterarme, die aus den hochgekrempelten Blusenärmeln hervorschauten, die langen, ausdrucksvoll gestikulierenden Hände. Der alte Bankier ergriff immer wieder eine von ihnen und drückte sie sanft in seinen hageren Klauen, um Macarena zu beschwichtigen, aber das nützte wenig. Sie raste vor Wut. Das war ihr Terrain, ihr Mann, ihr Pate … ihre Träume und ihre Ängste, ihre Erinnerungen, ihre Wunden. Quart konnte gar nichts anderes tun, als sich rauszuhalten und ihr die Führung zu überlassen. Die beiden Männer, in deren Hände das Schicksal von Nuestra Señora de las Lagrimas letztendlich lag, hörten Macarena schweigend zu. Als sie fertig war, warf sie sich mit einem feindseligen Seitenblick auf Pencho Gavira in ihren Stuhl zurück. Gavira hatte die Beine übereinander geschlagen, rauchte und klappte die Bügel seiner auf dem Tisch liegenden Sonnenbrille auf und zu, während er immer wieder zu Quart hinüberschielte. Jetzt waren aller Augen auf ihn gerichtet. Der alte Machuca ergriff als Erster das Wort:
»Was hast du mit der Sache zu tun, Pencho?«
Quart beobachtete, dass er seine Brille losließ und sich mit absolut ruhiger Hand die Zigarette aus dem Mund nahm:
»Ich bitte Sie, Don Octavio. Was soll ich damit zu tun haben.«
Sein Bier hatte keinen Schaum mehr und war bestimmt brühwarm geworden. Machuca wimmelte einen Bettler ab, der mit ausgestreckter Hand an ihren Tisch trat.
»Wir reden nicht von dem Toten«, sagte Macarena. »Sondern von Don Príamos Verschwinden.«
Gavira zog erneut an seiner Zigarette und ließ eine Ewigkeit

verstreichen, bevor er den Rauch in die Luft blies. Dabei sah er unentwegt Lorenzo Quart an:

»Das hängt wohl irgendwie zusammen … Würde ich mal sagen.«

Macarena ballte eine Faust, als wolle sie auf den Tisch schlagen. Oder ins Gesicht ihres Mannes.

»Stimmt nicht, und das weißt du recht gut.«

»Irrtum. Ich weiß überhaupt nichts.« Gaviras Mund verzog sich zu einem sarkastischen Grinsen. »Du bist hier die Expertin für Kirchen und Priester.« Er deutete auf Quart. »Ohne deinen Beichtvater gehst du ja anscheinend gar nicht mehr aus dem Haus.«

»Mistkerl.«

Octavio Machuca hob besänftigend eine seiner knochigen Hände, und Quart, der sich weiterhin im Hintergrund hielt, fiel auf, dass er Gavira unablässig aus seinen schmalen Augenschlitzen beobachtete.

»Die Wahrheit, Pencho«, sagte Machuca. »Ich will die Wahrheit.«

Gavira schnippte seinen Zigarettenstummel auf den Boden, er wäre fast auf dem Schuh einer Losverkäuferin gelandet, die sich zwischen den Tischen des Straßencafés durchschlängelte, dann sah er seinem Chef in die Augen:

»Don Octavio. Ich schwöre Ihnen, dass ich nichts über den Toten in der Kirche weiß, außer, dass er Reporter war und offenbar ein ziemlich mieser Kerl. Und wo Padre Ferro steckt, habe ich auch keine Ahnung.« Er streckte die Hand aus, als wolle er wieder mit den Bügeln seiner Brille spielen, ließ sie dann aber ruhig liegen. »Ich weiß nur, was mir meine Sekretärin vor zehn Minuten am Telefon erzählt hat: In der Kirche liegt eine Leiche, Padre Ferro ist verschwunden und die Polizei sucht ihn.« Sein Blick wanderte über Macarena zu Quart. »Alles Weitere sind Hirngespinste.«

»Hirngespinste?«, fuhr Macarena ihn an. »Du intrigierst seit Monaten gegen Padre Ferro und denkst an nichts anderes, als daran, wie du ihn aus Sevilla vertreiben kannst. Und da willst du von Tuten und Blasen keine Ahnung haben? Das nehme ich dir nicht ab.«

»So ist es aber«, erwiderte Pencho Gavira völlig gelassen. »Ich bestreite ja nicht, dass ich den ein oder anderen Schritt unternommen habe; einer meiner Mitarbeiter hat sich in meinem Auftrag ein bisschen umgehört, die Lage sondiert.« Er wandte sich an Machuca: »Damit Sie sehen, dass ich nichts zu verbergen habe, Don Octavio, gebe ich sogar noch etwas zu: Ja. Ich war zeitweilig versucht diesen sturen Bock von einem Priester mit drastischen Methoden zum Fortgang zu bewegen. Ich habe die Sache gründlich durchdacht, mit allen Pros und Contras. Aber dabei ist es geblieben … Dass sich Padre Ferro jetzt sein eigenes Grab geschaufelt hat und sozusagen ganz von selbst die Kirche räumt, passt mir natürlich gut in den Kram.« Der »Hai« grinste. »Was soll ich sonst noch groß dazu sagen. Dass es mir für Padre Ferro Leid tut und für mich selbst freut.« Er machte eine leichte Verbeugung vor dem alten Machuca. »Für mich und für die Kartäuser Bank. Niemand wird dieser Kirche nachweinen.«

Macarena warf ihm einen vernichtenden Blick zu:

»Doch, ich.«

Eine Blumenverkäuferin bot ihnen Jasmin für die Señora an, Gavira verscheuchte sie.

»Das ist das Einzige, was ich in dieser Geschichte wirklich bedaure. Deine Tränen«, sagte er zu seiner Frau und seine Stimme klang einen Moment lang beinahe weich. »Ich begreife immer noch nicht, was zwischen dir und mir los war.« Grimmiger Seitenblick auf Quart. »Und los ist.«

Macarena schüttelte abwehrend den Kopf.

»Für dieses Thema ist es jetzt zu spät. Padre Quart und ich sind gekommen, um dich nach Don Príamo zu fragen.«

Gaviras schwarze Augen blitzten auf:

»Padre Quart kann mir langsam den Buckel runterrutschen.«

»Und Sie mir«, sagte Quart, dem gleichfalls die Geduld ausging. »Das haben Sie davon, die Nase in Kirchen zu stecken, die Sie nichts angehen.«

Die Mundwinkel des Bankiers zuckten vor Wut und einen Augenblick hatte Quart den Eindruck, er wolle sich auf ihn stürzen. Sein Herz pumpte Adrenalin, aber der andere lächelte bereits wieder, ruhig und gefährlich. Nach einer Weile wandte Gavira sich erneut an Macarena:

»Ich bin völlig ahnungslos, glaub mir.«

»Nein.« Sie beugte sich wieder nach vorn, stützte die Ellbogen auf den Tisch und blickte ihn mit todernster Miene an: »Ich kenne dich Pencho. Warum, könnte ich nicht sagen, aber ich weiß, dass du lügst. Ja, ich behaupte sogar, dass du lügst, selbst wenn du überzeugt bist ehrlich zu sein. In dieser Geschichte gibt es zu viele Ungereimtheiten ... Dinge, die sich ohne dein Eingreifen nicht erklären lassen. Gut, vielleicht warst du persönlich nicht daran beteiligt, aber Padre Ferros Verschwinden, ausgerechnet heute, trägt eindeutig deine Handschrift. Entspricht genau deinem Stil.«

Quart sah Gavira den Bruchteil einer Sekunde lang unsicher werden, ein Zweifel huschte über seine Augen und er klappte zweimal die Bügel seiner Sonnenbrille auf und zu, aber dann legte er die Hände wieder ruhig auf den Tisch.

»Nein«, sagte er, mehr an sich selbst denn an sie gerichtet – als wäre es die Antwort auf eine Frage, die er sich selbst gestellt hatte. Octavio Machucas Augenschlitze wurden noch schmäler, und für Quart stand nun fest, dass Macarena nicht ins Blaue geraten hatte.

»Pencho«, sagte Machuca leise, Tadel und Bitte in einem.

Gaviras Miene war wieder undurchdringlich, aber er hob ein wenig die Hand, als bitte er um einen Moment Ruhe, um nachdenken zu können. Das hysterische Gehupe eines Autofahrers, der seinem Ärger über einen schlecht geparkten Wagen Luft machte, ging allen auf die Nerven.

»Wenn du irgendwas mit der Sache zu tun hast ...«, insistierte Machuca. Seinem besorgten Blick nach zu urteilen, schien auch er langsam unruhig zu werden.

»Solche Zufälle gibt's nicht«, murmelte Gavira geistesabwesend.

Danach sah er mit dem Gesicht eines Menschen, der zwischen Traum und Wirklichkeit schwebt, zuerst Macarena und dann Quart an, als erwarte er sich von ihnen eine Bestätigung seines nicht ausgesprochenen Gedankens. Er öffnete den Mund, aber es war nicht klar, ob er etwas sagen oder bloß nach Luft schnappen wollte. Mit seiner Selbstsicherheit war es jedenfalls nicht mehr weit her, das merkte man deutlich. Plötzlich sprang eine Ampel von Rot auf Grün, und die Scheiben der losbrausenden Autos, in denen sich die Sonne brach, lösten ein wahres Blitzgewitter aus, das sie alle blendete. Gavira blinzelte und die Hitze der Auspuffgase schien ihm in den Kopf zu steigen, denn er lief puterrot an.

»Jetzt müssen Sie mich entschuldigen«, stammelte er. »Ich habe ein Arbeitsessen.«

Er ballte eine Hand zur Faust, drückte sie ans Kinn, als wolle er sich selbst einen Schlag versetzen, und als er aufstand, warf er sein Bierglas um.

XIII.

Die »Canela Fina«

»Ach, Watson, vielleicht würden Sie Ihre Gentleman-Manieren auch vergessen, wenn man Ihnen von einem Moment auf den anderen Frau und Vermögen wegnimmt.«
(A. Conan Doyle *Die Abenteuer des Sherlock Holmes*)

Aus einem Lautsprecher schallte die Stimme des Fremdenführers, der irgendetwas von der achthundertjährigen Geschichte des Goldturms daherfaselte, ein Paso doble untermalte seine Erläuterungen. Das Ausflugsboot knatterte vorüber und wenige Sekunden später schaukelte die am Kai vertäute »Canela Fina« auf den Wellen seines Kielwassers. In der Kajüte roch es nach Schweiß und Speiseresten. Von den Holzwänden blätterte die Farbe ab und auf den Metallplatten des Fußbodens dehnten sich große Rostflecken aus. Während Motorengeknatter und Musik sich den Guadalquivir hinunter entfernten, sah Don Ibrahim einem Sonnenstrahl zu, der durch die aufgeklappte Luke auf den Esstisch fiel, langsam nach Steuerbord wanderte, dort La Niñas silberne Armreifen zum Glänzen brachte, dann wieder nach Backbord, um schließlich auf Peregils schlecht getarnter Glatze zu verweilen.

»Verdammtes Schaukeln«, knurrte er. »Hättet ihr euch nicht ein besseres Versteck aussuchen können?«

Das Haar klebte ihm wirr am schweißnassen Schädel und auch seine Stirn musste er immer wieder mit dem Taschentuch abtrocknen. Nein, Peregil brauchte festen Boden unter den Füßen, fürs Leben auf dem Wasser taugte er nicht. Seine Augen wirkten erloschen wie die eines Stiers, der auf den Gnadenstoß wartet; im Gesicht hatte er die unverwechselbare Farbe aller Seekranken angenommen: grün. Leider kamen hier am laufenden Band Touristenboote vorbei und bei jedem Wellenschlag wurde ihm noch ein bisschen übler.

Don Ibrahim erwiderte nichts. Das Leben hatte ihn gelehrt den Undank seiner Mitmenschen zu ertragen und großzügig über ihre Erbärmlichkeit hinwegzugehen. Letzten Endes war das Dasein ein Auf und Ab und irgendwann stolperte jeder. Er zog also schweigend eine Havanna aus der Tasche, streifte ihre Bauchbinde ab und strich zärtlich über die gerippte Oberfläche der gerollten Tabakblätter. Danach löcherte er eines ihrer Enden mit dem Messerchen von Orson Welles, steckte sie in den Mund und drehte sie wollüstig zwischen den Lippen, schon jetzt das köstliche Aroma dieses Kunstwerks auskostend.

»Wie benimmt sich der Pfaffe?«, wollte Peregil wissen.

Das Wasser hatte sich gerade etwas beruhigt und er sah bereits besser aus; jetzt hatte sein Gesicht in etwa die wächserne Farbe der Kerzen in Nuestra Señora de las Lagrimas. Don Ibrahim behielt die unangezündete Zigarre im Mund und nickte voller Ernst, wie es sich unter den gegebenen Umständen gehörte – immerhin ging es hier um einen ehrwürdigen Vertreter der Heiligen Römischen Kirche und eine Entführung schloss noch lange nicht den Respekt vor dem Opfer aus. Das hatte er in Südamerika gelernt, wo die Leute sich noch siezten, wenn sie einander niederknallten.

»Gut. Er verhält sich ruhig und ist sehr gefasst.«

Die Ellbogen auf den Tisch gestützt und krampfhaft bemüht über die Essensreste hinwegzusehen, brachte Peregil ein mattes Lächeln zustande.

»Harter Knochen, der Alte, was?«

»Das kannst du laut sagen«, nickte La Niña. »Hart wie Granit.«

Ihre Armreifen klimperten, während sie flink die Häkelnadel vor- und zurückbewegte – vier Luftmaschen, zwei überspringen, ein Stäbchen. In regelmäßigen Abständen legte sie die Handarbeit in den Schoß und griff nach ihrem Manzanilla-Glas, das neben der halb leeren Flasche vor ihr auf dem Tisch stand. Mit dem Wein hatte sie auch den Lippenstift hinuntergespült, ihr schwarzer Lidstrich war zerlaufen, und die dunklen Flecken unter ihren Augen breiteten sich in der Hitze immer weiter aus. Ihre Ohrgehänge aus roten Korallen schaukelten im Takt des sich hin und her wiegenden Schiffes.

Don Ibrahim bestätigte La Niñas Kommentar mit einem Brummen: Sie übertrieb nicht. Die drei Kumpane hatten Padre Ferro in der engen Gasse vor der Casa del Postigo abgepasst und ihm, kaum dass er aus dem Gartentor getreten war, eine Decke über den Kopf geworfen. Aber es war beileibe kein Kinderspiel gewesen, ihn zu fesseln und zu dem an der Ecke geparkten Lieferwagen zu schleppen, den sie für vierundzwanzig Stunden gemietet hatten. Don Ibrahim war in dem Gerangel María Bonitas Spazierstock zerbrochen, El Potro hatte ein blaues Auge davon getragen und La Niña waren die Plomben aus den Zähnen geflogen. Unfassbar, wie ein verschrumpeltes kleines Opachen, obendrein noch Priester, seine alte Haut verteidigen konnte.

Peregil war es nicht nur speiübel, ihm ging auch ganz schön die Muffe. Sich an einem Priester vergreifen und ihn zwei Tage aus dem Verkehr ziehen, gehörte nicht gerade zu der Sorte von Delikten, für die ein Richter Verständnis aufbrachte. Auch Don Ibrahim fühlte sich nicht ganz wohl bei der Sache, aber er hielt sich vor Augen, dass es für einen Rückzieher zu spät war. Außerdem stammte die Idee von ihm und Männer wie er gingen, ohne mit der Wimper zu zucken, durchs Feuer. Zumal er im Geiste, bereits die Kasse klingeln hörte – viereinhalb Millionen für sie drei waren kein Pappenstiel.

Peregil hatte sich wie der Kubaner die Jacke ausgezogen, aber im Gegensatz zu Don Ibrahims nüchternem weißem Hemd, dessen Ärmel mit Gummibändern gerafft waren, trug er ein grässliches blauweiß gestreiftes Etwas mit lachsfarbenem Kragen, und vor seiner Brust baumelte eine Krawatte, die an einen verwelkten Strauß aus grünen, roten und malvenfarbigen Chrysanthemen erinnerte. Unter seinen Achseln breiteten sich große Schweißringe aus.

»Ich hoffe, ihr haltet euch an unsern Plan«, sagte er.

Don Ibrahim sah ihn gekränkt an. Wie er daran zweifeln könne? Auf ihn und seine Freunde sei Verlass, sie arbeiteten präzise – er strich sich vorsichtig über den versengten Schnurrbart und die verbrannte Wange – abgesehen von unvorhersehbaren Zwischenfällen wie der Sache mit dem Benzin oder dem Film, der sich sozusagen von selbst entwickelt hatte. Und so kompliziert, dass man davon Gehirnverschlingungen bekommen könnte, sei der Plan ja nun auch wieder nicht. Worum ging es denn schon groß? Den Pfaffen anderthalb Tage festzuhalten und danach wieder an die frische Luft zu setzen, das war alles. Freilich bedurfte es auch dazu des gewissen Etwas, um nicht zu sagen des göttlichen Funkens. Stewart Granger und James

Mason, ja sogar Ronald Colman und Douglas Fairbanks junior –
das Ganoventrio hatte beide Versionen des Films in einer Video-
thek ausgeliehen, um sich vorab entsprechend zu informieren –
wären jedenfalls begeistert davon gewesen, wie elegant sie die
Sache ritzten.

»Was unser Honorar betrifft …«

Der ehemalige Winkeladvokat ließ seinen Satz diskret offen
und konzentrierte sich darauf, seine Havanna anzuzünden.
Unter ehrenwerten Männern redete man nicht übers Geld, und
wenngleich zu bezweifeln war, dass Peregil zu dieser Kategorie
gehörte, ließ Don Ibrahim ihn nach dem Grundsatz in dubio pro
reo einstweilen daran glauben. Er hielt also sein Feuerzeug an
die Spitze der Montechristo, ließ genüsslich den ersten Rauch
aus Mund und Nase strömen und wartete darauf, dass Pencho
Gaviras Leibwächter seinen Wink kommentierte.

»Sobald ihr den Vogel fliegen lasst«, erwiderte Peregil ein
wenig entspannter als vorher, »kriegt ihr von mir die Knete.
Anderthalb Millionen pro Kopf. Mehrwertsteuerfrei!«

Er kicherte über seinen eigenen Witz und wischte sich erneut
den Schweiß von der Stirn. La Niña hob kurz die Augen von ihrer
Häkelarbeit, um ihm durch die künstlichen Wimpern hindurch
einen dankbaren Blick zuzuwerfen. Auch Don Ibrahim sah ihn,
eine dicke Rauchwolke ausstoßend, an, aber er wirkte eher
besorgt. Dieses Kichern gefiel ihm nicht und einen Moment lang
überkam ihn die Angst, Peregil könne womöglich bloß bluffen
und in Wirklichkeit gar nicht genügend Geld haben, um sie zu
entlohnen. Mit einem fatalistischen Seufzer nahm er die Zigarre
aus dem Mund und fischte aus der Jacke, die hinter ihm über der
Stuhllehne hing, die Taschenuhr Ernest Hemingways heraus. Es
ist wirklich nicht einfach, den Chef zu spielen, dachte er. Sicher
aufzutreten, jeden Zweifel mit einer Geste, einem Blick, einem
Lächeln zu zerstreuen, Befehle zu erteilen, Ratschläge zu geben
und dabei immer aufzupassen, dass einem die Stimme nicht ver-
sagte. Ob Xenophon vor seinem Söldnerheer oder Kolumbus
oder Pizarro, der mit seinem Schwert einen Strich in den Staub
zog und sagte, Gold oder Leben, wohl auch dieses unangenehme
Gefühl gehabt hatten, dieses Gefühl eine Decke anzustreichen
und plötzlich zu merken, dass man nur noch am Pinsel hing, weil
die Leiter weggerutscht war wie im Zeichentrickfilm?

Don Ibrahim sah La Niña zärtlich an. Er hatte keine Angst vor dem Gefängnis, aber wer würde sich um sie kümmern, wenn sie sich voneinander trennen mussten? Was würde aus ihr werden? Ohne El Potro und ohne ihn, die *olé* sagten, wenn sie eine Copla trällerte, die am Sonntag ihren Eintopf lobten, sie in die Arena begleiteten, wenn gute Toreros auf dem Programm standen und ihr den Arm reichten, wenn sie mit ihrer Kusine aus Sanlúcar ein bisschen zu tief ins Glas geguckt hatte? Die Arme würde eingehen wie ein entflogener Kanarienvogel. Und außerdem war da dieses Lokal, das sie unbedingt für sie eröffnen mussten – für »La Niña de los Puñales, die Königin des Flamenco«.

»Niña, Zeit, dass du El Potro ablöst.«

La Niña häkelte rasch eine Reihe zu Ende, dann leerte sie ihr Glas, stand auf, strich sich das getupfte Kleid über den Hüften glatt und warf durch die Luke einen Blick ins Freie. Durch die Geranien hindurch, die El Potro in Thunfischbüchsen entlang der Reling aufgestellt hatte und jeden Abend pünktlich goss, sah man die Kaimauer des alten Hafens, ein paar ausgediente Fischkutter, die hier vor Anker lagen, und im Hintergrund den Goldturm und die San-Telmo-Brücke.

»Die Luft ist rein«, sagte sie.

Danach nahm sie ihre Häkelarbeit und durchquerte mit raschelnden Rüschen die Kajüte. Der schwere Sandelholzduft, den sie dabei verströmte, schien dem seekranken Peregil nicht eben zu bekommen. Als sie die Tür zur angrenzenden Kabine öffnete, sah man kurz den gefangenen Priester. Mit dem Rücken zu ihnen hockte er auf einem Stuhl, die Augen mit einem Seidenschal von La Niña verbunden, die Hände hinter der Stuhllehne mit extrabreitem Pflasterband gefesselt, das sie gestern Abend noch schnell in einer Apotheke gekauft hatten. Er saß genau so da, wie sie ihn hingesetzt hatten, steif, mit vorgeneigtem Kopf, und gab keinen Mucks von sich, außer wenn sie ihn fragten, ob er ein belegtes Brot oder ein Gläschen Wein wolle oder mal müsse; und in diesen Fällen beschränkte er sich darauf, den Götz von Berlichingen zu zitieren.

La Niña ging hinein, El Potro kam heraus und schloss die Tür hinter sich.

»Wie geht's ihm?«, fragte Peregil.

»Wem?«

El Potro trat an den Tisch und machte ein dummes Gesicht. Sein ärmelloses Unterhemd, unter dem sich die prallen Brustmuskeln abzeichneten, war schweißgetränkt, sein linker Arm nach wie vor verbunden und das blaue Auge aus der vergangenen Nacht war mittlerweile violett. Auf dem rechten Oberarm hatte er neben der Impfnarbe eine Tätowierung: eine Frau mit Legionärsmütze und darunter ein unleserlicher Name. Don Ibrahim war nie auf die Idee gekommen ihn zu fragen, ob es sich um das treulose Geschöpf handelte, das ihn ruiniert hatte, noch war El Potro je von selbst auf den Namen zu sprechen gekommen. Vielleicht erinnerte er sich auch gar nicht mehr daran. Egal, jedenfalls mischte man sich nicht in das Leben anderer Leute ein und noch weniger in ihr Vorleben.

»Dem Pfaffen«, stöhnte Peregil mit ersterbender Stimme. »Wie es ihm geht, will ich wissen.«

Der ehemalige Torero und Boxer dachte lange über die Frage nach. Er legte die Stirn in Falten, trat von einem Bein aufs andere, und sah Don Ibrahim an wie ein Hund, der von seinem Herrn wissen möchte, ob er dem Befehl eines Fremden gehorchen darf.

»Gut. Es geht ihm gut«, antwortete er schließlich, da sein Chef und Kumpan ihm nichts Gegenteiliges signalisierte. »Jedenfalls meckert er nicht. Er sagt überhaupt nichts.«

»Hat er denn keine Fragen gestellt?«

El Potro fuhr sich mit zwei Fingern über den platten Nasenrücken und versuchte angestrengt sich zu erinnern. Die Hitze half seinen grauen Zellen nicht gerade auf die Sprünge.

»Nein«, meinte er nach einer Weile. »Ich hab ihm den schwarzen Rock aufgeknöpft, damit er Luft kriegt, aber da hat er auch nix von sich gegeben … Als hätte es ihm die Sprache verschlagen«, fügte er nach längerer Meditation hinzu.

»Das ist ganz normal«, warf Don Ibrahim ein. »Als Mann der Kirche fühlt er sich in seiner Ehre verletzt.«

Inzwischen war ihm bereits wieder Asche auf den Bauch gefallen, er klopfte sie ab, während El Potro zur Tür hinüberstarrte und langsam nickte, als sei ihm endlich ein Licht aufgegangen. »Das wird's sein«, wiederholte er zweimal, »die Ehre.«

Peregil keuchte – bleich und schweißüberströmt. Sein Taschentuch war zum Auswringen.

»Ich gehe«, sagte er. Don Ibrahims Havanna hatte ihm den Rest gegeben. »Also, haltet euch an unsere Abmachungen.«

Er war gerade dabei, aufzustehen und drückte sich mechanisch das spärliche Haar an den Schädel, als ein weiteres Ausflugsboot an der »Canela Fina« vorbeischipperte. Mit stierem Blick fixierte Peregil den Sonnenstrahl, der von Backbord nach Steuerbord und wieder zurück wanderte. Der Schweiß floss in Sturzbächen über sein aschfahles Gesicht, er schnappte nach Luft wie ein Fisch auf dem Trockenen. Plötzlich starrte er Don Ibrahim und El Potro mit panisch aufgerissenen Augen an.

»Sorry«, murmelte er mit erstickter Stimme und stürzte auf die Leiter vor der Luke zu.

Es wurde ein katastrophales Mittagessen. Pencho Gavira rührte die zarten Böhnchen mit Tintenfisch und den gegrillten Lachs kaum an und musste sich schrecklich zusammennehmen, um lächelnd bis zum Nachtisch durchzuhalten. Am liebsten wäre er alle fünf Minuten vom Tisch aufgesprungen und hätte seine Sekretärin angerufen, die Peregil in ganz Sevilla wie eine Stecknadel suchte. Ein paarmal verlor er mitten im Gespräch mit den Vorstandsmitgliedern der Kartäuser Bank einfach den Faden und schaffte es nur mit Ach und Krach, die peinliche Situation halbwegs elegant zu überbrücken. Wo mochte Peregil bloß stecken? Warum ließ er sich nicht blicken? Was hatte er angestellt? Diese Fragen beschäftigten ihn unentwegt und er hätte dringend Zeit gebraucht, um darüber nachzudenken, die verschiedenen Möglichkeiten im Geiste durchzuspielen und für jede eine entsprechende Lösung zu finden, aber er hatte die Zeit nicht. Das Treffen mit diesen Leuten war ebenfalls lebenswichtig für ihn, er konnte es nicht vernachlässigen. Gavira kämpfte also an zwei Fronten gleichzeitig – wie Napoleon bei Waterloo, bloß dass der es mit richtigen Armeen zu tun gehabt hatte, der englischen und der preußischen nämlich. Ein Lächeln, ein Schluck Rotwein, eine Erläuterung, hin und wieder ein heimlicher Gedankengang, während er sich eine Zigarette anzündete. Die Aufsichtsräte begannen langsam weich zu werden, doch Peregils Ausbleiben ließ ihm keine Ruhe. Gavira war sich sicher, dass sein Leibwächter etwas mit dem Verschwinden des Gemeindepfarrers zu tun hatte. Was ihm jedoch den kalten Schweiß auf die Stirn trieb, war der Verdacht, er könne auch mit dem Tod Bonafés in Verbindung stehen. Allein bei der Vorstellung bekam Pencho Gavira Schüttelfrost, aber er hatte Selbstbeherrschung genug, es sich nicht anmerken zu lassen. Ein Mensch mit schwächerem Nervenkostüm hätte sich wahrscheinlich heulend aufs Tischtuch gelegt.

In diesem Augenblick schlängelte sich der Maître zwischen den Tischreihen durch, und aus der Art, wie er ihn ansah, wusste Gavira, dass er zu ihm unterwegs war. Er unterdrückte den Impuls, vom Stuhl aufzuspringen, führte einen begonnen Satz zu Ende, löschte seine Zigarette, nahm einen Schluck Mineralwasser, tupfte sich die Lippen mit der Serviette ab und erhob sich lächelnd:

»Entschuldigen Sie mich einen Moment.«

Während er dem Maître ins Vestibül hinaus folgte, nickte er dem ein oder anderen Bekannten zu und versteckte seine zitternden Hände in den Jackentaschen, als er aber auf den Flur hinaustrat und Peregil mit seiner lächerlichen Frisur und der grässlichen Krawatte erblickte, drehte sich ihm fast der Magen um.

»Gute Neuigkeiten«, verkündete sein Handlanger.

Der Kellner hatte sich zurückgezogen, sie waren alleine. Gavira stieß Peregil grob in die Herrentoilette und schloss die Tür hinter sich ab.

»Wo hast du gesteckt?«

Peregil trug eine selbstgefällige Miene zur Schau:

»Ich habe dafür gesorgt, dass morgen keine Messe stattfindet«, sagte er.

Gavira war so überreizt, dass seine Nerven jeden Augenblick zu zerreißen drohten. Er hätte Peregil erwürgen können. An Ort und Stelle.

»Was hast du gemacht, verdammter Mistkerl?«

Seinem Leibwächter gefror das Lächeln auf den Lippen. Er blinzelte verwirrt.

»Was soll ich groß gemacht haben?«, stammelte er. »Den Pfaffen habe ich ausgeschaltet. Wie Sie es wollten.«

»Den Pfaffen?«

Peregil drückte sich zwischen den Armen seines Chefs mit dem Rücken ans Waschbecken. Seine dürftig verdeckte Glatze glänzte im Neonlicht.

»Ja«, erwiderte er. »Ein paar Kumpels von mir haben ihn bis

412

übermorgen außer Gefecht gesetzt. Ohne ihm ein Härchen zu krümmen.«

Er starrte seinen Chef an und konnte sich keinen Reim auf dessen mühsam unterdrückte Wut machen. Gavira trat einen Schritt zurück, während er in aller Eile nachrechnete.

»Wann war das?«

»Gestern Nacht.« Peregil wagte ein schüchternes Lächeln. »Er ist sicher untergebracht und wird gut behandelt. Am Freitag lassen sie ihn wieder laufen und damit hat sich die Sache.«

Gavira schüttelte den Kopf. Irgendwie ging die Rechnung nicht auf.

»Und was ist mit dem anderen?«

»Mit welchem anderen?«

»Mit diesem Reporter. Bonafé.«

Peregil schoss das Blut in den Kopf.

»Ach, der …«, ächzte er und fuchtelte verzweifelt in der Luft herum. »Ich kann Ihnen alles erklären, glauben Sie mir …« Das Neonlicht verwandelte seinen krampfhaft lächelnden Mund in ein schwarzes Loch. »Die Geschichte ist ein bisschen kompliziert, aber ich habe eine Erklärung dafür. Das schwöre ich.«

Gavira überkam Panik. Wenn sein Leibwächter etwas mit dem Tod von Honorato Bonafé zu schaffen hatte, saß er wirklich in der Patsche. Er ging in der schmalen Toilette auf und ab und dachte fieberhaft nach, aber die weißen Kacheln schufen nichts als absolute Leere in seinem Kopf. Er wandte sich erneut an Peregil:

»Dann hoffe ich bloß, es ist eine gute Erklärung. Der Pfaffe wird nämlich von der Polizei gesucht.«

Peregil zeigte sich wider Erwarten nicht sonderlich beeindruckt. Ja er schien sogar erleichtert von der neuen Wende des Gesprächs:

»Dann waren sie aber schnell. Trotzdem: kein Grund zur Sorge.«

Gavira glaubte nicht recht zu hören.

»Kein Grund zur Sorge?«

»Nein, überhaupt nicht.« Peregil grinste nervös. »Die Sache könnte uns bloß fünf bis sechs Milliönchen mehr kosten.«

Gavira fragte sich, ob er ihm an die Gurgel springen oder weiter in ihn dringen sollte. Er entschied sich für Letzteres:

»Das ist doch nicht dein Ernst, Peregil, oder?«

»Doch, natürlich. Sie können völlig beruhigt sein.«

»Jetzt hör mal gut zu, Freundchen.« Der Bankier ließ seine Fingerknöchel krachen. »Wenn du mich verarschen willst …«

»Aber, Chef! Das würde mir im Traum nicht einfallen.«

Gavira begann einen neuen Rundgang durch die Toilette.

»Ich krieg zu viel … Du meinst also, ich kann völlig beruhigt sein, obwohl du einen Priester versteckt hältst, der wegen Mordes von der Polizei gesucht wird?«

Celestino Peregil klappte die Kinnlade nach unten:

»Wegen Mord?«

»Tu nicht, als hättest du keine Ahnung.«

Celestinos Blick wanderte zur verschlossenen Tür, dann zur Kloschüssel und dann wieder zu Gaviras Gesicht:

»Soll das heißen, da ist wer umgelegt worden?«

»Allerdings. Und man hat deinen verdammten Pfaffen im Verdacht.«

Peregil stieß ein hysterisches Lachen aus.

»Mann, Chef … Machen Sie keine Witze.«

Gavira rückte ihm so dicht auf die Pelle, dass er sich beinahe ins Waschbecken setzen musste.

»Schau mir ins Gesicht. So. Glaubst du jetzt immer noch, ich mache Witze?«

Peregil schüttelte verzweifelt den Kopf. Er war weiß wie die Kacheln an der Wand.

»Mord also.«

»Jawohl.«

»Ein richtiger Mord mit Leiche und so …«

»Ja, Idiot, kapierst du's jetzt endlich? … Und der Pfaffe soll ihn verübt haben.«

Peregil hob die Hand und bat um eine Denkpause, um das Gehörte langsam verdauen zu können. Seine Tarnfrisur war völlig ramponiert, die langen Haarsträhnen hingen ihm übers Ohr hinunter.

»Vor oder nachdem wir ihn geschnappt haben?«

»Was weiß ich. Vorher, wahrscheinlich.«

Peregil schluckte geräuschvoll.

»Und wen soll er noch mal abgemurkst haben?«

Pencho Gavira ließ seinen Leibwächter kotzend in der Toilette zurück, verabschiedete sich von den Aufsichtsräten, stieg in seinen vor dem Restaurant geparkten Mercedes und befahl dem Chauffeur die Klimaanlage einzuschalten und sich für eine halbe Stunde zu verkrümeln; dann zog er sein Handy aus der Jackentasche und dachte nach. Er war überzeugt, dass Peregil die Wahrheit gesagt hatte, und das eröffnete ihm nach Überwindung des ersten Schocks völlig neue Perspektiven. Schwer zu beurteilen, ob hinter dieser ganzen Geschichte ein Plan steckte, oder ob es reiner Zufall war, dass Peregils Leute den Pfarrer ausgerechnet am selben Abend verschleppt hatten, an dem Bonafé von ihm umgebracht worden war. Ja, stand überhaupt fest, dass Príamo Ferro der Mörder war? Die Tatsache, dass seine Entführung nach Mitternacht stattgefunden hatte, wie Macarena und der Pfaffe aus Rom bezeugen konnten, Bonafés Tod von der Kripo aber auf den späten Abend geschätzt wurde, ließ den Gemeindepfarrer jedenfalls ohne Alibi. Wie auch immer: Schuldig oder nicht, Padre Ferro wurde von der Polizei verdächtigt und gesucht. Und damit wäre es hirnrissiger Leichtsinn gewesen, ihn noch länger festzuhalten. Im Gegenteil: Gavira war überzeugt, dass die sofortige Freilassung des Pfarrers seinen Projekten eher nützen als schaden konnte, denn hatte die Polizei ihn erst einmal aufgegriffen – und das würde mit Sicherheit nicht lange dauern – so war er fürs Erste derart mit Verhören beschäftigt, dass er todsicher keine Messe in Nuestra Señora de las Lagrimas zelebrieren konnte, schon gar nicht am folgenden Donnerstagmorgen. Die Sache hatte also eine ebenso unerwartete wie günstige Wendung genommen. Wenn es Gavira jetzt noch gelang, den Priester ohne Aufruhr und Skandale wieder dem öffentlichen Leben einzuverleiben, konnte er sich wirklich beglückwünschen. Ob Príamo Ferro floh oder sich der Polizei stellte, war ihm egal. Hauptsache, der alte Störenfried war eine Zeit lang weg vom Fenster und vielleicht konnte man ja auch noch mit einem anonymen Anruf, einer Anzeige oder Ähnlichem nachhelfen. Der Erzbischof von Sevilla würde sich jedenfalls nicht so schnell nach einem Vertreter umsehen. Und was Octavio Machuca betraf: Als Pragmatiker galt für ihn »Ende gut, alles gut«.

Blieb nur noch das Problem mit Macarena, aber auch das

würde er dank der jüngsten Entwicklungen zu seinem Vorteil lösen können. Gavira war da nämlich eine geniale Idee gekommen: Er würde die Entführung Padre Ferros ganz einfach Peregil in die Schuhe schieben, seine Befreiung dagegen für sich verbuchen, beziehungsweise als persönlichen Gefallen an Macarena hinstellen: Der Kerl hat auf eigene Faust gehandelt, aber nach unserem Gespräch in La Campana habe ich sofort nach dem Rechten gesehen. Und da der Mord an Bonafé wie ein Damoklesschwert über ihnen allen hing, ganz besonders jedoch über dem Haupt ihres geliebten Padre Ferro, würde Macarena sich wohl hüten irgendetwas an die Öffentlichkeit durchsickern zu lassen. Ja, wer wusste, ob sie einander durch diese Geschichte nicht wieder näher kamen. Was den Gemeindepfarrer selbst betraf, so sollten sich ruhig Macarena und der Pfaffe aus Rom um ihn kümmern – mit oder ohne Polizei. Gavira hatte nichts gegen den Alten; ob er sich nun stellte oder nach Südamerika auswanderte, ließ ihn völlig kalt. Mit ein bisschen Glück war Príamo Ferro so erledigt wie seine Kirche.

Das leise Rauschen der Klimaanlage und die angenehme Temperatur im Wageninneren beruhigten ihn. Gavira lehnte sich entspannt in den schwarzen Ledersitz zurück und betrachtete sich zufrieden im Rückspiegel. Der Tag versprach ja doch noch ganz erfolgreich zu werden. Sein berüchtigtes Haigrinsen auf den Lippen, wählte er die Telefonnummer der Casa del Postigo.

Macarena Bruner legte den Hörer auf die Gabel zurück und sah Quart nachdenklich an. Sie lehnte an dem mit Büchern und Zeitschriften überhäuften Tisch ihres Arbeitszimmers im oberen Stockwerk des Hauses. Ein ebenso ungewöhnliches wie schönes Arbeitszimmer mit Balkendecke, marmorverkleidetem Kamin und handbemalten Wandkacheln, auf denen Pflanzenmotive und Malteserkreuze abgebildet waren. Zur Einrichtung, die unverkennbar ihre persönliche Note trug, gehörten ein Fernseher mit Videorecorder, eine kleine Stereoanlage, Werke über Kunst und Geschichte, alte Bronzeaschenbecher und bequeme dunkle Plüschsessel mit bestickten Kissen. Auf der breiten Fensterbank stapelten sich antike Manuskripte, pergamentgebundene Folianten und Videokassetten. Zwei wertvolle Gemälde schmückten die Wände; auf einem war der heilige Petrus dargestellt, auf dem anderen eine Szene der Schlacht von Lepanto. Unter einer Glasglocke neben dem Fenster schwang ein finster dreinblickender Erzengel sein Schwert.

»Dachte ich es mir doch«, sagte Macarena.

Quart sprang auf und wäre am liebsten sofort in Aktion getreten. Aber sie blieb reglos stehen, als sei noch längst nicht alles klar:

»Pencho entschuldigt sich; ein bedauerlicher Irrtum, aber er trage keine Schuld daran. Leute, die indirekt für ihn arbeiten, hätten hinter seinem Rücken die Grenzen des Erlaubten überschritten.«

Hinter seinem Rücken oder nicht, war Quart im Augenblick völlig schnuppe, das konnte man auch zu einem späteren Zeitpunkt noch klären. Jetzt kam es ihm ausschließlich darauf an, Padre Ferro noch vor der Polizei aufzugabeln. Denn ob er nun schuldig oder unschuldig war, die Kirche konnte einen Pfarrer nicht tatenlos der weltlichen Gerichtsbarkeit ausliefern.

»Wo haben sie ihn versteckt?«

Macarena blinzelte ihn misstrauisch an, aber dann antwortete sie ihm doch:

»Unten im alten Hafen, auf einem Schiff; er ist wohlauf … Pencho ruft mich an, wenn er die Sache geregelt hat.« Sie ging ein paarmal im Zimmer auf und ab, nahm eine Zigarette vom Schreibtisch und zog ihr Feuerzeug aus dem Ausschnitt. »Er überlässt Don Príamo mir, anstatt ihn der Polizei auszuliefern – als Geste der Versöhnung, sagt er. Obwohl das mit der Polizei natürlich Bluff ist.«

Quart atmete erleichtert auf. Wenigstens das Problem war gelöst.

»Wirst du es deiner Mutter erzählen?«

»Nein. Besser, sie erfährt nichts davon, bis alles wieder in Butter ist. Ich glaube, ihr Herz würde das nicht verkraften.«

Sie schüttelte mutlos den Kopf. Die Zigarette und das Feuerzeug in ihrer Hand schien sie vergessen zu haben.

»Du hättest Pencho hören sollen«, fuhr sie fort. »Liebenswürdig, aufmerksam, entgegenkommend … Er weiß natürlich, dass er die Partie so gut wie gewonnen hat. Und jetzt will er uns eine Alternative verkaufen, die keine ist; Don Príamo kann nicht fliehen, auch wenn Penchos Männer ihn freilassen.«

Macarenas Stimme klang eiskalt, wenn sie Pencho erwähnte; ihre einzige Sorge galt nach wie vor dem alten Pfarrer. Quart hörte ihr zu und war verzweifelt, aber nicht ihrer Worte, sondern der Erinnerungen wegen, die sie in ihm weckten. Erinnerungen, die ihn traurig und niedergeschlagen machten. Gestern Nacht hatte Macarena sich ihm angenähert, ihn auf ein Terrain gelockt, in dem alle Grenzen verschwammen und alles außer der Zärtlichkeit und ihrer geteilten Einsamkeit an Bedeutung verlor, und nun entfernte sie sich wieder von ihm. Es war noch zu früh, um sagen zu können, was der Priester Lorenzo Quart im intimen Kontakt mit dieser Frau verloren oder dazugewonnen hatte, aber der Templer, der in ihm steckte, fühlte sich verraten und plagte ihn mit Schuldgefühlen. Kein Zweifel, nun war auch er dem Strom der Zeit in die Falle gegangen, der ruhig und unerbittlich dahinfließt, vor nichts Halt macht, nichts respektiert, und jeden Menschen früher oder später zur Selbsterkenntnis zwingt. Dem Strom, der auch die Banner mustergültiger Soldaten mit sich fortreißt. Was Quart betraf, so war ihm hier in Sevilla in zu kurzer Zeit zu viel abhanden gekommen und er hatte keinen anderen Ersatz dafür, als das schmerzliche Bewusstsein seiner selbst. Wie sehnte er sich nach einem kräftigen Trommelwirbel, der ihm den inneren Frieden zurückgegeben hätte.

Als er in die Realität zurückkehrte, waren Macarenas egoistische schwarze Augen auf ihn gerichtet, aber sie blickten durch ihn hindurch, als wäre er aus Glas. Quart entdeckte keine Honigtropfen, keinen Mond und keine Orangenblätter. Er entdeckte überhaupt nichts, was irgendwie ihm gegolten hätte, und einen Moment lang fragte sich der Agent des IOE, was zum Teufel sein Spiegelbild überhaupt noch in diesen seltsamen Augen zu suchen hatte.

»Wüsste nicht, warum Padre Ferro fliehen sollte«, sagte er, in der Hoffnung, wenigstens beim Sprechen zu einer Art Disziplin zurückzufinden. »Jetzt, wo die Entführung sein Verschwinden erklärt, ist er längst nicht mehr so verdächtig.«

Macarena überzeugte sein Argument nicht:

»Ach was. Du wirst sehen: Die behaupten, er hätte die Kirche mit der Leiche drin abgeschlossen.«

»Schon, aber vielleicht kann er ja beweisen, dass er sie nicht gesehen hat, wie deine Freundin Gris vermutet. Hauptsache, er sagt endlich aus. Das wäre für uns alle das Beste – für dich, für mich und für ihn selbst auch.«

Macarena schüttelte den Kopf:

»Ich muss vor der Polizei mit Don Príamo sprechen.«

Sie war zum Fenster gegangen und sah in den Patio hinunter.

»Ich auch«, erwiderte Quart und trat neben sie. »In jedem Fall ist es besser, er stellt sich freiwillig. Und zwar in Begleitung des Anwalts, den ich aus Madrid habe kommen lassen.« Er sah auf die Uhr. »Der müsste jetzt gerade mit Schwester Marsala im Polizeipräsidium sein.«

»Gris würde Don Príamo nie beschuldigen.«

»Nein, natürlich nicht.«

Macarena wandte sich mit sorgenvollem Blick zu Quart um:

»Sie werden ihn festnehmen, stimmt's?«

Wie gerne hätte er ihr tröstend übers Gesicht gestreichelt, aber ihre bekümmerte Miene galt ja nicht ihm, sie galt einem anderen, und so absurd es Quart selbst vorkam, auf einen schrumpeligen, verdreckten alten Pfarrer eifersüchtig zu sein, er war es.

»Ich weiß nicht«, sagte er und wich ihrem Blick aus. Unten, im Patio, saß Cruz Bruner in einem Schaukelstuhl neben dem gekachelten Springbrunnen, las friedlich und fächelte sich dabei Luft zu. »Nach dem, was ich in der Kirche gesehen habe, fürchte ich allerdings ja.«

»Du glaubst, dass er es war. Habe ich Recht?« Macarena betrachtete ebenfalls ihre Mutter und ihr Gesicht wirkte jetzt noch trauriger. »Obwohl er nicht geflohen, sondern entführt worden ist, glaubst *du* immer noch, dass er es war.«

»Ich glaube überhaupt nichts«, entgegnete Quart missmutig. »Das ist nicht meine Arbeit.«

Plötzlich fiel ihm die Geschichte Usas ein: Usa, der es gewagt hatte, sich an der Bundeslade zu vergreifen. »*Da entbrannte des HERRN Zorn über Usa*«, hieß es im zweiten Buch Samuel. »*Und Gott schlug ihn dort, weil er seine Hand nach der Lade ausgestreckt hatte, sodass er dort starb, bei der Lade Gottes …*«

»Don Príamo würde so etwas nie tun«, sagte Macarena und blickte stumm zu Boden, während sie die unangezündete Zigarette in den Fingern zerbröselte.

Quart schüttelte den Kopf, aber er dachte an Honorato Bonafé, wie er »vom Zorn Gottes erschlagen« im Beichtstuhl lag.

Doch. Padre Ferro war haarscharf der Typ, der so etwas in Szene setzen konnte.

Viertel vor elf. An eine Laterne unter der Triana-Brücke gelehnt, hörte Celestino Peregil die Schläge der Turmuhr, ohne den Blick von den Lichtern zu heben, die sich im schwarzen Wasser des Guadalquivir spiegelten und sich wie lange Ketten am gegenüberliegenden Ufer entlangschlängelten. Trotz der späten Stunde herrschte noch immer reger Verkehr in der Stadt, aber hier unten, am Fluss, war alles still.

Er begann den Uferweg in Richtung der alten Hafenmauer hinunterzuschlendern. Nun erhob sich auch die nächtliche, von Sanlúcar her wehende Meeresbrise; die Wasseroberfläche kräuselte sich bereits etwas und Peregil tat der frische Wind gut. Seine Stimmung wurde von Minute zu Minute besser. Nach den Aufregungen der letzten Stunden schien endlich wieder alles zur Normalität zurückzukehren. Sogar sein Magen hatte sich weitgehend beruhigt. Die Verabredung war um elf Uhr vor dem Hausboot, in dem Don Ibrahim und seine Kumpane sich mit dem Pfaffen verschanzt hatten. Gavira hatte ihm alle nur erdenklichen Instruktionen und Sicherheitsanweisungen mit auf den Weg gegeben, damit auch wirklich nichts schief lief: Die Señora und der Pfaffe aus Rom würden Príamo Ferro abholen kommen, Peregil hatte lediglich dafür zu sorgen, dass die Übergabe reibungslos vonstatten ging. Das hieß, dass er den alten Pfarrer unauffällig aus der »Canela Fina« schleusen und in einen der alten Lagerschuppen des ehemaligen Hafens bringen musste, dessen Schlüssel er in der Tasche hatte. Dort würden ihn dann Macarena Bruner und ihr Begleiter in Empfang nehmen. Was das Honorar der drei Ganoven betraf, so war es nicht ganz einfach gewesen, seinen Chef davon zu überzeugen, dass er die nötigen Piepen lockermachte, aber die Dringlichkeit der Lage und Gaviras Wunsch, sich den Priester so schnell wie möglich vom Hals zu schaffen, hatten schließlich den Ausschlag gegeben. Peregil klopfte sich schmunzelnd auf den Bauch: Er hatte die viereinhalb Millionen unterm Hemd. In flachen Bündeln aus Zehntausendpesetenscheinen steckten sie im Gummi seiner Unterhose. Und zu Hause lagen noch einmal fünfhunderttausend, die er seinem Chef in letzter Minute abgeknöpft hatte: als

Notgroschen für unerwartete Ausgaben. Mit all der Pinke im Gürtel ging Peregil so steif, als habe er einen Stock verschluckt.

Er begann frohgemut zu pfeifen. Bis auf ein Liebespaar und einen einzelnen Fischer war der Uferweg leer. Im Schilf quakten die Frösche, über Triana ging der Mond auf, und die Welt war in Ordnung. Fünf Minuten vor elf. Er beschleunigte den Schritt. Wenn diese Komödie endlich aus war, würde er schnurstracks ins Kasino gehen. Mal sehen, was das halbe Milliönchen hergab. Fünfundzwanzigtausend Peseten hatte er bereits für eine Festtagsnummer mit Dolores La Negra zur Seite gelegt.

»Hei, Peregil! Das is ja 'ne Überraschung.«

Er blieb wie vom Donner gerührt stehen. Von der Steinbank neben ihm erhoben sich zwei dunkle Gestalten. Eine – schlank, groß und bedrohlich – gehörte dem Zigeuner Mairena, die andere – klein und grazil wie ein Tänzer – gehörte El Pollo Muelas. Eine Wolke schob sich vor den Mond, vielleicht vernebelte sich ihm auch nur der Blick, schwarze Pünktchen tanzten vor seinen Augen, das Magengeschwür meldete sich mit einem heftigen Krampf und seine Knie begannen zu schlottern. Ich kippe um, dachte er. Das ist ein Kollaps, ich kippe um.

»Rat mal, was heut für 'n Tag is?«

»Mittwoch.« Ein Hauch von Aufbegehren klang aus seiner ersterbenden Stimme. »Ich hab noch einen Tag Zeit.«

Die beiden Schatten kamen näher; in Höhe ihrer Köpfe leuchtete jeweils ein roter Punkt in der Nacht – die Glut ihrer Zigaretten.

»Nee, Alterchen, da haste dich verrechnet«, sagte der Zigeuner Mairena. »Dir bleibt eine Stunde. Der Donnerstag fängt nämlich um Mitternacht an.« Er entfachte ein Streichholz und hielt es an seine Armbanduhr, dabei konnte man auch den Stummel des amputierten kleinen Fingers sehen. »Eine Stunde und fünf Minuten.«

»Ich zahle«, stammelte Peregil. »Das schwöre ich euch.«

Nun ließ El Pollo Muelas sein sympathisches Lachen erklingen:

»Aber klar doch. Wer hat das denn bezweifelt? Wir leisten dir bloß 'n bisschen Gesellschaft beim Warten. Komm, wir setzen uns auf die Bank da.«

Peregil sah sich in panischer Angst um. Sich in den Fluss zu stürzen oder um Hilfe zu schreien, wäre sinnlos gewesen. Ob er mit den beiden verhandeln sollte? Mit der Summe, die er bei sich hatte, ließ sich die Sache einstweilen vielleicht hinbiegen, nur: Seine Schulden bei dem Wucherer waren damit noch lange nicht gedeckt und wie hätte er den Verlust des Geldes außerdem vor Gavira rechtfertigen sollen, der inzwischen elf Millionen auf den Tisch geblättert hatte? Von der Entführung des Pfaffen ganz zu schweigen: Die Señora und der Pfaffe aus Rom warteten auf ihn; Don Ibrahim, El Potro del Mantelete und La Niña Puñales konnte er auch nicht einfach hängen lassen. Und wenn er jetzt noch an den Toten in der Kirche dachte, an die Polizei und an die Kacke, die sonst noch am Dampfen war, hätte er sich wirklich am liebsten ersäuft.

Er starrte in den dunklen Fluss, zog ein Päckchen Zigaretten heraus und atmete ein paarmal tief durch. Danach sah er die beiden Schatten an, zuerst den großen, dann den kleinen, und seufzte schicksalsergeben. Wovor hast du eigentlich Angst, fragte er sich. Krankenhäuser gibt es genug.

»Habt ihr Feuer?«

Der Zigeuner Mairena hatte das Streichholz noch nicht angerissen, als Peregil auch schon wie ein geölter Blitz den Uferweg zurück zur Brücke flitzte. Wer ihn sah, hätte meinen können, er laufe um sein Leben. Und genau das tat er ja.

Einen Moment lang wähnte er sich in Sicherheit. Das Blut hämmerte ihm in den Schläfen und seine Lungen brannten wie Feuer, während er noch einen Zahn zulegte und in immer kürzerem Rhythmus atmete, eins, zwei, eins, zwei. Er rannte fast blind durch die Nacht, gejagt von den Flüchen des Zigeuners Mairena und vom Keuchen El Pollo Muelas. Die beiden waren ihm dicht auf den Fersen, zweimal streifte ihn was an der Schulter und an den Beinen und er glaubte schon, sie hätten ihn erwischt, halb wahnsinnig vor Angst raste er weiter, schnell und noch schneller, der Abstand zu seinen Verfolgern vergrößerte sich, die Lichterkette auf der Brücke rückte näher. Die Treppe, stöhnte er in sich hinein. Irgendwo links musste eine Treppe sein, und oben Straßen, Lichter, Autos, Leute. Er verließ den Weg und rannte querfeldein auf die Mauer zu, plötzlich traf ihn etwas hart an der Schulter, mit einem Aufschrei hechtete er nach vorn. Da war die Treppe, obwohl er sie mehr ahnte, als dass er sie richtig sah. Peregil bot alles auf, aber es fiel ihm immer schwerer, seine Beine zu koordinieren. Er kam aus dem Takt, stolperte und kippte nach vorn, seine schmerzenden Lungen bekamen keine Luft mehr, trotzdem schaffte er es bis zum Fuß der Treppe. Du bist fast gerettet, schoss es ihm durch den Kopf. Da verließen ihn die Kräfte. Wie ein nasser Sack fiel er auf der untersten Stufe in sich zusammen.

Er war fix und fertig. Die Geldscheine unter seinem Hemd waren schweißgetränkt und klebten ihm am Körper. Japsend drehte er sich auf den Rücken, die Sterne am Himmel kreisten wie ein Karussell. Wo ist bloß der ganze Sauerstoff geblieben, dachte er und presste sich eine Hand aufs Herz als fürchtete er, es springe ihm sonst aus der Brust. Auch dem Zigeuner Mairena und El Pollo Muelas war die Puste weggeblieben; atemringend lehnten sie neben ihm an der Mauer.

»Verdammter Mistkerl«, hörte er den Zigeuner keuchen. »Fast wär' uns der Typ durch die Lappen gegangen.«

El Pollo Muelas setzte sich auf die Fersen und schnaufte wie ein kaputter Blasebalg. Trotzdem brachte er – im Licht einer Straßenlaterne zu erkennen – auch jetzt noch ein Grinsen zustande.«

»Du warst spitze, Peregil. Echt«, sagte er fast sanft und tätschelte ihm die Wange. »Kompliment, Alterchen.«

Er rappelte sich mühsam auf und gab ihm noch mal einen freundschaftlichen Klaps ins Gesicht. Dann sprang er mit beiden Füßen und immer noch grinsend auf Peregils rechten Arm, der krachend splitterte. Das war nur der erste Knochen, den sie ihm in dieser Nacht brechen sollten.

Macarena Bruner sah zum hundertsten Mal auf die Uhr. Mittlerweile war es zwanzig vor zwölf.

»Hier stimmt was nicht«, sagte sie leise.

Quart erwiderte nichts, obwohl er derselben Ansicht war. Seit einer Dreiviertelstunde warteten sie im Dunkeln neben dem Holzgatter einer Tretboot-Anlegestelle. Über ihren Köpfen, jenseits der mit Palmen und Bougainvilleen bestandenen Uferböschung, ragte die beleuchtete Kuppel der Stierkampfarena auf und die oberste Etage der Kartäuser Bank. Etwa dreihundert Meter flussabwärts waren die San-Telmo-Brücke und der ebenfalls von Scheinwerfern angestrahlte Goldturm zu erkennen.

Und genau dazwischen lag, an einem Poller der alten Hafen-mauer vertäut, die »Canela Fina« auf dem Wasser.

»Da ist was schief gelaufen«, insistierte Macarena.

Sie trug einen leichten Wollpullover über der Schulter, trat nervös von einem Bein aufs andere und ließ kein Auge von dem Uferweg, auf dem Pencho Gaviras Vertrauensmann erscheinen sollte. Das Schiff, auf dem nach Auskunft ihres Mannes – oder Exmannes – Padre Ferro festgehalten wurde, war stockfinster; kein Geräusch, kein Lebenszeichen drang aus ihm. Quart kam während der langen Wartezeit mehrmals der Gedanke, Gavira könne sie hereingelegt haben, aber er verwarf ihn jedes Mal sofort wieder: So brenzlig, wie die Lage für ihn war, konnte er sich derartige Scherze nicht erlauben.

Ein Windstoß trieb Wellen ans Ufer; sie brachen sich plät-schernd an den Pfosten der Anlegestelle und die Holzplanken antworteten mit leisem Knarren. Ganz so glatt, wie es zunächst ausgesehen hatte, ging die Sache also doch nicht ab. Auch Quart begann sich langsam Sorgen zu machen, sein Instinkt sagte ihm, dass neue Probleme im Anzug waren. Ohne die Hilfe des Ver-mittlers, der nicht auftauchen wollte, würde es kompliziert wer-den, Padre Ferro freizubekommen – vorausgesetzt er befand sich wirklich an Bord dieses Schiffs, wie Gavira ihnen versichert hatte. Quart betrachtete das dunkle, angespannte Profil Maca-renas, dann dachte er an Kommissar Navajo. Vielleicht waren sie zu weit gegangen.

»Ob wir nicht besser die Polizei verständigen?«, meinte er vorsichtig.

»Kommt nicht in Frage.« Ihr Blick war starr auf den verlasse-nen Uferweg und das dunkle Schiff gerichtet. »Vorher müssen wir mit Don Príamo sprechen.«

Quart drehte suchend den Kopf nach rechts und links.

»Tja, dieser Peregil erscheint aber nicht.«

»Er wird schon noch erscheinen. Pencho weiß, was für ihn auf dem Spiel steht.«

Sie warteten weiter, doch Mitternacht verging, ohne dass sich irgendwer hätte blicken lassen. Die Spannung wurde unerträg-lich. Macarena, die zu allem Überfluss ihre Zigaretten vergessen hatte, ging unruhig am Gatter der Anlegestelle auf und ab. In fünfzig Meter Entfernung war eine Telefonzelle und schließlich begab sie sich dorthin, um ihren Mann anzurufen, während Lorenzo Quart zurückblieb und die »Canela Fina« überwachte. Macarena kehrte mit düsterer Miene wieder. Pencho schwor, sein Vertrauensmann habe Punkt elf Uhr mit dem Lösegeld zur Stelle sein wollen. Er konnte sich sein Ausbleiben nicht erklären, würde aber in Kürze bei ihnen sein.

Nach einer Viertelstunde kam er den akaziengesäumten Uferweg entlang und gesellte sich an der Bootsanlegestelle zu ihnen. Er trug ein Polohemd unterm Jackett, eine leichte Sommerhose und Sportschuhe. In der Dunkelheit wirkte er noch braun gebrannter als gewöhnlich.

»Ich verstehe nicht, was mit Peregil los ist«, sagte er, anstatt einer Begrüßung.

Es gab weder Entschuldigungen noch überflüssige Kommentare. Macarena und Quart setzten ihm die Situation in wenigen Worten auseinander. Der Bankier zeigte sich sehr besorgt und zu allem bereit, Hauptsache, sie ließen die Polizei aus dem Spiel, denn es war natürlich nicht dasselbe, ob die Beamten Don Príamo auf freiem Fuß stellten oder ob sie ihn einer Gruppe von Entführern entreißen mussten, mit denen er, Gavira, mehr oder weniger direkt in Verbindung stand. Quart bewunderte seine Kaltblütigkeit, während sie sich unterhielten: Der Bankier versuchte weder seine Unschuld zu beteuern, noch sonst irgendetwas unter Beweis zu stellen. Er hatte Zigaretten mitgebracht. Macarena und er rauchten, wobei sie die Glut ihrer Zigaretten in der hohlen Hand verbargen. Lange sagte er gar nichts, beschränkte sich darauf, mit gesenktem Kopf und völlig ruhig zuzuhören. Erst als sie mit ihrem Bericht fertig waren, sah er Quart in die Augen:

»Was sollen wir Ihrer Meinung nach tun?«

Diesmal klang seine Stimme weder feindselig noch arrogant. Er wirkte objektiv und gelassen – Bube, Dame und König berieten sich vor dem Angriff. In seinem geölten Haar spiegelten sich die Lichter des Flusses.

Quart zögerte keinen Moment; ihm lag genauso wenig daran, dass Padre Ferro aus den Händen seiner Entführer direkt in die Kommissar Navajos überging, ohne dass er vorher Gelegenheit zu einem ausführlichen Meinungsaustausch mit ihm hatte:

»Nachsehen, was auf dem Schiff los ist.«

»Dann los«, sagte Macarena aufgeregt.

»Langsam …«, entgegnete Quart. »Vorher müssen wir wissen, was uns dort erwartet oder besser gesagt, wer.«

Gavira sagte es ihm. Nach Peregils Auskünften setzte sich die Bande aus drei Ganoven zusammen: Einer, der Anführer, war um die fünfzig, groß und dick. Bei seinen Kumpanen handle es sich um eine Frau und einen ehemaligen Boxer. Letzterer könne gefährlich werden.

»Kennen Sie das Schiff von innen?«, fragte Quart.

Gavira verneinte, wusste jedoch dass es sich um ein herkömmliches Ausflugsboot für Touristen handelte: also ein Panoramadeck mit mehreren Bankreihen, vorn am Bug die Kommandobrücke und unter Deck ein halbes Dutzend Kabinen, der Maschinenraum und eine Kajüte. Er vermutete, dass das Schiff schon lange nicht mehr verkehrte, jedenfalls machte es einen ziemlich verlassenen Eindruck – es war ihm immer wieder aufgefallen, wenn er oben auf der Uferpromenade in einem Straßencafé saß.

Nun, als ihre Aktion konkrete Gestalt annahm, verflüchtigten sich auch die Hirngespinste, die Quart in den letzten Stunden gequält hatten. Die Nacht, das finstere Schiff, der Gedanke an die bevorstehende Auseinandersetzung weckten seine Abenteuerlust und füllten ihn mit kindlicher Spannung. Endlich ging das Spiel wieder los, dieses Mensch-ärgere-dich-nicht-Spiel des Lebens mit all seinen Überraschungen, das einen jede Minute gefangen nahm. Hier war er auf seinem Terrain, hier konnte er nach altvertrauten Mustern verfahren, die ihm Sicherheit gaben. Hier würde er sich selbst wieder finden. Plötzlich verwirrte ihn auch Macarenas Gegenwart nicht mehr – der von Zweifeln und Reue geplagte Templer hatte sich in einen besonnenen Mustersoldaten zurückverwandelt. In Pencho Gavira entdeckte er sogar einen unverhofften Kameraden, herangetragen vom Meereswind und vom still dahinfließenden Guadalquivir. Es war fast, als habe der Fluss die Antipathie fortgespült, die er bis vor kurzem gegen ihn empfunden hatte und morgen wahrscheinlich wieder empfinden würde. Aber wenigstens für die Dauer einer Nacht konnte der Templer das Gefühl haben, dass seine totgeglaubten Freunde doch nicht alle tot waren. Quart gefiel es, dass der Bankier, entgegen seiner Erwartung, ohne Leibwache gekommen war, den dunklen Weg unter den Akazien des Ufers alleine und zu Fuß zurückgelegt hatte, anstatt sich hinter Angst und Ausreden zu verschanzen. Dabei hatte Gavira wirklich viel zu verlieren. Doch auch jetzt, wo sie sich anschickten, die »Canela Fina« zu stürmen, kam kein unnötiges Wort über seine Lippen.

»Gehen wir endlich«, sagte Macarena ungeduldig. In diesem Moment waren ihr sowohl Quart als auch Gavira völlig egal, sie hatte nur Augen für das am Kai vertäute Schiff.

Der Bankier sah den Priester aus Rom an. Seine weißen Zähne leuchteten aus dem dunklen Gesicht:

»Nach Ihnen, Padre.«

Leise näherten sie sich dem Boot. Bug und Heck waren mit dicken Tauen am Ufer befestigt. Im Gänsemarsch schlichen sie über die Landungsbrücke an Bord. Auf dem Aussichtsdeck lag alles Mögliche durcheinander: Kabelrollen, kaputte Rettungsringe, Autoreifen, alte Tische und Stühle. Quart verstaute seinen Geldbeutel in der Hosentasche, zog die Jacke aus und legte sie gefaltet über die Reling. Gavira folgte wortlos seinem Beispiel.

Beim Überqueren des Decks, hörten sie plötzlich Geräusche unter sich und sekundenlang fiel ein Lichtschimmer auf den dunklen Kai, als sei unter Deck ein Bullauge geöffnet worden. Quart hielt die Luft an und bemühte sich lautlos aufzutreten, wie die Instrukteure der italienischen Polizeisondereinheiten es ihm beigebracht hatten: zuerst mit der Ferse, dann mit der Fußkanten und schließlich mit der Sohle. Der Puls hämmerte ihm in den Ohren, während er angestrengt in die Nacht lauschte und vorsichtig Fuß vor Fuß setzte. Die Tür der Kommandobrücke stand offen, er ging hinein; das Steuerrad und die Instrumente waren mit Planen abgedeckt, es roch nach jahrealtem Schmutz und Moder. Nun traten auch Macarena und hinter ihr Gavira ein, ihre Schattengestalten zeichneten sich im Licht der Straßenlaternen ab, das schwach von der Uferpromenade herabdrang. Der Bankier wechselte einen ruhigen Blick mit Quart, Macarena sah stirnrunzelnd von einem zum anderen und schien bloß darauf zu warten, dass einer das Zeichen zum Angriff gab. Sie wirkte mutig und entschlossen, als habe sie in ihrem Leben schon viele Schiffe um Mitternacht gestürmt. Rechts von ihnen war eine Holztür, hinter der man gedämpfte Radiomusik hörte.

Zwischen Tür und Boden war ein schmaler Streifen Licht zu erkennen.

»Wenn es Probleme gibt, übernimmt jeder von uns einen Mann«, raunte Quart und deutete auf Gavira und sich. »Macarena kümmert sich um Padre Ferro.«

»Und die Frau?«, fragte Gavira.

»Weiß nicht … Kommt darauf an, wie sie sich verhält. Warten wir's ab.«

Der Bankier schlug vor, es zunächst im Guten zu versuchen; beispielsweise, indem er den Ganoven erzählte, Peregil sei verhindert und habe ihn geschickt. Nach kurzem, im Flüsterton abgehaltenem Krisenrat kamen sie zu dem Schluss, dass eine gütliche Einigung eher unwahrscheinlich war: Die Entführer rechneten mit dem Lösegeld, Gavira hatte aber nur Kreditkarten dabei. Was war also zu tun? Quart überlegte fieberhaft, während die andern beiden ihn erwartungsvoll ansahen. Da es um einen Priester ging und er letztendlich auch einer war, wollten sie ihm das letzte Wort überlassen – und natürlich auch die Verantwortung für alle möglichen Konsequenzen. Quart bedauerte es ein letztes Mal, nicht die Polizei eingeschaltet zu haben, dann versuchte er sich daran zu erinnern, wie man diese Art von Problemen bewältigte. Es gab zwei Methoden: eine friedliche und eine aggressive. Die friedliche bestand darin, zu reden – viel zu reden und ruhig Blut zu bewahren. Die aggressive Methode basierte auf Überraschung, Schnelligkeit und Brutalität. In beiden Fällen durfte man dem Gegner keine Zeit zum Überlegen lassen, das war der Trick bei der Sache: Blockierung des Reaktionsvermögens durch Reizüberflutung. Und sollte es hart auf hart kommen, so blieb nur zu hoffen, dass die Vorsehung – oder wer heute Nacht sonst Wache hatte – einen tragischen Ausgang verhinderte.

»Dann wollen wir mal«, sagte Quart, so absurd ihm die ganze Situation auch vorkam.

Auf dem Kompasshaus lag ein gut sechzig Zentimeter langes Metallrohr, das recht bedrohlich aussah. Er nahm es vorsichtshalber an sich, obwohl er inständig hoffte, es nicht gebrauchen zu müssen. Danach tankte er seine Lungen mit Sauerstoff voll, indem er mehrmals tief durchatmete, und öffnete die Tür. Er setzte bereits den Fuß über die Schwelle, als ihm einfiel, dass er

428

sich vielleicht hätte bekreuzigen sollen. Aber nun war es zu spät.

Don Ibrahim fiel die Kaffeetasse aus der Hand, als er plötzlich den großen Pfaffen im Türrahmen stehen sah – hemdsärmelig, aber mit Priesterkragen und ein gefährlich wirkendes Metallrohr in der Rechten. Während er sich mühsam erhob und seinen dicken Bauch hinterm Tisch hervorzwängte, erblickte er einen zweiten Mann, er war dunkelhaarig und sah ziemlich fesch aus. Das musste der Bankier Gavira sein. Ja, und da war ja auch seine Frau, die junge Herzogin.

»Kein Grund zur Aufregung«, sagte der große Paffe. »Wir möchten mit Ihnen sprechen.«

El Potro, der auf der Pritsche vor sich hin gedöst hatte, setzte sich auf und stellte die nackten Füße auf den Boden. Er war im Unterhemd, die Tätowierung auf seinem Arm glänzte vor Schweiß. Seine verdutzten Augen fragten Don Ibrahim, ob dieser Besuch zum Programm gehörte.

»Wir kommen von Peregil«, sagte der Bankier Gavira. »Es ist alles in Ordnung.«

Wenn alles in Ordnung wäre, sagte sich der Kubaner, dann wärt ihr nicht hier, dann hätte Peregil viereinhalb Millionen auf den Tisch geblättert und der große Paffe nicht diesen Prügel in der Hand. Nein, hier musste etwas schief gelaufen sein. Er blickte über die Schultern der Neuankömmlinge hinweg und rechnete jeden Moment mit dem Erscheinen der Bullen.

»Wir müssen miteinander sprechen«, wiederholte der große Pfaffe.

Don Ibrahim schüttelte unmerklich den Kopf. Was er, La Niña und El Potro mussten, war verduften, so schnell es ging. Aber La Niña befand sich mit dem alten Pfarrer nebenan, und abhauen war auch nicht so einfach; schon allein, weil die drei Eindringlinge sich vor der Tür aufgepflanzt hatten. Verdamm mich, dachte er. Was bin ich doch für ein Pechvogel. Zur Hölle mit mir und mit Peregil und mit sämtlichen Pfaffen der Welt. Wie hätte ein Ding, bei dem Schwarzröcke im Spiel waren, auch gut gehen können? Er war ein Esel, dass er sich darauf eingelassen hatte.

»Hier liegt ein Missverständnis vor«, sagte er, um Zeit zu gewinnen.

Der große Pfaffe umklammerte mit versteinerter Miene das lange Eisenrohr. Das passt zu seinem Priesterkragen, wie ein Pistolengürtel zum gekreuzigten Christus, dachte Don Ibrahim und lehnte sich verstört an den Tisch. El Potro starrte ihn mit dem unterwürfigen Blick eines Hundes an, der nur auf ein Zeichen wartet, um anzugreifen oder seinem Herrn die Hand zu lecken.

Der Kubaner überlegte sich angestrengt, wie er La Niña in Sicherheit bringen konnte, damit wenigstens sie im Falle einer Schlägerei verschont blieb, doch da kam der Stein auch schon ins Rollen. Die junge Herzogin, die kein bisschen eingeschüchtert war, sondern sich im Gegenteil mit zornsprühenden Augen in der Kajüte umblickte, fragte nämlich auf einmal:

»Wo ist Padre Ferro?«

Dann ging sie, ohne erst eine Antwort abzuwarten, zielstrebig auf die geschlossene Kabinentür zu. Ganz schön forsch, die junge Frau, dachte Don Ibrahim, während El Potro wie von der Tarantel gestochen aufsprang und ihr den Weg abschnitt. Es hatte sich um eine pure Reflexbewegung gehandelt, jetzt sah er den Kubaner schon wieder ratlos an, doch der war zu keiner Reaktion fähig. Ganz im Gegensatz zu Gavira: Der Bankier hechtete nämlich vor, um seiner Frau Rückendeckung zu geben, und El Potro, der mit einem erwachsenen Mann schon eher umzugehen wusste, verpasste ihm kurzerhand einen Kinnhaken. Gavira taumelte zurück und krachte gegen ein Wandbord, Blechtassen polterten scheppernd zu Boden. Für El Potro musste das wie der Gong des Ringrichters klingen, denn er hob beide Fäuste und begann boxend in der Kajüte herumzuhüpfen, rechts, links, rechts, links, als gehe es darum, den Meistertitel im Bantamgewicht zu verteidigen. Die junge Herzogin, die entschlossen auf die Tür der angrenzenden Kabine zusteuerte, konnte gerade noch einem Aufwärtshaken ausweichen, während Don Ibrahim brüllend, doch vergeblich um Ruhe bat.

Ab diesem Moment ging alles drunter und drüber. La Niña, die von dem Lärm angelockt, zur Tür heraustrat, prallte frontal mit der jungen Herzogin zusammen. Der Bankier strebte mit grimmiger Miene auf Don Ibrahim zu, um sich für El Potros Kinnhaken zu rächen. Der große Pfaffe betrachtete unschlüssig das Eisenrohr in seiner Hand, warf es dann aber weg und wich ein paar Schritte zurück, um El Potros Fäusten zu entgehen, der nach wie vor gegen alles boxte, was sich bewegte, einschließlich seines eigenen Schattens.

»Ruhe!«, flehte Don Ibrahim. »So beruhigen Sie sich doch, meine Herrschaften.«

La Niña bekam einen hysterischen Anfall, stieß die junge Herzogin zur Seite und warf sich auf den Bankier Gavira, um ihm die Augen auszukratzen. Gavira stoppte sie auf höchst unritterliche Weise und schickte sie mit einer Ohrfeige postwendend in die Kabine zurück; dort blieb sie – ein wirres Knäuel aus Rüschen und Tupfen – vor dem Stuhl des gefesselten Pfarrers liegen, der sich aufgrund seiner verbundenen Augen keinen Reim auf das Tohuwabohu machen konnte. Nun sah aber auch Don Ibrahim rot: Wie konnte dieser Kerl es wagen, La Niña zu ohrfeigen! Der ehemalige Winkeladvokat ließ alle Diplomatie beiseite, warf mit einem Ruck den Tisch um, zog den Kopf ein, wie er es bei Kid Tunero und Don Ernesto Hemingway in der Bar Floridita in Havanna gelernt hatte, ließ einen alten Schlachtruf aufleben – *Viva Zapata!* war das Erste, was ihm einfiel – und rammte Gavira mit voller Wucht seine einhundertzehn Kilo Körpergewicht in den Magen, sodass der Bankier quer durch die Kajüte flog. Im selben Moment bekam der große Pfaffe von El Potro einen so brutalen rechten Aufwärtshaken verabreicht, dass er sich an der Deckenlampe fest halten musste, um nicht auf die Matte zu gehen. Es gab einen Knall, die herausgerissenen Kabel sprühten Funken und dann wurde es rabenschwarze Nacht in der Kajüte.

»Niña! Potro!«, brüllte Don Ibrahim keuchend, während er sich von Gavira losriß.

Irgendetwas zerschellte klirrend am Boden. Alles schrie und prügelte im Dunkeln um sich. Der Kubaner wurde von einem der Männer – sicher dem großen Pfaffen – umgerannt und hatte, noch bevor er sich wieder aufrappeln konnte, dessen Ellbogen im Gesicht. Danach sah er eine Weile nur noch Sterne. Von wegen die andere Wange hinhalten … Verfluchter Schwarzrock! Als er sich einigermaßen erholt hatte, kroch er auf allen vieren dem Ausgang zu, dabei spürte er, dass ihm das Blut aus der Nase tropfte. Es war entsetzlich heiß und bei all dem Fett, das er mit sich herumschleppte, bekam er kaum noch Luft. Im Dämmerlicht, das durch den Türrahmen einfiel, erkannte er sekundenlang die Silhouette El Potros, der immer noch wild um sich schlug. Aus allen Richtungen kamen Schreie und dumpfe Schläge, jetzt auch das Geräusch von splitterndem Holz. Ein Stöckelschuh trat auf Don Ibrahims Hand und gleich darauf plumpste wer auf ihn. Rüschenrock und Sandelholzaroma sagten ihm sofort, um wen es sich handelte:

»Raus, Niña! Nichts wie raus hier!«

Er griff nach ihrer Hand, stemmte sich ächzend auf die Beine, holte mit der Faust nach einem Schatten aus, der ihnen den Weg versperrte, verfehlte ihn, schaffte es aber mit letzter Kraft, La Niña zur Tür zu schleifen. Atemringend schob er sie vor sich her die Treppe hinauf zur Kommandobrücke, dort trafen sie El Potro an, der auf das verhüllte Steuerrad eindrosch, als wäre es ein Punchingball. Dem Herzinfarkt nahe packte Don Ibrahim ihn am Arm und zerrte ihn zusammen mit La Niña aufs Deck hinaus und über die Landungsbrücke ans Ufer. Dann verschwand das Trio flussaufwärts in der Nacht: vorneweg der dicke Kubaner und La Niña, die sich schluchzend an seine Hand klammerte, hinter ihnen mit gesenktem Kopf und durch die Nase atmend, hopp, hopp, hopp, der boxende Potro.

Nachdem Padre Ferro von seinen Fesseln befreit war, brachten sie ihn aufs Oberdeck; dort ließen sie sich total erschöpft nieder und genossen erst einmal die Ruhe nach dem Sturm. Sie hatten eine verrostete Schiffslaterne mit Kerze gefunden; in ihrem Licht konnte Quart die geschwollene Backe Pencho Gaviras betrachten, der kaum noch das linke Auge aufbrachte, Macarenas schmutziges Gesicht – sie hatte nur eine kleine Schürfwunde auf der Stirn davongetragen – und den alten Pfarrer, der mit seiner schief zugeknöpften Soutane, den narbigen Wangen und den langen weißen Bartstoppeln wirklich einen elenden Eindruck machte. Quart selbst ging es nicht viel besser: Der Faustschlag, den ihm der Boxer versetzt hatte, bevor das Licht ausgegangen war, hatte seine gesamte rechte Gesichtshälfte betäubt und das dazugehörige Ohr stach und summte, als habe sich eine Biene darin verirrt. Seine Zungenspitze tastete einen Zahn nach dem anderen ab … Verflixt noch mal, wackelte da nicht einer?

Es war eine merkwürdige Situation, in der sie sich jetzt befanden: Hier unten das dunkle, mit kaputten Bänken übersäte Deck der »Canela Fina«, oben auf der Böschung die Lichter der Ufer- promenade, flussabwärts der beleuchtete Goldturm. Und mitten drin in diesem Szenarium Gavira, Macarena und er, im Halb- kreis um Padre Ferro sitzend, dem bislang weder eine Klage noch sonst ein Laut über die Lippen gekommen war. Nicht ein- mal ein Wort des Dankes. Er starrte nur auf den schwarzen Fluss hinunter und schien in Gedanken weit, weit weg zu sein.

Gavira war der Erste, der etwas sagte. Er hatte sein Jackett über die Schultern gehängt und machte bereits wieder einen sehr gelassenen Eindruck. Ohne die Verantwortung von sich abwälzen zu wollen, sprach er von Peregil und davon, wie die- ser seine Instruktionen missdeutet hatte. Das sei der Grund, weshalb er heute Nacht gekommen sei: Um den Schaden, wenn möglich, wieder gutzumachen. Padre Ferro könne jede Art von Satisfaktion von ihm verlangen, einschließlich der Vierteilung Peregils, sobald dieser wieder auftauchte; er wolle aber gleich klarstellen, dass sich seine Haltung in Bezug auf diese Kirche nicht geändert habe. Das seien zwei Paar Stiefel, die er säuber- lich auseinander zu halten gedenke. Gavira befühlte seine geschwollene Wange und zündete sich eine Zigarette an.

»Das heißt«, fügte er nach kurzem Nachdenken hinzu, »dass ich ab sofort wieder in den Hintergrund trete.« Und tatsächlich sollte er den Mund in dieser Nacht kaum noch aufmachen.

Nach ihm sprach Macarena. Sie lieferte dem Pfarrer eine detaillierte Schilderung der Dinge, die sich während seiner Abwesenheit ereignet hatten. Padre Ferro hörte ihr zu, zeigte aber keinerlei Regung, nicht einmal, als sie ihm vom Tod Hono- rato Bonafés und von dem Verdacht der Polizei berichtete. Womit sie Lorenzo Quart das Wort erteilte. Don Príamo wandte den Kopf und sah ihn an.

»Sie haben kein Alibi«, sagte Quart. »Das ist das Problem.«

Im Licht der Laterne wirkten die Augen des alten Pfarrers noch finsterer und abweisender.

»Wozu sollte ich ein Alibi brauchen?«, fragte er.

»Na ja …« Quart beugte sich zu ihm vor und stützte die Ell- bogen auf die Knie. »In der Geschichte mit diesem Toten gibt es eine kritische Zeitspanne, um es mal so zu nennen. Sie umfasst die Stunden zwischen sieben und neun Uhr, oder zwischen halb

acht und neun Uhr – je nachdem, wann Sie die Kirche zuge-
schlossen haben ... Wäre schön, wenn Sie für alles, was Sie in
diesem Zeitraum gemacht haben, Zeugen hätten.«

Wirklich ein Dickschädel, dieser Padre Ferro, dachte Quart,
während er auf eine Antwort wartete. Man braucht ihn bloß
anzusehen: sein struppiges, in alle Richtungen abstehendes
Haar, die breite Nase, das wie aus einem Steinblock gemeißelte
Gesicht, dessen markante Züge im Schein der Laterne noch plas-
tischer als sonst hervortraten.

»Es gibt keine Zeugen. Für nichts«, sagte Don Príamo. Was
das für ihn bedeutete, schien ihm völlig gleichgültig zu sein.

Quart wechselte einen Blick mit Gavira, der stumm daneben
saß, und seufzte resigniert:

»Das kompliziert die Lage. Macarena und ich können bezeugen, dass Sie gegen elf Uhr in der Casa del Postigo eingetroffen
sind, und dass Ihr Verhalten da absolut unverdächtig war. Und
Gris Marsala kann bestätigen, dass sich in der Kirche bis halb
acht nichts Auffälliges ereignet hat ... Als Erstes wird die Polizei
Sie vermutlich fragen, wie es kommt, dass Ihnen der Tote im
Beichtstuhl nicht aufgefallen ist. Aber sicher haben Sie ihn gar
nicht gesehen, Sie haben die Kirche abgeschlossen, ohne einzu-
treten, stimmt's? Das wäre die logischste Erklärung ... Ich
nehme an, der Anwalt, den wir für Ihnen zur Verfügung stellen,
wird Sie bitten diese Aussage zu machen.«

»Warum sollte ich das tun?«

Quart warf ihm einen irritierten Blick zu:

»Warum? Weil es die einzig glaubwürdige Version ist, natürlich. Wie wollen Sie Ihre Unschuld beweisen, wenn Sie der Polizei erzählen, Sie hätten den toten Bonafé in der Kirche eingeschlossen?«

Don Príamo Ferro verriet weiterhin nicht die geringste Anteil-
nahme an dem Ganzen. Quart sah sich gezwungen ihn daran zu
erinnern, dass die Zeiten vorbei waren, in denen die Behörden
einem Priester aufs bloße Wort hin glaubten; und noch weniger,
wenn in seinem Beichtstuhl plötzlich Leichen auftauchten. Aber
der Pfarrer hörte ihm gar nicht mehr zu. Er wechselte einen langen, stummen Blick mit Macarena, dann versenkte er sich wieder in den Anblick des schwarzen Flusses.

»Was würde man denn in Rom gerne hören?«

Das war wirklich das Letzte, woran Quart im Augenblick dachte. Er rückte ungeduldig auf seinem Stuhl herum:

»Vergessen Sie Rom«, sagte er trocken. »So wichtig sind Sie nicht. Einen Skandal wird es so oder so geben. Sie brauchen sich ja nur die Schlagzeile vorzustellen: Mord in der Kirche – Gemeindepfarrer unter Verdacht.«

Padre Ferro erwiderte nichts, er hob nur die Hand und kratzte sich das unrasierte Kinn. Man hätte fast meinen können, er schmunzle in sich hinein.

»Fein«, nickte er endlich. »Mit diesem Mord scheint sich die Geschichte ja zur allgemeinen Zufriedenheit zu lösen. Sie werden die Kirche los«, Seitenblick auf Gavira, »und Sie, Padre Quart, werden mich los.«

Macarena sprang entrüstet auf:

»Hören Sie auf, Don Príamo! Es gibt Leute, die Sie und diese Kirche brauchen. Ich brauche Sie, die Herzogin auch …« Sie streifte ihren Mann mit einem herausfordernden Blick. »Und vergessen Sie nicht, dass morgen Donnerstag ist.«

Der düstere Gesichtsausdruck des alten Pfarrers hellte sich sekundenlang auf.

»Nein, das vergesse ich nicht. Aber es gibt Dinge«, sagte er, während seine Züge sich wieder versteinerten, »die ich nicht mehr in der Hand habe … Verraten Sie mir eins, Padre Quart: Glauben Sie an meine Unschuld?«

»Ich glaube daran«, sagte Macarena in flehendem Tonfall, aber die Augen des Priesters waren auf den Agenten des IOE geheftet.

»Ich weiß nicht«, erwiderte Quart. »Ich weiß es wirklich nicht. Aber es spielt auch gar keine Rolle, ob ich daran glaube oder nicht. Sie sind ein Geistlicher, ein Kamerad. Ich empfinde es als meine Pflicht, Ihnen zu helfen, so gut es geht.«

Príamo Ferro sah ihn an, wie er ihn noch nie angesehen hatte. Zum ersten Mal sprach nicht Härte aus seinem Blick, sondern etwas anderes; vielleicht Dankbarkeit. Sein Kinn bebte, als wolle er Worte aussprechen, die ihm nicht über die Lippen kamen. Doch dann blinzelte er plötzlich, biss die Zähne zusammen und war im Nu wieder der mürrische kleine Priester, dessen feindselige Augen die Umstehenden musterten, bevor sie sich erneut auf Quart richteten.

»Sie können mir nicht helfen«, sagte er. »Weder Sie noch sonst jemand. Mir nützen keine Alibis und keine Zeugen: Dieser Mann lag nämlich tot im Beichtstuhl, als ich die Sakristeitür abgeschlossen habe.«

Quart stöhnte innerlich auf. Da war nichts mehr zu retten.

»Wie können Sie sich dessen so sicher sein?«, fragte er, obwohl er die Antwort bereits kannte.

»Weil ich ihn umgebracht habe.«

Macarena warf sich, einen Aufschrei unterdrückend, herum und umklammerte die Reling. Pencho Gavira zündete sich eine weitere Zigarette an. Padre Ferro selbst stand auf und nestelte unbeholfen an den Knöpfen seiner Soutane herum, um sie richtig zu schließen.

»Und jetzt«, sagte er zu Quart, »ist es wohl das Beste, ich stelle mich der Polizei.«

Der Mond glitt langsam den Guadalquivir hinauf, dem Goldturm entgegen, der sich in der Ferne auf der Wasseroberfläche spiegelte. Don Ibrahim saß mit hängendem Kopf am Ufer, ließ die Beine überm Fluss baumeln und drückte sich sein Taschentuch an die blutende Nase. Das Hemd war ihm aus der Hose gerutscht und von oben bis unten mit Kaffee und Schmieröl befleckt. Neben ihm lag El Potro im Gras: als habe man ihn ausgezählt und nun sei alles egal. Die linke Augenbraue hochgezogen starrte er stumm ins schwarze Wasser und träumte von Stierkampfarenen und ruhmreichen Nachmittagen, von brandendem Applaus, der ihm im Scheinwerferlicht eines Rings entgegenklang. Reglos wie ein erschöpfter Jagdhund, der neben seinem Herrn ausruht.

Maria Paz, was wartest du nur?
Krähte im Frühtau der Hahn …

Auf der untersten Stufe der Steintreppe, die zum Guadalquivir hinunter führte, saß La Niña Puñales, tauchte einen Zipfel ihres Rüschenrocks in den Fluss und benetzte sich damit Stirn und Schläfen, während sie leise eine Copla vor sich hin sang. Ihre heisere, von unzähligen Niederlagen geprägte Manzanilla-Stimme vermischte sich mit dem Gurgeln des Wassers im Schilf. Vom

436

andern Ufer funkelten die Lichter Trianas herüber, und die von Sanlúcar und vom Meer, ja vielleicht sogar von Amerika her wehende Brise kräuselte die Wasseroberfläche und linderte ein wenig das Herzeleid der drei Kumpane:

… Der Soldat, der ewige Liebe dir schwur,
dient längst einer anderen Fahn'.

Don Ibrahim legte sich mechanisch eine Hand auf die Brust und ließ sie danach wieder in den Schoß fallen. Er hatte nahezu alles, was er besaß, an Bord der »Canela Fina« zurückgelassen: Don Ernesto Hemingways Taschenuhr, das Feuerzeug von García Márquez, seinen Panamahut, die Montechristo-Zigarren. Und zusammen mit den letzten Resten Manneswürde und Selbstachtung auch die nie zu Gesicht bekommenen viereinhalb Millionen Peseten für La Niñas Flamencolokal. Ihm war schon viel in die Binsen gegangen, aber einen Reinfall wie diesen hatte er noch nie erlebt.

Er atmete ein paarmal tief durch, und richtete sich dann, El Potros Schulter zu Hilfe nehmend, schwerfällig auf. La Niña kam auch gerade vom Fluss hoch, sie hatte ihren nassen Rüschenrock anmutig gerafft; Don Ibrahim betrachtete wehmütig ihr Gesicht im Licht der Straßenlaternen, das von der Uferpromenade herabdrang: Die Kringellocke auf ihrer Stirn hing schief, ihre welken Lippen hatten jede Spur Rot verloren, die Wimperntusche war zerlaufen, das Haar fiel ihr offen und wirr auf die Schultern. Jetzt erhob sich auch El Potro in seinem weißen Trägerhemd, Don Ibrahim roch seinen Schweiß, es war der Schweiß eines rechtschaffenen Manns. Und wie der Kubaner die beiden so ansah, kullerte ihm heimlich eine dicke Träne über die Wange.

Aber wenigstens waren sie fürs Erste gerettet und Sevilla gab es ja auch noch – mit seiner Real Maestranza, der prächtigsten aller Stierkampfarenen, und mit Triana, das sich lichterfunkelnd am gegenüberliegenden Ufer erhob, behütet und bewacht vom unerschütterlichen Bronzeantlitz Juan Belmontes, des größten Toreros aller Zeiten. Triana, wo es elf Kneipen auf dreihundert Metern gab, und Flaschen, schwarz das Glas und golden der Manzanilla, auf deren Boden man Erkenntnis erlangte … Das

Leben war vergänglich, beständig nur der Stein. Und in irgend-
einem Winkel wartete eine Gitarre ungeduldig darauf, La Niña
bei einer Copla begleiten zu dürfen. Und letztendlich war ja alles
überhaupt nicht so wichtig. Eines Tages würden sie sterben, El
Potro, La Niña und er selbst, der König von Spanien und der
Papst in Rom. Bestehen blieb nur diese Stadt, Sevilla mit seinem
Duft nach Orangenblüten und Pomeranzen und nach Jasmin im
Frühling. Sevilla und der Guadalquivir, auf dem so viel Gutes
und so viel Schlechtes gekommen und gegangen war, so viele
Träume und so viele Menschenleben.

> *... und im Schein der Laterne*
> *war'n deine Augen*
> *zwei grüne Maiensterne ...*

La Niña sang vor sich hin, und als wäre ihr Lied das Zeichen
zum Aufbruch, ein ferner Trommelwirbel oder ein sehnsuchts-
voller Seufzer hinter Fenstergittern, machten sich die drei Kumpane auf den Weg, ohne zurückzuschauen. Der Mond folgte
ihnen still auf dem Wasser, bis die Dunkelheit sie verschluckte
und nur das leise Echo von La Niñas letzter Copla noch zurückblieb.

XIV.
Die Achtuhrmesse

Es gibt Leute, wie beispielsweise mich, die
Geschichten mit gutem Ende hassen.
(VLADIMIR NABOKOV *Pnin*)

Der Beamte hinter der Panzerglasscheibe betrachtete neugierig
Lorenzo Quarts schwarzen Anzug und den Priesterkragen.
Nach einer Weile verließ er seinen Platz vor den vier Bildschir-
men, auf denen er die Straße vor dem Polizeipräsidium kontrollierte, und brachte ihm eine Tasse Kaffee. Quart bedankte sich,
froh, etwas Warmes zu sich nehmen zu können, und sah dem
Beamten nach, während er sich wieder entfernte; an seinem Gürtel baumelten Handschellen, zwei Ersatzmagazine und seitlich
das Pistolenhalfter. Das Hallen seiner Schritte und der dumpfe
Knall, mit dem sich die Tür des Glaskabuffs wieder hinter ihm
schloss, waren die einzigen Geräusche in der weiß getünchten
Eingangshalle. Quart kam sich vor wie in einem Krankenhaus:
Das Neonlicht, der gewienerte Marmorfußboden und die
Treppe mit dem stählernen Geländer gaben dem großen Raum
etwas sehr Steriles. Über einer geschlossenen Tür hing eine Digi-
taluhr an der Wand: 03:30 las Quart Rot auf Schwarz.
    Er wartete schon fast zwei Stunden. Pencho Gavira war nach
dem Abenteuer auf der »Canela Fina« direkt nach Hause gegangen; er hatte lediglich noch ein paar Worte mit Macarena gewechselt und sich dann mit Handschlag von ihm verabschiedet: Wir
sind quitt, Padre, hatte er gesagt, ohne zu lächeln, und ihm dabei
in die Augen gesehen; danach war er, seine Jacke lässig über die
Schulter gehängt, die Treppe zur Uferpromenade hinaufgestie-
gen und verschwunden. Ob er mit diesem »wir sind quitt, Padre«
auf Macarena oder die Sache mit Don Príamo anspielte, war offen
geblieben. Jedenfalls hatte es sich um eine sportliche Geste gehandelt, die ihn freilich nicht viel kostete, denn er war ja der große
Sieger dieser Nacht: Durch sein Eingreifen in letzter Minute hatte
er den Verdacht entkräftet, selbst an der Entführung beteiligt
gewesen zu sein, und gleichzeitig sichergestellt, dass Macarena
und Quart nichts gegen ihn unternehmen würden – ihnen ging

es ja in erster Linie um Padre Ferro. Somit blieb ihm nur das Problem, wo Peregil mit dem Lösegeld abgeblieben war, aber das würde sich noch früh genug herausstellen. Im Augenblick zählte für den Vizepräsidenten der Kartäuser Bank nur eins: Er hatte sich Nuestra Señora de las Lagrimas unter den Nagel gerissen. Oder doch so gut wie, denn wer konnte ihm jetzt noch einen Strich durch die Rechnung machen?

Macarena dagegen schien der Verzweiflung nahe. Quart hatte sie an Deck der »Canela Fina« von Weinkrämpfen geschüttelt in den Fluss starren sehen, in dessen schwarzen Fluten ihre Träume untergingen. Kein einziges Wort war mehr über ihre Lippen gekommen. Quart hatte ein Taxi bestellt, Padre Ferro im Polizeipräsidium abgeliefert und sie dann nach Hause begleitet. Dort war sie in den Patio gegangen, hatte sich im Dunkeln neben den Springbrunnen gesetzt und die ganze Zeit über nur stumm zum Taubenschlag im Turm hinaufgeschaut, auch als Quart sich nach einer Weile zögernd von ihr verabschiedete. Der Himmel über dem Patio war ihm in dieser Nacht wie ein schwarzes Bühnendach mit Millionen fluoreszierender Pünktchen vorgekommen.

Eine Tür wurde zugeschlagen, von irgendwoher drangen Schritte und Stimmen bis in die Eingangshalle, und Quart, der noch immer die Kaffeetasse in der Hand hatte, spitzte die Ohren. Aber auch jetzt ließ sich niemand blicken und binnen Sekunden war wieder alles still. Das gleißende Neonlicht und das Flimmern der Bildschirme in dem kleinen Glaskabuff gingen ihm langsam auf die Nerven. Er stand auf und wanderte ziellos umher. Als er an der Panzerglasscheibe vorbeikam, lächelte ihn der Beamte an, er lächelte zurück, schlenderte bis zur Eingangstür weiter und sah auf die Straße hinaus. Ein Polizist mit kugelsicherer Weste und umgehängtem Maschinengewehr ging gelangweilt unter den Palmen des Gehwegs auf und ab. Das Polizeipräsidium lag in einem neueren Viertel der Stadt, aber um diese Uhrzeit waren auch hier die Straßen leer. Die Ampeln an der Kreuzung vor dem Präsidium wechselten langsam von Rot auf Grün, von Grün auf Gelb.

Er bemühte sich nicht nachzudenken, oder nur über die rein technischen Aspekte der Geschichten: Padre Ferros rechtliche Situation, die Berichte, die er am nächsten Morgen nach Rom abschicken musste … Alles andere – Gefühle, Eindrücke, Ahnungen, Zweifel – verdrängte er krampfhaft. Er wusste, dass seine alten Phantasmen nur darauf lauerten, sich zu den neuen zu gesellen, er hörte sie an die Tür seines Gewissens klopfen, ja förmlich dagegen donnern, lauter und dröhnender denn je. Denn so lange man es schaffte, zu handeln, ohne an die Konsequenzen zu denken, solange war es einfach, den teilnahmslosen Zuschauer zu mimen. Schwierig wurde es, wenn man dem Opfer in die Augen sah. Oder sein Alter Ego in ihm erkannte, wie es dem Priester Lorenzo Quart passiert war – eine schreckliche Erkenntnis. Sie hatte zur Folge, dass mit einem Mal alle Grenzen verflossen; Gut und Böse, Richtig und Falsch waren nicht mehr voneinander zu trennen und zurück blieb nur eine tiefe Unsicherheit.

Quart betrachtete lange sein Spiegelbild im getönten Glas der Eingangstür: Das kurz geschnittene graue Haar, das einmal der Schopf eines Mustersoldaten gewesen war; sein schmales Gesicht, das dringend eine Rasur gebraucht hätte; den weißen Priesterkragen, der ihn vor nichts mehr schützen konnte. Es war ein weiter Weg zurück bis zu der Mole im Sturm und dem kleinen Jungen, der sich an die Hand seiner Mutter klammerte – eine nasse, eiskalte Hand, so hilflos wie seine eigene. Wie die Arme des gekreuzigten Christus, die sich auf Gris Marsalas Glasfenster in Nuestra Señora de las Lagrimas nach der leeren Bleifassung ausstreckten.

Am andern Ende der Eingangshalle öffnete sich eine Tür, Quart hörte Stimmen, und als er sich umdrehte, sah er Simeón Navajo auf sich zukommen; sein tomatenrotes Hemd brachte endlich etwas Farbe in das trostlose Krankenhausweiß der Halle. Quart gab seine leere Kaffeetasse bei dem Beamten im Glaskabuff ab und ging ihm entgegen. Der Kommissar, der sich offensichtlich etwas erfrischt hatte, trocknete sich die Hände an einem Papierhandtuch ab. Sein Haar war feucht und straff zum Pferdeschwanz zurückgekämmt. Er hatte schwarze Ringe unter den Augen und wirkte übermüdet. Die runde Nickelbrille war ihm auf die Nasenspitze vorgerutscht.

»Das hätten wir«, sagte er, indem er das Handtuch zusammenknüllte und in einen Papierkorb warf. »Ihr Kollege hat soeben sein Geständnis unterschrieben.«

»Er bekennt sich also zum Mord an Bonafé?«

»Ja.« Navajo zuckte mit der Schulter, beinahe als wolle er sagen: So was kommt in den besten Familien vor. »Und das ist leider noch nicht alles: Als wir ihn nämlich formhalber gefragt haben, ob seine Finger auch bei den andern beiden Todesfällen im Spiel waren, hat er weder bejaht noch verneint. Damit brockt er uns was Schönes ein. Die beiden Fälle waren abgeschlossen, jetzt müssen wir den ganzen Mist noch mal aufrollen.«

Er vergrub die Hände in den Hosentaschen, schlenderte nachdenklich zur Eingangstür und sah auf die ausgestorbene Straße hinaus.

»Um ehrlich zu sein, war der Herr Pfarrer nicht sehr gesprächig«, fuhr der Kommissar fort. »Er hat immer nur mit Ja oder Nein geantwortet. Beziehungsweise ganz geschwiegen, wenn der Anwalt es ihm geraten hat.«

»Sonst nichts?«

»Nein. Nicht einmal bei der Gegenüberstellung mit dieser … wie sagt man? Señora oder Señorita oder Mutter Marsala. Ich habe ihn genau beobachtet: Nicht einmal mit der Wimper hat er gezuckt.«

»Ist Schwester Marsala noch drin?«, wollte Quart wissen.

»Ja. Sie unterschreibt ihre letzte Aussage in Beisein des Anwalts, den Sie besorgt haben. Danach kann sie nach Hause gehen.«

»Bestätigt sie Don Príamos Geständnis?«

Navajo schnitt eine Grimasse:

»Im Gegenteil! Sie nimmt es dem Pfarrer nicht ab, dass er jemanden ermordet hat. Dazu sei er nicht fähig.«

»Und was erwidert er?«

»Nichts. Er sieht sie bloß an und schweigt.«

In diesem Moment öffnete sich erneut die Tür am andern Ende der Halle und kurz darauf gesellte sich Arce, der Anwalt, zu ihnen: Ein sympathisch aussehender Mann in dunklem Anzug, an dessen Revers das goldene Abzeichen der Anwaltskammer steckte. Er war schon seit Jahren Rechtsbeistand der Kirche und bewährter Experte für alle nur möglichen Delikte, Mord eingeschlossen. Seine Honorare lagen weit über dem Durchschnitt.

»Und die Nonne?«, fragte Navajo.

»Unterschreibt noch was«, sagte Arce. »Außerdem hat sie

darum gebeten, sich zwei Minuten mit Padre Ferro unterhalten zu dürfen; wahrscheinlich will sie sich von ihm verabschieden. Ihre Kollegen hatten nichts dagegen … Natürlich überwachen sie die beiden.«

Der Kommissar sah Quart und den Anwalt misstrauisch an.

»Zwei Minuten sind längst vorbei«, sagte er. »Besser, Sie nehmen die Frau jetzt mit.«

»Wird Padre Ferro in eine Zelle gebracht?«, fragte Quart.

»Nein. Heute Nacht schläft er auf der Krankenstation.« Arce gab mit einer Geste zu verstehen, dass dieser Gefallen Navajo zu verdanken war. »Morgen entscheidet dann der Richter, was mit ihm passiert.«

Nun trat auch Gris Marsala aus der Tür. Ein Beamter, der mehrere maschinengeschriebene Blätter in der Hand hatte, begleitete sie. Die Nonne wirkte niedergeschlagen und total erschöpft. Sie trug dieselben Bluejeans und Sportschuhe wie in der Kirche, und über dem blauen Polohemd eine Jeansjacke. Im kalten weißen Licht der Neonröhren erschien sie Quart noch schutzbedürftiger als am Morgen.

»Was hat er gesagt?«, fragte Quart sie leise.

Es dauerte eine Ewigkeit, bis Gris Marsala den Blick auf ihn richtete, und auch dann sah sie ihn an wie einen Fremden:

»Nichts.« Die Worte kamen ihr tonlos und schleppend über die Lippen, während sie verzweifelt den Kopf schüttelte. »Nur, dass er ihn getötet hat.«

»Und das glauben Sie ihm?«

Irgendwo in dem großen Gebäude knallte dumpf eine Tür zu. Gris Marsala blickte Quart an, ohne etwas zu erwidern. Aus ihren blauen Augen sprach abgrundtiefe Verachtung.

Als Rechtsanwalt Arce und Gris Marsala im Taxi davonfuhren, atmete Simeón Navajo erleichtert auf. Ich kann diese Rechtsverdreher nicht ausstehen, gestand er Quart; wenn die einem mit ihrer Habeaskorpusakte und ähnlichen Spitzfindigkeiten ankommen, ist man als Laie geliefert; und dieser Arce scheint mir ein ganz gerissener Bursche – mit allen Wassern gewaschen, wie es so schön heißt. Nachdem der Kommissar Dampf abgelassen hatte, warf er einen Blick auf die Blätter, die sein Mitarbeiter ihm gebracht hatte, und reichte einige davon Quart.

»Hier haben Sie eine Kopie des Geständnisses. Behalten Sie den Wisch für sich, ich dürfte ihn eigentlich nicht rausgeben, aber da wir alte Freunde sind …« Navajo deutete ein Lächeln an. »Es ist das Mindeste, was ich für Sie tun kann. Ich hätte Ihnen gerne mehr geholfen.«

Quart warf ihm einen dankbaren Blick zu:

»Sie haben mir sehr viel geholfen.«

»Ich weiß nicht … Mir tut die ganze Sache Leid. Einen Priester wegen Mordverdachts verhaften zu müssen, ist irgendwie …« Navajo strich sich verlegen über den Pferdeschwanz. »Na, Sie verstehen mich schon: So was macht einen nicht gerade stolz auf seinen Beruf.«

Quart überflog rasch die fotokopierten Blätter; der Bericht war in hölzerner Amtssprache abgefasst: Am Soundsovielten des Jahres soundso ist Don Príamo Ferro, geboren in Tormos, Provinz Huesca, hier, im Polizeipräsidium Sevilla, verhört worden, und hat nachstehende Erklärungen abgegeben. Das letzte Blatt trug am unteren Rand Padre Ferros krakelige Unterschrift.

»Wie hat er es angestellt?«, fragte Quart den Kommissar.

Navajo deutete auf den Bericht.

»Steht alles da drin. Eigentlich können wir nur Rückschlüsse ziehen – aus seinen Ja-nein-Antworten und aus seinem Schweigen auf gewisse Fragen. Anscheinend hat sich Honorato Bonafé zwischen acht und halb neun in der Kirche herumgetrieben; er muss durch die Sakristeitür reingekommen sein. Bevor Padre Ferro die Kirche abschloss, hat er einen Kontrollgang gemacht und dabei den Reporter entdeckt.«

»Dieser Kerl hat halb Sevilla erpresst«, warf Quart ein.

»Ja, wer weiß, vielleicht wollte er das auch mit Don Príamo machen. Aus Padre Ferro war nur herauszubekommen, dass er den Typen umgebracht und danach in der Kirche eingeschlossen hat.«

»Wo will er ihn getötet haben? Im Beichtstuhl?«

Navajo zuckte mit den Schultern.

»Das verrät er nicht … Meine Leute haben den Hergang des Mords so rekonstruiert: Bonafé muss oben auf dem Gerüst des Hochaltars gestanden haben, vor der Madonnenfigur. Alles deutet darauf hin, dass der Pfarrer zu ihm raufgeklettert ist …« Navajo veranschaulichte seine Schilderung wie immer mit den entsprechenden Gesten. »Sie haben miteinander gestritten, und dabei dürfte es zu Handgreiflichkeiten gekommen sein. Jedenfalls stürzt Bonafé ab oder wird hinuntergestoßen.« Navajo mimte mit den Fingern einen Ringkampf und den abschließenden Todessturz des Reporters. »Die Verletzung an der Hand hat er sich zugezogen, als er sich am Gerüst festklammern wollte; wir haben an einer Schraube Blutspuren entdeckt. Er knallt also aus fünf Metern Höhe auf den Steinboden, ist aber nicht gleich tot. Irgendwie kann er sich aufrappeln und ein paar Meter fortschleppen.« Quart sträubten sich die Haare, während er das makabre Fingerspiel des Kommissars beobachtete. »Aber dann versagen ihm die Beine. Er schafft es gerade noch bis in den Beichtstuhl; dort bricht er zusammen und gibt den Geist auf.«

Dank Navajos aufschlussreicher Gestik und Mimik konnte Quart sich die Szene lebhaft vorstellen, trotzdem schwirrten ihm tausend Wenn und Aber im Kopf herum.

»Bestätigt Don Príamo Ihre Rekonstruktion?«

Der Kommissar schnitt eine abfällige Grimasse: Das wäre nun wirklich zu viel verlangt gewesen.

»Nein. Er gibt keinerlei Kommentar dazu ab.« Navajo nahm seine Brille ab und hielt sie prüfend gegen das Neonlicht, als wären ihre schmutzigen Gläser daran schuld, dass er in dieser Geschichte nicht klar sah. »Er sagt, dass er ihn umgebracht hat und basta.«

»Das ist doch alles absurd«, protestierte Quart.

Navajo schwieg aus purer Höflichkeit, hielt seinem skeptischen Blick jedoch stand, ohne mit der Wimper zu zucken.

»Völlig aus der Luft gegriffen …«

»Da muss ich Ihnen leider widersprechen«, entgegnete der Kommissar. »Als Kleriker wären Ihnen wahrscheinlich andere Umstände und Indizien lieber; Sie stößt vor allem die moralische Seite dieser Geschichte ab, das kann ich gut verstehen. Aber versetzen Sie sich bitte mal in die Lage eines Polizisten.« Er setzte sich die Nickelbrille wieder auf. »Für mich sind praktisch alle Zweifel ausgeräumt. Ich habe ein gerichtsmedizinisches Gutachten und einen Geständigen bei voller Zurechnungsfähigkeit. Ob Priester oder nicht spielt für mich keine Rolle. Unsereins hält sich an den Spruch: Weiße Flüssigkeit in Flaschen mit einer Kuh auf dem Etikett kann bloß Milch sein – pasteurisiert, fett oder mager ist egal, aber Milch.«

»Okay. Sie wissen, dass er es getan hat. Ich muss wissen, weshalb und wann er es getan hat.«

»Das ist eigentlich Ihr Problem, Padre. Aber vielleicht kann ich Ihnen noch einen kleinen Tipp geben. Erinnern Sie sich, dass Bonafé auf dem Gerüst vor dem Hochaltar stand, als der Pfarrer ihn überrascht hat?« Navajo zog eine kleine Plastiktüte aus der Hosentasche. »Da, das haben wir bei der Leiche gefunden.«

»Sieht aus wie eine Perle.«

»Das ist eine Perle«, nickte Navajo. »Eine von den zwanzig Perlen, die ins Gesicht, den Mantel und den Strahlenkranz der Muttergottesfigur eingelassen waren. Der gute Bonafé hatte sie in der Jackentasche.«

Quart starrte verwirrt auf die Plastiktüte.

»Und?«

»Sie ist gefälscht. Wie die andern neunzehn Perlen auch.«

Als sie später, von verlassenen Schreibtischen umgeben, in Navajos Büro saßen, bekam Quart ausführlich berichtet, was es mit den Perlen auf sich hatte, während der Kommissar ihm eine weitere Tasse Kaffee servierte und selbst eine Flasche Bier trank. Intensive Nachforschungen, die den ganzen Tag und die halbe Nacht in Anspruch genommen hatten, ergaben zweifelsfrei, dass die echten Perlen der Schnitzfigur vor Monaten von irgendjemandem durch Imitate ersetzt worden waren. Navajo gab dem verblüfften Priester die entsprechenden Untersuchungsberichte und Faxe zu lesen. Sein Kollege, Chefinspektor Feijoo vom Dezernat für Kunstdiebstahl in Madrid, hatte bis in die frühen Morgenstunden an dem Fall gearbeitet und die Spur der gestohlenen Perlen verfolgt. Die Sache war nicht einwandfrei bewiesen, aber vieles deutete darauf hin, dass auch diesmal Francisco Montegrifo die Hand im Spiel hatte, der Madrider Kunsthändler also, den Padre Ferro vor zehn Jahren schon einmal kontaktiert hatte, um das Altarbild seiner kleinen Pyrenäenkirche an den Mann zu bringen. Nun sollte dieser Montegrifo die zwanzig Perlen Kapitän Xalocs in Umlauf gebracht haben. Ihre Beschreibung stimmte jedenfalls haarscharf mit der einiger Perlen überein, die in den Besitz eines katalanischen Juweliers – seines Zeichens Hehler und Polizeiinformant – gelangt waren. Natürlich würde man Montegrifo seine Beteiligung an dem Diebstahl niemals nachweisen können, aber die Indizien sprachen für sich. Das Datum, das der Informant für die Bezahlung des Diebesguts angab, fiel mit einer Wiederaufnahme der Restaurierungsarbeiten in Nuestra Señora de las Lagrimas zusammen; damals war nämlich plötzlich neues Baumaterial angeschafft und eine Betonmischmaschine gemietet worden. Nachfragen bei den Lieferfirmen hatten ergeben, dass Padre Ferro die Ausgaben unmöglich von seinem Gehalt oder dem spärlichen Ertrag der Kollekte bestritten haben konnte.

»Damit hätten wir also auch ein Tatmotiv«, schloss Navajo. »Bonafé kriegt Wind von der Sache, überzeugt sich an Ort und Stelle davon, dass die Perlen gefälscht sind und versucht den Pfarrer zu erpressen. Falls der ihm überhaupt Zeit dazu gelassen hat.« Navajo stellte die Szene erneut mit den Händen dar, wobei ihm diesmal die Ablagekörbe auf seinem Schreibtisch als Gerüst dienten. »Wäre ja auch möglich, dass der Padre ihn in flagranti ertappt und gleich um die Ecke gebracht hat. Danach schließt er die Sakristeitür ab, begibt sich in die Sternwarte der Casa del Postigo und grübelt ein paar Stunden nach … um hinterher, man weiß nicht wie, einen ganzen Tag von der Bildfläche zu verschwinden.«

Nach seinem letzten Satz sah Navajo den Gesandten des Vatikans fragend an, als erwarte er, dass Quart ihm Aufklärung über das rätselhafte Verschwinden Padre Ferros verschaffe. Aber er wurde enttäuscht.

»Tja …«, fuhr er misslaunig fort. »Ihr werter Kollege hat mir dieselbe Erklärung geliefert wie Sie, nämlich gar keine.« Er warf Quart über den Rand seiner Brille hinweg einen gekränkten Blick zu. »Von Ihnen hätte ich mir ehrlich gesagt ein bisschen mehr Mitarbeit erwartet, Pater.«

Als müsse er sich irgendwie über diese Enttäuschung hinwegtrösten, rollte er auf seinem Bürostuhl zu dem kleinen Kühlschrank, der hinter ihm stand, entnahm ihm eine weitere Flasche Bier und ein in Aluminiumfolie eingewickeltes Schinkenbrot und begann es heißhungrig zu verschlingen, während Quart sich wieder einmal fragte, wo der schmächtige Kommissar bloß das viele Essen und Bier unterbrachte.

»Bevor ich Ihnen Lügen auftische, halte ich lieber den Mund«, sagte er zu dem vor sich hin mampfenden Kommissar. »Ich müsste sonst Leute in diese Sache hineinziehen, die eigentlich nichts damit zu tun haben. Vielleicht später einmal, wenn alles vorbei ist … Aber ich gebe Ihnen meine Ehrenwort als Priester: Don Príamos Verschwinden hat nichts mit dem Mord zu tun.«

Navajo nahm einen Bissen von seinem Brot, spülte ihn mit einem großen Schluck Bier hinunter und sah Quart nachdenklich an.

»Beichtgeheimnis, was?«

»So könnte man es nennen.«

»Na gut.« Der Kommissar schob sich das letzte Stück Brot in den Mund. »Dann will ich Ihnen glauben. Etwas anderes bleibt mir ja auch gar nicht übrig: Mein Chef hat mir ausdrücklich befohlen Sie mit Samthandschuhen anzufassen.« Mit einem schrägen Grinsen und unentwegt kauend gab er Quart zu verstehen, dass er ihn um seine einflussreichen Beziehungen beneidete. »Obwohl ich Ihnen schon jetzt was verraten kann: Sobald ich das Dringendste geregelt habe, befasse ich mich ein bisschen eingehender mit den dunklen Seiten dieses Falls … und sei es auf eigene Faust. Ich bin nämlich teuflisch neugierig, wenn Sie mir den Ausdruck erlauben.« Der Blick hinter den Brillengläsern wurde einen Moment lang ernst. »Und ich kann es auf den Tod nicht leiden, veräppelt zu werden.«

Danach ballte er das Stanniolpapier seines Schinkenbrots zu einer Kugel, zielte und traf den Papierkorb.

»Aber keine Angst, ich vergesse nicht, was ich Ihnen schulde.« Plötzlich hob er den Finger: »Da fällt mir noch was ein. Im Krankenhaus Reina Sofia ist heute Nacht ein Mann eingeliefert worden. Kollegen von mir haben ihn unter der Triana-Brücke aufgelesen – in erbärmlichem Zustand.« Navajo sah Quart forschend ins Gesicht. »Der Typ war früher mal Privatdetektiv und arbeitet jetzt als Bodyguard für Pencho Gavira, den Mann der jungen Herzogin Bruner … Ein bisschen viel Zufälle für eine Nacht, finden Sie nicht? Aber ich wette, Sie können mir auch dazu nichts erzählen, stimmt's?«

Quart hielt dem Blick des Kommissars gelassen stand:

»Nein, tut mir Leid.«

Navajo stocherte sich mit dem Fingernagel zwischen den Zähnen herum.

»Das dachte ich mir«, sagte er. »Der Ärmste war wirklich sehr schlimm zugerichtet: zwei gebrochene Arme, eine total zertrümmerte Kinnlade. Es hat eine halbe Stunde gedauert, bis er überhaupt den Mund aufbrachte. Und dann hat er auch bloß gesagt, er sei die Treppe runtergefallen.«

Viel mehr gab es nicht zu besprechen. Da Quart der einzig verfügbare Vertreter der Kirche war, gab Navajo ihm ein paar amtliche Schreiben mit sowie die Schlüssel von Nuestra Señora de las Lagrimas und Don Príamos Wohnung. Er ließ ihn auch eine kurze Erklärung unterschreiben, in der Quart bestätigte, dass Padre Ferro sich freiwillig der Polizei gestellt hatte.

»Außer Ihnen hat sich hier kein Geistlicher blicken lassen. Der Erzbischof will nichts mit der Sache zu tun haben – er hat sich gestern Abend telefonisch aus der Affäre gezogen.« Der Kommissar schnitt eine Grimasse. »Ach, ja: Und außerdem bittet er uns natürlich die Presse aus der Sache rauszuhalten.«

Navajo warf seine leere Bierflasche in den Papierkorb, sah auf die Uhr und gab Quart mit einem theatralischen Gähnen unmissverständlich zu verstehen, dass er nun ins Bett zu gehen gedachte. Quart bat ihn, Padre Ferro ein letztes Mal sehen zu dürfen, und der Kommissar willigte nach kurzem Zögern ein.

»Warten Sie einen Moment; ich gehe nachschauen, ob er auch damit einverstanden ist«, sagte er und verließ das Zimmer. Die Plastiktüte mit der gefälschten Perle ließ er auf dem Schreibtisch zurück.

Quart betrachtete die Perle, ohne sie zu berühren, und dachte an Honorato Bonafé, in dessen Tasche man sie gefunden hatte. Sie war kichererbsengroß, und an der Stelle, die ins Holz der Schnitzfigur eingelassen gewesen war, etwas aufgeraut. Ihr Diebstahl, so viel stand fest, hatte das Signal zum Mord gegeben, egal ob dieser nun von Padre Ferro, der Kirche selbst oder irgendeiner anderen der in diese Geschichte verwickelten Personen verübt worden war. Bonafé hatte, ohne es zu ahnen, die Grenzen des Mysteriums überschritten, und war dafür bestraft worden. *Wehe dem, der das Haus meines Vaters entweiht. Zerstört nicht den Ort, der den Trostsuchenden Zuflucht gewährt.* Nein, dachte Quart, mit Polizistenlogik und herkömmlichen Moralvorstellungen kam man hier auf keinen grünen Zweig; wer die Hintergründe dieses Mords verstehen wollte, musste weiter gehen, die dunklen, unwirtlichen Wege einschlagen, auf denen der ruppige, kleine Pfarrer sich seit Jahren dahinschleppte. Niedergedrückt vom Gewicht eines erbarmungslosen Himmels, der zentnerschwer auf seinen müden Schultern lastete, und doch immer bereit, Frieden, Schutz, Trost und Hoffnung zu spenden. Sünden zu vergeben oder gar – wie in dieser Nacht – auf sich zu nehmen.

So unergründlich war das Mysterium im Grunde gar nicht. Quart starrte auf die gefälschte Perle der Weinenden Madonna, während langsam ein trauriges Lächeln auf seinen Lippen erschien und sich um ihn herum alles zu drehen begann – wie die dunklen Sphären, in denen Padre Ferro nachts der schrecklichsten aller Erkenntnisse hinterherjagte. Und plötzlich fügten sich vor seinem inneren Auge die Steinchen des Mosaiks wie von alleine zusammen: die Perle, die Kirche, diese Stadt, der Punkt in Raum und Zeit, an dem sich alles abspielte. Menschliche Spiegelbilder im Wasser des uralten, weisen Stroms, der träge dahinfloss, dem immensen, sich immer gleich bleibenden Meer entgegen; einem Meer, das einsame Strände, verlassene Häfen, Ruinen und Wracks mit verrosteten Ankerketten bespülen würde, wenn sie alle längst nicht mehr waren.

Die Frist war so kurz, so wackelig das Obdach, so fadenscheinig der Trost, dass es nicht schwer fiel, denjenigen zu verstehen, der wie Josua zum Schwert griff und eine Schlacht inszenierte, die seinem Leben einen Sinn gab, oder denjenigen, der sich das Kreuz mit den Sünden seiner Mitmenschen aufbürdete. Im Grunde waren das bloß die beiden Seiten ein und derselben Medaille: das einzig mögliche Heldentum, der kalte Mut des Ernüchterten, der weder an Fahnen noch an Siege glaubte. Einsam kämpfende Bauern am Rande des Schachbretts, die sich selbst im Bewusstsein ihrer Niederlage noch bemühten das Spiel erhobenen Hauptes zu Ende zu spielen … Infanteristen, deren Geschützfeuer langsam verebbte in einem Tal, in dem es von Feinden und Schatten wimmelte. Das ist mein Feld, hier stehe ich und hier sterbe ich. Und im Zentrum eines jeden Feldes ein müder Trommelwirbel.

»Sie können kommen, Pater«, sagte Simeón Navajo, der in diesem Augenblick den Kopf zur Tür hereinstreckte.

Das war es, genau das. Und es spielte keine Rolle, wer Honorato Bonafé vom Gerüst gestoßen hatte. Quart streckte langsam die Hand aus und berührte die Perle in ihrer Plastiktüte. Und als er die falsche Träne der Weinenden Madonna betrachtete, hörte der auf dem Abhang des Hügels von Hattin umherirrende Soldat plötzlich die heisere Stimme und das klirrende Schwert eines Kameraden, der ganz in der Nähe sein Feld auf dem Schachbrett verteidigte. Es gab niemanden mehr, der die toten Krieger in prunkvollen Mausoleen beisetzte, in die durch schmale Fensterspalten goldenes Licht hereinflutete, unter Grabplatten, auf denen Ritter mit übergestreiften Panzerhandschuhen und einem steinernen Löwen zu ihren Füßen abgebildet waren. Jetzt stand die Sonne im Zenit, und die Gerippe von Männern und Rössern lagen unbestattet über den Hügel zerstreut, Geiern und Schakalen zum Fraße. So richtete sich der erschöpfte Templer auf und folgte Simeón Navajo durch einen langen, weißen Korridor, das Schwert hinterherschleifend, schweißgebadet unter seinem Kettenhemd.

Padre Ferro befand sich in einem winzigen Raum am Ende des Korridors. Von einem Beamten bewacht, hockte er auf einem Stuhl – ohne Soutane, mit einer grauen Hose, unter der seine ungeputzten Schuhe hervorschauten, und einem weißen, bis zum Hals zugeknöpften Hemd. Man war rücksichtsvoll genug gewesen, ihm keine Handschellen anzulegen, aber er wirkte auch so sehr hilflos und verloren mit seinen struppigen weißen Haaren und dem zwei Tage alten Bart, der das mit Narben und Falten übersäte Gesicht bedeckte. Die dunklen, in den Tränenwinkeln geröteten Augen sahen dem Besucher ausdruckslos entgegen. Da ging Quart auf den alten Priester zu und kniete unter den verblüfften Blicken der beiden Polizisten vor ihm nieder.

»Padre. Vergeben Sie mir meine Schuld, denn ich bekenne, dass ich gesündigt habe.«

Entschuldigung, Respekt, Reue – er hatte öffentlich Zeugnis davon ablegen wollen. Der alte Pfarrer betrachtete lange den vor ihm knienden Mann, fassungslos und gerührt zugleich. Endlich hob er die Hand und machte das Kreuzzeichen über Lorenzo Quart. Seine Augen schimmerten feucht vor Dankbarkeit, sein

Kinn und seine Lippen zitterten, während er stumm die alte Formel des Trostes und der Hoffnung aussprach. Und dann erschien auf den Gesichtern der Gespenster und der toten Freunde des Templers endlich ein erlöstes Lächeln.

Quart verließ das Polizeipräsidium und überquerte die Kreuzung, deren Ampeln von Grün auf Rot, und von Rot auf Gelb sprangen. Die Straßen waren noch immer völlig ausgestorben. In der Stille zwischen Nacht und Morgen ging er die breite Allee entlang, die zur San-Telmo-Brücke führte. Unterwegs kam er an einem Taxistand vorbei, mehrere Wagen warteten dort, aber er hatte das Bedürfnis zu Fuß zu gehen. Die Straßenlaternen brannten noch und warfen seinen Schatten aufs Trottoir. Je näher er dem Guadalquivir kam, desto feuchter wurde die Luft, und zum ersten Mal, seit er in Sevilla war, fröstelte es ihn sogar. Er schlug den Kragen seiner Jacke hoch. Neben der Brücke ragte, in den Traum seiner langen Geschichte versunken, der Goldturm in den dunklen Himmel. Kein Scheinwerfer und kein Tourist störten um diese Uhrzeit seinen Schlaf.

Quart überquerte die Brücke. Der Springbrunnen vor der Puerta de Jerez war abgestellt. Er ging an der mit Azulejos verkleideten Backsteinfassade des Hotels Alfonso XIII. vorüber und die Mauer der Reales Alcázeres entlang; im Hof der Palastanlage waren zwei Straßenfeger an der Arbeit; sie spritzten mit einem Schlauch das Pflaster ab und wässerten die Bäume. Quart sog tief den Duft nach Orangenblüten und feuchter Erde ein, der ihm bis in die engen Gassen von Santa Cruz folgte; seine Schritte hallten zwischen den Wänden. Er hatte das Gefühl, im Traum zu wandeln, und wusste nicht, wie lange er gegangen war, als er sich plötzlich auf einem kleinen Platz mit weißen und ockerfarbenen Häusern wieder fand. Die Häuser hatten Fenstergitter, an denen Blumentöpfe mit Geranien hingen; majolikaverkleidete Bänke, bemalt mit Szenen aus dem Don Quijote, waren über den Platz verteilt. Und im Hintergrund erhob sich zwischen Gerüsten, die ihren giebelförmigen Glockenturm abstützten, von einer Madonna ohne Kopf bewacht, Nuestra Señora de las Lagrimas, die kleine Kirche, in der Menschen aus drei Jahrhunderten Schutz und Zuflucht gefunden hatte.

Quart ließ sich auf einer der gekachelten Bänke nieder und

betrachtete sie lange, ohne sich vom Fleck zu rühren. Alle Viertelstunde schlug die Glocke einer nahe gelegenen Turmuhr, und jedes Mal schreckten Mauersegler und Tauben aus dem Schlaf, schwirrten aufgeregt über den Platz und kehrten unter die Vordächer der Häuser zurück. Der Mond war inzwischen untergegangen, aber die Sterne glitzerten immer noch am Himmel, kalt wie die heraufziehende Morgendämmerung. Gen Osten wurde es bereits heller und Quart beobachtete von tiefem Frieden erfüllt, wie sich die Silhouette des Glockenturms immer schärfer in der schwindenden Dunkelheit abzeichnete. Wieder schlug die Glocke und wieder huschten Tauben und Mauersegler flügelrauschend über ihn hinweg. Und da war auch schon die Morgenröte, machtvoll drängte sie die Nacht über Sevilla zurück, bis der Glockenturm und die Dächer der Häuser sich glasklar gegen den Himmel abhoben und der warme Ton von Gold und Erde das grelle Kalkweiß der Wände dämpfte. Ein Hahn krähte, ja, in Sevilla gab es tatsächlich noch Hähne, die den Morgen begrüßten. Da erhob sich Lorenzo Quart, als erwache er aus einem tiefen Traum und schritt langsam auf die Kirche zu. Hätte ihn jemand gesehen, so wäre es ihm allerdings vorgekommen, als träume er immer noch.

Vor dem großen Eichenportal angelangt zog er den Schlüssel aus der Tasche und drehte ihn zweimal im Schloss, worauf sich die Tür mit einem Quietschen öffnete. Durch die Glasfenster strömte bereits so viel Licht herein, dass Quart nicht über die neben dem Eingang gestapelten und rechts und links vom Mittelgang aufgereihten Bänke stolperte; im Chor brannte das ewige Licht in seiner kleinen roten Ampel, aber der Hochaltar lag noch im Dunkeln. Dem Hallen seiner eigenen Schritte nachlauschend ging er bis zur ersten Bankreihe vor, dort blieb er stehen und betrachtete den Beichtstuhl, die eingerüsteten Wände, die ausgetretenen Bodenfliesen, den finsteren Treppenabgang zur Krypta, in der Carlota Bruner und ihre Vorfahren ruhten. Danach kniete Quart sich in die Bank und harrte reglos aus, bis es Tag war. Er betete nicht, denn er hätte nicht gewusst, zu wem, und aus purer Disziplin die Riten seines Berufs zu vollziehen, dazu hatte er heute auch keine Lust. So beschränkte er sich darauf, zu warten und an gar nichts zu denken, sich ganz der tröstlichen Stille hinzugeben, die von den alten Mauern ausging, von

dem rußgeschwärzten Gewölbe über ihm, dort, wo das Tageslicht nach und nach die Überreste schimmliger Fresken zum
Vorschein brachte: das bärtige Gesicht eines Propheten, die Flügel eines Engels, eine leere Wolke, die geisterhafte Silhouette
einer im Lauf der Jahrhunderte verblassten Gestalt. Und als endlich die Sonne durch das kaputte Glasfenster einfiel, erstrahlte
das vergoldete Altarretabel in seiner ganzen barocken Üppigkeit
und Pracht – es war ein einziger Hymnus auf den Schöpfer. Der
Fuß der Gottesmutter zertrat den Kopf der Schlange, und das,
dachte Quart, war letztendlich wohl das Wichtigste. Er stand
auf, ging die Stufen zum Chor hinauf und läutete die Kirchenglocke. Danach setzte er sich unter dem in drei dicken Knoten
auslaufenden Seil der Glocke auf den Boden, wartete fünfzehn
Minuten, und läutete erneut. Nun war es noch eine Viertelstunde bis zur Frühmesse.

Er betätigte den Lichtschalter des Retabels und zündete die
sechs großen Wachskerzen auf dem Altar an, drei auf der rechten und drei auf der linken Seite. Nachdem er das Messbuch aufgeschlagen und die Weihgefäße bereitgestellt hatte, ging er in
die Sakristei, wusch sich Hände und Gesicht und frottierte sich
das feuchte Haar mit einem Handtuch. Dann holte er aus den
Schubladen der Kommode das liturgische Gerät heraus, das er
benötigen würde, wählte aus dem Schrank ein Messgewand aus
und legte die dazugehörigen Kleidungsstücke auf einem Stuhl
bereit. Als er damit fertig war, begann er sich langsam anzuziehen, in der Reihenfolge und auf die Art und Weise wie ein junger Priester es im Seminar lernt und sein Leben lang nicht mehr
vergisst. Zunächst war das Humerale an der Reihe, der quadra-
tische Schulterumhang aus weißem Leinen, den nur alte oder
sehr konservativ eingestellte Pfarrer wie Don Príamo noch
benützten: Wie es das Ritual vorschrieb, küsste Quart das Kreuz
in der Mitte des Tuches, bevor er es sich über den Kopf streifte
und die gekreuzten Bänder im Rücken verknotete. Nun kam die
Albe dran, ein knöchellanges weißes Chorhemd, von dem er
drei Exemplare im Schrank gefunden hatte; zwei davon waren
eindeutig zu kurz für ihn, aber das dritte passte in der Länge –
es hatte bestimmt Padre Lobato gehört. Quart schlüpfte hinein,
schloss das Band am Halsausschnitt mit einer Schleife, und gür-

tete sich die Albe mit einer Schnur, dem sogenannten Zingulum. Als Nächstes nahm er die weiße Seidenstola zur Hand, küsste das eingestickte Kreuz und legte sich die Stola um den Hals. Dann verschränkte er sie vor der Brust und steckte ihre Enden seitlich in das Zigulum. Zuletzt legte er das eigentliche Messgewand an: eine alte Kasel aus weißer Seide, in die vorn mit Goldfaden das Anagramm Christi eingestickt war. Als er fertig angekleidet war, blieb er eine Weile reglos vor der Kommode stehen, die Hände auf die Abstellfläche gestützt, und betrachtete das Kruzifix zwischen den beiden verbeulten Blechkandelabern. Er war nicht müde, obwohl er die ganze Nacht kein Auge zugetan hatte, und empfand noch immer – wie auf der Bank draußen auf dem Platz – einen tiefen inneren Frieden. Die Wiederaufnahme des Messrituals, all die altvertrauten Handgriffe, verstärkten dieses Gefühl noch. Die Einsamkeit war in den Hintergrund getreten, ja, er vergaß sie beinahe über den Gesten und Handlungen, die einsame Männer wie er seit jenem Abendmahl vor beinahe zweitausend Jahren getreu wiederholten. Es spielte keine Rolle, dass die Mauern des Tempels rissig waren, sein Glockenturm mit Balken abgestützt werden musste, seine Deckengemälde verblassten. Dass die Farben des Ölgemäldes, auf dem Maria schamhaft den Kopf vor dem verkündenden Engel neigte, längst ihre Leuchtkraft eingebüßt hatten und abblätterten. Und dass die kalt blinkenden Sterne in Padre Ferros altem Fernrohr Hohn lachend auf dies alles herabsahen.

Vielleicht hatte jener intelligente Jude namens Heinrich Heine ja wirklich Recht und das ganze Universum war nichts als der Traum eines berauschten Gottes, der sich auf einem einsamen Stern schlafen gelegt hatte. Aber das Geheimnis war gut verwahrt, die Tür zum Abgrund dreifach verriegelt. Padre Ferro ging dafür ins Gefängnis und weder Quart noch sonst irgendjemand hatte das Recht, es den guten Leuten zu enthüllen, die jetzt draußen in der Kirche warteten; ihre Geräusche – ein Husten, der Klang von Schritten, das Ächzen einer Bank, auf der sich jemand niederkniete – drangen durch die Sakristeitür zu ihm herein. Durch die Sakristeitür neben dem Beichtstuhl, in dem Honorato Bonafé gestorben war, weil er verbotenerweise den Schleier der Tinnit gelüftet hatte.

Quart sah auf die Uhr. Es war Zeit.

XV.

Matutin

Seinen richtigen Namen zu benützen hätte gegen die
Regel verstoßen.
(CLOUGH Y MUNGO *Approaching Zero*)

Zwei Tage nachdem er aus Sevilla zurückgekehrt war und den
Bericht über Nuestra Señora de las Lagrimas abgeliefert hatte,
bekam Quart in seiner Wohnung in der Via del Babuino Besuch
von Monsignore Paolo Spada. Auch heute regnete es in Rom,
wie vor drei Wochen, als er im Auftrag des IOE nach Spanien
gereist war. Quart stand gerade vor den offenen Flügeltüren seiner Terrasse und betrachtete die regennassen Dächer, die ockerfarbenen Häuserfassaden, das grau schimmernde Straßenpflaster und die spanische Treppe, als es an der Wohnungstür läutete.
Er machte auf und hatte Monsignore Spada vor sich. Der Prälat
schüttelte sich das Wasser aus dem borstigen Haar und wirkte in
seinem triefenden schwarzen Regenmantel noch vierschrötiger
als gewöhnlich.

»Ich bin zufällig hier vorbeigekommen«, sagte er. »Und da
dachte ich mir, Sie laden mich vielleicht zu einer Tasse Kaffee
ein.«

Ohne eine Antwort abzuwarten, hängte er seinen Mantel an
die Garderobe, ging in das nüchtern eingerichtete kleine Wohnzimmer hinüber und setzte sich in einen Sessel mit Blick auf die
Terrasse. Dort sah er still dem Regen zu, bis Quart mit der dampf-
enden Espresso-Kanne und zwei Tässchen auf einem Tablett
aus der Küche kam.

»Der Heilige Vater hat Ihren Bericht erhalten.«

Quart nickte langsam, während er sich ein wenig Zucker
nahm und im Stehen seinen Kaffee umrührte. Er trug ein
schwarzes Hemd mit aufgekrempelten Ärmeln und offenem
Kragen ohne Einsatz. Die Bulldogge sah ihn über den Rand der
Tasse hinweg an:

»Er hat auch einen Bericht vom sevillanischen Erzbischof
bekommen. Darin ist vor allem von Ihnen die Rede.«

Das Rauschen des Regens nahm unvermittelt zu und lenkte

die Blicke der beiden Männer nach draußen. Quart stellte seine leere Tasse auf das Tablett zurück und lächelte – ein abwesendes, trauriges Lächeln, das er seit langem in Reserve hatte, überzeugt, es früher oder später gebrauchen zu müssen.

»Tut mir Leid, dass ich Ihnen Probleme verursacht habe, Monsignore.«

Sein Tonfall war respektvoll und diszipliniert wie immer und obwohl er sich in den eigenen vier Wänden befand, blieb er die ganze Zeit über stehen, kerzengerade, ja man könnte fast sagen stramm – es hätte bloß gefehlt, dass er die Daumen an die Seitennähte seiner schwarzen Hose anlegte. Der Direktor des IOE warf ihm einen freundlichen Blick zu und hob die Schultern.

»*Mir* haben Sie keine Probleme verursacht«, sagte er freundlich. »Im Gegenteil: Sie haben Ihren Bericht in Rekordzeit abgeliefert, eine komplizierte Aufgabe gelöst und die richtigen Entscheidungen getroffen … zumindest, was Padre Ferros Übergabe an die Polizei und seinen Rechtsbeistand betrifft.« Spada starrte ein paar Sekunden schweigend in die kleine Espresso-Tasse, die völlig in seinen riesigen Händen verschwand. »Wenn Sie sich darauf beschränkt hätten, wäre alles perfekt gewesen.«

Quarts melancholisches Lächeln wurde breiter:

»Aber ich habe mich nicht darauf beschränkt.«

Die braun geäderten Augen der Bulldogge sahen ihn lange an:

»Nein. Das haben Sie nicht. Am Ende haben Sie Partei ergriffen.« Spada zögerte einen Moment. »Obwohl ich es wohl besser Einmischung nennen sollte«, fuhr er mit gerunzelter Stirn fort. »Eine Einmischung im denkbar ungünstigsten Augenblick. Und völlig unnötig.«

Quart blickte ihm offen ins Gesicht:

»Für mich nicht, Monsignore.«

Der Erzbischof senkte mit einem wohlwollenden Brummen den Kopf.

»Verzeihung, Sie haben Recht. Für Sie natürlich nicht … Für das IOE aber schon.« Er stellte seine Kaffeetasse ebenfalls auf das Tablett zurück und sah seinen Agenten forschend an. »Wir hatten doch abgemacht, dass Sie in Sevilla neutral auftreten.«

Quart nickte.

»Ich weiß, es war nutzlos; eine rein symbolische Handlung …«, sagte er und dachte an seine letzten Tage in Sevilla zurück. »Aber es gibt Momente, wo solche Dinge wichtig sind.«

»Na ja, ganz so nutzlos auch wieder nicht. Meines Wissens haben der Nuntius in Madrid und der Erzbischof von Sevilla heute Morgen Anweisung bekommen Nuestra Señora de las Lagrimas zu erhalten und einen neuen Pfarrer für die Gemeinde zu ernennen.« Monsignore Spada studierte Quarts Miene, bevor er ihm verschmitzt zuzwinkerte. »Ihre Schlussbetrachtungen in dem Bericht haben Eindruck gemacht: das Stückchen Himmel, das verloren geht; das tausendmal geflickte Fell der Trommel … Wirklich ergreifend. Wenn ich etwas von Ihren rhetorischen Fähigkeiten geahnt hätte, wäre ich schon früher darauf zurückgekommen.«

Damit verstummte der Prälat. Jetzt bist du dran, eine Frage zu stellen, sagte sein Schweigen. Mach mir die Sache ein bisschen leichter.

»Das ist eine gute Nachricht, Monsignore.« Quart sah ihn an. »Aber gute Nachrichten bekommt man normalerweise am Telefon mitgeteilt … Was ist die schlechte?«

Paolo Spada seufzte.

»Die schlechte heißt Jerzy Iwaszkiewicz.« Er sah einen Moment weg und seufzte erneut. »Unserem geschätzten Mitbruder ist sozusagen die Maus unter den Pfoten entwischt. Und das möchte er Ihnen jetzt heimzahlen. Er hat sich aus dem Bericht des sevillanischen Erzbischofs herausgepickt, was er braucht, nämlich erstens den Vorwurf, Sie hätten Ihre Kompetenzen überschritten, und zweitens gewisse Anspielung hinsichtlich Ihres Betragens … Jedenfalls haben Corvo und Iwaskiewicz Sie ganz schön hineingeritten, lieber Quart.«

»Und Sie, Exzellenz?«

»Och, da machen Sie sich mal keine Sorgen«, erwiderte Monsignore Spada mit einer wegwerfenden Handbewegung. »Mich greift so leicht keiner an. Ich verfüge über genügend kompromittierendes Material: Dossiers und ähnliche Scherze. Außerdem habe ich recht gute Beziehungen zur Staatssekretarie … Kurz: Man hat mir ein Friedensangebot gemacht. Für das ich allerdings ein kleines Opfer bringen muss.«

»Meinen Kopf.«

»Mehr oder weniger.« Der Erzbischof hatte sich erhoben, war ein paarmal auf und ab gegangen und stand jetzt mit dem Rücken zu Quart vor einer kleinen Zeichnung, die gerahmt an der Wand hing. »Bitte verstehen Sie: Es handelt sich um einen symbolischen Akt, weiter nichts. Ungefähr wie die Messe, die Sie letzten Donnerstag in Sevilla abgehalten haben. Es ist ungerecht, ich weiß. Aber das ganze Leben ist ungerecht. Rom ist ungerecht. So ist es nun mal. Das sind die Regeln unseres Spiels, und die kannten Sie.«

Er kam zurück, stellte sich vor seinen Mitarbeiter und verschränkte die Hände im Rücken:

»Ich werde Sie vermissen, Padre Quart«, sagte er nachdenklich. »Sie sind und bleiben ein guter Soldat für mich. Und ich weiß, dass Sie in Sevilla nach bestem Wissen und Gewissen gehandelt haben. Vielleicht habe ich Ihnen während der vergangenen Jahre zu viel zugemutet, zu viele Gespenster aufgebürdet. Das von Nelson Corona lässt Sie jetzt hoffentlich wieder ruhig schlafen.«

»Was haben Sie mit mir vor?«

Die Frage war in objektivem und völlig ruhigem Ton gestellt. Monsignore Spada hob die Hände zum Himmel, um seine Machtlosigkeit zu demonstrieren:

»Gestern wurde über Ihren Fall beraten … Iwaszkiewicz, gnädig wie immer, hat dafür plädiert, Sie in irgendeine langweilige Zweigstelle zu versetzen.« Der Erzbischof schnalzte abfällig mit der Zunge, als sei von Seiner Eminenz kaum etwas anderes zu erwarten gewesen. »Glücklicherweise konnte ich ihm da Paroli bieten. Ich will nicht behaupten, ich hätte meinen Kopf für Sie riskiert, aber ich habe doch mit großem Nachdruck darauf gepocht, dass man Ihre Verdienste in Betracht zieht. Da ich in weiser Voraussicht einen Lebenslauf von Ihnen eingesteckt hatte, konnte ich mühelos alle Ihre Glanzleistungen aufzählen: einschließlich der Mission in Panama und der Sache mit dem kroatischen Bischof, den Sie aus Sarajewo rausgeschleust haben. Am Ende gab Iwaszkiewicz sich damit zufrieden, Sie formal aus dem IOE zu verbannen.« Die mächtigen Schultern der Bulldogge hoben sich erneut. »Damit schnappt mir der Pole zwar einen Läufer weg, aber die Partie endet Remis.«

»Und wie lautet der Urteilsspruch?«, fragte Quart. Er versuchte sich ein Leben außerhalb des Vatikans vorzustellen, weit weg von dem allen und so schwierig war das gar nicht. Vielleicht würde es woanders rauer zugehen und kälter; aber hier war es auch kalt. Ob er im Falle eines allzu harten Urteils den Mut hätte, alles über Bord zu werfen? An einem anderen Ort noch einmal von vorn anzufangen, ohne den schützenden schwarzen Anzug, der seine Uniform und sein einziges Credo darstellte? Vielleicht. Das Problem war nur, dass es nach Sevilla kaum noch Auswahlmöglichkeiten gab.

»Mein Freund Azopardi, der Staatssekretär, hat uns seine Hilfe angeboten«, sagte Monsignore Spada gerade. »Er will sich mit Ihrem Fall befassen. Unsere Idee ist, Sie als Attaché in einer Nuntiatur unterzubringen; wenn möglich in Lateinamerika. Wir lassen ein bisschen Zeit verstreichen und wenn dann wieder ein günstigerer Wind weht und ich immer noch das IOE leite, beordere ich Sie einfach nach Rom zurück …« Er schien erleichtert darüber, dass Quart keinerlei Reaktion zeigte. »Betrachten Sie es als vorübergehendes Exil oder als eine etwas länger dauernde Mission. Sie müssen eine Weile von der Bildfläche verschwinden, das ist alles. Und halten Sie sich zum Trost vor Augen, dass auch Päpste und ihre Teams früher oder später wechseln. Polnische Kardinäle werden alt, gehen in Rente, bekommen irgendeinen Krebs … na, Sie wissen schon.« Er begleitete seine Worte mit einem schiefen Grinsen. »Und Sie sind noch jung.«

Quart war vor die offene Glastür getreten. Der Regen prasselte auf die Fliesen der Terrasse und überzog die umliegenden Dächer mit einem grauen Schleier. Er atmete tief die feuchte Luft ein. Die ockerfarbenen Häuserfassaden, die spanische Treppe und der Platz davor glänzten wie ein frisch lackiertes Ölgemälde.

»Was gibt es Neues von Padre Ferro?«

Der Prälat zog die Augenbrauen hoch, was so viel bedeutete wie: Für den kann ich nun wirklich nichts tun.

»Der Rechtsanwalt, den Sie ihm beschafft haben, leistet anscheinend gute Arbeit. Jedenfalls rechnet die Madrider Nuntiatur mit einem Freispruch aus Mangel an Beweisen – schlimmstenfalls mit einer milden Strafe. Der Mann ist alt und verkalkt, das dürfte die Richter nachsichtig stimmen. Im Moment befindet er sich noch im Gefängniskrankenhaus von

Sevilla, dort geht es ihm einigermaßen gut, aber der Anwalt möchte seine Verlegung in ein Seniorenheim für Pfarrer beantragen ... Ich habe das Gefühl, dass Padre Ferro noch mal glimpflich wegkommt. Obwohl er vielleicht gar keinen großen Wert mehr darauf legt; ich meine, in seinem Alter ...«

»Nein«, sagte Quart. »Darauf legt er bestimmt keinen großen Wert mehr.«

Spada war zum Tisch zurückgegangen und schenkte sich noch etwas Kaffee nach.

»Ein seltsamer Mensch, dieser Padre Ferro. Glauben Sie wirklich, dass er es getan hat?« Der Monsignore sah Quart an, während er seinen Kaffee umrührte. »Von wem wir überhaupt nichts mehr gehört haben, ist Matutin ... Schade, dass Sie ihn nicht entlarven konnten. Ich hätte es leichter gehabt, Sie vor Iwaszkiewicz zu verteidigen – dieser Hacker wäre das gefundene Fressen für ihn gewesen.« Spada schlürfte mit düsterer Miene an seiner Tasse. »Mit dem Knochen wäre Seine Eminenz eine Zeit lang beschäftigt gewesen.«

Quart nickte stumm. Er stand immer noch reglos vor der offenen Terrassentür und sah dem Regen zu; hin und wieder wehte der Wind ihm einen Tropfen ins Gesicht. Sein kurzes Soldatenhaar wirkte in dem fahlen Tageslicht noch grauer als sonst.

»Matutin«, murmelte er.

Als er an jenem Abend – dem Abend vor seiner Abreise – in die Hotelhalle herunterkam, saß sie da wie beim ersten Mal, im selben Sessel. Nur eine Woche war seit seiner Ankunft in Sevilla vergangen, aber Quart kam es vor wie eine Ewigkeit – als habe er schon immer hier gelebt und gehöre zu dieser Stadt. Wie die Kathedrale, dieses riesige Schiff aus Stein mit seinen Fialen und Strebebogen, das einen Katzensprung von hier entfernt, auf der andern Seite des Platzes, auf Strand gesetzt worden war. Wie die Tauben, die ziellos im Scheinwerferlicht umherflatterten. Wie Santa Cruz, der Guadalquivir, die Giralda und der Goldturm. Wie Macarena Bruner, die ihm jetzt entgegenblickte. Und als sie sich aus dem Sessel erhob und aufrecht in der menschenleeren Halle stand, merkte Quart, dass ihr Anblick ihn immer noch bis ins Mark hinein traf. Ein Glück, dass sie mich nicht liebt, dachte er, während er auf sie zuschritt.

»Ich bin gekommen, um Ihnen Auf Wiedersehen zu sagen«, fing sie an. »Und um Ihnen zu danken.«

Sie verließen das Hotel zu einem kleinen Spaziergang und es wurde wirklich ein typischer Abschied: kurze, einsilbige Sätze, Höflichkeitsfloskeln, Phrasen – kein einziges Wort über sie beide, als wären sie Fremde. Quart entging nicht, dass sie ihn wieder siezte. Macarena gab sich unbefangen wie immer, aber sie wich seinen Augen aus und blickte stattdessen auf den weißen Priesterkragen, der sie zum ersten Mal ein wenig einzuschüchtern schien. Sie sprachen über Padre Ferro, über Quarts Abreise am folgenden Tag, über die Messe, die er in Nuestra Señora de las Lagrimas zelebriert hatte.

»Ich hätte nie gedacht, dass Sie das tun würden«, gestand sie ihm.

Wie bei ihrem Spaziergang durch Santa Cruz kamen sie immer wieder zufällig in Berührung miteinander und jedes Mal wurde Quart von tiefer Traurigkeit überfallen, von einem starken, physisch empfundenen Gefühl der Leere und des Verlusts. Sie gingen jetzt schweigend nebeneinander her. Im Grunde war zwischen ihnen beiden ja alles gesagt, und eine Fortsetzung des Gesprächs wäre nur mit Worten möglich gewesen, die keiner von ihnen aussprechen wollte. Im Schein der Straßenlaternen wanderten ihre Schatten über die alte arabische Mauer, dann standen sie plötzlich still. Quart betrachtete die schwarzen Augen vor sich, den Schimmer der Elfenbeinkette an Macarenas gebräuntem Hals. Er war ihr nicht böse; er hatte sich aus freien Stücken und bei vollem Bewusstsein von ihr benützen lassen. Macarena kämpfte für eine Sache, die sie für gerecht hielt, da war jede Strategie erlaubt und eine Waffe so gut wie die andere. Was Quart selbst betraf, so konnte er Soll und Haben in seinem Kopf noch immer nicht scharf voneinander trennen, obwohl der innere Frieden der letzten Stunden ihm bereits geholfen hatte seine Gedanken etwas zu ordnen. Bald würde nur noch das Gefühl der Leere und des Verlusts zurückbleiben; Stolz und Disziplin konnten es abmildern, aber weder diese Frau noch Sevilla würde er je wieder aus seinem Gedächtnis und aus seiner Seele löschen können.

Er suchte verzweifelt einen Satz, ein Wort, das er Macarena sagen konnte, bevor sie für immer aus seinem Leben verschwand, irgendetwas, woran sie sich später erinnerte und was in Einklang stand mit der jahrhundertealten Mauer, den eisernen Laternen, der beleuchteten Giralda im Hintergrund und dem Himmel, an dem Padre Ferros kalte Sterne funkelten. Aber er fand in seinem Innern nur das absolute Nichts – eine unendliche, resignierte Müdigkeit, die bestenfalls durch einen Blick oder ein Lächeln auszudrücken war. Also lächelte er, so schwach, dass es in der Dunkelheit kaum zu erkennen war, und dabei blickte er in die Augen der Frau, in denen sich einmal zwei wunderschöne Monde gespiegelt hatten, unter einem Orangenbaum, in einem Garten. Sie sah ihm zum ersten Mal an diesem Abend offen ins Gesicht, ihre Lippen waren geöffnet, als wolle auch sie ein Wort aussprechen, das sie nicht fand. Da drehte Quart sich um und ging davon. Er spürte ihren Blick im Rücken und ertappte sich bei der albernen Vorstellung, was wäre, wenn sie ihm jetzt *ich liebe dich* nachschreien würde. Ja, doch, er würde sich den Priesterkragen herausreißen, zu ihr zurücklaufen und sie in die Arme schließen, wie die verliebten Offiziere, die in alten Schwarzweißfilmen ihre glänzenden Karrieren irgendeiner Femme fatale opferten, oder jene naiven Mannsbilder – Simson und Holofernes – aus dem Alten Testament. Aber Macarena Bruner würde so etwas nie wieder zu irgendeinem Mann sagen, das wusste er. Das hatte er von Anfang an gewusst.

»Warten Sie!«, hörte er sie plötzlich rufen. »Ich möchte Ihnen etwas zeigen.«

Quart blieb stehen. Die Zauberformel war es nicht, aber doch genug, um sich umzudrehen und sie noch einmal ansehen zu können. Sie lehnte an der Mauer und schien sich erst nach gründlichem Nachdenken dazu überwunden zu haben, ihn zurückzurufen. Jetzt warf sie mit einer energischen Kopfbewegung ihr langes Haar nach hinten – eine Geste der Herausforderung, die jedoch mehr ihr selbst als Quart galt.

»Sie haben es sich verdient«, fügte sie hinzu und lächelte.

Die Casa del Postigo war in tiefes Dunkel gehüllt. Nichts rührte sich. Die englische Uhr unter den Mudejar-Bögen schlug Mitternacht, als sie im Mondschein den Patio mit dem gekachelten Springbrunnen durchquerten. Seine Farne und Geranien waren vor kurzem gegossen worden, das Fußbodenmosaik glänzte nass unter ihren Füßen und spiegelte die schwarze Silhouette des Turms mit dem Taubenschlag. Im angrenzenden Garten zirpten die Grillen.

Macarena führte Quart durch die mit Stilmöbeln, Gemälden und alten Teppichen dekorierte Galerie zu einer Holztreppe mit schmiedeeisernem Geländer, auf dessen Pfosten glänzende Bronzekugeln ruhten. Sie stiegen ins obere Stockwerk hinauf, hier war die Galerie rundum verglast und Quart konnte im Licht des Mondes eine verschlossene Tür erkennen, auf die Macarena jetzt zuschritt. Vor ihr angekommen, blieb die junge Frau stehen und sah ihn streng an:

»Was ich Ihnen jetzt zeige«, flüsterte sie, »darf kein Mensch jemals erfahren.«

Danach legte sie den Zeigefinger auf die Lippen und öffnete leise die Tür. Gedämpfte Musik drang ihnen entgegen, Quart erkannte Mozarts *Zauberflöte.* Der große Raum, den sie betraten, war mittels einer verglasten Schiebetür in zwei Hälften unterteilt. Im vorderen, dunklen Teil standen Möbel herum, die mit weißen Tüchern abgedeckt waren; die Musik kam aus dem hinteren Teil. Sie näherten sich der offen stehenden Schiebetür und was Quart dann sah, verschlug ihm fast den Atem: Einen langen Schreibtisch, auf dem – von einer Arbeitsleuchte beschienen – eine komplizierte Computeranlage aufgebaut war; zwei RGB-Monitore und ein Laserdrucker gehörten ebenso dazu, wie ein Modem nebst Telefonanschluss. Und vor einem der beiden Bildschirme saß – ihren Fächer in der Hand, zwei leere Coca-Cola-Flaschen auf einem Stapel alter Nummern der Zeitschrift *Wired* neben sich, völlig konzentriert auf die flimmernden Zeichen und Symbole, von denen sie sich Nacht für Nacht entführen ließ, raus aus diesem Haus, aus Sevilla, weg von sich selbst und von ihrer Vergangenheit – Matutin und surfte lautlos durch den unendlichen Cyberspace.

Cruz Bruner zeigte sich nicht einmal überrascht. Gespannt verfolgte sie das Geschehen auf dem Bildschirm, während ihre Hände flink über die Tastatur huschten. Quart fiel auf, dass sie dabei extrem vorsichtig war, als fürchte sie durch eine falsche Eingabe alles kaputtzumachen. Er warf einen Blick auf die Mattscheibe, sie war angefüllt mit Zahlen- und Buchstabenkombinationen, aus denen er selbst niemals schlau geworden wäre, aber die Computerpiratin schien sich bestens in diesem Labyrinth zurechtzufinden. Sie trug einen Morgenrock aus schwarzer Seide, zierliche Pantoffeln und um den Hals wie immer ihre schöne Perlenkette. Quart sah sich verwirrt nach Macarena um und schüttelte den Kopf in der Hoffnung, dies alles wäre nur ein Scherz, den sie und ihre Mutter ihm spielen wollten, doch da piepste plötzlich der Bildschirm. Die Zeichen verschwanden, neue tauchten auf, und die Augen der Herzogin begannen zu strahlen.

»Na, wer sagt's denn«, meinte sie leise.

Ihre Finger flogen förmlich über die Tastatur, als sie sich erneut ihrem Computer zuwandte, rätselhafte Passwörter eintippte und schließlich die Enter-Taste drückte. Dann legte sie zufrieden den Kopf in den Nacken. Ihre welken Lippen entspannten sich, und die vom Flimmern des Bildschirms geröteten Augen funkelten verschmitzt, als sie endlich ihre Tochter und den Priester ansah.

»*Und der Tag des Herrn wird kommen wie ein Dieb in der Nacht …*«, sagte sie zu Quart. »Erster Brief Paulus an die Thessalonicher … fünf, zwei, wenn ich mich nicht irre.«

Sie war geistreich und munter wie immer – trotz ihrer übermüdeten Augen und der vorgerückten Stunde. Macarena trat hinter sie und legte ihr eine Hand auf die Schulter. Die alte Dame hob den Kopf und blickte zu ihr hinauf, ihr weißes Haar schimmerte violett im Schein der Schreibtischlampe.

»Wenn ich geahnt hätte, dass du mir um diese Uhrzeit noch Besuch bringst, hätte ich mich ein bisschen hergerichtet …«, sagte sie in sanft vorwurfsvollem Ton. »Aber du weißt schon, was du tust.« Sie griff nach der Hand ihrer Tochter und drückte sie leicht. »Ja, Padre … Jetzt kennen Sie mein Geheimnis.«

Aber Quart konnte seinen Augen noch immer nicht trauen. Er starrte entgeistert auf die leeren Cola-Flaschen, die Stapel von spanischen und englischen Handbüchern und Computerfachzeitschriften, die vielen Diskettenbehälter. Cruz und Macarena Bruner beobachteten sein Mienenspiel – erheitert die eine, ernst die andere. Er kniff sich heimlich in den Arm, um sich davon zu überzeugen, dass er nicht träumte, beinahe hätte er durch die

Zähne gepfiffen. Von diesem Schreibtisch aus hatte also eine Siebzigjährige den Vatikan in Schach gehalten.

»Wie haben Sie das geschafft?«, fragte er. »Das ist unglaublich.«

»Das ist auch besser so«, erwiderte Cruz Bruner. »Ich lege keinen Wert darauf, dass es jemand glaubt. Im Gegenteil: Ich verlasse mich felsenfest darauf, dass es keiner glaubt.«

Sie zog ihre Hand von der Macarenas zurück und strich sanft über die Tasten des Computers. Wären es die Tasten eines Klaviers gewesen, dann hätte Quart sich nicht gewundert. Klavierspielen, Sticken, Klöppeln, in nostalgischen Erinnerungen schwelgen – das war es, was alte Herzoginnen normalerweise taten. Nicht sich nächtens in einen Computerpiraten verwandeln, wie Doktor Jekyll in Mister Hyde … Nein, es war einfach unfassbar. Macarena hätte ihn gar nicht erst zum Schweigen verpflichten zu brauchen: *Die* Geschichte würde ihm sowieso keiner abnehmen, da hatte ihre Mutter völlig Recht.

»Aber … ich verstehe das nicht«, stammelte er. »Ich meine, ich hätte mir nie vorstellen können …«

»Was? Dass eine alte Frau mit Computern umgehen kann?« Sie straffte die Schultern und dachte kurz nach. »Gut, ich gebe zu, das kommt nicht alle Tage vor. Aber ausgeschlossen ist es nicht, das sehen Sie ja. Eines schönen Tages probiert man es einfach mal aus. Nur so, aus purer Neugierde …«, fuhr sie versonnenen fort. »Man setzt sich vor einen Rechner, drückt auf eine Taste und entdeckt, dass auf dem kleinen Bildschirm vor einem ganz tolle Dinge passieren. Dass man die unglaublichsten Orte besuchen und Dinge machen kann, von denen man nie geträumt hätte …« Auch jetzt verjüngte ein Lächeln ihr faltiges Gesicht. »Das ist viel unterhaltsamer als Sticken oder Seifenopern im Fernsehen anschauen.«

»Wie lange machen Sie das schon?«

»Oh, nicht sehr lange. Drei, vier Jahre.« Sie wandte sich mit einem fragenden Blick an ihre Tochter, als erinnere sie selbst sich nicht mehr so genau. »Ich war schon immer ein wissbegieriger Mensch – außerstande, an etwas Gedrucktem vorbeizugehen, ohne es zu lesen, und seien es nur zwei Zeilen. Eines Tages hat Macarena sich einen Computer für ihre Arbeit gekauft. Wenn sie aus dem Haus war, habe ich mich davor gesetzt; ich war von

Anfang an fasziniert.« Die alte Dame sah Quart mit leuchtenden Augen an. »Die Bedienung der Tasten habe ich mit einem Spiel gelernt, mit einer Art Pingpongbällchen. Sie wissen ja, dass ich Probleme mit dem Schlafen habe, na ja, und statt mich stundenlang im Bett herumzuwälzen, sitze ich jetzt jede Nacht vor dem Computer … Ich glaube, ich bin süchtig geworden.«

»Und das in ihrem Alter«, tadelte Macarena sanft.

»Ja, ich weiß.« Die Herzogin schielte schuldbewusst zu Quart hinauf. »Aber was soll ich machen? So ist es nun mal. Die Informatik hat mich so gefesselt, dass ich anfing alles zu lesen, was ich darüber in die Finger bekam. Da ich bei irischen Nonnen zur Schule gegangen bin, spreche ich englisch, und so konnte ich mich in alle möglichen Fernkurse einschreiben und englischsprachige Fachzeitschriften abonnieren.« Sie kicherte wie ein kleines Mädchen hinter vorgehaltener Hand. »Meine Gesundheit lässt zu wünschen übrig, aber mein Kopf funktioniert Gott sei Dank noch recht gut. Innerhalb kurzer Zeit hatte ich mich zu einer Expertin entwickelt. Und in meinem Alter ist so etwas wahnsinnig spannend, das können Sie mir glauben.«

»Sie hat sich sogar verliebt«, warf Macarena ein.

Jetzt lachten Mutter und Tochter gemeinsam. Quart fragte sich allen Ernstes, ob die beiden noch ganz bei Trost waren, er fühlte sich rundweg veräppelt. Aber vielleicht war es ja er selbst, der langsam den Verstand verlor. Diese Stadt ist dir zu Kopf gestiegen, dachte er verstört. Hau ab, bevor es zu spät ist.

»Macarena übertreibt. Ich will Ihnen erzählen, wie es wirklich war«, meinte Cruz Bruner. »Nach und nach habe ich mir eine leistungsfähige Ausrüstung angeschafft, eine, mit der ich mich auch ins Internet einwählen konnte. Tja, und eines Nachts habe ich mich tatsächlich verliebt – virtuell versteht sich. Da bin ich nämlich zufällig im Computer eines jungen Hackers gelandet, eines siebzehnjährigen Schülers … Sie machen ein Gesicht, Padre, als würden Sie jeden Moment in Ohnmacht fallen.«

»So fühle ich mich auch.«

Die alte Dame rückte den Stapel Fachzeitschriften auf ihrem Schreibtisch ein wenig zurecht, dann deutete sie auf das mit der Telefondose verbundene Modem.

»Können Sie sich vorstellen, was es für eine siebzig Jahre alte Frau bedeutet, diese Welt zu entdecken?« fuhr sie fort. »Mein

Freund nannte sich *Mad Mike*, das war sein *Nick*, also sein Deckname, obwohl er manchmal auch als *Vicomte Valmont* das Netz unsicher machte … Ich kenne weder sein Gesicht noch seine Stimme, aber an seiner Hand habe ich angefangen die verschlungenen Wege dieser faszinierenden Dschungels zu erforschen. Mein Vicomte hatte ein *BBS* im Computer – eine Raubkopie natürlich – und über das bin ich mit anderen Hightechsüchtigen in Kontakt gekommen – meistens Schüler, die stundenlang vor ihrem Computer sitzen und in fremden Datenbänken wildern.«

Sie sagte das so stolz, als handle es sich um einen exklusiven englischen Club.

Quarts Miene musste wieder völlige Verständnislosigkeit ausdrücken, denn Macarena lächelte und bat ihre Mutter ihm zu erklären, was ein *BBS* sei.

»Das ist eine Art schwarzes Brett«, sagte die Herzogin, »ein mit Spezialsoftware ausgestatteter PC, der an eine Telefonleitung angeschlossen ist. Da kommt nicht jeder rein; das schaffen nur ziemlich gewiefte Hacker. Wenn du das erste Mal anklopfst, fragt man dich nach deinem Benutzernamen und deiner Telefonnummer, und wer so dumm ist, seine echten Daten anzugeben, bleibt vor der Tür … Der Trick besteht darin, ein Pseudonym und eine falsche Telefonnummer anzugeben. Sie sehen, lieber Padre, ein gewisses Quantum Paranoia gehört dazu, um es in der virtuellen Unterwelt zu etwas zu bringen.«

»Wie ist Ihr Pseudonym?«

»Interessiert Sie das wirklich? …Eigentlich verstößt es gegen die Regel, aber ich will es Ihnen trotzdem verraten – wo Sie heute Nacht dank Macarena schon so weit gekommen sind.« Die alte Dame reckte das Kinn, stolz und ironisch zugleich: »*Königin des Südens*, das ist mein *Nick*.«

Auf dem Bildschirm begann etwas zu blinken und die Herzogin unterbrach sich, um ein paar Tasten zu drücken. Nach wenigen Sekunden erschien ein langer, eng geschriebener Text. Cruz Bruner sah ihre Tochter wortlos an, dann wandte sie sich wieder Quart zu:

»Wo waren wir stehen geblieben? Ach ja, bei den *BBS* … Noch schwieriger als der Zugang dazu ist der zu den geheimen *Sites*, die im Internet versteckt sind … Also, wenn das *BBS* eine Art schwarzes Brett ist, so könnte man den *Site* mit einer Räuberspelunke vergleichen. Dort trifft man Freunde, vergnügt sich und tauscht alles Mögliche aus: Tricks, Spiele, Viren, nützliche Informationen und dergleichen. Mit der Zeit habe ich gelernt mich in allen Netzen zu bewegen, ins Ausland zu reisen, meine Spuren zu vertuschen, in geschützte Systeme einzudringen … Ich werde nie den Tag vergessen, an dem es mir gelungen ist, ins Rathaus von Sevilla einzubrechen und meine Gemeindesteuern virtuell zu begleichen.«

»Was einer Straftat gleichkommt«, rief Macarena ihr ins Gedächtnis und ganz offensichtlich nicht zum ersten Mal. »Als sie es mir erzählte, bin ich sofort zur Stadtverwaltung gerannt. Meine Mutter hatte sämtliche Müllabfuhrgebühren für die nächsten zehn Jahre bezahlt! Bezahlt in Anführungsstrichen … Ich musste ihnen klarmachen, dass es sich um einen Irrtum handelt.«

»Das mögen ja Straftaten sein«, nickte die alte Dame. »Aber wenn man hier sitzt, hat man diesen Eindruck nicht. Da ist alles wie ein Spiel.« Sie zwinkerte Quart schelmisch zu. »Und deshalb macht es solchen Spaß.«

Ihr frisches Lächeln, der Schalk in ihren Augen, ihre heitere Stimme verjüngten sie um Jahre.

»Abgesehen von meinem Vicomte«, fuhr sie fort, »halte ich jetzt engen Kontakt zu verschiedenen erstklassigen *BBS* und *Sites* und zu gut zwei Dutzend Hackern, von denen kaum einer über zwanzig ist … Ich weiß weder ihre wirklichen Namen, noch ob es Jungen oder Mädchen sind, ich kenne nur ihre Pseudonyme. Aber wir treffen uns zu aufregenden Online-Rendezvous im Pariser Kaufhaus Lafayette oder im Imperial-War-Museum oder in den Filialen der Russischen Bankenvereinigung … deren Netze, nebenbei gesagt, so leicht zu knacken sind, dass selbst ein Kind dort seine Konten manipulieren könnte. Normalerweise dienen sie Anfängern zu Übungszwecken.«

Kein Zweifel: Cruz Bruner *war* Matutin. Quart konnte sie sich jetzt mühelos vorstellen, wie sie, über ihren Monitor gebeugt, Nacht für Nacht durch den Cyberspace reiste und unterwegs anderen »lonesome riders« begegnete. Unerwartete, flüchtige Begegnungen, bei denen Informationen und Träume ausgetauscht wurden, das erregende Gefühl in Geheimnisse einzu-

dringen und die Grenzen des Erlaubten überschreiten zu können: ein Geheimbund, für den Vergangenheit und Gegenwart,
Zeit, Raum und Geschichte, Einsamkeit, Sieg und Scheitern
ihren herkömmlichen Sinn verloren hatten, um einer Scheinwelt
zu weichen, in der alles möglich war und nichts verboten oder
fixen Regeln unterworfen. Eine phantastische Möglichkeit dem
Alltag zu entrinnen. Cruz Bruner rächte sich auf ihre Weise an
dem Sevilla, das für sie der stattliche Mann auf dem Porträt in
der Eingangshalle verkörpert hatte.

»Wie haben Sie es geschafft, in den Vatikan reinzukommen?«

»Zufall. Ein römischer Kontaktmann, *Deus ex Machina* ... ich
vermute, dass es sich um einen Seminaristen oder einen jungen
Priester handelt; wir haben uns eines schönen Tages kennen
gelernt, als er aus purem Vergnügen ein bisschen durchs Netz
surfte; ich war ihm wohl sympathisch, jedenfalls hat er mir
gleich ein paar heiße Tipps gegeben, wie man in den Vatikan eindringen kann. Das ist jetzt sechs oder sieben Monate her, damals
fingen wir an uns wegen Nuestra Señora de las Lagrimas ernst-
hafte Sorgen zu machen. Weder der hiesige Erzbischof noch der
Nuntius in Madrid wollten auf Padre Ferro hören, da bin ich auf
die Idee gekommen, mich per E-Mail direkt an Rom zu wenden.«

»Haben Sie das mit Padre Ferro abgesprochen?«

»Nein, um Gottes willen! Nicht einmal mit Macarena ... Sie
hat es erst viel später erfahren. Als bereits alles von dem Hacker
redete, den Sie Matutin getauft haben ...« Die alte Dame sprach
den Namen mit offensichtlicher Genugtuung aus und Quart
fragte sich, was für Gesichter Seine Eminenz Jerzy Iwaszkiewicz
und Monsignore Paolo Spada wohl machen würden, wenn sie
das gehört hätten. »Anfangs wollte ich meine Botschaft einfach
irgendwo im Zentralsystem des Vatikans hinterlassen – in der
Hoffnung, dass sie in die richtigen Hände gelangt. Auf die Idee,
sie direkt in den Computer des Heiligen Vaters einzuschleusen,
bin ich erst später gekommen, als ich mich schon ziemlich gut in
Ihrem Netz auskannte und immer tiefer eindrang. Bei einem
meiner Streifzüge bin ich nämlich auf eine Datei gestoßen, die
mich neugierig machte: Sie hieß INMAVAT und war x-fach gesichert, ich dachte mir gleich, dass sie etwas sehr Wichtiges enthält. Also habe ich versucht sie zu knacken und eines Nachts ist

es mir mit Unterstützung einiger besonders erfahrener Freunde tatsächlich gelungen … Eine ganze Woche lang habe ich immer wieder in INMAVAT herumgestöbert, bis ich raushatte, was ich wollte. Tja, und dann habe ich meine Geschütze aufgefahren und bin zum Angriff übergegangen. Den Rest kennen Sie ja.«

»Wer hat mir die Postkarte geschickt?«

»Ich natürlich. Wer sonst? Wo Sie schon mal nach Sevilla gekommen waren, dachte ich, es kann nicht schaden, wenn Sie auch die andere Seite des Problems kennen lernen. Also bin ich in den Taubenschlag hochgegangen und habe aus Carlotas Truhe was Passendes herausgesucht. Ein etwas spleeniger Einfall, das gebe ich zu, aber er hat seine Wirkung gezeigt.«

Quart musste wider Willen lachen:

»Und wie sind Sie in mein Hotelzimmer gekommen?«

Die alte Dame sah ihn erschrocken an.

»Wo denken Sie hin? Ich habe die Karte doch nicht persönlich in ihr Zimmer gebracht … In meinem Alter auf Zehenspitzen durch Hotelkorridore schleichen, das ginge nun wirklich zu weit. Nein, die Sache wurde ganz prosaisch gelöst: Ich habe meine Hausangestellte mit der Postkarte in Ihr Hotel geschickt, und die hat das Zimmermädchen mit einem kleinen Trinkgeld bestochen.« Sie wandte sich halb zu ihrer Tochter um. »Macarena wusste gleich, dass ich dahinter stecke, als Sie ihr die Karte gezeigt haben, aber diesen Streich hat sie mir freundlicherweise nachgesehen.«

Quart las Bestätigung in Macarenas Augen, obwohl er im Grunde gar keine Bestätigung gebraucht hätte. Die Tatsachen waren viel zu erdrückend, als dass ihm auch nur der geringste Zweifel an Cruz Bruners Worten gekommen wäre. Er warf einen Blick auf den Computerbildschirm:

»Und womit beschäftigen Sie sich im Moment?«

»Och, das …« Die Herzogin war seinem Blick gefolgt. »Ein letzter kleiner Rachefeldzug, so könnte man es vielleicht nennen … Aber erschrecken Sie nicht. Diesmal hat es nichts mit dem Vatikan zu tun. Das ist eine rein familiäre Angelegenheit.«

Quart beugte sich über den Monitor. *S&B Confidencial*, konnte er lesen. *Interne Nachforschungen K. B. – in Sachen P. T. u. a.* In dem Text war von der Kartäuser Bank und ihrem Vizepräsidenten, also Pencho Gavira, die Rede:

– Als Bestandteile dieses Täuschungsmanövers und der damit ver-
bundenen Bilanzfälschung sind zu nennen: hektische Suche nach
neuen Finanzquellen, unkorrekte Buchführung mit Übertretung der
für Banken gültigen Rechtsvorschriften sowie das Eingehen eines gera-
dezu tollkühnen Risikos, das der K. B. im Falle des Nichtverkaufs der
»Puerto Targa KG« an den »Sun-Qafer-Alley«-Konzern (Letzterer soll
180 Millionen Dollar angeboten haben) immense Verluste zufügen
und darüber hinaus einen öffentlichen Skandal provozieren würde, der
dem Ansehen der Bank, v. a. bei ihren konservativen Kleinaktionären,
enorm schaden könnte.

– Was die unmittelbar dem Vizepräsidenten anzulastenden Unre-
gelmäßigkeiten betrifft …

Er sah zuerst Macarena und dann die Herzogin an. Obwohl er
nur einen kleinen Ausschnitt des Textes gelesen hatte, begriff er
doch, dass es sich hier um ein mörderisches Geschütz handelte,
mit dem die alte Dame eindeutig auf ihren Schwiegersohn zielte.
Er dachte an den Finanzier, wie er ihn am vorigen Abend erlebt
hatte, an die Sympathie, die sich vorübergehend zwischen ihnen
entwickelt hatte, als es darum ging, Padre Ferro zu befreien:

»Was haben Sie damit vor?«, fragte er.

Macarenas gleichgültige Miene gab ihm zu verstehen, dass sie
gar nichts damit vorhatte; ihre Rache spielte sich auf einer anderen, persönlicheren Ebene ab. Es war erneut Cruz Bruner, die
ihm Aufklärung verschaffte:

»Ich möchte ein wenig für Gerechtigkeit sorgen … Wir alle
haben viel für diese Kirche getan; Sie eingeschlossen, Padre. Mit
der Messe von gestern früh haben Sie uns eine Woche mehr Zeit
gegeben.« Sie musterte den Priester und dann ihre Tochter.
»Wahrscheinlich war Macarena deshalb der Ansicht, Sie hätten
sich diesen Besuch von heute Nacht verdient.«

»Er wird nichts verraten«, sagte Macarena ernst, den Blick auf
Quart geheftet.

»So? Das freut mich …« Ihre Mutter runzelte die Stirn und
betrachtete sie nachdenklich, dann wandte sie sich wieder an
Quart: »Obwohl es mir geht wie Padre Ferro. In unserem Alter
wird einem vieles egal und da wagt man manches, was man früher nicht gewagt hätte – einfach, weil man keine Angst mehr vor
den Folgen hat.« Sie strich gedankenversunken über die Tasta-

tur ihres Computers. »Jetzt zum Beispiel gedenke ich mich an meinem Schwiegersohn zu rächen. Das ist nicht sehr christlich, ich weiß, Padre.« Ihre Stimme hatte einen anderen Tonfall angenommen; sie klang jetzt härter und verriet eine Entschlossenheit, die Quart beinahe gefährlich vorkam. »Danach werde ich wohl beichten müssen, dass ich gegen das Gebot der Nächstenliebe verstoßen habe.«

»Mamá.«

»Lass mich in Ruhe, Macarena, bitte.« Sie sah Quart an, als verspreche sie sich von ihm mehr Verständnis als von ihrer Tochter, und dabei deutete sie auf den Bildschirm. »Hier hat jemand die Geschäfte der Kartäuser Bank ein bisschen unter die Lupe genommen, wahrscheinlich eine Privatdetektei. Wenn das Ergebnis dieser Untersuchung an die Öffentlichkeit dringt und herauskommt, wie Pencho mit Nuestra Señora de las Lagrimas spekulierte, und was er sonst noch so alles gedreht hat, dann dürfte die Bank Probleme bekommen. Und mein Schwiegersohn erst recht. Ganz gewaltige Probleme sogar …« Ein feines Lächeln hellte ihre Miene auf. »Ich weiß nicht, ob Octavio Machuca mir das je verzeihen wird.«

»Willst du es ihm denn erzählen?« fragte Macarena.

»Natürlich. Ich stehe zu dem, was ich mache«, erwiderte die Herzogin. »Aber ich denke, er hat lange genug gelebt, um so etwas verstehen zu können … Außerdem schert er sich einen Dreck um die Bank. Er ist im Alter richtig verantwortungslos geworden.«

»Woher haben Sie diesen Bericht?« fragte Quart.

»Aus dem Computer meines Schwiegersohns, sein Schlüsselwort ist nicht besonders phantasievoll …« Sie schüttelte bekümmert den Kopf. »Es tut mir ehrlich Leid für ihn, Pencho war mir immer sympathisch, aber er lässt mir keine andere Wahl: er oder die Kirche.«

In diesem Moment begannen die Kontrolllämpchen des Modems zu blinken, und Quart wollte wissen, was das zu bedeuten habe. Cruz Bruner betrachtete kurz die kleinen roten Lichter, und als sie sich dann wieder dem Priester zuwandte, war es Quart, als blickten ihn aus ihren funkelnden Augen sämtliche Generationen der Herzöge von Nuevo Extremo an:

»Das ist das Fax«, sagte sie, ihr faltiges Gesicht zu einer abfälligen, grausamen Grimasse verzogen, wie Quart sie noch nie an ihr erlebt hatte. »Ich schicke den Bericht an alle Zeitungen von Sevilla.«

Macarena war einen Schritt in das dunkle Zimmer zurückgetreten und starrte ins Leere. Unten in der Galerie, umgeben von düsteren Ölgemälden, die seit Jahrhunderten über die Schatten der Casa del Postigo wachten, schlug leise und langsam die englische Uhr. Alles Leben, das diese toten Wände noch in sich bargen, schien sich hier, im Lichtkegel der Schreibtischlampe, zu konzentrieren, der die Tastatur des Computers und die knochigen Hände der alten Frau beschien. Und Quart hatte das sichere Gefühl, dass Carlota Bruners Geist, der oben im Taubenschlag des Turms am Fenster saß, in diesem Moment lächelte, während die nächtliche Meeresbrise einen Schoner mit weißen Segeln den Guadalquivir herauftrieb.

Cruz Bruner de Lebrija, Herzogin von Nuevo Extremo, starb zu Anfang des Winters, als Quart – dritter Sekretär der Päpstlichen Nuntiatur von Santa Fé de Bogotà – gerade fünf Monate in Kolumbien war. Er erfuhr die Nachricht aus der internationalen Ausgabe der Tageszeitung *EL ABC:* ein kurzer Nachruf gefolgt von einer Todesanzeige mit sämtlichen Adelstiteln der Verstorbenen und der Bitte ihrer Tochter Macarena Bruner, für die Seele der Mutter zu beten. Zwei Wochen später bekam Quart einen Brief aus Sevilla; er enthielt ein schwarz umrandetes Trauerbildchen, keinerlei Begleitschreiben, wohl aber die Postkarte von Nuestra Señora de las Lagrimas, die Carlota Bruner an Kapitän Xaloc geschrieben hatte und die Quart eines Tages in seinem Hotelzimmer gefunden hatte.

Nach und nach erfuhr er auch, wie die Geschichte für die anderen Beteiligten ausgegangen war. Aus einem kleinen Dorf bei Almeria erreichte ihn nach langwierigen Umwegen über Rom ein Brief von Padre Óscar Lobato; neben verschiedenen allgemeinen Betrachtungen und einigen Ausführungen, mit denen er das Bild berichtigte, das Quart sich von ihm gemacht hatte, teilte der junge Geistliche ihm mit, dass Nuestra Señora de las Lagrimas als Kirche erhalten geblieben war und jetzt einen neuen Gemeindepfarrer hatte. Von Pencho Gavira selbst hörte Quart nichts mehr, aber aus einer kurzen Pressenotiz im Wirtschaftsteil der amerikanischen Ausgabe von *El País* erfuhr er, dass Don Octavio Machuca in Pension gegangen und ein Unbekannter zum neuen Präsidenten der Kartäuser Bank ernannt worden war. Nur ganz am Rande erwähnte der Artikel den Rücktritt Pencho Gaviras von seinem Amt als Vizepräsident und Generaldirektor der andalusischen Bank.

Was schließlich Padre Ferro betraf, so erfuhr Quart, dass der alte Pfarrer vom Gefängniskrankenhaus in ein Altersheim der Diözese Sevilla verlegt worden war, wo er freilich unter Bewachung stand, nachdem die Richter ihn der fahrlässigen Tötung für schuldig befunden hatten. Gegen Ende des Winters ging es ihm gesundheitlich ziemlich schlecht; der Leiter des Heims, der Quarts Nachfrage in einem ebenso höflichen wie kurzen Brief beantwortete, glaubte nicht, dass er den Frühling noch erleben würde; er verbrachte die Tage in seinem Zimmer, ohne mit irgendjemandem Kontakt aufzunehmen, und abends ließ er sich bei gutem Wetter vom Pförtner in den Garten begleiten, wo er sich auf eine Bank setzte und stumm den Sternenhimmel betrachtete.

Von den anderen Personen, mit denen er während seines zweiwöchigen Aufenthalts in Sevilla zu tun gehabt hatte, hörte Quart nichts mehr. Sie versanken allmählich in seinen Erinnerungen und gesellten sich zu den Gespenstern Carlota Bruners und Kapitän Xalocs, die ihn auf seinen langen Abendspaziergängen durch das alte Kolonialviertel von Santa Fé begleiteten. Nach und nach vergaß er sie alle, bis auf eine, die unerwartet noch einmal auftauchte – nicht mehr als eine flüchtige Vision, deren er sich nie ganz sicher wurde. Es passierte lange Zeit danach, als Quart – soeben nach Cartagena de Indias in eine noch abgelegenere Sekretarie versetzt – eine Lokalzeitung durchblätterte, in der über den Bauernaufstand im mexikanischen Bundesstaat Chiapas berichtet wurde. Eine Bildreportage schilderte das Alltagsleben irgendeines unbekannten Dorfes, das die Guerilla unter ihrer Kontrolle hatte. In der örtlichen Volksschule war eine Gruppe von Kindern mit ihrer Lehrerin aufgenommen worden; das Foto war ziemlich verschwommen und Quart konnte selbst mit Lupe nicht mehr als eine gewisse Ähnlichkeit feststellen: Die Frau trug Bluejeans, ihr graues Haar war zu einem kurzen Zopf geflochten, die Hände ruhten auf den

Schultern ihrer Schüler und ihre hellen, kalten Augen blickten herausfordernd ins Objektiv des Fotografen. Es waren dieselben Augen, in die Honorato Bonafé gesehen hatte, bevor er vom Zorn Gottes getroffen in den Tod gestürzt war.

La Navata, November 1995

Nuestra Señora
de las Lágrimas

Erzbischöflicher
Palast

Kathedrale

Gärten des Königspalastes
Reales Alcázeres

Giralda

Hotel
Alfonso XIII

Indien-
Archiv

Königspalast
Reales Alcázeres

Goldturm

San-Telmo-
Brücke

Uferpromenade Cristóbal Colón

Platz der
Stierkampfarena
la Maestranza

Triana-
Brücke

477

Die Deutsche Bibliothek – CIP-Einheitsaufnahme

Pérez-Reverte, Arturo:
Jagd auf Matutin: Roman / Arturo Pérez-Reverte. Aus dem Span. übers. von
Claudia Schmitt. – Stuttgart; Wien; Bern: Weitbrecht, 1997
Einheitssacht.: La piel del tambor <dt.>
ISBN 3-522-72125-X

Titel der Originalausgabe: *La Piel del Tambor*
© 1995 Arturo Pérez-Reverte

Übersetzung aus dem Spanischen von Claudia Schmitt
© 1997 Weitbrecht Verlag in K. Thienemanns Verlag, Stuttgart – Wien – Bern
Die Übersetzung des vorliegenden Buches wurde dank einer Förderung der
Dirección General del Libro y Bibliotecas des Spanischen
Kultusministeriums ermöglicht.

Umschlaggestaltung und Karte: Rainer Simon in Böblingen
Typographie des Umschlags: Michael Kimmerle in Stuttgart
Reproduktion des Schutzumschlags: Repro Brüllmann in Stuttgart
Satz: KCS GmbH in Buchholz / Hamburg
Druck und Bindung: Friedrich Pustet in Regensburg
Alle Rechte vorbehalten
Printed in Germany
5 4 3 2 1

Gefährliches aus der Welt der Bücher

Arturo Pérez-Reverte
Der Club Dumas
Roman, 464 Seiten, ISBN 3 522 71760 0

Zwei bibliophile Kostbarkeiten werden dem „Bücherjäger" Lucas Corso zum Verhängnis: ein wertvoller okkulter Band, dessen Drucker vor Jahrhunderten auf dem Scheiterhaufen endete und das Kapitel eines Originalmanuskriptes von Alexandre Dumas. Sind beide wirklich echt? Diese Frage stürzt den Bücherjäger in einen Strudel von Intrige, Verbrechen und Abenteuer.

Ein Roman über die Bücherwelt; ein literarischer Leckerbissen, der sich so spannend liest wie ein Thriller.

Weitbrecht